新潮文庫

ドストエフスキイの生活

小林秀雄著

新潮社版

1652

目次

ドストエフスキイの生活

ドストエフスキイの生活

「病者の光学（見地）から、一段と健全な概念や価値を見て、又再び逆に、豊富な生命の充溢《じゅういつ》と自信とからデカダンス本能のひそやかな働きを見下すということ――これは私の最も長い練習、私に特有の経験であって、若《も》し私が、何事かに於《お》いて大家になったとすれば、それはその点に於いてであった」

ニイチェ「この人を見よ」

序（歴史について）

1

例えば、こういう言葉がある。「最後に、土くれが少しばかり、頭の上にばら撒《ま》かれ、凡《すべ》ては永久に過ぎ去る」と。当り前な事だと僕等は言う。だが、誰かは、それは確かパスカルの「レ・パンセ」のなかにある文句だ、と言うだろう。当り前な事を当り前の人間が語っても始らないと見える。パスカルは当り前の事を言うのに色々非凡な工夫を凝《こら》したに違いない。そして確かに僕等は、彼の非凡な工夫に驚いているので、彼の語る当り前な真理に今更驚いているのではない。驚いても始らぬと肝に銘じているからだ。処《ところ》で、又、パスカルがどんな工夫を廻《めぐ》らそうと、彼の工夫なぞには全く関係なく、凡ては永久に過ぎ去るという事は何か驚くべき事ではないのだろうか。言葉を曖昧《あいまい》にしているわけではない。歴史の問題は、まさしくこういう人間の置かれた曖昧な事態のうちに生じ、これを抜け出る事が出来ずにいるように思われる。

2

凡ては永久に過ぎ去る。誰もこれを疑う事は出来ないが、疑う振りをする事は出来る。いや何一つ過ぎ去るものはない積りでいる事が、取りも直さず僕等が生きている事だとも言える。積りでいるので本当はそうではない。歴史は、この積りから生れた。過ぎ去るものを、僕等は捕えて置こうと希《ねが》った。そしてこの乱暴な希いが、そう巧《うま》く成功しない事は見易《みやす》い理である。

例えば、僕等はパスカルの言葉を保存した、真理としてではなく歴史として。真理としても保存されている様に見えるが、それは僕等が保存しようと希った結果ではない。言わばひとりでに残ったのだ。単に自然は依然として過ぎ去る事を止《や》めないからである。

自然は人間には関係なく在るものだが、人間が作り出さなければ歴史はない。歴史は人間とともに始り人間とともに終る、と言われるが、この事は徹底して考える必要がある。

有史以来とか有史以前とか言うが、一体そこに本質的な区別が在るのだろうか。だが、こういう質問自体がかなり拙劣なものである。地球上に人類が現れた事が、自然にとって一偶然事に過ぎないならば、自然は、人間の手で附けられた様々な痕跡《こんせき》を、例えば氷河の附けた痕跡とか、貝殻のつけた痕跡とかと区別する術《すべ》を知らないに相違ない。地球が人類その他の生物を乗せているのも暫《しばら》くの間だ。その暫くの為《ため》に、自然が、その機制を変えるとは誰も考えやしない。そういう自然の世界に、自然科学的精神という人間の一能力が対応する。そしてこの一能力は、その純粋な形に於いては、出来るだけ人間臭を脱した「自然常数*」の確立を目指さざるを得ない事は言う迄《まで》もない。この言わば人間が自ら厳密な一尺度と化する能力は、自然が僕等に強いたのかも知れぬ。限りなく拡《ひろが》り、限りなく打続く、眺めている限り取り附く島もない様に見える自然に対し、僕等が取った自己防衛の精錬された一手段である。だが、歴史は僕等に何を強いるのか、若し僕等が作らなければ歴史はないならば。

自然は疑いもなく僕等の外部に在る。少くとも、自然とは、これを一対象として僕等の精神から切離さなければ考えられないある物だ。だが、歴史が僕等の外部に在るという事が言えるだろうか。僕等は史料のない処に歴史を認め得ない。そして史料とは、その在るが儘《まま》の姿では、悉《ことごと》く物質である。それは人間によって蒙《こうむ》った自然の傷に過ぎず、傷たる限り、自然とは、別様の運命を辿《たど》り得ない。自然は傷を癒《いや》そうとするのに人間の手を借りやしない。岩石が風化を受ける様に、史料は絶えず湮滅《いんめつ》＊している。湮滅が人間の手で早められるとすれば、それは自然にとっては勿怪《もっけ》の幸いに過ぎまい。そういう在るが儘の史料というものが、自然としてしか在り様がないならば、其処《そこ》に自然ではなく歴史を読むのは、無論僕等の能力如何《いかん》にだけ関係する。そしてこの能力は、史料という言葉を発明した能力と同一である他はあるまい。この能力には史料を自然の破片として感ずる事が出来ないのである。それなら、史料を自然の破片と観ずるもう一つの能力に対する或る能力があるわけで、古寺の瓦《かわら》を手にする人間は、その重さを積る一方、そこに人間の姿を想い描く二重人なのである。

この二つの能力は、つまり人間を自然化しようとする能力と自然を人間化しようとする能力は、僕等の裡《うち》で、成る程離し難く混合しているが、仮りに、と言うのはこの文章の技術上、ここに区別して考えて見ているわけだが、この二つは全く逆の方向に働いているばかりではなく、その性質も似ていない。それぞれの性質を誇張してみればよい。自然は僕等に疎遠《そえん》になればなる程、僕等の理解に好都合な世界として現れる。別言すれば、僕等は外物による検証の段階を踏み、真理とは何物かを知らないとしても、少くとも検証に堪えない物は除き得る真理の世界を、自然に対応させるに至る。この世界の支えは言葉ではないのだ。

だが、これに反し、自然を人間化する能力は、言わば生き物が生き物を求める欲望に根ざす、本質的に曖昧な力である。無論これは非合理的な力であり、自然は元来人間化などに応ずるものではない。従って人間化された自然とは、その純粋な形では、神話に他ならず、言い換えれば僕等の言葉に支えられた世界である。

歴史は神話である。史料の物質性によって多かれ少かれ限定を受けざるを得ない神話だ。歴史は歴史という言葉に支えられた世界であって、歴史という存在が、それを支えているのではない。凡《およ》そ存在するものは、人間もその一部として、僕等は自然としか考え得ないのだし、自然を人間化する僕等の能力は、言わば存在しないものに関する能力であり、史料とはこの能力が自ら感ずる自然の抵抗に他ならない。抵抗さえ感じなければ、この能力には何んでも可能だ。例えば僕等は織田信長の友人だったらと想像するのと同じ気楽さで、若《も》し氷河時代に生れていたらと想像する。望むならば天地開闢《かいびゃく》の仕事に立会う事も出来る。実際こういう想像力の働かない処では、歴史はその形骸《けいがい》を曝《さら》すだけである。

外物の検証によって次第に真理の世界を築いて行く能力にとっては、自然への屈従こそ、その絶対の条件なのだが、言い換えれば、自然への屈従によって、自然の認識はその純粋を期するのであるが、歴史の認識はどうしても純粋な姿を取り得ない。言わば歴史を観察する条件は、又これを創《つく》り出す条件に他ならぬという様な不安定な場所で、僕等は歴史という言葉を発明する。生き物が生き物を求める欲求は、自然の姿が明らかになるにつれて、到《いた》る処で史料という抵抗物に出会うわけだが、欲求の力は、抵抗物に単純に屈従してはいない。この力にとって、外物の検証は、歴史の世界を創って行く上で、消極的な条件に過ぎないので、どんなに史料が豊富になっても、その網の目のなかで僕等の想像力は、どこまでも自由であろうとするだろう。

僕等の日常の生命が、いつも外物の抵抗を感じて生きている限り、歴史にあっても同じ事だ。既に土に化した人々を蘇生《そせい》させたいという僕等の希いと、彼等が自然の裡に遺《のこ》した足跡との間に微妙な釣合いが出来上る。この釣合いのなかで行われる仕事に、歴史常数というもの（そういう言葉が使えるなら）を発見することは覚束《おぼつか》ない。歴史とは何か、という簡単な質問に対して、人々があれほど様々な史観で武装せざるを得ない所以《ゆえん》である。

3

歴史は繰返す、とは歴史家の好む比喩《ひゆ》だが、一度起って了《しま》った事は、二度と取返しが付かない、とは僕等が肝に銘じて承知しているところである。それだからこそ、僕等は過去を惜しむのだ。歴史は人類の巨大な恨みに似ている。若し同じ出来事が、再び繰返される様な事があったなら、僕等は、思い出という様な意味深長な言葉を、無論発明し損ねたであろう。後にも先きにも唯《ただ》一回限りという出来事が、どんなに深く僕等の不安定な生命に繫《つな》っているかを注意するのはいい事だ。愛情も憎悪《ぞうお》も尊敬も、いつも唯一《ゆいいつ》無類の相手に憧れる。あらゆる人間に興味を失う為には人間の類型化を推し進めるに如《し》くはない。

どの様に幸福な一日にしたところが、僕等はそれと全く同じ一日を再び生きるに堪えまい。「ウィリアム・ウィルソン」は、単なる怪奇小説ではない。ポオの恐怖は万人の胸底にある。子供を失った母親に、世の中には同じ様な母親が数限りなくいたと語ってみても無駄だろう。類例の増加は、寧《むし》ろ一事件の比類の無さをいよいよ確かめさせるに過ぎまい。掛替えのない一事件が、母親の掛替えのない悲しみに釣合っている。彼女の眼が曇っているのだろうか。それなら覚めた眼は何を眺めるか。

自然現象に、繰返しがあるかないかを誰も厳密には知らぬ。出来事に纏《まつ》わる条件の数の多少により、或る出来事は、一回限りの出来事に見え、或る出来事は繰返される出来事に見えるだけだ。特殊な出来事とはその出来事が成立する為の条件の数が限りなく多く、従って、その出来事の平均回帰時間が限りなく長い、そういう出来事に過ぎない。稀有《けう》な事件と月並みな事件との間に、元より本質的には区別はなく、又、総じて事件の非可逆性というものに就いても、これを確率的に論証する以外に、何等《なんら》厳密な論証の術も僕等は持たぬ。僕等は厳密を目指して曖昧のなかにいる。

だが、ソクラテス*は、再び毒杯を仰がねばならず、信長はいつか又本能寺で死なねばならぬかも知れぬ。そういう言葉に一体何んの意味があるだろうか。歴史の上で或る出来事が起ったとは、その出来事が、一回限りの全く特殊なものであったという事だ。僕等はそれを少しも疑わぬ。その外的な保証を何処《どこ》にも求めようとせずに、僕等は確実な智慧《ちえ》のなかにいる。

子供が死んだという歴史上の一事件の掛替えの無さを、母親に保証するものは、彼女の悲しみの他はあるまい。どの様な場合でも、人間の理智は、物事の掛替えの無さというものに就いては、為《な》す処を知らないからである。悲しみが深まれば深まるほど、子供の顔は明らかに見えて来る、恐らく生きていた時よりも明らかに。愛児のささやかな遺品を前にして、母親の心に、この時何事が起るかを仔細《しさい》に考えれば、そういう日常の経験の裡に、歴史に関する僕等の根本の智慧を読み取るだろう。それは歴史事実に関する根本の認識というよりも寧ろ根本の技術だ。其処で、僕等は与えられた歴史事実を見ているのではなく、与えられた史料をきっかけとして、歴史事実を創っているのだから。この様な智慧にとって、歴史事実とは客観的なものでもなければ、主観的なものでもない。この様な智慧は、認識論的には曖昧だが、行為として、僕等が生きているのと同様に確実である。

歴史上の客観的事実という言葉の濫用《らんよう》は、僕等の日常経験のうちにある歴史に関する智慧から、知らず識《し》らずのうちに、僕等を引離し、客観的歴史の世界という一種異様な世界を徘徊《はいかい》させる。だが一見何も彼《か》も明瞭《めいりよう》なこの世界は、実は客観的という言葉の軽信或《あるい》は過信の上に築かれているに過ぎない。客観的という言葉が、極めて簡単な歴史事実も覆《おお》うに足りない事を、僕等は日常経験によってよく知ってい乍《なが》ら、どうして、限りない歴史事実の集り流れる客観的な歴史世界という様なものを信ずるに至るのであろうか。きっかけは恐らく、疑いようもなく客観的な自然というものに衝突せずに、そこに何等かの刻印を遺さずに、歴史は現れる事も出来ず、進行する事も出来ないという事情が与えるのである。言わば歴史という河が、自然の上に彫らざるを得ない河床に、歴史という生き物が、自然の上に投げざるを得ない影に、客観的という言葉が纏《まと》い附き、影によって実物が類推されるのだ。この無邪気な類推が歴史的存在という概念を生む。唯物史観*という擬科学の土台である。

歴史は決して繰返しはしない。ただどうにかして歴史から科学を作り上げようとする人間の一種の欲望が、歴史が繰返して呉れたらどんなに好都合だろうかと望むに過ぎぬ。そして望むところを得たと信ずるのは人間の常である。

4

「月日は百代の過客にして、行きかふ年も亦《また》旅人なり」と芭蕉は言った。恐らくこれは比喩ではない。僕等は歴史というものを発明するとともに僕等に親しい時間というものも発明せざるを得なかったのだとしたら、行きかう年も亦旅人である事に、別に不思議はないのである。僕等の発明した時間は生き物だ。僕等はこれを殺す事も出来、生かす事も出来る。過去と言い未来と言い、僕等には思い出と希望との異名に過ぎず、この生活感情の言わば対照的な二方向を支えるものは、僕等の時間を発明した僕等自身の生に他ならず、それを瞬間と呼んでいいかどうかさえ僕等は知らぬ。従ってそれは「永遠の現在」とさえ思われて、この奇妙な場所に、僕等は未来への希望に準じて過去を蘇《よみがえ》らす。

放心している時の時間は早く、期待している時の時間は長い、そういう簡単な僕等の日常経験にも既に時間というものの謎《なぞ》は溢《あふ》れているのであって、心理的錯覚という様なものでは到底説明が附かぬ。錯覚に落入るまいとすれば、僕等には放心も期待も不可能となるだろう。錯覚があるとするなら、放心や期待そのものが錯覚であろう。だが、この錯覚が疑いもなく確実な処に、時間の発明者たる僕等の時間に関する智慧がある。同様に、過去に生きる或は未来に生きるという言葉は単なる比喩であろうか。若《も》し比喩に過ぎないなら、僕等の思い出や希望そのものが比喩であろう。

僕は本質的に現在である僕等の諸能力を用いて、二度と返らぬ過去を、現在のうちに呼び覚ます、而《しか》もこの呼び覚まされたものが、現在ではない事も亦よく知っている。このういう矛盾に充《み》ちた仕事を、僕等は何んの苦もなくやってのける。僕等が自分達の発明にかかる時間のうちにいる限り、其処に何等疑わしいものに出会う事はない。謎のなかにいる者にとって謎はない。それが人間の世界である。だが、残念乍ら、この内的には飽くまで確実な世界は、自然というもう一つの世界に取巻かれている。何者が僕等を駆って、人間の世界をさまよい出させ、自然の顔に面接しなければならぬ様な処《ところ》にまで、追い詰めるのか。それとも僕等は追い詰められたのではなく、進んでそれをやったのか。誰も知らぬ。いずれにせよ、僕等はさまよい出るのであって、それは、言わば、真理を摑《つか》む筋道はまことに曖昧《あいまい》だが、真理は確実に摑んでいる、そういう世界を出て、真理探究の筋道だけが極めて明瞭であれば、真理そのものなどは決して手に入れる必要のないもう一つの世界に這入《はい》る事である。さまよい出た処で、時間は忽《たちま》ち面貌《めんぼう》を変えるであろう。自然の時間は僕等の手で創られたものではない。それは空間の三次元に結び附いた第四次元の時間として現れざるを得ないだろうし、僕等にはそれをどう変えようもない。僕等は、理智という小窓を開けて、手を拱《こまぬ》いているだけだ。僕等にはそれを理解する以外に何事も出来ないからである。僕等は小窓を覗《のぞ》き、そこに客観的な真理を見附け出す。尤《もっと》も真理が見附かったというより寧ろ小窓の工夫によって自然に対し正確に質問したと言った方がいい。第四次元という言葉は名目に過ぎぬ。それは例えばカルディヤの天文学者にも臨んだ同じ時間以外のものを指さぬ。そういう少くとも人間の側からは、相手の懐《ふところ》に飛込む為《ため》の通路が何一つない様な時間を前にして、何を置いても先《ま》ず行為者たる人間が、自分の行為とともに生き死にする自分の発明した時間に還《かえ》らざるを得ないのは当然だ。

日時計の時間が、若干の自然常数を単位とする時間に移り行くまでに、人間が自然の時間の究明に費した努力は莫大《ばくだい》なものであろう。この努力は疑いもなく自然を人間から出来るだけ疎外する方向を辿《たど》って来た。僕等の側から自然への通路と僕等が見誤るものを出来るだけ取除こうと努力して来た。そして今日僕等は、自然の最も客観的な正確な姿として、まことに精緻《せいち》な物理学的世界像を前にするに至ったのであるが、僕等は、この像が、依然として巨大なジレンマを孕《はら》んでいる事に気が附くだろう。次の質問は僕等に必至である。其処で成功しているのは、鏡に映った自然の方なのかそれとも鏡を磨いた人間の方なのか、と。

唯物論者は、自然の方だというだろうし、観念論者は人間の方だと言うであろう。併《しか》し、質問の面白さに比べれば、解答なぞは何物でもない。そしてこの*形而上学《けいじじょうがく》的質問は、言わば、僕等にはどう手の下し様もない自然の時間を前にして、僕等が止《や》むなく自分達の発明した時間の方へ還ろうとする、まさしく其処に現れる他何処に現れ得ようか。この形而上学的質問ほど、僕等の生の不安定を如実《によじつ》に語っているものはない。

この質問が、人間の生の唯中から発せられた事に間違いはなく、又、この未《いま》だ答えを得ない質問の裡に、人間のあらゆる能力の萌芽《ほうが》がある事にも間違いはない様に思われる。歴史は其処で言わば本来の面目を保っている。＊歴史哲学にとって、これがほんの仕事の種子に過ぎないのは当然だとしても、この生ま生ましい種子から、生ま生ましい花を開かせる技術は極めて困難な事の様に思われる。凡そ形而上学ほど、その企図に於いて現実的な人間的な学問もない様であるが、亦、その結果がこれほど人を誤らすものもない。形而上学という言葉が、空理空想の意味を帯びるに至ったのは誰の罪によるのだろうか。恐らくこの仕事の困難を困難と思わない者の罪が最大なのである。

歴史という言葉は、無論学問が作った言葉ではない。僕等の生そのものが歴史ならば、歴史哲学の素材は僕等の生に他ならない。そして歴史哲学は、この素材を、自然科学の場合の様に、学的操作に好都合な死物に変ぜず、出来るだけこの素材の生物としての困難さを尊重し、其処に意味とか価値とかいうものに関する、言わば自然の必然性より遥《はる》かに高次な必然性を究明しようとする。而もこの仕事は、厳密に理論的な一体系の裡《うち》に表現される事を要する。

この様な仕事の崇《あが》める女神がミネルヴァ＊であるかミュウズ＊であるかは知らないが、困難さはこの仕事の命であり、容易になったら仕事は恐らく無意味になるという事は確からしい。この種の仕事で一流のものには僕等の日常の生の容易さがそのまま困難さとして刻印されているという逆説的な事情が必ず見附かるのであって、そういう仕事の真の説得力は、見様によって難解とも見え容易とも見える様なその学問的方法とか形式とかに決してあるのではない、そういうものの背後に、この仕事の素材の人間的な困難さが、軽率な読者の眼を掠《かす》めて生かされている処にある。

従って次の事はどんなに逆説めいて聞えようと真実である。偉大な思想ほど亡《ほろ》び易《やす》い、と。亡びないものが、どうして蘇生する事が出来るか。亜流思想は亡び易いのではない。それは生れ出もしないのである。歴史の食糧はやはり歴史である。嘗《かつ》て一番微妙に生きて死んだ歴史が、一番上等な食糧である事に間違いはない。

5

ドストエフスキイ*という歴史的人物を、蘇生させようとするに際して、僕は何等格別な野心を抱いていない。この素材によって自分を語ろうとは思わない、所詮《しょせん》自分というものを離れられないものなら、自分を語ろうとする事は、余計なというより寧ろ有害な空想に過ぎぬ。無論在ったがままの彼の姿を再現しようとは思わぬ、それは痴《ち》呆《ほう》の希《ねが》いである。

僕は一定の方法に従って歴史を書こうとは思わぬ。過去が生き生きと蘇《よみがえ》る時、人間は自分の裡の互に異る或は互に矛盾するあらゆる能力を一杯に使っている事を、日常の経験が教えているからである。あらゆる史料は生きていた人物の蛻《もぬけ》の殻《から》に過ぎぬ。一切の蛻の殻を信用しない事も、蛻の殻を集めれば人物が出来上ると信ずる事も同じ様に容易である。立還るところは、やはり、ささやかな遺品と深い悲しみとさえあれば、死児の顔を描くに事を欠かぬあの母親の技術より他にはない。彼女は其処で、伝記作者に必要な根本の技術の最小限度を使用している。困難なのは、複雑な仕事に当っても、この最小限度の技術を常に保持して忘れぬ事である。要するに僕は邪念というものを警戒すれば足りるのだ。

1 処女作まで

フョオドル・ミハイロヴィッチ・ドストエフスキイの生れたのは、一八二一年十月*卅《さんじゅう》日だ。丁度ナポレオン*がセント・ヘレナで死んだ年で、全ヨオロッパ*がフランス大革命後の複雑な反動期にはいった頃である。

父のミハイル・アンドレイヴィッチはウクライナからモスクワに来て、モスクワ大学で医学を修めた、インテリゲンチャ即《すなわ》ち軍人を意味した当時の知識人で、一八一二年の戦役には軍医として出征したが、戦後、モスクワの商人の娘、マリヤ・フョオドロヴナ・ニェチャアエヴァと結婚し、マリンスキイ病院附の一等軍医の職に就いた。フョオドルの生れたのはこの病院の官舎だ。

幼年時代は恐らくドストエフスキイの生活中で一番幸福な時であったろうが、それでもこの作者を待ち受けていた将来の苦痛に比較した上の話で、手狭《てぜま》な官舎に七人の子供をかかえた、気難かしい癇癪《かんしやく》持ちの軍医に宰領された家庭生活が、そう気楽なものだった筈《はず》はない。父はこの国の習慣上、名こそモスクヴァの貴族であったが、実際の生活は倹約によってわずかに一等軍医の面目を保っていた程度のもので、この点、ドストエフスキイは所謂《いわゆる》ブルジョア中産階級から出た、ロシヤでは最初の新しい作家だったと言えるのである。

彼は十歳になるまで殆《ほと》んどモスクヴァを離れた事がない。病院の庭で患者と口をきくのさえ許されない程厳格な父親の監視の下で、家庭に閉じ籠《こ》められて過した。十歳の時、父がダロオヴォエに小農園を買った。それ以来ここが家族の避暑地となった。二日がかりのトロイカの旅行で、夏を過しにダロオヴォエに行く。これがドストエフスキイの田園生活の最初のものであり、又最後のものであった。モスクヴァの陰鬱《いんうつ》な退屈な生活から逃れたこの幼時の感動は後年に至るまで消えなかったが、農民に就いての実際知識を得るに適当な生活は以後再び彼を訪れなかったのである。

一八三四年、兄のミハイル・ミハイロヴィッチと一緒に、当時一流の私立学校であったチェルマアク経営の寄宿学校にやられ、小遣銭も持たされず、一人歩きも許されず、交友もなく、一日八時間の勉強を厳格に三年間やらされた。一八三七年、母親が死んだが、殆ど時を同じくして、当時彼の渇仰《かつごう》の的であったプウシキン*が決闘で斃《たお》れた。弟のアンドレイの書いた処《ところ》によると、ミハイルとフョオドルは気狂《きちが》いの様に昂奮《こうふん》していたという。

同年の五月、父はミハイルとフョオドルをペテルブルグ*の陸軍工科学校に入れる為に、一週間のトロイカの旅についた。無論当時文学生活などというものは父親の夢にも思えなかった事で、ピョオトル大帝*以来の軍閥の勢力の途轍《とてつ》もない伝統をいただき、ナポレオン*の大陸封鎖以来、工業資本の動きが活潑《かっぱつ》に萌《きざ》し始めた当時、この父親が、息子達に未来の近衛《*このえ》士官を或《あるい》は富裕な工業技師を夢みたのは当然であった。幸いに息子達は父親の夢を裏切った。彼等の文学熱はペテルブルグ移転とともにいよいよ高まった。父はコストマアロフの寄宿舎に、受験準備の為に彼等をあずけるとモスクヴァに還《かえ》った。翌年*匆々《そうそう》フョオドルは入学を許されたが、兄のミハイルは身体検査に落第して*レヴァルの工科学校に送られた。この親しい兄弟の思い掛けない別離の御蔭《おかげ》で、ドストエフスキイ若年期の文学の夢を語る興味ある手紙を僕等は読む事が出来るわけだ。

　ロシヤ文学に於ける*浪漫派運動は、無論西欧より遅れていたが、元来が文学的伝統の貧しい処に新しい名作が次々に輸入紹介されるので、その騒ぎは非常に大きかったのである。当時のドストエフスキイを文学的に最も強く刺戟《しげき》した友人は、父の友達の*シドロフスキイという青年だった。退職官吏の情熱詩人だったという外《ほか》に彼に就いてくわしい事は知られていない。モスクヴァにいた時、ドストエフスキイは、既にプウシキンと*スコットを耽読《たんどく》していたが、ペテルブルグに来て以来、この青年詩人の指導によって、*シルレル、*ホフマン、バルザック、シェクスピア等に気狂いの様に没頭した。これらの巨匠の捲《ま》き起した痛烈な文学の夢が、当時の彼の唯一《ゆいいつ》の生活であった。学校は全く彼の興味を引かなかったらしい。第一落第をしている。これは代数の教師の卑劣に原因があると彼は兄に説明しているが怪しいものだ。舞踏会も乗馬も放蕩《ほうとう》も、この陰気な青年を動かすに足りなかった。第一小遣いの明細書きを父親に書き送っている彼にそんな余裕があろう筈はなかった。当時友人の医者リイゼムカムプの説明によれば、「まんまるく肥《ふと》って、獅子鼻《ししばな》の円い顔、栗色の短く刈った髪、大きな額、疎《まば》らな眉毛《まゆげ》の下には、ずっと奥の方に小さな灰色の眼、雀斑《そばかす》と厚ぼったい唇、病的な土色をした顔色」、そういう顔をして、彼は一人夢想し、読書し、シルレルに酔って「マリヤ・スチュアルト」、プウシキンを模して「ボリス・ゴドゥノフ」を書いていたのである。(これらの作品は今日残っていない。) 一八三九年の夏、突然父親の訃報《ふほう》に接した。父はこの時ダロオヴォエに隠居していたが、飲酒癖が募るにつれて、いよいよ言行も常軌を逸して来た。末の娘二人はまだほんの子供であったが、父は毎晩、情人をかくしてやしないかと、寝台の下を覗《のぞ》きに来たという。或る日農奴の恨みを買い、チェルマアシニャの領地を訪れる途中、馬車のなかで惨殺《ざんさつ》された。こういう事件は、当時稀《ま》れではなかったのであるが、事の真相はドストエフスキイの娘*エーメの回想記によって、はじめて明るみに出た。殆ど八十年間闇《やみ》に埋れていたのである。*十二月党員の処刑によって治世をはじめた*ニコライは、軍隊の訓練と刑事警察の完備に熱中していた。大都市には到《いた》る処《ところ》に「憲兵団」の眼が光っていた。農奴制度という言葉の使用すら禁じられていた当時、こういう横死事件の発表は無論検閲を通らなかった。残存するドストエフスキイの手紙のなかに事件に関して一言も書かれていないのも、検閲が私信にまで及んでいたが為とも解される。*ヘルツェンがペテルブルグを追われたのも、父親への手紙のなかに巡査が通行人を殺した事を書いた為であったという。

彼の癲癇《てんかん》も父の酒精濫用《アルコールらんよう》に由来したものかも知れない。長男のミハイルは中毒者だったし、末のニコライも廢人《はいじん》同然であったが、長女のヴァルヴァアラ*は全くの変質者で、富裕な連合いと別れた後、何一つ不自由はしなかったが、雇人は解雇し、冬も火を焚《た》かず、家で毛皮の外套《がいとう》を着るという様な気狂い染みた吝嗇《りんしょく》が近所の評判となり、金貸の婆《ばあ》さんがラスコオリニコフ*の哲学を挑発した様に、近所の若い百姓の門番の妄《もう》想《そう》を刺戟《しげき》し、門番は或る夜無頼漢と結託して、この狂女を殺した。(殺人の行われたのはドストエフスキイの死後である。)彼女の息子は白痴であった。エーメは、ドストエフスキイ家の人々は皆極度の神経衰弱症だったと苦もなく断じている。

フロイトは「ドストエフスキイと親殺し」という面白い論文を書いている。父親の横死と息子の親殺し小説との関係は、いずれこの精神分析家にとって誘惑的な論題には違いなかったろうが、ドストエフスキイの癲癇が、この事件と同時に現れたという彼の主張は、何等《なんら》確実な根拠のないものだ。又、入獄中はじめて癲癇らしいものに襲われたとドストエフスキイ自ら明言している処を否定する理由もない。それよりも、父親の死によって大きな変化を来《きた》したのは息子達の暮し向きである。

一*カペイカの金も自由にならなかった身が、後見人から年五千*留《ルーブル》も貰《もら》える様になった。こんな身分は晩年に至るまで二度と彼を見舞わなかった事は言う迄《まで》もない。この当時の彼の生活についてくわしい事は解っていないが、彼がこの好機に際して、金銭使用上の無能を遺憾なく見せてくれた事だけは確かである。晩年の家政上の安定も偏《ひとえ》に夫人の力に拠《よ》ったものであって、細君が少しでも油断をしていると、途方もない買物をして来る。*ドミトリイ・カラマアゾフがモオクロエへ行く前にプロトニコフでしこたま買い物をする場面を読むと、いつも笑わずにはいられない、とエーメは言っている。

この当時、玉突の賭《かけ》に既に後年の*ルウレット狂の兆《きざ》しは現れているのだが、そういう筋の立った浪費は、恐らく高が知れていたので、例えば年千二百留の大きな家を借りて、一部屋だけを煖炉《だんろ》で暖めて使っていたという様な奇妙な理由で金は無くなった。そこへ取巻が、召使に至るまで彼の金銭上の無関心を利用して出来るだけ彼から搾《しぼ》った。使っていた下男は洗濯女を妾《めかけ》にして、女の家族や友達に至るまで主人の金で養っている始末だった。パンと牛乳しか買えない癖に借金はいくらでも増えるという弟の醜態を見兼ねた兄のミハイルは、レヴァルでドイツ人の娘との結婚による無事平穏な自分の家庭から思いついたのであろう、ドイツ的な影響なるものを弟に与える必要を感じて、部屋もだいぶあいている様子だし、リイゼムカムプという医者があるが、同《どう》棲《せい》したらどうだと熱心にすすめた。事実同棲は実現されたが、ドイツ人は虫がすかぬという事を一生の持論とした彼に影響のありよう筈はなかったのである。

こういう生活をし乍《なが》ら、ドストエフスキイは、学校を卒業し、ペテルブルグ工兵隊に編入され、陸軍省の製図局の所属となったが、一八四四年「役所勤めはもうやり切れぬ、まるで馬鈴薯《ばれいしょ》の様だ」と兄に書いて止《や》めて了《しま》うと同時に、借金で首が廻らなくなった苦しさに、即時五百留、あと五百留は十留月賦で呉れるなら、相続権は返上する決心をした。後見人というのは、妹ヴァルヴァアラ*の連合いでモスクヴァ軍管区の官房長であったが、かねがね義兄の金銭軽蔑《けいべつ》を苦が苦がしく思っていた矢先きだから「シェクスピアとかいうシャボンの泡みた様なものにのぼせる馬鹿め」と、直ぐこの決心を実行してやったのである。

彼は、直ちに「貧しき人々*」に着手した。文壇の知人もなかった。無論自費出版の金もなかった。失敗したらネヴァ*河に投身する覚悟であった。

ロシヤ文学界を揺り動かした西欧の浪漫派文学は、一八三〇年から四〇年にかけて、流行の頂に達した。「シルレルの名は僕自身の一部となった、魔法の様な響きが限りない夢を喚《よ》びさます、どれもこれもつらい夢です、兄さん、だから僕はシルレルの事も、シルレルが僕に与えた印象に就いても喋《しゃべ》らなかったのだ。シルレルの名を聞く事がもう僕には辛《つら》い」（一八四〇年、一月一日）。シルレルに酔ったものは、ひとり青年ドストエフスキイばかりではなかったのである。

周知の如《ごと》く、西欧の浪漫主義は、当時の新興ブルジョアジイの溌剌《はつらつ》とした夢であったが、この夢は、専制政治と*ギリシア正教とをスロオガンにかかげたニコライ一世の治下に氾濫《はんらん》して、根を下す場所を見附ける事は出来なかった。スコットは歴史のない土地を徒《いたず》らにさまよい、*バイロンは*レルモントフの決闘とともに身を亡《ほろ》ぼした。青年達は西欧の理想に憑《つ》かれながら、この理想をはぐくむ社会条件を、空《むな》しく周囲に捜し求めた。彼等の夢は、「どれもこれも辛い夢」だったのである。

理想と現実との大きなひらきの為に、西欧の浪漫主義はロシヤの文学界に鮮やかな姿をとって実現されなかったのみならず、当然複雑な混乱を巻き起した。だが、当時ようやく貴族階級の手を離れて、職業化しはじめたロシヤの文学に生気を与えたものは、又この混乱に外ならなかったのである。ロシヤの社会が浪漫派文学を生んだのでも、受け入れたのでもなく、西欧の浪漫派文学の輸入によって、ロシヤに文壇という一社会がはじめて出来上ったのだ、と、やや逆説的だが言う事が出来るだろう。多くの雑誌が次々に刊行され、人々は争って西欧の飜訳《ほんやく》文学を求めた。西欧古典の立派なロシヤ訳の大部分は、三〇年代から四〇年代にわたって現れた。ドストエフスキイ自身もバルザックの「ユウジェニイ・グランデ」*を訳し、兄とともにシルレルの全訳を計画した。彼が安全な役所勤めを放棄して、文学で生活しようと決心したのも、文学上の確とした自信によるよりも寧《むし》ろこういう活潑な時流に刺戟される処が多かったのであろう。

一八四四―五年の冬の間、作者自身の言葉によれば「涙を流さんばかりの情熱を傾けて」推敲《すいこう》を重ねた「貧しき人々」は成功であった。秋にはもう兄にこんな手紙を書いている。「さて、兄さん、僕は今名声の頂にいる、将来とてもこれ以上の光栄は僕を見舞うまい。到る処、信じられぬ程の尊敬を払われ、飽く事を知らぬ好奇の的になっています。……オドエフスキイ公爵《こうしゃく》は僕を訪問する光栄を得たいと言っているし、ソログウプ伯爵は、絶望のあまり髪の毛をむしっている、するとパナエフが伯爵に、ああいう天才が現れたら、みんな他の奴は泥田に沈むのさ、と言う。……凡《すべ》ての人々が僕を一つの驚異として眺めている。僕が口をひらけば、ドストエフスキイがこう言った、ドストエフスキイはかくかくの事を望んでいる、という噂《うわさ》が立つ。ベリンスキ*イは非常に僕を愛している、パリから帰ったばかりの詩人ツルゲネフ*も、会ったその日から僕にぞっこん惚《ほ》れ込んだ。……僕は著想《ちゃくそう》に溢《あふ》れているが、例えばそれをツルゲネフに話せば、翌日はドストエフスキイは、こういうものを書こうとしているとペテルブルグ中に解《わか》って了うだろう。兄さん、僕の成功をことごとく貴方《あなた》に伝えようとすれば、紙がいくらあっても足りますまい……」（一八四五年、十一月十六日、兄宛《あて》）単なる開けっ放しの率直だろうか、それとも道化てみせているのか、ともかくこの逆上の仕方が尋常ではない以上、これが直ちに「貧しき人々」の異常な成功を証明するものではない。寧ろ、この手紙は彼の感じ易《やす》い性格を露骨に語っているもので、引いては又はじめて足を踏み入れた彼の文壇生活が待ち受けている困難を暗に語るものである。「貧しき人々」の成功、少くともその速やかな成功は、偏《ひとえ》にたまたま原稿を手にした当時の批評家ベリンスキイの熱烈な宣伝による。グリゴロヴィッチ*とネクラアソフ*とを感動させたこの原稿はベリンスキイの手に渡って、彼を狂喜させた。当時の模様は、三十年後の「作家の日記*」のなかで、くわしく語られている。ドストエフスキイにはじめて会ったベリンスキイは、「眼をかがやかせ、焔《ほのお》の様に喋り出した」という。

「君は自分でどんなことを書いたか解っていますか。君は芸術家として、直接な感情の動くがままにこういうものが書けたのだ。併《しか》し君は自分が表現した恐ろしい真理を了解していたか。いやいや廿歳の君に解っていた筈《はず》はない。君の書いた哀れな役人は役所勤めで身も心も擦り切れて、過失を重ねては自分を卑《いや》しめ、自分は不幸な男だと考える元気ももうなくなっている、わが身を嘆くことも叛逆《はんぎゃく》行為と考える様になっている……これは恐ろしい事だ、悲劇じゃないか」（一八七七年、「作家の日記」――古い思い出）

廿四歳の青年作家が、ベリンスキイの理解した処を理解していたかどうかは疑わしいが、ベリンスキイの批評も亦甚《また》だ冷静を欠いたものであった。ここでベリンスキイという人物に就いて少々説明を要する。

ベリンスキイは、当時文壇随一の批評家であったばかりではなく、ロシヤに於いて所謂《いわゆる》近代批評なるものをはじめて確立した人である。近代批評の祖という意味で、例えば彼を「ロシヤのレッシング」と呼ぶのは、あながち無意味ではないとしても、そこにはただ十八世紀と十九世紀との相違では片附かないものがある。ベリンスキイには*レッシングの堂々たる教養もなければ「ラオコオン*」を創《つく》る手腕もなかった。たとえ彼がレッシングの様に長生きしたとしても恐らく同じ事だったろう。彼自身円熟した批評家たる事を望んでもいなかったし、又彼を取巻く環境が批評家として円熟する事を許しもしなかった。ドストエフスキイの後年の意地の悪い言葉を借りれば、「生涯一外国語さえ学び得ず、*フォイエルバッハをフィエルバッフと発音し」ながらも、その真理を宣伝せずにはいられなかった様な、何も彼《か》も新しく動きはじめた批評界に、彼こそ悪びれず生きた人であった。ロシヤにはじめて出現したジャアナリズムの世界に適役を買って登場した新しい人物として、彼の役割りは自《おのずか》ら異っていた。批評家としての教養や手腕は薄弱であったかも知れないが、その感動的な率直な声は、当時のアカデミック＊な評家を沈黙させ、深く青年の心を動かしたのである。

彼は、農奴制度と正教とに抗議する戯曲を書いてモスクヴァの大学を放校されるや（モスクヴァ大学は、三〇年代、新人の発生地であった）、スタンケヴィッチ＊によって吹込まれたドイツ＊観念派哲学を唯一《ゆいいつ》の資本として直ちに批評家生活を始めたのが、当時の交友ヘルツェンの影響を受けて、ペテルブルグに現れた時には、往年の理想主義批評家の面影はなく、「人生の為の芸術」の熱烈な信奉者となっていた。

併《しか》し彼がヘエゲル＊、フォイエルバッハを経て、科学的文学批評乃至《ないし》は文学上のリアリズムの根本概念を確立するに至ったとみるものがあるが、それは誇張であって、この熱狂的な功利主義者には、そういう沈着さは恐らく欠けているのである。彼の望むところは、批評の公平よりも寧ろ自分の批評を言わば社会的な政治的な法廷とする事にあった。肺患による死期（一八四八年）が迫るにつれて、彼はいよいよ苛立《いらだた》しくこの傾向を辿《たど》り、文学批評というもの自体に不安と不信とを覚える様になっていた。

「貧しき人々」が彼の眼に触れたのはこういう時期である。彼が酔ったものは「貧しき人々」という小説よりも、寧ろこの小説に彼が発見した社会に対する抗議だったと言えるのだ。

処女作の成功に殆《ほとん》ど茫然《ぼうぜん》とした青年作家の背後には、ベリンスキイの常軌を逸した賞讃《しょうさん》があった。この不自然な門出が既にベリンスキイとの決裂と困難な文壇生活とを約束していたのである。「作家の日記」（一八七三年）中の「昔の人々」や、一八七一年ドレスデンからストラアホフ*に宛てた手紙（四月廿三日附）などを読むと、ドストエフスキイは、ベリンスキイとの不和を思想上の或は宗教上の意見の衝突、つまりベリンスキイの無神論と政治上の革命的な信念が気に食わなかった、と主張している様に、少くとも主張したげにみえるが、事実は疑わしい。廿四歳の青年にベリンスキイに対抗出来る様な確とした意見があった筈もあるまいし、又当時のドストエフスキイが宗教的確信を抱いていたとも受けとれない。第一、数年後に彼を待ち受けたものが、ペ*トラシェフスキイ事件であった事を想《おも》えば、政治上の意見で両人が衝突した事は考えられない。「昔の人々」やストラアホフへの手紙で語られた、ベリンスキイに関する皮肉や悪口に現れた露骨な悪意からみても、二人の間には、少くともドストエフスキイの側には、忘れ難い感情上のもつれがあった様に思われる。

次にパナエフ夫人の「文学の思い出」から引用する。（パ*ナエフはネクラアソフとともにベリンスキイの親友であった。）これを先きに引用したドストエフスキイの兄への昂奮《こうふん》した手紙に比べてみると面白い。

「或る夜、ドストエフスキイが、ネクラアソフとグリゴロヴィッチと一緒にやって来た。極端に神経質な感じ易い人である事は一と目でわかった。痩《や》せて、背は低く、髪はブロンドで病身らしい様子だった。灰色の小さな眼を不安そうにあちらこちらに走らせ、蒼白い《あおじろ》唇は妙にひきつっていた。居合せたものは大概もう彼に面識ある人達だったが、彼は明らかに窮屈そうな様子で、会話には加わらなかった。どうかしてくつろがそうとして皆んなしてやってみたが無駄だった。その後、夜、度々訪ねて来る様になってから、意地の悪い、しつこく人を困らせる人だという事がわかって来た。誰彼となく議論をはじめて、ただもう強情に相手にさからった。若さと神経質との為に彼は自分を持て扱い兼ねていた。彼は自分の才能を買被《かいかぶ》り、これ見よがしの有様だった。はじめて足を踏入れた文学界での、思い掛けない花々しい成功に呆気《あっけ》にとられ、お歴々の賞讃に圧《お》し潰《つぶ》され、他の新人達より自分は偉いのだという自尊心が、彼には隠し切れなかったのである。若い作家達が、この集会にやって来るが、そういう人達のお笑い草になる人は不幸な人だ。ドストエフスキイの気難かしさと尊大な調子は、からかわれるお誂《あつら》え向きの機会を提供した様なものである。人々は早速彼をいじめ始めた。彼の自尊心を針でチクリチクリとやる。この道にかけてはツルゲネフは大家で、ただドストエフスキイを怒らせるのが目的で彼と議論した。ドストエフスキイがわれを忘れて言い出す馬鹿げた意見を拾いあげてはツルゲネフがからかうと、ドストエフスキイは怒って夢中になって弁解する。……ドストエフスキイは、みんなが自分を嫉《しっ》妬《と》している様に思い込んでいた。人の言うどんな言葉でも彼には自分の仕事を貶《けな》し、自分を中傷する言葉に受け取れた。彼は出口のない怒りで心を一杯にしてやって来ては、羨望《せんぼう》者達に咽喉《のど》につかえていた皮肉をあびせかけた。併し人々はこの神経質な病人に一向遠慮せずに嘲笑《ちょうしょう》を報いた。ドストエフスキイはベリンスキイが『貧しき人々』の話もせず、トランプをやっているのが気に入らず、『トランプの様な愚劣な暇つぶしは、聡明《そうめい》な人間に、たとえ十分間だって出来るものじゃない。それをあの人は二時間も三時間もやっている。役人の社会も文学者の社会も同じ事だ。どいつも同じ馬鹿気た慰みを持っている』

ベリンスキイは冷静を失うまいとして、真面目《まじめ》に相手にならなかった。それを又ドストエフスキイの方では冷淡と受け取った。時々ツルゲネフと激論しているドストエフスキイの声を聞き乍《なが》ら、この批評家は、トランプの相手をしているネクラアソフに小声で言った。『一体ドストエフスキイはどうしたと言うんだ。まるで訳のわからん事を夢中で喋っているじゃないか』。ドストエフスキイが帰ると、ツルゲネフはベリンスキイに、あの男はかくかくのロシヤ作家に就いて、こんな皮肉な間違った判断を下したと言うと、ベリンスキイは、『結構な事さ。君は病人をつかまえて議論をしているんだぜ。あの男が昂奮して自分で何を言っているかわからない事を知っている癖に、君は彼を苛立している』

ドストエフスキイは自分を天才だと思っているという噂が度々耳に這入《はい》ると、ベリンスキイは肩をすぼめて、悲しそうに言うのであった。『不幸な人だ。あの男の才能は保証附きだが、仕事をせずに天才だなどと思っていては、完成はおぼつかない。あの男には用心が絶対に必要なんだがね。みんな極端な神経質のさせる業《わざ》さ。かわいそうな子供だ、人生に振り廻されたのだ。今は辛い時だからね。現代の生活状態に参らない様にするには牛の様な神経が要るのだ。近い将来に雲の晴れ間が見えて来なければ、誰でも気が狂って了《しま》うだろうよ』

或る日、ツルゲネフが、ドストエフスキイの面前で、自分は嘗《かつ》て田舎で自称天才に会った事があると語り、その男の滑稽《こっけい》な風態を、いかにも巧みにやってみせた。ドストエフスキイは死人の様に蒼ざめて、終りまで聞かずに逃げ出した。私は居合せた人々に、

『なぜドストエフスキイをああ苦しめるんでしょう』と言った。

併しツルゲネフは落ちつき払っていたし、話の面白さで一座はどよめいていたので、ドストエフスキイが急に居なくなった事は誰も気が附かなかった。……この夜からドストエフスキイは私達の集りに顔を出さなくなった。グルウプの人達を往来でも避けるようになった。或る日、往来で私の夫が彼に会い、何故《なぜ》この頃来なくなったか解らないままに引止めようとすると、彼は急に向う側の歩道に行って了った。彼はグルウプのなかの或る人とだけ交際していたが、その人の言うところによると、彼は、私達の仲間を片っぱしから罵《のの》しり、あのグルウプとは絶交だ、文学者というものはみんな嫉妬深い、不親切な、ろくでなしばかりだと言っていたそうである……」
＊マイコフ夫人のサロンに招待された、ドストエフスキイが、彼女に書いた手紙のうちに次の一節がある。
「あなたが、僕という男は唐突な粗暴な男だ（そうには違いないが）とお思いになったかと心配です、きっと僕の行為を奇怪だとお考えになったでしょうね、途方もない烈《はげ》しさで爆発しそうな自分の性質の弱さを知っているので、僕は本能的に逃げ出したのです。あなたは解って下さるでしょう。僕の神経は弱いから、二重の意味をもった他人の質問に、我慢して返答する事が難かしいのです。二重の意味があるという単な

る事実で、もうどうしようもなく腹が立って了うのです。で、多くの人達は、僕が彼等の質問を、率直な好意ある質問と受取る能力がないというところに憤慨して了う。……無論感情はたかぶり、故意にしろ、われ知らずにしろ、様々な罵言《ばげん》の交換となります。こういう罵言がいよいよ見っともない恰好《かっこう》になってくるのを避ける為に、僕は本能的に逃げだしたのです。僕の様な性格の弱さは、大目にみてやって下さい」（一八四八年、五月十四日、マイコフ夫人宛）

こういう自分の弱さを持て余した男の弁解は、当時の兄への手紙のなかにも方々に書かれているので、僕は病人だとか嘘《うそ》つきだとか不愉快な男だとか、愛情に満ちた時には意地の悪い言葉しか吐けない性質《たち》だとかいろいろ言っている。注意して読むと、その調子には、自分の弱点を素直に告白して弁解しているのか、それとも楽しんで自慢しているのか解らない様な奇怪なものがある。恐らく「罪と罰」*の酔漢マルメラアドフの繰り言の由来するところは、作者の性格の深処に根ざしているのである。

「自分は今名声の頂にいる」と彼が兄へ吹聴《ふいちょう》したのは、当の処女作が発表される二た月も前の事なので、一般読者はドストエフスキイなる男の作品なぞは未《ま》だ一行も読んでやしないのである。ドストエフスキイ自身ののぼせ方もさる事乍ら、当時ベリンスキイの一言がどれほど文壇を動かす力があったものか、又文壇というものが今日から見ればどれくらい少数の人々の社交的な交友からなる狭隘《きょうあい》な世界であったかが想像出来る。そういう当時の文壇をドストエフスキイの様な青年が巧みに泳げた筈もなかったのだし、ベリンスキイ一派との不和が、彼の文壇生活をひどく困難なものにした事は争われない。困難になったのはただ彼の文壇生活ばかりではなかった。成る程、自分で持て余すほど複雑な、自ら病人という程苛立しい彼の性格こそ、遂《つい》にその独得な世界創造を齎《もたら》したものには相違なかったが、当時の彼に自分の弱点が独創に通ずるとは確信出来なかったままに、どう仕様もない自分の敏感性に傷つき、文壇生活の困難は、痛ましく彼の創作力に影響した。この新作家の真の悲劇はそこにあったのである。

周知の如《ごと》く「貧しき人々」の直ぐ後に書かれた小説は、「二重人格*」であるが、発表の時期は両作ほぼ同じで、前者は一八四六年一月「ペテルブルグ文集」に、後者は翌月「祖国雑誌」に掲載されたのだが、「二重人格」も亦《また》発表されないうちから、ベリンスキイを周《めぐ》る文壇ではゴオゴリ*の「死せる魂*」以来の傑作だなどと騒がれていたらしい。「貧しき人々」の方は、翌年単行本で出るまでに、雑誌の価が上ったほど人気を呼んだが、「二重人格」の一般評はよくなかった。

「二た月の間に、僕の勘定しただけで、三十五回も、僕はいろいろな新聞雑誌に書かれた。僕のことを遠慮しいしい書いているものもあるし、思い切り賞め上げているものもあるが、又やりきれないほど悪口を言っているものもあります。ほんと言えばこれ以上望むところもないわけだが、ただ不愉快でつらいのは、僕の仲間、僕の友達やベリンスキイが、『ゴリアドキン』*については揃《そろ》って不満だという事です、最初の印象で、ただもう考えもなく有頂天になり、おしゃべりや噂話や議論やらしていた揚句《あげく》が――批評なんです。今日では友達や諸君の意見はみな一致している、『ゴリアドキン』は単調で退屈で長ったらしく、読むに堪えぬという事に一致しているんです。そのくせ滑稽な事には、みんな僕が長ったらしく書いた事をうらめしく思いながら、夢中になって読むんですよ。二度目を読む時だって同じくらい夢中になるんでさあ。……僕としては、時々意気銷沈《しょうちん》しますよ。自尊心と限りない野心、これが僕の欠点だ。人々の期待を裏切った、大事な仕事を台無しにしたと考えると死ぬ思いです。僕は『ゴリアドキン』が憎らしくて堪《たま》らない」（一八四六年、四月一日、兄宛）

　これは「二重人格」が発表されて二た月ほど経《た》って彼が兄に書いた手紙の一節だ（ゴリアドキンとは小説の主人公の名前である）、二た月前には「今度の小説は、『貧しき人々』の十倍も傑作だ」*と彼は兄に広告しているのである。「二重人格」は確かに傑作であった。少くともシベリヤ流刑《るけい》以前の作品で、彼の独創性の刻印の最も鮮明なものであるが、それは彼の全作品を知っている僕等の言う事で、「ゴリアドキン」

が成長して誰に成るかは、当時作者自身も知らなかった事だとして見れば、彼の所謂《いわゆる》不愉快なる批評の中で、ベリンスキイが、この小説の幻想的要素を非難したのも、寧《むし》ろ穏健な意見であったと見るべきであろう。

ベリンスキイが、ドストエフスキイの作品に対して次第に冷淡になった事は事実で、ドストエフスキイの方でも「一週間に五度も意見をかえる弱気な人」と、気を腐らせたのであるが、実際は昂奮《こうふん》の鎮《しず》まるにつれて次第に批評が冷静なものになったに過ぎなかったのである。

この新興文壇を宰領していた颯爽《さっそう》たる功利主義者は、在来の文学の検討に興味を感ずるよりも寧ろ新しい文学の出現に餓《う》えていた。新作家の宣伝は彼の義務であり喜びであった。ヘルツェンやゴンチャロフ*も亦、この頃、彼の熱烈な推薦によって文壇に出たのである。ドストエフスキイの新進作家たる位置が確立されるや、その作品に対する一般読者の不満とするところを、ベリンスキイが、徹底した文芸時評家として取り上げたのは当然な事だ。問題は自負心の強い作家と高名な時評家との尋常な食い違いだったのである。

それに一方、ドストエフスキイとベリンスキイ、少くともベリンスキイ一派との不和を助成した外的な事情があった。ベリンスキイをはじめネクラアソフやパナエフの仲間は、「祖国雑誌」の編輯者《へんしゅう》クラエフスキイ*と意見が衝突し、察する処《ところ》理想家と商売人とのよくある喧嘩《けんか》であったのであろうが、ともかく両者の関係が面白くなくなった末、「二重人格」が発表されて間もなく、彼等は長年の寄稿雑誌を捨てたのであった。処がドストエフスキイは、ベリンスキイが「業突張《ごうつくば》りの吸血鬼め」と腹を立てたこの編輯者から「貧しき人々」の頃に、もう可成りの前借をしていた事が手紙で判《わか》る。彼が生涯苦しんだ本屋からの不器用な前借は文壇に出るとともに始っていたのだ。

「二重人格」以後彼の作品は、殆《ほとん》どクラエフスキイの抵当物と化した。持前の不経済な生活を支える必要から、彼は自分の才能を労《いた》わる暇もなく書きまくった。クラエフスキイの督促によって書かれた「プロハルチン君」も「女主人」も落着きのない彼の文壇生活の産んだ凡作であったが、既に「祖国雑誌」に対抗してなったネクラアソフの新雑誌「現代人」を援助する為に筆をとっていたベリンスキイの立場としては、これらの作品の批評に手加減を加える事は出来なかった。ベリンスキイは遠慮会釈《えしゃく》もなくやっつけたのである。

「僕は相変らず、クラエフスキイの借金を払っている。冬中働いて借金をきれいにするのが僕の目的です。ああ、いつになったら自由になれるか。ジャアナリズムの労働者になっているのは実にみじめです。みんな無くして了うのだ、才能も青春も希望も。

仕事がたまらなくなる。作家どころか三文文士に成下るのが落ちでしょう」(一八四六年、十二月十七日、兄への手紙)

彼はその「地獄の様なペテルブルグ」を逃れて、ロオマに行きヴェニスに行き、巴里《パ リ》に行って原稿を書く計画や、クラエフスキイの手を逃れて「貧しき人々」と「二重人格」との自費出版の計画を手紙で兄に打明けているが、綿密な積りで空想的な、切端つまった積りでどことなく暢気《のんき》な提案には兄ミハイルも恐らく苦笑を禁じ得なかったであろうと察せられる。無論実現しなかった。

「貴方《あなた》には信じられまい。文学の仕事を始めてもう三年になるが、僕は全く茫然《ぼうぜん》自失しています。僕は生きてはいない、われに還《かえ》る暇がない。暇がないので僕には沈黙というものがない。あやし気な名声は得たが、この地獄が何時《いつ》まで続くやら。文無しと註文《ちゆうもん》仕事。ああ休息がほしい」(一八四七年、四月、兄への手紙)

文壇の交友に堪えなかった彼が、又当時の貴族等のサロンで歓迎された筈《はず》もなかった。孤独は彼が持って生れた不幸な宝であった。彼は孤独のうちにその苛立しい自尊の念を維持するのに疲れて来た。健康は脅《おびやか》され、抗し難い憂愁は精神を蝕《むしば》んだ。自分の天才に疑いを抱いた青年を何が慰め得ようか。この状態を極度に意識した処に彼の悲劇があり、この悲劇に忠実だったところに彼の天才があったのだ。前借と註文仕事の重荷にひしがれて、彼には全く自分の将来の見透《みとお》しに就いては恐らく目算はなかったのである。現在の生活をつづける事の不可能はよく知っていたが、彼には何時《いつ》、どういう風にこの生活が終りを告げるか見当がつかなかった。恐らく彼は何かがわが身に到来する事を空想していたかも知れぬ。新しい生活を齎《もたら》す何等かの事件というよりも寧ろ、持て余した苛立しさを一挙に解決してくれる一事件を予感していたかも知れぬ。事件は来た。ペトラシェフスキイ事件がそれだ。事件はただ彼にふりかかったのではない。彼の運命がかかる事件を希望したのである。

2 ペトラシェフスキイ事件

デカブリスト達の死刑にはじまり、露土戦争*の失敗に毒を仰ぐに至るまで、あらゆる奸計《かんけい》と偽善、優柔と冷酷とに貫かれたニコライ一世の生涯は、当時過渡期のロシヤの苦渋な現実の象徴である。

デカブリスト等の不満は何を置いても農奴制度というものにあったのだが、周知の如《ごと》く一八六一年の「大改革」の美名にかかわらず、この牢固《ろうこ》たる鉄壁は、十九世紀の終りに至るまで、実質上少しも破れる事はなかった。ロシヤの経済的事情がこれを飽く迄《まで》必要としたが為だ。ニコライ一世治下に於《お》ける、この国の工業の急速な発達は、既に国内市場の発達を凌駕《りょうが》するに至っていた。農奴解放は、西欧ブルジョア君主国憲法への羨望《せんぼう》の声を越えて、農奴を解放しなければ、市場の拡張は不可能だという実際問題となって現れていた。事実、工場主等は、自由雇傭《こよう》労働者を必要とするところから、既に三〇年代には工場内の農奴労働者を解放し始めていたのだが、当時の微々たる工業資本主義は、地主と商人との協力によってなったこの強い伝統的制度に到底歯が立たなかった。ニコライは当然最も簡明容易な道を選んだ。露骨な外交政策による、国外市場の占領である。

ここにロシヤが十九世紀を通じて苦しまねばならなかった独特な矛盾、即《すなわ》ちブルジョアジイの発達にとって、君主政体のみならず君主独裁すら必要とするという矛盾が胚胎《はいたい》した。当時のブルジョアジイにとって、ニコライの軍服*と笞《ち》*刑《けい》とに支えられた国家のからくりが、どんなに奇怪に映ろうと、言ってみれば背に腹は代えられなかったのである。工場主と商人とは、政権を争い始めようとして独裁の壁にぶつかった。壁の蔭《かげ》で彼等は握手し、ツァア*の外交政策による買収に甘んじた。皇帝は観兵式と博覧会の主催者となり、幼年学校並びに工芸学校の校長となった。

　皇帝の独裁を甘受せざるを得なかった当時の薄弱な工業資本主義も、その市場の獲得とともに産業の組織に必須なインテリゲンチャを必要とした。この不自然な必要から生れたロシャのインテリゲンチャの頭脳に先《ま》ず棲息《せいそく》したものが西欧の革命的ブルジョアジイの夢であり、又この夢が先ず否《いや》でも眺めざるを得なかったものが、ニコライ一世の「憲兵団」*であった事を思えば、当時ロシャのインテリゲンチャの強いられた不幸はほぼ諒解《りょうかい》するに難《かた》くない。

　無論、刑事警察は以前からあったが、ニコライの治下において空前の発達をしたので、所謂《いわゆる》「第三部」なる政治的スパイの広大な組織は、彼の治世のはじめに生れたのである。この憲兵団は国家第一流の人物に牢領され、インテリゲンチャ*の生活はその不断の監視の下にあった。「さらば空色の軍服よ、汝等《なんじ》、これに従順なる国民よ」とレルモントフ*が歌った、この制服こそ当時の治世の象徴であり、教養ある人々の、吐け口を禁止された憎悪《ぞうお》の的であった。苛酷《かこく》な検閲官の認可なく、何一つ印刷する事は出来なかった。大学内の研究は監視され、公開講演の如きは殆《ほとん》ど革命的事件であった。

　この様な暗澹《あんたん》たる状態に置かれて、インテリゲンチャは当然狭隘《きょうあい》な世界に逼塞《ひっそく》せざるを得なかったのであるが、彼等の独り夢みる場所には、空色の軍服も触れる事が出来なかった。彼等の夢は、様々な口実の下に継続したのである。三〇年代にはドイツの詩と哲学とが青年達の頭を支配したが、やがてフランスの文学と政治思想とがこれに代った。「神の手から来るすべてのものは美しく、ただ人間の手がこれを歪《ゆが》める」というルッソオに源を発して次第に社会主義化した所謂《いわゆる》ユウトピストの思想は、今日の吾々《われわれ》には想像もつかない強大な影響を持っていたのであった。

有名なカベの「イカリイ」やフウリエの「ファランステエル」は無論の事だが、例えば、ジョルジュ・サンドの作品の如きも、青年等はこれを文学として受け取るより寧《むし》ろその政治的思想に酔ったのであった。

「最も強い創造力も、若《も》し歴史的哲学的現実と何等《なんら》関係のない自分の歌を歌ったり、自分の国を創作したり、或《あるい》は大地は自分には棲《す》みにくい、自分の土地は雲の上にある、年を経た苦しみも希望も自分の詩想や沈思を乱すに足りぬ、などと思っている様では、結局その場限りのものだ。持って生れた才能だけでは遠くへ歩けるものではない。焔《ほのお》が消えない為に油を要するが如く、才能には論理的な方向が要る。創造力の自由を社会秩序への関心と調和させる事は難かしい事ではない。強いてテエマによって書こうとしたり、想像力を手込めにしようとしたりする必要はない。ただ市民であれば足りるのだ、社会の子として時代の子として、人々の利益と同化し、自分の憧憬《どうけい》を人々の憧憬と混合させれば足りるのだ」

これはベリンスキイが一八四二年に書いたものだが、こういう言葉も当時のロシヤの青年達には充分清新な力を持っていた。然《しか》し、パリの二月革命の勃発《ぼっぱつ》とともに、臨終の床に絶間ない憲兵の訪問を受けながら死んだこの批評家に、自ら使用する市民という言葉が、当時のロシヤにどの様な意味を持っていたか、はっきり見えていたろうか、同じ言葉があの「ジュネエヴの市民」という言葉からどれほど隔絶したものであったかが。無論それは疑わしい。

周知の如くマルクスとエンゲルスとの「マニフェスト」が発表されたのは一八四八年二月である。数日後に起った革命の報に、ウィンもベルリンもヴェニスも沸き立った。併《しか》しロシヤには何事も起らなかった、起り得なかった。既に故国では為《な》す術《すべ》を知らなかったヘルツェンとツルゲネフが、パリで六月恐怖の日を目のあたり眺めていた時、ペテルブルグでは、次の様な無害な論説の故《ゆえ》に、「祖国雑誌」は発売禁止をくらっていたのである。

「現代生活の特徴は、物質的関心に没頭しようとする強い傾向を社会が表明しているところにある。ドイツ形而上学《けいじじょうがく》の周期は終った。人々の期待や願望は、哲学上のシステムとは何等関係のない社会的要求に向けられている。今日、優位にあるものは、社会科学であり、その目的とするところは、あらゆる階級に於ける富の公平な分配を可能とする法則を決定するにある」と。

政治的党派を実現する可能性の絶無な状態におかれて、青年達の頭だけは西欧政治思想に燃え立っていた。印刷物はおろか私信談話に至るまで監視され、人々は検閲の眼を掠《かす》める為に、特殊な新聞雑誌用語を発明し、わずかに文学上の比喩《ひゆ》や、文芸批評論をかりてその心を語るのに次第に疲れて来た。こうして四〇年代から五〇年代にかけて、青年達が自由な意見を交換する為に、結社というものが発達したのであるが、これらが一般に実際上の改革運動とは縁の遠い抽象的存在であった事も当然だった。

ペトラシェフスキイ会はそういう結社の一つである。

ペトラシェフスキイ会は決して革命的結社ではなかった。ペ*トラシェフスキイ自身にも革命家の血は流れてはいなかった。彼の持っていたものは寧ろ諷刺《ふうし》的天才であった。この廿五歳の若者がスペイン外套《がいとう》を羽織り、鍔広《つばびろ》のソフトを長髪の頭にいただき、彼自身実際的には何等知る処のない民衆への憎悪と愛情とに歪んだ憂鬱《ゆううつ》な顔をして、ペテルブルグの街を歩く、一種痛ましい絵を心に浮べてみなければならない。

彼ははじめ外務省の官吏であったが、四六年のはじめ少数の友人等と相計り「外来語辞典」なるものを出版した。これは語句の説明を、例えば、「オプティミスム——生活上の事実に鼓舞された実際的無神論の圧倒的な攻撃に対して、有神論を守ろうとする成功覚束《おぼつか》ない試みをいう」という様な諷刺的説明で統一した傾向的著作で、辞典の形式をとったのは、検閲官の眼をくらます為であった。くらましている間出版は成功したが、評判になるとともに禁止されて了《しま》った。だが彼の名は人々の口に上る様になり、彼の家で毎週集会が催される様になった。集った青年達の殆どすべては*フウリエリストであった。（フウリエの誕生日に一夜ささやかな酒宴を張った事が、彼等の重要な告発理由であった。）

毎金曜日、彼等は禁書を持寄り、屢々《しばしば》夜を徹して議論した。「ファランステエル」を、*ラムネエの*「信者の言葉」を、*オオエンの*「ニュウ・ラナアク」を、或は農奴制度について、言論の自由について。

政治的革命が彼等に思い及ばぬ事だったのは無論だが、恐らく実際上の改革或は組織的な研究というものにすら彼等の手は延びなかったので、ただ知識の排《は》け口を求めて苛立《いらだ》っていた青年達の率直な情熱が渦巻き、*「ヴィルヘルム・テル」の序曲が鳴り渡り、ユウゴオの詩が朗吟されて、金曜日の夜は白んだのであった。

ヴァレリアン・マイコフという、ベリンスキイの去った後をうけて「祖国雑誌」に書いていた若い批評家の手を通じて、ドストエフスキイはペトラシェフスキイの近附きになった。ヴァレリアン・マイコフは、後、ドストエフスキイの親友となって交際をつづけたアポロン・マイコフの弟であり、ペトラシェフスキイの「辞典」の寄稿家だった。併しこの頃のドストエフスキイの生活については、殆ど重要な事は何事も解っていない。特に残念なのは、兄のミハイルは一八四七年の夏にはもうレヴァルの家をたたんでペテルブルグに移っていたという至極単純な事件の御蔭《おかげ》で、以来翌々年の夏ペトロパヴロフスク要塞《ようさい》からはじめて兄へ宛《あ》てた手紙までの間、綿々としてつづいた彼の貴重な身の上話が途切れた事だ。

二月革命の報に中央ヨオロッパは沸き立ったが、ロシヤには何事も起らなかった。併し政府当局者には、恐らく何事も起らないのが気に食わなかった。第一気味が悪かったのである。図書の検閲に関する新しい委員会を設立したり、書籍は勿論《もちろん》楽譜の輸入さえ禁止して政府が一手で本屋を始める、等々の事は苦もなく断行したが、恐慌《きょうこう》に襲われた「第三部」は徒《いたず》らに不穏分子を周囲に捜し廻った。捜しあぐねた焦躁《しょうそう》が事件を発明した。一八四九年四月、会員に化けたアントネリというスパイの報告で、ペトラシェフスキイの仲間三十四人が挙げられた。ドストエフスキイと一緒に兄のミハイルがつかまる筈《はず》だったところ、仲間と何んの関係もない弟のアンドレイが間違ってつかまり、弟の方と認定されるのに二週間を要した。事件の発明もあまり手際《てぎわ》よくは行かなかったらしい。

「廿二日と言ってもう廿三日だったが、朝の四時頃、*グリゴリエフのところから帰って来た。床に就くとすぐ眠って了った。一時間程もたったか、見知らぬ人達が室に這入《はい》って来たのに、ウトウトしながら気が附いた。

サアベルの音がした。何んだろう。一生懸命眼をあけてみると静かなやさしい声が聞えた。――『起きて下さい』。見ると街の警察の人か何か特命を帯びた其《その》筋の人だ。見事な鬚《ひげ》を生やしている。口をきいたのは鬚の方ではなく、陸軍中佐の肩章をつけた*青服の方であった。『何御用です』。床の上に坐ると私はきいた。

『命令です……』

成る程『命令です』だった。戸口にはやはり青服の兵卒が立っていた。鳴ったのは彼のサアベルだったのだ。……

『そうだ、あれが鳴ったんだ』と私はつぶやいた。

『では失礼して……』

『承知しました。着物を着て下さい。待っていますから』

と中佐はいよいよ愛想のいい声を出した。

着更えをしている間、彼等は本を出させ、そこら中を捜し廻ったが、大したものは見附からなかった。室中をひっくりかえして、原稿やら本やらを丁寧に紐《ひも》で結《ゆわ》えた。

に）

警官は命令で煖炉《だんろ》の中に這入り、私の長烟管《ながぎせる》で冷えた灰を掻《か》き廻した。下士官は、これも命令で、椅子《いす》を踏台にして、煖炉に這い上ったが、足を滑らして椅子もろとも落っこちて来た。何んにもないとわかったのである。テエブルの上に古い凸凹《でこぼこ》になったとおっしゃるんですか』。検察官は、五銭玉をじっと眺めて、中佐に眼くばせした。『贋金《にせがね》だ＊五銭玉があった。訊《たず》ねると彼は『検《しら》べてみる』とつぶやいて、書類のなかに仕舞い込んだ。私達は外に出た」（一八六〇年、五月廿四日、＊ミリュウコフの娘のアルバム

後年（一八六〇年）彼が回想している様に、恐らく、＊死刑宣告も、シベリヤ流刑《るけい》も、引かれて行く彼の頭には無かったであろう。からかわれているのは検察官ではなく彼自身であった。＊セミョオノフ練兵場に引き出されたのは十二月廿二日だから、丁度八ヶ月の間彼はペトロパヴロフスク要塞に禁錮《きんこ》されていたわけである。この間に書いたミハイル（彼は間もなく釈放された）宛の三通の手紙が残っている。

「僕の健康は痔《じ》とだんだん進んで来た神経病とを除けばいい方です。時々以前の様に呼吸の困難を覚えます。食慾もないし、眠られない、いやな夢もみます。……一番つらい時は、日が暮れる頃です。九時にはまっ暗になります。時々一時二時頃まで眠れません。五時間も暗闇《くらやみ》を我慢しているのは実に堪《たま》らない。これが一番身体に毒です。

事件の結末はどうなるか申し上げられない、僕にはもう何が何やらわからなくなった。ただ暦を作って、それに毎日々々、過ぎた日を芸もなく、片附いたと書き入れているだけです。(中略)僕はただしっかりしたいと希《ねが》っているだけです。退屈も一時の事だ、快不快も気の持ち様一つですからね。人間のなかには取って置きの忍耐力や生活力がずい分沢山あるものだ、こんなにあるものだとは実際考えてもみなかった。今僕はこれを経験で知りました」(一八四九年、七月十八日)

「この一と月文字通り、ヒマシ油が食事、で生きている始末です。痔は極端にいけない。胸に以前に経験した事のない様な痛みを感じます。神経はいよいよ尖《とが》る、ことに夕方がいけない、夜は又長い悪夢をみます。床が揺れている様な気がします。まるで室のなかは船室にいる思いです。よほど神経が乱れていると思われます。神経のこういう状態に襲われると、以前はこれを書く事に利用したものですがね――神経が錯乱している時は、通常よりよく書けたし沢山書けたものです。併し今は控え目にしています、身体を滅茶々々にして了いますからね。三週間何も書かないでいたが、又書き始めました。(これは一八五七年に発表された「小英雄」を指す)」(一八四九年、八月廿七日)

「もう五ヶ月になりますが、殆ど僕は僕自身の資源、つまり僕のいろいろな考えの俘《とりこ》になって来た、それっきりです。この機械は、今日まで毀《こわ》れないで動いて来ました。

けれども、精神を養い新たにする外部からの印象がなくて、ただいつも考えている、考える他何事もしないというのは実につらい事です。空気をすっかり汲《く》み出そうとポンプを動かしている様な気がします。僕の全存在は頭の中に集中され、頭から思想へと集中される、全存在がです。尤《もっと》も思想の働きは日ましに大きくなっては行きますが」（一八四九年、九月十四日）

判決に示されたドストエフスキイの犯罪で、明瞭《めいりょう》に指摘されているのは、ペトラシェフスキイの会合でゴオゴリに宛てたベリンスキイの手紙を朗読した事実だけである。ここでしばらくゴオゴリという稀有《けう》な人物に就いて数言を費さねばならない。というのは、この天才の演じた悲劇は、当時のロシャ社会の混乱に関する明らかな象徴を提供しているからである。

ペテルブルグに於ける「検察官*」の上演（一八三六年）の失敗（当時の一般観客が、恋愛の出て来ない様な芝居を理解した筈はなかったのである）に落胆して故国を去ったゴオゴリの心には、恐らく既に、「口が曲っているからと言って鏡を責めるな」という自分のモットオに関する深い疑惑が萌《きざ》していた。西欧の文学も、まだ写実主義とか自然主義とかいう言葉を発見するに至らなかった時、批評家に自然派なる名称を発明させた（無論この名は非難の為に先《ま》ず発明された）彼の独創の才は、何に阻《はば》まれて遂《つい》に完成されずに終ったか、*キエフの夜の思い出にか、彼を招いたロオマの太陽の美しさにか。久しい沈黙の後（一八四二年）「死せる魂」の第一部を抱き、第二部第三部の巨大な思想に憔悴《しょうすい》して彼が故国に帰った時、ベリンスキイは昂奮《こうふん》した。「凡庸と無能、偽善的国粋主義と甘ったれた無気力な人気取りとが勝利を占めているところに、突然正銘のロシヤの作品が現れた。生活を偽らず、郷土に愛著《あいちゃく》し、現実の外衣を冷酷に引きちぎり、ロシヤ生活の豊饒《ほうじょう》な本質への情熱ある愛に息づいた、構想に於《お》いて手腕に於いて、又登場人物の性格、ロシヤ生活の細部と共に、その社会的歴史的思想に於いても、計り知れない一つの芸術創造が現れた」。併しゴオゴリには、こういう誇張された讃辞《さんじ》は何の慰めにもならなかった。嘗《かつ》て、プウシキンにこの作品の第一章を読んで聞かせた時、彼自身の語るところによれば、「プウシキンは笑う事が好きで、私の朗読にはいつもよく笑ったものだが、その時には彼の表情は次第に暗くなり、遂にすっかり顔を曇らして了った。読み終ると彼は叫んだ。『ああ何んという悲しい国だ、ロシヤという国は』」。プウシキンは既にいなかった。パリで彼の訃報《ふほう》を聞いたゴオゴリは友に書いた。「私は嘗て彼の相談なく何事も企てなかった。彼の姿を目に浮べず一行も書かなかった。彼の語り、認め、笑うところ、そうだ、彼の破る事の出来ない変らぬ賛同こそ、私の心を捕えて私を励ましてくれたものだ……今の仕事（『死せる魂』を云う）も彼の勧めだ、彼の賜物《たまもの》だ……はや先きを続ける力がない、続けようと屡々《しばしば》ペンを握ったがペンは手から落ちた。この悲しさを誰に語ろう」

彼の作品に現れた嘲笑《ちょうしょう》は、インテリゲンチャの急進分子の心を強く動かしたのだが、彼の心はプウシキンの「悲しいロシヤ」を離れなかった。ヘエゲルにシェリング*にフウリエに酔う人々は、彼の眼には死せる魂等の空々しい焦躁と見えた。彼は孤独と苛立しさのうちに、プウシキンのサアクルに育てられた詩人・予言者の夢を信じていた。「チチコフの遍歴*」は第一部で終ったのではない。「この同じ物語に、やがてまだ弾かれない和絃《わげん》が鳴り出すだろう。ロシヤの智慧《ちえ》の限りない富が現れるだろう、神の様な徳を抱いた男が登場するだろう、云々《うんぬん》」。彼の野心は其処《そこ》にあった。第一部に洩《も》らされた狂信的な作者の希いは、スラヴォフィル*批評家等を魅惑したが、ベリンスキイの炯眼《けいがん》はゴオゴリの危機を洞察した。

「この小説の続編には沢山なものが、あまり沢山なものが約束され過ぎている。こんなに大きな約束を果すものを一体何処《どこ》から集めて来られるのか、世界にはまだそんなものはないのだ。悉《ことごと》くが喜劇である第一部が、恐らくは本格の悲劇として残るかもしれない、とともに現れようとする第二部第三部の、少くとも悲痛な部分は恐らく喜劇に化けるのではあるまいか、そう思い至る時われわれは竦然《しょうぜん》とするのである」。ベリンスキイの予言は的中した。ただ続篇は遂に現れず、決して喜劇に化けない悲劇がゴオゴリの生活のうちに起っただけである。

ゴオゴリを狂死に導いたものは、まさしくまだ世界にないものを創《つく》り出す苦痛であった。夢みるロシャの理想人物を小説の上に実現しようとして、彼はロシャの現実に何んの手がかりも見附け出せなかった。見附け出そうとすれば、彼の「鏡」には官僚が映った、愚物が映った、愚物でなければまだ人間になっていない観念論者の群れが映った。理想は抱いたが彼の作家たる眼は為《な》す事を知らなかったのである。外界に実現すべき典型の片鱗《へんりん》すら発見する事に絶望した彼は、当然これを己れ自身のうちに探った。ここに理想を作品に表現すべきか、自分自身が理想と化すべきかという後年トルストイの晩年を論理的に襲った矛盾が、近代ロシャの曙《あけぼの》に立ったこの脆弱《ぜいじゃく》な病的な天才の頭を狂わしたのであった。

ゴオゴリの「書簡集」*なるものが発表されたのは一八四七年である。彼は既に、第二部の原稿を焼却していた。漂泊と厭人《えんじん》と孤独とのうちに、彼の狂気は充分に成熟していた。宗教と迷信とは同義語であった当時の文壇に、彼は友人等に正教*の福音を説いた自分の書簡を集めて出版する事を決心したのである。当時ザルツブリュン*で肺患を養っていたベリンスキイはこの反動的出版に堪えられなかった。

「*刑鞭《けいべん》の布告者、無智の使徒、朦朧《もうろう》主義と暗黒の跳梁《ちょうりょう》とを支持し黙認する者よ、貴方《あなた》は何をしているのか。……その驚くべき巧妙な、いかにも如実《にょじつ》な創造によって、読者にあたかも鏡を見る様に己れを眺めさせ、ロシヤの自覚に対し大いに為す処《ところ》あったこの一作家が、キリストと教会の名を借りて、農民から、『湿《うる》おう事を知らぬ獣物の口』から、地主等にこの上搾《しぼ》る事を教えようと、一本を携えて現れた。狂信の火を嘲笑によって消した*ヴォルテエルでも、貴方の凡《すべ》ての坊主ども、旧教の或は正教の主教、大監督、長老達よりも、キリストの子だ」。ゴオゴリは答える術《すべ》を知らなかった。

「私は貴方の手紙にどう答えていいかわからない。私は全く意気沮喪《そそう》して身も心も慄《ふる》えている。貴方の手紙を読む前は、どんな打撃にも堪えて見せると思っていたが、今私の心の糸は断たれたのである。私は殆《ほとん》ど無感覚に貴方の手紙を読んだ。答える力がない、何を答えよう、神様も御照覧《しょうらん》だ、貴方の言葉には正しいところがあるのだ」

「憂愁と孤独のうちに久しい間、人に語れない思想を抱いて苦しんで来た私には、私固有の心の歴史がある、これを内容とする私の作物がそう容易には判断出来ないものだという事を信じてくれ給《たま》え。……私は貴方に誠心から語る、私は苦しんだのだ。貴方が私に対して個人的悪感情を抱いて当って来る時私は苦しまざるを得ない」

ベリンスキイに悪感情があった筈はあるまい。両人の間には平素交際もなかった。

ゴオゴリには、この死をひかえた、ベリンスキイの思い余った焦躁は理解出来なかったのである。丁度ベリンスキイがゴオゴリの心の糸を辿《たど》る暇がなかった様に。ドストエフスキイがペトラシェフスキイの会合でベリンスキイの手紙の写しを読み上げていた時、ベリンスキイは世を去っていた。エルサレム*の旅に絶望したゴオゴリは騒然たる時流から孤立して、狂死に際して再び焼却する事になろうとは露知らず「死せる魂」の続稿を苦吟していた。当時のドストエフスキイに、自分がやがて全身をかけて苦しまねばならぬ問題は、まさにゴオゴリの問題であろうとは夢にも思えなかったであろう。人生は不思議なものである。

ドストエフスキイの陳述によれば、彼はベリンスキイの手紙を単なる文学的好奇心から朗読したというが、無論ここに彼の本心を探り得ない。何等の証拠もない時に陳述で嘘《うそ》をつくのは賢明である。ラスコオリニコフとポルフィイリイ*との対決が描けた彼が、事の掛引きを知らなかった筈はない。彼は果してペトラシェフスキイ一派の意見の真の同情者であったかなかったか、多くの伝記作者が彼の言葉尻《ことばじり》を捕えては、彼の本心なるものを決定しようと試みている。だが、これは極めて困難な事である。ドストエフスキイは、事件の具体的説明に関しては、無論意識してであろうが、事件後全然口を噤《つぐ》んでいるし、当時の自分の思想について回想する処も、折々の主観に従って必ずしも一致していない。ミリュウコフの回想も何んの手掛りにもならぬ。この友人の観察した、ペトラシェフスキイ会に於けるドストエフスキイは、或る時は懐疑家であり、或る時は熱狂家である。事件について抽象的ではあるが、一番明らかに当人が書いているもの（一八七三年、「作家の日記」――現代の詐欺《さぎ》の一つ）を引用して置く。「私達ペトラシェフスキイの仲間達は、断頭台の上に立ち、宣告文の読みあげられるのを、いささかの後悔の念なく聞いたのである。皆が皆とは言うまい。併《しか》し、私達の全部でなくとも大部分の人達が、己れの確信を捨てる事を恥辱と考えていただろうと言っても間違いあるまいと思う。（中略）私達は無頼漢でも不良少年でもなかった。銃殺の宣告が予《あらかじ》め読みきかされたのは決して冗談事ではなかった。宣告された殆どすべての人々は、宣告の実行される事を固く信じ、少くとも死を予期する恐ろしい、限りなく恐ろしい十分間を耐え忍んだのだ。この最後の数分間に、仲間の或る者は（私は名前も知っている）、我知らず我が身を省み、瞬時のうちにうら若い自分の生涯を振り返ってみた。恐らく、己れの或る悩ましい過《あやま》ちを悔いもしたろう。どんな人でも心の奥底で一生涯重荷になっているような過ちがあるものだ。併し、私達に死刑の宣告を齎《もたら》すに至ったところの事情、私達の心を支配していた思想や観念は、私達に後悔の念を起させなかった。それればかりではない、私達を純化し、過誤を贖《あがな》ってくれる何かあるもの、一つの苦難とさえ考えられたのである。これは長く続いた。長年の流刑《るけい》も苦痛も、私達の気持ちを変えはしなかった」

無論彼は偽りを書いているのではあるまい。だが、功なり名遂げて、当時を回想する彼と事件との間には二十余年の歳月が流れている。二十余年の歳月の意味する処を、たとえ自らすごした歳月にせよ、人間は明らかに知り得ようか。

ユウトピストの思想は、当時のインテリゲンチャの最高水準を示すものに違いなかったが、ペトラシェフスキイ会の人達が、この思想の為に断頭台を賭《か》けていなかった事は確かである。思想と断頭台との距離は、彼等の眼には余り距《へだ》たり過ぎていた。前にも書いた通り、まかり間違えば断頭台だと思わせる現実的な条件は、彼等の側には揃《そろ》ってはいなかった。ドストエフスキイは、政治家ではなかった、実行家ではなかった。文壇への苛立《いらだた》しい不信、自分の文学的才能に関する疑惑、註文《ちゆうもん》仕事の疲労、借財と病気、そういうものが相寄って醸《かも》し出した当時の生活に対する絶望感の上に、恐らく彼は、いかにも芸術家らしい情熱をもって、ユウトピストの思想を横たえただろう。而《しか》も、彼の複雑な性格は、この思想が、自分の絶望を覆《おお》うに足りない事も意識していただろう。当時の彼の本心なるものは何処にあったか。この質問自体が拙劣である。ペトラシェフスキイ事件には、運命の悪戯《いたずら》という陳腐な言葉が似合わしい何かがある。

当局がこの事件の物的証拠の欠如に悩んだ様に、恐らくドストエフスキイ自身にも自分の心の証拠は捕え難かったのだ。

彼がペトラシェフスキイの会合に出入し始めたのは四六年の冬であったが、二月革命が当局の眼を刺戟《しげき》した様に、会員等にも作用した。彼等は果しない議論と煙草《たばこ》とに疲れ、その情熱の排《は》け口を何等かの実行に求めはじめた。四九年の初めに至って、後、ドストエフスキイとオムスク行を共にしたドゥロフ*の宰領する一層内密な会合が、毎土曜ドゥロフの家に開かれ、少数の仲間が集まったが、ドストエフスキイは兄とともにこれに加った。このドゥロフの仲間のうちの一部（スペシュネフ*、フィリッポフ*）が、秘密出版所をペテルブルグの各所に設け、会員の宣伝文を印刷して頒布《はんぷ》する計画を立て、仲間の反対を排してこれを実行した。最近発表されたマイコフの手紙で、ドストエフスキイがこの秘密出版に関係していた事実が判明したが、それ以上の事はわかっていない。出版物がそう過激な性質のものではなかった事は考えられるが、事の細部は、ドストエフスキイ等が永久に握りつぶした。お蔭《かげ》で我々は彼の四九年以後の作物を読む事が出来るのかも知れぬ。

軍法会議は十月の末にはじまりやがて判決が下った。

ドストエフスキイの判決の最大の理由は、ベリンスキイの書簡を集会で朗読したというのであるが、その廉《かど》により銃刑を宣告された。死刑の判決があったのは二十三人の被告のうち二十一人に達したが、この判決は、ニコライによって却下され、ペトラシェフスキイは終身懲役、スペシュネフは十二年の懲役、ドストエフスキイは四年の懲役と後は兵役勤務という事に変更された。処が、どちらの判決も被告一同には知らされなかったのである。

十二月廿二日の未明、被告一同は何んの為に何処に行くかも知らず馬車に乗せられていた。窓には厚い氷が張りつめて、往《ゆ》く道の様子さえわからなかった。「とうとう着いた。七時半であった。愕然《がくぜん》とした僕達の眼前には、断頭台と柱が二十本並んでいた。断頭台の上に連れられると、片側に九人、片側に十一人、二列に立たされた。やがて監視の者が死刑の宣告文を読み上げた。読んでいる時太陽が出た。僕とドゥロフの傍にいたドストエフスキイが『僕にはまだ死ぬんだとは信じられない』とささやいた。ドゥロフは、折から大きな菰《こも》につつんだ荷を幾つも乗せた荷馬車が着いたのを指し、『僕等の棺桶《かんおけ》さ』と言った。もう疑うものはなかった。死はそばまで来ていた……!」とはスペシュネフの回想するところであるが、ムイシュキン*の言葉を借りれば、「死刑というものは人殺しよりよっぽど残酷なものです。森の中で、夜強盗に斬《ざん》殺《さつ》される人だって、いよいよという最後の瞬間まで逃れる希望を捨てやしない。そういう例《ため》しはよくあるんですよ。咽喉《のど》を断ち切られていながら、希望は捨てない、転げまわって救《たす》けを呼ぶんです。それを、その逃れられない終末を確実に知らせて了《しま》う、希望さえあれば十層倍も楽に死ねるところを、死刑囚からは、その希望を取上げて了う。宣告を読み上げるでしょう、どうしたって遁《のが》れっこはないと合点するところに恐ろしい苦痛がある、世界中にこれ以上の苦痛はありません。兵士を戦場のまっ直中《ただなか》に連れ出す、大砲のまん前まで連れて行ったって、ドカンとやるまで一縷《いちる》の望みを捨てやしない。だが、彼に死刑の宣告を確実に知らせてみ給え、気狂《きちが》いの様になって泣き出しますよ。人間の心がこういう試煉《しれん》に発狂もしないで堪えられるなどと誰に言えたか。何故《なぜ》こんな不必要な卑《いや》しい侮辱を人に加えるのか。ことによったら世の中には、宣告文を読み上げられ、こんな苦しみを味わされた挙句、『さあ行け、許してやる』などと言われた男があるかも知れません。そういう男なら、自分の感じた事を話して聞せて呉れるだろう。この苦しさ、この恐ろしさについてはキリストも語っている。いや、誰が何んと言おうと人間をそんな風に扱う法はないのだ」(「白痴」)。

ペトラシェフスキイ、モンベリ*、グリゴリエフの三人が、先《ま》ず柱に縛《ばく》され、十二人の兵士が銃を上げた時、赦免のハンカチが飜《ひるがえ》った。縛を解かれた時、グリゴリエフは発狂していた。或る目撃者の言うところによれば、ドストエフスキイはまことに平静な様子だった。断頭台を登る足どりも乱れていなかったし、顔色も蒼《あお》ざめてはいなかったそうである。だがそんな事が一体何を意味するのだろう。発狂の一歩手前にいる人間が平静に見えないとも限るまい。

「不思議な事だが、こういう最後の時間に、人間は、滅多に気絶しないのですね。それどころか、彼の頭は生々と働き、運転中の機械の様に全力をあげて活動している。僕は思いますね、無数の思想、どれもこれも尻切れ蜻蛉《とんぼ》で途轍《とてつ》もない滑稽《こっけい》な思想が群がって、彼を襲うと思いますね。例えば『おや、あすこにいる見物の額には疣《いぼ》がある、そら、首斬人《くびきり》の上著《うわぎ》の下の釦《ボタン》が銹《さ》びてらあ』といった調子なんです。而も理智や記憶は少しも損われてはいないある一点があって、その一点がどうしても忘れられない。忘れられないから気絶する事も出来ない。凡てのものがこの一点の周囲を回転している。こういう状態がどうでしょう、もう頭を肉切庖刀《ほうとう》の下に置いてじっと待っている……何も彼《か》も承知して待っている、最後の四分の一秒となってもまだ続くのです。突然、頭の上で鉄の滑る音がする、これはどうしたって聞えますよ。若《も》し僕だったら、僕がそういう風に板の上にねていたら、わざと耳を澄ましていて、きっと聞きとりましたね。音は大方十分の一秒とは続くまいが、それでも聞えないわけはない」(「白痴」)

シベリヤ流刑の最後判決は、既に十二月十九日に下っていたのである。何故にこの様な「不必要な卑しい」芝居が行われたのか。誰も確実に知っているものはない。

シベリヤで或る強盗団が捕縛された時、県知事は彼等を死刑に処する旨《むね》政府に上申した。ニコライ一世は知事の上申書に次の様に書いた。「ロシヤには、神の恵みによって、死刑なるものは存しない。死刑には反対である。但《ただ》し各被告は一万二千宛《ずつ》の笞《ち》刑《けい》を受くべき事」。断るまでもなくこれは大変手間のかかる死刑である。どんな頑強な人でも三千以上の笞《むち》に堪えないそうであるから、命令によって死骸《しがい》一個宛に九千の笞が要ったわけだ。デカブリストの首領五人の死刑宣告の署名をもって、ニコライ自身がその治世をはじめた事をここに附記するのも愚かである。こういう事実から考えれば、セミョオノフ練兵場に行われた残酷な芝居も、恐らくはニコライの気まぐれどころか皇帝の仁慈《じんじ》なるものがみせたさの大真面目《おおまじめ》な計画だったと見るべきだ。尤《もっと》もこの子供らしい計画は、ニコライの子供らしさが発明したものではなく、彼はただ当時の社会に行われていた気狂い染《じ》みた偽善の風習に従ってごく自然に振舞ったに過ぎなかったのだが。

「貴方《あなた》にお別れするとすぐ、僕等三人、ドゥロフとヤストルジェンプスキイ*と僕とは、足枷《あしかせ》をつけられて連れて行かれました。夜半のことで、丁度クリスマスの前夜だった。

足枷は目方が十ポンド*もあって、実に歩き難《に》くかった。憲兵がついて、一人ずつ無蓋《むがい》の橇《そり》に乗せられ（軍曹《ぐんそう》が一人で一台占領したから橇は四台になった）、ペテルブルグを去ったのです。

僕は胸が一杯だった、数限りない感情が群がって僕を悩ましました。まるで渦巻のなかにいる様な気持ちで、陰鬱《いんうつ》な絶望の他何にも感じませんでした。併し、新鮮な空気に元気附き、生活に変化が起る時にはいつもそうだが、受ける印象の烈《はげ》しさで勇気が出て来て、間もなく気が落着いて来ると、過ぎて行くペテルブルグを僕は興味をもって眺めはじめた。家々にはクリスマスのお祝いの灯がともっていたが、僕は一つ一つにさよならを言った。貴方の家の前も通りましたよ。クラエフスキイの家は明か明かと美しかった。僕は堪え切れない程悲しくなりました。貴方から聞いていたから、クリスマス・トリイが飾られて、エ*ミリヤ・フョオドロヴナが子供達をつれて来ているのだと承知していた、みんなにさよならを言っている様な気になり、また実際別れるのがつらかった、幾年かたって後でも、眼に涙をためて、みんなの事を何遍も思い出したっけ。

ヤロスラヴリに着いた。宿場を三つ四つ過ぎて、夜明け頃シュレッセルブルグに辿り着き、宿にはいる。僕等は、一週間も物を食わなかった様な勢いで、お茶に飛びつきました。八ヶ月の牢獄《ろうごく》生活、それに六十露里*の旅で、すっかり食慾がついて了った、思い出してもあの時は楽しかった。僕はすっかり快活になりました。……

翌日は、クリスマスの祝日で、馭者達《ぎょしゃ》は、目も覚める様に美しいバンドのついたドイツ風の灰色の羅紗*《ラシャ》の外套《がいとう》を着ていました。村の往来には人っ子一人いない。晴れた冬の美しい日だった。ペテルブルグ、ノヴゴロド、ヤロスラヴリ其《その》他の諸県の荒涼とした土地を過ぎて来た。眼に入るものはまばらに散らばった名も知らぬ寒村だけです。併し、祝日のお蔭《かげ》で、どこへ行っても飲みもの食べものには不自由しませんでした。沢山着込んでいたが、恐ろしい寒さだった。

橇の上に十時間も身動きもせず、こういう風に、一日に五つも六つもの宿場を乗り飛ばして行くのが、どんなに辛《つら》いか、貴方には想像出来ますまい。心臓まで冷え込んでしまって、暖い部屋についても、暖ったまりさえしなかった。ペルム*は零下四十度にもなった晩がありました。まあこんな目に会うのはお勧め出来ませんね、愉快なものじゃない。

ウラル*越えではひどい目に会った。吹雪で、馬も橇も埋ってしまいました。真夜中だったが、僕等は橇から下りて雪の中から引張り出すのを待っていなければならなかった。ヨオロッパの国境に立って、まわりには雪と嵐《あらし》、行手にはシベリヤと僕等の未来の神秘、背後には僕等の過去の一切、実際悲しかった。僕は泣きました。旅の間、どこへ行っても村中総出で僕等の見物だ。宿場宿場では、足枷をつけている癖に三倍も高い金を払わされた。併しクズマ・プロコフィエヴィッチが、僕等の費用の半分は助けてくれました。払ってやると言ってきかなかったのです。だからめいめい結局十五留《ルーブル》しか費《つか》いませんでした。

一八五〇年一月十一日、トボリスクに着いた。官憲に引合わされ、身体検査を受け、持っていた金は残らず取上げられた。僕、ドゥロフ、ヤストルジェンプスキイは、別棟の部屋に入れられたが、スペシュネフの仲間は別の部屋にいたので、殆《ほとん》ど顔を会わす機会もなかった。

トボリスクで過ごした六日間の事、僕の受けた印象、細かくお話ししたいが今は止《や》めて置きます。同情と憐憫《れんびん》とに取囲まれて、僕等は幸福者だとさえ考えた程だ、とこれだけははっきり言って置きます。昔の流刑者達（と言っても特にその妻達だったのだが）は、まるで肉親の様に面倒をみてくれた。みんな二十五年間の不幸をじっと堪えて来た立派な人達でした。尤も監視が厳しいので、ほんの僅《わず》かの間会えただけです。食べ物や着物を貰《もら》い、慰められたり励まされたりしました。僕はまるで手ぶらで必要な衣類さえ持たずにやって来て了って、道々悔んでいた処だったので、彼女達の心尽しの着物は大喜びで貰いました。とうとう出発する事になった。三日後、オムスク*に着きました」

以上は一八五四年二月廿二日オムスクから兄に宛《あ》てた手紙からの引用であるが、この平凡な叙述には、ドストエフスキイの心の柔らかさが実によく出ている。こういう異常な経験をこう素直に語れる心は容易ならぬ心である。文中流刑者とあるのは、デカブリストを指したもので、当時デカブリスト達は既にその刑期を済ましていたが、尚《なお》警察の監視の下にシベリヤに残っていたのである。「作家の日記」によれば、ドストエフスキイ等が面会したのはムラヴィヨフ夫人、アンネンコフ夫人とその娘、フォンヴィジン夫人等で、彼が牢獄で耽読《たんどく》した聖書*は、彼女等の贈物であった。

3　死人の家

オムスクの監獄で、四年間、ドストエフスキイはどういう生活をしていたか。幸い、彼は「死人の家の記録」という素晴しい体験談をのこして置いてくれた。僕等はこれを開けばいいのである。或る男の手記の形を借りて、自分がつぶさに嘗《な》めた地獄の苦しみが巨細《こさい》にわたって述べられている。作中で殆《ほとん》ど信じられない様な光景を語るに際して、作者は「自分は誇張しているのではない、真実を語っているのだ」と屢々《しばしば》断っているのを見ても、この記録が事実を曲げて書かれたものとは信じ難いのであるが、一八六一年から翌年にかけて発表されたもので、歳月が彼の堪え難かった獄中の思出を緩《やわら》げた事も否《いな》めないし、当局の検閲に対する作者の配慮も、各所に可成り露骨にうかがわれるのであって、彼の獄中生活を生ま生ましい感情を交えて端的に語っているという点では、出獄後間もなく彼が兄に密送した手紙に及ばないのである。

「この四年間、仕事に連れて行かれる時以外、ずっと壁のなかで暮して来たわけです。仕事は辛《つら》かった。天気の悪い日に、雨のなか、泥のなか、冬の堪え難い寒さのなかで、もうこれ以上動けないという身体で、仕事をさせられた事もあった。或る時は追加作業を四時間もやらされたが、水銀*が凍っていたから、恐らく零下四十度を越えていたでしょう。片方の足は凍傷を起した。

僕等は一つの廠舎*《しょうしゃ》に一団となって生活していました。もう久しい以前から取壊すより仕方がないものに成り果てていた、てんで役にも立たない木造の家屋、荒れ果てた古家を一つ想像して見て下さい。夏は息も詰まるほどの暑さ、冬は凍えるくらい寒い。床は腐って汚物が一寸*以上も溜《たま》っている。小さな窓硝子《ガラス》は垢《あか》で緑色になっていて、昼日中でも活字が殆ど読めないくらいだが、冬にはそれに一寸以上も氷が張る。天井は雨洩《あまも》り、壁はひびだらけ。そこに僕達は樽詰《たるづ》めの鯡《にしん》の様に押し込められていたのです。煖炉《だんろ》に薪《まき》を六本も焼《く》べても、何んにもならぬ、少しも暖くはならない（室の中の氷は殆ど溶けない）、そのかわり煙だけはとても我慢が出来ない。冬中こんな塩梅《あんばい》なのです。

囚人達は、室の中で肌着を洗濯するので、到《いた》る処《ところ》に水溜りが出来て、足の踏場もない。日暮れから夜明けまでは、どんな口実があっても外出は出来ません。室の入口にはバケツが一つ置いてある。何に使うかお解《わか》りでしょう。夜中は臭気で窒息しそうです。『と言って、俺達だって生き物さ、豚の真似《まね》は御免だとはいくまいよ』と囚人達は言ってたっけ。

寝台ときたら、裸板が二枚、許されているのは枕《まくら》が一つだけ、足がはみだす短いマントが掛蒲団《かけぶとん》で、夜中慄《ふる》えている始末です。南京虫《ナンキンむし》、虱《しらみ》、油虫、そんなものは桝《ます》で量れる。冬の着物に着古した毛皮のトンビ*が二枚ではちっとも温くはない、それで足に丈の短い長靴を穿《は》いて、まあシベリヤを歩いて御覧なさい。

食事はパンとスウプで、規定によれば、スウプには一人あたり四半斤*の肉がはいっている筈《はず》なのだが、細かく切ってあるからまるで姿も見えない。祭日にはバタも殆どはいっていない粥《かゆ》、四旬節*には塩菜と水、それっきりです。胃はひどくやられるし、幾度も病気になりました。これで金がなくって生きて行けるかどうか考えて見て下さい。若《も》し僕に金がなかったらどうなっただろう。一般の囚人達もこの生活には我慢が出来ないので、廠舎のなかで何かちょっとした商売をやって僅《わず》かの金を得ているのです。僕は茶をのんだり、時々自分の金で必要なだけ肉を買ったりして助かっていたわけです。煙草《たばこ》も喫わずにはいられなかった、煙草でも喫わなければ、窒息したこと受合いだ。それもこそこそやるんです。

僕は病院で幾日か過した事がある。癲癇《てんかん》の発作が起りました。無論度々ではなかったが。足にはまだリウマチスの痛みが去りません。これを除けば先《ま》ず健康体です。こういう不愉快な事だらけのところへ、読む本というものがまるで無い。たまたま一冊手にはいっても、仲間達から向けられる不断の憎悪《ぞうお》、監視人等の横暴、口論や罵言《ばげん》や叫喚、休みのない喧騒《けんそう》のなかで、びくびくし乍《なが》ら読まねばならない。何しろ一人っきりにはどうしてもなれないのですからね。この調子で四年間、四年間ですよ。ひどいものだ、などと言ったって、とても口では言い切れる生活じゃない。これに加えて、何か違犯を仕出かさないかと絶えず懸念《けねん》するところから、まるで頭がぼんやりしてしまうという事を考え合せて下されば、僕の生活の要約が得られようというものです。

この四年間に、僕の魂、信念、精神に何が起ったかということに就いては申し上げますまい、あんまり長くなるから。あんまり現実というものが苦しいので、絶えず瞑《めい》想《そう》のうちに逃れていたが、これはどうやら無駄なことではなかったらしい。今、僕は以前思っても見なかった望みや希《ねが》いを持っています。併《しか》しこれはみんなまだ仮説に過ぎぬ。書きますまい。ただ、どうか僕を忘れないで下さい、僕を助けて下さい。書物と金とが入用なのです。送って下さい。お願いです」（一八五四年、二月廿二日、オムスクより兄宛《あて》）

「死人の家の記録」によれば、当時のシベリヤの監獄というものは、独房組織の下に秩序化された監獄を持つ今日の人々には殆ど考えられない様なものであった。囚人達は鞭《むち》と焼印と足枷《あしかせ》という様な酷刑に苦しみ乍ら、一方では喧嘩《けんか》、口論、泥酔、賭博《とばく》、酒の密売、番兵を買収すれば女にも会える、そういう奇怪な自由を享楽《きょうらく》していたのである。監獄には孤独はなかった。ペテルブルグの社会に別れたドストエフスキイを待っていたのは、いかにも異様なものだったが正《まさ》しく一つの社会であった。ペトロパヴロフスク要塞《ようさい》で、「泣かないで下さい、兄さん、監獄にだって獣はいない、いるのは人間です」と兄を慰めた彼は出獄後に訴えている。「五年間、僕は人間の群れのなかに、看守の支配下に暮し、一時間でも独りでいる事はなかったのです。独りでいるという事は、普通の生活で飲み食い同様に必要な事だ。それが出来ないで共同生活を強いられていれば、誰でも人間嫌いになりますよ。人間共との交際はまるで毒薬か伝染病の様に作用する、僕は四年間を通じて何よりもこの堪え難い苦しみを味った。罪があろうが無かろうが、ともかく自分の眼の前を通る奴は誰でも憎い、俺の生活を盗んでよくも平気な顔をしているものだ、と思う事も幾度もありました」(一八五四年、二月、オムスクよりフォンヴィジン夫人宛)

監獄には獣はいなかったが、子供を殺すのが唯一《ゆいいつ》の楽しみだった様な男から、護送の途中赤い*ルバシカと銀貨一枚で、自分の短い刑期を売り払い、知らない男の身代りに無期徒刑に甘んじている様な男に至るこの社会の諸段階は、「死人の家の記録」の作者の言葉によれば「その全くの異常性、全くの不可測性」にただ驚く事さえ容易な仕事ではなかった。「白状するが、この驚きは監獄生活の全期間を通じて、私の心から離れなかった。私は遂《つい》にこの生活に順応する事が出来なかったのである」(「死人の家の記録」)

エーメ・ドストエフスキイは、「回想」のなかで、父親が、獄中で人々に対する態度は、全くキリスト教徒の態度であったと繰返し主張しているが、俄《にわ》かに信じ難いのである。*マルトヤノフの記録によれば、「彼は見たところ、強壮ながっしりした、充分訓練された労働者であった。言わば残酷な運命の下に化石して了《しま》った様で、物憂《ものう》そうな、無骨な様子で、口もきかなかった。暗褐色の斑点《はんてん》のある、蒼《あお》ざめ疲れた灰色の顔には、微笑の影さえ見た事がない。仕事の事で、途切れ勝ちな言葉で切れ切れに返答するだけだった。帽子はいつも眉《まゆ》の隠れるほど額目深にかぶり、その眸《ひとみ》は、怒ったように苛々《いらいら》と鋭く、殆ど下ばかり向いていた。囚人等は彼を好かなかった。彼の道徳的な威信は認めていたが、先ず見て見ぬふりで、憎むというのではなかったが、黙って彼を忌避する態度だった。彼にもそれがわかっていたので、みんなの仲間には這入《はい》らなかった。非常に稀《ま》れだったが、堪えられない気持ちにある時だけ、二三の囚人に話しかけていた様子だった」。

マルトヤノフの記録は直話ではないのだが、ドストエフスキイの心を勝手に忖度《そんたく》していないだけに恐らく正しいであろう。少くともこれを否定する根拠もないのであって、嘗《かつ》て工科学校では恐ろしく孤独な学生であり、文壇では友人等も持て余した憂鬱《ゆううつ》な作家であった彼が、囚人等のなかで円満な顔を見せていた筈は先ずあるまい。

クロポトキン*は、「死人の家の記録」を、ドストエフスキイの作品中最も芸術的に完成した作品だと称している。トルストイは、ロシヤで嘗て書かれたものでこの右に出る作品はないと言った。又、ツルゲネフが、作中の浴場の場面をダンテスク*と激賞したのも周知の事である。では、ドストエフスキイの作品に対して冷淡であったこれらの人々を惹《ひ》きつけた「死人の家の記録」の魅力とはどういうものだったかと考えると、この作品は、彼の全作中に独り際立《きわだ》った姿を現して来る様に思われる。この作品には、流刑《るけい》以前の作に見られた青年らしい憂愁は全く失われているが、すでに「二重人格」に見られていよいよ爛熟《らんじゅく》した病的なほど鋭い心理分析的筆致も、ここでは一時姿を消している。無論後期の作に現れた力学的な構成もない、燃え上る様な思想と情熱との相剋《そうこく》もない。彼のリアリズムが、この作品ほど直截《ちょくせつ》な素朴な姿をとった事は後にも先きにもないのである。

「死人の家の記録」が読者を驚かすのはその異常な題材にもよるが、又これを扱う作者の異常な平静さにもよる。ストウ夫人*の「アンクル・トムズ・ケビン」*が一世を風靡《ふうび》したのもこの頃で、小説の形を借りて社会に抗議する事は当時の作家等の常識であった様な時代に、「死人の家の記録」だけが、凡《およ》そ時流には無頓着《むとんじゃく》な様子で立っている。無論、これを書いている間、作者の心には絶えず苛烈《かれつ》な検閲に対する危懼《きく》が動いていたに相違ないが、そういう消極的な懸念がこの小説から社会に対する忿懣《ふんまん》の情を拭い去ったとは考えられない。

「これらの壁のなかで、怠惰のうちに、どれほどの青春が埋れて了うか、どんなに強い力が実を結ばずにここで死に絶えて了うか。実際、彼等は優れた人達なのだ。全国民のなかでも最も天性に恵まれた強い人達かも知れないのだ。而《しか》もそういう強大な力が実を結ばずに死んで了う、不自然に、不法に、取返しのつかない死に方をして了う。誰の罪だ。そうだ、誰の罪だ」

これは作中、作者の忿懣が明らかな殆ど唯一の文章だ。だが、これが果して忿懣だろうか。作者の蒼ざめた反抗か、それとも諦念《ていねん》なのか。併し、この作品から読者はそういう言葉では形容し難いものを感ずるのである。其処《そこ》には何か無気味に魔的なものがある。全篇は一種非人間的な無関心に貫かれている。この印象は言葉に言い現し難いが、明瞭《めいりょう》なのであって、出獄後の兄への手紙は「死人の家の記録」より伝記的には重要なものを持っているが、ドストエフスキイは獄中生活から果して何を得て来たかという、多くの批評家を迷わせている難解な問題には、結局この作の言い難く而も明瞭な印象だけがものを言う始末になる。「多くの批評家は、人間は作品の原因だ、という古びた原理に支配されている。丁度法律の眼には、罪人は犯罪の原因だと映る様に。だが寧《むし》ろ人間は作品の結果なのである」というヴァレリイ*の逆説がものを言う好機であろうか。

「泥棒達相手の四年間の牢中《ろうちゅう》生活でさえ、結局人間を発見するという事で終ったのです。貴方《あなた》は信じられるだろうか。ここには深い、強い、美しい性格を持った人々がいるのだ。粗悪な地殻の下にかくれた黄金を見附ける事は実に楽しいものです。それが一つや二つではない、いくらでも見附かるのだ。或る者は貴方だって尊敬せずにはおられまい、或る者は実際美しさに溢《あふ》れている」（一八五四年、二月廿二日、オムスクより兄宛）

これと同じ様な感慨は、「死人の家の記録」の各所で読者を捕えるのである。後年のドストエフスキイの民衆に対する殆ど神秘的な信仰の種は、たしかにオムスクの監獄に播《ま》かれていたのだが、この種の発見並びにその成長は、決して簡単な事柄ではない。

流刑以前、シルレルに傾倒した彼には、黄金の心を持った罪人の概念は既に親しいものであった。無論獄中生活の現実の姿は、この様な浪漫的概念の空疎《くうそ》を彼に教えたには相違なかったが、彼の遭遇した現実暴露は尋常一様の域を越えていた。犯罪の英雄達との共同生活を強制されて、彼が悟ったものは空想を交えぬ現実、単なる現実ら しい現実ではなかった、その計り難い異常性であった。この異常性に対する率直な驚きのうちに民衆理想化の種が播かれていたのである。兄への手紙や、「死人の家の記録」に見られる民衆讃美の言葉に何等《なんら》空想的なものがない様に、ここから成熟した晩年の彼の民衆礼拝に何等浪漫的なものはない。ただあるものは異常さである。トルストイやツルゲネフの様に、民衆との広い尋常な接触の機会を持たず、この言葉の背後に足枷の音を聞き、囚人服の色を見ずにはいられなかった人間の異常さがあるのだ。

彼は粗悪な地殻の下に黄金を見附けたが、この発見の為に払った代価は苦しいものであった。発見は彼の心を酔わしたが、発見の苦痛にも亦《また》彼の心は素直に酔ったのである。獄中生活は、ドストエフスキイに毒であったとミハイロフスキイ*は言い、マイコフは薬であったと論じているが、そういう詮索《せんさく》が何を意味するであろうか。いや、ドストエフスキイの様な豊富な柔軟な心にとって、一体経験によって学ぶとはどういう事を意味するのだろう。成る程、「死人の家の記録」は、「世には経験しなくては理解出来ないある種の事物がある」という言葉の上に書かれた書だ。併し、世には或る種の人間にしか持つことの出来ない或る種の経験がある。人の心は経験によって豊富になるが、又貧しい心は経験を貧しくするだろう。ドストエフスキイは獄中生活を彼独得の方法で味ったに違いない。この経験には彼の心と彼の心が遭遇した事物との間を結んだ独得な糸があったに違いない。恐らく彼に最も必要だったものはこの糸である。彼が獄中の経験から何を得て来たかという架空な問題から評家は離れる可《べ》きだ。

「僕は監獄でどれほどの多くの民衆の型や性格を知ったか。彼等と生活を共にしてはじめて彼等を明らかに理解した。この事では少々自惚《うぬぼ》れていますが、自惚れても差支《さしつか》えないと思っています」（兄宛、同上）。注意深い読者は、彼が後年作中で創造した驚くべき人間の数々の原型が、「死人の家の記録」中の忠実な人間の素描のうちにある事に気がつく筈である。（例えばスメルジャコフの原型はペトロオフだ。）彼が人間観察に就いて独得な自信を得た場所、人間心理の異様さを表現するあの精緻《せいち》を極めた彼独得の技術を会得《えとく》した場所は、非社会的分子からのみ成立した一つの社会であった。社会的常識や習慣を黙殺した人々が或る生き生きとした暮しを立てている世界であった。彼の異常な資質は、異常な環境のうちにレンズの焦点を合わせたのである。

「怪物と戦うものは、自ら怪物にならない様に気をつけなくてはならぬ。あんまり長く深淵《しんえん》を覗《のぞ》き込んでいると、深淵が魂を覗き込みはじめる」、とニイチェは「善悪の彼岸」で警告したが、嘗て自ら怪物とならずに怪物と戦った人がいたであろうか、深淵に見込まれずに深淵を理解した人が。善悪の彼岸の四年間の彷徨《ほうこう》で、彼の心が無傷であった筈はない。彼が黄金を見附け出したのは、粗悪な地殻の下によりも寧ろ自分の被った傷の下にである。そして彼に心地よかったものは、発見物だったかそれとも発見の苦痛だったか、恐らく彼自身にも判然しなかった。そういう体験の場所で、恐らく彼はニイチェの所謂《いわゆる》病者の光学を錬磨したのであった。

「自由、新生活、死からの復活、——ああ何んという栄《は》えある時」という「死人の家の記録」の結句を読んだ読者は、これらの記録が、厭人《えんじん》と孤独と狂気とが書かせたア*レクサンドル・ペトロヴィッチの手記だった事を思い出す必要がある。この「出来るだけ人から遠ざかることを最大の目的としている人物」から作者は無言で遠ざかる。読者も亦作者が読者を置いて遠ざかるのを如何《いかん》とも為《な》し難いのである。無気味さが残る、経験から選択せずただ深くこれに傷つく事が出来た人の無気味さが。運命から割引きする事を知らず、ただこれに愛着する事が出来た人の無気味さが。

4　セミパラチンスク

一八五四年二月十五日、出獄を許されたドストエフスキイの前途には、何時《いつ》まで続くか解らないセミパラチンスク歩兵聯隊《れんたい》の兵役が待っていた。*セミパラチンスクは、*キルギスの曠野《こうや》の果て、*蒙古《もうこ》の国境にも程遠くない僻地《へきち》の人口五六千の町で、嘗《かつ》て国家の南方侵略の前哨地《ぜんしょうち》として守備隊を中心として発達したこの町が、彼の様な政治犯に住み易《やす》い処《ところ》であった筈《はず》はない。地主が申請した刑罰として服役している農奴、或《あるい》は僅《わず》かの金の為に他人の身代りに入営する浮浪人、＊スパルタの子供の様に両親も知らず完全な肉弾に養成される少年兵、そういう仲間が、オムスクの監獄の仲間よりあんまり上等だったとも考えられない。然《しか》しこの退屈な土地で、彼が殆《ほとん》ど全身を傾け、すべてを忘却した事件が起った。彼の最初の恋愛並びに結婚である。

セミパラチンスクからの彼の書翰《しょかん》はかなりの数に上るが、検閲の関係上、彼の私生活に就いてはこれから多くのものは得られない。特に彼の恋愛事件に関しては、＊ヴラ ンゲリ男爵《だんしゃく》への手紙（彼は地方検事としてシベリヤに赴任したので、彼への手紙は開封される恐れはなかったのである）と彼の回想に頼るより外《ほか》はない。ヴランゲリが、＊ミハイルからの手紙や金を託されてセミパラチンスクに来たのは、ドストエフスキイの出獄の年の暮であった。このペテルブルグの貴族の青年とドストエフスキイとの間には、この時以来永く変らぬ厚い友情が結ばれた。友情というより、当時廿歳の若者だったヴランゲリは、ドストエフスキイを、「兄の様に愛し、父親の様に尊敬した」のであった。

ヴランゲリに会った時には、ドストエフスキイの恋愛は既に始っていた。相手は、＊マリヤ・ドミトリエヴナ・イサアエヴァという女で、良人《おっと》もあり子供もある肺病の婦人であった。「運命は私の父に何んという恐ろしい妻を与えたのだろう」とエーメは嘆いて居る。果して恐ろしい妻であったかどうか、残念な事には、二人の関係を明瞭《めいりよう》にする材料が欠けている。女に宛《あ》てた手紙は、ヴランゲリによれば、いつも厚い練習手帳ほどあったというから、ずい分書いたものらしいが、残っているものはただ一通に過ぎない。それも良人イサアエフの眼を憚《はばか》った至極曖昧《あいまい》なものだし、ヴランゲリ宛の手紙のうち、事件にあまり立入った部分は、恐らく二度目の妻の手によってであるが、抹殺《まっさつ》されている。「マリヤ・ドミトリエヴナは、三十前後、かなり美しい金髪、中背で非常に痩《や》せた、情熱的な、熱狂的な婦人であった」(ヴランゲリの回想)。イサアエフは下士官上りの町の税関の小役人だったが、病身の上に非常な飲酒家で、当時殆ど職を失っていた。息子の家庭教師としてイサアエフ一家に出入しているうちに、彼はマリヤと恋愛に落ちた。この世の所謂《いわゆる》醜関係には別に劇的なものも想像出来ない、無論あからさまな証拠はないのだが。

翌年の五月、イサアエフは、クヅネツク*というセミパラチンスクから七百露里*ほど隔った町に職を見附けて、一家は移転する事になった。ヴランゲリはイサアエフ一家の為に旅費をととのえ、突然の別れに茫然《ぼうぜん》自失した友を励まし、良人にはしたたかに飲ませて泥酔《でいすい》させ、馬車で見送る途中でイサアエフをひそかに自分の車に移して、情人等に最後の別れをさせた。「月の明るい、素晴しい五月の夜であった。空気は甘い香に満ちていた。僕等は長途を駆って遂《つい》に別れねばならぬ時が来た。二人は最後の抱擁をして、涙を拭《ふ》いた。その間に、僕は前後不覚のイサアエフを車から引摺《ひきず》り出して、片方の車にはこんだ」と五十年後ヴランゲリは懐《なつ》かし気に回想している。ドストエフスキイの恋愛にヴランゲリはイサアエフの家庭を好んではいなかった。ドストエフスキイの恋愛にも恐らく賛成はしていなかったのである。ともかく友の常軌を逸した逆上《のぼ》せ方には手も足も出なかったらしい。二人は無事に別れたが、間もなく女から家政上の不如意《ふにょい》や病気や孤独に就いて細々《こまごま》と訴えて来るに及んで彼は苛立《いらだ》って来た。手紙が新しい男の友達の出来た事を匂《にお》わせるに至って、我慢が出来なくなった。

「ドストエフスキイは、次第に衰弱し、気難かしくなり、怒りっぽくなって、まるで人間の影法師の様に見えた。あれ程夢中になって書きはじめた『死人の家の記録』さえ、はや振り向いても見なかった。(中略)僕はあらゆる方法で彼の気を晴らそうと決心した。機会ある毎《ごと》に、僕は彼を連れて銀及び亜鉛工場の技師などに紹介してみたが、彼の悲しい気持ちをまぎらせる事は非常に難かしかった。彼は突然迷信家になり、夢遊病者の話をしたり占者のところへ出掛けたりした。当時僕にもロマンスが起っていたが、彼は僕を豆で占いをする爺《じい》さんのところへ連れて行ったりした。(中略)僕は彼が気の毒で堪《たま》らなかったので、セミパラチンスクとクヅネツクとの半途にあるヅミ*

エフで、マリヤ・ドミトリエヴナと会える様に手筈《てはず》しようと考えたのである。一目会ったら彼の不幸な状態もどうにかなるだろうと思ったのだが、そうなると問題は難かしかった。誰にも知られない様にどうしたら彼をヅミエフまで連れて行けるか。当局は彼にそんな長旅を許すまい。いや既に知事と聯隊長は、二度まで彼の歎願《たんがん》を拒絶している。今は冒険をするより外はない。僕は直ちにクヅネツクへ手紙を書き、彼女に、所定の日にヅミエフまで出向いて来る様に言ってやった。同時に、ドストエフスキイは、何回も烈《はげ》しい癲癇《てんかん》の発作を起して、床についているという噂《うわさ》を町中にひろげた。聯隊長にも彼は病気でラモッテ軍医にかかっていると報告して置いた。ラモッテは僕等の親友で、この計画も実は彼から出たのである。ポオランド人で、以前はヴィルナ*の大学生だったが、政治犯でシベリヤに移された男だった。家の召使達にも、ドストエフスキイは病気で僕の家で寝ていると言い含め、窓の鎧戸《よろいど》は、光線は毒だというので閉され、誰も立入る事は禁じられた。幸い司令官をはじめ上官達は皆留守だった。

万事好都合で、僕等は夜の十時に町を出て、嵐の様に馬車を駆った。併《しか》し哀れなドストエフスキイには、それでも蝸牛《かたつむり》の歩みと思われたらしく、もっと早くやって欲しいと馭者《ぎょしゃ》を困らせていた。夜通し馬車を走らせ、やっと朝方ヅミエフに着いたが、マリヤ・ドミトリエヴナは来なかった。彼は恐ろしく失望した。彼女から手紙がとどいていて、夫の病気のよくない事、行くにも旅費がない事などが書いてあった。彼の絶望は傍《はた》から手の施し様もないものであった。僕は幾分でも彼の心を慰めようと百方心を悩ました。其《そ》の日に僕等は引返して、三百露里を二十八時間で飛ばして帰って来た。僕等は着替してすぐ知人を訪ねた。僕等の行動を知るものはなかった。(中略)彼の創作時の心の昂奮《こうふん》も、クヅネツクから面白くない消息が来る毎に、一撃のもとに駄目になって了《しま》うのであった。彼は忽《たちま》ち銷沈《しょうちん》して了い、病気になり、痩せた」(ヴランゲリの回想)

イサアエフは八月のはじめに死んだ。後に妻子は殆ど路頭に迷う様な状態で取残された。当時旅行中のヴランゲリに宛てたドストエフスキイの書簡がある。この長たらしい、混乱した、手紙を敢《あ》えて左に引用するのは、読者がここに、いかにも言い表し難い彼の女性的な性格を読む事を期待するからである。

「親愛なるアレクサンドル・エゴロヴィッチ、先《ま》ず最初の言葉から、この手紙が乱雑に始るのを許してくれ給《たま》え。乱雑なものになるだろうと、僕には書き出しからわかっているのだ。今、夜の二時だ。僕はもう手紙を二つ書いた。頭が痛い。睡《ねむ》くて堪《たま》らぬ。而《しか》も気は動顚《どうてん》しているのだ。今朝、クヅネツクから手紙を貰《もら》った。可哀《かわい》そうにあの不幸なアレクサンドル・イヴァノヴィッチ・イサアエフが死んだのです。僕がどれほど悲しい気持ちでいるか、どれほど悄気《しょげ》返っているか、君には想像出来まい。あの人の事がわかる人間は此処《ここ》では恐らく僕一人しかなかった。

成る程、彼はいろいろと欠点のある男だったが、その欠点も半分は彼の不幸な運命から出たものだ。あんな不幸にあれ以上堪えられた人間が居たかどうか、僕には知りたいものだと思ったくらいだ。併し又なんという親切な、高貴な心を持った人だったろう。君は彼を殆ど知らない。僕も彼に対して罪がなかったとは言えない。癇癪《かんしゃく》まぎれに、彼の欠点ばかりあげて、君に夢中になって喋《しゃべ》った事もあったからね。彼は堪え難い苦しみのうちに立派に死んだ。僕等にも神様があういう死をお恵みになる様に。確かに、死も亦《また》美しいという事もあるのだ。彼は妻子の行末を案じながら、彼等を祝福し、従容《しょうよう》として死んだのです。その時の模様を不幸なマリヤ・ドミトリエヴナは細々と書いて来た。細々とした思い出が唯《ただ》一つの慰めだと彼女は言うのだ。苦しみの最中に（彼は二日も苦しがっていたんだよ）彼女を呼んで、抱いてやり『お前はどうなるだろう、どうなるだろう』と絶えず繰返していたそうだ。彼女を残して行く運命が不安で堪らないので、苦しさも忘れて了ったのだ。可哀想な男だ。彼女は絶望している。手紙の一行々々に悲しみが溢《あふ》れていて、僕は読み乍《なが》ら泣いて了った。君だって、君は彼等と親交はないが、愛情は深い人なんだから、君だってやっぱり泣いただろうと思うよ。あの小さな男の子、パアヴェルという子供を憶《おぼ》えていないかな。あの子は泣き悲しんで気狂《きちが》いの様になっているそうだ。(中略)若《も》し君がセミパラチンスクにいた時と考えが変らないなら(僕は君の立派な心を信じている。事件に関係のない、何かつまらぬ理由から君が自分の親切な心を偽《いつわ》る様な事はあるまいと信じている)同封の彼女宛《あて》の手紙と一緒に、お話しした額を送ってやってくれ給え。親愛なるアレクサンドル・エゴロヴィッチ、念の為にもう一度書くが、七十五留《ルーブル》(前には二十五)の借金の契約だ。必ず返す、直ぐにではないが。君の心が善行を欲している事は僕はよく知っている。併し考えてくれ給え。君は彼等をよく知らない、殆ど他人だ、哀れなアレクサンドル・イヴァノヴィッチは旅に出る時、君から借金したが、又彼女が君から金を融通して貰う事は、彼女としても辛《つら》いだろうと思う。僕の方からは、手紙で、彼女に何かしてやるのは君の望みだ、君がいなかったら僕には何一つお世話が出来なかっただろうと書いてやる。と言って、君の善行が君に幸福を齎《もたら》すだろうとか、そう言えば皆が君に感謝するだろうとか思って書くのではない。君は立派なクリスチャンだから、そんな事を気にしてはいまいと承知している。僕としては、まあ感謝されたくはない。他人の懐《ふところ》を当てにしている男に、そんな値打ちはないからね。懐を当てにしていると言ったって、無論出来るだけ早く返そうとは思っているんだよ、――つまり無期限の借金なのだ。

若し金を送ってやる積りなら、封筒を同封しておくから、それに入れて送ってやって下さい。彼女に一と言書いてやるやらないは無論君の勝手だ。が、何しろ君には他人同然の人だからね。併し、主人が君の借主だとしてみれば、彼女だって君が僕に金を呉れたのだと気づくだろうさ、してみれば、彼女に何か一と言書いてやって然《しか》るべきだと思うがな、いや書いてやらなくちゃいけないよ、――君の考えはどうだ。長くなくてもいい、二三行。……おやおや、手紙の書き方を君に教える様な恰好《かっこう》になっちまったね。だが、信じてくれ給え、アレクサンドル・エゴロヴィッチ、自分の世話になった人をどう扱ったものか、君は誰よりもよく知っている人間だとは、僕もよく呑《の》み込んでいる。彼女に対して君は恐らく二重にも三重にも気を使うだろうとは承知している。恩をかけてやった人には、めったな振舞いが出来ないものだよ。そういう人は過敏になっているからね。どうでもいい様な、愛想のいい様子を見ても、受けた恩を返せと言われている様に、いつも感じているものなんだ。こんな事はみな僕より君の方が知っている。神様が、僕等に思慮と気高い心をお与えになっている限り、僕等に他にする術《すべ》がない。気高さの故《ゆえ》に余儀なくされるのだ。君が気高い心の主である事を、僕はよく知っている。

併し、君の話から、目下君の懐具合がよくない事も知っているから、若し金が送れない様なら、僕の手紙も彼女に送らないで、返してくれ給え。僕の方には手紙を送ったかどうか大至急報《しら》せてくれ給え（後略）」（一八五五年、八月十四日、セミパラチンスクよりヴラン ゲリ宛）

こんな手紙を貰っては、ほっとくわけにも行かないのである。無論ヴランゲリは言いなりになった。この年の暮、ヴランゲリは、不安な恋愛事件のうちに友を残して、ペテルブルグに還《かえ》った。彼は回想のうちで書いている。「袂別《べいべつ》は実に辛かった。僕は若く健康で、薔薇色《ばらいろ》の希望に満ちていた。彼は、神からの賜物《たまもの》のこの偉大な作家は、唯一の友を失い、病身の身で、兵卒としてシベリヤに寂しく居残らねばならなかった」

セミパラチンスクを去ったヴランゲリは相変らず、当人自ら「*卅五歳《さんじゅうご》だが分別は十歳の子供だ」というこの厄介な友への尽力を惜しまなかった。ヴランゲリに当てたドストエフスキイの手紙は、殆ど傍若無人と形容したい様な愁嘆と哀願とに充《み》ちたもので、例えば先ずこういう風にはじまるのが通例である、「わが友、*親愛なるわが友、僕は君をお願い責めにしている、無論僕の方が悪い事はわかっている、併し、それほど僕は君を信じているんだよ、君の立派な汚れのない心を想《おも》い起しては。悪くとらないで呉れ給え、君の為なら身投げだってよろこんでするのだ」。暫《しばら》く返事がないと「何故《なぜ》黙っていたか説明してくれているが（無論、沈黙とは僕のお願いを少しも果してくれなかった事だ）僕には合点がいかない。僕は、思い切って首でもくくるより他はない事情に立ち至って、友として兄弟として君に金を送って貰いたいとお願いしたのだ。お願いしたら君は困るだろうと承知の上で、お願いする事に決心したのだ。若し君が僕の立場にあり、僕に言って来たら、僕は最後の一銭まではたいて上げたろう。僕は自分から判断して、何んの心配もなく君に迷惑をかける気になったのだ」という具合に書く。読者は、その友から愛情を強請するはげしさに、言わばウルトラ・エゴイストの面貌《めんぼう》を見る想いがするのだが、ヴランゲリにしても同じ想いであったろう。こういう友には屈服するか面をそむけるか、何《いず》れにせよ生やさしい交りは結べまい。

ヴランゲリが去った翌年の春、マリヤ・ドミトリエヴナは、以前から手紙のうちに仄《ほの》めかして、ドストエフスキイを苛立たせていた男との結婚話を相談して来た。彼は、クヅネツク行きを百方苦心するとともに、自分はやがて皇帝の許しを得てペテルブルグに帰る身分であることを彼女に証明してほしい、と兄とヴランゲリに手紙を書いている。夏の初め、地方出張の許可を得て、密《ひそ》かにクヅネツクを訪れた。マリヤ・ドミトリエヴナに結婚を申込んだのは、*ヴェルグノフという若いオムスク生れの*訓導であった。ドストエフスキイはヴェルグノフを「弟よりも親しい」と言って、その昇進の道について、いろいろ尽力などしているところから、「*虐《しいた》げられた人々」が、「死人の家の記録」に次ぐ自伝的な作品だという様な説も行われているのだが、彼が恋敵《こいがたき》に実際どの様な気持ちで対していたか無論計り難い。寡婦《かふ》に支給される政府の救助金が、うやむやに遅れているに就いて、ヴァンゲリに助力を依頼した手紙の一節、彼とあるのはヴェルグノフと推察される。「何んとかして例の事件が長引かない様に、マリヤ・ドミトリエヴナに好都合に落着くわけには行くまいかね。お願いだから、早速尽力してくれ給え。考えてみて下さい、彼女の今の状態では、あれだけの金は大金だ、いや実際、今となっては唯一《ゆいいつ》の助け、唯一の逃げ道だ。金を待ちわびて結婚してしまやしないかと思うとぞっとする。結婚して了えばもう貰えまいと僕は思うのだ。彼にしたって彼女同様文なしの男なのだよ。結婚には金が要る、息をつくのに二年はかかるだろう。辛い貧乏生活を又彼女はやり直すわけになる」(一八五六年、七月廿一日)。クヅネツクに行く時、「彼女に一度会う為なら、刑罰も恐れない」と言った男が、帰ってからどんな気持ちでこういう手紙を書くか、こういう事は読者の解釈に委《ゆだ》ねた方がいい様に思われる。マリヤ・ドミトリエヴナとヴェルグノフとの結婚は、恐らくは経済上の事情からだったであろうか、成立しなかった。エーメの「回想」によると、ヴェルグノフは、ドストエフスキイとマリヤ・ドミトリエヴナとの結婚後も、引続いて彼女の情人であったという。シベリヤからの帰途、情人は一馬車後れて二人の後を追い、彼女は駅毎《ごと》に手紙を人に託し、泊りの場合には追い越さない様に注意して、エーメの言葉を借りれば、「まるで小犬の様に連れて行った」。「彼女は気の毒な詩人の良人が、子供の様に幸福そうな顔をしているのを見て、どんな愉快を感じたであろう」と言っているが、事実だったかどうだか疑わしい。エーメの所謂《いわゆる》「恐ろしい女」とドストエフスキイの所謂「僕の行手に神が置かれた天使」との間のどの辺りに、本ものの女がいたか誰にも解らない。エーメの語るところがたとえ事実だったにしろ、「永遠の良人」*の作者の炯眼《けいがん》が、これを見逃したとは信じられない。又、若年から人間心理上のデカダンスに通暁《つうぎよう》した彼に、気が附いて知らぬ振りをする事は楽しくなかったとは限らない。

いずれにせよ、彼は自分の狂気をよく心得ていた。「首を振ってはいけない、僕を裁いてくれるな。彼女との事ではいろいろな点で無分別に振舞っているのは自分でも承知しているのだ、実際希望というものがないのだからね。尤《もっと》も希望があろうが無かろうが、僕には同じ事しか出来ないのだよ。僕はもう何事も考えない、ただ彼女に会えたら、彼女の声が聞けたらと思っている。僕は不幸な狂人だ。こういう恋愛は既に病気だ、それは自分で感じている。旅行で借金した。(実は又行こうとしたのだが、ヴミエフより先きには行けなかった。)今、出掛けようと思っている。身は破滅になるかも知れないが、何を構っていられよう。どんな事があっても、この手紙を兄に見せないでくれ給え。兄には実に済まないと思っている。可哀そうに彼は僕の為にあったけの金を出してくれた。而も僕は又ぞろ無駄使いに取りかかっているんだからね」(一八五六年、十一月九日)

このヴランゲリ宛の手紙の言う二度目のクヅネツク行きは間もなく(一八五六年の十二月末)実行され、彼は、彼女を説き伏せて、翌年の二月休暇を利用してクヅネツクで慌《あわただ》しい結婚式を挙げた。

「セミパラチンスクへ帰るのに、思ったより暇がかかった。バルナウルで発作が起り、四日も滞在して了ったのだ。発作で、身体も頭もすっかりやられてしまった。医者は本ものの癲癇《てんかん》だと言った。規則正しい治療をやらなければ、益々《ますます》悪化して、発作の時にはいつも起る咽喉痙攣《いんこうけいれん》で窒息する恐れがあると言ったが、今の身分ではどう仕様もない。セミパラチンスクに着くと早速住居の心配だ。と、妻が病気になる。すると今度は守備隊司令官の臨検だ」(一八五七年、三月九日、ヴランゲリ宛)。以前から屢々《しばしば》見舞われていた奇病を、彼自身癲癇とは信じ度《た》くない様子であったが、今度はいよいよ本ものと観念したらしい。勿論《もちろん》マリヤ・ドミトリエヴナも、癲癇持ちの妻となった事をいやでも合点したわけである。

当時のドストエフスキイの心を占めていたものは、この恋愛事件を除けば、言うまでもなく、兵役終了の希望である。*クリミヤ戦争への世の反感と讒謗《ざんぼう》とに囲まれて、ニコライ一世が去って、*アレクサンドル二世は平和と改革の使者として迎えられた。一八五六年八月、ツァアの即位を機とした*マニフェストには、甚だ曖昧《あいまい》にだが、シベリヤの政治犯等の減刑が約束された。ドストエフスキイは、平和の締結と皇帝の即位を歌った詩を書いて、ヴランゲリに送って運動して貰《もら》った。これはアレクサンドル二世の眼には達しなかったが、一方、*セヴァストポオルの英雄*トオトレエベン将軍の弟が、工科学校の同級生であったのを頼りに、ヴランゲリの手を通じ将軍宛の長い哀願状を書いた。この方は効果があって、十月には少尉補に昇進し、憧《あこが》れた自由への一歩を踏み出した。彼が結婚に成功したのも無論この昇進によるのである。併《しか》し、事は急には運ばなかった。一八五八年一月、やっと勤務辞職に関する正式の請願書を、政府に提出する事を許可され、翌年の春、兄からの手紙で、請願書受諾の勅令を知った。彼はモスクヴァに居住する事を請願したが許されず、モスクヴァの北百五十キロほどのトヴェリという都会に落ちつく事になった。二人がセミパラチンスクを永久に後にする事が出来たのは七月、オムスクの学校にいた連れ子のパアヴェル・イサアエフと一緒にトヴェリに着いたのは八月の半ばである。

ドストエフスキイの流刑《るけい》時代の文学上の仕事は、殆《ほとん》ど言うに足りない。「君は僕が仕事の事で怠けていると言うが、そうじゃない。この二年間、マリヤ・ドミトリエヴナとの関係で全く暇というものがなかったのだ。よく死なずにこうして来たものだ。苦しかったよ、が、ともかく生きてはいる」(一八五七年、一月廿五日、ヴランゲリ宛)セミパラチンスクからアポロン・マイコフに宛てた手紙(一八五六年、一月十八日)のなかで、彼は「断乎《だんこ》たる大小説」を獄中で考えて来たと言っている。他の手紙のなかにも時々この頭の中では出来ている大小説の事を仄めかしているが、その一部にせよ書かれたかどうか明らかでない。又これが「罪と罰」であったという様な推測も恐らく無稽《むけい》である。当時の彼の文学上の観念や思想について僕等は殆ど知るところがない。惟《おも》うに獄中生活が齎《もたら》した教訓は、沈黙のうちに反芻《はんすう》するのに適していたが、俄《にわ》かに口にする事の不可能なものであった。マイコフへの手紙は、当時の彼が文学上の意見を情熱的に吐露している唯一の手紙だが、「ヨオロッパを救うものはロシヤだ」というその激した言葉も、当時の彼の一表情として明らかなだけである。出獄後直ちに書いた兄への手紙で、「僕の将来はこれらの書物にかかっている」と言って兄に送って欲しいと書いている本にしても、カントの「純粋理性批判」、ヘエゲルの「歴史哲学」、ギリシア、ラテンの史家等の仏訳書、物理学教科書、コオラン、＊経済学の著書、等の名が列挙されている。又、これらの書物が実際彼の手にはいって読まれたかどうかも明らかではない。

彼が直接シベリヤの生活の影響から書いたものは、「死人の家の記録」と「伯父の夢」「ステパンチコヴォ村」の三つであるが、どれも彼の全作中で最も問題性の貧しい作である。「死人の家の記録」のノオトは、獄中で書く事を許されて以来とられたものだが、それがどの程度に僕等の読む「死人の家の記録」に近かったか無論推測する由《よし》がない。

ドストエフスキイの著書の出版の禁令が解かれたのは一八五七年である。その年の八月、彼がペトロパヴロフスク要塞《ようさい》で書いた「小英雄」の出版が兄の手で斡旋《あっせん》され、クラエフスキイから二百留《ルーブル》送って来たのが切掛けで、彼が二度とやるまいと誓った原稿料の前借生活が再び始った。「伯父の夢」も「ステパンチコヴォ村」も「文無しの文士ほどみじめなものはない」という彼に親しい泣き言のうちに書かれ、兄の手で厄介な取引きが重ねられた後、彼がトヴェリに帰って来た頃発表された。前借りに苦心する彼の長々しい手紙は、兵役よりも辛そうである。トヴェリで自由の身になったドストエフスキイは、ヴランゲリに相変らず遠慮のない癇癪《かんしゃく》を起している。

「トヴェリというところは何んというひどい街だ、寒くて暗くて生きた気もない、セミパラチンスクよりもいけない。本一冊ありゃしない。まるで獄屋だよ。病気は相変らずで少しも快くならない。医者に診てもらう事が焦眉《しょうび》の急なのだが、これはペテルブルグへ行かなければ出来ない相談だ。一日も早くこの街を去りたいものだ。現在の僕の境遇は実に何んともお話しの外だ。もう永い事凍りついている様だ。二年も前に勅令で、世襲貴族の資格は戻っているわけだが、正式な申請がなければ、ペテルブルグにもモスクヴァにもはいれないのはわかっている。時機を逃して了《しま》ったんだ。一体どうなるんだ。何んとか相談に乗ってくれ給《たま》え。君の言う事なら何んでもするよ」

（一八五九年、九月廿二日、ヴランゲリ宛）

彼はペテルブルグに帰る為ならば、何んでもやり兼ねなかった。トオトレエベン将軍にも無論再度の嘆願を試みたが、遂《つい》にアレクサンドル二世へ嘆願書を書く決心をした。

彼は自分の貧窮と病気とを訴え、治療の必要上ペテルブルグに居住する事、息子をペテルブルグの学校へ入学させて欲しい旨《むね》を嘆願して、こう結んでいる。「皇帝陛下、陛下は、善人も悪人も斉《ひと》しく仰ぎ奉《たてまつ》る太陽の如《ごと》き御方と拝察します。陛下には、既に幾百万の民の不幸を救わせられました。哀れな孤児とその母、未だ破門の解かれない不幸な病者の上に神慮の全《まった》からん事を、ひとえに嘆願いたします。陛下の御為め、陛下の国民の御為めに身命を賭《と》する覚悟は、片時も忘れぬ者であります」

併しこの嘆願書が皇帝の手に渡らないうちに帰還の許可が下りて、十二月の半ば、彼はペテルブルグ停車場で兄に迎えられた。クリスマスの前夜、雪のなかに足枷《あしかせ》を鳴らして去ってから十年目で彼が見る街であった。

5　「ヴレエミャ」編輯者《へんしゅうしゃ》

セヴァストポオル要塞《ようさい》の陥落（一八五五年）を機として（英仏聯合《れんごう》艦隊は蒸気船だったし鋼鉄艦も持っていたが、ロシャの軍艦はまだ木造帆船であった）、ニコライ一世の政府は永年の弾圧と秘密と偽善とにより自ら被《こうむ》った満身の創痍《そうい》を明るみに曝《さら》した。ニコライの専政によって肥大した人々すら、ロシャ軍隊の敗退を悲しまなかったと伝えられているところから見ても、彼の統治頽廃《たいはい》のほどはうかがわれる。彼の自殺と新帝の即位とは、国を挙げての改革の気運を齎《もたら》した。ジョゼフ・ド・メイストル*やハクスタウゼン男爵《だんしゃく》の名を挙げるまでもなく、西欧との交渉が頻繁《ひんぱん》となるにつれ（ペテルブルグ、ベルリン間の鉄道が開通したのは、ドストエフスキイの留守中である）、ロシヤの実情は国境を越えて公然と議論され、ポオランドを通じて逆輸入される事態になっては、ニコライの極端な検閲制度も、笞《むち》と書面とによる秘密裁判も、はやその意味を失わざるを得なくなっていたし、トルコ*に於《お》ける市場の獲得が、敗戦によって画餅《がべい》に帰した上は、農奴の解放も焦眉《しょうび》の急となった。この頑迷な政府の顚覆《てんぷく》を夢みる者こそなかったが、世事百般、言わば在来のタイム・テエブルの大変革なくては、もはや一歩も動かない事を、人々は了解したのである。この国に於いても嘗《かつ》て類例を見なかったほど苛酷《かこく》な言論の圧迫が緩和されると共に、インテリゲンチャは騒然たるジャアナリズムの動きに身を託した。アレクサンドル二世の独裁になる諸改革は、新時代を報ずる鐘の如《ごと》く響いた。併《しか》し、書籍はおろか月刊の雑誌すら読者の忍耐を繋《つな》ぎ得なかった様な智的焦躁《しょうそう》のうちにあっては、諸改革の実質の如きは省みられる筈《はず》もなかった。有名な農奴解放の宣言書は、一八六一年二月十九日に署名されたのだが、その公布が三月五日に延期されたというのも、二月十九日が大精進*の前週の一日に当っていたので、解放された農奴が酒に酔って暴動を起すのを怖《おそ》れたという奇怪な理由によったのである。事実「土地を付した農奴の解放」は、地主の搾《さく》取《しゅ》機構を一段と完全なものにしたに過ぎなかった。土地の賠償金にしても、後世史家が摘発している様に、農民にとって到底引合わぬ取引きだったのであるが、かかる改革の裏面は、あの明敏なヘルツェンすら「ガリラヤ人は勝てり」の熱烈な挨拶《あいさつ》をロンドンから新帝に送っていた様な時、解放の美名を前にしては何んの力もなかった。

十年の歳月はロシヤの思想界を一変させた。一八六〇年代のインテリゲンチャにとって愛国主義を標榜《ひょうぼう》する事は、一八四五年のインテリゲンチャが社会主義者と自称するのと同じくらい容易な事であった。孤独なドストエフスキイが、シベリヤの野にロシヤ人の鉱脈を黙々として採掘していた時、思想界は、西欧の原本をロシヤ民衆礼讃《らいさん》の為に如何《いか》に飜案《ほんあん》すべきかを論議していた。

所謂《いわゆる》スラヴォフィルの運動は、あらゆる文化運動と同様に、決して単純な性質のものではなく、又西欧の民族統一の思想とも趣きを異にしているものである。元来スラヴォフィル（Slavophiles）という言葉は、ジョゼフ・ド・メイストル或《あるい》はペテルブルグのジェズイット達を通じて、西欧のカトリック教に憧憬《どうけい》した人々が、正教国粋派を嘲弄《ちょうろう》した言葉以上の意味はないのであって、その意味では、寧《むし》ろグレコフィル（Grécophiles）という言葉を使うべきであった。だからスラヴォフィルの運動は、未だ運動とは称し難い当初から、何も国粋主義がスラヴォフィルの専売だったわけではない。熱烈な西欧主義者ベリンスキイにしても、ヘルツェンにしても、亦《また》*ルッソフィル（Russophiles）だったのである。この辺りに、西欧文化の利用なくしては、何事も始らないこの国の文化の特殊な事情がある。スラヴォフィルにも、上はホミヤコフ*から、下は、コペルニクスはロシヤ語の謙譲の美徳なる語から発しているなどという研究をしている学者に至るまで、様々の変種があったが、要するにこの空想的な国粋運動自体は重要なものではない。スラヴォフィルを罵《ののし》って故国を去り、四八年の革命の失敗とこれに続いた陰鬱《いんうつ》な反動期とを眺め、憧《あこが》れて来た西欧に幻滅したヘルツェンは書いた。「ロシヤには、障碍《しょうがい》となる墻《かき》もなければ禁制も基石も境界標もない。何処《どこ》へでも行こうと思う方へ行ける、而《しか》も濫費《らんぴ》とだだっ広さの他何一つ知らない。僕等は自由だ、己れ独得の自由で事を始めるのだから。僕等は何物にも頼らない、愛するものも尊敬するものも持ち合わせてはいないからだ。ロシヤ人はプロテスタントにもジュスト・ミリュウ*にもなるまい。ヘロドトゥス*さえ、野蛮人は蜥蜴《とかげ》の眼を持っている、と言った、西欧のロオマ人に比べれば、僕等は野蛮人だ、チュウトン人*だ。僕等の文明はうわべだけだ、精神の堕落も手の込んだものではない。押えつけられても針毛は逆立ち、化粧の下から日焦《ひや》けした顔が現れる。限りない野人の狡猾《こうかつ》と奴隷《どれい》の萎縮《いしゅく》とを操っている僕等だ、相手構わず、横っ面《つら》を擲《なぐ》る事も出来れば、跪《ひざまず》く事も出来る。だが僕は執拗《しつよう》に繰返す、僕等は、西欧の頽廃の圧倒的な術策を追い、彼等伝来の害毒を頼んで来たのだ、と」。重要なのは、スラヴォフィルの運動自体ではなく、ここに窺《うかが》われる西欧主義者とスラヴォフィルとの握手、やがてナロオドニキ*的世界観に通ずる楽天主義である。このヘルツェンの楽天主義は、又六〇年代が始ろうとして、すべての思想家が心中に愛撫《あいぶ》していたものであった。

ベリンスキイの死後、彼が遺《のこ》した辛辣《しんらつ》なペンを取上げる者もなく、ゴオゴリの危険な笑いも、ゴンチャロフの無気味な退屈も忘れられ、通俗小説が氾濫《はんらん》した文壇は、「第三部」が手を拱《こまぬ》くほどの沈滞をつづけたが、ここに未聞の活動期に這入《はい》った。まるで狙《ねら》いでもつけた様に、ドストエフスキイは、ペテルブルグに現れた。ここ数年間、彼のジャアナリズムの上に於ける活動期は、急進派の青年から熱烈な正教の擁護者に、第二のゴオゴリからラスコオリニコフの創造者に成熟する、評家にとってはまことに興味ある一時期である。

ドストエフスキイの流刑《るけい》中、兄のミハイルは、煙草《たばこ》工場の経営者となっていたが、往年の文学熱は忘れられず、弟との再会を機として工場を売払い、自ら編輯者《へんしゅうしゃ》となり、弟を寄稿家として、雑誌「ヴレエミャ」*を発行した（一八六一年）。「虐げられし人々」、「死人の家の記録」が発表されたのはこの雑誌である。「虐げられし人々」は当って、最初の年は二千三百、翌年は四千三百、次の年は四千の購買者があったと言われているから、当時としては成功だったと言えよう。「虐げられし人々」に就いて、作者は次の様に言っている。

「僕の文学生活で、長篇や短篇の結末が、まだ頭のなかでどうなるかわからず、明日の続きを書かねばならないという様な時は、書出しを印刷所に送る様な事が屢々《しばしば》あった。こういう仕事の仕振りには慣れっこになっていた。『虐げられし人々』の時もそうだった。雑誌には是非長篇が要る、何を置いても雑誌は成功させねばならぬ。そこで僕は四部から成る長篇を一つ提供したわけだ。プランはずっと前から出来ているから、わけなく書けるし第一部はもう書き上げてあるなどと言って兄を安心させていたが、みんな出鱈目《でたらめ》だった。僕は金が欲しくて働いたのだ。僕の小説中に動いているのは人形であって、生き物ではない。幽霊がさまよっているが、血の通った人間は動いてはいない。それは充分に承知していた。考えが成熟するまで待ってはいられなかったのだ。書いている間、何が何やらわからなかった程火急な仕事だった」（一八六四年、九月、「世紀」誌）。チェルヌィシェフスキイ*は「現代人」*により、ヘルツェンは「鐘」*

により、其他《その》やがて所謂*ニヒリストの陣営となった「*ルスコエ・スロオヴォ」「*ルスキイ・ヴェストニック」（ロシャ通報）などの新しい定期刊行物が、未だ限られた読者層を相手に、必死の競争を始めた時、「ヴレエミャ」もその発行に際して、何か新しい立場を公表して、読書人の心を収攬《しゅうらん》する必要があった。兄の署名した広告文は、実は弟の手になったものだが（ドストエフスキイに対する警察の監視は一八七〇年に解かれたので、当時の彼には編輯者の職は許されてはいなかった）、人心収攬にはあまり成功しそうもない文章である。彼の独創性は、そういう仕事にはいずれ不向きだった。「吾々はスラヴォフィルと西欧派の事を語っているのではない。彼等の内輪喧嘩《げんか》に対しては、吾々の時代は全く無関心である」と宣言し乍《なが》ら、ピョオトル大帝の改革の齎《もたら》した知識階級と民衆との隔絶とか、或は西欧文化を吸収した能力を、ロシャの社会、ロシャの文化を民衆の上に建設する為に利用する必要とか、彼の空疎《くうそ》な誇張された文章の説くところ、彼の非難する「内輪喧嘩」によって既に十五年来論じ尽されたところを出ていない。

「ヴレエミャ」の広告文と当時この雑誌に発表された諸論文とを、ドストエフスキイの思想を解する上に重要な材料と見ている評家もあるが、実際にはこれは甚だ微妙な問題なのである。

「ヴレエミャ」を宰領したドストエフスキイは、彼の協力者、グリゴリエフ、*ストラアホフ等とともに、土地主義者《ポオチヴェンニキ》と呼ばれた。その教義は、要するに西欧派と*スラヴ派との折衷主義であって、スラヴォフィルの様に西欧の模倣を脱して国民生活の根本に還《かえ》れと説く一方、西欧文化をロシヤ精神の発揚の為に利用せよと説く、穏健だが何等《なんら》独創的なものもない思想であり、確固たる理論も持たぬ哲学であった。これはドストエフスキイの思想というより寧ろ*オストロフスキイの熱烈な支持者グリゴリエフの思想であり、「ロシヤの土地に還れ」というスロオガンも彼の手になったものである。雑誌の出版がまだ充分に企業化しなかった当時、読者獲得の為には、編輯者がその思想的立場を公表して宣伝する事が絶対に必要だったので、「ヴレエミャ」の協力者達は、自分等の思想の内容に別して目新しいものがない以上、何か恰好《かっこう》な標語を発明しなければならなかったのである。「土地《ポオチヴァ》」という言葉は、彼等の教義の明瞭《めいりょう》な表象というより寧ろ新雑誌の商標だったと言えるので、「ヴレエミャ」の論敵等の攻撃が向けられたのもまさしくその点であった。

　ドストエフスキイは、この商標を楯《たて》に、チェルヌィシェフスキイの仲間を理論派と嘲《あざけ》り、*アクサアコフの仲間を理想派と罵《ののし》って、自分の立場の宣伝に努力したのであるが、生来論戦上の手腕を欠いていたし、議論の混乱と曖昧《あいまい》は覆《おお》うべくもなかったところから、その説く言葉は徒《いたず》らに空疎に響いた。併し彼にしてみれば、振り廻しているものは商標どころではなかった。ベリンスキイの往年の弟子であった彼に、スラヴォフィルの頑迷な保守主義が気に入らなかったのも自然だったし、彼のシベリヤに於ける独得な経験は、西欧派の理論の空々しさを恐らく直覚していた。未だ充分な表現の機会を摑《つか》まぬ、彼の内奥《ないおう》の信念が「土地」という言葉に、彼独得の啓示を読みとった事は想像出来るのであって、この様な内心の作業にとっては、土地という様な言葉の曖昧さは何んの障碍にもならなかったばかりではなく、却《かえ》ってその曖昧さ故《ゆえ》に、彼の信念に苦もなく結び附いたと見る可《べ》きなのである。若《も》し重要な点は、この様に、土地という言葉の一般の解釈とこの言葉に対する彼の独得な執心との間の大きな食い違いにあったと考えれば、当時の彼の論文の凡庸な論理の裏に覗《のぞ》いている心理的深淵《しんえん》に、読者は気が附く筈である。「欧洲人はロシヤ人を全く理解せず、ロシヤ人の性質の中にある最も偉大な特徴を、没個性的などと嘲っているが、これこそロシヤ人の持っている高い綜合《そうごう》的な特質、すべてのものと和解し得る、全人類的な特質なのだ。ロシヤ人は国民性や血や土地の差別なく、すべて人間的なものに同感する、汎《はん》人類的な本能を持っている」と彼が説く時、彼の真に語りたいものは、ペトラシェフスキイ事件で命を落そうとした已れの青春時の苦がい思い出に他ならなかったのだし、「諸君は民衆と語るには、十分間で沢山だと思っている。併し民衆は、諸君が何を語ろうと、諸君の言う事は聴かないのである。僕等の同情の真実さも誠実さも、民衆は信じていないのだ。何故《なぜ》僕等が自分の仕事をしないで、民衆などに興味を持っているのか、民衆なぞを必要とするのか、彼等は不思議に思っているのだ。諸君は何故彼等に解《わか》らない＊鳥の言葉で喋《しゃべ》っている事に気附かないか」と怒る時、彼の耳に明らかに聞えているものは、囚人の足枷《あしかせ》の音に他ならなかったのである。彼の心底には、土地主義者《ポオチヴェンニキ》の思想の如き形式では到底表現し難い、彼の体験の育《はぐく》んだ確信が存した事は、六〇年代が始ろうとして、ロシヤの思想界を見舞った混乱のうちに、彼がとった態度を理解する上に忘れてはならない。

又、彼の論文の空疎に響くほど癇高《かんだか》い調子にしても、彼の激情に拠《よ》るよりも寧ろ当時の論壇の空気に由来するのである。ヘルツェンの亡命とベリンスキイの死とにより、とみに生彩を失ったジャアナリズムの急速な目覚めは、当然好戦的な一面的な論文の輩出を促したので、雑誌に掲載される諸論文は、批判というより寧ろ雑誌各自の立場の宣伝文であり、悪意も偏見も言わば当時のジャアナリズムが実際に必要としたものであった。例えばツルゲネフの「父と子」＊は当時（一八六二年）最も文壇で問題になった作であったが、バザアロフ＊が作者によって描かれた最も見事な人間のタイプであったという点に眼をつける様な沈着な批評家は一人もいなかったので、極言すれば、「父と子」という作品よりもこの作品がどういう立場にある雑誌に掲載されたかという事の方が、批評家には重大な問題だった様な時世だった。

　アレクサンドル二世の手によって行われた諸改革の捲《ま》き起した、自由主義思想（自由主義思想という概念は、当時のロシヤでは、まだ甚だ曖昧なものではあったが）の渦に、一番敏感だったのは、言う迄《まで》もなく若い人達であったが、大学生、特に神学校、宗教学校から入学して来た貧しい精力的な青年達であった。（商人達はまだ子供が大学に入学する必要を認めなかったし、軍人は依然として貴族の子弟の憧憬の的であった。）「ヴレエミャ」は自由主義的な立場を標榜してはいたが、*ポオチヴェンニキの生ぬるい思想は、既にヘルツェンすら老兵と見えた急進的な青年達の心を捕える事は出来なかった。彼等は雑誌「現代人」を中心として*ドブロリュウボフ、チェルヌィシェフスキイの周囲に集ったが、やがてこれにも飽き足らず、*ピイサレフの宰領する「ルスコエ・スロオヴォ」の陣営が結成されるに及んで、所謂「ニヒリスト」なる呼称も、ようやく一般化した。「ニヒリスト」という言葉は、ツルゲネフの「父と子」で有名になったのであるが、言うまでもなくツルゲネフの眼は大学生達の眼より遠いところまでとどいていた。現実のニヒリスト達にはバザアロフは気に入らなかったのである。

「父と子」は進歩的批評家達から、新時代を愚弄《ぐろう》するものとして悪罵《あくば》された。指導的な位置にある人々も皆若かった、チェルヌィシェフスキイは例外であったが、「現代人」を主宰したのは廿七歳であった。ドブロリュウボフは、「父と子」の発表当時には、既に廿四歳で死んでいたし、ピイサレフは当時まだ廿一歳の青年だった。ツルゲネフは悪評に抗議した。

「私の小説は、指導的階級としての貴族階級を当てこすったものである。貴族のうちで特に善良な人々を選んだのは、私の審美感に由来するのだが、これによって、クリイムがあんまり薄く水っぽいと、ミルクというものはどんな具合にならねばならないか、という事が解って貰《もら》えればという積りなので、別に他意はない。いかにもバザロフという男では、私は一個の悲劇的人物を創《つく》り上げたかった。私の眼前には、暗い、野性的な、半ば大地から成長した巨大な人物、憤懣《ふんまん》に充《み》ちて、力強く、真摯《しんし》ではあるが、ただ『未来』の隣室を占めているだけで、遂《つい》には滅びねばならぬ運命を背負った人物が浮動していた。若し、『父親達』の間にしみったれた人間を登場させたら、調子が破れただろうし、又嘘《うそ》になっただろう。私の知っている真の反逆者達、例えばベリンスキイでもバクウニンでもヘルツェンにしてもドブロリュウボフにしても、みな善良な名声ある両親の子だった。彼等が決して個人的な悪感情や憤怒をだしに仕事をしなかったのも、血筋は争えぬと言わねばならぬ」

貴族を悪漢に描かなかったに就いて弁明をしているところなどから推して、当時の批評が大体どんなものであったかがわかって面白い。無論こんな弁明が騒然たる文壇に聞かれた筈《はず》はなく、彼は急進派からは告発人と見られ、保守派からはニヒリストと言われ、忽《たちま》ち人気を失って了《しま》った。ニヒリスト達に必要だったのは何はともあれ「悲劇的人物」ではなかった。理想的英雄であった。

一八六一年の秋、農民の暴動、ポオランドの革命の後、物情騒然たるうちに、ペテルブルグ大学の学生騒動が起り、大学は閉鎖され、多数の学生の逮捕と流刑とに終った。翌年早春ペテルブルグの大火による人心の動揺を利用して、「若きロシヤ」*の檄《げき》文《ぶん》が撒《ま》かれた。授業料の免除、婦人の解放、土地の社会化、個人商業の廃止、公営小売店の設立等が要求され、ロシヤ社会民主共和国万歳という絶叫で宣言書は終っていた。この学生団体の動きは、デカブリストの反抗以来、ロシヤのインテリゲンチャが政府に示した最初の実際上の反抗であったという点は注意すべきだが、実質的には、ペトラシェフスキイ会と甚しく相違したものではなく、政治革命上の背景も確たるプログラムもあったわけではなかった。西欧の共産主義的文献、四八年の「マニフェスト」すら知っている者はなかったのである。「ヴレエミャ」社は、ペトロパヴロフスク要塞《ようさい》に拘引された学生団に、食料や酒を贈って同情の意を表した事が伝えられているが、恐らくこれは半ば雑誌の宣伝であったと見るべきで、ラスコオリニコフという前代未聞の悲劇的人物を夢みていたドストエフスキイが、学生団の英雄等をどの様な眼で眺めていたかは推察するに難《かた》くない。彼は当時（一八六一年）を回想して書いている。

「或る朝、僕の借りていた室の戸口に、檄文が一枚貼《は》られていた。『若き人々へ』という檄文であった。これ以上馬鹿々々しいものを想像することも出来ない、書かれた内容には腹が立たずにはいられなかった、まるで破り捨てて貰うために無頼漢が考案した様なもので、その形式も極度に滑稽《こっけい》であった。僕はひどく気持ちが悪くなり、一日中不愉快であった。（中略）この檄文には一つの事実が頑張っていた。即《すなわ》ち、教養とか、進歩とか現実に対する理解力とも言うべきものなどの或る水準が歴然と現れていたのだ。僕はペテルブルグに既に三年も棲《す》んでいて、様々な出来事に注意を払って来たにもかかわらず、其の朝の檄文には全く仰天して了った。全く意外な啓示の様に思われた。其時まで、僕は一度もこの様な無意味さというものを想像してみた事がなかった。この無意味さの程度というものが、僕をびっくりさせたのである。夜になって、チェルヌィシェフスキイのところへ行こうと突然思いついた。（中略）彼は非常に喜んで僕を迎えてくれ書斎に招じた。

『*ニコライ・ガヴリロヴィッチ、これは一体何んの事です』と僕は檄文を差出した。

彼はまるで知らなかった様子で、受け取って読んだ。全部で十行であった。

『ええ、何んでしょうね――』彼は微笑した。

『どうみても馬鹿気ているし、滑稽じゃありませんか。こういう卑劣な事を止《や》めさせる方法はないでしょうか』

　彼は重々しい尊大な様子をして答えた。

『本当に貴方《あなた》は、私が彼等と腹を一つにしているとお考えなのですか。この檄文の起草に私が関係したとお思いなんですか』

『そんな事は全く考えてもいません。そんな事を兎《と》や角《かく》言うのも無用だと思っています。それは兎も角、是非とも彼等を中止させる必要があるじゃありませんか。貴方の言葉は彼等には大変な力がある、無論、彼等は貴方の見解を恐れていますからね』

『僕はあの連中を一人も知ってはいないんです』

『それは信じています。個人的な近附きになったり、話してやったりする必要はないが、何かの折に貴方の不同意を発表するんです、そうすれば彼等の耳にはいりますから』

『恐らく利《き》き目はないでしょうね。それにこの出来事は、第三者の立場から見た事実として、止むを得ない事です』

『然《しか》し誰にとっても、何物に対しても有害な事件じゃありませんか』

この時来客があったが、誰だったか思い出せない。僕は暇《いとま》を告げた。

僕はチェルヌィシェフスキイと真面目《まじめ》に語り、又彼が、この檄文撒布者《さんぷしゃ》と一つ腹*でない事を今でも信じているように、充分信じていたのだ、と此処《ここ》に書いて置くのを僕は自分の義務だと考える。彼にとって僕の訪問は不快なものではなかったと僕には思われた。数日後彼が僕の家にやって来て、その事を断言して行ったからだ。彼は一時間ほど話し込んで行った。匿《かく》さずに言えば、彼くらい優しい愉快な人には滅多に会った事がない。彼の性格が残酷だとか非社交的だとか言われているのが不思議でならなかった。（中略）間もなくモスクヴァに移り、折角始りかかった彼との交友も中絶した。続いて彼の逮捕と流刑《るけい》が起ったのだが、その理由をどうしても知る事が出来なかった、今でも知らないのである」（一八七三年、「作家の日記」——個人的のこと）

チェルヌィシェフスキイの逮捕と流刑とに関する事情は僕の読み得た限りの文献では甚だ曖昧《あいまい》である。「若き人々へ」の檄文は、彼自身の断言している通り、彼の手になったものではなかったが、「現代人」の寄稿家だったセルグノフ*の起草したものであり、又、チェルヌィシェフスキイが明らかに関係していた秘密結社の機関雑誌「ヴェリコルス」（大ロシヤ）に、既に一度発表されたものであったところから見れば、彼がこの檄文を知らなかったとは考えられない。（「ヴェリコルス」は一八六一年の七月から九月までつづいた三号雑誌だった。）この結社は翌年「ゼムリャ・イ・ヴォオリャ」（土地と自由）という結社に改組されたが、無論その内容は明らかではない。ただ確かな事は、言論の上では過激であったが、実行の上では平和なる政府反対派を出なかったものである。彼が結社のメンバアとしてどういう役割を務めていたかは、ペトラシェフスキイ会に於けるドストエフスキイと同様に不明である。併《しか》し、彼が「若き人々へ」の宣言書の賛成者ではなかった、とドストエフスキイの言っているのは恐らく正しいであろう。フォイエルバッハ流のマテリアリストであり、コント流のポジティヴィストであり、ミル流のユティリテリアンだったが、又、レッシングを崇拝し、彼のうちに理想的人格を認めたチェルヌィシェフスキイは、真に偉大な目的は率直な公然たる行為によって得られると信じ、革命的秘密結社の運動には反対して来た。又、当時の多くの思想家と同じく彼も亦《また》ロシヤの農村共同体に希望を繫《つな》いでいたが、農民の教化、或《あるい》は理想化に就いて何んの幻影も抱く事が出来なかった彼には、農民による政治革命の可能性が間近かにあるとは信じられなかった。

「ヴェリコルス」の結社で、明らかではないが、何等かの実際運動を企図したとすれば、恐らくそれは彼の思想の結論としてではない。寧《むし》ろ当時あたかも農奴解放の内幕を暴露したかの如《ごと》き観を呈して頻発《ひんぱつ》した農民暴動（一八六〇年から六三年の間に農民の叛乱《はんらん》は二千件を数えた）に刺戟《しげき》された結果である。

彼は六二年の夏に逮捕された。そのきっかけというのは、政府に押収された一友人に宛《あ》てたヘルツェンの手紙、「現代人」をチェルヌィシェフスキイとともにジュネエヴで発行したい意を洩《も》らした手紙だった。無論これだけでは逮捕の理由にはならなかったし、彼に対する捜査委員会は何んの証拠も挙げる事が出来なかったところから、当時起草者の不明であった*「農民に告ぐ」の宣言書が、彼の手になったという偽証を作り上げた。「農民に告ぐ」の宣言書の起草に彼が与《あずか》ったと推定される理由は充分あるが、彼はその頒布《はんぷ》に成功したわけではなかったし、その内容も「若き人々へ」に比べれば遥《はる》かに沈着なもので、暴動を起すより先《ま》ず組織化する必要を説いたものに過ぎなかった。要するに彼の逮捕流刑の唯《ただ》一つの明白な理由は、この非常な影響力を持った政論家を、是が非でも葬《ほうむ》り去ろうとした「第三部」の野望であった。

マルクスが「資本論」の序文で、チェルヌィシェフスキイを激賞しているのは周知の事だし、所謂《いわゆる》空想的社会主義者等のうちで、彼は最もマルクシストに近かった人だと言われているが、果して彼がマルクス、エンゲルスの著作を読んでいたかどうか、明らかではない。ともあれ、彼の熱烈なマテリアリズムの教説は、ニコライとアレクサンドルの強圧に対する明瞭な思想的革命の姿をとった。彼にはヘルツェンの花々しい情熱やバクウニンの果敢な実行力はなかったが、ヘルツェンよりもバクウニンよりも、遥かにコント主義者のいう意味でのポジティヴィスト、即ち当時のロシヤの所謂リアリストであった。彼は、検閲の眼を冷静に巧妙に引きはずしつつ、ベリンスキイの衣鉢《いはつ》をついで、あらゆる形式のセンチメンタリズムと戦った。「*何を為《な》すべきか」（一八六三年）の*ラメトフに、新時代の青年等は、理想のバザアロフの姿を見附けて狂喜した。

「ヴレエミャ」の経営も順当だし、「死人の家の記録」出版で余裕が出来たし、ドストエフスキイは、この機会を利用して、多年の希望であった外国旅行を実行しようと決心した。一八六二年の六月、ペテルブルグを発《た》ち、ベルリン、ドレスデン、*コロオニュを経てパリに至り、当時ロンドンにいたヘルツェンを訪ね、パリに還《かえ》り、ジュネエヴでストラアホフと一緒になり、二人でイタリイに入り、トリノ、ジェノア、フロオレンスを歴訪し、フロオレンスから単独で、八月の終りに帰国した。

この旅行は、彼に大した感激も興味も与えなかったらしい。*第二帝政時代のパリのブルジョアの醸《かも》す空気は、この熱烈な野人に堪えられなかった。「実にパリは退屈な街だ。たしかに異常なものは沢山あるにはある、だがそんなものでもなければ、退屈して死に兼ねないだろう。断言するが、フランス人というものは、たまらない国民だ。（中略）彼等は、成る程優しいし、正直だし、磨きもかかっている。しかし彼等は贋《にせ》物《もの》だよ。金というものがすべてなのだ」。これはパリからストラアホフに宛てた手紙の一節だ。ストラアホフの語るところによれば、「ドストエフスキイは、決して巧者な旅行家ではなかった。自然も歴史的記念碑も、最大の傑作はともかく、美術品さえ格別彼の気を引かなかった。彼の注意はすべて人間に向けられていた。街の一般生活の印象、人々の天性や性格に向けられていた。誰もやる様に、ガイドをつけて、名所見物に歩いたところで仕方がないじゃないか、と彼は熱心に僕に説いた。事実、僕等は何も見物しなかった」。青年時代から憧《あこが》れていたフロオレンスに行っても、「旅行家のする様な事は何一つしなかった。街を散歩する外、僕等は読書に耽《ふけ》った。当時、ユウゴオの『レ・ミゼラブル』が出た許《ばか》りで、ドストエフスキイは、毎巻つづけて買い、読み終ると僕に渡して、三四冊は一週間の滞在中に読んでしまった」。有名なウフィッチ*の画廊に行っても、彼は直ぐ退屈して、メディシ*のヴィナスさえ見ないで外に出て了ったという。

帰国後間もなく「ヴレエミャ」誌上に発表した「夏の印象に関する冬のノオト」は、成る程旅行の思い出には違いないが、「旅行家のする様な事は、何一つしなかった」旅行家の思い出である。スイスの自然も、イタリイの風物も黙殺され、僅《わず》かにロンドンとパリとが語られているのだが、それもこれらの都会で、ハイマアケット*をうろつく売春婦ほど彼の眼を引附けたものはなかった様である。「諸君はこの世の何処《どこ》へ行っても、このロンドンの群集の様な群集を正気で見る事は出来まい」、「そしてこの社会の下層民を眺めながら、諸君は感ずるであろう。彼等に対しては、予言は未だ永く実現されないであろう、勝利と物質とはまだ永く彼等に与えられないであろう、彼等は神の玉座に向って『神よ自分達の状態は幾時《いつ》まで続くか』とまだ長い間祈るだろう、と。そして彼等は自分で、それを承知しているのだ」。彼の頭には、はやロンドンもパリもない。彼の思想は燃え上る。自由とは何か、同胞愛とは何か。

併し、当時の彼の諸論文の僕等に与える興味が、思想的というより寧ろ心理的なものである様に、「夏の印象に関する冬のノオト」に語られた表向きの彼の思想には、別して彼独得なものを見出《みいだ》し難いのである。又、ヘルツェン訪問という、一応は、僕等の興味をそそる事件を過大視して、この作品に現れたヘルツェンの影響を云々《うんぬん》する者もあるが、影響は外観に止っているし、又この作に見られる程度のヘルツェンの影響ならば、何もヘルツェンに限らない、当時の思想家の一般通念であった。「夏の印象に関する冬のノオト」は決して傑作ではない。だが、ここには社会の物的改革に何んの夢も抱き得ずに、ブルジョアジイの悪意と軽薄とを痛感している、この天才の苦がい心の渦は明らかだ。

一八六三年の初め、再びポオランド*に革命が起った。アレクサンドル二世の、フランス、プロシャ、オオストリヤに対する外交政策は、無論一般民衆の知る由《よし》もない秘密であった。新聞紙上には毎日、コサック兵*一人の戦死が大戦闘の如く公表され、ポオランドの言うに足りぬパルチザン隊*の攻撃が、強国との大戦の如く宣伝された。人々は、一八一二年の「十二箇国」*の侵略再び来《きた》るという昂奮《こうふん》に駆られたのである。スラヴォフィルの陣営は色めき立ち、カトコフ*は一挙にして大衆の人気を攫《さら》って行った。ヘルツェンの「鐘」の購買者は二千五百から忽《たちま》ち五百に激減した。「ヴレエミャ」は発行停止になった。この処分のいきさつは、やや奇怪なもので、原因は、四月号に掲載されたストラアホフの「宿命的問題」なる論文にあったのだが、ドストエフスキイが、ツルゲネフへの手紙で（一八六三年、六月十七日）憤慨している様に、この論文は何等過激な思想を含んでいたわけではなく、事実検閲も既に通過していた。ストラアホフの論旨は、西欧化したポオランド文化が、当時のロシャ文化を明らかに凌駕《りょうが》している事を説き、ポオランド問題の解決は、ロシヤの国民的文化が円熟して、強い包括力を獲得する暁《あかつき》を待たねばならぬというのだったが、その文体があまり抽象的だった為に、作者の意の在るところを見定め難かった。「ヴレエミャ」の隆盛を嫉妬《しっと》していた「デニ」*誌は、論文の曖昧さを利用して故意に論旨を曲解し、ポオランド人に同情し、売国奴的思想を吐露したものと誇大な反駁《はんばく》文によって宣伝した。滑稽な事には、ポオランド側でも、ストラアホフの論文を好都合に解釈し、「両世界評論」に仏訳して宣伝した。戦争気分に酔った大衆は、当の論文を一行も読まないで激昂したのである。ドストエフスキイのヘルツェン訪問に神経を尖《とが》らしていた矢先きではあり、当局はこの好機を逃さなかった。（ドストエフスキイはヘルツェン訪問に就いては、検閲を恐れて「夏の印象に関する冬のノオト」では触れていないのだが、無論当局には知れていたのである。）ドストエフスキイのストラアホフの論文に関する釈明は、発表を許可されず、雑誌は無期限の発行停止を通告された。（当時のロシヤの法律では、検閲官の許可を受けた出版物でも、一ヶ月以内なら告発する事が出来た。）

6　恋愛

「ヴレエミャ」の発禁は、ドストエフスキイ等にとって思い掛けない打撃であった。ところが、その夏、雑誌の復活に狂奔する兄を残して、彼は、情人の後を追ってパリに旅立ったのである。

＊マリヤ・ドミトリエヴナとの関係は、はじめから甚だ曖昧《あいまい》にしか解《わか》っていない事は既に述べたが、ペテルブルグに還《かえ》ってからの生活も明瞭《めいりよう》ではない。併《しか》し、トヴェリ滞在以来、肺患がいよいよ進んで、既に死期を待つばかりになったヒステリイ女と、一週間に二度も癲癇《てんかん》が起る様になった亭主とが、幸福に暮せた筈《はず》がない。それにしてもセミパラチンスクの夢はあんまり早く破れた。エーメ・ドストエフスキイの言うところによれば、夫人と情人ヴェルグノフとの仲は、ペテルブルグに来ても切れなかった。ヴェルグノフに愛想をつかされて逆上した彼女は、夫の面前で自分の不貞を白状し、「狡猾《こうかつ》な惨忍《ざんにん》性をもって、私の父に、彼等二人がどんなに楽しい密会をつづけ、だまされた良人《おっと》がどんなに馬鹿に見えたかを語り、自分は良人を愛した事なぞ一っぺんもなかった。勘定の上から結婚したのだ。『ちゃんとした女が、四年間も、牢屋《ろうや》で泥棒

や人殺しと一緒に働いていた男なぞに惚《ほ》れる筈がありますか』。憐《あわ》れな父よ。心も裂ける想《おも》いで、彼は、妻の気狂《きちが》い染《じ》みた懺悔《ざんげ》を聞いたのであった」と、エーメは書いている。この通りであったかも知れない、そうでなかったかも知れない。当時の家庭生活について、ドストエフスキイは一言も語っていない。妻の死後、ヴランゲリに書いた手紙（一八六五年、三月卅一日）の一節、「彼女の奇怪な、疑り深い、病的に空想力の強い性格が災いして、僕等の生活は、実際不幸だったのだが、二人はお互に愛し合う事が止《や》められなかった。不幸になればなるほど、僕等はお互にしっかり結ばれた」、こういう言葉の裏に、どんな地獄が隠されていたか知る由《よし》はない。併し、文献の証するところでは、この憐れな父は、少くとも善良なる良人ではなかったのである。

ドストエフスキイが、トヴェリからペテルブルグに帰って来て間もなく、ストラアホフはあるサアクルで、初めてこの作家に会ったのであるが、「事、肉体に関してはあらゆる種類の過度とか異常とかに対して誰も平気でいるには、一驚を喫した。皆、精神的には、最高級の思想に奉仕する、極度に敏感な人達だったし、事実大部分の者は、肉体上の放埒《ほうらつ》から遠ざかっていたのだが、それにも拘《かかわ》らず、肉体的無秩序というものを、極めて寛大な眼で眺めていたし、時間つぶしにそういう種類の話に耽《ふけ》るのが、何が悪いという様子であった。精神の罪は厳しく正確に批判されたが、肉体の罪の如きは気にも止められなかった。この奇怪な肉体の解放は、伝染病の様な性質を持ち、今、思い出しても厭《いや》な恐ろしい結果をいろいろ齎《もたら》したのであった」（ストラアホフ、「ドストエフスキイ伝」）。

この様な雰囲気の中で事実上妻には別れていたドストエフスキイが、どんな生活をしていたか知れたものではない。恐らく「地下室の手記」*の一場面は、既に当時の生活に姿を現していたかも知れない。時流に敏感に、「ロシヤの土地に還れ」なるスロオガンを提げて、ジャアナリズムの第一線に立った時、彼の踏んまえた大地はあんまり硬い地盤ではなかった。ポオチヴェンニキの思想が円熟するとともに、「地下室」の思想も育ったのである。無論運命の神は、抜け目なく、彼の性格のうちに、この矛盾を深化する力を与えて置いた。この潔癖な哲学者は、ドストエフスキイの性格の「奇妙な分裂」には、余程手を焼いたらしい。彼はトルストイに宛《あ》てて次の様に書いている。

「拙著『ドストエフスキイ伝』お受け取り下さったと思います。お暇の折、御一読、御意見をお洩《もら》しくだされば幸甚《こうじん》に存じますが、これについて一言私から申し上げて置きたい事があります。私はこの伝記を執筆し乍《なが》ら、胸中に湧《わ》き上る嫌悪《けんお》の情と戦いました、どうかしてこの厭な感情に打勝ちたいと努めました。（中略）ドストエフスキイは、意地の悪い、嫉妬《しっと》深い、癖の悪い男でした。苛立《いらだた》しい昂奮《こうふん》のうちに一生を過して了《しま》ったと思えば、滑稽《こっけい》でもあり憐れでもあるが、あの意地の悪さと悧巧《りこう》さとを思えば、その気にもなれません。（中略）スイスにいた時、私は、彼が、下男を虐待《ぎゃくたい》する様を、眼のあたりに見ましたが、下男は堪えかねて、『私だって人間だ』と大声を出しました。（中略）これと似た様な場面は、絶えず繰返されました。それというのも、彼には自分の意地の悪さを抑えつける力がなかったからです。彼は、まるで女の様に、突然見当外れな事をしまりなく喋《しゃべ》り出す、そういう時には、私は大てい黙っていましたが、ひどく面罵《めんば》してやった事も二度ほどあります。そういう次第ですから、何んの悪意もない相手を、怒らせて了う様な事も無論幾度もありました。一番やりきれないのは、彼がそういう事を自ら楽しんでいたし、人を嘲《あざけ》っても、決して終《しま》いまで言い切らなかった事です。彼は好んで下劣な行為をしては、人に自慢しました。或る日、ヴ*ィスコヴァトフが来て話した事ですが、或る女の家庭教師の手引きで、或る少女に浴室で暴行を加えた話を、彼に自慢そうに語ったそうです。動物の様な肉欲を持ち乍ら、女の美に関して、彼が何んの趣味も感情も持っていなかった事に御注意願いたい。彼の小説を読めば解る事です。作中人物で彼に一番近い人物は、『地下室の手記』の主人公、『罪と罰』のスヴィドゥリガイロフ*、『悪霊』*のスタヴロオギン*です。（中略）

こういう考えから逃れられもせず妥協も出来ないのが、私には辛《つら》いのです。私は腹でも立てているのでしょうか、嫉妬を感じてでもいるか、何か含む処《ところ》があるとでも言うのか、決してそんな事はありません。この重苦しい思い出を考え、それがひょっとしたら美しい思い出であり得たかも知れぬとも思い、私はただ泣き出したい気持ちでいるのです。

私は貴方《あなた》の言葉を思い出します。私達を余り知り過ぎている人達は、私達を愛する事が出来ぬものだ、と。併しそうとばかりは限りません。長い間附き合っているうちには、一切を許して了える様な人柄を、相手に見附け出す事も出来るのです。心からの善意の動きとか、悔悟の一瞬とかいうものは、凡《すべ》てを水に流すものです。フョオドル・ミハイロヴィッチに就いて、そういう或る思い出でもあったら、私は彼を許したでしょうし、彼に対して私は愉快な男にもなれたでしょう。頭で作り上げた愛、文学の上の愛しか持たぬ人間を、偉人だと人に信じさせる事は、一体何んという厭な事でしょうか」（一八八三年、十一月）*

これを書いた人間は、この小説家の臨終を看取《みと》るまで、二十年間のドストエフスキイの友であった事を思う時、誰の心のうちにも、冷い風が通るであろう。ここにあるのは、凡庸な一思想家と天才との間にある埋める事の出来ない単なる隔りか。ストラアホフの眺めたものは、ドストエフスキイの或る半面だろうか。例えば、トルストイに、良人の性格を質問された時に、ドストエフスキイの妻が答えた様に、「良人は人間の理想というものの体現者でした。凡《およ》そ人間の飾りとなる様な、精神上、道徳上の美質を、彼は最高度に備えていました。個人としても、気の好い、寛大な、慈悲深い、正しい、無欲な、細かい思いやりを持った人でした」(一八八五年)という言葉も嘘《うそ》ではないのだろうか。人は好んで或る人の半面という言葉を使いたがる。妙な言葉だ。ドストエフスキイも親友と妻とに、巧《うま》く半面ずつ見せたものである。ヴィスコヴァトフが、ストラアホフに語った話は、この事件をドストエフスキイ自身、ツルゲネフの許《もと》で懺悔したという同形の逸話が伝えられているほど有名なもので、事の真偽を調べ上げようと、いろいろ努めている評家もあるが、無論わからない。わかったところで何になろう。単なる事実が逸話より真実だとは限らない。僕は「この人を見よ」*の作者の言葉を思い出す。「病者の光学(見地)から、一段と健全な概念や価値を見て、又再び逆に、豊富な生命の充溢《じゅういつ》と自信とからデカダンス本能のひそやかな働きを見下すということ——これは私の最も長い練習、私に特有の経験であって、若《も》し私が、何事かに於《お》いて大家になったとすれば、それはその点に於いてであった」と。恐らく、ドストエフスキイにも亦《また》同じ言葉が吐けば吐けたであろう。それにしても、この文学創造の魔神に憑《つ》かれた作家にとって、実生活の上での自分の性格の真相なぞというものが、一体何を意味したろう。彼の伝記を読むものは、その生活の余りの乱脈に眼を見張るのであるが、乱脈を平然と生きて、何等これを統制しようとも試みなかった様に見えるのも、恐らく文学創造の上での秩序が信じられたが為である。若し彼が秩序だった欠点のない実生活者であったなら、彼の文学は、あれほど力強いものとはならなかったろう。芸術の創造には、悪魔の協力を必要とするとは、恐らく彼には自明の理であった。若しそうなら、ストラアホフは自分の仕事を嫌厭《けんえん》すべき仕事と言っているが、ドストエフスキイは、遥《はる》かに嫌厭すべき仕事を仕遂げて死んだとも言えよう。

ドストエフスキイは、兄の窮迫と、重患の妻とを他所《よそ》に、情人の後を追ってパリに旅立った。それはアポリナリヤ・プロコフィエヴナ・ススロヴァ、通称ポオリナという大学生であった。彼女は、「ヴレエミャ」に短篇を発表した（一八六一年）関係で、ドストエフスキイと知り合いになった。彼の生涯に於いて非常に重要なこの恋愛事件を知る上に、殆《ほとん》ど唯一《ゆいいつ》の材料は、ポオリナの「日記」なのだが、「日記」は、彼がパリに行ってから始っているので、この事件が何時《いつ》頃どういう風に起ったか明らかではない。エーメは、最初の外国旅行の時も、ドストエフスキイが彼女と一緒だった様に書いているが、これは甚だ疑わしく、二人の恋愛は、恐らく彼の帰国後に始ったものらしいというのが定説である。

エーメの描写によれば、「田舎の金持の親戚《しんせき》からの仕送りで、ポオリナは、ペテルブルグで気儘《きまま》に生活していた。大学には籍を置いていたが、授業も試験も受けた事はなかった。併し大学には始終やって来て、学生達と巫山戯《ふざけ》たり、彼等の家を訪ねて、仕事の邪魔をしたり、学生を煽動《せんどう》して騒動を起させたり、抗議文に署名させたりしていた。政治的な示威運動などがある時には、いつも行列の先頭に立ち、赤旗を押立て、*マルセイユの歌を高唱し、コサック兵を罵倒《ばとう》して喧嘩《けんか》したり、憲兵を嘲って殴られたり、夜を留置場ですごしたときには『厭《いと》わしい*ツァアリズム』の燦《かがや》かしい犠牲者として、学生に胴上げされたりしていた。舞踏会とか文学の集会には、何処《どこ》にでも姿を現し、学生等と共に踊り、喝采《かっさい》するという有様だった」。

この女に対するエーメの女らしい嫌悪は割引きしてみても、ポオリナは、*ポジティヴィズムと*フェミニズムの渦巻いた六〇年代のロシヤの典型的な新しい女性だった事は確からしい。

二人は、一八六三年の夏、一緒にフランスとイタリイとに旅行する事になっていた。ポオリナは六月、一と足先きにパリに立った。ドストエフスキイの旅券は下りなかった。其《そ》の他、妻を*ウラジイミルに転地させる騒ぎやら、金の工面《くめん》やらで、やっと八月なかば、「ヴレエミャ」の運命を他所に、気もそぞろに、彼女を追った。ところが、その彼が、途中、*ウィイスバアデンで引っかかって、四日間も賭博《とばく》で凡てを忘れているのである。ルウレットの魅惑が彼を捕えたのは、これがはじめてではない、前の年の外国旅行の折ウィイスバアデンで、*五千法《フランもう》儲けた事が忘れられなかったのである。「僕が儲け放しで喜んで、自慢そうに、僕は賭博の秘密を知っていると言わんばかりの顔をしているなどとは思わないで下さい。僕は実際その秘密を知っているが、馬鹿々々しいほど簡単なものです。始終自己を制御して、勝負のどんな局面にぶつかっても、決してのぼせない、たったそれだけの事です。この方法でやれば、断じて負けない。必ず儲かります」(一八六三年、八月廿日、パリより、*義妹宛)

無論、彼は自分の信ずるこの方法で賭博を行いはしなかった。自ら「十年にわたった、醜悪な夢魔」と呼んだ賭博の熱病が、こんな方法が守れる男に取憑く筈はなかったのである。夢魔から覚め、*倉皇《そうこう》としてパリに乗込んだ時、待ちくたびれたポオリナは、彼女の日記によれば、次の様な手紙を用意して彼を待っていた。

「今になっていらしてももう遅い。しばらく前までは、御一緒にするイタリイ旅行を夢みて、イタリイ語の勉強さえ始めていましたが、ここ二三日で、何も彼《か》も変って了いました。容易に他人に心を許す事が出来ない女だ、とは貴方の口癖でしたが、この一週間の間に抵抗もせず、確信もなく、相手から愛して貰《もら》えるという希望もなく、言われるままに、或る人に心を許して了いました。貴方が私に引附けられた当時、私は貴方をうらめしく思いましたが、間違ってはいなかったのです。貴方を責めていると お取りになっては困ります。ただ貴方には私という女が解らなかったし、私も自分を知らなかったのだと申し上げたいのです。さよなら」

この手紙と行き違いに、ドストエフスキイは彼女の許に駆けつけた。「日記」は語る。

「『あんな手紙を書いたから、いらっしゃるまいと思ってました』と私は言った。

『どんな手紙です』

『パリにいらっしゃらない様にという』

『何故《なぜ》』

『もういらしても遅いのです』

彼は項垂《うなだ》れた。

『隠さずにみんな言って下さい。何処かに行こう。わけを言って下さい。さもなかったら僕は死んでしまう』（中略）

部屋にはいると、彼は私の足許に仆《たお》れ、力一杯私の膝《ひざ》にしがみ附いて、啜《すす》り上げた。

『僕は捨てられたんだ、よくわかっている』

落着いて来ると、相手は誰だと聞きはじめた……。

『きっと若くて綺麗《きれい》なんだろう。話も上手な男じゃないかね。だけど僕の様な心を持った男は、ほかに見附かりはしないよ』

長い間私は返事しまいと思っていた。

『で、その人に何も彼も許して了ったのかい』

『よして下さい、貴方の知った事じゃない……』

その男には首ったけだと言ってやった。

『君は幸福なのか』

『いいえ』

『好きでいて幸福じゃないとなるとどういう事になるんです』

『向うで好きになってくれないんです』

『君が好きじゃない』。彼は絶望した様子で頭をかかえて、大きな声を出した。『而《しか》も君は奴隷《どれい》の様に彼を愛している。さあ、何も彼も話してくれ、知りたいのだ。その男の為なら何処までもついて行く気なのかい』

『いいえ、私は田舎へでも引込んで了います』。私は、わッと泣き出した」

男というのは、彼女が「日記」の中で、サルヴァドルと呼んでいるスペインの医学生であった。ペテルブルグの大学生に胴上げされていたポオリナも、パリに来ては、たわいもなかったのである。ただ、ドストエフスキイはいい面《つら》の皮で、薄情男を殺すと息巻く女を宥《なだ》め、「兄と妹」という約束で、九月の初めパリを立ち、旅に出た。ルウレットは、忽《たちま》ち彼を捕えた。ウィイスバアデンで三千法《フラン》儲け、*バアデン・バアデンに来たが、そこで有金をすっかり磨《す》って了った。前にはウィイスバアデンで儲けた時、儲けの一部を、義妹の手を通じて妻に送金方を頼んであったが、その金を一と先《ま》ず返却して欲しい旨《むね》義妹に言い送る一方、兄にも無心状を送る騒ぎだったが、折よくバアデンに来合せていたツルゲネフから五十*タアレルを借り、ジュネエヴに来たが、いよいよ窮して、彼は時計を、ポオリナは指環類を質に入れ、やっと*トリノに辿《たど》り着いた。約束の金はまだ届いていなかった。無一文で宿屋に引籠《ひきこも》って故国からの送金を待ち侘《わ》びた。やがて義妹からの百留《ルーブル》、兄からの四百五十留が届いた。義妹の方は何んでもなかったにしろ、「ヴレエミャ」の発禁に気を腐らせていた兄にとっては、弟の無心は苦が苦がしかったに相違ない。弟の返事は次の様な文句で始っている。

「兄さん、僕の手紙を読んで、僕の無心を承知する事がどんなに辛かったかは神様だけが御存じだと貴方は書いている。けれども、それほど不快な手紙を貴方に出さねばならなかった為に、僕自身どれほど苦しんだかを、貴方が知ってくれたら、賭博で損をした罰はもう充分に僕にあたっていると言ってくれるだろうと思います」。先きを読むとこんどはこんな事が書いてある。「愛人と一緒に旅行しているのに、最後の一銭まで失くして了《しま》うなどとは考えられない、と貴方はおっしゃる。併し、兄さん、僕はウィイスバアデンで或るシステムを発明し、これを試みて、忽ち一万法儲けたのです。朝方になって、少々昂奮《こうふん》して来た為に、システムから脱線し、一瞬のうちにみんな磨って了った。夕方、再び僕のシステムに戻り、こいつを厳守した御蔭《おかげ》で、どんどん勝ち始め、苦もなく三千法手に入れた。さあ、どうですか、こんな経験のあとで、要心してシステムに食附いていれば、チャンスはきっと摑《つか》めると信ずるのは自然じゃありませんか、信ぜざるを得ないじゃありませんか。而も僕には金が要る、どうしても要る、僕の為にも、貴方の為にも、妻の為にも、小説の為にも。こちらでは、人々は苦もなく、ルウレットで一万フロリン*も儲けている。僕は、貴方達みんなを助けよう、助けて僕も貴方と一緒に何もかも片付けたい、そう念じてこちらに来たのです、大丈夫僕のシステムには自信があります」（一八六三年、九月八日）。こういう手紙を読まされた兄の顔を想像してみる事は無益ではない。

この始めて見る永遠の都に魅惑される暇も二人にはなかったらしい。彼もポオリナもロオマの印象を語っていない。書かない以上もうどこからも金の来る当てはなかった。彼はストラアホフを通じて本屋の前借を頼んだ。

「僕はプロレタリヤ*文士だ。僕の作品が欲しければ、前借をさせる義務があるのだ。われながら腹立たしい事だが、仕方がない。これからもどう仕様もなく同じ体《てい》であろう」。彼がこの時計画した作品は、「賭博者*」であった。「これは、外国在住のロシヤ人の研究だ。この夏、いろいろな雑誌に、外国で暮しているロシヤ人の事が出ていたのは御承知だろうが、そういうものはみんな今度の小説に反映する筈《はず》だ。全体として、僕等の内面生活の現在の状態が（出来る限り）織込まれる筈だ。率直で、非常に教養はあるが、未完成であり、信仰を失っているが無信仰ではいられない、権威に反抗しながら、同時にこれを怖《おそ》れている、そういう人間を扱おうと思っている。彼は、自分をごまかす為に、ロシヤでは何にもする事がないと思っている。この点で、僕は、ロシヤ人を根こそぎにする人々に、厳しい批判を下すという事になろう。（中略）主要点は、この男の活力も勇気も決断も、すべてルウレットの為に消費されているというところです」（一八六三年、九月十八日）。ストラアホフからの三百留《ルーブル》の送金が、トリノで待っているのを心頼みに、ロオマからナポリに出て、船でジェノアに行き、トリノに着いて、金を受取った。まるでルウレットに勝った様なもので、周知の如《ごと》く「賭博者」は一八六六年の末になり、やっと書き始められたのである。「主人公は文字通り僕の眼前に立っている」などと今にも書きそうな事をストラアホフに書いているが、賭金がなくなって、手紙を賭けた様なものだ。二人はベルリンで別れ、ポオリナはパリへ、ドストエフスキイは帰国の途についたが、*ハンブルグのルウレットを素通りする事が出来なかった。

ハンブルグでも彼はシステムを失念したらしく、パリに帰ったポオリナは、ハンブルグからの彼の無心状を受取った。ポオリナの掻《か》き集めた僅《わず》かばかりの金で、彼はペテルブルグに還《かえ》った。

ルウレットもさんざんだったが、恋愛の方も遂《つい》に不成功だった。バアデン・バアデンの一夜を、ポオリナは次の様に描写している。

「十時に私達はお茶を飲んでいた。飲み終ると、その日は疲れていたので、床の上に横になって、フョオドルに傍に来て坐ってほしいと言った。いい気持ちだった。私は彼の手を取って、長い間握っていた——。

パリにいた時は、私の方が悪かった、貴方《あなた》にも辛《つら》く当った、自身の事ばかり考えていたように見えたかも知れないが、本当は貴方の事も考えていたのだ、ただ貴方の感情を害しはしないかと思って、口には出さなかったのだ、そう私は彼に語った。すると突然彼は立上り、向うに行こうとしたが、ベッドの下の私の靴に蹴《け》つまずき、急いで振返るとまた腰を下した。

『何処へ行こうとしたの』

『窓をしめようと思って』

『しめたけりゃおしめなさい』

『いや、そんな事はどうでもいい。今、僕の心にどういう事が起ったか君には解《わか》るまいね』。彼は奇妙な表情をして、こう言った。

『どうしたの、一体』。私は彼の困惑し切った顔を眺めた。

『君の足に接吻《せっぷん》したかったんだよ』

『何んの為に』と、私は足を引込め乍《なが》ら、落着きのない具合の悪そうな声を出した。

『したかったんだよ、僕は決心した、その……』

着物を脱いで、寝ようと思い、女中がお茶のあとを片附けに来るだろうか、と彼に訊《たず》ねた。彼は来ないと答えた。じっと眺められて、具合が悪くなり、そう言うと、

『僕だって具合が悪いさ』と彼は薄笑いをして答えた。

私は、枕《まくら》に顔を隠した。女中が来やしないかと又聞いてみると、彼も亦《また》来ないと答えるのである。

『そんなら、貴方の部屋に行って下さい。もう寝ますから』

彼は戸口の桟*を下さず、暫《しばら》くすると、窓をしめると言って又やって来た。私の傍に来て、着物を脱げとしきりに促す。

『ええ、脱ぎますよ』。ただ彼が出て行くのを待っているのだと言わんばかりの調子で、私は答えた。

彼は出て行った。何かしら口実をつけて又戻って来たが、やがて出て行くととうとう戸の桟をかけた。

今日、彼は昨夜の話を持出し、あれから酒を呑《の》んで酔ったと語った。ああいう風に貴方を苦しめては、さぞ不快だったただろうと言うので、そんな事は何んでもありません、と私は答えて、その事については多くを語るのを避けた。彼に希望も持たさず、それかと言って全く絶望もさせない様にして置こうという私の腹だった」

惟《おも》うにこの一場は、旅行中の二人の心理的関係を要約したものである。「君は一っぺん僕に身体《からだ》を許した事があるという事実の故《ゆえ》に、どうしても僕という男が許せないのだ。その復讐《ふくしゅう》を君はやっているのだ。女はそうしたものさ」。ポオリナはそういうドストエフスキイの言葉を「日記」に書いている。復讐は微妙に且《か》つ残酷に行われた。

ポオリナは、後、批評家ロオザノフ*と結婚した。彼が妻を評して、カテリィヌ・ド・*

メディシと言ったのが誇張だったとしても、ドストエフスキイが、「賭博者」の女主人公にポオリナという名を冠《かぶ》せたことは決して偶然ではない。

恐らくは夢魔の様であった再度の外国旅行から、借金の他には、やがて書かるべき「賭博者」という情人の診断書だけを携えて、ドストエフスキイが、ペテルブルグに還ったのは十月、相重なる不運が彼を待っていた。

瀕死《ひんし》の病妻をウラジイミルからモスクヴァに移し、彼女の看護に冬を過した。ルウレットと恋愛とは、よほど彼の神経にさわったらしい。「病気してから、半月になります。発作は二度、これは何んでもないが、痔《じ》が膀胱《ぼうこう》の方へやって来たのには、不愉快で堪《たま》らない。いよいよ重患になるのかとびくびくしています」(一八六四年、二月九日、兄宛)。「今まで、貴方に殆《ほとん》ど助力らしい助力をしなかったのは認めます。やがて取返します。僕の現在の状態は実につらい、今までこんな目に会った事はない。生活は暗鬱《あんうつ》だし、健康は勝《すぐ》れないし、妻は死にかけているし、苦しい昼間が過ぎると、夜は神経がすっかり苛立《いらだ》つ。大気と運動が必要なのだが、散歩する時間もないし、時間があっても、こう泥濘がひどくては外にも出られぬ。(中略)貴方だけが頼みです。兄さん、ここでは、金は水の様に流れ出す。信じてくれ給《たま》え、実際費用がかかるのだ。自分の為には一銭だって使やしません。まだ夏外套《なつがいとう》が買えず、冬のを着ている始末だ。

金がなくては生きて行けませんからね。何分苦しい状態なのだから今のところは助けて下さい。今にきっと稼ぎますから」（四月五日、兄宛）

前の年の暮、金持の伯父のクマニン*が死んで、ドストエフスキイは三千留《ルーブル》の遺産を手に入れたが、外国旅行の為に借りた文学者救済会の借金を払って了うと、やがて生活費に窮した。約束した「賭博者」も一向書く様子もないので、本屋は前借の返済を迫った。この後始末も彼は兄におしつけている。妻が死んだ日（四月十五日）の兄宛《あて》の手紙さえ、無心状である。追伸を、「マリヤ・ドミトリエヴナは、静かに、完全な意識のうちに死につつある。彼女は不在のパアシャ*を祝福しました」と事もなげに結んでいる。恐らくやれやれと思ったのであろう。当人は完全な意識のうちに死んだのかも知れないが、既に彼女の頭は半ば狂っていたのである。家にある時計は、みんなゼンマイが毀《こわ》れるまで巻かないと承知しなかったというし、医者は、ハンケチで悪魔を窓から追い出さねばならなかったという。パアシャも父の慰めにはならなかった。この十五歳の少年は、ペテルブルグの下宿に妾《めかけ》を置いていた。

弟から無心と泣事と弁解の手紙ばかり貰《もら》って、何一つして貰えなかった兄のミハイルも苦しい冬を過した。「ヴレエミャ」の後始末は、容易に捗《はかど》らなかったのである。雑誌発禁後、間もなく改名の上再刊する許可を得て、「真理《プラウダ》」の創刊を計画したが、名前が傾向的で不穏だという理由で却下され、「世紀《エポハ》」なら無難だという事になって、正月早々発行の運びになったが、正月、二月合併号というぶざまな恰好《かっこう》で、三月の下旬になって、やっと陽の目を見た。「今、『世紀』が出た。遂に出た。僕は疲労困憊《こんぱい》した。何んという苦しい戦に堪えて来た事か」と、ミハイルは弟に書いているのも尤《もっと》もな事なのである。

ドストエフスキイの小説は、創刊号には間に合わなかった。有名な「地下室の手記」は四月号から掲載された。「今は、霙《みぞれ》まじりの、黄色く、よごれた雪が降っている。昨日も降った、一昨日も降った。この話を思い附いたのも、この霙まじりの雪のせいではないかと思う。霙まじりの雪の話とでもしようか」とは「地下室、第一部」の結びである。惟うに比喩《ひゆ》以上のものがある。隣室に病妻の呻吟《しんぎん》する声を聞き乍ら、と作者はつけ加えなかっただけである。モスクヴァの暗鬱な一と冬は、世の進歩主義者や理想主義者等に対する、彼の内奥《ないおう》の毒念が兇暴《きょうぼう》な独白となって吐露される機会を与えた。併《しか》し、この作品の烈《はげ》しい独創性も、チェルヌィシェフスキイの「何を為《な》すべきか」に心を奪われた文学界の注意を引くには足りなかった。文学作品の歴史的価値の問題も簡単には参らぬのである。

雑誌経営で健康を害したミハイルは、妻と四人の子供をのこして、その年の七月十日に死んだ。ドストエフスキイにとって思いも掛けぬ痛手であった。彼が、翌年の春、コペンハアゲンにいたヴランゲリに宛てた手紙に、当時の事情はくわしい。
「妻の葬式を済ますと、ペテルブルグの兄の許《もと》に、僕は駈《か》けつけた。残っているのは兄貴だけだからね。三月したらもう彼はこの世にいなかった。寝ついてからほんの一月、それも大した病気ではなかった、こりゃいかぬとなってからほんの三日だ。その三日の危険期さえ殆ど不意打ちだったのだよ。
たった一人になって了った、突然だ。恐ろしいと思うと堪らなく恐ろしくなった。命が両断されたのだ。片方には、生きて来た過去全体、片方には、二人の死者を償ってくれる人もない未知の世界、文字通り、僕は生活の理由を失って了った。新しい繋《つな》がりを創《つく》り出そうか、新しい生活を見附けようか、そう考えてみただけで恐怖の念に襲われた。掛替えのない二人だった、僕が愛していたのはあの二人だけだった。新しい愛は、恐らくこれからもう生れないだろう、又生れてもならぬ、僕は生れてはじめてそう心から思った」（一八六五年、三月卅一日）
「兄が遺《のこ》して行った三百留《ルーブル》は葬式の費用で消えて、二万五千留の借金が残った。そのうち一万留は、まだ延ばせるから心配はないが、一万五千留は手形だから早速支払わねばならなかった。（中略）雑誌を続けようにも一文もない。まだ六号出さなくてはならない。少く見積って一万八千留要る、つまり一年後の予約申込を待つまでには三万三千留入用の勘定だった。

兄の家族は、文字通り一文無し、乞食《こじき》同然の有様で残された。僕が彼等の唯一《ゆいいつ》の頼りで、寡婦《かふ》と子供達は周りに集って、僕の救助を待つという始末だ。僕は兄を限りなく愛していた、彼等を見捨てる事は到底出来ない。取る可《べ》き手段は二つあった。第一は、雑誌を止《や》めて了《しま》う事、雑誌（これだって財産は財産だからね）を動産と一緒に債権者の手に渡して了い、遺族を引取って、仕事をする、文士稼業《かぎよう》をはじめる、遺族を食わす為に小説を書く。第二の手段は、金をこしらえて、曲りなりにも雑誌を続けて行く事。第一の手段を選ばなかったのは、実際飛んだ事だったよ。そうしてさえいれば、債権者は取れるだけとってまず二割、遺族は、財産相続を遠慮したのだから、法律上一文も払う必要がなかったわけだ。ところで、僕はこの五年間に、兄やその他の雑誌で、一年に八千留から一万留稼いでいたのだからね。結構彼等が養えたわけだ。尤も無論一生朝から晩まで働かなければならないという条件はついているが。処《ところ》が僕は第二の手段、つまり雑誌を続ける事にして了った。僕一人の考えで、そう定めたわけではない、友達や昔の協力者が激励してくれたのだ」（一八六五年、四月九日）

「世紀」創刊当時、ドストエフスキイは、兄にすすめて、伯母のクマニナに一万留借金させる事に成功した。如何《いか》に伯母を説服すべきかについては、彼は心理小説家的才能を傾けて気の弱い兄を煽動《せんどう》している。その一節。

「初めのうちは、伯母さんもお祖母さんも決心しまい。ぶつぶつ言って溜息《ためいき》なぞつくことだろう。困ったものさ。初手から道徳的にガンとやっちまうんですよ。つまり、『貸せば返るまい、貸さねば、人間を見殺しにする罪を着なければならん』というヂレンマをはっきり見せつけるんです。無論、直ぐうんと言うまい、二人は相談をはじめる。ここでヴァアリャを仲立ちに利用してもよい。尤も彼女が本当にその気になったらの事で、当人が気が進んでいないなら、これはまずい。彼女さえその気なら相当効果がありますよ。伯母さんに泣きついて貰う必要はない。アレクサンドル・パヴロヴィッチ流に、こう言わせるんです。『貴方のお金なんですよ。やろうとやるまいと貴方の御勝手だ。やらなけりゃ、この人は破滅だ、何も彼《か》もおしまいだ。貴方の甥《おい》の事ですよ、名附子《なづけご》の事じゃありませんか、而《しか》も、今迄《いままで》に貴方から何一つ貰った事はなし、欲しいと言った事もない人だ。片足を棺桶《かんおけ》に入れている身で、罪を作るのもどうですかね。キリストの御前に出ても、死んだ妹の前に出ても、困った事になりますよ。貴方の姉妹は成る程、アレクサンドル・アレクセイヴィッチの御世話になったが、貴方御自身は何をなさった。十五万留も握っていて、食えなくなる心配もないものだ』

とまあこういう事をはきはき言ってやるんです。それにみんな本当の事ですからね。いつかは言ってやらねばならない事だ。＊ヴァレンカが言いたくないなら、僕が言ってもいい。覚悟はしてますよ。泣きついたり、おどおどしたり、哀れっぽくなったりするのは大体に於《お》いてまずいです。と言って、取引上のそっ気なさもいけないし、真面《まじ》目《め》臭って事務的に事をはこんでも、伯母さんたちにはひびきますまい。道徳的に、感情の上に働きかける事、それも感傷的にやってはいけない、堂々と峻烈《しゅんれつ》にやるんです」(一八六四年、四月九日、兄宛)

今度も頼みとなるのはこの伯母だけで、ドストエフスキイは、遺言によって貰えることになっていた一万留を、この片足を棺桶に入れた女から前借して仕事を始めた。併し彼の編輯人《へんしゅうにん》の名義は政府が許可しなかった。ストラアホフも、前の発禁騒ぎでブラック・リストに載っていたし、仕方がなく、表向きはパレツキイという「ヴレエミャ」の一寄稿者が編輯人という事になって、続刊の段取りとなった。

「何から何まで僕一人でやったのだ。校正から原稿の依頼、検閲官との交渉、論文の訂正、金策。朝の六時まで立ち続けで、五時間しか眠らなかった。やっとどうにか見《み》透《とお》しはついたが、遅かった。君に信じられるかな、九月号が十二月の廿八日に、正月号が、二月の十三日に出た、つまり各冊＊三十五葉ある雑誌一冊作るのに二週間だ。僕がどのくらい働かなければならなかったか考えてみて下さい。こういう辛い仕事の御《お》蔭《かげ》で、雑誌には何も発表する事が出来なかった。一行も書かなかったのだ。僕の名が見附からないので、田舎では勿論《もちろん》、ペテルブルグでさえ、雑誌をやっているのは僕だと誰も知らない始末だった。実際やり切れない。（中略）読者は千三百に減って了った。（中略）ああ君、僕は何年でも牢屋《ろうや》に這入《はい》るよ、この借金が払えて自由な身になれるなら喜んで這入るよ。

今、僕は又、小説を書き始めようとしている、鞭《むち》で打たれ乍ら、必要にせまられ、大いそぎで。評判にはなるだろう。だが仕事するのに必要なものは一体何んだ。強いられ仕事、金の為の仕事、実に僕を蝕《むしば》み、圧《お》し潰《つぶ》す。

ところで、仕事を始めるのには三千留入用だ。金策に駈けずり廻っている。出来なければ破滅だ。この仕事が唯一の救いなのだからね。

貯《たくわ》えの力という力を使い果し、僕の心魂には、ただ何かしら不安な漠然たるもの、絶望と紙一重の或るものが残っている。実際、桁《けた》はずれの苦痛と懊悩《おうのう》だよ。而も友はない。四十歳の友は既にない。ところが、僕にはどうにか生きて行けるという気がいつでもしているのだ。全くおかしな話じゃないか。猫の*活力かね」（一八六五年、四月十四日、ヴランゲリ宛）

彼の悪闘の効もなく、兄が死んで間もなく（一八六四年、十二月）、有力な協力者、アポロン・グリゴリエフを失い、ヴランゲリに書いている様に、ドストエフスキイ自身も書く暇がなかったが、稿料の関係で、いい寄稿者も得られず、名もない編輯人を戴《いただ》き、発行日も定まらぬ雑誌に、読者がついて行く筈《はず》はなかったのである。形ばかりの正月号二月号が出たのを最後に、廃刊というのも大げさという有様で消えてなくなった。アレクサンドル二世の諸改革とともに始った一般ジャアナリズムの繁栄は長つづきしなかった。ポオランド革命後の反動期に這入って、当局の弾圧は再び烈しくなった。政府のジャアナリズムに対する政策は、既にニコライ一世の野蛮期を過ぎ、逆にこれを積極的に利用しようという露骨な方向を示した。独裁にも政論家が必要な時代になったのである。改造の気運とともに群り出た新聞雑誌が、皆激しい競争の為に経営の困難を覚えている時、政府の代弁者たる編輯人だけが、政府の補助金が得られる様になった事は、他の新聞雑誌の経営者にとって、事実上、検閲以上の痛手であった。こういう時期に、発禁以来政府の支持も望めず、敢《あ》えて急進的青年とも握手しなかった「世紀《エポハ》」の様な雑誌の成功は、どんな辣腕家《らつわんか》にも、恐らく望めなかったであろう。

「猫の活力」と彼は書いたが、この困難な雑誌経営の当時、彼は二つの恋愛事件に引っかかっている。だが、残念ながら正確な事はわかっていない。一八六四年の終りから、翌年の始めにかけて、＊マルタ・ブラウンなる署名で、ドストエフスキイが受取った手紙が発見され、甚だ曖昧《あいまい》にだが、一つの事件の面貌《めんぼう》が明らかになった。マルタ・ブラウンの前身は全く不明だが、ドストエフスキイと相識《あいし》った当時は、ゴルキイというジャアナリストと同棲《どうせい》して、陰惨な窮迫した生活をしていた。ゴルキイの手を通じて、一八六四年の終り、彼女は「世紀《エポハ》」の事務所で、英語飜訳《ほんやく》の職を得た。病気になって、ドストエフスキイの世話で入院し、二人の交情は深くなった。

マルタ・ブラウンは、ドストエフスキイと相識る以前、流浪《るろう》と淪落《りんらく》との味を、つぶさに嘗《な》めて来た女だったらしい。彼女の手紙によると、「或るハンガリヤの放浪者と二人で、まるで旋風の様に、オオストリヤと＊プロシャを駈け廻っていましたが、やがてイギリスのある冒険家と一緒になり、七ヶ月の間に、スイス、イタリイ、スペイン、南部フランスと、或る時は徒歩或る時は馬で、朝から晩まで、休息の味も知らず旅をつづけました。マルセイユで男に別れ、私は＊ジブラルタルへ出て、＊ボルドオからパリに来ました。或るフランス人、この男は意気地のない野心家で、馬鹿も馬鹿だったが、御蔭で、仮面舞踏会から真直ぐに、ベルギイに私を連れて行ってくれました。ベルギイからオランダに渡った、と言っても実は追放され、オランダにも居られなくなり、ロッテルダムの監獄を出て、一人でイギリスに来た時には、言葉もわからず一銭の貯えもない有様でした。自殺未遂で二日間留置場で過し、二週間あまりロンドンの浮浪人達に交ってテエムズの橋下に寝ました」。

こういう生活から、彼女は贋金《にせがね》造りの仲間に這入ったが、*メソジストの宣教師に救われ、*バルチモアから来た船員と正式に結婚した。イギリスに四年暮した後、彼女に言わせれば「或る思い掛けぬ事件」からトルコに逃亡する途中、*ヴィエンナで検挙され、一八六二年の末、ペテルブルグに還《かえ》って来た。話半分に聞いても尋常な生活ではない。

マルタ・ブラウンとドストエフスキイとの関係については、一八六五年正月の彼女の手紙からいろいろ想像してみるより他に全く手がかりはない。

「肉体的に貴方を満足させる事が、出来る様になろうとなるまいと、或《あるい》は、私達の友情に罅《ひび》が這入らぬよう、二人の間に精神的な調和が齎《もたら》される様になろうとなるまいと、たとえ短い間だったとは言え、私の様な者を友達として愛して下さったことに対する私の感謝の念は変りますまい。それを信じて下さい。貴方の前に出ては思い切って虚飾を捨てようとしました、そんな決心を今迄にした事がなかった事を誓います。わがままな取りのぼせ方をお許し下さい。でも、ロシヤに還って来てから二年間、不幸と嫌悪《けんお》と絶望とで一杯だった私の心は、貴方の様な沈着な我慢強い、世間を知った公平無私な人を見て、幸福に溢《あふ》れているのです。現在の私は、私に対する貴方の感情が長つづきするかしないかという様なことを全く考えてもみません。併し、私の性格の汚《けが》らわしい一面を責めず、私の思っている私より、ずっとましな人間としてつき合って下さった事を、金銭では贖《あがな》えぬものと心に銘じておりますこと、どうぞお信じ下さい」

恐らく読者も彼女の語るところを信ずるだろう。こういう場合、話半分に聞く事は多少不自然だからである。マルタ・ブラウンは、この手紙を最後に、姿を消した、少くとも僕等の眼から。

アンナ・コルヴィン・クルコフスカヤとの交渉も同じ頃始った。彼女の妹のソオニャ*は後年有名な数学者となって、自叙伝*を遺しているので（「ソオニャ・コヴァレフスカヤ自伝」）、当時の事情はかなり正確にわかっているのである。

一八六四年の夏、ドストエフスキイは、当時田舎の領地で旧弊な厳格な家庭にあって、ひそかに新しい時代を憧憬《どうけい》していた、この廿歳の文学少女の投稿を受けた。破産に瀕《ひん》していた「世紀《エポハ》」には、原稿も不足だったのだろう、彼女の無邪気な短篇は採用され、稿料が家に送られて、娘の冒険がばれた。たまたま母親の誕生日に際してこの不祥事が起ったので、父親は多くの客を避けて、書斎に閉じ籠《こも》り、ソオニャの回想によれば、恥かしさと絶望から殆《ほとん》ど悶絶《もんぜつ》し兼ねない有様であったが、問題の短篇の朗読を聞いて感動した結果、年が明けると早々、母親は娘二人を伴って、この危険な文士をペテルブルグに訪問した。

アンナは、「白痴*」のアグラアヤの原型であり、コルヴィン・クルコフスカヤ夫妻は又エ*パンチン夫妻の原型である。ソオニャは、嫉妬《しっと》深いムイシュキンの様なドストエフスキイの姿を描いている。エパ*ンチン家の夜会に於けるムイシュキンも「永遠の良人」のザ*フレエビニンの別荘に於けるトゥ*ルソツキイも、恐らく作者自ら演じた喜劇の観察にもとづくものである。彼の結婚の申し込みは失敗に了《おわ》った。アンナは、ドストエフスキイに就いて、次の様に語った、とソオニャは書いている。

「あの人の妻は、あの人の事の他は何も考えず、一生を棒に振って、あの人に仕える様な女でなくては駄目だ。私にはそんな事は出来ない。私は私で生きたいのだから。それに、ああ気難かし屋の喧《やか》まし屋ではね。まるで私を捕えて、自分のなかに引摺《ひきず》り込もうとしょっ中覗《うかが》っている様だ。あの人の前に出ると、自分が自分でいる事が出来ない」

アンナの直観は、間違っていたとも思われない。彼が間もなく発見した良妻は、彼女が恐らく心中に描いていた女性に近かった。

細々とつづいた「世紀《エポハ》」が四月に潰れると、始めた時の一万五千留《ルーブル》の借金が殆どそのまま残る勘定になった。監獄行の他に道はないが、健康が許さぬ旨《むね》を訴えて、文学者救済会からいくらか借り出したが、それも束《つか》の間《ま》の凌《しの》ぎに過ぎなかった。クラエフスキイに、秋まで、「飲んだくれ」という小説を書く約束で前借を申し込んだが拒絶された。目まぐるしいジャアナリズムの動きのなかで「死人の家の記録」後のこの作者のほんの暫《しば》らくの沈黙も、彼の人気に影響したし、彼の癖の悪さも既に評判になっていたし、この前借の名人ももはや為《な》すところを知らなかったのである。この弱みに*ステルロフスキイという出版屋がつけ込んだ。

ステルロフスキイは、当時までのドストエフスキイの著作の全集を出版する約束で、三千留の金を（一部分は手形で）融通する事を提言した。但《ただ》し一八六六年十一月一日までに、全集に加える為に新しく長篇を一つ書き下す事、長篇が期日を過ぎて、一と月以内に出来上らなかった場合は、向う九ヶ年間の著作の出版権利を無償で提供する事を条件とした。この乱暴な契約に、一八六五年七月二日、ドストエフスキイは署名して三千留の金を得たが、急場の借金を埋めると手元に百七十五留しか残らなかった。

而も払った金が、借用証文を二束三文に買いしめていたステルロフスキイの懐《ふところ》に逆戻りしていた事に、彼は気が附かなかったのである。百七十五留を握って、彼はウィイスバアデンの賭博《とばく》場に飛んだ。

彼が三度目の外国行を計画したのは「世紀《エポハ》」の廃刊以前であった。雑誌も失敗、恋愛も失敗の苦しいペテルブルグの生活から、彼はどうにかして逃げ出し度《た》かった。健康状態が面白くなかったのもあったが（彼は西欧の気候が癲癇《てんかん》に利《き》く事を頑固に信じていた）、ポオリナ・ススロヴァとの関係を復活したい希望にも燃えていたのである。ポオリナとは一八六三年の十月に別れて以来、お互の文通が絶えたわけではなかった。マルタ・ブラウンとアンナ・コルヴィン・クルコフスカヤ両人との交渉のあった中に、現存していないが、ポオリナに手紙を書いているし、ポオリナの方からは、ベルギイの或る温泉地で会おうという手紙を受取っている事実は判明している。併《しか》し逃げ道が見附かると早速ウィイスバアデンに直行したところをみると、やはりルウレットの誘惑が他を圧していたらしい。

七月廿九日、ウィイスバアデンに着いてポオリナと落ち合った。二人の間に何が起ったか、ポオリナの「日記」も触れていないのでわからない。ただポオリナが彼の運命をルウレットに託して、直ぐ後パリに去った事だけは確かで、着いて五日後には、彼は無一文になって一人宿屋に残っていた。

「ウィイスバアデンに来てから五日になりますが、有り金一切磨《す》って了《しま》いました。ほんとの無一文、時計も質に入れ、ホテルも借金です。

貴方を煩《わずら》わすのは、気も進まぬし、恥しい事とは思いますが、目下のところ、貴方のほかに頼りにする人が一人もなく、それに、何も彼《か》もわかった貴方にお頼りするのが他人に頼むより気が楽だという事もあります。さて、お願いというのは、心からのお願いなのですが、百タアレルほど拝借したいのです。そうして或る雑誌（「読物叢《そう》書《しょ》」）からの金を待つことにします。出発の際、少々送ってくれる約束でしたから、又、僕を当然援助すべき或る人からの金も待っているのです。三週間以内にはお返し出来ない。尤《もっと》も事によったら、もっと早くお返し出来るかも知れません。先《ま》ず何《いず》れにしても一と月。まことに慚愧《ざんき》に堪えませぬ。（後になったらもっと慚愧に堪えなくなるだろうと思います。）貴方に御心配をかけるのは何よりも恥しい。しかし身の破滅を前にして、ほかに仕方がないのです。

僕の住所は、

ウィイスバアデン・ホテル・ヴィクトリア、テオドル・ドストエフスキイです。ところで、バアデン・バアデンに貴方がいらっしゃらなかったらどうしたらいいか。

匆々《そうそう》」（一八六五年、八月三日）

これはツルゲネフに宛《あ》てた手紙の一節である。ツルゲネフは友の願いを容《い》れた。彼は、懇望された金額の半分を送ったが、ドストエフスキイの「先ず何れにしても一と月」は十年に延びた。五十タアレルでは動きがとれなかった。無論彼はポオリナにも再三無心状を書いたが、パリに還って間もなく新しい恋愛事件を起していた彼女は知らぬ顔をした。ジュネエヴにいたヘルツェンにも頼んだが、体よく断わられた。宿屋では食事も出さなくなり、夜は灯も呉れない。動くと腹が減るから、一日坐って本ばかり読んでいるとポオリナに書いている。この間に、彼はクラエフスキイに拒絶された小説を書き始めた。クラエフスキイに彼が説明したところによると、「罪と罰」のなかのマルメラアドフ*一家の様なものを描こうと企図したものらしいが、ウィイスバアデンの生活の憂鬱《ゆううつ》と不安とは、彼の想像力に強く働いたとみえて、彼の「地下室」の思想はふくれ、遂《つい》にラスコオリニコフの姿を夢みるに至った。彼は、「ロシヤ通報」のカトコフに宛て、小説のプロットを説明し、その所謂《いわゆる》「犯罪の心理的計算報告書」に対して、三百留《ルーブル》の前借を申し込んだ。カトコフには彼はシベリヤ時代に既に前借して約を果さず、悶着《もんちゃく》を起した事もあり、「ヴレエミャ」発行以来、互に反目して来た仲で、彼は全くこの前借には自信が持てなかったが、意外にも成功して送金を受けた、が金は彼が帰国するまでには間に合わなかった。「罪と罰」の夢は、ウィイスバアデンの生活によく調和したが、急場の生活を救うには、嵩張《かさば》りすぎた夢であった。彼はすべてを忘れて雄大な構想を執拗《しつよう》に追求し、明日の糧《かて》は身勝手な無心状に託した。当時コペンハアゲンにいたヴランゲリ（これも、ツルゲネフの場合と同様に、彼には確実に滞在している事がわかっていなかった）にも百タアレルの無心をした。初めの手紙ではポオリナの後を追ってパリに行きたい意を洩《もら》していたが、三度目の手紙で、やっとこのシベリヤ以来の良友から金がとどいた時には、宿料が積って、パリ行どころではなく、ヴランゲリ宛の礼状には、「宿屋の主人は、金が来た事を知って、みんな巻上げましたよ。十五グルデン残りました。この土地の人間はまあみんなこんな気性です」（一八六五年、九月十六日）と書いてある。目ぼしい知人には当りつくして、土地のロシヤの坊さんの情けで、旅費を借り、十月の初めウィイスバアデンを離れる事が出来た。彼はコペンハアゲンに立寄り一週間をヴランゲリの許《もと》に過ごし、イギリスの船で、ペテルブルグに直行した。この旅費は無論ヴランゲリが出したのであるが、下船する時にはもう船賃が足りなくなっていた。一ポンドだけ余分に借りて来たのが、彼の言訳によると水が汚くてビールを飲んでいたので、一ポンドだけ不足したと言うのである。勘定書をコペンハアゲンに廻送して貰《もら》って、無一物で家に帰り、一と月程たってやっと無事帰国、金は「罪と罰」が出来上り次第お返しする旨ヴランゲリに書いた。ドストエフスキイの伝記に於けるヴランゲリの登場はこれが最後である。

翌年の五月、再び借金の言訳を書き送った後、文通は絶えた。一八七三年、八年前の方々の借金の後始末をした折、ペテルブルグで二人は会ったが、以前の友情はもはや取返せなかった。ドストエフスキイの死後、遺族友人の請《こ》いを容れて、ヴランゲリは、手許のドストエフスキイの手紙を送った。手紙は勝手な省略を受け、無断で出版された。伝記にも載録された。ヴランゲリは礼状すら受取らなかった。

7 結婚・賭博《とばく》

「地下室の手記」の苦渋が、出口を見附けて、堂々たる悲劇となって現れる為には、作者の、烈《はげ》しい労力を必要とした。今日遺《のこ》されている断片的草稿から推察すると、「罪と罰」には少くとも四つの異った制作方法が試みられた。主人公の日記体に書いたのが一つ、法廷の陳述に拠《よ》ったのが一つ、殺人後八年たって出獄し、当時を回想する態《てい》に描こうとしたのが一つ、最後に実現された企図が僕等の読んでいる第三人称で書かれた「罪と罰」である。

「罪と罰」の成功により、ドストエフスキイの名声は動かし難いものとなった。周知の如《ごと》く、「罪と罰」は、彼の後作「白痴」「悪霊」「未成年」*「カラマアゾフの兄弟」*が表現した、所謂《いわゆる》ドストエフスキイ的世界なるものに入る玄関であり、彼は、この作を出発点として、いよいよ彼独得の哲学に耽溺《たんでき》した。ここで、僕は、「罪と罰」の内部に立入ろうと思わないが、所謂ドストエフスキイ的世界なるものに就いて一言して置く必要を感ずる。

「ドストエフスキイの主要作品は、小説でもなく、叙事詩でもなく、悲劇である」とメレジコフスキイは言っている。*

メレジコフスキイは、トルストイの例えば、「戦争と平和」や「アンナ・カレニナ」がまことに小説らしい小説、真の叙事詩であり物語であるに反して、ドストエフスキイの重要作品の哲学的傾向を言うのであるが、トルストイに限らず、バルザックでもディッケンズでも、フロオベルでも、彼等の大小説の魅力は、先《ま》ず何を置いても、そこに社会生活の深く広い絵巻を見る点にあるのだが、ドストエフスキイの提供する物語に、読者は、色々な人間の性格の型や、世間の様々な出来事の面白さや、風俗の多様を見せられて驚くというわけにはいかない。見せられるものは、人間のタイプというより人間の情熱の権化《ごんげ》であり、人間化した理智の力であり、思想に憑《つ》かれて肉体を失った男であり、心理の極限をさまよって行為の動機を紛失した女である。そういう人物達を通じて読者は、作者の内的な葛藤に推参し、作者の世界観上の対話に耳を傾ける。登場人物は、この作者自身の対話の傀儡《かいらい》であり、傀儡である限りの社会的背景しか引摺《ひきず》っていない。彼の重要作品に見られるこういう叙事的要素の欠如には、メレジコフスキイに限らず、多くの批評家が興味を感じて、そこに人性論上の謎《なぞ》や倫理観上の問題を取上げるのに忙しい。無論これは誤ってはいないのであるが、そういう批評家の観念的好奇は、ドストエフスキイの独創性を、当時の文化環境から離して誇張し勝ちなのである。

ドストエフスキイに限らず、当時のロシヤの作家達は決して小説らしい小説が書ける様な円熟した社会の住人ではなかった。メレジコフスキイが言う小説らしい小説「戦争と平和」や「アンナ・カレニナ」を書いたトルストイにしても、その全生涯を眺めれば、やはり混沌《こんとん》として成育を続ける世紀の児である。ヘルツェンの所謂「蜥蜴《とかげ》の眼を持った野蛮人」である。*ゴンクウル兄弟や*ドオデエやフロオベルのパリは、同じ時代でも全く別の世界であった。既に*アナトオル・フランスの出現を予想出来た様な、専門化され精錬されたパリの文学的世界は、当時のロシヤの作家達には到底手の届かぬ処《ところ》にあった。ロシヤに於ける文学的伝統の欠如は、ドストエフスキイに、「ロシヤ語で文学を書くくらい困難な仕事はあるまい」と嘆息させたが、又この困難が、ロシヤの作家達を文学の為の文学から救っていたのである。伝統の欠如は、芸術家とか文士とかいう人間の社会的な型が容易に固定するのを許さなかった。作家等は、文学という面紗《ヴェール》の裏で安心する事が難しかった。

例えばリアリズムの手法にしても、フランスに先んじて、ゴオゴリの天才によって、その甚だ見事な形式が捕えられたのだが、ゴオゴリ自身の生涯が語っている通り、如何《い》に生《か》くべきかという文学以前の問題が、彼の文学を乗越えて了《しま》った。その後、リアリズムの手法を審美的に徹底させたフロオベルや科学的に確立したゾラの様な文学者の存在を許す社会環境は、この国の作家達を見舞わなかったのである。ツァアの専政は政治上の野心を全く抑圧していたし、工業資本の未発達は、実業家の野望を挑発するに至らなかったし、智的表現の分野は未《いま》だ混沌として、有為のインテリゲンチャは、外来思想の影響による精神の焦躁《しょうそう》の排《は》け口を、只管《ひたすら》文学に求めた様な時、芸術が作家等を酔わせる筈《はず》がなかった。*象牙《ぞうげ》の塔がこの未熟な苛酷《かこく》な社会に建てられる筈はなかったのである。

*問題小説（Roman à thèse）という言葉があるが、ロシヤの十九世紀の小説が、問題

小説の強い傾向を帯びているのは、この故《ゆえ》である。チェルヌィシェフスキイやヘルツェンの小説は言うまでもない事だが、ツルゲネフの小説にさえこの色調は明らかに感じられる。ドストエフスキイの作品は、問題小説が独得の発展を示したもので、その強い哲学的傾向も、半ば作者の資質に負うとともに、半ば未だ芸術から独立した哲学の伝統を持たなかった、この国の文化に負っている。いかに生くべきかという文学以前の問題の強制によって行われた、彼の文学の驚くべき歪《ゆが》みを語っているのである。

メレジコフスキイが、その「ドストエフスキイ論」*のなかで、ドストエフスキイの扱った現実を、科学者に扱われて液化した空気に譬《たと》えているのは有名な事だ。彼はドストエフスキイの人間観察を、ある装置を用いて、通常な自然現象を異常な諸条件で包囲し、これらの条件の下に行われる現象の変化を正確に表現する科学者の自然観察に比した。こういう見方は、メレジコフスキイに限らない、多くの評家が、ドストエフスキイのリアリズムに対して同じ様な見方をしている。たしかにドストエフスキイの人間に関する洞見は、彼の作品を殆《ほとん》ど科学者の実験室の如きものとした。併《しか》し彼には実験室に閉籠《とじこも》って人間心理の実験を行う様な暇はなかった。彼はただ「蜥蜴《とかげ》の眼」で見たのである。成る程「罪と罰」は、単に彼の所謂「犯罪の心理的計算報告書」としても、冷笑を浮べた今日の作家の客観的な智慧《ちえ》にも充分に満足を与える事が出来る。

だが、この作を彼に迫った当時の社会条件は、血腥《ちなまぐさ》いもので、ラスコオリニコフ達は、作者の実験室のなかではなく、ペテルブルグの街頭を歩いていたのであり、作者は彼等を自分の実験室に招待するよりも先ず、彼等の上に切迫した倫理問題を夢みたのであった。

「罪と罰」は、一八六六年の正月から「ロシヤ通報」に掲載され始めたのだが、ラスコオリニコフの殺人の場面が、紙上に現れたのと殆ど時を同じくして、モスクヴァで同じ事件が現実に現れた。或る大学生が、ラスコオリニコフと殆ど同じ動機から、ある金貸業の男を殺して金品を強奪した。ストラアホフの語るところによれば、「フョオドル・ミハイロヴィッチも、この事件を非常に重大視して、屢々《しばしば》この話に触れ、自分の芸術家としての眼光の鋭さを自慢していた」。やはりこの頃（四月）モスクヴァの学生のサアクルの一員、カラコオゾフ*が、ツァアを狙《ねら》って失敗した。この報知をミリュウコフに語ったドストエフスキイは、顔面蒼白《そうはく》、高熱に見舞われた様に全身を慄《ふる》わし、発音するのも難儀な様子であったという。こういう彼の自慢も恐怖も、「罪と罰」という傑作の蔭《かげ》で忘れられる。傑作というものには、これを成立させた当時の事情をいろいろ忘れさせる力が蔵されているとみえる。「罪と罰」を生む労苦は間断なく続けられた。ウィイスバアデンからペテルブルグに還《かえ》って来ても、生活の条件は少しもよくはならなかった。

「御返事が遅れて了った。大急ぎで取掛ります。僕が良心に責められて困っている事を信じて呉れ給《たま》え。若《も》し君の手紙が八日前に来さえすれば、直ぐ金を送って上げられたのに。妙な事を言うと笑ってくれるな。先ずこんな状態なのだ。この冬はまるで苦行者の生活だった。働いて身体は滅茶々々だ。かつかつの暮しをして来たくせに千五百留《ルーブル》も費《つか》ったよ。一体どうしたというのか。皆んなふんだくられたのさ。聖週*にモスクヴァに行って、カトコフに千留貰《もら》って来た。直ぐにもドレスデンに行って、三月ばかりで邪魔をされずに、小説を書き上げようと思ったからだ。ペテルブルグにいては、とても書けない。外国ではそんなでもなかったが、この節は猛烈な発作に見舞われる。借金取りは、払えば払うほど図々しくなる。兄が死んで、僕がその借金を引受けているんだし、一部は払ってやったんだし、実際感謝されてもいいのだ。証文を僕が書替えなければ、一文にもならなかったんじゃないか。扨《さ》て、旅券の下附に関する手続きで手間取っているうちに、ルウブルが下り、聖週の企ては夢となった、とともに千留は借金取りの手に渡ったわけである。併し、小説は全力を傾けて書き続けている、たった一つの希望だからね」（一八六六年、五月九日、ヴランゲリ宛）。彼は、借財と大作とに攻められ乍《なが》ら、パアヴェル*と兄の家族との他に、弟のニコライ*の生活を見てやらねばならなかった。外国行は断念して、モスクヴァ郊外の妹の別荘に逃げ出して、そこで夏を過し、九月にペテルブルグに還って来た。「罪と罰」は未だ完結しなかった。ステルロフスキイに約束した期日は迫った。

「十月一日だった。僕は、モスクヴァから還って間もないドストエフスキイを訪ねた。彼は煙草《たばこ》を吸いながら、室を行ったり来たりしていた。非常に昂奮《こうふん》している様子である。

『どうしたのだ』

『話にもなんにもならん。僕はもう破滅だよ』。彼は歩きつづける。

『何んだって。一体何事なんだ』

『君は、僕がステルロフスキイとどんな契約をしたか知らないのかい』

『それは聞いていたが、内容は知らない』

『ははあ。この通りさ』

彼は机に近寄って上に載っていた紙を一枚取上げ、僕に渡すと、又室を歩き出した。

僕は仰天した。（中略）

『で、その小説は余程進んでいるのか』

ドストエフスキイは、僕の面前に足を止めると、唐突な身振りをして、

『未だ一行も書いていない』と答えた。

これには僕も呆《あき》れて言葉も無かった。

『何故《なぜ》破滅か分ったろう』と彼は呶《ど》鳴《な》った。

『そうなったら、何か書くんだな』

『一体どうしろと言うんだ。約束の日までにもう一と月しか無いんだぜ。この夏、「ロシヤ通報」に一つ書いたのだが、それも前に書いたやつを書直さなければならなかったのだ。今となってはもう遅い、四週間に、十葉書き下す事は出来ないよ』

二人は口を噤《つぐ》んだ。僕はテエブルに向って坐り込み、彼は又歩き出した。僕は口を切った。

『まあ聞け。永久に奴《ど》隷《れい》の身に甘んずるとなればだね、この場を切抜ける策は、絶対に見附けなけりゃならぬ』

『不可能だよ。万事休すだ』

『小説の準備は出来たと確かモスクヴァから書いてよこしたと思うがな』

『そりゃ嘘《うそ》じゃない。案は立てた。だが、もう一っぺん言っとくが、未だ一行も書いてない』

『こういう事にしたら巧《うま》くいかないかね。友達を何人か集めよう。君が僕等に小説の主題を話してくれれば、僕等は一章ずつ受持って、合作する事にする。誰もいやとは言うまいと思う。後で君が適当に書直せばいい。そうすれば間に合うだろう。ステルロフスキイに渡して、君の自由を取戻す。そんな事の犠牲には、今持っている主題が惜しいなら、他の主題を探すという事にしたらどうだ』

『止《よ》そう。他人の仕事に僕の名は附けまいよ』。彼は諦《あきら》めたという調子で答えた。

『そんなら、速記者を傭《やと》って口述したら。そうすれば一と月あれば出来上ると思うがね』

ドストエフスキイは考え込んで了った。又室を歩き出したが、とうとう口を開いた。

『そうなると別問題だ――小説を口述した経験はないがまずやって見るか――いかにも、他に方法がない。うまく行かなかったら何も彼《か》もお了いだ――有難う。どうしても決心しなければならぬ。が、果して出来る事かどうか――それにしても、速記者は何処《どこ》から連れて来る。知合いでもあるのか』

『ないが、何処かに見附かるだろう』

『では、早速頼む』

『明日探す』

彼は非常に昂奮《こうふん》していた。このどたん場を逃れる、幽《かす》かな希望の光が見え出したのだ。だが同時に初めてのこの仕事が成功するかどうか、彼は甚だ不安だったのである。翌日僕は、オルヒン氏＊に事情を話して相談した。彼は幾ヶ月前、婦人速記者を養成する学校を開いていた。次の日アンナ・グリゴリエヴナ・スニトキナ＊という優等生を一人差向けてくれた。打合せを済まして、ドストエフスキイの速記は十月四日から始められた」（ミリュウコフの回想）

この速記者が、彼の二度目の妻となった。彼女は、一九一一年から一九一六年の間、良人との生活の仔細《しさい》な思い出を、保存して来た覚書やら速記帖《ちょう》に基づいて纏《まと》め上げ、一八六六年以後のドストエフスキイの実生活に関する最も貴重な文献を僕等に遺《のこ》したのである。

ドストエフスキイが当時住《すま》っていた下宿屋は、彼女に言わせれば、ラスコオリニコフの下宿を聯想《れんそう》させたという。扉をあけた下女の緑色の肩掛を見た時、これがマルメラアドフの家庭で大事な役割をつとめた肩掛だ、と知らず知らずに考えていたそうだ。彼女は初めて見た未来の良人の姿を次の様に描写している。

「一見した時、ドストエフスキイは、余程の年配に思われたが、喋《しゃべ》り出すとずっと若々しくなった。三十五、三十七くらいか、と私は考えた。非常に姿勢のいい中背で、やや赤味を帯びた明るい褐色の頭髪は、しこたまポマアドをつけて撫《な》でつけてあった。

彼の顔で一番驚いたのはその眼であった。片方は茶色だったが、片方は瞳《ひとみ》がすっかり拡《ひろが》っていて虹彩《こうさい》が見えなかった。このちぐはぐな眼附は何か実に謎《なぞ》の様な表情であった。(彼女の説明によると、最近の癲癇《てんかん》の発作の際右眼を負傷してアトロピン*を使用していたのだという。)彼の病人染《じ》みた窶《やつ》れた顔は、既によく知っている様な気がした。以前に写真を見ていた為だろう。可成り着擦れのしたジャケツを着ていたが、カラアと肌着の袖口《そでぐち》とは真っ白であった」

彼女は、速記の光景を仔細に描写している。彼は非常に苛々《いらいら》していて、殆ど考えが纏まらない様子であった。煙草を幾本も吸って、それも一本つけたかと思うと直ぐ新しいのと取代えるという風で、室中を歩き廻り、何遍も彼女の名を訊《たず》ねたり、煙草は吸わぬと何度断っても、忘れて煙草を勧めたりした。速記はというとこんな会話が書いてある。

「暫《しばら》く書取った後で、彼は速記を読んで欲しいと言った。読み出すと、彼は私を遮《さえぎ》り、『何んだって。(ルウレッテンブルグ*から還って来た。)だって。ルウレッテンブルグなどと言いましたか』

『はい、フョオドル・ミハイロヴィッチ、そうおっしゃいました』

『断じてそんな筈はない』

『御免下さい。貴方《あなた》の小説にそういう名前の町が御座いますか』

『そりゃ確かに事件は或る賭博場《とばくじょう》で起る、その町を僕はルウレッテンブルグにしたんだ』

『それなら、屹度《きっと》その名前をおっしゃったに違いありませんわ。私に考附く筈はありませんもの』

『成る程理窟《りくつ》だ。僕がごっちゃにしたんです』

最初は不安だったこの新しい仕事も、二人の間に深い友情が急速に育って行くと共に非常な速力で進捗《しんちょく》した。「賭博者」は二十六日間で書上げられたのである。

翌年二月、二人は結婚した。ドストエフスキイは四十六歳、アンナは廿一歳であった。結婚の昂奮から、彼は早速癲癇を起した。「披露の宴は、私達の結婚生活の最初の大きな苦痛を味わされるという、悲しい結果となった」とアンナは書いている。「客が帰って了《しま》って、身内の者だけが残った。フョオドル・ミハイロヴィッチは、へんに昂奮して私の妹と話をしていた。突然、何か言い掛けたかと思うと、顔色が蒼《あお》ざめて、長椅子《ながいす》に凭《もた》れかかると、私の方に凭れて来た。私はまるで変って了った夫の顔に眼を見張った。と、恐ろしい叫び声が響き渡った。全く人間の声とは思われない、寧《むし》ろ咆哮《ほうこう》と言った方がいい様なものだった。傍に居た妹は、これも同時に椅子から悲鳴を上げて飛び上り、義弟と一緒に室を逃げ出した。癲癇の発作の初めにある、あの人間離れのした呻吟《しんぎん》を十度以上も立て続けに聞かされて、私は恐ろしさに慄えたが、われ乍ら不思議な事には、こういう急場に処して、私は少しも取乱さなかった。癲癇の発作を眼のあたりに見たのは、生れて初めてではあったが」。間もなく、旅先きからドストエフスキイは、マイコフに宛《あ》てて書いている。「僕の性格は元来病的なのだから、彼女も僕の様な男と一緒になったら、いろいろ苦労するだろうとは思っていた。実際彼女は僕が考えていたよりずっと強い女だ、深い心を持った女だという事が解《わか》って来た。随分いろいろな事に出会って僕の守護神となってくれた。が、同時に彼女のなかには、何しろまだ廿歳の女なのだから、子供らしいところが沢山ある。成る程美しいものだし、必要なものだが、僕としてはどう応対したらいいか見当がつき兼ねる。とまあそういう様な事は出発の際に考えていた事だ。くどい様だが、彼女は考えていたより遥《はる》かにしっかりした善良な女だ。併《しか》し未だ安心はならない」（一八六七年、八月十六日、ジュネエヴよりマイコフ宛）。彼は安心してもよかったのである。アンナの「回想」で彼女が堪えたこの厄介な男との結婚生活の数々の苦痛を読むものは、そこに底抜けの彼女の善良さ子供らしさを読むべきか、或《あるい》は微細な女性的打算を読取るべきか、判断に迷うであろう。若し彼が生涯の伴侶《はんりょ》としてアンナを得なかったならば、という元来が無意味な仮定すら思い浮べざるを得ないであろう。

結婚は、彼に寄食していた親類一同にとって一種の恐慌《きょうこう》であった。アンナは「回想」のなかに、特に「家のなかの敵」という一章を設けて、侵入者の苦衷を述べているが、家庭内の軋轢《あつれき》は遂《つい》に覆い難いものとなり、二人は外国旅行を決心した。「ロシヤ通報」からの前借金を、借金の払いと残った家族の生活費とに当て、アンナは自分の家財を売って旅費を作り、四月十四日ペテルブルグを発《た》った。

二人はヴィルナ*、ベルリンを経て、ドレスデンに到《いた》り、二ヶ月半ほど滞在した。「どうして僕はドレスデンに居るか、まさしくドレスデンに居て外《ほか》には居ないのか。何故或る場所を去って或る場所に来なければならなかったか。答は明白だった。（借金と健康と其他《そのた》いろいろの理由の為に。）併し、ドレスデンだろうと何処だろうと構わない、何処だって生活は出来る、そうはっきり思い込み過ぎたのがそもそも間違いだったのです。外国に居ては何処に行こうと根無草だからね。早速仕事に掛り度《た》かったが、全然出来ない。見るもの聞くもの悉く《ことごと》腑《ふ》に落ちない。何を為《し》たか。何んにも為なかった。読書したり少しばかり書いてみたり、退屈な日々は流れた」（ジュネエヴよりマイコフ宛、同上）。当時、彼はバビコフ*という作家に頼まれて、厭々《いやいや》乍らベリンスキイ論（現存していないが）を書く他何んの仕事もしていなかった。賭博の誘惑が彼を捕えた。妻を説得してドレスデンに残し、単身ハンブルグに発った。この時も、友人や妻への手紙によると、いくら努力しても不足な生活費が稼ぎたいのが目的だと頻《しき》りに弁解しているが、そういう目的が人間を賭博に誘うものではない事を、「賭博者」の作者が知らなかった筈はない。

四日間という約束が十日に延び、「賭博は終った、一刻も早く帰りたい」と妻から送って貰った帰りの旅費も又負けて、再度の送金で、時計を質屋に残したまま、手ぶらで帰って来た。当時のアンナの日記を読むと、「時計はハンブルグにあるから、何時だかわからないが」と同じ事を三日も続けて書いている。余程くやしかったと見える。生活は窮迫した。仕事も手に附かず、賭博の金もなく、彼の神経は日に苛立《いらだ》ち、領事館の書記と喧嘩《けんか》している最中に、幻覚が起って戸口に死んだ兄の幽霊が現れたり、妻は自殺を決心して窓から飛び下りようとしたり、という有様となっては、ルウレットによる一攫千金《いっかく》の愚かしい夢も、彼等の絶望的な生活の唯一《ゆいいつ》の支えとならざるを得なかったのである。ハンブルグの失敗の最大の原因は、ドレスデンに残して来た妻の身の上が気がかりだった事にある、という奇妙な解釈を、彼はどうしても捨てる事が出来なかった。彼女は彼のこの奇妙な信念に抗する事が出来なかった。カトコフから待ち焦《こが》れた前借りを受取ると、二人は、バアデンの賭博場に飛んだ（六月廿二日）。アンナは既に妊娠していた。ここで七週間、二人は全くルウレットだけを頼りに惨《みじ》めな日を送った。アンナは、賭博生活の一喜一憂を仔細に日記に認《したた》めている。賭博を呪《のろ》い、自ら悪漢と罵《ののし》りつつ、一日もかかさずカジノに通っている日記に描かれた彼の姿は、確かに正気ではないが、彼女の忍従にも何か異様なものが感じられる。

アンナが一緒にいても、ルウレットには関係がない事はわかったが、負けると、隣りにポオランド人がいたからだとか、英国人の香水が匂《にお》い過ぎた為だとか、彼はいくらでも原因を捜しだすので、何んにもならなかったのである。勝つとお祭り騒ぎだった。負けて帰るとアンナの足元に転がって大声上げて泣いた。家にあるありたけの金を持出すまでは承知しなかった。拒絶されると発狂するとか自殺するとか言って威《おど》かす。カトコフの金も無くなり、アンナの母親からの救助金もなくなり、結婚の指環から、アンナの着物や靴や古帽子に至るまで、質屋を出たり這入《はい》ったりした。アンナの「日記」から、ここに引用して置くのは無駄ではあるまい。七週間の日記から何処を写し取っても同じであるから、最後の二日間から抜いて置く。これまでにこれと殆《ほとん》ど同形の日記が、六月廿三日から七週間毎日続けて書かれていた光景を、読者は想像して欲しい。

「八月十日、木曜、（前略）九時にフェディヤは帰って来た。何か言葉を掛けようとすると、もう駄目という様子で泣き乍ら彼は私に飛びついて、皆負けて了った、装身具を受出す為に貰《もら》った金をすっかり磨《す》って了ったと言った。私には詰《なじ》る勇気も出なかった、ただそんな様子の彼の姿を見るのが堪え難く悲しかった。ああ、可哀《かわい》そうなフェディヤ。私は彼を抱き、気にしなくてもよい、泣かなくてもよいと頻りに言ったが、自分の様な狡猾《こうかつ》な男は、お前の夫たる価値はない、お前は決して許してはくれないだろう、と彼は泣き続けた。やっと彼を宥《なだ》めると、明日はジュネエヴに行って了おうと二人で相談した。彼は、装身具を受出して来るから金を呉れと言ったが、とても信用が出来ないので、*ワイズマンのところまで一緒に行く事にした。どうやら身仕舞をして、質屋の店先きで彼を待った。時間と運賃とを確かめに停車場に行った。道々、彼はまるで罪人の様な様子で、私の手に接吻《せっぷん》しては許しを乞《こ》うた。午後三時の汽車があると言い解って、九時に家に帰った。途中で彼は残っている金で最後の運を試してみると言いだしたが、時間が晩《おそ》いし、私がいるので諦めた。私の手元に百六十法《フラン》残ったが、彼は、未だ勝って、もう少し楽になるチャンスはあるのだから、百法だけ渡して呉れと言って、聞かなかった。（中略）しつこくせがんだ、五十法でもいい、四十法でもいい、屹度《きっと》勝ってみせると言う。この最後のチャンスを奪ったら一生恨まれるだろうと私は思った。四十法取るがいい。もう何んにも残っていない。どうせ駄目だ。ただ、彼の気持ちがもう少し安らかになり晴々として来て呉れればと、私は偏《ひと》えに願うのであった。

私は、がっかりして床に就いた。金は無し、もう何処に言ってやる当てもないと思うとなかなか寝附かれなかった。一晩中金貨の夢を見ていた。フェディヤも金の夢を見た。これはよくない前兆である。

八月十一日、金曜、フェディヤは、四十法負けた上に、結婚の指環を質草にした二十法も負けて帰って来た。これには腹が立った。どうしてそこまで無茶が出来るだろう。私のところにはぎりぎり百四十法しかないのを、彼は承知の筈だ。又、汽車賃は彼一人で百法かかるのも承知の筈《はず》だ。指環を入れたとなれば、もう二十法要る。小言が口から出掛かる途端に、彼は跪《ひざまず》いて、どんな罰を受けようと仕方がないが、まだ私の寛大さを当てにしていたのだと詫《わ》びた。(中略)負けてすっかり悄気《しょげ》ている彼の気を引立てる方法を私は心の中で考えていた。若《も》しモッペルト*が言いなりに金を貸して呉れたら、その中から二十法だけ渡す、二タアレルか三タアレル勝ったら、勝負を打切って欲しいと言った。望みが出て来たので、彼は元気附いて、こんな困った時に、返る当てもない金を出して呉れる私の親切は、何んと言ったらいいだろう、その二十法は生涯忘れまいと彼は言うのである。

モッペルトはフェディヤに百二十法出した。受取りを呉れて、二ヶ月の期限で、金を返済すれば耳環を送還すると約束した。二十法は指環を受出すのに早速消えた。フェディヤはルウレットに出掛けて行った。発車までに一時間しかないから遅れない様に頼み、私は支度をするので宿に帰った。二十分程して、彼は帰って来て、金をタアレルに替えてやったが、皆んな負けたと言った。私は心配しないで、荷造りを手伝って欲しいと言った。

とうとう発つ事が出来て、私は幸福だった。この呪われた街にはもう二度と足を踏入れまいと心に誓った。子供が出来ても、バアデンには行くなと必度《きっと》言おう。想《おも》えばあんまり苦し過ぎた」

ドストエフスキイとツルゲネフとの不和は、文学史上有名なものだが、その最初の切掛けは当時バアデンで起った。大した事ではなかったが、境遇、性格、思想、悉《ことごと》く異った二人の間柄で、この切掛けは当然深い不和を作り上げたのである。

前にも書いた通り、二人の交友はベリンスキイのサアクル以来のものだ。シベリヤから帰って間もなく、「ヴレエミャ」の編輯者《へんしゅうしゃ》と寄稿家との間柄で、中絶した二人の交友は始った。現存している二人の間の往復書簡から推察すれば、一方が「父と子」を称讃すれば一方は「死人の家の記録」を激賞するというあんばいで、互に敬愛の情を披瀝《ひれき》し合っていたのだが、両人が全くお世辞の言い合いをしていたとは考えられない。だが、ツルゲネフ宛のドストエフスキイの書簡で現存しているものは僅《わず》か九通に過ぎず、それも一八六三年六月十七日附の「ヴレエミャ」発行停止の報告と、翌々年八月廿日附の借金に対する礼状とを前後としているもので、つまりドストエフスキイが雑誌編輯者として苦境の底にあった時期のものだ。雑誌の発行停止、妻の死、兄の死、借財、新雑誌の経営困難という様な打続く不運と日夜悪闘する彼に、「父と子」の不評に気が腐れば、外国に逃げ出して祖国の野蛮人どもを軽蔑《けいべつ》し乍《なが》ら、裕福な暮しの出来るツルゲネフの姿がどう映ったかは想像するに難《かた》くない。「二千人の農奴を擁するツルゲネフが自分の四倍も稿料を貰っている」と言う、嘗《かつ》て兄に訴えた彼の不満は、この頃から漸《ようや》く本質的な嫌悪《けんお》に変って来たと考えられる。併し、経営困難な雑誌の編輯者として、ツルゲネフを怒らせるのが、愚策だくらいは彼は百も承知していた。「貴方の『*まぼろし』は（この小説は『ヴレエミャ』にツルゲネフが寄稿を約し、廃刊間近かの『*世紀《エポハ》』に発表されたものである）非常な現実性を持っています。その現実性とは即《すなわ》ち現代に生きて進歩した意識を持った人間の憂愁です。『まぼろし』は、この憂愁に充《み》ちています。……この一篇は音楽に比すべきものです。……フォルムは素晴しい……」（一八六三年、十二月廿三日、ツルゲネフ宛）。ところが、兄にはこう書いている。「僕の考えでは『まぼろし』には実に下らぬものが沢山ある。何んとは知らず汚《けが》らわしいもの、病的な老いぼれたもの、無力の故《ゆえ》に信仰が持てぬと言ったものがある。一と口に言えばあの自惚《うぬぼ》れの強いツルゲネフの全部がある」（一八六四年、三月廿六日、兄宛）

扨《さ》て、バアデンで、ドストエフスキイが、ツルゲネフも同じ街に来ている事を知ったのは、賭博場《とばくじょう》で会ったゴンチャロフからであった。アンナは「日記」に書いている。「フェディヤはツルゲネフから五十タアレルの借りがあるので、彼を訪ねるのは絶対に必要であった。さもないと、金を返して欲しいと言われるのが厭さに、やって来ないと先方で思うだろうから。フェディヤは明日行く事にした」（六月二十五日）。会った時の模様を、ドストエフスキイはマイコフに精《くわ》しく書き送っている。「彼は食事中だった。正直なところ僕はあの男が好きではない。具合の悪い事には、六五年のウィイスバアデンの借りがそのままだった事だ。（それを今日まで返さずにいたのです。）抱擁の仕方だとか、接吻を求めて頰を突出す様子だとか、その貴族的な気取った態度がどうも僕には好きになれない。彼は恐ろしく勿体《もったい》ぶった風をしていた。彼の小説『煙』*が癪《しゃく》に触っていた事が甚だ拙《まず》かった。あの小説の根本思想は、今日ロシヤが地上から消え去っても、人類にとって何等《なんら》の損失にもなるまい、人類は平気でいるだろうという文章にあると、彼の口から聞いたよ。これは彼のロシヤに就いての根本観念だとも言った。確かに彼は『煙』の不成功で気が苛立っているのだと僕は思った。（中略）僕は言ってやった。何んならパリに望遠鏡を註文《ちゅうもん》なすったら。すると何にするのだと聞くから、大分距離がありますからな、ロシヤに望遠鏡を向けて見たらいいでしょう、そうすれば、貴方には僕等が見えるでしょうが、さもなけりゃ本当のものを御覧になるには骨ですからね。彼は怒ったよ。怒ったのは承知で、巧みに無邪気を装《よそお》って言ってやった。『貴方に対する批判、「煙」についての批評が、そんなに貴方の気持ちを傷つけたとは意外ですね。実際のところ何も怒る事はないじゃありませんか、ほっとけば済む事です』『何、僕は怒ってやしませんよ。何故《なぜ》そんな事をおっしゃるのです』と彼は赧《あか》くなって答えた。

僕は話を遮《さえぎ》り、家庭の私事に話題を転じたが、別れる前に、何んの目的もなく、ふとこの三ヶ月間、僕のうちに鬱積《うっせき》したドイツ人に対する気持ちを吐き出して了《しま》った。『此処《ここ》にはどんなかたりや悪漢がいるか御存じですか。この国の一般民衆ときたら、ロシヤのと比べものにならない、みんな性質《たち》が悪く恥知らずだ。馬鹿な事も確かに馬鹿だ。貴方《あなた》は文明文明と言うが、文明がドイツ人に何を与えたか。一体どういう点でドイツ人はロシヤ人より偉いのです』。彼は蒼《あお》くなり（これは誇張ではない）、こう言った。『そう仰言《おつしや》るからには、貴方は面と向って僕を侮辱なさる積りなのだね。僕が此処に落着いて、自分はロシヤ人ではなくドイツ人だと考えているのを貴方は御承知の筈ですが』『「煙」も読み一時間もお話はしたが、まさか貴方が、そんな口が利《き》けるとは思いませんでした。何か御気に触ったのなら御免なさい』

それから、二人は非常に慇懃《いんぎん》に別れた。二度とツルゲネフの敷居は跨《また》ぐまいと僕は心に思った」(一八六七年、八月十六日、ジュネエヴよりマイコフ宛)

間もなくこの喧嘩話は文壇のゴシップとなった。マイコフへの手紙の一節が、「ロシヤ記録」の編輯者に、文献として保存されたき旨《むね》の依頼状とともに匿名《とくめい》で送られたが為である。ツルゲネフはこの事を聞いて、ドストエフスキイからの直接の依頼と信じ(匿名はストラアホフと推定されている)、早速抗議を編輯者バルトネフに送った。その中で「ドストエフスキイとの会談は一時間以上は続きませんでした。彼は、ドイツ人と僕と僕の最近の作とを痛く罵倒《ばとう》し鬱憤《うつぷん》を晴して帰って行きました。僕は彼と議論をする暇もなかったし、その気にもなれなかった。繰返し申上げて置くが、僕は病人を扱う様に彼を遇しました。きっと彼の乱れた想像裡《り》に、彼が僕に期待していた返答が、あたかも実際に僕が返答した様に浮び上ったのでありましょう」と言っている。数年後ツルゲネフが友人に宛てた手紙のなかにも同じ様な弁明がある。「ドストエフスキイは借金を返しに来たどころではない。『煙』が怪《け》しからんと食って掛かり、あんなものは死刑執行人の手に掛かって焼却されていい代物《しろもの》だと言うのだ。僕は黙って彼の攻撃を聞いていた。ところで僕が彼を前にしてひどい意見を吐いたという事になっている。彼が大急ぎでバルトネフに報告したのさ……気が狂っていなかったなら、単なる中傷だったという事になる。確かに気が狂っていたんだね。恐らく幻覚を起したのだろう」

少くともツルゲネフは冷静に語っているであろう。だが、冷静な彼が、アンナほどにもドストエフスキイの心を理解していたかどうかは疑問である。

「地獄の七週間」*に別れて、正気を失った夫を、アンナがやっとジュネエヴ行の汽車に乗せる事が出来たのは八月十一日、彼が出発の間際《まぎわ》までルウレットに齧《かじ》り附いていた事は、上述の「日記」の示す通りであるが、彼の賭博熱は冷めなかった。ジュネエヴ滞在中に、三度もサクソン・レ・ベン*まで、ルウレットをやりに出掛けている。スイスからイタリイに行き、再びドレスデンに落着いたが、その時もハンブルグとウィイスバアデンへ賭博小旅行を試みる誘惑には勝てなかったのである。賭博場から妻に書き送った彼の手紙は、大負け、質屋、悔恨、哀願、どれもこれも同じである。

「何も彼《か》もすっかり負けて了った。ああ私の天使。どうぞ気を落さない様に、心を傷《いた》めない様に。今こそ立派な夫となる時期は来た。もう汚らわしい蔑《さげす》むべき盗人然とお前の隙《すき》を覗《うかが》う様な真似をすまい。今こそ長篇だ、長篇だけが僕等の救いだ。今度の長篇に僕がどんなに望みを掛けているか、お前に解《わか》ってくれたら。信じておくれ、僕は必ず為遂げてみせる、お前に尊敬されてもいい人に成ってみせる。もう決して決して賭博はやらない。一八六五年の時と同じ事態になったのだ。あの時だって苦境はとことんまで行ったのだからね、だが仕事が救って呉れたじゃないか。僕は情熱と希望を傾けて仕事に掛かるよ。二年の後にはどうなるか見て欲しい」（一八六七年、十一月六日、サクソン・レ・バンより妻宛）。だが翌年の四月には、もう同じサクソン・レ・ベンから「私の天使よ。何も彼もすっかり負けた」と同じ文句に始まる手紙を書いている。一八七一年四月の手紙が最後である。「アアニャ、お前の足許《あしもと》に跪《ひざまず》いて、両足に接吻する。お前が僕を軽蔑する権利のある事、従って又、この金も賭《か》けるに違いない、と考える権利のあることも、よく承知している。もう賭けない、と何にかけて誓ったらいいのだろうか。現に今度もお前を欺《だま》したのだからね。だがねえ、僕の天使さん、これだけは分ってお呉れ、他でもない、若《も》しこの上負ける様な事があったら、お前は屹度《きっと》死んで了うだろう、その事を私がよく心得ているという点だ。僕は気狂《きちが》いではないのだ。今度の事にしても、大失敗を演じた事は、ちゃんと自覚しているのだからね。

もうしない、もうしない、断じてもうしない。即刻ここを発《た》つ。信じてお呉れ、これを最後に一度だけ信じてお呉れ」（一八七一年、四月十六日、ウィイスバアデンより妻宛）。幸い彼は間もなく帰国しなければならなかった。翌年（一八七二年）ドイツ聯《れん》邦《ぽう》政府は、公開賭博を禁止した為、ルウレット企業者等は、＊モンテ・カルロに集った。帰国後、ドストエフスキイは数度ドイツに旅をしたから、彼の家庭生活平安の因の一部は、モナコの王様に負っていると言えるのである。だが長篇「白痴」の方は見事に完成した。「一八六五年の事態」とは「罪と罰」を書いていた頃の事を言っているのである。カトコフからは既に借りられるだけ借りていた。彼はジュネエヴに着くと早速マイコフに無心状を書いた。

「外国の生活というものにどうしたら堪える事が出来るか。故国無くしては――僕は、いいいい断言する、生活とは拷問だ、と。半年か一年暮してみるのはいいだろう。処《ところ》が、僕の様に何時《いつ》帰れるか皆目解らずにこうしているのは、何んとも忌《いま》わしく堪え難い。想ってみるだけでもやり切れぬ。仕事の為に創作の為に（敢《あ》えて生活全体の為にとは言わぬ）僕にはロシヤが必要だ、どうしても必要なのだ。まるで水を離れたお魚さ、精力も能力も失って了っている。（中略）今こそ全力を尽してこの仕事（『白痴』）に没頭しなければならない。ああ、君、想えば何んという事だ、こんな借金なぞみんな払えるだろうという大それた考えが、三年以前のこの僕の頭に浮んだとは。そして矢鱈《やたら》に手形なぞを振出して。実に話にならぬ。仕事に必要な精力と健康とを何処《どこ》に求めたらいいのだろう」（一八六七年、八月十六日、ジュネエヴよりマイコフ宛）。「仕事の事に就いては何も言うまい、又言う事もない。猛烈に、猛烈に働かねばならぬ、ただそれだけだ。併《しか》し発作が起ると、すっかり元気が無くなって了うので、発作のある毎《ごと》に、先《ま》ず四日間は思想を集中する事が出来ない。ドイツに来た当時は良かったが、何につけ荒々しいジュネエヴだ。この先きどうなるか見当がつかぬ。今の小説が唯一《ゆいいつ》の救いだが、この小説をどうでも成功させねばならぬという事がやり切れない。他に道はない。背水の陣だよ。病気で損われた能力で、果してうまく行って呉れるかどうか。だが未《ま》だ想像力はある、而《しか》もそれほど駄目になってはいない。最近小説で試験してみたのだ。神経も未だある。だが記憶力が無くなって了った。言ってみれば、突っ込め、の気持ちでぶつかるんだ。体当りで行く、一か八かで行く、乗りかけた舟だ、行く処まで行く」（一八六七年、十月九日、ジュネエヴよりマイコフ宛）。彼がこの手紙を書く一と月ほど前の事、やがて来る可《べ》き*普仏戦争を前にした、危機を孕《はら》んだ空気の中に、自由平和聯《れん》盟《めい》の国際会議が、ジュネエヴで開催された。これは初期の国際社会主義者大会の一つで、前年この地に最初の国際大会を開いた。マルクスの*インタアナショナルの代表から、ロシヤのニヒリスト、バクウニン、イタリイのナショナリスト、ガリバルヂ*に至る、社会改造政策に関する各様の意見を抱いた人々が、自由と平和の旗の下に集り、あたかも、各自母国の現制度の熱烈なる反対者である事が、各代表の唯一の参加資格であるという奇観を呈した。文献によれば、ドストエフスキイは、二日目の会議の傍聴に出掛けている。シベリヤに残したラスコオリニコフの観念を、いかに展開すべきかに没頭していた彼の眼に、こういう会議がどう映じたかは興味ある事だが、残念な事には、彼は当時の印象に就いて、姪《めい》のソフィヤとマイコフとに極く簡単に報告しているだけである。

「ジュネエヴは徹頭徹尾退屈だ。古い新教の町だが、酔っぱらいが限りなく居る。先ず平和会議に行ってみた。ガリバルヂも来ていたが、間もなく還《かえ》って了った。社会主義者や革命家達、本では名前を知っていたが実際に見るのは始めてだ。そういう紳士連が、五千の聴衆を前にして、演壇からどんな出鱈目《でたらめ》を喋《しゃべ》ったか、とても名状し難い。どうにも書き様がないのだ。愚劣と無気力と混乱とは想像を絶しているよ。不幸な労働者達を混乱させるのは、こういうわいわい連なのだ。悲しい事だ。地上の平和を獲得する為にはキリスト教を絶滅させなければならぬと彼等は先ず喋った。大国を亡《ほろ》ぼして小国を作らねばならん、指令に従ってすべてのものが共有となる為には資本というものを除かねばならん等々。みんな何んの根拠もなく、二十年前に覚えた事を暗記して喋っているのだ。先ず何を置いても火と剣とだ。あらゆるものが絶滅したら平和が来るとでも思っているのだろう」（一八六七年、九月廿九日、ジュネエヴよりソフィヤ宛）

「白痴」に関する作者のかなり大部なノオトが遺《のこ》されているが、このノオトや当時の書簡から推すと、彼がこの小説を一か八か行くところまで行ってみるという気持ちで書いたと言うのは誇張ではないらしい。

ムイシュキンの創造は決して綿密な計画の下になされたのではない。彼が最初に心に描いていた主人公は、名は同じ「白痴」でもムイシュキンとは正反対な殆《ほと》んど狂的な利己主義者であった。小説は翌年の「ロシヤ通報」の正月号から掲載される約束だったのに、迷いに迷った末、彼がムイシュキンという人物の観念に到達したのは十二月に這入《はい》ってからであった。彼はそれまでに書いたものを凡《すべ》て捨てて了って新たに書き出した。「僕は新暦の十二月四日から十八日まで熟考した。毎日平均六つの異ったプラン（それよりも少かった事はないと思う）を考え附いた。僕の頭は水車に変った。どうして気違いにならなかったか自分でも判《わか》らないくらいだ。十八日からこの『新しい小説』に取掛り、正月五日に、編輯局に第一部の五章を送った」（一八六七年、十二月卅一日、ジュネエヴよりマイコフ宛）

カトコフ宛の手紙では既に第三部も殆ど完成していると嘘《うそ》を附いているが、マイコフには、書いて行くにつれてどう発展するかわからぬ、主人公ムイシュキンの姿さえまだ朦朧《もうろう》としているという意味の事を書いている。

二月廿二日に女の子が生れた。彼の喜びは非常なもので、「罪と罰」の女主人公と同じソオニャという名前をつけた。彼の喜びは非常なもので、小説も手に附かず、三月号には、カトコフは、「作者病気の為休載」と断らねばならなかった。可哀《かわい》そうにこの子供は三月足らずで肺炎で死んだ。二人はこの不幸が見舞った街に居たたまれず、湖水の東岸のヴヴェイ*に移った。

「近頃の様な不幸を味った事は嘗《かっ》てない。別に近況をお知らせしようとは思わないが、時日が経《た》つに連れていよいよ思い出が辛《つら》くなる。死んだソオニャの姿は、いよいよ判然と目に浮ぶ。とても堪えられなくなる時がある。あの子は僕を識《し》っていた。死んだ当日だった、二時間後には死屍《しし》になろうとは露知らず、新聞を読みに出掛けた時、あの子は小さな眼で僕を追掛けて、じっと見詰めたが、あの眼附が未だ見える、今になっていよいよはっきり見える。忘れないだろう、悲しみが止《や》む時も来ないだろう。又子供が出来たとしても、可愛《かわい》がる事が出来るかどうか疑わしい。何処から愛を持って来たらいいか。僕に要るのはソオニャだ。あれは死んだのだ、二度と会えないのだ、

という事が僕にはどうしても納得出来ない」（一八六八年、六月廿二日、ヴヴェイよりマイコフ宛）

未だ「白痴」の第一章も書き上げないうちに、彼の前借は既に四千五百留《ルーブル》に上っていた。残金七百五十留を、月々幾らかずつ送金して貰《もら》う約束がある他には、何処にも金の出処がなかった。当時の彼の唯一の相談相手だったマイコフへの書簡は、借金に関する細々しい叙述に満ちている。子供の生れた時には、産婆《さんば》に払う金もなく、最後の質草の外套《がいとう》*も曲げて了ったと書いている。そういう暮しのなかから、ペテルブルグの家族への送金は怠らなかった。パアヴェル・イサアエフも*エミリヤ・フョオドロヴナも前に書いた通り、ドストエフスキイ夫婦には何等の好意も持っていなかった。彼等からは金の請求以外には手紙さえ来なかったのである。ドストエフスキイも彼等を決して愛してはいなかった。ただ恐らく彼には先妻と兄との思い出を忘れる事が出来なかったのである。

「今、僕は殆ど無一文だ。ジュネエヴを去るのにも二人の衣類を質に入れたのだ。（君にだけ話すのだが。）カトコフに今頼むわけにはいかない、何しろ三月も約を果さずにいるのだからね。あと一月半、遅くとも二月経ったら、必度《きっと》カトコフに言って二百留君に送らせる。（中略）実に何んとも申訳ない。併し、アポロン・ニコライエヴィッチ、ただ次の事は覚えていて下さい。君に拝借した二百留の殆ど半ばは彼等の為に、身内のものの為に使ったのだ。たしか二百留のうちから七十五留だけ君の手で彼等に渡してくれたっけね、確かその様に覚えている。（中略）処で、折入ってのお願いだが、ソオニャの死んだ事は、君が僕の身内の者に会う機があっても、誰にも黙っていてくれ給え。未だ今の処どうしても知らせたくはないのだ。無論パアヴェルにも黙っていて欲しい。彼等のうち一人としてソオニャの死んだのを悲しがる様な者はあるまい。寧《むし》ろ喜ぶだろうと僕は思うのだ。そう思うと僕は堪《たま》らないのさ。あの可哀《かわい》そうな子が彼等に一体何をしたと言うのか。彼等が僕を憎むなら憎むがいい、僕の愛を馬鹿にするならするがいい。今となってはどっちだって同じ事だ」（一八六八年、五月十八日、ジュネエヴよりマイコフ宛）。この手紙を、次に引用するアンナの「日記」の一節と併せ読むものは、ドストエフスキイのいかにも孤独な心の動きを眺める思いがするであろう。

「いかにも、彼はもう自分の身内の者に就いて心配する必要はないだろう。あの馬鹿なドイツ女、エミリヤ・フョオドロヴナもう心配ないし、フョオドル・ドストエフスキイ（ミハイルの総領をいう）も辛い仕事をしなくてもよかろうし、パアヴェルも勝手な真似が出来るだろうし、と*フョオドルは安心しているだろう。処が私達に、やれ何が足りない、かにが足りないという事には、彼はまるで無関心なのだ。いや足りないのに気も附かない。無論、私は彼の妻で、彼のものなのだから、細々しい不都合や、不足をぐずぐず言う可き身ではない、と彼は考えているだろう。彼は自分のところには何も無いと知って呉れたら、私もぐずぐず言いはしないのだ。ところがエミリヤ・フョオドロヴナの一家が困らない様にと私達が憂目《うきめ》を見ている、彼女の外套を受出す為に私が外套を質に入れる、そういう始末では、どう言われようと、不快の情を禁じ難い。私が尊敬し愛する人が、これほど不注意な思慮の足りない理解のない人間だと思うと堪らない気持ちになる。彼は、兄が自分を助けて呉れたから、兄の家族を助けねばならぬと言うが、フョオドルは、私を助けてくれなければならない筈《はず》ではないか。私は自分の一生を彼に献《ささ》げているではないか。彼の幸福の為なら何んでも喜んでしようと魂を献げた身ではないのか。彼は何んとも思っていない、当り前だという顔をしている。妻を平和に生活させ、明日のパンに困らぬようにしてやるのが、自分の義務だとは考えていないのだ」

ヴヴェイに行ってからも仕事は遅々として進まず、九月、スイスを去って、シンプ*ロンを馬車で越え、イタリイに這入ったが、旅費はミラン*までしか続かず、ここに二ヶ月程滞在し、十一月の終りにフロオレンスに着いた。「白痴」の最後の章は翌年正月フロオレンスで書き上げられた。

書き上がって計算してみると、二千留程又新しい小説でカトコフに返却しなければならない勘定になった。当時、ストラアホフが新雑誌「ザリャ」を発行する事となり、彼は秋までに短いものを書く約束で前借した。彼はいろいろ手前味噌を並べて千留借りようとしたが、三百留に値切られた。やがて冬は過ぎ夏が来たが、九月締切りの「ザリャ」の小説にも翌年の正月に送る約束の「ロシヤ通報」の長篇にも手が着かなかった。アンナは既に再び懐妊していた。彼は徒《いたず》らに暑気に苛立《いらだ》ち、借金を殖し乍《なが》ら、フロオレンスの夏を過した。カトコフからの送金で、イタリイの暑さを逃れてヴェニスに行き、トリエスト*を経てプラアグ*に着いた。この街にはロシヤ人が多く、いよいよ郷愁に悩む彼は、ここで冬を過そうと決心したが、三日間の家捜しにすっかり気を腐らせ、八月中旬丁度二年ぶりで又ドレスデンに落着いた。九月に次女リュボフ*が生れた。当時マイコフに宛てた手紙を見ると何も彼《か》も相変らずである。約束の「ザリャ」の小説は延引しているし、家には十タアレルの金もなく、医者にも産婆にも払えない、シャツから外套まで売らねばならぬ、パアヴェルやエミリヤ・フョオドロヴナはどうしているか。彼はマイコフを通じて「ザリャ」の編輯人カシュピレフに前借を申込んでいる。「もう、前借する権利は無いのだが、現在の窮境をよろしくお察しあって、キリスト教的感情に訴えて二百留御送金願いたい。併し直ぐとなるとお困りだろうから、七十五留だけでよろしい。(これは差当り水に溺《おぼ》れぬ様にする為であり、沈没を免れる為である)」(一八六九年、九月十七日、ドレスデンよりマイコフ宛)。カシュピレフは承知しながら、なかなか金を送って来なかった。ドストエフスキイは非常に腹を立てて昂奮《こうふん》してマイコフに訴えている。恐らく彼はマイコフに書いているのかカシュピレフに書いているのか自分でも解《わか》らなかったに相違ない。「直ぐ送ると言って送って呉れないのは一体どうした訳か。僕が自分の苦境を訴えた手紙に文章の綾《あや》でもあると思っているのだろうか。飢に迫って、電報料二タアレルを得る為に、ズボンを質に入れなければならない時、どうして物をゆっくり書いていられるか。僕は飢死したってどうなったって構わない。だが妻は子供に乳をやっているのだ。若《も》し妻が自分の最後の着物、冬の毛皮のスカアトを質に入れに行くことになったら、一体どうなるか。而《しか》も、此処《ここ》ではもう昨日から雪が降り続いている。(嘘ではない、新聞を参照せよ。)彼女は風邪を引くかも知れないのですよ。僕が恥を忍んで一切を打明けているのに、それでも彼には解らないのか。それだけではない、未だもっとやり切れない事がある。未だ産婆にも家の主婦にも支払がしてないのだ。家内が子供を生んでから、ずっと一と月この有様だ。ああいう投げやりな仕打をするのは、妻の困っている事も書いた以上、僕のみならず、妻も侮辱するものだ、という事が彼には解らないのか。侮辱だ、侮辱です。(中略)カシュピレフは僕の小説の事を書いて来ている。広告を出すのに表題が知りたいと言うのだ。こういう際に一体僕に小説が書けるとでも思っているのか。僕は部屋を歩き廻り髪の毛を掻《むし》っているのだ。寝る事も出来ぬ始末だ。終日物を考えて気が狂いそうだ。僕は金の来るのを待っているのだ。ああ神様、僕には自分の苦境を詳しく書く力さえ全く無いのです。書くのが恥しい。(中略)どんな土地でも料金を払わずに電報は打てない事を知らないのか。僕が電報料二タアレルを工面しなければならなかった事を彼は知らないのか。彼の頭には、(あの僕の手紙を見た後で)僕には二タアレルの持合せもないかも知れないという想像が浮ばなかったのか。そういう事なら、それは他人の境遇は知り度《た》くない人間の怠慢というものだ。こんな目に会わせて置き乍ら、みんなは、僕に芸術を要求する、苦しみの跡も、取乱した跡もない、詩的な純粋さを要求する。ツルゲネフやゴンチャロフを見よ、というのだ。実際、この僕がどんな境遇で仕事をしているか見せてやりたいものだ」(一八六九年、十月十六日、ドレスデンよりマイコフ宛)

8　ネチャアエフ事件

「永遠の良人《おっと》」は一八七〇年「ザリャ」の一月号二月号に分載された。この年の一月から翌年の七月まで、彼のヨオロッパ滞在の最後の期間は、「悪霊《あくりょう》」の創作に費された。

ドストエフスキイは「悪霊」の最初の着想を、ネチャアエフ事件から得た。ネチャアエフ事件は、ドストエフスキイ自身が青年時の夢を盛ったペトラシェフスキイ事件により、最初の種子が播《ま》かれた学生運動の一つであり、六〇年代七〇年代に発達して、後世史家が所謂《いわゆる》ナロオドニキ革命運動の名の下に一括して論ずる運動の初期のものの一つだ。六〇年代の青年達には、既にフランスのソシアリストの思想は魅力を失い、*ナロオドニチェストヴォの観念こそ曖昧《あいまい》であったが、所謂ニヒリストとしての武装は完全に似合っていた。

一体ニヒリストとかニヒリズムとかいう言葉は、当時のロシヤでは独特な意味を持っていたので、僕等の理解するところとは全く異っていたのである。青年の間にニヒリズムの思想が発達したのは六〇年代以後であるが、新しい外来語の応接に急なこの国のインテリゲンチャの間では、ニヒリストなる言葉はツルゲネフによって有名になる以前、既に三〇年代から使われていたので、ニヒリズムなるものの明瞭《めいりよう》な輪廓《りんかく》を描く事は困難である。事実、ニヒリズムの思想の明瞭な独創的な発想者という様な人は一人もいなかったのだし、ニヒリストの間にも、或る者はバザアロフを担《かつ》ぎ、或る者はラメトフを担いで、本家争いをしている有様であった。併《しか》し、ニヒリズムの系譜を挙げる事は必ずしも困難ではない。それは先《ま》ずコントとミルとモレショットであり、ショオペンハウエルとスチルネル*であった。

チェルヌィシェフスキイによって宣伝されたコントのポジティヴィズムは、ドブロリュウボフ、ピイサレフなどのニヒリズムの指導者等によって極端に誇張された。(ドブロリュウボフとピイサレフとは、ベリンスキイなき後、最も青年達の心を捕えた文芸時評家であったが、彼等にとっては文学上のリアリズム、或《あるい》はナチュラリズム*とは、哲学上のポジティヴィズム以上の意味はなく、戦は要するにあらゆる美学の絶滅の為に為《な》されたのである。)

専政下の苛酷《かこく》な現実に苦しみ、新しい世界を夢みる青年達は、依然として思想体系を咀嚼《そしやく》する暇も与えられず、眼前の国家と教会とに反抗する為に、神学的神政的イデ*アリズムと戦う為に、コントのポジティヴィズムを卑俗なアンピリスム*に歪曲《わいきょく》して了《しま》った事も止《や》むを得ない勢いであった。ミルやショオペンハウエルにしても、その形《けい》而上学的《じじようがく》憂鬱《ゆううつ》は、彼等の手の届く処《ところ》にはなかったし、スチルネルの孤独や無関心も彼等の関する処ではなかった。彼等は自らデモクラット*と言い、ソシアリストと言っていたが、政治的背景の欠如は依然たるもので、ミハイロフスキイによって、トルスト*イの教団にすら比較された様な孤独な、狂信的なグルウプ以上の組織は望まれなかった。農民の革命性を過信して、パリ・コンミュン*の成功に心を躍らした彼等の行く道は、「吸血鬼ツァア」一人を狙《ねら》うテロリズムに通ぜざるを得なかったのである。

ドストエフスキイは、青春時に飲まされた苦盃のうちに、既に革命の心理を知悉《ちしつ》していたし、六〇年代に始ったナロオドニキ革命が、その現実的外観にかかわらず、四〇年代の急進理想派の直系に過ぎない事を看破していた。彼は、ナロオドニキ革命の感傷性と矛盾性とを洞察した最初の人だった。「悪霊」のうちに示された、殆《ほとん》ど作者の悪意すら感ずる程の革命心理の苛烈な解剖は、屡々《しばしば》この作を反動的な作と言わせている。彼を反動家と呼び、蒙昧《もうまい》主義者と罵《ののし》る声は無論ロシャにあっても高かったが、我が国のプロレタリヤ*運動の戦士等が、彼を嫌悪《けんお》の眼で眺めていた事も周知の事だ。この彼に対する偏見は今日も尚《なお》消えていない様である。偏見は無論彼の作品の政治的意義の無邪気な誇張が齎《もたら》したものだ。彼は明らかに当時の革命的ロシヤと反目した。

然《しか》し之《これ》は、彼がニヒリスト達より遥《はる》かに当時のロシヤの現実を理解していたことから生じたのである。成る程「悪霊」に描かれた当時の地下運動の姿は、半ば作者の戯化による。だが、戯化が、当時のニヒリスト等の無意識の欺瞞《ぎまん》を抉《えぐ》るのに最適の方法でなかったと誰が知ろう。彼は決してニヒリスト達を侮蔑《ぶべつ》してはいなかった。「作家の日記」から引こう。

「諸君は、ネチャアエフ*などという人間は、必ず白痴に相違ない白痴的狂信だと確信している。だが果してそうか。諸君の確信は正しいか。一ネチャアエフ事件に就いては語るまい、複数のネチャアエフ達のうちには、詭計《きけい》と権勢とに対する複雑極まる渇望や、自己の個性を示そうとする熱病的に傷ついた要求を持った、何か非常に暗い悲しむべき歪《ゆが》み曲ったものがある。だが、何故《なぜ》、彼等が白痴か。白痴どころではない、彼等のうちの正銘の怪物は非常に進歩した、狡猾《こうかつ》極まる人間、いや立派な教養を備えた人間に、なればなれたであろう。モスクヴァのあの奇怪な厭《いと》わしいイヴァノフ*殺害事件は、疑いなく、ネチャアエフが、未来の『共同の偉大な目的』の為には有利な政策上の一事件として、その犠牲者等、ネチャアエフ主義者達に与えた殺害であると見られる。そう見なければあの事件は理解する事が出来ない。そう見なければ、何故あの数人の青年達が（彼等がどんな人間であったにしろ）あんな陰惨な犯罪を合議の下に行う事が出来たか理解出来ない。再び言うが、僕が小説『悪霊』のなかに描こうとしたのはまさしくこれである。即《すなわ》ち種々雑多な形の彼等の動機である。この動機の為に、心の清らかな単純な人間でも、あの様な厭わしい罪悪の遂行に誘惑され得るのだ。其処《そこ》に、恐ろしいものがあるのだ。僕等は、厭うべき人間に堕落しないでも厭うべき行為を為《な》し得る。これは我が国に限った事ではない、全世界的な現象だ。幾世紀以来、過渡期にはいつも見られる。疑惑、否定、懐疑の時代、基礎となるべき社会的確信の中に動揺が生れる時代、そういう時代には常に如上の事情が生ずるのである。だがわが国に於《お》いてこれは最も甚しい。このネチャアエフ的要素は、我々の現代に於ける最も病的な憂《うれ》うべき要素であると言い得る」(一八七三年、「作家の日記」――現代の詐欺《さぎ》の一つ)

彼が当時の饒舌《じょうぜつ》な反動的小説家等を抜いていたのは無論の事だが、革命的ロシヤに対する彼の反目には、トルストイの無関心やツルゲネフの温情的関心より遥かに深刻な関心が存したと言えるのである。ペレヴェルゼフ*は言う。「ドストエフスキイと保守的な新聞との間にある見事な一致は、真実の一致と言うより寧《むし》ろ仮象であった。この一致は、保守主義者のドストエフスキイに対する不信と懸念《けねん》の錆《さび》で悉《ことごと》く腐っているからである。他方革命的ロシヤとの間の頑強な反目は、常にこの反目から来る苦痛の情と、相互の牽引《けんいん》ある無意識的な近親の情とを伴っていた」。そうも言えよう。併し自ら「年老いたネチャアエフィアン」と言ったドストエフスキイの心事は決して理解し易《やす》いものではない。この問題は当然「作家の日記」という奇妙な作品に、僕等を誘うのである。

一八六九年、モスクヴァ大学生ネチャアエフの手によって革命的秘密結社が起された。彼は当時スイスにあったバクウニン、ヘルツェン、オガリョフ*などと連絡を取り、バクウニンの「革命問答」に従って結党の綱領を定め、夏中はプロパガンダ*に費し、翌年の二月十九日、農奴解放九周年を期して大衆の蜂起《ほうき》を期待した。彼の結社もこの種の結社の例に洩《も》れず、その党組織に関する細部は厳格を極めていたが、その目的とするところは極めて漠然たるもので、確乎《かっこ》とした政治革命の意義はなかったと言える。五人をグルウプとしてその首領者を通じ漸次に上部のグルウプに達し、ネチャアエフは最高委員会に属すると云う事になっていたが、恐らくこの最高の委員会なるものの存在は、ネチャアエフの空想裡《り》のものだったと見られている。一八六九年の十二月、モスクヴァ農学校の学生イヴァノフが裏切者としてネチャアエフの指令に基き同志の手により殺害され、死体は校舎裏の池に石を縛《ばく》して遺棄された。多数の学生の捕縛を見たが、ネチャアエフはスイスに逃亡した。

アンナの弟がイヴァノフの友人で、事件のあった年の夏、ドストエフスキイがイタリイからドレスデンに来た時、アンナの弟に会い、学生運動の内情に就いて多くの知識を得ていたのだが、イヴァノフの殺害事件が報ぜられるに及んで、ラスコオリニコフの倫理観の社会的な展開について思索していたドストエフスキイは、そこに問題を実験すべき絶好の素材を見附けたと信じたのである。然し彼自身「悪霊」には大した望みを掛けていなかった。ただカトコフへの借財を支払う為の余儀ない仕事と考えていた。当時の彼の野心はこの作には関係のない大小説にあった。既に一八六八年、未だ「白痴」の完結を見ない頃、彼は「無神論」という小説の計画を立てている事をマイコフ宛の書簡に洩して「お願いだからこの計画は誰にも話さないで欲しい。僕はこの作を書き上げたら死んでも思い残す事はないと思う程のものだ」と言っている。この計画は一八七〇年、やはりマイコフ宛の手紙で再び語られている。彼の計画によると、この小説は五つの長篇よりなり、各長篇はそれぞれ独立した表題を持ち、総表題が「偉大なる罪人の一生」となるという膨大なものであった。この主人公は「狂信家から無神論者に至る、近代ロシヤの味ったあらゆる精神生活に味到し、遂《つい》にロシヤ独得の神を、ロシヤのキリストを発見するに至る」というものであった。「根本をなす問題は、僕自身が生涯にわたって意識的にも無意識的にも苦しんで来た処のもの、即ち神の存在という問題だ」。彼は、混乱と疑惑とに満ちた自分の生涯を省みて、そこにロシヤの最も明敏な知識人達の混乱と疑惑とを見、彼等が体験して来たあらゆる思想形態を遍歴し、終局の理想像人間像に到達しようという長年の念願が漸《ようや》く明らかな形を取ったのである。この様な念願に就いて、彼はこう書いている。「僕は現実及び現実主義ということに就いては、我が国のリアリスト達や批評家達とはまるで違った考えを持っているのだ。僕の理想主義は、彼等の理想主義より遥かに現実的なのだ。ああ神よ。僕等凡《すべ》てのロシヤ人が、過去十年間に、その知的発展において体験して来たところを、ここに再び註釈《ちゅうしゃく》を附けて描くこと、そんな事は空想だとリアリスト達は呶鳴《どな》るかも知れない。けれどもそういうものが昔からの真のリアリズムだったのだ。これこそリアリズムなのだよ。彼等のリアリズムは浅瀬だが、僕のリアリズムは少々深いだけの違いなのだ」（一八六八年、十二月十一日、フロオレンスよりマイコフ宛）。ここで、当時のリアリスト達の唯一《ゆいいつ》のスロオガンは事実というものであり、抽象的なもの一般的なものは極度に侮辱され、精神の科学は悉く空想であり、心理学は生理学乃至《ないし》は生物学に編入されている様な時であった事を想起する必要がある。

「偉大なる罪人の一生」のノオトは一八六九年の十二月から翌年の三月にかけて書かれ、現存している。彼が遂にその遠大な意図の一部を「カラマアゾフの兄弟」で実現したゞけで世を去ったのは周知の事である。「悪霊」はこれとは全く違った意図で書かれ始めたのだが、「偉大なる罪人の一生」のノオトが進捗《しんちょく》するに連れて、この長篇の意図は半ば義理で書いている「悪霊」のうちに侵入せざるを得なかった。そしてネチャアエフ事件という素材の分析が、もはや何事も説明し得ない世界に彼の創造力は侵入して了った。併しこれに就いて、ここでは述べまい。

9 作家の日記

一八七一年七月、カトコフから纏《まと》まった送金を受けてドストエフスキイ夫妻は、ペテルブルグに還った。ここに彼に残された十年間の晩年期が始るのだが、波瀾《はらん》に富んだ彼の生活は漸《よう》やく定り、伝記作者等に語るべきものは多く残されていない。既に外遊時代の終りに近附いて経済上の不安を除いては、彼の生活は規則的な文筆生活に落着いていたが、帰国後アンナの手腕に依《よ》ってこの最後の不安もなくなって、彼の生活は全く創造の世界に集中されたと言っていい。

帰国して一週間目に最初の男の児フョオドルが生れた。エミリヤ・フョオドロヴナは既に息子達の仕事で生活していたが、パアヴェルは結婚して相変らずぶらぶらしていた。四年前に家族の者に託して置いたドストエフスキイの家具や書籍もアンナの什器《じゅうき》類も無くなっていた。部屋を借り、月賦の家具を備えて新しい生活を始めた。帰国を聞いて集って来た債権者等の応対はアンナの役目であった。

夏は、ノヴゴロド*の湖沼地方に家を借りて「悪霊」の続稿に没頭したが、子供や妻の病気で、仕事は遅々として進まず、完結は延び延びになって、一八七二年の「ロシヤ通報」十二月号となった。「悪霊」は成功だった。その真価を洞察したものは恐らく稀《ま》れであったが、劇的なテエマとモデル問題とが世人の注意を集め、急進分子の悪《あく》罵《ば》と保守派陣営の追従《ついしょう》との喧《かまびす》しいなかに、殊《こと》にネチャアエフのスイスに於ける逮捕の報が一段と世評を煽《あお》ったのである。「悪霊」の出版は方々の本屋が狙《ねら》ったが、ステルロフスキイで懲りたアンナは自費出版を決心した。一部三留《ルーブル》五十カペイカの定価で三千五百部を刷った。アンナは現金取引を主張し、広告を出した日に、自宅で四百十五部を売った。一八七三年一月廿二日の事で、アンナは「私達の生涯に於ける記憶すべき日」と書いている。彼女は以来四十年間良人の作の出版を続けたのである。「ヴレエミャ」の発禁と「世紀《エポハ》」の失敗以来、ドストエフスキイは雑誌発行の希望を捨てたわけではなかった。外遊時代、ロシヤに関するその独得な思想が漸く円熟して来たにつれて、その思想の社会的意義を確信した彼は、己れの主宰する雑誌発行の必要を痛感し、帰国後発行しようとする週刊雑誌の計画を立てた。これは既に一八六七年スイス滞在中の書簡から推知されるのだが、資金の不足で手も足も出なかったところ、「悪霊」の完結後、遂《つい》に宿望を達する機会を捕えた。

帰国後の新しい交友のうちに、メシチェルスキイ公*という青年貴族があり、反動的勢力の機関誌として「市民《グラジダニーン》」という少々見当の外れた名前の週刊雑誌を創刊した。僧侶《そうりょ》や宮廷方面に僅《わず》かの読者を持つのみで、甚だ振わない雑誌であったが、その編輯《へんしゅう》をドストエフスキイが引受けた。引受けるに至った事情は明らかではないが、要するに其処《そこ》には、ペレヴェルゼフの所謂《いわゆる》「錆《さび》*で腐った一致」があったと考えれば間違いあるまい。兎《と》も角《かく》ドストエフスキイは青年時代、工兵隊製図局で貰《もら》って以来初めての月給二百五十留に有附き、思う事が書ける雑誌を得た事で非常に満足であった。

彼は一八七二年の暮から事務所通いを始めた。仕事は思う様には行かなかった。彼には主人持ちの規則的な仕事は到底手に合わなかったのである。メシチェルスキイは、宣伝の為に、事務所の小使にルバシカを着せ長靴を履かせるといった無邪気なスラヴォフィリズム*の信奉者で、盛んに雑誌に論文を発表するのだが、彼の原稿の文法の間違いを直すのは、ドストエフスキイの役目だった。彼の癇癪《かんしゃく》は忽《たちま》ち事務所で有名なものとなった。どうやら、一年程は仕事を続けたが、遂にメシチェルスキイと意見が衝突し一八七四年四月辞職してしまった。彼の「作家の日記」が書かれ始めたのはこの雑誌である。

「市民《グラジダニーン》」の「懲役の様な労働」を辞めて、間もなく書き出したのが「未成年」である。この長篇は当時「祖国雑誌」の編輯者となっていたネクラアソフから依頼された。この夏、六週間許《ばか》りドイツ西部のエムス*で、喘息《ぜんそく》の療養を兼ねて「未成年」の腹案を練って過した。エムスには翌年、翌々年、及び一八七九年と引続き出掛けている。エムスから妻に宛《あ》てた長い手紙が幾つも遺《のこ》っているが、どれも可成り退屈なもので、癲癇《てんかん》の発作、頭痛、孤独、子供達の心配、それから依然たる妻へ贈る千度の接吻《せっぷん》、これはアンナも流石《さすが》に公表するのは如何《どう》かと思った程のところまで行ったらしく、処々削除を蒙《こうむ》っている。

「未成年」は、この作家に嘗《かっ》て見られなかった規則正しさで進行し、一八七五年一杯「祖国雑誌」に連載され完結した。この年の八月、次男アレクセイが生れた。この子供には、父親の病気の遺伝があり、三歳の時、癲癇の発作で他界した。

経済生活も漸く安定したので、彼は「市民」紙上に連載した「作家の日記」の好評を考え、同種の論文、感想を同じ題名の個人雑誌の形で刊行しようと思い立った。出版に関する仕事一切には無論アンナが当った。雑誌は一八七六年の正月から二年間規則正しく発行され、売上げは初めの年には四千部、翌年には六千部に達した。「作家の日記」は、彼が、嘗て「ヴレエミャ」と「世紀《エポーハ》」に発表した諸論文と同じく、殆《ほとん》ど時事的興味に終始しているし、大部なものでもあるし、彼の愛読者にもあまり読まれない様であるが、ある意味で、ドストエフスキイという人間を知る上には、恐らく最適の、少くとも必須《ひっす》の作品なのである。この或る意味でという言葉は一と口に説明し難いので、ここに特に一章を設けて書く次第だ。

ドストエフスキイが「ヴレエミャ」に拠《よ》ってポオチヴェンニキの運動を起した当時、彼はその主張の思想的根拠をグリゴリエフに見附けていた事は既に述べた処《ところ》であるが、「作家の日記」当時、彼が共鳴していた思想家は、ダニレフスキイであった。ダニレフスキイは、青年時代熱烈なフウリエリストであり、ペトラシェフスキイ会で、ドストエフスキイと交遊があった。一緒に検挙されて出獄後、転向し、一八六九年、ドストエフスキイの外遊中「ザリャ」に「ロシヤとヨオロッパ」という論文を連載して有名になった。この論文は当時のインテリゲンチャ、特にスラヴォフィル達に非常な影響を与えたものであり、以来、殆どスラヴォフィルのテキストとなったと言って差支《さしつか》えないのである。「此《こ》の論文は、僕自身の見解と確信とにいかにも一致しているので、

僕は処々、僕等の結論の差異のない事を発見して驚嘆している。僕は、もう二年も前

から、自分の思想を断片的に書きつけて来たが、それも、非常に似寄った表題の同じ

傾向、同じ論法の論文を一つ書こうと思っていたからだ。僕がいつか実現しようと望

んでいた計画が実現された、而《しか》も僕が書こうとしてもとても書けない程、理路整然と

見事な調和のうちに実現されたのを見ては、驚喜せざるを得ない」（一八六九年、三月十八日、フロオレンスよりストラアホフ宛）

ダニレフスキイの説く処に従えば、世界には十個の民族的典型に依って支持された文化の歴史があり、その内、チュウトン、ラテン文化、即《すなわ》ちヨオロッパ文化は、ユダヤの宗教文化、ギリシアの学術文化、ロオマの政治文化を綜合《そうごう》して発展した強力な文化には違いないが、その発展は科学的工業的の一面のみを強調するに至った結果、無政府主義的傾向を辿《たど》り、この傾向は、宗教では新教主義、哲学では唯物論《ゆいぶつろん》、社会的政治的分野では、政治的民主主義と経済的封建主義との争闘となって現れるに至った。要するに、ヨオロッパ文化は、ギリシア、ロオマの文化と同様な循環を辿って、十六世紀、十七世紀に於いて、その精神的頂点に達し、十九世紀に於いて、その物質的頂点に達したとする、殆ど五十年後のシュペングラア*の或る思想を想《おも》わせる様な説であった。解体に瀕《ひん》したヨオロッパ文化が、真の意味での倫理的な力を失って了《しま》った今と

なっては、これを回復する使命は、スラヴ民族の文化が負わねばならぬ。この新しい文化に残された柔軟健康な力こそ、キリスト教の理想として、ヨオロッパ文化の物質的な個人主義思想を克服するものである。そこで彼の政治的結論は、ロシヤの教導の下に、*コンスタンチノオプルを中心に、全スラヴ民族は聯邦《れんぽう》を組織し、以《も》ってスラヴとヨオロッパとの相剋《そうこく》を全人類的問題のうちに解決しなければならぬ、と言うのである。

ダニレフスキイの思想は、その根柢《こんてい》に於いて既に人種という生物学的概念と国民という歴史的概念との幼稚な混乱が見られるのであって、スラヴ的典型の下に、ギリシア、ルウマニヤの*オオソドックスも*マジャアルのプロテスタントもカソリックも包括されるという有様であった。この様な混乱も、当時の未発達な歴史哲学としては当然の事であり、少くともスラヴォフィルの思想家達の間では、充分革新的な主張だったのである。

一体、わが国でも国民とか人民とか大衆とかいう言葉は非常に曖昧《あいまい》に使われているが、ロシヤでもナロオドという言葉は、洵《まこと》に朦朧《もうろう》たる言葉で、同時にこれらのすべてを意味していたので、スラヴォフィルの曖昧な感傷的な思想には、甚だよく似合った重宝な言葉であった。この言葉は、既に、六〇年代の土地主義者たるドストエフスキイにも、民主主義と国家主義との何んの苦もない混同を許していたのであるが、「作家の日記」に至って、彼の民衆理想化は、純然たる民衆礼拝に達した。即ち、既に「悪霊」のうちに暗示された民衆と宗教との同一性が、ここに全幅の発展を見たのである。

彼の民衆礼拝に、久しい以前から附纏《つきまと》っていた主題は、ロシヤと西欧との対立であった。（この対立を云々《うんぬん》する当時の凡《すべ》ての思想家等は、ロシヤとヨオロッパの対立という言葉を使っていた。）彼が、この主題を論議する様になったのは一八六二年の最初の外国旅行以後の事だが、既に述べた様に、この着想は彼の独創ではない。ただ彼程この対立を、出会う現実のうちに執拗《しつよう》に穿鑿《せんさく》した者も、又この対立から一見極端に空想的な教義を作り上げた者もないのである。彼に依れば、個人主義、利己主義、唯物論、無＊政府主義、カソリック教はヨオロッパの象徴であり、一方正＊教、同胞愛、キリストはロシヤの真髄である。この対立は、ロシヤ国内では、西欧化されたインテリゲンチャとロシヤの伝統を守っている農民との対立に移された。

彼は、ダニレフスキイと同様に、この西欧文化に対するロシヤ民衆の使命なる抽象的思想に満足せず、これを時事問題に応用し、当時の政府の対外政策と歩調を合わせようとして、いよいよ自己撞著《どうちゃく》の深処に落入った。彼のこの企図を刺戟《しげき》したものは、言うまでもなく露土戦争であった。一八七五年、ヘルツェゴヴィナとモンテ・ネグロに、続いて翌年にはブルガリヤに、トルコ政府の圧政に対する叛乱《はんらん》が勃発《ぼっぱつ》した。叛乱軍鎮圧の為に、トルコ軍隊が出動した。この弾圧は、一八六三年、アレクサンドル二世の軍隊が、ポオランドで行ったものと同断であったが、同胞スラヴをトルコより救えという輿論《よろん》は、ロシヤ国内に充満した。新聞や慈善団体は人心煽動《せんどう》に狂奔し、音楽会では民謡大会が催され、寄附金募集が始った。遂にロシヤ政府は、トルコの束縛よりスラヴ民族を解放するという荘重なる宣言書によって、トルコと開戦した（一八七七年）。だが、事の裏面には決してそういう感傷的な事情は見られなかったのである。

アレクサンドル二世の対外政策は、ニコライ一世時代から終始変るところはなかったが、専政の孤立無援時代は既に過ぎ、複雑な外国関係は、権謀術数に満ちた近代的外交を必要とするに至っていた。トルキスタンが、ロシヤ工業への綿花の供給地として、完全にアレクサンドル二世の手に這入《はい》った以前から、コンスタンチノオプルは彼の野心の的であった。トルコに対する外交、軍事上の準備は完成して、ただ開戦に好都合な輿論の発動を待つ許りになっていた。「解放者ツァア」には、野蛮な侵略者として宣戦する事は、最も拙劣な策だったのである。ポクロフスキイの指摘を信ずるなら、トルコとの開戦は、既に一八七三年に決定されていたので、普仏戦争以来、次第に経済関係の濃厚になったドイツと、この年、秘密条約が締結され（事実上実行されなかったのであるが）、ドイツは、ロシヤが他国と開戦する場合、廿《にじゅう》万の軍隊をロシヤに送る旨《むね》が約束された。この条約の秘密は厳守されて、これを知る者はツァアとドイツ皇帝ウィルヘルムの他四人に過ぎず、一九一七年の十月革命後に初めて発見された、と言われている。

「作家の日記」は、この愛国的熱狂に渦巻くジャアナリズムの中で書かれた。ロシヤの西欧化の祖ピョオトル大帝の功罪問題は、久しくスラヴォフィル達の曖昧な理論に於ける癌《がん》たる観があったが、今は、はや癌の治療などは問題ではなかった。正教の信奉者たるドストエフスキイはツァアの宣戦を聞いて書く。

「我々自身にもこの戦争は必要である。単に、トルコ人に虐《しいた》げられているスラヴの同胞の為ばかりではない。我々は自分等の身を思って奮起するのだ。救いのない腐敗と窒息する精神の裡《うち》に坐して僕等が喘《あえ》いでいる、この空気を戦争は清めてくれるだろう」

「賢者等は、博愛と人道とを説く。彼等は、流血を心配している。我々が戦争で、汚れたる獣と化し、徳性を失い、人倫を蹂躪《じゅうりん》し、教化から遠ざかる事を悲しんでいる。そうだ、戦争はいかにも不幸だ。併《しか》し、彼等の考えには多くの間違いがある。要するに、ブルジョアの説教は沢山なのだ。我々が神聖と考えるものの凡ての為に、己れの血を以ってする自己犠牲の功績は、ブルジョアの教理問答より遥《はる》かに道徳的なものである」

「血は恐らく戦争が無くても非常に多く流されるものだ。或る場合には、総《すべ》ての場合とは言わぬ。例えば内乱などは例外だが、戦争というものは、最少の流血と、苦痛と、損害とを以って国民間の平和を獲得し、幾分でも国民間の健全な関係を定める行動である事を信じ給《たま》え。勿論《もちろん》これは悲しい事だ。が、そうだからと言って、ではどうしたらいいか。無期限に苦しむより、いっそ剣を抜いて了った方がいいのである。文明国民間の現代の平和が戦争より何処《どこ》がいいと言うのか。それ許りではない。人間を獣にし残酷にするのは、戦争ではなく寧《むし》ろ平和、長い平和だ。長い平和は常に残酷と卑怯《ひきょう》、飽く事を知らぬ利己主義を生む。就中《なかんずく》、知識の停滞を齎《もたら》す事甚しい。長い平和が肥やすものは投機師だけである」（一八七七年、四月、「作家の日記」）

これ以上の引用はしまい。この戦争礼讃の文章に続く、同じ月の、「おかしな男の夢」*を読む者は、其処に平和な天国の夢が熱烈に語られて、隣人愛を確信して自分は伝道に出発するという意味の畳句で終っているのを見るだろう。「作家の日記」の読者は、望むなら、到《いた》る処に、作者の思想の矛盾と混乱とを見附け出せるのである。だが、その様なものを見附け出す事が一体何んであろう。若《も》しそれが作者の深く意識していた処だったとしたならば。

「『作家の日記』の中で詰らぬ瑣事《さじ》を扱って、僕が自分の才能を濫費《らんぴ》していると貴方《あなた》は仰言《おつしや》るが、当地でも同じ様な事を耳にしています。併し、何を置いても、この事だけは申し上げて置き度《た》い、これは僕が到達した結論なのですが、作家というものは、書く技術は勿論だが、自ら表現する現実（歴史的のものであれ、当今のものであれ）に関する悉《ことごと》くのもの、その細部に至るまで心得ていなくてはならぬ、と。僕の意見では、この点で優秀な作家は、わが国には一人しかいない、レフ・トルストイ伯です。僕が、小説家としては非常に高く買っているが、ヴィクトオル・ユウゴオ（それがあの死んだチュウチェフ*の気に入らず、彼は腹を立てて、僕の『ラスコオリニコフ』の方が、『レ・ミゼラブル』より遥かに傑作だと呶鳴《どな》りましたよ）の細部の描写は、冗漫は冗漫だが、若し彼が居なかったら、遂《つい》に陽の眼を見なかっただろうと思われる程見事な観察を遺しています。僕は今非常に大きな小説を書こうと思っているので、特に現実の研究に没頭しなければならない、現実とは何かという様な事ではない、そんな事ならもうよく承知している、現代の或る特殊性の研究なのです。現代で僕に最も興味ある問題は、若い時代というものだ、とともに、僕の考えでは、この廿年来面目を一新して了った現代ロシャの家庭だ。勿論この外にいくらでも問題はありますが、五十三歳にもなっては、まごまごしていれば忽《たちま》ち時勢に遅れて了います。先日、ゴンチャロフに会った時、正直に訊《き》いてみた。近頃の世の中が解《わか》るかね、それともああいうのは到底解らぬと諦《あきら》めているかね、と。すると、随分諦めているよ、と率直に答えてくれましたよ。（これは内証に願います。）無論僕は彼の優れた理解力を信用している、彼は何も彼《か》も理解しているのだ、理解しているだけではない、学者を捕えて教えてやる事も出来る。併し僕が質問した意味では（彼は直ぐ僕の言う意味を飲込んだが）、彼は近頃の世の中なるものを理解していないのではない、理解し度くないのです。『僕の理想は僕にとっては大事なものだからね。この世で僕が好きになったものは皆僕にとっては大事なものだからね。後二三年は生きているだろうが、その間に大事なものに別れるわけには行かないよ。こういう連中（彼はネフスキイ通りを波打つ群集を指した）を研究するのは、僕にはとてもやり切れない、そんな事に貴重な時間を費《つか》うのは……』」

どうも解って戴《いただ》けるかどうか疑問ですがね、クリスティイヌ・ダニロヴナ、だが、僕には、主題を充分に知悉《ちしつ》してから書き度いものがあるのです。だから暫《しばら》くの間研究をしようというわけだ。研究するとともに、得た印象を失わぬ様に、『作家の日記』

を進行させて行くという次第なのです。無論これは理想に過ぎないのですがね。僕は未だ『作家の日記』の形式に就いて明らかに考えを持っていない、と言っても貴方は信じないかも知れぬ。これから先きも持てるかどうか解りません。たとえ二年も続けてみたところで、結局失敗の作になるかも知れません」（一八七六年、四月九日、アルチェフスカヤ夫人宛）

彼が、アルチェフスカヤ夫人に語っている「非常に大きな小説」とは言う迄《まで》もなく「カラマアゾフの兄弟」の事だ。「作家の日記」を書く動機は、何を置いても先《ま》ず将来の大小説に備える「現代の特殊性の研究」にあったと言う彼の言葉を、そのまま信用して悪い理由は何処にも見当らぬ。「作家の日記」に現れた作者の身振り、芸術家たる事に飽足らなくなった予言者或《あるい》は指導者の身振りを誇張して考える必要は少しもない。作者自身によって既に誇張された身振りに過ぎないからだ。予言は一つも当らなかった。インテリゲンチャも農民も、彼の教示した道を歩きはしなかった。其処《そこ》に何《なん》等《ら》驚く可《べ》き問題はない。「作家の日記」に於《お》ける最も興味ある問題は、「コンスタンチノオプル占領論」を書いている人間は、嘗《かつ》て監獄制度の実際的改革には何んの興味も覚えず「死人の家の記録」を書いた人と同じ人間だという処《ところ》を置いて他にはない。彼の激越な語調に政論家を見附け出しても無駄である。政論家としてのドストエフスキイという架空な余計者を一人発明するだけの話だ。ドストエフスキイに限らない、何々家としての誰々という評家の愛用する言葉が元来拙劣な手品に過ぎないのだ。「街をうろつき、見知らぬ通行人を眺め、その表情を研究し、彼等は一体誰なのか、どんな生活をしているのか、何に従事しているのか、たった今彼等の注意を惹《ひ》いているものは何んだろう、そんな事を考えるのが、僕は大好きだ。その子供を連れた職工を見た時、僕の頭に浮んだ事は、ほんの一と月程前に、この男の細君は死んだに違いない、而《しか》も何故《なぜ》とはなく必度《きっと》肺病で死んだに違いない、という事であった。母親を失ったあの子供の世話は（父親は毎週工場で働いているので）今のところ地下室の或るお婆《ばあ》さんが見て呉れているのに違いない」（一八七三年、「作家の日記」――小景）。こうして彼の空想は何処までも続いて行く。

バルザック*が、創作した人物と実際の人間を混同して人に語った逸話は有名なものだが、恐らくドストエフスキイの混同はもっと烈《はげ》しかったであろう。彼は「作家の日記」全巻を通じてこの「大好きな」仕事だけをやったのだ。「作家の日記」を書く彼の手法は、小説を書く彼の手法と少しも異った処はない。理窟《りくつ》を言うよりも観察せよ、観察するよりも創造せよという彼の体得した手法を一歩も踏み外してはいない。彼は子供を連れた職工の表情から勝手なものを読み取ると同じ方法で、東方問題*に勝手な表情を発見した。「作家の日記」に漲《みなぎ》るものは、ただ天真な芸術家の信念であり、戦争も外交も裁判所も教会も、そのなかに融込《とけこ》む。彼の信念は独語する、「世界は自分一人の為に在る」と。其処では、独断も頑迷も矛盾も同じ様に美しい。

彼の予言が適中していない事を僕等は知っている。だが将来に於いて適中する予言などというものが一体何物であろうか。彼の「作家の日記」が彼の創作に他ならぬ事を理解しなかった当時の評家には、「作家の日記」は架空な逆説に過ぎなかった。「我が国の全文学を眺め渡しても、彼ほどその理想が当時の現実と掛離れて了《しま》った作家は一人もいなかった」とロオザノフは書いた。だが、それは外見だけである。ドストエフスキイ自身は、自分の理想が当時の現実に密着している事を決して疑いはしなかった。アルチェフスカヤ夫人に書いた、彼のゴンチャロフとの会話が一切を語っている。「実に僕等は恐らくロシヤ国民史上最も暗澹《あんたん》とした厄介な、過渡的、運命的な時代に生きているのだ」（一八七三年、「作家の日記」）。彼は、この暗澹たる時代無くして自分の理想も無い事をよく知っていた。彼に残された生涯は、ゴンチャロフに残された半分しかなかったが、彼はネフスキイ通りの群集から離れようとはしなかった。「ツルゲネフの文学はどれもただ『地主文学』に過ぎぬ。この文学は、特にレフ・トルストイに依《よ》って充分に言わねばならぬ事を言って了った。『地主文学』はその最後の言葉を吐いて了ったのだ」（一八七一年、五月十八日）とストラアホフに書いた彼には、「若い時代」が、「過渡的な時代」がどうしても必要であった。彼は、国民とインテリゲンチャとの間の深い溝《みぞ》を、単に観察したり解釈したりしたのではない。又、この溝に架橋する為に実際的な政策を案出したのでもない。彼は溝の中に大胆に身を横たえ、自ら橋となる事が出来るかどうかを試したのだ。彼の理想はそうしなければ語る事が出来ない理想だった。彼には、ゴンチャロフの様に、自分の理想を愛玩《あいがん》する事は出来なかった。現実から程よく遊離した理想ほど、人間の愛玩に手軽なものはない。又そういう理想ほど、現実を覆《おお》い隠すものはない。彼はその事を実によく知っていた。

ナロオドニチェストヴォという言葉がある。チェルヌィシェフスキイ、ラヴロオフ*、ミハイロフスキイ等によって代表された思想を一括して、これを小ブルジョア・インテリゲンチャ的世界観乃至《ないし》は歴史観とする、今日のロシヤの史家の使用するやや侮蔑《ぶべつ》を含めた呼称だ。この種の思想を最も体系的に語ったのはラヴロオフであった。チェルヌィシェフスキイの「何を為《な》すべきか」の後、匿名《とくめい》で発表されたラヴロオフの「歴史的書簡」（一八六八年――一八六九年）ほど当時青年達の心を動かしたものはなかった。チェルヌィシェフスキイがマルクスの著書を読んでいたかどうかは明らかではないが、ラヴロオフはインタアナショナルのメンバアであり、ロンドンではマルクスとの交遊もあったし「資本論」の第一巻は暗記していたと言われる程の唯物論者《ゆいぶつろん》でありながら、遂に徹底したマルクシストたる事を肯《がえん》じなかった。歴史は「批判的に思索する諸個人」の創《つく》るものという信念を捨てなかった。人間の威厳、個人の尊厳、要するに彼が傾倒したカントのヒュウマニティ*の観念は、彼の社会主義の一貫した根柢《こんてい》であった。ラヴロオフに明察が欠けていたのではない。彼の様な理論家にも、理論体系の首尾一貫を許さない実際の社会事情があった。マルクスの思想がラヴロオフの片方の眼に純然たる抽象的理論と映らざるを得なかった所以《ゆえん》の、彼のもう一方の眼が眺めた当時のロシヤの現実があった。そしてそこにはナロオドという怪物が蠢《うごめ》いていたのである。

ナロオドという言葉は、ロシヤに古くからあった言葉で、英語の people の意味で、漠然と人民或は民衆を指した。"nation"という意味での外来語"natsia"が輸入されたのは後の事である。だからナロオドニキの運動とはナショナリスト*の運動ではなくポピュリスト*の運動なのだ。既に四〇年代の思想界に於いて、インテリゲンチャが、共に西欧の原本を提《ひっさ》げて西欧派と国粋派の両派に分れて論戦を開始した時、彼等が共に眺めたものは、ナロオドという漠然たる言葉に包括された、近代国家或は近代国民なる概念について全然無智な、果しない地平の彼方《かなた》に拡《ひろが》った農民の姿であった。西欧派と国粋派とは激論を戦わせながら、かかる激論の由来する処は、相手の反駁《はんばく》ではなく実は敵にも味方にも不明であったナロオドなるものの正体にあった、という事を悟らなかった。以来インテリゲンチャの傍には常にナロオドという幽霊が附き纏《まと》った。初期の西欧派と国粋派との対立が漸《ようや》く緩和され、ナロオドニキなる言葉で一括されるまで両者が歩み寄るに至っても、尚インテリゲンチャは足許《あしもと》にナロオドという深淵《しんえん》を感じて思索する不安を無くする事は出来なかった。この不安は、ロシヤ十九世紀思想家等に独得なものであり、彼等の天才の偉大と悲惨との心理的苗床であった。彼等は遂に西欧の十九世紀思想家等の抱いた知識に対する教養に対する毅然《きぜん》たる自信を獲得する事は出来なかった。自分達の知識や修養は借り物である、ナロオドの土地から育ったものではない、という意識が絶えず彼等を苦しめたのだ。ナロオドは、彼等に一種の強迫観念の様に作用して、彼等をある完璧《かんぺき》な思想体系の裡《うち》に安住させなかった。ナロオドニキの思想は、小ブルジョア・インテリゲンチャの思想であったと言われるが、様々な方向に発展したにも拘《かかわ》らず一つとして個人主義的思想として徹底したものはなかったのだ。ナロオドニキの思想を科学的に発展させたラヴロオフの場合、この曖昧《あいまい》な社会学的主観論者に、個人の力で民衆を指導しようとした傲岸《ごうがん》な学者の顔を見る事は誤りだ。彼も亦《また》チェルヌィシェフスキイと同じ様に、誠実な学者に許された知識の正当な享楽《きょうらく》すら遂に得られずに死んだ不幸な天才であった。たとえドストエフスキイが、理論に武装された手で、ナロオドニキの思想を神学的に発展させたとしても、そこに同じ悲劇的な事情が現れたであろう。彼は、あれほど懊悩《おうのう》したキリスト教の問題の上に、どんな純粋な神学も築き得なかったであろう。福音書のキリストの代りにロシヤのキリストが、やはり彼を招いたであろう。ロシヤのキリストはナロオドの深淵から現れ、彼の必死*の弁証法を混乱させたであろう。

ドストエフスキイにとって民衆の観念は正教の観念と全く同じものであった。「ロシヤの民衆は、皆正教を奉じている。ロシヤの民衆には、これ以外の何ものもない、何ものも要らぬ、正教が凡《すべ》てだ」と言う彼の狭隘《きょうあい》な前提のうちに、既に「作家の日記」のなかで彼が正教の観念を正面から定義しようと焦躁《しょうそう》し、遂に定義出来なかった所以のものがある。「正教が凡てだ」を提げて、彼は真直ぐに「専制は凡てだ」に歩いた。「ロシヤのキリスト」は剣を取った。彼を駆ったものは、確かに、言わば彼自身の「魔」であったが、又それは「ロシヤ」というものでもあった。

ロシヤはビザンチン*から正教と共に専制を受取った。十八世紀の初頭以来、教会は完全にロシヤ帝国の官省となっていた。この世俗的権力に対する反抗運動も、正教からの分離派としてささやかな修道院の裡に、僅《わず》かに孤独隠避の生命を保って来たに過ぎなかった。宗教の権威と専制の権威との間の烈しい葛藤《かっとう》を一度も経験した事のないこの国の正教史に、キリストの名による全人類の統一という観念が発育した筈《はず》はなかった。却《かえ》ってドストエフスキイが罵倒《ばとう》した俗化した西欧の法王の教会に、この観念が生きていたのは周知の事だ。正教は民衆に何物も与えては来なかった。奴隷《どれい》制度への屈従を教えて来たに過ぎぬ。民衆は暴動を以《も》ってこれに答えて来た。だが、ドストエフスキイには、そういう歴史の鳥瞰《ちょうかん》的事実は何んの興味も惹かなかった。彼には、そういう諸事実の点検が、ロシャの謎《なぞ》を、人間の謎を解くに足りるとは信じられなかった。所謂《いわゆる》実証的事実は、いつも一定の原理に依拠した抽象と見え、人間的な謎はその背後にあるという考えを捨てる事は出来なかった。

ドストエフスキイの眼前にはいつも民衆が在った。だがそれは確かに在ったのか。彼が力の限り叫ぶロシャの民衆とは、言う迄もなくロシャの農民だ。では農民は確かに彼の眼前にあったのか。周知の様に、彼の作品に尋常な農民は遂に姿を見せなかった。これほど明瞭《めいりょう》に、彼が農民に関する実際的な知識を持っていなかった事を証明しているものはない。彼は芸術家として、自分には農民は遂に未知のものであった、謎であった、と誰憚《はばか》る処なく公言しているのに他ならぬ。では何が在ったのか、言葉が在ったのだ、ナロオドという言葉が。而《しか》もこの言葉は彼が手に触れ眼で眺める人間の様に生きていた。

彼が農民の平常な姿を感動をこめて描いた作品はただ一つしかない。それは「作家の日記」のなかにある「百姓マレイ」という、作品というよりも寧《むし》ろ美しい感想文だ。幼年時代夏休みを過したダロオヴォエの農園で、突然「狼《おおかみ》が来た」という幻聴に捕われ、慄《ふる》え上ってマレイという百姓に縋《すが》り附いたが、マレイは微笑して彼を優しく抱いて十字を切ってくれた、という単純な思い出が溢《あふ》れる様な感情で語られている。ダロオヴォエの幸福な農園の生活は再び彼を見舞わなかった。だが、暗かった彼の幼年時に、ただ一ヶ所光っている様なこの夏休みの思い出は、屢々《しばしば》彼の孤独や絶望を見舞ったであろう。そして恐らく彼は、この思い出に見舞われる毎《ごと》に、マレイの微笑の持つ象徴的な意味のいよいよ深まるのを覚えたであろう。

彼が晩年「百姓マレイ」を書くに当って、この思い出の見舞った場所をシベリヤの監獄に選んだのは注意すべき事だ。もはやただ、マレイの微笑が作者に象徴的なのではない。この作品が僕等に象徴的にみえるのだ。「何か或る別なものが僕等の見解、僕達の確信、僕達の心持を変えたのであった。この何か別なものとは、民衆との直接な接触であった。民衆と兄弟の様にその不幸を分ち、自分が民衆と同等な人間になり、民衆の最低の段階迄も自分は下降した、という考えであった」(一八七三年、「作家の日記」――環境)と彼はシベリヤの生活を回想して書いている。いかにも彼は下降した。

地上に穴を開けて地下室まで潜り込んだ。そして其処《そこ》で彼が親しく接触した民衆とは地上の生活を追われた人々の群れであった。この歴史の風の当らぬ穴倉で、彼の観察したのは社会の諸規約から放たれ、善悪の彼岸をさまよう人間の魂の素地であった。彼は兇暴《きょうぼう》な犯罪の英雄等に、ただ地上では生活する事の出来ない絶対的な無邪気さを見た。彼が「地殻の下に掘り当てた黄金」と言い「民衆の裡にある嬰児《えいじ》の心」と言う時、恐らく彼の心はこれらの言葉を発見した場所の思い出に慄えていたであろう。思い出は彼だけが知っていた。恐らく彼は自分のこの血腥《ちなまぐさ》い発見を「嬰児の心」という月並みな言葉で表現しなければならない時、人には語り難い焦躁に慄えたであろう。注意して「作家の日記」を読む者は、この焦躁が彼のペンを慄わしているのをまざまざと感じる事が出来る。彼はこの「嬰児の心」が陽の眼を見るや忽《たちま》ち醜悪な心と変じ残忍の相を帯びる事も亦知り抜いていた。

マレイは農園を出てシベリヤに暮しそこで育った。つまり監獄さながらの当時のインテリゲンチャたるドストエフスキイの苦痛のなかで育った。こうしてナロオドという言葉が彼のなかに生きた。

「作家の日記」のなかで、ペテルブルグの建物について彼はこう書いている。「世界のあらゆる建築法とあらゆる時代と様式との反映だ。凡てのものが次第々々に借用されて、みんなペテルブルグ式に歪《ゆが》められて了った。これらの建物のなかには、まるで読物でも読む様に、あらゆる観念や思想の輸入品を読み取る事が出来るのであって、其《そ》の観念や思想なるものは、正則に或は変則にヨオロッパからわが国に飛来したものであり、漸次に僕等を征服し克服したものである。見よ、其処には前世紀の教会の無性格な建物がある。と思えば此処《ここ》には今世紀の初めのロオマ式の見窄《みすぼ》らしい模倣がある。（中略）どういう風にわが国の現代の建築を決定したらよいか、誰にも全く解らない。何んという混乱か、而もこれは現代の混乱状態に完全に照応しているのだ」（一八七三年、「作家の日記」――小景）

ドストエフスキイは、この彼の所謂「照応物」を当時の世相のあらゆる場所に、驚くべき鋭敏さで発見した。ここで彼の場合重要な事は、この発見を単に正確に描写した事でもなければ、明瞭に解釈し公平に批評した事でもない。「作家の日記」を読むものは、ここで世上の諸事件がどんなに苛立《いらだ》たしい矛盾した手つきで取扱われているかを見る。併《しか》し一と度《たび》、彼にとって「現代の混乱」なる言葉の意味する処《ところ》に思い到《いた》れば、つまりこの観念は、彼にとって当時のロシヤの実相を把握する為に最も充実した絶対的な形式であった事に思い到るならば、「作家の日記」には何んの矛盾もないのだ。何一つ曖昧なものはないのだ。「作家の日記」がドストエフスキイという人間を知るのには或る意味で彼の作品中最適のものだと前に書いたのもこの意味なのだが、残念ながらこの事は「作家の日記」を熟読しない人々には非常に解《わか》らせ難いのである。

彼の所謂「現代ロシヤの混乱」というものは先《ま》ず何を置いてもインテリゲンチャとロシヤの民衆との食い違いから来る。彼の非難は専《もっぱ》らこの食い違いに向けられていると言ってよろしい。併し、彼は骨の髄からインテリゲンチャであった。彼の熟知した人間はラスコオリニコフであってマレイではなかった。マレイは、ドストエフスキイの疑惑のなかで、ラスコオリニコフが生きるのに必須な反対命題として生きたのである。この矛盾が彼の疑惑を不断に燃やしていた。そういう疑惑こそ彼の生命であったという意味で、彼は「現代ロシヤの混乱」を全的に肯定していたと言える。「現代ロシヤの混乱」は観察し分析し批判さるべき対象であったというより、寧ろ常に彼の創造の場所として先ず信じなければならないものであった。彼は決してラスコオリニコフの立場にも立たなかったしマレイの立場にも立たなかった。インテリゲンチャと民衆との握手という様な事を思案したのでもない。彼はどの様な立場から現実を眺めようとしたのでもなく、ひたすら現在の不安、現在の混乱の犠牲となろうと希《ねが》っただけである。この様な自信は何処《どこ》から生れたか。それは「現代ロシヤの混乱」なるものが誰よりもはっきり彼には見えていた。その見えていたという一事にあるのだと僕は信ずる。彼の「蜥蜴《とかげ》の眼」は現実に膠着《こうちゃく》していた。トルストイの「蜥蜴の眼」が又そうであった様に。そして彼の「神」や「理想」は、彼の洞察によって熱せられた赤裸なあまりに赤裸な現実の昇華したものに他ならず、それらは、言わば逆の操作を行えば、そのまま、あらゆる粉飾を脱した痛烈な現実という固体に戻る態《てい》のものであった。其処には何等空想的なものはない。彼にとって「理想」とは「絶望」と紙一重のものであり、彼がこの問題を、晩年の諸作に於いて、どの様に執拗《しつよう》綿密に扱ったかを、読者はやがて読まれるであろう。

生涯の成熟期十年間をシベリヤで沈黙する事を強制され、彼は当時のロシヤのインテリゲンチャが誰一人逃れる事の出来なかった西欧原本飜案《ほんあん》という無邪気な仕事から全く逃れる事が出来た。シベリヤの最初の結実、「死人の家の記録」の驚くべき平静さは、次作、「地下室の手記」の狂気の仮面である。シェストフ*が「地下室の手記」の上に組立てた哲学がどの様なものであれ、シベリヤから還《かえ》ったドストエフスキイは四〇年代のインテリゲンチャの思想から決定的に離れていた。六〇年代の反動期を迎えて往年のスラヴ派と西欧派は互に歩み寄っていたが、彼等の妥協は、意見を異にしたヒュウマニスト達の妥協であった以上、そこに別段困難は伴わなかったのである。だが彼等は、シベリヤから還った烱眼《けいがん》なこの野人とは、妥協する事が出来なかった。

成る程彼等は時流に乗って「ヴレエミャ」に「土地主義」という折衷派のスロオガンを掲げたが、これは寧ろ彼の巨大な懐疑を覆《おお》うに便利な商標に過ぎなかった事は前にも述べた。当時の流行思想が、コントやミルの衣裳《いしよう》を纏《まと》ったシルレルに過ぎない事を、彼程明らかに看破したリアリストはいなかった。彼は決して非合理主義哲学の建設を夢みたのではない。当時の合理的実証的ヒュウマニズムが、ロシヤの現実を覆うに足りぬ、彼の言葉を借りればロシヤの現実の浅瀬を渉《わた》るリアリズムに過ぎない事を、鋭敏な時代感覚によって摑《つか》んだのだ。烈《はげ》しい過渡期に踊るインテリゲンチャが覆おうとして覆い難かった表情を、彼は冷静に観察し、そこに時代のデカダンスを見た。このデカダンスは、監獄生活の異常な環境が彼の裡《うち》に成熟させた「病者の光学」に豊富な材料を供給した。こうして彼の浅瀬を嫌悪《けんお》したリアリズムが深化するにつれて評家の理解は彼を去った。聡明《そうめい》なミハイロフスキイさえラスコオリニコフが街頭を歩いている事を頑固に認めようとはしなかった。作者の「残忍な才能」の前に茫然《ぼうぜん》として、作者の神経病が奇妙な人間像を勝手に考案したと解釈した。

若《も》しドストエフスキイが、西欧の同時代の天才的なリアリスト、フロオベルの様に、周囲の生ま生ましい世相を冷静に正確に描写するに止めたなら、彼はあれほど難解な作家とはならなかった筈だ。フロオベルに孤独なクロワッセ*が信じられたのも、己れの抱懐した広い意味での教養に、衆愚を睥睨《へいげい》する象徴的価値が信じられたが為だ。併しドストエフスキイには、信ずるに足るクロワッセの書斎がなかった。ロシャの混乱を首を出して眺める窓が彼にはなかった。彼が当時のインテリゲンチャに発見した病理は、即《すなわ》ち已れの精神の病理である事を厭《いや》でも眺めねばならない様な時と場所に彼は生きねばならなかった人である。「現代ロシャの混乱」の鳥瞰《ちょうかん》は、そのまま彼自身の精神の鳥瞰に他ならなかった。インテリゲンチャの不安はそのまま彼自身の懐疑であった。彼はこれを観察する地点も、これを整頓《せいとん》する支柱も、求めなかった。ただ自らこの嵐《あらし》の中に飛込む事によって自他共に救われようとした処に、彼の思想の全骨格があるのであって、ここにことさら弁証法によって武装した手で、哲学者ドストエフスキイ、神学者ドストエフスキイを発見しようとしなければ、彼の姿は明瞭なのだ。嵐のうちに巻き込まれて生きた彼には、民衆も正教もキリストも、颱風《たいふう》に必至な颱風の眼の如《ごと》きものに外ならなかったのである。僕の言い度《た》いのは、かかる彼の姿が「作家の日記」において最も明瞭だということだ。

或る時は、自殺の流行を嘲笑《ちょうしょう》する「鉄の意志の時代」*の宣伝家に、或る時は交霊術*を嘲笑《あざわら》う倨傲《きょごう》な学者に、或る時は「環境の哲学」*を提げて或る農民に無罪を宣告する弁護士に、彼は喰ってかかる。併し彼は必ずしも、相手のそのヒュウマニストの仮面を剝《は》ぐ事に成功してもいない。頑迷なスラヴォフィルにはネチャアエフを弁護し、性急な西欧派にはナロオドの表情を説いて自ら混乱している彼の態度を仔細《しさい》に観ずれば、ただ「ロシヤ現代の混乱」と一体となった已れの芸術家たる創造の場所に、人々を招く為の物狂おしい身振りを見るだけだ。彼は颱風に巻き込まれた人間だけが颱風の眼を知っている事を絶叫しているだけだ。この彼の身振りの一端を示す例を左に引用して置こうと思う。彼の語り難かったものが、僕に語り易《やす》い筈はないのである。

「口にこそ出さないが、無意識的な、心では激しく感じられる無意識的な観念が在る。そういう観念は沢山あって、まるで人間の魂と溶け合っているようだ。それは国民全体の中にある。一体として考えられた人類の中にもある。この観念が国民生活の中にただ無意識に横たわっていて、強烈に又真実に感じられている限りは、国民は最も強烈な潑剌《はつらつ》たる生命に依《よ》って生きていられるのだ。この秘められた観念を明瞭なものにしようとする渇望、その点に国民生活の全エネルギイがかかっている。国民が堅固に確固不動にこの観念を宿していればいる程、国民がこの根本的主観を裏切る事が少ければ少いほど、この観念に対する種々雑多な、偽《いつわ》りの解釈に益々《ますます》服従し難くなればなるほど、国民はいよいよ強く、堅固に、幸福になって来るのだ。ロシヤ国民の中に秘められたこの様な観念——ロシヤ国民の観念の一つは、犯罪を不幸と呼び、犯罪人を不幸者と看做《みな》す事なのだ。この観念は純ロシヤ的のものである。（中略）簡単に云えば『不仕合せな』という言葉によって国民は『不幸なる人々』に恰《あたか》も次の様に語っているのだ。『お前さん方は罪を犯して苦しんでいなさる。だが私等とてもやはり罪人だ。私達がもしお前さん達だったらもっと悪い事を仕出かしたかも知れない。私達がもう少し良い人間だったら、恐らくお前さん方も牢屋《ろうや》に這入《はい》るような事にはならなかったかも知れないのだ。お前さん方は、自分の罪の為に、又世の中一般の不法の為に、その償いとして重荷を背負ったのだ。私達の事をお祈りして下さい。私達もお前さん方の事を御祈りしてあげる。が今はまあ不幸なお前さん方、私等の端《はし》た金《がね》を取って置いて下さい。私達がお前さん方を忘れない事をお前さん方に御知らせする為に、又お前さん方と兄弟の縁を切って了わない為に、この端た金を差上げるんだから』

こういう考え方に『境遇』の学説を当て嵌《は》める位容易な事はないとは諸君も同意されるだろう。即ち『世の中は悪い、だから私達も悪い人間だ。然《しか》し私達は金持であり、暮しに困っていないから、お前さん方に衝《つ》き当ったものが、ほんの偶然に私達には衝き当らずに過ぎて了ったのだ。私達に衝き当ったら私達も同じ事をやったに相違ない。誰の罪だ、境遇の罪だ。だから醜い社会組織があるだけなのだ。犯罪などというものは全然ありはしないのだ』。

い。実にこの詭弁《きべん》的な結論の中に手品が宿っている。いや国民は犯罪を否定してはいない。そして犯罪人には罪がある事を知っている。（中略）僕は監獄にいた事がある。そして犯罪人を、『極印を捺《お》された』犯罪人を見て来たのである。繰返して言うが、それは長い学校であった。彼等のうち一人として自分は犯罪人だという考えを捨てているものはなかった。見たところ彼等は恐ろしい残忍な人達だった。併し『虚勢を張る』のは馬鹿者か新参者だけであった。そんな連中はみんなから馬鹿にされていた。大部分の者は陰鬱《いんうつ》で、打ち沈んでいた。自分の犯罪に就いて誰一人語ろうとはしなかった。一度も不平らしい声は吐かなかった。己れの犯罪の事は口外する事も出来なかった。そんな事を誰かが自慢そうな小生意気な態度で口にすると、獄内の全部の人間が、一斉に、其の出しゃばりを抑えつけて了った。そんな事は語るべきものとは考えられていなかった。然し実際のところ、彼等の誰も彼もが自分自身の内部に宿る、人を浄化し堅固にする、長い精神の苦痛を、恐らく免がれる事は出来なかったらしい。彼等は一様に打ち沈んでいた。僕は彼等が教会で懺悔《ざんげ》の前に祈るのを見た。彼等の断片的な、突如として吐かれた言葉や、叫びに耳を傾けたのであった。彼等の顔が今思い出される。ああ、本当に彼等の誰一人として自分が正しいとは魂のなかで考えてはいなかったのだ。

僕は自分の言葉が残酷だと解釈され度くない。それでも僕は言う、率直に語る。諸君は苛酷《かこく》な刑罰、牢獄、懲役などによって、恐らく彼等の半数は救う事が出来るかも知れない。それは却《かえ》って彼等の良心を楽にこそすれ、苦しめはしないであろう。苦悩による自己浄罪の方が容易なのだ。諸君に言って置くが、諸君が次から次へと法廷で無罪にしてやって彼等の多くの者に授けてやるような運命よりも容易なのだ。諸君は彼等の魂のなかに皮肉を植え附けているに過ぎない。彼等のうちに躓《つまず》きの石となるべき疑問と諸君自身に対する嘲笑とを残すに過ぎないのだ。諸君にはそれが信じられないのか。それは諸君に対する、諸君の法廷に対する、全国家の法廷に対する嘲笑なのだ。諸君は彼等の魂の中に国民の真理及び神の真理に対する不信を注入している。彼等を混惑させている。彼等は法廷を立ち去り乍《なが》ら考える。『そうだ、今では掟《おきて》などというものはないのだ。つまり皆少しは悧巧《りこう》になったんだ。怖がっているのだろう、多分。要するにこの次の時もやっぱりこんな風に行くんだな。もし俺があんな風に困っていたとしたら、何《ど》うして盗まずにいられよう、そりゃ解り切った事だ』」（一八七三年、「作家の日記」——環境）

こういう駁論《ばくろん》が一体法廷を動かす事が出来るか。決して出来やしない。而《しか》も出来ない事を一番よく知っているのは恐らく筆者だ。これは既に駁論と呼ぶ可《べ》きものではない。ただ彼が降《くだ》ったと信ずる民衆の最低階級まで、諸君も降って見て欲しい、彼がのぞいたと信じた人間の内的暗黒を諸君ものぞいて見て欲しいと彼は叫んでいるだけだ。

僕は次にもう一つ当時の手紙から引用して置きたい。彼はよく知っていた。「颱風の眼」とはどういうものであるかを。「真理」とはどういうものであるかを。

「僕は、公《おおやけ》の仕事で、僕の最も深い確信をぎりぎりの結論まで持って行った事がない。つまり自分の最後の言葉というものを書いた事はない。地方の或る聡明な通信者が次の様に言って僕を非難した事がある。僕は『作家の日記』でいろいろ大事な問題に触れてはいるが、一つとして徹底的に論じているものがない、と。彼は、もっと勇敢に物を言う様に勧めてくれました。そこで僕は自分の確信に就いて、つまり国民の双肩《そうけん》にかかっているロシヤの役割と運命とに就いて、一度最後の言葉を吐こうと決心したのです。そして自分の期待は間もなく満たされるばかりではない、既に、その一部は現に実現されているという意見を吐いた。

そうすると、僕の予期していた事が実際に起ったのだ。僕に親しい新聞や雑誌までが、僕の論文は全部希望のない逆説だと言うのだ。一方、他の雑誌は、僕が最も大事な問題に触れていると信じているにも拘《かかわ》らず、一向注意を払ってはくれなかった。一体、或る思想の結論まで表現しようとするとそんな事になるのです。彼等は勝手な逆説を立てる事が出来るのです。若し最後の結論まで持って行かなければ、いかにも鋭い気の利《き》いたものに見える、見事な論文に見える。処《ところ》が、若し君が最後の言葉を発し、全く率直に（諷刺《ふうし》的な方法は全く避けて）『これこそメシアだ』と言えば、誰も信じようとはしないだろう。何故《なぜ》かというと、君は君の思想の最後の結論を口にするくらい馬鹿者だという事になるのだから。多くの有名な機智に富んだ人、例えばヴォルテエルのような人が、若し暗示や諷刺や曖昧《あいまい》さを一切捨てて、一と度己れの真の信条を吐露し、真の自己を語ろうと決心したなら、恐らく十分の一の成功も覚束《おぼつか》なかっただろう。嘲笑されたかも解らない。最後の言葉というものを人々は聞き度がらない。『一度口に出したら、その思想は嘘《うそ》になる』というその『口に出した思想』に対して、人々は偏見を抱いているものです」（一八七六年、七月十六日、ソロヴィヨフ*宛）

10　死

死後発見された手帳のなかに、一八七七年十二月廿四日の日附で彼は次の様に書きつけた。

一、わが生涯のメメント*
二、ロシャの「カンディイド」*を書く事。
三、イエス・キリストに関する一書を書く事。
四、わが回想記を書く事。
*死者を葬《とむら》う叙事詩を一篇書く事。
（注意、これらは、最後の小説と「作家の日記」の発刊とを除外して考えても十年間はどうしてもかかる仕事だ。而《しか》も僕は今年五十六歳だ。）

残念乍《なが》らドストエフスキイの生涯は余すところ三年間しかなかった。彼の新しい計画は一つも実行されずに終ったが、最後の小説「カラマアゾフの兄弟」は未完成ながら、彼の晩年期を飾るに相応《ふさ》わしい堂々たる構成と円熟した技巧と彼の達し得た思想の頂とを明らかに表現し終った。

「わが生涯のメメント」を記した翌年早々、「作家の日記」の刊行を一時中止して、彼は仕事にかかった。仕事を始めるに当ってこの小説のプロットは既に彼にほぼ明瞭《めいりよう》だったらしく、スメルジャコフやリザヴェエタ*に関するノオトは一八七六年に書かれている。七七年の夏には、父親が惨殺《ざんさつ》されたダロオヴォエの農園を四十年振りで訪《おとな》い、妹のヴェラの家に滞在している。だが仕事を始めると間もなく、愛児アリョオシャの急死に会い、怏々《おうおう》として楽しまず、アンナの計らいにより、当時親交の始ったソロヴィヨフ*とともに六月、オプチナ・プスチン*の僧院を訪ねた。これはその後間もなくトルストイの農奴に変装した徒歩巡礼の旅が目指した聖地だが、二人は汽車と馬車とを利用したので、三日目には神父アンブロシウスと会話を交す事が出来た。言う迄《まで》もなく「カラマアゾフの兄弟」のゾシマ*の原型はアンブロシウスであり、彼の説教は殆《ほとん》どそのまま小説中に利用された。アリョオシャ*の原型もソロヴィヨフだという説もあるが、それは兎《と》も角《かく》、小説の構想にソロヴィヨフとの交遊は、かなり大きな影響を与えた事は争えない。少くとも「カラマアゾフの兄弟」で急に豊富になった宗教上の或《あるい》は教会に関する論議などは、明らかにソロヴィヨフとの意見の交換から得たものだ。ソロヴィヨフが後年ドストエフスキイの作品の宗教的哲学的解釈を発表したところから、ドストエフスキイに於けるソロヴィヨフの影響というものが誇張されて考えられる様になったが、当時廿五歳の哲学教授の講演が、老熟した小説家の思想の本質にどれほど作用したか甚だ疑問である。

オプチナ・プスチンの帰途、ドストエフスキイはモスクヴァに立寄りカトコフと新しい小説発表についての商談を遂げた。一葉三百留《ルーブル》と言うから「悪霊」の時から見れば二倍の原稿料だが、それでもツルゲネフやトルストイには及ばなかったのである。

「カラマアゾフの兄弟」は「ロシヤ通報」誌上に一八七九年から八〇年に渉《わた》って掲載され、彼の死ぬ少し前に出版された。この大作に就いては稿を改めて述べねばならない。

アレクサンドル二世が殺害されたのは、ドストエフスキイの死んだ年（一八八一年）の三月一日であった。「人民の意志」党執行委員会が、ツァアの死刑執行を決議した一八七九年八月以来、ヴェラ・フィグネル*の「革命家の思い出」によれば七回目の加害が遂《つい》に成功したのである。新皇帝は恐怖の余り失心状態のうちに即位した。「作家の日記」の熱烈な正教擁護の叫びは、テロリストの爆弾の上におののく宮廷に奇怪な魅惑を齎《もたら》した。「市民《グラジダニーン》」編輯《へんしゅう》時代に知り合ったポベドノチェフ*が政府の要職を占めるに至って、彼の紹介というより寧《むし》ろ崩壊に瀕《ひん》した宮廷の恐怖を緩《やわら》げようとするこの反動政治家の策動によって、ドストエフスキイは皇帝、皇太子をはじめ多くの宮廷人を知る機会を得た。「ロシヤの小説」によってフランスに初めてロシヤ文学を紹介したヴォギュエ*がドストエフスキイに会ったのもこの頃で、ヴォギュエは当時ペテルブルグのフランス外交団の一人であった。ここに彼の印象を引用して置くのは無駄ではあるまい。

「彼の顔は彼の小説の数々の重要場面たる観があり、一度見たら忘れられないものであった。いかにもああいう生活をし、ああいう作品を書いた人という印象を受けた。小さな痩身《そうしん》は神経ばかりで出来ていると言った様で、六十年の辛酸に疲れ歪《ゆが》み、ブロンド色の髪、長い髯《ひげ》、老いたと言うよりむしろ枯れたという感じで、年齢のない病人という風態であったが、いつか彼自ら語っていたあの『猫の活力』なるものは明らかに現れていた。その顔はロシヤの農夫、モスクヴァの本当の農民の顔だ。低い鼻、陥《おち》窪《くぼ》んだ小さい両眼の瞬《また》きは、或は陰鬱《いんうつ》に或は優しく、きらきらと光る。広い額は皺《しわ》と突起とで凸凹している。顳顬《こめかみ》は鉄槌《てつつい》で叩《たた》いた様に窪んでいる。苦しげに結んだ口、顔立ちのどこを取ってみても捩《よじ》れ、引きつり、窶《やつ》れている。人間の面上に、これほど積り積った苦悩の表情が現れているのを僕は見た事がない。身心の不安は悉《ことごと》く面上に刻まれて、彼の作品を読むよりもっとよく死人の家の思い出、恐怖と疑心と犠牲との長年の常習が読み取れるのであった。眼瞼、唇は無論の事、顔中の筋が神経的な痙攣《けいれん》で慄《ふる》えていた」(ヴォギュエ、「ロシヤの小説」)

この様な顔を宮廷人が夜会で見物する必要がどこにあっただろうか。

ドストエフスキイ晩年の最大事件は「カラマアゾフの兄弟」の完成だが、少くとも当時のロシヤの人々にとって大事件と思われたものがもう一つある。それはプウシキン祭に於《お》ける彼の演説だ。この有名な演説は、一八八〇年六月八日、モスクヴァに初めて建てられたプウシキンの銅像除幕式に際しなされた。その日彼はアンナに次の様な報告を書いている。「お終《しま》いに僕が人類の世界的統一を叫んだ時、満場の聴衆は皆もうヒステリイの様であった。演説が終った時の昂奮《こうふん》した人々の絶叫をどう話していいか分らない。知らない聴衆同士が相抱いて啜《すす》り泣き、お互にこれからよい人間に成ろう、人々を憎まず愛する事にしよう、と誓うのであった。席などはもう滅茶々々で、皆どっと演壇に押し寄せた。貴婦人も学生も役人も学生も（ドストエフスキイは余程逆上して書いている）みんな僕を抱いて接吻《せっぷん》した、みんな、文字通りみんな嬉《うれ》し泣きに泣いていた。三十分も彼等は僕の名を呼びハンケチを振り続けた。二人の老人が突然私を引き止めて言った。『我々は二十年間喧嘩《けんか》していてお互に物も言わずに来たが、今抱き合って和解したところです。我々を仲直りさせて呉れたのは貴方《あなた》だ。貴方は我々の聖人です、予言者です』。すると予言者、予言者と言う叫びが群衆の中から起った。ツルゲネフに就いては、演説の中で僕は好意ある意見を述べたが、彼は飛んで来て泣き乍ら僕の手を握った。アンネンコフ*は僕に握手して肩に接吻した。二人とも『貴方は天才だ。天才以上です』と言った。イヴァン・アクサアコフは壇上に飛び上り聴衆に向って、僕の講演は単なる講演ではない、一つの歴史的事件である。地平を覆《おお》っていた暗雲は、太陽の如《ごと》きドストエフスキイの発言に依《よ》って霧散し、凡《すべ》ての物が明るい光を受けた。四海同胞は今から始ろうとする、誤解は今後一掃されるであろう。すると、そうだそうだと聴衆は異口同音に答えた。いよいよ烈《はげ》しくなる抱擁と啜り泣き。講演会は一時停止となった。僕は楽屋に逃げ込んだが、人々は後を追って雪崩《なだ》れ込み——特に婦人達だが——僕の手に接吻する騒ぎでひどい目に会った。学生の一団が駈《か》け込んで来たが、その中の一人はヒステリイの様に泣き乍ら床の上に倒れるとそのまま気絶してしまった。勝利だよ、完全な勝利だよ」（一八八〇年、六月八日、モスクヴァより妻宛）

殆ど信じ難い場面だが、彼の描写に少しの誇張もない。事実、騒ぎはこれよりも甚しかったのである。

「今、私は、文学批評を口にしようとするのではない。私はただ、プウシキンの創作活動に触れるにあたって、彼の仕事の予言的意義に関する私見を述べよう。予言的意義という言葉を私はどう解釈しているかをお話ししようというに過ぎませぬ」と自ら演説の冒頭で断っている。彼の演説は決して冷静なプウシキン評と称すべきものではなかった。ロシヤの運命に関してプウシキンの作品は予言的だと彼が確信するところの宣言であった。プウシキンは、世界的理論を信じ、而もロシヤの土地から引離されたインテリゲンチャの病症を明るみに出したロシヤ最初の作家であり、*ペチョオリンも*チチコフも*ルウヂンも*ラヴレツキイも*ボルコンスキイも*オネエギンの末流である。かかる病的現象の人間化と同時に、*タチヤナに於いては最も健全なロシヤ的純潔を人間化した。タチヤナに比肩《ひけん》し得るものは僅《わず》かに「貴族の家」の*リザあるのみだ。こういう仕事は、民衆の直中《ただなか》にあって、民衆の真理を己れの真理として悠々と仕事が出来る才能を享《う》けているとともに、他国の天才の影響に鋭敏であり、これと容易に共感する言わば世界的共鳴の才能を保持した人でなければ為《な》し遂げる事の出来ないものだ。真にロシヤ人として自覚する事は、ロシヤ人の心の人類的統一、同胞的愛への傾向を自覚する事に他ならぬ、これがプウシキンの予言的示教である。演説の論旨は要約すればそういう事になる。ただ人々を動かしたものは要約ではない。彼の肺腑《はいふ》から迸《ほとばし》った確信の叫びである。泣き乍ら彼の手を握ったツルゲネフは、後で、あの時はドストエフスキイの催眠術の様な言葉に正気を失って了《しま》ったが、彼の感情と自分の感情とは全く相反するものだと述懐した。演説の燃え上る様な言葉が一度新聞の活字になると、恐らく多くの人々は夢から覚めた様な気がしたのである。批評家等は、演説の*汎《はん》人類主義の曖昧《あいまい》さを攻撃し、二十年前の「ヴレエミャ」の論文から一体何処《どこ》が進歩しているのかと詰問《きつもん》した。ドストエフスキイは怒った。「僕のモスクヴァの講演に就いて、殆ど凡ての新聞雑誌が、どんなに僕をひどい目に会わせたか貴方は御存知だ。まるで僕が銀行で泥棒を働いたとか、詐欺《さぎ》をやったとか、偽造をやったとか思っているらしい。ユハンチェフ*だってこんなひどい侮蔑《ぶべつ》は受けなかったよ」（八月廿六日、O・F・ミ*ラア宛）。だが、「私は文学批評をするのではない」という演説冒頭の文句を理解したがらない批評家達を黙らせるわけにはいかなかった。彼は中絶していた「作家の日記」を再刊し（八月号）プウシキンに就いての演説の全文を掲げ、評家に対する弁明の文章を書いた。然《しか》し彼は当然の事ながら次の事を繰返すに過ぎなかった。「僕の演説は繰返して言うが、感動を惹《ひ》き起したのである。僕の演説が感動を与えた所以《ゆえん》は、演説自身の功績にはない。（僕はこの事に重点を置く。）解釈の才能にあるのではない。（その点では、凡ての反対者に同意する、私は自慢しない。）実に演説が誠実であったところにある。そして敢《あ》えて次の事を言って置く。僕の演説が短く不充分であったにもかかわらず、僕の述べた事実のある拒否し難い力にあったのだ」。恐らく彼は弁明を書き乍ら演説中の酔った様な自分の言葉を思い出していたろう。「私の言葉は狂喜と誇張と空想とに満ちていると思われるかも知れない。それはよく知り過ぎて居ります。然し私は自分の言った事は決して後悔はしません」。又してもここに僕等は「作家の日記」に現れたあの焦躁《しょうそう》をみる。無限の前に腕を振る様な絶望的な身振りを見る。これこそメシアだと言った時、彼は笑われたのである。

彼は一八八一年一月廿八日に死んだ。夜八時半であった。臨終に就いては別に記すべき事もない。安らかな死であった。死ぬ二日前に*リュビイモフに宛《あ》て、彼の書簡集が強いられた最大の主題であった原稿料の催促を書き、死ぬ日の朝には聖書で占いをした。彼は日頃トボリスクでデカブリストの妻達から送られた聖書を枕頭《ちんとう》に置き、これを出《で》鱈目《たらめ》に開いては最初に目に這入《はい》った文句で危機を占う習慣があった。その朝出た文句は*マタイ伝の次の文句であった。「*ヨハネ之《これ》を止めんとして言ふ、我は汝《なんぢ》にバプテスマを受くべき者なるに、反《かへ》つて我に来り給《たま》ふ、イエス答へて言ひ給ふ、今は許せ、我等斯《か》く正しき事をことごとく為遂《なしと》ぐるは当然なり」。「今は許せとは今日死ぬという事だ」と彼はアンナに言った。死因は明瞭《めいりよう》には分っていない。三日前に重い家具を動かそうとして、突然肺から出血したのだとアンナは記している。

遺骸《いがい》は*ネフスキイ寺院に葬《ほうむ》られた。葬儀を眼のあたり見たヴォギュエは、その驚くべき印象を語っている。傍観者たる異邦人の眼には、物事は却《かえ》ってはっきり映った様である。

「この行列を見た者は、この国に於ける、あらゆる面のコントラストを眺めた。声を慄わして祈っている、夥《おびただ》しい聖職者、僧侶《そうりよ》の群れ、大学生、*ジムナアズの子供達、医学校の女学生、男は肩にマント、女は断髪で眼鏡という風変りな恰好《かっこう》で、直ぐそれと分るニヒリスト達、あらゆる種類の文学者、学者の仲間、全国各地からの様々な代表、羊の皮の着物を着た農夫達、貧民も続く、乞食も続く。教会には、若い宮様達を始め、文部大臣以下政府の顕官達。旗や十字架や冠の群れが行列の先頭に立って進む。やがてこのロシヤの偉人の一人が通りかかる。これを迎える様々な顔、優しい顔もある、暗鬱な顔もある。或る者は泣き、或る者は祈り、又或る者には嘲笑《ちょうしょう》の影が見分けられた。黙々と物思いに沈んでいるのもあれば、怒った様に圧《お》し黙っているのもあった。行列を眺める人達の間にも様々な印象が次々に揺れ動き、人々はめいめいが、この瞬間に見た或は見たと思ったものに従って判断していた。（中略）誰の判断も不完全なものなのだ、眼前を通り過ぎていたものは、実は常にこの人間の作品だった。愚かさと偉大さとの混り合った、不安な途轍《とてつ》もない彼の作品であった。（中略）役人、学生、スラヴォフィル或はリベラリストの団体の代表委員、文学者、詩人、そういう人達からなる饒舌家《じょうぜつか》どもが、各自その理想を演説し、各自の目的の為に、この消え失せた精神に呼びかけた。よくある事だが、墓を野心の為に利用しようというのである。二月の風は、彼等の饒舌に、鍬《くわ》で掘り返された雪の粉と枯葉を吹きつけた」（ヴォギュエ、「ロシヤの小説」）

僕の伝記作者としてのデッサンは、彼の死とともに終らねばならぬ。恐らく彼の思想にとっては、いや引いては彼を蘇《よみがえ》らせようと努める僕の思想にとっても偶然な、彼の死という一事件とともに。今は、「不安な途轍もない彼の作品」にはいって行く時だ。晩年の彼の生活は見たところ平静なものであったが、彼の精神の嵐《あらし》は荒れていた。彼が*パウロの言葉を知らなかった筈《はず》はない。「*我等若《も》し心狂へるならば神のためなり、心確かならば汝等のためなり」

附記　巻末に年譜を附した。これは神西《じんざい》清氏の手に成るものである。ドストエフスキイの伝記的諸事実に関しては、本文中、著者のかなり自由な選択がなされているので、年譜を附する方が読者には、何かと便利であろうと思い、特に御多忙中の神西氏の手を煩《わずら》わした事を感謝する。それから、本文中の引用文について一言する。ロシヤ語の原文によって訳文を統一する事は、僕には不可能だったので、止《や》むなく仏訳によった。作品はN. R. F. 版全集、書簡はBienstock, 「作家の日記」はJean Chuzevilleによったが、勿論《もちろん》、三笠版全集其他の訳者諸氏にも負う処《ところ》多く、ここに謝意を表して置く。

*E. H. Carr の Dostoevsky に負うところが多い事も附記しておく。ドストエフスキイの生活に関する所謂《いわゆる》一等史料を読む事が、語学其《その》他の関係で、私には不可能であったから、間接的に内外のドストエフスキイ研究者の著書を出来るだけ参考とした。その中でも、新史料の最も豊富な点で、E. H. Carr及びA. Yarmolinsky の「ドストエフスキイ」にも負う処が多いのである。

（昭和二十四年十月卅一日）

（なお、本文中の日附はロシヤ旧暦を使用した。これに十二日を加えると新暦の日附になる。）

ドストエフスキイ対照略年譜

	ドストエフスキイ ★生活 ☆作品	参考事項 文芸 ○ロシヤ △外国	参考事項 社会 ○ロシヤ △外国
1821	★ロシヤ暦十月卅日、モスクヴァに出生。洗礼名はフョオドル。軍医ミハイル・アンドレイヴィッチ・ドストエフスキイの次男である（兄ミハイルは一八二〇年十月十三日の出生）。	○詩人アポロン・マイコフ生まる。 ○詩人ネクラアソフ生まる。 △フロオベル生まる。 △ボオドレエル生まる。	△ギリシア独立戦争起る（—二九年）。 △ナポレオン一世死す。 △伊《い》能《のう》忠敬《ただたか》の実測図成る（文政四年）。
1822（1歳）	★十二月五日、妹ヴァルヴァアラ生まる。	○評論家アポロン・グリゴリエフ生まる。 ○小説家グリゴロヴィッチ生まる。	○秘密結社の禁。 △ギリシア独立を宣言。

1823（2歳）	1824（3歳）	1825（4歳）
		★弟アンドレイ生まる。
○プウシキンの『エヴゲニイ・オネエギン』起稿。韻文小説。 ○評論家ヴァレリアン・マイコフ（アポロンの弟）生まる。	○グリボエドフの戯曲『智《ち》慧《え》の悲しみ』成る。 △バイロン死す。	○プウシキンの戯曲『ボリス・ゴドゥノフ』成る。
○社会主義者ラヴロオフ生まる。 △モンロー主義宣言。 △シーボルト長崎に来る（文政六年）。	○提督シシコフ文部大臣に起用。 △エヂプト軍、トルコの命を奉じてギリシアを攻撃。 △足立左内『露西亜《ロシア》学筌《がくせん》』を幕府に呈す（文政七年）。	○アレクサンドル一世死す。 ○デカブリストの乱おこる。 ○ニコライ一世即位。

1826（5歳）	1827（6歳）	1828（7歳）
○諷刺《ふうし》作家サルチコフ＝シチェードリン生まる。 ○歴史文学者カラムジーン死す。	△ユウゴオの『クロムウェル』出《い》ず。序文にロマンティシズム劇の宣言がある。 △ベエトオヴェン死す。	○ゴオゴリ、ペテルブルグに移り住む。 ○レフ・トルストイ生まる。 ○評論家ストラアホフ生まる。 ○評論家チェルヌィシェフスキイ生まる。
○デカブリストの処刑。 ○憲兵隊を設置。 ○ペルシャと開戦。 △トルコ軍、アテネを攻略。	○ナヴァリノの海戦。英仏露の聯合《れんごう》艦隊、トルコ艦隊を破る。 △アメリカ合衆国で鉄道馬車開通。	○ペルシャと講和。 ○トルコと開戦（―二九年）。

1829（8歳）	★七月廿二日、妹ヴェラとリュボフの双生児生まるが、リュボフは生後間もなく死亡。		○ロシヤ最初の工業博覧会。 ○トルコと講和。ギリシアの独立を承認。 ○ヨオロッパでコレラ初めて大流行、ロシヤにも伝わる。
1830（9歳）		○プウシキンの戯曲『ボリス・ゴドゥノフ』出版。 ○批評家ナヂェージヂン、ロマンティシズムを論難。 △ユウゴオの『エルナニ』上演。	○ポオランドの反乱（—三一年）。 △パリの七月革命。 △スティヴンスン、蒸汽機関車を発明。リヴァプール・マンチェスター間に鉄道開通。
1831（10歳）	★父がトゥーラ県カシーラ郡下にダロオヴォエ村とチェルマアシニャ村から	○プウシキンの『エヴゲニイ・オネエギン』完成。 ○ゴオゴリの短篇集『ヂカ	○一月、ポオランド反乱し、九月鎮定。 △ヘエゲル死す。

	1832（11歳）	1833（12歳）	1834（13歳）
成る領地を買入れ子女は初めて田園の空気を吸う。★十二月十三日、弟ニコライ生まる。		★一月、フョオドル、兄のミハイルと共に、寄宿学校への入学準備のため、ドラシューソフ塾に通う。	★チェルマアク経営のモスクヴァ寄宿学校に入学。
ニカ近郷夜話』成る。△ユウゴオの『ノートルダム・ド・パリ』出ず。△ゲエテの『ファウスト』第二部成る。	△サンドの『アンディアナ』出ず。△ゲエテ死す。△スコット死す。	○プウシキンの短篇小説『スペードの女王』成る。△バルザックの『ユウジェニイ・グランデ』出ず。	○批評家ベリンスキイの『文学的夢想』出ず。
	○ポオランドを併合。	○トルコと「ウンキャル＝スケレッシ条約」を結ぶ。△ドイツで電信を発明（ガウス及びヴェーベル共同）。	○ヘルツェンを流《る》刑《けい》に処す。

1835（14歳）	1836（15歳）	
★七月、妹アレクサンドラ生まる。	★教師の感化によって、プウシキンに熱中。	★二月廿七日、母マリヤ・フョオドロヴナ死す。
○ゴオゴリの作品集『アラベスク』及び『ミルゴロド』出ず。 △バルザックの『ゴリオ爺《じい》さん』出ず。	○プウシキン、雑誌『現代人』創刊。 ○四月、ゴオゴリの『検察官』初演。ついでロオマへ去る。 ○グリンカの歌劇『いのちを帝に』初演。 ○評論家ドブロリュウボフ生まる。 △ロンドン大学の創立。	○一月、プウシキン決闘で死す。
○法律専門学校を創立。 △ドイツでの鉄道開通。 △井伊直亮《なおあき》大老に任ず（天保六年）。 △足立左内ロシヤ語辞書を訳す。	○ロシヤ最初の鉄道開通（ペテルブルグとツァールスコエ・セロ間）。	○宮内省を設置。 △カーライルの『フランス

年	生活	文学	社会
1837（16歳）	★五月、兄と共にペテルブルグに遊学。 ★七月一日、父が職を退き、間もなく田舎にひきこもる。	○レルモントフ南方へ流さる。 ○『ハムレット』ロシヤで初演。 △サンドの『モープラー』出ず。	大革命』出ず。 △フウリエ死す。 △大塩平八郎の乱（天保八年）。
1838（17歳）	★一月十六日、ペテルブルグの陸軍工科学校入学。秋、進級試験に落第。 ★この頃、バルザック、ユウゴオ、ホフマンを耽読《たんどく》。はじめてサンドの小説に接す。 ★六月、兄ミハイル工科学校にはいるため、レヴァルへ出発。	○ツルゲネフのベルリン留学、同窓にバクウニン及びスタンケヴィッチあり。	△汽船はじめて大西洋を渡る。 △写真の発明（フランス人ダゲール）。 △緒方洪庵《おがたこうあん》の蘭学塾ひらく（天保九年）。

1839（18歳）	1840（19歳）	1841（20歳）
★六月、父の死。	★この頃、シルレル、ホメロス、フランス古典悲劇などを耽読。 ★十二月、士官候補生となる。	☆二月、自作の戯曲『マリヤ・スチュアルト』および『ボリス・ゴドゥノフ』を朗読。ともに現存せず。
○ベリンスキイ、ペテルブルグに移り住む。 ○西欧派の歴史家グラノフスキイ、モスクヴァ大学で講義（—五五年）。	○レルモントフ再び流さる。『現代の英雄』成る。 ○チャイコフスキイ生まる。 ○評論家ピイサレフ生まる。	○レルモントフ決闘で死す。
△ベルギイ独立。 △高野長英及び渡辺崋山《かざん》を投獄（天保十年）。	△阿片《アヘン》戦争おこる（—四二年）。	△渡辺崋山自刃《じじん》（天保十二年）。

1842（21歳）	★八月十一日、少尉に任官。	○ゴオゴリの小説『外套《がいとう》』、『死せる魂』第一部出ず。○評論家ミハイロフスキイ生まる。○グリンカの歌劇『ルスランとリュドミーラ』初演。	△阿片戦争おわる。香港割譲。△為永春水獄死す（天保十三年）。
1843（22歳）	★八月十二日、陸軍工科学校を卒業、ペテルブルグの工兵隊に勤務。☆十二月より翌年初めにかけ、バルザックの『ユウジェニイ・グランデ』を翻訳す。	○バルザック、ペテルブルグに立寄る。○モスクヴァに絵画彫刻学校開設。○グラノフスキイ教授の公開講義（翌年へかけて）。	△イスパニヤの革命。△『ライン新聞』閉鎖さる。
1844（23歳）	★十月十九日、中尉に昇進のうえ退官を許さる。☆『貧しき人々』起稿。	○ベリンスキイ、プウシキンを評論す。△ニイチェ生まる。	△ギリシア立憲政体となる。

1845 （24歳）	☆春、『貧しき人々』成る（五月、ネクラアソフ訪れて激賞す）。 ☆夏、『二重人格』起稿。 ☆秋、『九つの手紙より成る小説』脱稿。 ★この頃、ベリンスキイに親近す。	○ネクラアソフの『ペテルブルグの生理』出ず。	○年末、ペトラシェフスキイ会おこる。
1846 （25歳）	☆一月、『貧しき人々』をネクラアソフ編輯《へんしゅう》の『ペテルブルグ文集』に発表。『二重人格』を『祖国雑誌』一月号に発表。 ★春、ペトラシェフスキイと相識《あいし》る。 ☆夏、『プロハルチン君』を書く（『祖国雑誌』十月号に発表）。『ネートチ	○グリゴロヴィッチの小説『村』成る。 △バルザックの『従妹《いとこ》ベット』出ず。	○ポオランドの反乱。 △海王星を発見。 △アメリカ軍艦およびデンマアク船の浦賀来航（弘化三年）。

	1847（26歳）
カ・ネズヴァーノヴァ』起稿。 ★この年、マイコフ兄弟と相識る。	☆『九つの手紙より成る小説』を『現代人』誌一月号に発表。 ★この年の初め、ベリンスキイと不和を生じ、ペトラシェフスキイに接近す。 ☆『女主人』を『祖国雑誌』十月、十一月両号に発表。 ☆この年、『貧しき人々』単行本となる。 ★兄ミハイル、レヴァルよりペテルブルグに移る。
	○雑誌『現代人』ネクラアソフ等の手に移る。 ○ツルゲネフの短篇『ホーリとカリーヌィチ』（『猟人日記』の第一作）発表。 ○ヘルツェンの小説『誰が罪』出ず。この年彼は亡命して『彼方《かなた》の岸より』を書き始む。 ○マイコフ弟（ヴァレリアン）死す。 △バルザックの『従兄《いとこ》ポンス』出ず。
	○煽動家《せんどうか》ネチャアエフ生まる。 ○ムラヴィヨフを東シベリヤの総督に任ず。 △カール・マルクス、エンゲルスと共に『共産党宣言』を起草。

1848（27歳）	1849（28歳）
☆この年、作品多し。『ポルズンコフ』を『絵入文芸年刊』に発表。『弱気』、『人妻』、およびその続篇『やきもち亭主』（のち『人妻と寝台の下の良人』の題下に併す）、『苦労人の話』（のち『正直な泥棒』と改題）、『クリスマス・ツリーと結婚式』、『白夜』の諸篇を、『祖国雑誌』に発表。	☆『ネートチカ・ネズヴァーノヴァ』を『祖国雑誌』一月号より連載。 ★四月、ペトラシェフスキ
○五月、ベリンスキイ死す。 ○ゴオゴリ、海外より帰る。	○ゴンチャロフの『オブロモフの夢』出ず。 △サンドの『少女ファデット』出ず。
○二月革命の余波として、ペテルブルグにも幾多の政治結社が発生。政府は反動政策を強化し、検閲を厳にす。 △パリの二月革命、フランスの第二共和制。 △二月、『共産党宣言』出ず。 △フォイエルバッハ、ハイデルベルヒ大学に宗教の本質を講ず。 △カリフォルニヤに金鉱を発見。	○四月、ペトラシェフスキイ会の検挙。 △ドイツ憲法の制定。 △オランダ政府、徳川幕府

	イ会の検挙にあたり連累《れんるい》として収監。 ★十二月、流刑四年、ついで兵役に服すべき旨《むね》の宣告を受け、聖誕祭前夜の深更出発す。		に洋式印刷機を贈る（嘉永二年）。 △オランダ人はじめて種痘《しゅとう》法を日本に伝う。
1850 （29歳）	★一月、受刑地オムスクに到着。	△バルザック死す。	△ボスニヤの反乱（—五一年）。
1851 （30歳）	★流刑第二年。	○レフ・トルストイ、コーカサスへ赴く。	△ルイ・ナポレオンのクーデター。 △ポルトガルの革命運動。
1852 （31歳）	★流刑第三年。	○ツルゲネフの『猟人日記』出ず。 ○ゴオゴリ死す。 ○トルストイの『幼年』出ず。	△ルイ・ナポレオン帝位につく（ナポレオン三世）。

1853（32歳）	★流刑第四年。	○チェルヌィシェフスキイの文壇活動はじまる。 ○哲学者ウラジイミル・ソロヴィヨフ生まる。 ○ゴンチャロフ、日本に来る（嘉永六年）。	○トルコと開戦、クリミヤ戦争はじまる（―五六年）。 △ロシヤ使節プチャーチン長崎に来る（嘉永六年）。 △アメリカ使節ペリー浦賀に来る。
1854（33歳）	★二月、刑期満了。 ★三月、シベリヤ国境守備隊の一兵卒としてセミパラチンスクに移さる。 ★秋頃よりイサアエヴァ夫人との恋。	○トルストイの『少年』出ず。 ○ヘルツェンの『過去と感想』出はじむ。 ○オストロフスキイの喜劇『貧は罪ならず』出ず。 ○トルストイ、セヴァストポオルの攻囲戦に従軍。	○英仏、同盟してロシヤに宣戦。 ○十月、セヴァストポオルの攻囲戦（―五五年）。 △吉田松陰捕えらる（嘉永七年）。
	★兵役第二年。 ☆年初、『死人の家の記録』を起稿。	○チェルヌィシェフスキイの『現実に対する芸術の美学的関係』出ず。	○ニコライ一世死し、アレクサンドル二世つぐ。 ○九月、セヴァストポオル

1855 （34歳）	★五月、イサアエフ一家セミパラチンスクよりクヅネツクへ転任。 ★八月、イサアエフ死す。	○ツルゲネフ、パリへ去る。 ○トルストイ帰京し、『セヴァストポオル物語』を出す。 ○歴史家グラノフスキイ死す。	陥落。 △パリの国際博覧会。
1856 （35歳）	★兵役第三年。 ★一月、成績良好のため見習士官となる。 ★三月、赦免の請願を提出。	○ツルゲネフの『ルウヂン』出ず。 ○トルストイの『地主の朝』出ず。 ○カトコフ、『ロシヤ通報』誌を創刊。 ○ドブロリュウボフの評論出はじむ。 ○プレハアノフ生まる。 ○哲学者ロオザノフ生まる。 △フロイト生まる。	○三月、クリミヤ戦争おわる（パリ条約）。

1857（36歳）	★兵役第四年。 ★二月、イサアエフの未亡人マリヤ・ドミトリエヴナとクヅネツクで結婚。連子にパアヴェル・アレクサンドロヴィッチあり。 ★五月、復権の勅命を伝えらる。 ☆八月、『小英雄』を『祖国雑誌』に発表。 ★年末、辞表を提出し、モスクヴァ居住を請願す。	○トルストイ外遊す。 ○ヘルツェン、新聞『鐘』をロンドンで創刊。 ○作曲家グリンカ死す。 △フロオベルの『ボヴァリー夫人』出ず。 △ボオドレエルの『悪の華』出ず。 △バックルの『英国文明史』出ず。	△ロシヤ使節プチャーチン再び長崎に来航（安政四年）。 △アメリカ使節ハリスを江戸城に引見。
1858（37歳）	★依然セミパラチンスクにあり。	○ピイサレフの評論あらわれ始む。 ○パリのツルゲネフ、フロオベルと相識る。	○農民委員会を設置。 ○アムール地方を併合（愛《あい》琿《くん》条約）。

1859 (38歳)	
★三月、少尉に任じ免官の上、トヴェリに居住を命ぜらる。 ☆『伯父の夢』を、『ルスコエ・スロオヴォ』(ロシヤの言葉)誌三月号に発表。 ★七月、セミパラチンスクを去り、秋、トヴェリよりペテルブルグ居住を請願す。 ☆『ステパンチコヴォ村』(のち『ステパンチコヴォ村とその住人』と改題)を『祖国雑誌』十一月、十二月両号に発表。 ★十二月、ペテルブルグへ出発。	★九月、兄と共同編輯《へんしゅう》の雑
○ツルゲネフの『貴族の巣』出ず。 ○ゴンチャロフの『オブロモフ』出ず。 ○ドブロリュウボフの『オブロモフ主義とは何か』及び『闇の王国』出ず。 ○ベリンスキイの著作集出ず。 △ダアウィンの『種の起原』出ず。 ○オストロフスキイの戯曲『雷雨』出ず。	○ツルゲネフの『その前
○東部カフカーズを征服す。 △安政の大獄(安政六年)。	○ウスリ地方を併合(北京

1860 （39歳）	1861 （40歳）
誌『時代』（ヴレエミャ）の予告を出す。 ☆九月、『死人の家の記録』の緒言を『ロシヤ世界』誌に載す。 ☆一月、『F・M・ドストエフスキイ著作集』上下二巻、モスクヴァで出版。	★この年のはじめ、女優シューベルトを知る。 ★雑誌『時代』を一月号より創刊。 ☆『虐《しいた》げられし人々』を同誌創刊号より連載し、七月号をもって完結。この年その単行本出ず。 ☆一月、『死人の家の記録』の最初の部分を『ロシヤ
夜』出ず。 ○チェホフ生まる。 △ショオペンハウエル死す。	○トルストイ、ヤースナヤ・ポリャーナにあって農民教育を実施（—六四年）。 ○ドブロリュウボフ死す。 ○アントノヴィッチ『土地主義について』。
条約）。 △桜田門外の変（安政七年）。	○二月十九日、農奴解放令を発布。 ○秋、最初の学生騒擾《そうじょう》あり。 ○この年より翌年へかけ、農民の騒擾事件は二千件以上にのぼる。 △モルダヴィヤとワラキヤ合併してルウマニヤ公国となる。 △幕府使節竹内保徳らヨオ

	1862（41歳）
世界』誌に連載。四月、この作を再び緒言より『時代』誌に連載、断続して翌年に至る。	☆一月より『死人の家の記録』第二部を発表。 ★六月、はじめて外遊。パリ、ロンドンなどを訪れ、八月末ペテルブルグに帰る。ロンドンでヘルツェンに会う。 ★アポリナリヤ・スースロヴァを知る。 ☆十二月、『厭《いや》らしい話』を『時代』誌十一月号に掲ぐ。 ☆『死人の家の記録』の単行本出ず。
	○ツルゲネフの『父と子』出ず。 ○トルストイ結婚す。 ○ペテルブルグの音楽学校開く。 △ユウゴオの『レ・ミゼラブル』出版。 △フロオベルの『サランボオ』出ず。
ロッパへ出発（文久元年）。 △内村鑑三生まる。	○チェルヌィシェフスキイ逮捕さる。 △官板バタビヤ新聞（日本最初の飜訳新聞）刊行さる（文久二年）。 △西周《にしあまね》らオランダに留学。

1863 (42歳)	
☆『夏の印象に関する冬のノオト』を『時代』誌の二月、三月両月号に載す。 ★五月、『時代』誌の発行停止を命ぜらる。 ★夏、女友アポリナリヤ・ススロヴァを伴い再び外遊、その間ルウレットに耽《ふけ》る。 ★冬、妻マリヤの肺患おもる。	★一月、新雑誌『世紀』(エポハ)の発刊を予告す。 ★三月、同誌の第一・第二合併号出ず。 ☆『地下室の手記』の第一
○トルストイの『コサック』出ず。 ○ツルゲネフの『まぼろし』出ず。 ○チェルヌィシェフスキイの『何を為すべきか』出ず。 ○サルチコフ＝シチェードリンの『散文諷刺集』出ず。 ○大学令を制定す。 △ドラクロワ死す。	○ツルゲネフの『もう沢山だ』出ず。 ○チェルヌィシェフスキイをシベリヤに流す。 ○ムソルグスキイ、リムス
○笞刑《ちけい》を廃止す。 ○ポオランド反乱す。 △リンカン、奴隷廃止を布告。	○裁判所法を改正。 ○地方自治会(県会、郡会)の制を設く。 △第一インタアナショナル結成。

1864（43歳）	
部を同誌の創刊号に、第二部は同誌第四号に掲載。 ☆四月、モスクヴァで開かれた集りで「死人の家の記録」を朗読。 ★四月十五日、午後七時、モスクヴァにて妻マリヤ死す。 ★七月、兄ミハイル死す。 ★九月、親友アポロン・グリゴリエフ死す。 ★年末ごろよりマルタ・ブラウンとの恋。	☆三月、『異常な事件。一名、勧工場の椿事《ちんじ》』（のち『鰐《わに》』と改題）を『世紀』二月号に発表。 ★此《こ》の頃、アンナ・クルコ
キイ＝コルサコフ等のロシヤ国民音楽派の運動はじまる（―七四年）。 △ロダンの『鼻っかけ』サロンで拒絶さる。	○トルストイの『一八〇五年』出ず。 ○出版法を制定す。
	○タシケントを占領す。 ○サガレンに築城す。 △イギリス公使パークス来任（慶応元年）。

1865（44歳）	1866（45歳）
フスカヤ嬢に求婚。 ★七月より十月にかけ三度目の外遊。 ☆夏、ウィイスバアデンで『罪と罰』を起稿。 ☆この年、著作権を書肆《しょし》に売り渡し、翌年にかけて『F・M・ドストエフスキイ全集』の最初の三巻出ず。	☆『罪と罰』を『ロシヤ通報』誌に連載。一月号より断続して十二月号に至って完結。 ☆十月、『賭《と》博者《ばくしゃ》』を婦人速記者アンナ・グリゴリエヴナ・スニトキナに口述、直ちに全集の第三巻
	○政府の反動政策とみに強化され、雑誌『現代人』、『ロシヤの言葉』相ついで閉鎖さる。 ○ルビンシュタイン、モスクヴァに音楽院を開く。 ○メレジコフスキイ生まる。 ○シェストフ生まる。
	○カラコオゾフの大逆未遂事件。死刑に処せらる。 △第一インタアナショナルの第一回会議をジュネエヴに開催。 △福沢諭吉の著『西洋事情』の初編刊行。

	に収め、又別に単行本とす。	△ロマン・ロラン生まる。 ○ペトラシェフスキイ、シベリヤで死す。	
1867 （46歳）	★二月十五日、アンナ・グリゴリエヴナ（廿一歳）とペテルブルグで結婚。 ★四月、新婦を伴いて国外へ去り、引き続き四年余を外国に滞在。 ★六月、バアデンでツルゲネフと衝突。ルウレットに耽る。 ★八月、バアデンを去ってジュネエヴに移る。 ☆年末、『白痴』を起稿。 ☆この年、『罪と罰』の単行本出ず。	○トルストイの『戦争と平和』第一巻出ず。 ○ツルゲネフの『煙』出ず。 △ボオドレエル死す。	○アラスカを米国に売却す。 △『資本論』の第一巻出ず。 △パリの万国博覧会。 △福沢諭吉の渡米（慶応三年）。

1868 (47歳)	★外国滞在第二年。 ☆『白痴』を『ロシヤ通報』誌に連載、一月号より十二月号に至り完結。 ★二月、ジュネエヴで長女ソオニャ出生、五月肺炎で死亡。 ★九月、スイスを去ってイタリイに這入《はい》り、十一月、フロオレンスに到着。 ☆年末、『カラマアゾフの兄弟』の原型たる『無神論』に着想す。	○『祖国雑誌』がネクラアソフ、サルチコフ等の手に移る。 ○評論家ピイサレフ死す。 ○チャイコフスキイ、交響曲『冬の幻想』をもって楽壇にデビュす。 ○ゴオリキイ生まる。	○翌年へかけて大学生ネチャアエフの煽動事件おこる。 ○サマルカンドを攻略し、ブハラ汗国を保護国とす。 ○ラヴロオフの『歴史的書簡』出ず(—六九年)。 △明治改元。 △中外新聞、江湖新聞など創刊。
1869 (48歳)	★外国滞在第三年。 ★夏、イタリイを去って、プラアグに這入り、八月ドレスデンに帰り住む。 ★九月、同市で次女リュボ	○ダニレフスキイの『ロシヤとヨオロッパ』成る。 ○『戦争と平和』完成す。 ○ミハイロフスキイの『進歩とは何か』出ず。	△イスパニヤの革命、鎮圧さる。 △スエズ運河完成。 △日本政府、新聞紙条例を布《し》く(明治二年)。

	フ（いわゆるエーメ嬢）生まる。 ☆秋、『永遠の良人《おっと》』成る。	△フロオベルの『感情教育』出ず。 △ニイチェ、バーゼル大学教授となる。 △ジイド生まる。	△福沢諭吉の『世界国尽』刊行。 △東京・横浜間の電信線竣工《しゅんこう》。
1870（49歳）	★外国滞在第四年。 ☆『永遠の良人』をストラアホフ編輯の雑誌『黎明』（ザリャ）一月、二月両号に分載。 ☆この年、『悪霊』の執筆に没頭す。	○サルチコフ＝シチェードリンの『ある町の歴史』出ず。 ○ヘルツェン死す。	○レエニン生まる。 △普仏戦争（―七一年）。パリ包囲。
1871（50歳）	☆『悪霊』を『ロシヤ通報』誌の一月号より連載、二、四、七、九、十、十一月号をもって、第二篇を完結、その後約一年にわたって発表を中絶す。	○オストロフスキイの『森林』出ず。 ○ネクラアソフの『ロシヤの女』出ず。 ○中学令の改正。クラシシスムを導入す。	△一月、パリ陥落。 △パリ・コミュン（三月―五月）。 △ホール大尉の北極探検。 △断髪廃刀令出ず（明治四年）。

	1872 （51歳）
★七月八日、ペテルブルグに帰り住む。 ★同月十六日、長男フョオドル生まる。 ☆この年、『永遠の良人』を単行本とす。	★春、画家ペーロフのモデルになる。 ★秋、スターラヤ・ルーサよりペテルブルグに戻る。 ★近東旅行の計画あり。 ☆『悪霊』の第三篇を『ロシヤ通報』誌十一月、十二月両号に掲げ完結す。 ★十二月、極右派の週刊誌『市民』（グラジダニーン）に招聘《しょうへい》さる。
△プルウスト生まる。	○レスコフの『僧院の人々』出ず。 ○トルストイの『神は真理を見たまえど、ただちに口に出したまわず』出ず。 △ニイチェの『悲劇の出生』出ず。
△マタイ伝の最初の和訳出ず。	○バクウニン、無政府党を創立。 △フォイエルバッハ死す。 △福沢諭吉の『学問ノス、メ』の初編出ず（明治五年）。 △東京・横浜間に鉄道開通。

1873 (52歳)	☆『作家の日記』を同誌に連載。うちに『ボボーク』の作あり。 ☆この年、『悪霊』を大いに改訂して単行本とす。 ★六月、『市民』誌、検閲規定違反に問われる。	○チュッチェフ死す。 ○レスコフの『魅せられた旅人』出ず。	○ネチャアエフを徒刑二十年に処す。 ○ラヴロオフ、外国で機関紙『前進』(―七六年)を創刊す。 ○キヴァ汗国を保護国とす。
1874 (53歳)	★三月、『市民』誌の検閲違反の判決により、センナヤの営倉に拘留さる。 ★四月、『市民』誌編輯を辞す。 ★五月、ペテルブルグ南方の鉱泉地スターラヤ・ルーサに移り住む。 ★六月、ペテルブルグから外国旅行に出発。 ★冬、スターラヤ・ルーサ	○ムソルグスキイの歌劇『ボリス・ゴドゥノフ』上演。 △パリで印象派第一回展覧会。 ○ソロヴィヨフ、学位論文『西欧哲学の危機』を書き、実証論を論難す。	○この年より「人民の中へ」の運動おこる(―七六年)。 ○国民皆兵制を布く。 △東京に警視庁を設置(明治七年)。

	1875（54歳）	1876（55歳）
に滞在。 ☆この年、『白痴』を単行本とし、さらに『未成年』の筆を起す。	☆『未成年』を『祖国雑誌』に連載し一月、二月、四月、五月、九月、十一月と断続して十二月号に至って完結す。 ★初夏、ドイツの鉱泉地エムスに赴く。 ★八月十日、次男アレクセイ生まる。	☆一月より個人雑誌『作家の日記』を月刊しはじむ。うちに『クリスマスにキリストに召された子供』、『百姓マレイ』、『百歳の
	△ミレー死す。	○サルチコフ＝シチェードリンの『善意の苦言』出ず。 ○チャイコフスキイの歌劇『鍛冶屋《かじや》ヴァクーラ』上
	○カリーニン生まる。 △夏、バルカン乱る。 △福沢諭吉の『文明論之概略』出ず（明治八年）。 △日本の新聞紙条例、出版条例発布さる。	○バクウニン死す。 ○コーカンド汗国を併合す。 △バルカンの大動乱。 △成島柳北の『柳橋新誌』第三編発禁（明治九年）。

	老婆』、『おとなしい女』の作あり。 ★夏を再びエムスに送る。 ☆この年、『未成年』を単行本とす。	演。 △ジョルジュ・サンド死す。	
1877 （56歳）	☆『作家の日記』を引続き月刊にす。うちに『おかしな男の夢』の作あり。 ★春、スターラヤ・ルーサに別荘を買う。 ★夏をクールスク県に送る。 ★七月、妹が住むダロオヴォエ村に行く。 ★十一月、重病のネクラアソフを屡々《しばしば》見舞う。	○トルストイの『アンナ・カレニナ』出ず。 ○ツルゲネフの『処女地』出ず。 ○ガルシンの『四日間』出ず。 ○ネクラアソフ死す。 ○ソロヴィヨフの『全的知識の哲学的根元』出ず。	○四月、トルコと開戦（―七八年）。 △グラハム・ベル、電話を実用化。 △西南戦争（明治十年）。 △ルッソオ『民約論』の日本語抄訳出ず。 △田口卯吉《うきち》の『日本開化小史』出はじむ。
	★五月十六日、次男アレク	△ニイチェの『人間的な、	○三月、サン・ステファノ

1878（57歳）	1879（58歳）
セイ死す。 ★六月、ソロヴィョフと共にモスクヴァ南方なるオプチナの古修道院を訪れる。 ☆夏、『カラマアゾフの兄弟』を起稿。	☆『カラマアゾフの兄弟』を『ロシヤ通報』誌の一月号より連載、断続して十一月をもって第三篇第八章に至る。
あまりに人間的な』の第一巻出ず（―八〇年）。	○ツルゲネフ帰国して歓迎を受く。 ○チャイコフスキイの歌劇『エヴゲニイ・オネエギン』上演。
の和約。 ○いわゆる虚無党のテロ行為頻発《ひんぱつ》しはじむ（―八一年）。 ○ヴェーラ・ザスーリチ、ペテルブルグ市長を狙撃《そげき》す。 △ドイツ、社会主義取締法を発布。 △フェノロサ、日本に来る（明治十一年）。	○アレクサンドル二世、モスクヴァへの途中を襲わる。未遂。 ○スターリン生まる。 ○清国をして伊犁《いり》の還付を諾せしむ。

1880 （59歳）	
☆『カラマアゾフの兄弟』を『ロシヤ通報』誌に続載、断続して十一月号に至って筆を絶つ。 ☆六月、モスクヴァに赴き、『ロシヤ文学愛好者協会』の記念講演会において講演『プウシキン』を行う。 ☆八月、『作家の日記』を三年ぶりで刊行、講演『プウシキン』その他を載す。	☆一月、『作家の日記』の最終号出ず。 ★一月廿八日夜八時半、ペテルブルグで急逝《きゅうせい》。二月
○六月、プウシキンの記念碑の除幕式を機会にモスクヴァに文学祭を催す。ツルゲネフ、ドストエフスキイ等の講演あり。 ○ソロヴィヨフ、ペテルブルグ大学に哲学を講ず（—一八八一年）。 ○この年頃、アポリナリヤ・ススロヴァ、哲学者ロオザノフの妻となる。 △フロオベル死す。	○ソロヴィヨフ、『ドストエフスキイを記念する第一の演説』を行う。
○二月、冬宮内の爆発事件。反逆鎮圧最高委員会を設置す。 ○首相ロリス＝メリコフの憲法草案成る。 ○プレハアノフ、国外へ逃る。 △七月、共産主義者大赦法案がフランス議会を通過。 △河野広中ら国会開設を請願（明治十三年）。 △日本政府、集会条例を公布。	○三月、アレクサンドル二世暗殺。アレクサンドル三世つぐ。 ○四月、ユダヤ人の迫害勃《ぼっ》

1881（60歳）	一日、同市のアレクサンドル・ネフスキイ寺院の墓地に葬る。 ☆この年、『カラマアゾフの兄弟』の単行本出ず。		発《ぱっ》す。 △三月、東洋自由新聞発刊（明治十四年）。 △スペンサアの『社会平権論』（松島剛訳）の第一冊出ず。 △十月、板垣退助らの自由党結党。

「カラマアゾフの兄弟」

1

「カラマアゾフの兄弟」*の構想は、ドストエフスキイ*の胸中を、随分永い間往来していたらしい。多くの評家の間の定説に従えば、彼の腹案は、「悪霊《あくりょう》」*を書き始める以前まで遡《さかのぼ》る。その頃の書簡によると、彼は「無神論」*という長篇を計画していた事が解《わか》る。彼は、これによって、懐疑から狂信へ渉《わた》る成熟した中年男の精神の悪闘、遂《つい》にロシヤのキリスト、ロシヤの神を摑《つか》むに至る筋道を描こうと考えた。この計画は、間もなく、一層大きなものとなり、「偉大なる罪人の一生」という表題の下に一括される五部作、彼の言葉に従えば、「是《これ》は丁度『戦争と平和』*くらいになる」大作を目論《もくろ》むに至った。これに関する作者のノオトが現存していて、「カラマアゾフの兄弟」の原型として一般に認められている。そして、「カラマアゾフの兄弟」は、往年のプランの一部を実現しただけで、遂に未完に終ったと言う。

併《しか》し、どちらかと言えば、僕は、そういう半ば空想めいた忖度《そんたく》から、全く離れていたいのである。文献を信じ過ぎる者は、文献に躓《つまず》くものだ。例えばコマロヴィッチ*は、「偉大なる罪人の一生」のノオトから一貫した小説の筋を作り上げる、作者は、かくかくかくの小説を書く予定であった、と。それでは、仕事が予定通り運ばなかった理由を、ノオトに追加して置かなかったのが、ドストエフスキイの不覚であった、と言った様な事になる。

成る程、「カラマアゾフの兄弟」に限らず、「悪霊」にしても、「未成年*」にしても、晩年の諸作の設計図は、部分的には、確かに「偉大なる罪人の一生」のノオトのうちに見附かるのであるが、それが、何も晩年の諸作が提供している問題を解く都合のいい手懸りになるわけではない。話は寧《むし》ろ逆なのである、「カラマアゾフの兄弟」の魅力が、心にしかと堪《こた》えていればこそ、以前に書き散らされたノオトが、僕等の好奇に応ずるのだ。「カラマアゾフの兄弟」を書く以前に、作者は「カラマアゾフの兄弟」に就いて、何を語ればよかったであろうか。

造船技師が、船の設計図を書く様に、小説家は、小説の設計図を書く事は出来ない。特に、ドストエフスキイにあっては、そうであった。彼は、生活の上でも、創作の上でも、計画を立てる事は好きであったが、計画通り何一つやった例《ため》しはなかった。彼の生活の驚くべき無秩序については、僕は、既に、*「ドストエフスキイの生活」で充分に書いた。そして不充分乍《なが》ら語り得たのは、彼の作品の驚くべき秩序が現れる為には、彼の支離滅裂な生活は必須《ひっす》なものであったということであって、彼の作品の外見上の乱雑さは、彼の生活の乱雑さに由来するという様な事が書きたかったのではない。「ドストエフスキイの生活」で、僕が一番信用した文献は、彼の書簡であったが、若《も》し生活人ドストエフスキイの他に、もう一人芸術家ドストエフスキイがいるのだ、と信ずる事が出来なかったら、書簡は殆《ほとん》ど読むに堪えぬと思われる程だ。それほど彼は拙劣な手紙ばかり書いていた。作品の上であれほど自在であった彼の手腕も、日常の生活を扱う書簡では為《な》す処《ところ》を知らなかった様に見える。これは恐らく文学史上稀有《けう》の例であって、例えば*マリィの様な評家は、ドストエフスキイの伝記ほど、彼について僕等に教える処の少いものはなく、この生活無能力者の生活の精細な吟味などは、全く無益な業であるとし、彼を、生活と本質的に相容《あいい》れぬ一つの意識或《あるい》は観念の発展として扱おうと試みた程である。そういう批評上の簡便法に逃げるのも、無理もないと言えば無理もない事であろう。

併し、ドストエフスキイは、恐らく何も彼《か》も承知していた。承知して何も彼もやっていたのである。そして、そちらの方が大事な事なのだ。成る程、彼の生活の乱脈は異常なものであったが、乱脈をわかり易《やす》く解こうとする人に、それは不可解なものに思われるに過ぎまい。飽くまで乱脈に固執して、「猫の生活力」*を自負した人にとって、何処《どこ》に不可解なものがあったろうか。感傷的な傍観者が、躓くだけである。貧困、濫費《らんぴ》、放埒《ほうらつ》、熱狂、絶望、憤怒《ふんぬ》、凡《およ》そ節度を知らぬ情熱なら、書簡のうち到《いた》る処に見附かる。恰《あたか》もそういうものに誑《たぶら》かされて彼は正気を失っている様に見える。だが、若し彼がよく承知の上で誑かされていたのだとしたら、どういう事になるだろうか。誑かされるのが生きる事だというのが、彼の生活の奥義《おうぎ》だったとしたら。この一見奇妙な信条が、彼の様な深い生活体験者の心にあったと考えて少しも差支《さしつか》えあるまい。

彼は、何も彼も体験から得た。生活で骨までしゃぶった人のする経験、人生が売ってくれるものを踏み倒したり、値切ったりしなかった人のする経験、自己防衛術を少しも知らず、何事にものめりこめた人のする経験、そういうものから自分は、何も彼も得たのだ、そう言う彼の声が、書簡の何処からでも聞える。手紙のなかで何が語られていようと、彼がはっきり言っているのは、実はその事だ、その事だけである。そしてこれが、彼の書簡を、凡そ文学者の書簡のなかで、際立《きわだ》たせているところのものだ。「猫の生活力」は、直《じ》かに、生ま生ましい観念の世界に通じているのである。生活上の極意は、文字通り、創作上の極意でもあったのだ。

上手に語れる経験などは、経験でもなんでもない。はっきりと語れる自己などは、自己でもなんでもない。そういうドストエフスキイの言葉を聞く想《おも》いをし乍ら、彼の書簡集を読んで来た者には、既に充分生活に小突き廻された五十歳の彼が、自ら「畢《ひっ》生《せい》の仕事」という「偉大なる罪人の一生」について、吃《ども》り吃り語る際、彼自身どんな想いであったかを感得するのは難かしくはない筈《はず》だ。未来の大小説について、順序なく、くどくどと述べた後、彼は、凡庸な解説家の様に言う、「要するに、根本をなす問題は、僕自身が、今日までずっと意識して、又、無意識に苦しんで来たところ、即《すなわ》ち神の存在という問題です」。まさに、その通りだったであろう。「カラマアゾフの兄弟」について書こうとして、僕も、彼に倣《なら》って言いたい気持ちがする。「根本をなす問題は、彼の作品について書き始めて以来ずっと僕が意識して、又無意識に、見極めようと苦しんで来たところ、即ち、彼の全生活と全作品とを覆《おお》うに足りる彼の思想の絶対性とも言うべき問題だ」と。僕は、ここで、今迄《いままで》書いて来た処とは別な何か新しい事を言おうとも言えるとも思っていない。「カラマアゾフの兄弟」で、作者は少しも新しい問題を扱ってはいないのだし、又扱おうとも考えなかったからである。彼は、同じ処に執拗《しつよう》に立ち止っている。「偉大なる罪人の一生」のノオトに描かれた主人公には、嘗《かつ》て「罪と罰」のノオトでラスコオリニコフの性質について書いた処が、そのまま当て嵌《は》まる。「自負、人間共に対する侮蔑《ぶべつ》、力への渇望《かつぼう》」、少くとも彼がその本領を充分に発揮するに至った「罪と罰」以来、彼の創造力は、罪人という像の周囲を、飽く事を知らず廻っていたのである。サント・ヴィクトアール＊の山さえあれば、画材には少しも困らなかったセザンヌ＊の様に。

「カラマアゾフの兄弟」には、作者の序言がついていて、その中で、彼は、この小説が未完である事を断っている。主人公アレクセイの伝記は二部に分れ、「第一の小説は、十三年も前の出来事で、小説というよりわが主人公の生涯に於《お》ける一瞬時に過ぎない」、続編は、主人公の現代に於ける活動で、そちらの方が重要だ、と言うのである。だが、一体が、この序文は、作者の意図を説明したものとは言うものの、実は、寧ろ説明しようとして何一つ説明出来なかった序文という方が当っている。作者は何やら曖昧《あいまい》な事をぶつぶつ言った揚句《あげく》、こんな風に終って了《しま》う。「序言は、これで了いだ。これが全然余計なものだ、という事には同意するけれども、もう書いて了ったから、そのままにして置く。さて、本文に取掛かろう」。要するに、序言という様なものを書く作者の無能を、遺憾なく発揮した特色ある文章であって、そういうものの中から、この小説は、腹案中の大小説のほんの糸口であるという言葉を、文字通り信用するのは愚かな事だ。続編の方が重要だと言う時、彼がどんな続編を考えていたか知る由《よし》はないが、今日、僕等が読む事が出来る「カラマアゾフの兄弟」が、凡そ続編という様なものが全く考えられぬ程完璧《かんぺき》な作と見えるのは確かと思われる。彼が嘗て書いたあらゆる大小説と同様、この最後の作も、まさしく行くところまで行っている。完全な形式が、続編を拒絶している。若し彼がもっと生きていたら続編は書かれていたかも知れぬ。併し、それは全く異った小説となったであろう。

ドストエフスキイは、妻や友人達に、続編の腹案について屢々《しばしば》語ったそうである。僕の読み得た限りの文献では、N・ホフマン*が、「ドストエフスキイ伝*」のなかで、その事について書いている。アリョオシャ*はリザ*と結婚するが、グルウシェンカ*の誘惑から、リザを捨て、「人生否定と犯罪との荒々しい生活期を経て」僧院に逃れ、多くの子供達を相手に静かな生を終える、と言うのだ。若し、ホフマンの言う処が正しいなら、最近発表されたという「カラマアゾフの兄弟」に関する作者のノオトのうちに、その根拠が見附かる事を期待する。いずれにしても、僕の考えは変らない、続編は、全く別の作品になったであろう、罪人という永遠の題材を前にして、彼は又新しく始めねばならなかったであろう、と。

「カラマアゾフの兄弟」を殆ど書き上げて了った頃、作者は、N・Nという匿名《とくめい》*の一女性に答えた手紙のなかで、こういう事を言っている。僕には、その方が、続編の腹案などより遥かに確実なものに触れる気がする。「若い哲学者ウラジイミル・ソロヴィヨフが意味深長な言葉を聞かせてくれました。彼が言うには、自分の深い確信によれば、人類は、今日まで学問や芸術で説き得たところより遥《はる》かに多くの事を知っている、と。僕にも同じ考えがあるのです。自分が今日まで作家として説き得たものより、ずっと多くの秘《ひそ》やかな事柄が、自分のうちにあるのを感じています」。これが、「カラマアゾフの兄弟」の続編というものの本当の意味である。一つの汲《く》み尽す事が出来ぬ問題があったのである。書いても書いても、彼の心のうちに問題が残った。汲み尽す事が出来ぬと知れば知るほど、彼はいよいよこの問題に固執した、生活と痛烈に戦った人間に特有な一種の運命観を提《ひっさ》げて。其処《そこ》にはキリストが立っていた。

ここでは彼の手紙からの引用に留めて置く。手紙は、シベリヤ流刑《るけい》の直後、フォンヴィジン夫人に宛《あ》てたものの一節である。

「多くの人達が、貴方《あなた》は大変宗教心の深い方だと僕に言いました。だから申し上げるのではない、僕自身が感じ経験したから申し上げるのですが、そういう時に、人々は『ひからびた草の様に』信仰に飢えるものだ、そして遂には信仰を見附け出すものだ、と。何故《なぜ》かというと不幸のなかで真理は見え始めるものだからです。僕自身はと云えば、僕は時代の子、不信と懐疑との子だと言えます。今までそうだったし、死ぬまできっとそうでしょう。この信仰への飢えが、今までどんなに僕を苦しめて来たか、今も苦しめているか。飢えが心中で強くなればなるほど、いよいよ反証の方を摑む事になる。併し、神様は、時折僕が全く安らかでいられる様な時を授けて下さいます。そういう時には、僕は人々を愛しもするし、人々から愛されもする、そういう時僕は信仰箇条を得ます、すると凡《すべ》てのものが、僕には明白で、神聖なものとなります。信仰箇条と言うのは、非常に簡単なものなのです。つまり、次の様に信ずる事なのです、キリストよりも美しいもの、深いもの、愛すべきもの、キリストより道理に適《かな》った、勇敢な、完全なものは世の中にはない、と。実際、僕は妬《ねた》ましい程の愛情で独語するのです、そんなものが他にある筈がないのだ、と。そればかりではない、たとえ誰かがキリストは真理の埒外《らちがい》にいるという事を僕に証明したとしても、又、事実、真理はキリストの裡《うち》にはないとしても、僕は真理とともにあるより、寧《むし》ろキリストと一緒にいたいのです」

最後の逆説は、殆ど全く同じ形で、後年「悪霊」*中の一人物の口で繰返され、晩年のノオトのうちにも亦《また》見附かる事を言い添えて置く。扨《さ》て、本文に這入《はい》らねばならぬ、彼が汲み尽す事の出来なかった問題に。

2

「未成年」のエピロオグで、ドストエフスキイが洩《もら》した自作に関する批評に従えば、「未成年」は、「将来の作品の為の材料」に過ぎなかった。「木っぱと塵《ちり》と埃《ほこり》だけ」で出来上っている様な現代の無秩序のなかに、小説家達は、美しい典型を捜し廻り、その空《むな》しさに苦しんでいる。芸術上の完成を得ようとすれば、現代から袂《たもと》を分って、歴史体の形式で表現するより他はない、彼等が置かれている立場はそういうものだ、と言う。「*ヴェルシイロフ氏は、由緒《ゆいしょ》の深い古い家柄の貴族であると同時に、*巴里《パリ》コンミュンの一員です。真の詩人で、ロシヤを愛しているが、又、ロシヤを全く否定している。全然無宗教だが、しかし、或る漠としたものの為に、命を捨てる事さえ厭《いと》わぬ」。彼の家庭は、言わば、「偶然の家庭」とも称すべきものだと言う。「*アルカディイ君、君は偶然の家庭の一員だ。つい最近まであった由緒あるロシヤの家庭、君などとは全然異った幼年時代少年時代を持った家庭とは相対立するものだ。正直に言えば、小生は偶然の家庭から出て来た人物を主人公とする小説の作者になろうとは思わない」。ドストエフスキイは、アルカディイの知人の口を藉《か》りて自作を自評する。「労して功なき仕事だからね、それに美しい形式も欠いている。とは言うものの、歴史体の小説を書くのが厭《いや》で、流動する現在に対する悩みに捕えられた作家は、一体何をしたらよいのだろうか。推察する事だ……そして誤る事だ」

「カラマアゾフの兄弟」を書く前に作者が当面していたこの創作技術上の困難は、「カラマアゾフの兄弟」で見事に切抜けられたと言ってよい。ヴェルシイロフという空想的な家長の代りに、＊フョオドル・カラマアゾフという血腥《ちなまぐさ》い頑丈な人物が、宰領するカラマアゾフの一家を、僕等は、もはや「偶然の家庭」と見る事は出来ない。彼は、それぞれ一人前になった息子達をせせら笑う。「お前等のような子豚同然な青二才どもには分るまいが、俺はな、この歳《とし》までに、見っともない女というものには一度もお目にかかった事はない。これが俺の原則だ。お前等には分るかな。分って堪《たま》るものか。お前等の体の中には、血の代りに乳が流れている、まだ殻がすっかり落ち切れない」。＊イヴァンは言う、「親父は、大磐石《ばんじゃく》でも踏んまえた様に、肉慾の上に立っている」。バルザックもゾラも、フョオドルの様な堕落の堂々たるタイプを描き得なかった。ドストエフスキイは、これまでに滑稽《こっけい》な様な無気味な様な、単純な様で複雑な様な、正直でもあり狡猾《こうかつ》でもある様な、例えば、「＊白痴」のレエベヂェフとか「＊永遠の良人《おっと》」のトゥルソツキイとか、一種名状し難い無慙《むざん》な酔漢を幾人も描いて来たが、作者自身の言葉に従えば、この「独特な国民的な、要するに何んといっていいか訳の分らない」人間のタイプは、フョオドルに至って極まったと言っていい。漠としている様で実はまことに細心な作者の描写力に捕えられ、読者はいつの間にか、この醜悪な道化の動かし難い力の前につれて来られている。カラマアゾフ一家は、ロシヤの大地に深く根を下している。その確乎《かっこ》たる感じは、ロシヤを知らぬ僕等の心にも自《おのず》から伝わる。大芸術の持つ不思議である。

長男のドミトリイは田舎の兵営からやって来る、次男のイヴァンはモスクヴァの大学から、三男のアリョオシャは僧院から。彼等は長い間父親から離れて成人したのだし、お互に知る処も殆《ほと》んどない。而《しか》も殺人事件は、もう眼の前に迫っているのである。道具立てはもうすっかり出来上ってはいるのだが、何も知らぬ読者は謎《なぞ》めいた雰囲気の中に置かれている。その中で、フョオドルの顔だけが、先《ま》ず明らかな照明を受ける。

「いや、俺にも分らない……もしかしたら殺さないかも知れんし、もしかしたら殺すかも知れん。ただな、いざという瞬間に、親父の顔が、急に憎らしくて堪らなくなりはしないか、と思って心配なんだ。俺は、あの喉団子《のどだんご》や、あの目附や、あの厚かましい皮肉が憎らしくて堪らない、ああいう男が嫌で嫌で堪らない、それが恐いんだよ、こればかりは抑える事が出来ないからなあ」。ドミトリイが、我知らずアリョオシャに口走る頃には、読者は、もうドミトリイと一緒に我知らずそう口走っている。僕等は既に作者の手中にあって、不吉な予感を信じている。殺しでもしなければ、この怪物を黙らせる事は出来ない、と。コニャックを傾け、馬鹿気た事を喋《しゃべ》り散らすだけで、フョオドルはもうそれだけの事をしてしまう。ともあれ、其処《そこ》には、作者の疑うべくもない技巧の円熟が見られるのであって、この円熟は、「カラマアゾフの兄弟」の他の諸人物の描き方や、物語の構成に広く及んでいる。「白痴」のなかでは、ムイシュキンという、誰とでも胸襟《きょうきん》を開いて対する一人物を通じ、謎めいた周囲の諸人物が、次第に己れの姿を現して行くという手法が採られていたが、この作でもアリョオシャが同じ様な役目を務める。父親をまん中にして、ドミトリイとイヴァン、これに纏《まつ》わるグルウシェンカとカチェリイナ*、これらの人々の燃え上る敵意と憎悪《ぞうお》との間を、彼は自在に往来する。それればかりではない。アリョオシャもムイシュキンの様に、凄《すさ》まじい劇の流れをどう変える力もなかったが、アリョオシャの無力には、ムイシュキンの無力とは全く異ったものがある。作の画面は二つに区切られ、下の方に父と子とその情人等の演ずる狂気の様な劇があり、上の方には、静まり返ったゾシマ*の僧院があり、アリョオシャは、この二つの世界に出入して渋滞する処《ところ》がない。作者の才能の円熟はそのまま作者の思想の円熟を語る。

イヴァンは廿四歳の青年である、と言ったら不注意な読者は驚くであろう。それほどこの懐疑家の姿は、強く鋭く説得力を持って読者に迫るからだ。だが、作者は、彼が確かに廿四歳の青年だと断っているのだし、暗く鋭い或る精神だが、未だ子供らしい未熟な人間である事を、読者に忘れさせまいと、細心な注意を払っているのである。

言う迄もなく、イヴァンは、「地下室の手記」*が現れて以来、十数年の間、作者に親しい気味の悪い道連れの一人である。ラスコオリニコフ*、スタヴロオギン*、ヴェルシイロフ達、確かに作者は、これらの否定と懐疑との怪物どもを、自分の精神の一番暗い部分から創《つく》った。誰が生んだのでもない、作者自身のよく知っている生みの子達だった。併《しか》し、彼は、明るみに出たこれらの人間達の異様さに恐らく驚かざるを得なかった。光のささぬ亡《ほろ》びの道に就いて、彼等と語り、ツァラトストラ*の言う様に、「夜は深い、昼間の考えるより遥かに深い」事に、屢々《しばしば》驚かざるを得なかったのではあるまいか。恐らく彼はそういう風にやって来たのである。だが、作者は、もうイヴァンには驚いてはいない。イヴァンの力が弱くなった為ではない、作者の力が強くなったからだ。僕は、作者のイヴァンの扱い方の見事さに注意しているうちに、そういう考えをいよいよ固くした。イヴァンは、全く作者の掌中にある獣《けもの》の様だ。イヴァンの語る疑いの哲学より、彼を摑《つか》んで動かさぬ作者の腕の方が残酷な様である。だが、今は、イヴァンの言う処を聞こう。

フョオドルが殺される前日、イヴァンとアリョオシャは、互に腹蔵なく話し合う。「兄さんという人は今でもやっぱり謎ですが、しかし、僕は今、何か兄さんのある物を摑んだ様な気がするんです」とアリョオシャは言う。それは要するに、未だ貴方は廿四の青年なのだという事だと遅疑なく打ち明ける。イヴァンは驚きも怒りもしないで、今朝から自分も丁度同じ事を考えていたと答え、堰《せき》が切れた様に喋り出す。「僕がここに坐っている間、どんな事を考えていたかお前に分るかい、――たとえ僕が人生に信を失い、愛する女に失望し、物の秩序というものを、本当に出来なくなった挙《あげ》句《く》、一切のものは、滅茶滅茶で呪《のろ》われた悪魔の世界だと確信して、人間の幻滅の恐ろしさを悉《ことごと》く味《あじわ》い尽したとしても――それでも僕は生きて行きたい。（中略）僕はよく心の中で、自分の持っている狂暴な、殆ど無作法といっていいくらいな生活慾を、征服出来る絶望が世の中にあるかしらん、とこう自問自答するのだ。そして、到頭、そんな絶望はなさそうだ、と決めて了《しま》ったがね。（中略）アリョオシャ、僕は生活したい。だから論理に逆っても生活するだけの話だ。たとえ物の秩序が信じられないとしても、僕には、春芽を出したばかりの、粘っこい若葉が尊いのだ。瑠璃色《るりいろ》の空が尊いのだ」。イヴァンの呪いがこういう言葉で始るのは注意を要する。アリョオシャには勿論《もちろん》、こんな考えは宿らないのだが、イヴァンの不信には一種の純潔なものがあって、それが、アリョオシャの心にはっきりと伝わる。イヴァンの方ではアリョオシャにこう言う、「カラマアゾフの生活慾は、お前の体の中にも潜んでいるのだ、外観はどうあろうともな」。

イヴァンは、何故人生にはこんな沢山な全く訳のわからぬ苦痛があるのか、という問題に移る。野獣の様だと言うが、野獣は人間の様な残忍な事は出来ない、そういう見本を彼は手許《てもと》に抱えている。母親の面前で、赤ん坊を空に抛《ほう》りあげて、銃剣で受け止めてみせる兵隊だとか、うんこを洩した五つの子供の顔に、うんこを塗り附け、うんこを食べさせ、一晩中便所の中に閉じ込めるのを何よりの楽しみにしている母親だとか、其《その》他これに類する小児虐待《ぎゃくたい》の話を次から次へと、イヴァンは酔った様に語り続ける。作者自身そういう実例を新聞雑誌類から沢山集めて、それぞれ国民的特徴を持った偽りのない話だ、と当時*の手紙に書いている。「いいかい、僕は話を曖昧《あいまい》にしない為に、子供ばかりを例にとった。この地球の表皮から核心まで浸している一般人間の涙に就いては、もう一言も言わない事にする。僕はわざと論題を狭めたのだ。僕は南京虫《ナンキン》のような奴だから、何んの為に一切がこんな風になっているのか、少しも理解する事が出来ないのを深い屈辱の念をもってつくづく感じている」。「白痴」の中のイ*ポリットを苦しめたあの同じ屈辱の念が又ここに現れる。イヴァンの声調はイポリットより正確であり、悲痛でもある。

「僕等の哀れな地上のユウクリッド*の智慧《ちえ》ではね、ただ苦痛だけあって罪人はない、一切の事は直接に簡単に事件から事件を生みながら、絶えず流れ去って平均を保って行く、そんな事しか分らない。いや、分っている、そんな野蛮な考え方に頼って生きて行くのは不承知なんだ。すべては直接に簡単に事件から事件を生んで行く、という事実が僕にとって何になる、又、その事を知っているからと言って、それが一体何になる」

「いいかい、たとえ、すべての人間が苦しまねばならないのは、苦痛をもって永久の調和を贖《あがな》う為だとしても、何んの為に子供までが引合に出されるのだ。――どういう訳で子供までが材料の中にはいって、何処《どこ》の馬の骨だか分らない奴の為に、未来の調和などというものの肥《こや》しにならねばならぬのか」「ねえ、アリョオシャ、僕は決して神様の悪口など言っているのではないのだよ。すべて生あるもの、嘗《かつ》て生ありしものが声を合わせて『主よ、汝《なんじ》の言葉は正しかりき、汝の道開けたればなり』と叫んだ時、全宇宙が、どんなに震えるかという事も、僕はよく想像出来る。母親が自分の息子を犬に引裂かした暴君と抱き合って、三人が涙ながらに声を揃《そろ》え『主よ汝の言葉は正しかりき』と叫ぶ時には、それこそ勿論、認識の終りが到達したので、何も彼《か》も明らかになるだろう。処《ところ》が、待ってくれ。僕にはそれが許せないのだ。――神聖なる調和なぞ平《ひら》に御辞退する、なぜって、そんな調和はね、あの臭い牢屋《ろうや》の中で小さい拳《こぶし》を固め、われとわが胸を叩《たた》きながら、贖われる事のない涙を流して『神ちゃま』と祈った哀れな女の子の一滴の涙ほどの値打もないからだ。なぜ値打がないか。この涙が永久に贖われる事なく棄てられるからだ。――僕は、調和なぞ欲しくない。いいいい人類に対する愛の故《ゆえ》に欲しくないのだ。僕は寧《むし》ろ贖われぬ苦しみの方をとる。たとえ僕の考えが間違っていいいいても、贖われぬ苦しみと不満とに終始したいね。それに、一体この調和という奴が、あんまり高価に踏まれ過ぎているよ、僕等の懐《ふところ》具合ではね。――僕は神様を承認しないのじゃない。ただ『調和』の入場券を、謹んでお返しするだけなのだ」（傍点ドストエフスキイ）

アリョオシャは圧倒され、目を伏せて小声で言う、「それは謀叛《むほん》です」。「謀叛？僕は、お前からそんな言葉を聞きたくはなかったんだよ。一体人間は謀叛のなかで生きて行けるのかね」。イヴァンはそういいいいうしみじみとした声で言いいいいった、と作者は断っている（傍点小林）。イヴァン君、君の不信は純潔だ、春の若芽の様に生き生きとしているが柔らかい、と作者は言い度《た》かったのかも知れぬ。作者は、目を伏せてなぞいない。スタヴロオギンを書く時には、そうはいかなかったのである。「さあ、僕はお前を名ざして訊《たず》ねるから、真直ぐに返事しておくれ。いいかい、かりにだね、お前が最後に人間を幸福にし、平和と安静とを与える目的で、人類の運命の塔を築いているものとして、この為にはただ一つちっぽけな生物を、例のいたいけな拳を固めて自分の胸を叩く女の子でもいいが、是が非でも苦しめなければならない、この子供の贖われない涙の上でなければ、その塔を建てる事が出来ぬとしたら、お前はそんな条件で、建築の技師になるのを承知するか」

アリョオシャは、突然眼を輝やかして叫ぶ、貴方《あなた》はキリストの事を忘れている。イヴァンが忘れている筈《はず》があろうか。若《も》し彼にキリストという人間を考える必要がなかったならば、彼の不信はそんなに深まる事が出来たであろうか。イヴァンは行く処まで行かねばならぬ。有名な「大審問官」の劇詩がこれに続くのである。

3

イヴァンの「大審問官」という劇詩の舞台は、十六世紀のスペイン。宗教裁判の炬《きょ》火《か》が、日毎《ひごと》に多くの異教徒を焙《や》き殺している、セヴィリヤの街を、キリストは、千五百年前、三十三年間、人々の間を遍歴した同じ人間の姿を借りて、ひそかに訪れる。ひそかに訪れたのだが、人々は、どういうわけか、それが主だという事を悟り、彼の後に従う。大審問官の僧正は、キリストを縛《ばく》し、牢に入れる。「お前はイエスか。返事しないがいい、黙っているがよい、お前なぞに何も言える筈《はず》がない。わしにはお前の言う事が、分り過ぎているくらいだ。それにお前は、もう昔に言って了《しま》ったこと以外に、何一つ附け足す権利さえ持っていないのだ。何故《なぜ》、お前はわしの邪魔をしに来たか」。キリストは、終始口を開かず、僧正の審問は、長い独白となって劇詩を領する。独白の調子は激しく、混乱しているが、その論理の糸を辿《たど》ることは必ずしも困難ではなく、読者は、キリストを選ぶか、大審問官を取るか、他にどの様な逃げ道もない、そういう岐路に立たせられる。

伝説*によれば、イエスは、その驚くべき信仰の生活を始めるに当って、荒野に導かれ、悪魔の試みを受けた。イエスは、きっぱりと悪魔の試みを拒絶したが、悪魔の方でも、きっぱりとイエスを離れ去った。相手と妥協する余地は全くない、十字架の用意でもするより他仕方がないと認めたからである。「大審問官」の作者イヴァンの熱烈な興味をひいたのは、この永遠に和解する事のないと見える両者の対立であり、大審問官の難詰《なんきつ》するところは、イエスのあれこれの意見や行いではなく、荒野に於《お》けるイエスのきっぱりとした拒絶というものだけに向けられている。大審問官の考えによれば、恐らく、この時のイエスの態度に、キリスト教の精髄は最も明らかに読まれるのであり、衝《つ》くなら其処《そこ》を衝かなければ何にもならない。そして、確かに、千五百年前、既に悪魔は見事に衝いていたのである。誰も、あの時、悪魔がイエスに対して行った「試み」以上のものを工夫する事は出来ない。たった三つの問いで、「世界と人類の未来史を悉《ことごと》く表現している」、「その中に一切のことが想像され予言されて、しかも予言は悉く的中しているではないか」と大審問官は、再来したイエスに向って言う。「どちらが正しかったか、——お前自身か、それともあの時お前を試みたものか」

第一の「試み」というのは誰も知っている通り、四十日断食したイエスに向って、辺りの石ころをパンに変えてはどうだ、という悪魔の言葉に対し、イエスは、有名な「人の生くるはパンのみに由《よ》るにあらず」*と答える。大審問官の解釈によると、この時、イエスが、先《ま》ず何を置いても言いたかったのは、人間の精神の自由というものであった。「お前は世の中へ出て行こうとしている、自由の約束とやらを持ったきりで、空手で出かけようとしている」。処で、自由とは何物だろう。一向不確かで曖昧《あいまい》なものであるばかりか、人間にとってこんな厄介なものもない。「不安と惑乱と不幸、これが今日の人間の運命だ。お前が彼等の自由の為にあれだけの苦しみをした後でも、やはり人間の運命はこういう有様だ」。ただそういう事なら、解《わか》らぬ事はない。そしてイエスが、以前の仕事の不成功を思い、再び繰返し道を説く為に現れたというならそれもよい。併《しか》し、仕事は失敗ではなかったのではないか。何故なら、聡明《そうめい》な彼が恐らく予期していた事が起ったに過ぎないではないか、即《すなわ》ち、不安と惑乱と不幸とが。これは逆説ではない、もともと人間にとって自由とは苦しみと離す事が出来ず、幸福とは両立し難い重荷である事に思い到《いた》るならば。成る程、自由というものは愉快なものだ、拘束は辛《つら》いものだ。だから皆自由に飛び附きたがる。だが、やがて解って来る。とどのつまり「人間にとって平安の方が、(時としては死でさえも)善悪の認識に於ける自由な選択より、遥《はる》かに高価なものである事」が解って来る。強制は堪《たま》らぬという。そして自由の名の下に反抗する。「今、彼等は到る処でわれわれの教権に対して一揆《いっき》を起している。一揆が自慢なのだ。だがそんなことは何んでもない。子供の自慢だ。小学生徒の自慢だ。教室で一揆を起して、先生を追い出すちっぽけな子供なのだ。やがて子供の歓喜も冷めて了う――遂《つい》にはこの愚かな子供たちも、自分等は暴徒と言い乍《なが》ら、一揆を終《しま》いまで持ち堪《こた》えられぬ意気地のない暴徒と悟るだろう。自分達を暴徒として作ってくれた者は、確かに、自分達を冷笑する積りだったに相違ない、と愚かな涙を流し乍ら自覚するだろう」

確かに、「人の生くるはパンのみに由るにあらず」という言葉は正しい。「人間生活の秘密はただ生きるという事にばかりあるのではない。何んのために生きるかという事にもあるからだ」、その通りだ。処で、イエスは、何んのために生きるかという事に就いて何を言ったか。成る程、「パンのみに由るにあらず」に続けて、はっきり「神の口より出ずる凡《すべ》ての言葉による」と言ったには相違ない。併し、その様な漠とした言葉で一体何が言えた事になろうか。ただ、地上のパンを拒絶して口を噤《つぐ》んだも同然ではないか。いかに生くべきかに関して、何一つ正確な観念を与え得ぬ以上、天上のパンとは、ただ恐ろしい贈物に過ぎまい。要するにイエスが自由の名の下に人々に与えた物は、――ここで大審問官は、非常に特徴ある言い方をしていて、それが、精緻《せいち》ではあるが、混乱した彼の饒舌《じょうぜつ》な詰問《きつもん》の心棒を為《な》す様に思われるのだが、――要するに「ありとあらゆる異常な、謎《なぞ》の様な、取り留めのない、人間の力にそぐわぬ或る物を与えたのだ」。

悪魔の次の試みに対しても、イエスは同様な態度をとった。悪魔が、神の子ならば、宮殿の頂から身を投げて見よ、と言った時、イエスは、神を試みてはならぬと拒絶した。「つまり、例によって、人間を奇蹟《きせき》の奴隷《どれい》にしたくなかったからだ。自由な信仰が欲しかったからだ。自由な信仰を渇望《かつぼう》したから、恐ろしい偉力で、凡人の心に奴隷の歓喜を呼び起したくなかったのだ」。奇蹟を見せてくれたら信じようという人間に対して、見ないで信ぜよ、というイエスの真意とはどういうものか。大審問官の考えでは、その様なものは、全く人間の力にそぐわぬと解する。彼の推察する処では、イエスの腹は明らかに次の様になる。奇蹟が現れたら神を信じようと言うが、そんな事は出鱈目《でたらめ》である。君等は決して神に君等の魂を献《ささ》げやしない、奇蹟に君等の魂を売り渡すだけだ。君等の言う奇蹟とは、君等の理性が理解出来ぬと認めたものだ、つまり君等が理解出来ぬと理解した時に奇蹟は現れるわけだ。それなら実の処奇蹟はまるで現れないのと同然ではないか。奇蹟が現れたと言おうと現れぬと言おうと、君等は君等の猿智慧《さるぢえ》が編み出した秩序の囚人であり、奴隷である事に変りはない。確乎《かっこ》たる哲学も持つがよい、政治理論も持つがよい、決して完成される事のないバベル*の塔を築くには、恰好《かっこう》の材料だ。だが、君等を「自由の子」、「自由な愛の子」とは呼ぶまい。そういう腹なのだ。

想《おも》えば惨酷《ざんこく》な仕打であった。「お前は、人間の自由を支配するどころか、自由を増大してやった、そして、その苦しみによって、永久に人間の精神の国に重荷をつけたではないか。お前は自分で唆《そそのか》して擒《とりこ》にした人間が、自由意志でお前に従って来る様に、人間の自由な愛を望んだ。確乎たる古代の掟《おきて》を棄てて、人間はそれから先き自分の自由な心で、何が善で何が悪かを、一人で決めなければならなくなった。而《しか》も指導者といっては、お前の姿があるきりだ」、あの異様な謎めいた不可解なお前の姿があるきりだ。たとえお前が正しかったとしても、誰がお前の姿に堪えられたか。極く少数の選ばれた人々だ。それならお前は選ばれた人々の所へ来たに過ぎないのか。お前の恐ろしい贈物を受け入れる事の出来ぬ、数限りない弱い魂の群れはどうする積りだったか。不可解な事である。お前が齎《もたら》した沢山な心配と解決の出来ぬ問題に苦しみ、人々がやがて「真理はキリストのなかにはない」と言い出す様になるのも尤《もっと》もではないか。「お前の仕事を訂正」する者が現れても当然ではないか。（傍点ドストエフスキイ）

ここで大審問官は、彼の計画する「悪魔の教会」を説く。この辺りから彼の言葉は、いよいよ混乱するのであって、語っているのは大審問官であり、大審問官を操る者はイヴァンであり、イヴァンを描いているのはドストエフスキイである事を見落さない様にこれを整理し、時にはその言外の意味さえ推察して行かねばならない。それをやってみようと思う。

イエスの幻想の由来するところは、何を置いても人間の本性に関する驚くべき無智から来る。「誓って言うが、人間はお前の考えたより、遥かに弱く卑劣に創《つく》られている」「暴徒に創られているが、やはり奴隷には相違ないのだ」。要するに人間を買い被《かぶ》り過ぎたのだ、と言う。人間に対する無智な愛と尊敬とが、人間から多くのものを要求させ、つまりは人間を少しも愛さぬと同様の結果となって了《しま》ったのだと言う。「吾々《われわれ》は素直に人間の無力を察し、優しくその重荷を減らしてやり、意気地のないその本性を思いやって、悪い行いすら大目に見る事にしたのは、果して人類を愛した事にならぬだろうか」

大審問官は、仕事は、既に八世紀以前から着手されていると言う。「吾々は、もう八百年の間、お前を捨てて、悪魔と一緒になっている。彼の手から、お前が憤然と斥《しりぞ》けたものを取った。彼が地上の王国を示し乍らお前に薦《すす》めた、あの最後の贈物を取った。*ロオマとシイザアの剣を取った」「われわれは、お前の事業を訂正して、それを奇蹟と神秘と教権との上に打ち建てた」（傍点ドストエフスキイ）

シイザアの剣は、勿論《もちろん》人間達を殺す剣ではない、彼等を生かす剣である。教会が、「教権」と手を結んだのは、人間達が真底は求めている服従の味《あじわ》いを与えてやろうが為だ。そして、又服従とパンと幸福とは離す事は出来ないからだ。処《ところ》で、天上のパンという様なまどわしいものではなく、正銘のパンを与えられた彼等は、パンそのものに喜ぶより、パンを与えた吾々に感謝し、吾々を尊敬するだろう。それが、「人の生くるはパンのみに由るにあらず」という意味だ。つまり、吾々は、彼等の自由を奪いはしないのだ。ただ、イエスの言う様な、神に直接に参する絶対の自由という様な奇怪な自由を人間の名の下に拒絶するだけだ。服従の幸福、支配者への尊敬、そこに人間に恰好な自由感がある筈だ。

吾々が、吾々の教会の仕事を「奇蹟」の上に打ち建てた、という事に就いても同じ事が言える。吾々もキリストにならって、人間は神を求めている、求めざるを得ないと言ってもいい、それに間違いはなさそうだからだ。だが、神にも色々ある事を忘れまい。人間各自がその望む処に従って、各自の神を発明するからだ。それなら、「人間は神を欲しがるというより寧《むし》ろ奇蹟を欲しがっている」と言った方がよいではないか。そうとは気附かないのが普通だが、実はめいめいが自分の手になるものに自ら驚きたがっているのだ。物であれ観念であれ、自分が夢み工夫し案出したシステムに自ら驚き、その前にお辞儀したがっているのである。「奇蹟」は常に、途方もない自由に堪えられぬ人間に、心地よい拘束として現れる。吾《わ》が教会が人々の為に天国を垣間《かいま》見《み》させようと、様々な説教や儀礼を工夫してやっている事を笑うまい。勿論、「奇蹟」にもいろいろあって、「奇蹟」という様なものをあざけり、それから逃れて、もっと精緻に工夫されたもう一つの「奇蹟」を礼拝しているものもあるが、根本は同じ事だと気が附いたなら、吾々の工夫した素朴な「奇蹟」も笑えまい。要するに、何物も信じないでいる事は出来ぬ癖に、「見ずして信ずる」事の出来ぬ、意気地のない人間達の本性を思いやっての事なのだ。そして、又、吾々の「奇蹟」の工夫についても、吾々は常に「教権」と歩調を合わせ、俗間に発明される様々な「奇蹟」を参考にして、常に新しい工夫をつむ事にぬかりはない積りだ。

扨《さ》て、以上の様なものが、本来、人間の姿であり、生き方であるならば、その様な姿に創られ、その様にしか生きられぬそもそもの所以《ゆえん》は何か、根拠は何か。その様なものを吾々は全く知らぬ。イエスに言わせれば、「永遠の命」を得た選ばれた人々には、それは明瞭《めいりょう》すぎる事柄だそうだが、それでは、いよいよ不可解になるだけだ。吾々は、そういうものを「神秘」と名附け、これに就いては、一切心を労せぬ事に決めた。ただ、これを「神秘」として、はっきり敬遠する事を知っているのは、吾々教会を主宰する選ばれたものに限る。吾々が吾々の仕事を「神秘」の上に築いたというのは、そういう意味である。そこに吾々の秘密があり、苦しみもある。繰返して言うが、人間は弱いものだ。本性は奴隷に出来上り、服従の甘味を味う舌は、此上《この》なく敏感な癖に、まるで自制力というものを持たぬ。弱いものは武器をとって戦い合うし、強いものは自由な探究などと称して、元来が答えのあるべき筈《はず》もない問いを弄《もてあそ》び、自ら地獄の苦しみをしている。そういう人間達に、平安を約束する吾々が、「神秘」という大きな躓《つまず》きの石に対して慎重に構えるのは当然である。

「こうして、凡ての人間は、幸福になるだろう。併し、彼等を統率する幾万人かの者は除外される。つまり秘密を保持している吾々ばかりは、不幸に陥らねばならぬ。何億かの幸福な幼児と、何万かの善悪認識の呪《のろ》いを背負った受難者とが出来るわけだ。彼等はお前の名のために静かに死んで行く。静かに消えて行く。棺《ひつぎ》の向うには死があるだけだ。しかし吾々は秘密を守って、彼等自身の幸福のために、永遠の天国の報いで、彼等を釣って行く。なぜと言って、もしあの世に何かあるとしても、到底彼等のような人間には与えられやしまいから」「わしも、荒野に行って、蝗《いなご》と草の根で命をつないだ事もある。お前の選ばれたる人の仲間、偉大なる強者の仲間にはいろうと思った事もある。だが、後で目が醒《さ》めたから、気ちがいに奉仕するのが厭《いや》になったのだ。それで、又引っ返してお前の仕事を訂正した人々の群れに投じたのだ。つまり、傲慢《ごうまん》な人々の傍を去って、謙遜《けんそん》な人々の幸福の為に、謙遜な人々の処へ帰って来たのだ」「明日はお前を焙《や》き殺してくれる。Dixi*」「突然囚人は無言のまま老人に近づいて、老人の九十年の星霜《せいそう》をへた血の気のない唇に静かに接吻《せっぷん》した。それが答えの全部であった。老人はぎくりとなった。何んだか唇の両端がぴくりと動いた様であった。『出て行け、二度と来るな』」

　言うまでもなく、大審問官の疑いは、イヴァンの疑いであり、古風な僧服は、仮面に過ぎぬ。既に前作「悪霊」に於いて、大審問官は、*ヴェルホーヴェンスキイや*シガリョフの衣裳《いしょう》を纏《まと》って登場していた筈である。まちまちな衣裳をつけてはいるが、脱がせてみれば、同じ悪魔の尻尾《しっぽ》が見えるではないか。何や彼《か》や工夫を新たにしてはいるらしいが、あの荒野の悪魔の簡明な試み以上の事が何か出来たのか。この疑いがイヴァンを苦しめている。老人は、*デモクラットであってもいい、*ソシアリストであってもいい、当代の「リアリスト」達、わかわかしい「人道の戦士」達よ、君等は、悪魔の疑いを華々しい理論の下に圧《お》し隠しているのではないか、イエスが静かに接吻する君等の唇は「九十年の星霜をへた血の気のない唇」ではないのか、無論、ドストエフスキイは、イヴァンの背後でそう言っているのである。

4

キリストという比類のない人間の像は、若い頃からドストエフスキイを掴《つか》んで離さず恐らく死に至るまで、これに悩まされていた事は、多くの文献から推察出来るのであるが、彼の厖大《ぼうだい》な著作のなかで、キリストを扱った作品は一つもない。晚年、「生涯のメメント」＊としてキリストに就いて書こうと試みたが、遂に果さなかった。何も訝《いぶか》しいところはないのだ。それはまことにそういう次第だったのである。

＊ルナンが「キリスト伝」＊を書いたのは、ドストエフスキイが、シベリヤから還《かえ》って来て間もない頃である。ドストエフスキイが、この非常な影響力を持った有名な著書を読んだかどうかは明らかではないが、読んだとしても、恐らく少しも動かされるところはなかったであろう。彼は言ったかも知れない、「キリストを描く事が、こんなに易しい業《わざ》なら、自分はとうにやっていただろう」と。キリストは決して不可解な人間ではない、ただ迷信の雲が彼を覆《おお》って了《しま》ったに過ぎない、この人物の真に美しい倫理性を明らかにする為には、聖書の伝説の注意深い吟味と分析とを要する。言う迄《まで》もなく、これがルナンが見事に辿《たど》った道筋であろう。其処《そこ》に、以来、凡百の文学者達が、通俗な才腕を傾けて、人間キリストを描こうとする、安全な土台が出来上った。

ここで、前に引用したドストエフスキイの書簡の一節を思い出そう。「たとえ誰かがキリストは真理の埒外《らちがい》にいるという事を僕に証明したとしても、又、事実、真理はキリストの裡《うち》にはないとしても、僕は真理とともにあるより、寧《むし》ろキリストと一緒にいたい」。こういうパラドックスを信仰箇条とした人間にとって、ルナンの安全な土台という様なものが必要だったただろうか。それは明らかな事である。自分は、「時代の子、懐疑と不信との子」と言っているかと思えば、そんな信仰箇条を持つ時もあると言ってみたりしているあのフォンヴィジン夫人に宛てた書簡の弱々しさ曖昧《あいまい》さは、これを書いた人間の深い剛毅《ごうき》な心に繫《つな》がっている事を見逃すまい。奥の方を覗《のぞ》かなければならない。書簡は、もはや弱々しくも曖昧にも見えなくなるだろう。いな断乎《だんこ》たる彼の主張が眼のあたりあるとさえ読めるであろう。確かに、其処に、ドストエフスキイの秘めた思想がある。いよいよ愛していよいよ苦しく、いよいよ明らかとなっていよいよ語り難いとでも形容したい様な思想がある。それは、書簡を通じて、こんな風に語っている様に思われる。われわれにとってキリストは、イザヤの所謂《いわゆる》「きよき避所《さけどころ》」であり、又、「躓《つまず》く石、妨ぐる磐《いわ》」だ、そして恐らくそれがわれわれがキリストに就いて言う事の出来る一切である、と。

ドストエフスキイの道は、ルナンの道とは全く無縁なものであった。博識に馴致《じゅんち》された感情、観察力で整理された愛情或《あるい》は感動、ルナンがキリストを人間化する為に、巧みに働かせたそういう武器を、ドストエフスキイはまるで知らなかった。彼は、天を仰いで驚歎《きょうたん》する野人たる事を決して止《や》めた事はなかったのである。「自分が生涯絶えず苦しんだ問題、即《すなわ》ち神の存在という問題」と彼は書いているが、神の存在に関する*形而上学的《けいじじょうがく》証明という様なものはもとより彼の興味を惹《ひ》いたわけではない。」と言うよりも、彼を苦しめたのは、神の存在という問題ではなかった。神は存在するが、人間の仔細《しさい》らしい思案に余るものだ、というのが、実際に彼が自ら課した問題であった。そう言った方がいいだろう。問題のそういう出し方しか彼には出来なかった。そして、其処《そこ》に彼の殆《ほとん》ど本能の様な洞察があったのだ。

これは全くパスカルのやり方である。ドストエフスキイを苦しめた神は、パスカルが苦しんだあの同じ「*隠れています神」であった。僕は、最近、「パンセ」を熟読し、ドストエフスキイの血縁とも言いたい様な人間を認めて心動かされ、「パンセ」は、遂《つい》に書かれずに終った「*アポロジイ」の雑然たる準備に過ぎなかったという一般の通念の愚かしさを知った。「アポロジイ」が成らなかったのは、この人の病弱や夭折《ようせつ》が原因ではない。もともと彼の思想は、そういう仕事を完成する様な性質のものではなかったのである。「アポロジイ」とは言うが、神の為に人間が何を弁じようというのか、何が弁じられるか、この疑いが、「パンセ」を書く間終始彼に附き纏《まと》って離れなかった様に見える。だが、そういう見方が誤解の基なのだ。そういう見方をするには、余りにこの疑いは彼の持って生れた血であり肉であった。「パンセ」はこの疑いから始めて、遂にこの疑いから逃れられなかったという様な弱々しい書ではない。この疑いから始めて、遂にこの疑いそのものが結論となった書である。彼の力が不足していたからではない。あり余った力量が、解決や成功を乗り越えさせたのだ。彼に明確な思考の方法がなかったわけではない。正確らしく見えるあれこれの安易な方法を選ばなかっただけである。理智の方法も感情の方法も、精神の方法も肉体の方法も、この強い思想家の活力には必要であった。

彼は言う、「*思考する様な肢体にみちた一つの身体を想像せよ」と。その様なパスカルという一身体が想《おも》いを凝《こら》した様を想像せよ。あまり速く廻る独楽《こま》が動かない様に見える様に、凡《およ》そ可能な方法を悉《ことごと》く利用した人間は、考えるのに何んの方法も持たぬ人間の様な外見を呈するだろう。外見の下で、どの様な思考の集中が行われなければならぬか、知る人は知るであろう。「*自分は呻《うめ》き乍《なが》ら探る人間しか認めない」と彼は言った。こういう人には、謎《なぞ》から解決に向う一と筋の論理の糸なぞは、一種の児戯としか映らない。疑いを挑発しない解決という様なものが、この世にありようがない。こういう人は、謎を解かず、却《かえ》ってそれを深め、これを純化する。真の解決は神から来る外《ほか》はないのだから。パスカルが、若《も》しドストエフスキイを知っていたら、まさしく彼を「呻き乍ら探る人間」と認めたであろう。ドストエフスキイが、特にパスカルを愛読し、その影響を受けたという様な事は恐らくなかっただろうが、二人は別々に同じ星の下に生れた人間らしい。

「確かに僕は怠け者だ、非常に怠け者です。併《しか》し、どうも僕には、人生に対して非常に怠惰な態度を取る他に道はない。とすればどうしたらよいか。幾時《いつ》になったら、この僕の暗い心持ちが無くなるか見当がつきません。惟《おも》うにこういう心の状態は、人間だけに振り向けられたものだ。天上のものと地上のものとが混り合って人間の魂の雰囲気が出来上っている。人間とは、何んと不自然に創《つく》られた子供だろう。精神界の法則というものが滅茶々々にやられているからです。この世は、罪深い思想によって損われた天上の魂達の煉獄《れんごく》の様に僕には思えます。この世は、途轍《とてつ》もない『否定的なもの』と化し、高貴なもの、美しいもの、清らかなもの悉くが一つの当てこすりとなって了《しま》った様な気がします。ところで、こういう絵のなかに一人の人間、絵全体の内容にも形式にも与《あずか》らぬ、一と口に言えば全くの異邦人が現れたとしたら、どういう事になるでしょう。絵は台無しになり、無くなって了うでしょう。

だが、全世界がその下で呻いているお粗末な外皮が見えているこの覆いを破り、永遠と一体となるには、ただ意志を振い起せば足るのだとは知っている、みんな解《わか》っている、それでいて、凡そ生き物のうちで一番のやくざ者でいるとは、これは堪《たま》らぬ事だ。人間とは何んと意気地のないものか。ハムレット、ハムレット。彼の荒々しい、嵐《あらし》の様な話を思うと、足腰立たぬ全世界の歎《なげ》きが聞えて来る様で、もう僕の胸は悲し気な不平にも非難にも騒がぬ。僕の心はいよいよ苦しくなり、僕は知らぬ振りをする、でないと心が毀《こわ》れてしまいそうです。パスカルは言った。哲学に反抗するものは自身が哲学者だ、と。傷《いた》ましい考え方だ。（中略）僕には新しい計画が一つあります、発狂する事。いずれ人間どもは、気が変になったり、直ったり、正気に返ったりする、それで構わぬ。貴方《あなた》がホフマン*を皆んな読んだのなら、アルバン*という人間を憶《おぼ》えているでしょう。あれをどう思いますか。自分の力の裡にある不可解なものを持ち、これをどう扱っていいか知らず神という玩具と戯《たわむ》れている男、そういう人に眼を据えているのは恐ろしい事です」（一八三八年、八月九日、兄ミハイル宛の書簡より）

一八三八年といえば、ドストエフスキイは、未だ十七歳の工科学校生徒だった筈《はず》だが、僕は、此処《ここ》に少年の気まぐれを読もうとは思わない。「自分が今日まで作家として説き得たものより、ずっと多くの秘《ひそ》やかな事柄が、自分のうちにある事を感じている」と晩年の書簡のうちで書いたドストエフスキイの念頭を、少年時の回想が掠《かす》めなかったとも言えないではないか。それは兎《と》も角《かく》、非凡な人間が己れを知るのは非常に早いものだ。彼はもう何処《どこ》にも逃げはしないのである。この「呻き乍ら探る人間」は、人生の門出に際し、退引《のっぴ》きならぬ自分の流儀に気が附いて了ったのである。「僕には新しい計画がある、発狂する事」

扨《さ》て、キリストは、ドストエフスキイの執念となった。この事は、言う迄もなく、彼に何んの平安も齎《もたら》しはしなかった。さかさまである。キリストの一生ほど、彼に強い疑いを起させたものはなかった。人から来た疑いは解く事も出来よう。だが神から来た疑いを解く事は出来ぬ。そうキリストの執念は、彼にささやいたのであって、彼に神学や説教を吹き込んだのではない。若しそういう様なものが可能ならば、恐らくキリスト自身が既にそれをしていただろう。キリストは、証明も説明もしなかったし、説教、説得さえしなかった。若し、そういう事をしていたら、皆彼の言うところを理解しただろうし、彼はあれほど不可解な姿で生きる必要もなかったろう。彼を信じたものは皆眠り、彼の敵は皆醒《さ》めていたではないか。彼の生死禍福は、われわれには、深まるより他はない謎ではないだろうか。そして、人々を説得せず、人々を発心させる為にこの謎は恐らく必要だったのではあるまいか。愛と洞察とが、ドストエフスキイをそういうところに連れて来た。彼には身動きが出来なかった。キリストの愛の秩序は、人間精神の秩序とは全く論理を異にするものであり、両者の混同は許されぬ。そういう事をドストエフスキイは知ったが、彼はそこから空疎《くうそ》なディアレクティック*

に逃れようとはしなかった。ただ単に彼には身動きが出来なかったが為である。身動きさせなかったのは、彼の愛と洞察とであり、この二つのものは彼には、同じ一つのものだった。これは非常に大事である。

パスカルの有名な言葉。「イエスは世の終りまで苦しむであろう。われわれは、その間眠ってはならぬ」。ドストエフスキイも亦《また》眠らなかった。それが或る人々には彼の不眠症と見えた。

5

大審問官の劇詩は、ドストエフスキイの眠られぬ夜の裡《うち》に、自《おのずか》ら凝った退引《のっぴ》きならぬ着想であって、キリストというこの劇の真の主人公が、全く「人間にそぐわぬ、謎めいた」顔をして立ち、幕が下りるまで口を開かぬ、その姿も決して偶然の構図ではない。この作者には、そういう風にしかキリストを見る事が出来なかったのである。夫人の「回想」によれば、旅中、彼はバーゼルの美術館で、十字架から下されたキリストを描いたホルバインの絵の前に立ち、動く事が出来なかったという、感動のあまり痼疾《こしつ》の癲癇《てんかん》を起しそうな様子に驚き、無理に手を引いて、その場を立去らせた、と書いている。僕は、ホルバインの画集のなかに、その絵を見附け、むごたらしい絵だと思ったが、作者が、ラゴオジン*にこの絵を客間にかけさせ、イポリット*にその生まれしい凄惨《せいさん》な印象を語らせている事は、「白痴」を読んだ人はよく知っている筈《はず》である。ルナンが感歎《かんたん》したルネッサンスの多くの美しい宗教画が、外国旅行中ドストエフスキイの眼に全く触れなかったとは考えられないのであるが、彼がそういうものに動かされた証跡は、彼の書いたものの何処《どこ》にも見当らない。ただ、彼は、眼をそむけずにはいられぬ様なホルバインの絵だけから眼を離す事が出来なかった。これは注目してよい事である。

「作家の日記」*のなかの展覧会評などでよく解る事だが、絵の純粋な鑑賞という様なものは、もともと彼の得手《えて》ではなかったのであって、バーゼルの美術館で、彼が立ちすくんだのも、一枚の絵を前にしてというより、一つの思想が、彼の眼前に立ちはだかったからだと言った方がいい。無論、彼は、ホルバインの思想を読み取ったのではなく、自分自身の思想が構図され彩色されて眼の前に現れた事に愕然《がくぜん》としたのである。「腫《は》れ上った、血まみれな青痣《あざ》」と「藪睨《やぶにら》みになったガラスの様な眼玉」、イポリットは言う。「如何《いか》にして信じ得たか、此の絵を眺めていると思わず此の問題が又しても浮ぶのだ」。述懐しているのは作者である。復活とは滑稽《こっけい》な幻だろうか。いかにもそうとしか考えられぬ。処《とこ》で真理が血まみれな青痕やガラスの眼玉なら、真理とは何んと滑稽なものだろう。彼は、キリストを思うごとに、キリストというパラドックスが、彼の精神のうちで、恰《あたか》も傷の様に痛むのを感じた。痛みは烈《はげ》しくなり恐らく卒倒が来る、これはドストエフスキイ夫人が看破したところである。彼のキリスト観を探って、混乱したミスティック*を発見したり、頑迷な正教擁護者*を見附けたりする批評家達が、何を見抜いたわけでもない。

だいぶ廻り道をしたが、今は、イヴァンという人物に還らねばならぬ時なのであるが、ここで再び問題となるのは、大審問官はイヴァンの掌中にある人物だし、イヴァンはドストエフスキイに操られている人間に過ぎない、という面倒なところで、その点を曖昧《あいまい》にして置くと評家は罠《わな》にかかる。罠は慎重に狡猾《こうかつ》に仕掛けられているのであって、それは前にも書いた通り、「大審問官」の劇詩を読む読者は、キリストを選ぶか大審問官を取るか、二者択一のヂレンマに追い込まれるというからくりにある。最初はそういう風には見えない、激しい混乱した饒舌《じょうぜつ》の渦が見えるのだが、次第に分析を進めて行くと、そういう論理の上での矛盾が、執拗《しつよう》に辿《たど》られているのが見えて来る。勿論《もちろん》、それはドストエフスキイが辿った論理の糸には違いないだろうが、彼が、そんなものを信じたわけではない。彼は、彼自身の信仰を欲したのであって、無論、彼には彼独特の信仰のディアレクティックとも呼ぶべきものがあり、彼の作全体がそれに他ならぬとも言えようが、凡《およ》そ信仰のディアレクティックとはどういうものか、どういうものでなければならないか、という様な問題に、彼が関心を持っていたのではないのであるが、大審問官の劇詩が、そういう彼の無関心だった問題について、評家の好奇心をそそる様な仕組みに出来ているのである。最近、バルト*風の神学のディアレクティックを武器とした評家達が、大審問官の劇詩に異常な注意を払っているのは理由のない事ではない。哲学に頼った神学者、或《あるい》は神学に頼った哲学者、ツウルナイゼン*やベルヂアエフ*が、イヴァンの劇詩の解剖から、神の真理と人間の真理との間の道が全く断絶している事、又その断絶の故《ゆえ》にこそ両者を通ずる一路は可能となるという巧妙なディアレクティックを編み出す、と言うより既に編み出してあったディアレクティックを、この劇詩に見附けてドストエフスキイの思想の核心を突いたとする。僕は、彼等が突き損ねたとは思わない、彼等に手ぬかりがあったとは思わない、ドストエフスキイ自身、辿るなら彼等の辿った論理の糸を辿るほかはなかっただろうから。ただ、僕には、ドストエフスキイの思想にその核心という様なものがあるという事が容易に信じられないのであり、信じまいとすれば、イヴァンの劇詩は、ディアレクティシアンを捕える巧みに仕組まれた罠《わな》に見えて来るのである。

大審問官の劇詩の内容は、ディアレクティックという様なものではない、イヴァンという人間である、引いては彼の様な人間を思い描いた作者自身の眠られぬ夜である。恐らく其処《そこ》は、論理の糸を見失わねばならぬ場所であり、そちらを向いて物を言う事は、いずれうまくは行かぬ仕事とは承知しているが、やはり僕はそちらを向いて進んで行く事にする。作者に対する敬愛の念が、そうさせるらしいので致し方がない。

イヴァンは、自作の劇詩を「馬鹿々々しいものだけれども、何んだかお前に聞かしたいのだ」とアリョオシャに断って読み始める。聞き終ったアリョオシャは真赤になって叫ぶ。「馬鹿々々しい話だ」。この断り書きは作者には必要だったのである、それが、恐らく大多数の読者の眼を逃れようとも。アリョオシャはイヴァンが大審問官を信じていると思ったから馬鹿々々しい話と言ったのだが、イヴァンは自作に少しも信用を置いていないから馬鹿々々しい話と断ったのである。大審問官の論理は荒々しく子供っぽく見えるが、それは外見に過ぎず、仔細《しさい》に読めば、と言うより率直に読めば、彼の論理には、彼が引合いに出している荒野の悪魔を案出した聖書の作者の様な逞《たくま》しさ、野人の鋭敏と直截《ちょくせつ》とがあるのであって、彼の否定は人間主義と妥協した科学主義の中途半端な神の否定などは全く黙殺し去って進むのであるが、進むに従って次第に空想めいた色を帯びて来る。キリストという幻想を殺そうと一と筋に反抗する現実家の論理は、遂《つい》に一つの幻想となって終る。その時だ、キリストが黙ってこの年老いたリアリストに接吻《せっぷん》するのは。彼の激しい混乱した饒舌のなかで、そういう事が、精巧な正確な楽曲の転調の様に行われ、突然終止符が来る。見事だと思う。天才の腕である。アリョオシャが、(これは大小説では屢々《しばしば》起る事だが)恐らく読者より先きにこれを看破する。「兄さんの大審問官は幻想に過ぎない。貴方の劇詩はキリストの讃美《さんび》だ、貴方が期待した結果とは違います」

だが、イヴァンには期待する結果という様なものはなかったのである。お前の言う通り、無論幻想だ、わかっている。キリストの讃美であろうが、誹謗《ひぼう》であろうが、どちらでもよい。讃美の仕方も誹謗の仕方も、どちらもよく心得ている、信仰のディアレクティックも、不信のディアレクティックもよく承知している、だが承知している事が何になる。「おい、おい、アリョオシャ、これはほんの寝言じゃないか。今まで、二聯《れん》と詩を書いた事のない、訳の分らん学生の訳の分らん劇詩に過ぎないさ。飛んでもない、僕の知った事じゃないよ。僕はお前に言った通り、三十までだらだらとこうやっていて、三十が来たら盃《さかずき》を床に叩《たた》きつけるんだ」

イヴァンは本性を現す、「自分の力のうちに或る不可解なものを持ち、神という玩具と戯れる」彼の本性を。だがこの本性は、彼自身の眼には隠されている。神がこれを隠したのだと作者は言いたかったかも知れぬ。僕にはそう思われる。兎《と》も角《かく》作者は、そういう風にイヴァンを描いている、己れを知り尽すという苦しみに酔う、聡明《そうめい》な青年が犯すあの深い過《あやま》ちを描いている様に思われる。どんな地獄も「カラマアゾフの力」により、「カラマアゾフの下劣な力」によって持ち堪《こた》えて見せるというイヴァンに、作者は「三十までだらだらとやっている」事を許さなかった。読者はイヴァンにどの様な破局が来るか、やがて読まねばならぬ。大審問官には幕が下りたが、イヴァンは次の出を待たねばならぬ役者である。だが、僕はなるたけ作者が歩いた通り歩きたい。ミイチャ＊という驚くべき人間を放ってゆくわけにはいかないのである。

6

「『で、俺はあの女をぶんなぐりに出かけた。処が、そのまま女の家にみ輿《こし》をおろして了《しま》った。つまり雷に打たれたんだな、黒死病《ペスト》に罹《かか》ったんだ、一度取り附かれたら、もう落ちっこない、で、俺は悟っちまった、この先き、どうにも変りようはない、とな』（中略）『兄さんは本当にその女と結婚する気なんですか』『向うでその気になれば、直ぐにもするさ。嫌だと言えば、そのまま居坐ってやる。女の家の門番にでもなるよ。おい、おい、アリョオシャ』と彼は突然弟の前に立ちはだかり、その肩に両手を掛けて、力を籠《こ》めて揺《ゆさ》ぶり始めた。『お前の様な無垢《むく》な少年には解《わか》らないかも知れないが、これは悪夢だ、意味のない悪夢だ、悲劇というものは、その中にあるんだ。なあ、アリョオシャ』」

恋愛は悪夢であるとは、ドミトリイだけの意見ではない。ドストエフスキイの作品に登場する人物で、恋愛をする者は、悉《ことごと》く悪夢の様な恋愛しかしていないところを見ると、この意見は、深く作者の恋愛観に根ざしているように思われる。作者が、実際にどの様な恋愛を経験したかに就いては、既に「ドストエフスキイの生活」のなかで、その特徴ある性質を述べたのであるが、彼の恋愛観の極まるところは、彼が、恋愛をどのように描いたかに見る他はない。

彼の青年時代を、あれほど揺り動かした西欧の浪漫主義*文学の恋愛理想化も、彼の恋愛観には、何んの痕跡《こんせき》も残す事は出来なかった。中世の騎士道に根ざした「永遠の女性」の観念は、もともとロシヤの文学には殆《ほとん》ど縁のないものであったが、それでもロシヤの近代文学が恋愛を語って美しい女性のタイプを齎《もたら》さなかったわけではない。たとえば、ドストエフスキイ自身激賞していた「オネエギン*」のタチヤナ*だとか「貴*族の家」のリザだとか、トルストイにも、周知の様にナタアシャ*やアンナ*があるという風に。だが、ドストエフスキイだけは、断乎《だんこ》として美しい女性のタイプという様なものから面を背けていた。そんなものは、彼が、恋愛とは、まさしくこういうものと信じた地獄絵からは、現れ出る筈《はず》はなかったのである。彼の炯眼《けいがん》には、恋愛というものが、理想化したり趣味化したりする余地の全くないものと映ったのは言う迄《まで》もない事だが、又、フランスの自然主義文学が好んでやった事、恋愛の仮面を剝《は》ぎ、肉慾とか獣性とかいうものを暴露するという様な事に、彼は少しも興味を持たなかった。そういうものも恐らく彼の眼には、恋愛の被《かぶ》る尤《もっと》もらしい第二の仮面、言わば倒錯した恋愛の理想と映った、そんな風に思われる。彼の諸作品で、同じ手法で執拗《しつよう》に繰返される恋愛図を追って行くと、作者の衝《つ》き当っているものは、恋愛の心理とか生理とかいうものを遥かに超えたところにある事が、読者に自《おのず》から感じられるのである。要するに、分析によって得られる恋愛のメカニスムという様なものには、作者の興味は惹《ひ》かれてはいないので、彼が才腕を傾けて挑みかかっているものは、もっと奥の方にある一種名附け様もないもの、恋愛の精魂とも言いたい様なものであった。恋愛は観念でもなく肉慾でもない、又、断じて風俗という様なものではない、この作者にとっては、通常な恋愛小説の書割り*は凡《すべ》て取り去られている。ムイシュキンとラゴオジンとナスタアシャはどんな事をしたか、ヴェルシイロフとカチェリイナは、或《あるい》は、スタヴロオギンと彼の恋人達は、誰も彼もが、同じ雰囲気の中に、どうにもならずもがいている。作者が眼を離す事が出来なかった形式も法則もない或る言い様のない運動のなかで。「意味のない悪夢だ、而《しか》もまさしく悲劇だ」、ドミトリイだけが言うものではないのである。

「惚《ほ》れ込むというのは愛する事じゃない。惚れるのは憎みながらも出来るからな。覚えとけよ、アリョオシャ」。これもドミトリイだけの言ではない。実は寧《むし》ろ、作者が、ドミトリイに言っているのだ、「人間には惚れる事しか出来ない、よく覚えとけよ」。惚れるとはどういう事なのか誰も知らない。だが、それは確かに愛する事ではない、愛は人を救う筈だ、人は惚れて愛を見失う。一体、妄想《もうそう》と兇行《きょうこう》と絶望が、どれほどあれば、恋人達は満足するのであろうか。彼の描いた恋愛図を見ていると、これを描いた人は、確かに恋愛を認容する人々に対して復讐《ふくしゅう》を決心しているに相違ないという気がして来る。恋愛は、幸福な美しい人間の型は勿論《もちろん》、凡《およ》そどの様な人間の型も育て上げる力はない。人間の精神も肉体も、恋愛のうちで混乱し亡《ほろ》びる他はない。そういう原理に従って、恋愛を描くとはどういう事か、作者の創《つく》った実例について見られたい。ムイシュキンもスタヴロオギンもヴェルシイロフも誰も彼も、作者の原理に支えられて生きているので、恋愛によって生きているのではない事に気が附くだろう。「意味のない悪夢だ、而も悲劇だ」、そう絶えず誰からか囁《ささや》かれていなければならない苦痛、それだけが、本当に彼等を目覚まし支えている。女達は皆ぐっすりと眠っている事に注意し給《たま》え。ドミトリイとグルウシェンカとの登場は、作者のこの比類のない恋愛図の完成であった。

小説の登場人物を指して、この人物はよく描かれているとかいないとか言われるが、そういう極く普通な意味で、ドミトリイは実によく描かれた人物である、恐らく彼ほど生き生きと真実な人間の姿は、ドストエフスキイの作品には、これまで現れた事はなかったと言ってもいいだろう。読者は彼の言行を読むというより、彼と附合い、彼を信ずる。彼の犯行は疑いなさそうだが、やはり彼の無罪が何んとなく信じられる、読者はそういう気持ちにさせられる。この作の冒頭で、フョオドルの性格を素描し、作者は、こんな事を言っている、「多くの場合、人間というものは（悪人でさえも）吾々が批評を下すより、ずっと無邪気で単純な心を持っている。吾々自身だってそうである」と。こういう言葉を、何んの気なしに読んではなるまい。こういう言葉には、作者の永年の人生観察の辛《つら》い思い出が、一杯詰っている。他人を眺め、自らを省み、彼の天賦《てんぷ》の観察力の赴くところ、到《いた》る処に人生の驚くべき複雑なメカニスムが露出したのであるが、彼は、結局そういうものに誑《たぶら》かされはしなかったのである。彼の天賦の分析力は凡そ徹底したもので、恐らく殆ど彼自身の意に反し、触れるものを悉く解体し尽す体のものであったに相違なく、彼の言う人間の単純さ無邪気さという様なものは、そういう荒涼とした景色のうちから、突如として浮び上った鮮やかな花の様なものであったと想像される。僕は、少しも比喩《ひゆ》を弄《ろう》する積りはない。一見奇妙な事も実は極く普通の事だ。彼の観察力は、彼自身が持て余すほど鋭敏なものであり、自由に馳駆《ちく》している積りでいたら、何をされるか解らぬ様な化け物であった。そういうところに、己れの才を頼む才能ある観察家と己れの才と戦わざるを得ない真に天才ある観察家との相違がある。本当に才能のある人は、才能を持つ事の辛さをよく知っている。その辛さが彼を救う。併《しか》し、そういう人は極めて稀《ま》れだ。才能の不足で失敗するより、寧ろ才能の故に失敗する、大概の人はせいぜいそんな処をうろうろしているに過ぎない。

「ドミトリイは今年廿八、気持ちのいい顔だちをした、中背であったが、年よりはずっと老《ふ》けて見える。筋肉の発達した体つきで、異常な腕力を持っている事が察せられたが、それでも顔には何んとなく病的な所が窺《うかが》われた。瘦《や》せた顔は頬がこけて、何か不健康らしい黄色味を帯びた色つやをしている。少し飛び出した大きな暗色の目は、一見したところ、何やらじっと執拗に見つめているようであるが、よく見るとそわそわと落ち着きがない。昂奮《こうふん》して苛立《いらだた》しげに話している時でも、目は内部の気持ちに従わず、まるで別な、時には、その場の状況に全くそぐわぬ表情を呈するのであった」

作者は、こんな風にドミトリイを読者に紹介する。「カラマアゾフの兄弟」を、再読した事のある人は、この頑丈な而も不安定な男の何気ない様なデッサンが、どんなに慎重な正確なものであるかを知るのである。やがて、読者は、作者が縦横に塗りたくる色彩のうちに、デッサンなぞ見失って了うのだが。ドミトリイは、登場するやいなや直ぐ羽目を外す。もう、彼から支離滅裂な言動の他には、何も期待出来ない。カラマアゾフ一家という巨大な複雑な機械は、彼の自暴自棄な爆発力で動いて行く様に見える。この男は、何を考えているのか、何を言い出すのか、何を仕出かすか、誰にも解らない。誰も彼もが、まるで腫《は》れ物にさわる様に、彼の周りを取巻いている。読者だけが彼を恐れない。イヴァンには開く事の出来ない心を、ドミトリイには開くのである。彼の錯乱した言動から、彼の心の単純さ無邪気さが、何処《どこ》をどう通って現れるか、はっきりと現れて、読者の心を摑《つか》んで了う。僕等は、ドミトリイという人物を見ているのだろうか、それとも、作者の人間観察の戦の跡を見ているのであろうか。

7

ミイチャが、父親を殺したのは、金と嫉妬《しっと》とが原因だと皆思っている。「オセロは嫉妬ぶかくない、いや、かえって人を信じ易《やす》い、とはプゥシキンの言葉である。そしてこの言葉一つだけでも、わが大詩人の異常な洞察の深さが、証明されていると言っていい。オセロは、単に心を滅茶々々に掻《か》き乱され、全人生観を濁されたというに過ぎない。何故《なぜ》なら、彼の理想が亡びたからである。オセロは、身を潜めて探偵したり、隙見《すきみ》をしたりなぞ決してしない。彼は人を信じ易い。それ故《ゆえ》、彼に妻の不貞を悟らせるためには、非常な努力を費して、つっ突いたり、後押ししたり、油をかけたりしなければならぬ。本当の嫉妬漢は、そんなものではない。本当の嫉妬漢が、少しも良心の呵責《かしやく》を感ぜず、どれくらい精神的堕落と汚辱のうちに安住出来るかという事は、想像以上なのである。（中略）オセロは、どんな事があろうとも、決して妥協出来なかったに相違ない。たとえ彼の心が幼児の様に穏やかで無邪気であろうとも、赦《ゆる》す赦さぬは別として、妥協する事は出来なかっただろう。ところが、本当の嫉妬漢はまるで違う。ある種の嫉妬漢が、どれくらい妥協し赦し得るか、想像するのも困難

である。嫉妬漢は誰より一番早く赦すものだ。女は皆それをのみ込んでいる」（第八篇、金鉱）

作者は、ミイチャの為に弁じているのである。勿論《もちろん》、ミイチャは近代人で、オセロより遥かに複雑な人間だが、やはりこの作者の創り上げた唯《ただ》一人のオセロなのである。オセロの様に剛毅《ごうき》で直情で純潔で感じ易く詩人である。ただ、イヤゴー*には誑《たぶら》かされぬ、いや決して誰にも誑かされぬ詩人だ。彼は愛情と嫌厭《けんえん》とによって人々を見抜く。彼の放縦無頼は、肉体の深処から発した根強いものであり、鋭敏な感性に裏附けられた一流の極道者のものであるが、フョオドルの好色に見られる様なシニカルな趣は少しもなく、言わばあり余る生活力の天真で無秩序な濫費《らんぴ》である。この軍人には、オセロが持っていた様な戦争という事業が欠けていた。

成る程、イヴァンも詩人だが、ミイチャの様な天稟《てんぴん》の詩人ではない。ミイチャには、文才がない、要らない。彼の馳駆《ちく》する素材は、言葉ではなく生活だ。彼は、世間のしきたりなぞには凡《およ》そ無関心に、好むがままに、衝動の赴くがままに、生活を創って行く。彼の即興や気紛《きまぐ》れは、強い生活感情のうねりに根ざし、ただ無秩序なだけで空想的な性質は全くないので、見掛けはロマンチストだが、根はリアリストであって、分析も知らなければ、抽象も知らず、空想が空想を生み、観念の上に観念を重ねる、そういう遊戯には無縁な人間だ。その点、イヴァンとは全く逆である。言う迄もなく、彼は、そういう自分の性質について、正確な自覚は持っていず、自分は「南京虫《ナンキン》」の様な奴だと怒鳴り乍《なが》ら、イヴァンの聡明《そうめい》、アリョオシャの純潔を及び難いと考えるが、実はイヴァンより彼の方が知識に惑わされぬ確固たる聡明を持っているのだし、アリョオシャより子供らしく無邪気でもある。

ミイチャが唐突に読者の眼の前に姿を現してから間もなく「熱烈なる心の懺悔《ざんげ》」という章で、彼の全貌《ぜんぼう》に接するのであるが、この独特な人物を読者に紹介する作者のやり方は又まことに独特なものであって、こういう衝動と感動とで生きている様な人物は、恐らく作者の衝動と感動との動くところ、一瞬にして作者の脳裡《のうり》に描き出されたのではあるまいかとさえ考えるのである。

自己反省の上手な人は、本当に自己を知る事が稀《ま》れなものだし、巧みに告白する人から本音が聞ける事も稀れである。反省は自己と信ずる姿を限りなく拵《こしら》え上げ勝ちであるし、そういう姿を、或る事情なり条件なりに応じて都合よくあんばいする事は、どうしようもなく人を自己告白という空疎《くうそ》な自慰に誘う。ここに現れる心理上の自己欺瞞《ぎまん》ほど近代文学を毒したものはあるまい。ミイチャの様に生れつき自己反省癖から逃れている人間は、一度己れを省みると、真っ直ぐに自分のどん底まで行って衝《つ》き当る。彼の様な方図《ほうず》のない人間が世間に実際に生きて行くのは、どんなに辛《つら》い不幸な事であるか、そのどう仕様もない姿を一挙に摑《つか》んで了《しま》うのである。「ねえ、お前、深き穢《けが》れだ、今でも俺は深き穢れに沈んでいるんだ。人間というものは、恐ろしくいろんな悲しい目に会うもんだよ」。彼は、ミイチャという独特な生命の形を、鷲摑《わしづか》みにしてアリョオシャに見せようとする。彼の言葉は支離滅裂となり、解り易い告白にはなりようがなく、「熱烈なる心の懺悔」となる。その言葉の調子は独特のものが現れて読者を捕えて了うのである。ミイチャの肉体は、生活を掻き分け、押し分け、進んで行く。自然であれ、人間であれ、確実な実在と見えるものしか、彼を惹《ひ》きつけぬ。彼はそれに挑みかかり、その身振りが易々《やすやす》と言葉を捕える。シルレルの詩であろうと市《し》井《せい》の俗語であろうと構わぬ、彼が手当り次第取り上げる言葉は、彼独特のスタイルを帯びる。ミイチャは父親の寝室に忍び寄る。「彼は一《ひ》ところにじっと立ち尽し乍ら、耳を澄まし始めた。しかし、死んだ様な沈黙が辺りを領している上に、まるでわざとの様に、そよとの風もない、本当に静かな夜であった。『静寂の囁《ささや》きのみぞ聞ゆなり』。何故かそんな詩の一節が彼の頭を掠《かす》めた」（第八篇、闇の中）。こういう描写は驚くほど適確なのである。

「熱烈なる心の懺悔」を読み了《おわ》り、読者は、ミイチャという人間の魅力と不幸とを、殆《ほとん》ど肉体で感ずる様に了解するとともに、彼の犯罪が目前に迫っている事、こうなった以上何物もこの勢いを阻止出来ぬと思い込まされる、読者は、ミイチャと一緒になって叫ぶ、「もし奇蹟《きせき》が出現しなかったら、その時は……」。だが、読者心理に通暁《つうぎょう》した作者は、ここで話を外《そ》らす。と言うよりも、この大小説の構成は普通の探偵小説の様に簡単ではない。僕等は、事件と直接には関係のない思想の世界に連れて行かれ、イヴァンやゾシマやアリョオシャと語らねばならぬ。作者は、その間に、真の下手人スメルヂャコフ*の無気味な顔をちらつかせるだけで、ミイチャに就いては全く語られないのであるが、彼は人々の眼に触れぬ所で、「想像も出来ないような心の状態にあって、実際、後で自分も言った様に、脳膜炎でも起しはしないかと思われるほど」の活動をしていたのである。第八篇に至って、作者の筆は再びミイチャを捕える。事件は急変直下する。読者はミイチャとともに駈《か》け出す。

8

ミイチャは是が非でも即刻三千*留《ルーブル》の金を調達しなければならぬと決心する。そんな事が出来ようとも思われぬ。それどころか、到底駄目な条件がすっかり揃《そろ》っているところに、まるで狙《ねら》いでもつけた様にミイチャは決心したと言った方がいい。滑稽《こっけい》な事である。併《しか》し、ミイチャの様に貰《もら》った金を湯水の様につかう一方、どうして金を作るかに就いて全く何んの考えもない様な人間が、どんな状態にはまり込んでも、金は天からでも降って来るという希望を失わずにいるのは少しも不思議ではない。そう作者は断って、ミイチャの三千留調達の喜劇の幕を上げる。作者は読者を笑わそうなどと少しも考えていない、勿論《もちろん》、そんな技巧は無視されている。寧《むし》ろ笑わすまいと努めている。而《しか》も僕等は笑う、人間の或《あるい》は人生の或る本質的なものが、滑稽という形で摑《つか》まれているのを見て。僕等はミイチャを笑うのではない。寧ろ僕等自身を笑う。そういう処《ところ》にミイチャの喜劇の驚くほど健康な力が現れるのであり、其処《そこ》には、近代喜劇にまつわる皮肉とか諷刺《ふうし》とか哀感とかいうものが、全く見られない点は注意を要するのである。再び言う、作者は読者を笑わそうとは考えていない。この徹底した悲劇作家には、滑稽な人物というものが結局のところ存在しないのである。悲劇を織り出す同じ糸が喜劇を織り出す。従って、ここにミイチャの喜劇が書かれたというより、ミイチャの悲劇という一貫した音楽の対位法*的な構成が、非常な正確さで、現れたと言った方がいい。

ミイチャは、先《ま》ず*サムソノフに当るのだが、ていよく断られる。サムソノフは相談相手にレガアヴィ*という酔漢をミイチャに紹介する。ミイチャはからかわれたとは知らず感謝する。だが、それは喜劇の表面なのであり、サムソノフは、ただ気紛《きまぐ》れからミイチャをからかってみたのではなく、何十年の間金銭と悪戦苦闘をして来たこの老人の胸には、金銭の価値に就いて何事も知らぬミイチャという若造に対し、憎悪《ぞうお》の念が燃え上ったのである。燃え上る憎悪の念が、出鱈目《でたらめ》な忠告を何気なくさせる。ミイチャにしても、からかわれているのがまるでわからぬ滑稽人物ではない。彼は相手の憎悪をはっきりと感じ、感謝の為に差出した手を思わず引込めるのである。然《しか》し無駄なのだ、彼の心も亦《また》他人には覗《うかが》い知れぬ事で燃え上っている。是が非でも金は調達しなければならぬ。反省も躊躇《ちゅうちょ》も今となっては何んであろう。敢行する為に信じねばならぬ。そしてサムソノフを信ずる。やっとの思いで、レガアヴィを探し当てると、相手はへべれけに酔っていて、ミイチャが用談を切り出すと、貴様は染物屋だろうなどと言い出す。要するにミイチャに言わせれば、切羽詰ってへとへとに疲れた人間の前で、まるで別の遊星から来た人間の様に喋《しゃべ》る。「ミイチャは憤然として後にさがった。と、不意に『何か額をどやしつけられたような気がした』(これは後で彼自身の言った事である)。一瞬にして心の迷いが醒《さ》めて了《しま》った。『突然炬火《きょか》のようなものがぱッと燃え上って、僕はすべての事を理解したのだ』。この喜劇の主人公は、喜劇の進行中、喜劇のからくりに就いて一切の事を理解してしまうのである。彼の所謂《いわゆる》「運命の皮肉」という言葉が彼を貫く。彼は誰に対しても腹を立てる事の出来ぬ詩人になる。だが、玉子焼とパンをしこたま腹に入れ、元気がつくともう次の計画に飛びかかる。『「考えても厭《いや》になるじゃないか、僅《わず》か三千やそこらのはした金で、人間ひとりの運命が滅茶々々になるなんて』と彼は馬鹿にしたような調子で叫んだ、『今日こそ必ず解決してみせる』」。彼はホフラアコヴァ*夫人の許《もと》に駈けつける。併し、彼はよく知っているのである。「これこそ自分の最後の希望であり、もうこれから先きは世界中に何一つ残っていない。若《も》しこれが失敗したら、僅か三千留のために斬取《きりと》り強盗をするより他はない」事を。夫人の家の階段に足をかけ、彼は背中に恐怖の悪寒《おかん》を感ずる。彼は自分の落ち込んだ状態を誰よりもはっきり知っている。レガアヴィの酔態が、何も新しい事をミイチャに教えたわけではない。彼は初めからよく知ってはいるがどうにもならぬ男として登場しているのである。絶望的な状態に落ちている事を痛感し、これからどうあっても立直ろうともがくのも亦同じ絶望以外の力ではない。このミイチャ特有の身振りを誰も理解しない。絶望を知らぬものには空想的に映るだけだから。彼が、背中に恐怖の悪寒を感じ乍《なが》ら、最後の足掻《あが》きをするに際し、相手として正銘の空想家ホフラアコヴァ夫人を選んだのは、作家の偶然な著想《ちゃくそう》ではない。「現実生活のリアリズムです、奥さん、どうぞ一と通り……」「全くリアリズムなんです。ドミトリイさん。わたしは今はもうすっかりリアリズムの味方です」。ミイチャは、ええ、こん畜生と不意に力まかせに拳固《げんこ》で卓をたたいた。夫人の家を出て、彼は子供の様におい
おい泣き出す。もうこの辺りになると、ミイチャによって充分に読者の心を摑んだ作者の自信が、紙背《しはい》にまざまざと見える様な気がする。たしかに「熱烈なる心の懺《ざん》悔《げ》」は本当であった。ミイチャは何一つ隠しはしなかったし、誇張もしなかった。自ら語った通りのミイチャが今眼の前を動いている。彼の行動の裏には何一つ隠されたものはない。この出鱈目《でたらめ》な男の出鱈目な行為ほど率直で解り易いものはない、読者のそう呟《つぶや》く声を聞き、作者の筆は躍り上り、ミイチャの手を引いて駈け出すのである。
兇行《きょうこう》は行われたか。驚くほど周到に正確に描かれて来たミイチャという人物に関し、注意深い読者には、既に誤解の余地はない筈《はず》である。この人物が、殺人の計画とか陰謀とかいうものに全く無縁な事は解《わか》り切っている。又、これはもっと大事な点だが、そして又、恐らく作者が読者に直覚して貰おうと、ミイチャを描き出す上に、慎重に工夫した微妙な点でもあるが、それは、父親に対する憎悪の念という様なものは、ミイチャの頭脳の裡《うち》にはないという事である。ミイチャは、その様なものを、手を拱《こまぬ》き、心中に育て上げる様な、弱々しい感傷家ではない。これは大変誤り易い事なのだが、

憎悪は、感情のものというより寧ろ観念に属するものなのだ。おのずから発する憎悪の情という様なものはないので、一見そう見えるが、実は恐怖の上に織られた複雑な観念であるのが普通であり、意志や勇気や行動に欠けた弱者の言わば一種の固定観念なのである。ミイチャには一番似合わしからぬものだ。ミイチャにあるものは嫌悪である。彼の生れ乍らの無垢《むく》な感受性が堪えられぬ純粋な嫌悪なのである。彼の嫌悪の情は、事に当り物に接して激するが、空想や想像のうちに育つ憎悪の念とは、全く異るのである。作者は、グルウシェンカの居処を確めたい一念に駆られたミイチャを、父親の寝室の窓際《まどぎわ》に忍ばせる。彼の衣嚢《ポケット》には、外に飛び出しざまわれ知らず握って来た銅の杵《きね》がある。ここで作者は、前に一度書いたミイチャの特色ある言葉を読者に思い出させる事を忘れない。「自分でもわからない、もしかしたら殺さないかも知れないし、或は、殺すかも知れぬ。ただな、いざという瞬間に、親父の顔が急に憎らしくて堪《たま》らなくなりはしないか、とこう思って心配してるんだ。俺は、あの喉団子《のどだんご》や、あの鼻や、あの目、あの厚かましい皮肉が憎らしくて堪らない、あの男の人物が厭で堪らないのだ。俺はこれを怖《おそ》れている。こればかりは抑えられないからなあ」。その喉団子や鼻が窓から出たのである。「ミイチャは、われを忘れて、不意に衣嚢から銅の杵を取り出した」

作者はここで筆を止め、棒線をひいた。「カラマアゾフの兄弟」の一面は探偵小説なのであり、作者が肝腎《かんじん》な個所を伏せたのは、その為だと言えるのであるが、作者の根本の思想から言えば、伏せても伏せなくてもどうでもいい様な技巧なのであり、又、見様によっては、この棒線には、作者の深い皮肉が隠れてもいるのである。だが、作者の羂《わな》にかからない読者は恐らく少い。棒線は何やら不吉な感を与え、読者は、ミイチャの兇行に関し半信半疑の状態に置かれる。棒線の後に直ちに続けて、「『神様があの時僕を守って下すったんだろう』と後になってからミイチャは自分で言った」とはっきり書いているのだが、不安になった読者の眼には、はっきりと這入《はい》らぬ。本当に殺したのだろうか、読者は先きを急ぐのである。よろしい、先きを急ごう、作者は、読者のこのもどかしさを摑まえ、ミイチャをモオクロエ行*の馬車に飛び乗らす。読者はもうわれを忘れて後を追う。恐らく作者は読者を羂にかけて置いて悲し気に呟くのである、君等にはミイチャを信ずる力がない、と。それは兎《と》も角《かく》、あの時、神様が自分を守って下さった、というミイチャの言葉に偽りはないのだ。どうしてあの時、父親を殺さなかったのか、彼には解らなかった。予審の際、彼の言葉を全く信用しない人々の前で彼が陳述した通り、「どうした訳か自分でも解らないが、いざという時、窓の傍から飛びのいて、塀の方に逃げ出した」のである。棒線を止めてあからさまに書いたとしても、作者にはこれ以上の事は書けなかった筈だ。そして、検事や判事は作者さえ信じないであろう。不思議な作品である。殺すも殺さぬも物のはずみであった。ミイチャの魂の問題に触れぬ以上、作者が故意に伏せたものは殆《ほとん》ど無意味な一行為であった。凡《すべ》ての人々の好奇心は、この一点に集中され、魂の探偵について作者に協力するものはなかった。彼は、「罪と罰」で一度取り上げた問題を、再び満身の力で取り上げる。

（未完）

「罪と罰」についてⅠ

1

「罪と罰」*（一八六六年）は、ドストエフスキイ*の五つの長編の玄関であって、この大作の難解も又言い得べくんばその簡明も共にこれが玄関である処《ところ》にかかっている。極く普通の意味でも、この作は彼が本当に小説らしい小説を書いた最初のものだし、彼が本当に彼らしい世界を拡げてみせた最初の小説だ。併《しか》し本当に小説らしい小説とは何か、本当に彼らしい世界とは何んだろうか、いや少くとも「罪と罰」の手前には数ある彼の旧作を尻目にかける鮮やかな一線が劃《ひ》かれているのであろうか。劃かれているとは直覚する、だが鮮やかには見えぬ。こういう一線を鮮やかに見ようとする、というより寧《むし》ろそこに鮮やかな一線を仮定しようとする事は評家にとって強い誘惑だが、現在の僕には、まだ自ら進んでこの誘惑に全身を託そうとする力があるとは思えぬ。

この一線を最も大胆痛烈な手つきで設定した点、レオ・シェストフ*に及ぶ評家は恐らくないであろう。彼は「罪と罰」が発表された前々年に書かれた「地下室の手記」*に跳《おど》りかかり、この陰鬱な短編の物語る言葉で、全ドストエフスキイを包もうとした。「斯《か》くして信念が誕生した。新しい生活に対する希望も、牢獄の中で懐《いだ》いていた数々の夢も消え失せ、同時に彼にとって従来永遠不朽に見えていた教義に対する信仰も無くなった。疑いもないことだが、彼にあっては真理が希望を支持して来たのではなく、反対に希望に基いて真理があったのである。それと共に『理性と良識』の支配が終り『心理』の時代という新しい時代が生れた。之《これ》はロシヤにあってはドストエフスキイに依《よ》って創始されたものである」（河上徹太郎訳、シェストフ「悲劇の哲学」）「罪と罰」は果してこの新しい「心理」の時代の宣言であったか。或《あるい》は又彼が一八五四年に出獄*したのは、一八六六年に再び終身入獄*する為であったのか。今はこの問題を抑留する。僕の眼に明らかに見えるのは、殆《ほとん》ど苦み走ったと形容したいくらい明徹なシェストフの弁証法の網の上に、ひっかかった「地下室の手記」の黒々と醜い形である。そして形こそ小さいが同じ塊りが、一八三八年八月、彼が兄ミハイルに宛てた手紙*の、愛情に澄みきった文章の上にも黒々とひっかかっている有様だ。当時彼は十七歳であった。

僕は極く平明な面からこの作の分析を始めようと思う。

「罪と罰」制作の楽屋をのぞく直接な手掛かりとして、作者の「ノオト」と「ラスコオリニコフの日記」*とがあるが、後者はこの作の第二篇の前半を主人公の日記体に書いた未定稿である。

「ノオト」に記された彼のプランによると、作者はこの作を一人称で書こうか、三人称で書こうかと考えている。「罪と罰」を読むものは、客観的小説の所謂《いわゆる》冷たさを感じない、丁度映画の観客の心を動かしているものに酷似した、見ている画に対する一種無意識な同情を強いられるのが普通であるが、この作品の熱っぽさ、烈《はげ》しさにかかわらず、作者のプランは冷たい、恐ろしく冷たいのである。

「この小説中のあらゆる問題を穿鑿《せんさく》してみる事。主題が主題だ、これは必須の事だ。作者の物語であって、主人公の物語ではない。

若《も》し告白にするなら、極限まで行く事、すべてを説明する事。物語のどんな瞬間でも、すべてが明瞭である為に。(欄外——無邪気にも達する絶対の無私と完全な誠実、そして何を置いても必然性。)

注意——ある個処では、告白は潔白なものではあるまい、告白が何故にかかれたか理解に苦しむものとなるであろう。

作者の物語、弥《いや》が上にも素直であり、無私でなければならぬ。新時代の人間を万人の眼の前に晒《さら》してみせる何もかも見抜いている凡《およ》そ謬《あやま》る事のない人物、と作者を仮定する事。

もう一つのプラン。主人公から瞬時も眼を離さず、何もかも知っているが姿はみえぬ人間の様に作者は語って行く……すべては全く不意打ちという具合に起った……第一に、婆さんを訪ねる、時計を質に入れる、但し探りを入れる。次に、手紙、大通りの散歩、不快、人類への嫌厭《けんえん》、突然彼は婆さんの事を考える、然《しか》し全然突然という風には考えない、何故かというと、この考えは既に久しい前から自分の裡に在ったという事を彼は知っていなければならぬからだ。だがこの考えははじめて明らかな確《しか》とした形をとる。次に、こんどは全く偶然に、リザヴェエタ。*

……彼はすべての行為が殆ど偶然に起った（行為が否応なしに彼を押し、彼を引きつける……）という事を認めている、知っている。だが、すべてが論理的に正確な観念から発しているもので、決して狂気の沙汰ではないという事も知っている。いや断じて違う、彼はカンカンになって否定するのだ」（傍点ドストエフスキイ）

このささやかなノオトを仔細《しさい》に読めば、作者の冷たさが、どういう冷たさであるかがわかるだろう。この冷たさには、彼独特の烈しい逆説的な面貌《めんぼう》がある事がわかるであろう。

作者にはラスコオリニコフという男が実によくわかっていた。而《しか》もこの人物が未聞の人間典型であるという自信も持っていた。併し作者はこの自信に酔ってこの新しい人物を創造するだけでは満足出来なかった。「主人公の物語」にはしたくなかったのだ。作者にはこの男がわかり過ぎていた、この男が現実の世界で他所の人々に出会って演ずる痛ましい喜劇がわかり過ぎていたのだ。だから作者自らラスコオリニコフの冷酷な監視人となって、世の中を曳摺《ひきず》り廻してみたかった。即《すなわ》ち「作者の物語」とする事が先《ま》ず決定的な事だった。

処《ところ》がここにこの作を主人公の告白体に書こうとするプラン並びに未定稿がある。だが主人公を冷酷に客観化して描こうとするのが作者の希望ならば、この告白は断じて告白者の主観的なものにとどまってはならぬ。だから告白は「極限まで行かねばならぬ」、主観的な独白がその無私の故《ゆえ》に、その極限に於《お》いて、客観的事実に触れ合わねばならぬ。併し誰がこんな非人間的な告白に堪えられるか。堪えられはせぬ。だが、ラスコオリニコフの様な男にならば可能ではあるまいか。恐らく彼ならやるだろう。処がたとえ公平無私、殆ど告白とは言えない程の告白を彼がなし得たとしても、依然として告白でなければならぬ、廿三歳の肉体をもったラスコオリニコフの手で書かれた告白でなければならぬ。

(1)告白がその極限まで行く為には「無邪気にも達する絶対の無私」を必要とする。故にこの告白は「或る個処では何故に書かれたか理解に苦しむ」ものとなって表現されねばならぬ。

(2)この告白は殆ど告白が観察と一致する極限まで行ったものでなければならぬが、依然としてラスコオリニコフの告白であるという必然性は守られねばならぬ。故に「ある個処では潔白なものではない」ものとなって表現されねばならぬ。

これが作者の「ノオト」中の「注意」の意味だ。この野心は「罪と罰」では果されなかったが、十年の後、作者はいかにも見事に、驚くべき大胆さでこの二律背反的《にりつはいはん》リアリズムの渦を乗り切った。「未成年」*がそれである。

しかし、この問題にはもう一つ内面の意味がある。成る程「罪と罰」で作者はこの野心を果さなかった。だが、この作の登場人物はめいめいまさしく作者の希望通りの告白をし合っていないのか。当のラスコオリニコフは言うに及ばぬ。マルメラアドフ*の告白をみよ、スヴィドゥリガイロフ*の告白をみよ。あれを単なる大胆、単なる率直と誰が言えるであろうか。否《いな》、あれは己れを寸断し尽したものの告白だ、極限まで行った告白だ。まさしく無邪気にも達した（無邪気にもみえるとはドストエフスキイは書いておらぬ）絶対の無私を体得したものの告白だ。これら殺人者と横死者と自殺者との告白には共通した一種異様な無私がある。自分という存在を世間並みな手つきでいじくり廻している暇なぞは、絶対に許されない世界に追いやられているこれらの人々の告白には、一種痛烈な天真爛漫《らんまん》がある。むごたらしい様な無邪気がある。彼等の告白に漂う空気は一体この世のものか。而もこの空気を*ソオニャが吸うのだ、*ポルフィイリイが吸うのだ、果ては*プリヘエリヤ・ラスコオリニコワまでが、狂死を賭けて呼吸しているに至っては、もはや形容の限りではない。マルメラアドフが言う。
「こうなるともうこの娑婆《しゃば》じゃありませんな。あの世ですな……」

告白体で「罪と罰」を書き通すという貪婪《どんらん》なリアリズムの道が、正面から実行されずに終ったという事は、プランとしてこの道を作者が意識していたという事に比べれば別して重要な事ではない。重要な事は、告白体という困難な道からこの広大な作品を書こうと努めたほど、ラスコオリニコフという人物が作者に親しい人物であったという事である。もう一歩進めて言うならば、主観の極限まで行こうとする性向と、客観の果てまで歩こうとする性向とが、いつも紙一重で触れ合っている様な、そういう危険なリアリズム、二律背反的なリアリズムは、いずれ爛熟《らんじゅく》すべきこの作家の制作方法であったというよりも寧《むし》ろ持って生れたこの作家の精神の相ではあるまいか、精神の身振りではないのか。無邪気にまで達した無私、奇怪にまで達した正確、愛にまで達した残酷、これらの言葉は彼の同じ精神の動きを形容する別々の言葉ではないのか。ここに至って僕の頭に閃《ひらめ》いたのは次の事だ。

ドストエフスキイにとっては、作中人物を生かす事は、作中人物を観察する事より遥《はる》かに容易であった。それが秘密だ、彼のリアリズムの秘密だ。

併し僕は先きを急ぎ過ぎている様である、もう一度平明な面に立返ろう。

ラスコオリニコフは、自分の行動が確然たる自分の思索の結果である事をはっきり知っている一方、自分が行動に引摺《ひきず》られる単なる弱虫である事もはっきり知っている。こういう男がどの様な身振りで婆さんを殺すか、作者がこれを殆ど数学的ともみえる程の的確さで描いている様を見よう。

この虱《しらみ》の様な婆さんを殺す事は良心の命ずる処だ、この問題の道徳的解決という面ではもう一切の解剖が遂げられている、最早《もはや》意義ある駁論《ばくろん》は一つも見出す事は出来ぬ。彼は自分の下宿から婆さんの家まで、きっかり七百三十歩ある事まで計算している。併しまた実行に移る一歩手前には計算を絶する深い淵があるのを知っている。一と月の間の空想に彼は疲れて来る。もはや彼には自分の空想が信じられない。空想はただその強い魅力で彼を刺戟《しげき》しているに過ぎない。だが空想を一つの確たる計画として考える事は彼には一種の抗し難い惰力となっている。

既にこういう不安な心の状態にまで達したラスコオリニコフが、事件の二日前下宿を出て婆さんのところに時計を*まげに行く処から作者は書き出す。こういう心を抱いた男は一体どんな独白をするのだろう。しかし作者はいかにも安々と彼に口をひらかせる。

「《どんなことでもやってのけようと思っていながら、こんな些《さ》細《さい》なことにびくつくなんて！》と、彼は変な微笑を浮べながら考えた。《フム……そうだ……何んだって人間の手で出来ない事はないんだ。それをさっさと素通りさせて了《しま》うのは、皆臆病だからなんだ……これはもう確かに公理《アクシアム》だ……ところで、人間が一番恐れているのは何だろう？　彼等の一番恐れているのは、新しい一歩を踏み出すこと、新しい独自の言葉を吐くことだ……が、待てよ、俺はちと口数が多過ぎるぞ。口数が多過ぎるから何も出来ないんだ。いや、待てよ、何もしないから口数が多くなる——こうも言えるからなア。もともと俺は、先月一っぱい、夜も昼もあの隅っこにごろごろしていて……つまらないことを考えてる中《うち》に、ついお喋《しゃべ》りを覚えて了ったんだ。それはそうと、何んだって今頃俺は歩いているんだろう？　ほんとにあの事が俺に出来るだろうか？　あれが真面目な話だろうか？　どうしてどうして真面目どころか。あんな事を空想して、ひとりで面白がってるに過ぎないんだ。おもちゃだ！　うん、勿論《もちろん》おもちゃだ！》」（第一篇、第一章）

何かしら軽快、何かしら陰鬱、歪《ゆが》んだ笑い声の様に無意味で、而もここに全ラスコオリニコフがいる。少くとも道化としての彼の全貌は浮び上っている。

「ベルは弱くチリチリと鳴った。まるで銅ではなくて、錻力《ブリキ》ででも出来ているように。こうしたアパートのこうした小さな住居では、大抵何処《どこ》でもこのベルがある。が、彼はもうこのベルの音を忘れていたので、今はこの一種特別な響は、突然彼に何事かを想い起させ、何事かをありありと思い浮べさせたようであった……彼はぶるっと身顫《みぶる》いした」

「若い男が通された余り大きくない室は、黄色い壁紙と、窓に一鉢のゼラニュームと、*モスリンの窓掛とを見せて、折柄《おりから》沈みつつある夕陽に、かっと明るく照らされていた。《その時も、きっと、こんな具合に日が射し込むだろう！……》途端にこういう考えが、ラスコオリニコフの脳裡《のうり》に閃いた」

例えば右の様な刺す様な心理描写を惜し気もなくばら撒《ま》き乍《なが》ら、作者は主人公と婆さんとの出会いを書き了《お》える。彼はヘトヘトに疲れて婆さんの処を出る。「《ああ、実に何んという忌《いま》わしい事だろう！　よくもよくも俺は……》」。救い難い自己嫌悪と孤独感とが彼を領する。今まで思ってもみなかった人懐かしさが彼を酒場につれて行く。「《一杯の麦酒《ビール》*とビスケット一と口、――それでこの通り、一瞬間に、気はたしかになる、頭ははっきりする、考えもしっかりして来る！　ちぇッ揃いも揃って何んというけちなことだ！》」。処が彼はここで後で思い出してゾッとする一つの厭《いや》な言葉を聞く。マルメラアドフの言うこの言葉は、ドストエフスキイの全作で私達が屢々《しばしば》出会う、実に長く浮世に生きたという感じの、血腥《ちなまぐさ》い言葉の一つである。「『分りますかな、先生、これがわかりますかな。もう何処へも行く先きがないという意味が？　というのは、人間て奴は、どんなところでもいい、何処か一ヶ所位は、行けるところがなくちゃ困りますからね……』」(第一篇、第二章)

翌日不安な睡《ねむ》りからさめて、彼は母親からの手紙を読む。妹の結婚に対する嫌悪が丁度一杯の麦酒の様に彼を元気にする。「《総領息子のためにあんな娘の一人位、どうして犠牲にしないでいられようというのか！　ああ、何んといういじらしい偏頗《へんぱ》な心だ！　お前達二人はこの犠牲という事を、犠牲という事を充分に考えて見たかね？　どうだね？　それで我慢が出来るかね？　利益があるかね？　理窟に合うかね？》」。この時のラスコオリニコフの心を、いかにも率直な独白体で作者は描き出している、ああ、何んといじらしい嫌悪の情だとも言いたげに。ひねくれた正義感、傷ついた理想感、というよりも寧ろ正義に痛めつけられ、理想に傷ついた犯行直前の彼の心の生まな姿を、いかにも率直にさらけ出して見せている。

手紙を読み終って彼は町に出る。困憊《こんぱい》して草の上に倒れ、痩馬《やせうま》が殴り殺される残酷な夢をみる。全身に冷汗をかいて、恐ろしい夢からさめた彼は第一の最終章にいたってはじめて明瞭な言葉をはく。「《ああ俺は、俺は実際、実際、斧《おの》を揮《ふる》ってあいつの脳天をたたき割ろうと言うんだろうか……》《俺には出来ない、とても出来ない！　よし一切のこの計算に、何んの疑いもないとしても、この一と月の間に決せられた事のすべてが、日のように明らかであり、数字のように正確であるとしても》」。

だがこの言葉につづく作者の描写は、異様である。

「彼は立ち上って、きょろきょろと四辺を見廻した。自分がこんなところへ来ている事に、さも驚きでもしたかのように。そしてやがて――T橋の方へ歩いて行った。彼は色蒼《あお》ざめて、眼は燃え立ち、四肢には強い疲労を覚えていたが、併し彼は、何やら急に呼吸が楽になったような気がした。彼は、これまで随分長い間自分を苦しめていたこの恐ろしい重荷を、きれいさっぱりと振り捨てて終《しま》ったので、その心は軽く、穏やかになったような気がしたのである。《主よ！》と彼は祈った。《われにわが道を示

し給《たま》え、すれば俺は、この呪うべき……妄想を放擲《ほうてき》する》

橋を渡りながら、彼は静かに落ち着いた気持ちでネヴァ河*を眺め、輝やかしい真紅な太陽の、燦爛《さんらん》として沈み行くさまを眺めた。彼は極度な衰弱にも拘《かかわ》らず、身内に些《いささ》かの疲労をも感じなかった。丁度それは、彼の心臓内に丸一ヶ月も化膿していた腫《はれ》物《もの》が、急に口があいたかのようであった。自由、自由！　今こそ彼は、これ等の妖術から、魔法から、誘惑から、煽動から自由の身となったのである」（第一篇、第五章）

何んという道化であるか――。

神に祈った彼は橋を渡り、草市場を通って、ここで明日の晩、きっかり七時に婆さんがたった一人で家にいるという事実を、偶然耳にする。全く思い掛けなく彼の耳にとび込んだリザヴェエタの一言は、死刑の宣告と同じ様に彼に響いた。彼は「最早自分には考慮の自由もなければ、意志もない事、そして一切が不意に、絶対的に決定されて了った事を、自分の全存在を以《も》って感じたのである」。

諸君はここにこの作家の卓抜した芸術的手腕を見るか。リザヴェエタの運命的な一言は、主人公の心が最も暗示をかけられ易い状態にある、まさにその瞬間に語られている、と。併し主人公の口から明らかな祈りの言葉が出たのは、全作中ここ一個所である事に注意せよ。シベリヤ*に行った彼にも祈りの言葉はないのである。言うまでもなく彼は心から祈ったのではなかった。だが若し燦爛として沈み行く太陽の姿が彼に祈りの言葉を強いたとすれば、祈りとは彼にとって何を意味したか。若しリザヴェエタの何気ない一言が彼に殺人を強いたとすれば、殺人とは彼にとって何を意味したか。ここにこの主人公の心理構造の頂がある。惟《おも》うに超人主義の破滅とかキリスト教的愛への復帰とかいう人口に膾炙《かいしゃ》したラスコオリニコフ解釈では到底明瞭にとき難い謎がある。少くともこの主人公の口を通して強いられた、人生観乃至《ないし》は倫理観をもってこの主人公の性格を規定しようとしたり、又これらを直ちに作者の思想に結びつけようとしたりする仕事は、殆ど児戯に類すると考える。

僕は先ず何を置いても、この作家がラスコオリニコフの創造によって見せてくれている、驚くべき心理造型に、率直に驚嘆したいと思うのである。そしてこれに言わばラスコオリニコフ的という明らかな存在様式を与える様に努めたい。

2

犯行の午後である。殺人の空想は既にラスコオリニコフの頭を混乱させて了《しま》った。必死になって追求した殺人の理論は、その頂に達して忽《たちま》ち架空の色を帯びて見えた。

狂信者の情熱は、屢々《しばしば》何故とは知らず烈《はげ》しい自己嫌悪の情に豹変《ひょうへん》した。傲然《ごうぜん》たる人間嫌悪は、弱々しい苦笑と殆《ほとん》どけじめのつかぬものと彼には思われた。思想も意志も感情も彼を支持するに足りぬ。はや彼はどういう意味ででも自分を信ずる事が出来ない。偶然耳にしたリザヴェエタの一言は、言葉というよりも寧《むし》ろ無意味な外的刺戟《しげき》であった。ラスコオリニコフはリザヴェエタの言葉に、彼の行為の動機を発見したのではない。はや、凡《およ》そ行為の動機というものを見失って了った心が、或るささやかな衝撃に堪えられなかったのである。自由意志の這入《はい》りこむ余地はない、凡《すべ》てが決定されたと彼は感じたが、又この時彼は己れの置かれた位置を自ら知らぬのである。作者が犯行直前の主人公をこういう非人間的状態に置いたということは注意を要する。

犯行の午後である。疲労の極失神した主人公を、作者は無慙《むざん》な手つきで寝台の上にころがす。僕はこの作品を再読して此処《ここ》に至り或る感動を覚えるのである。今暫《しばら》くの間不安な眠りを貪《むさぼ》ろうとするこの男が、もはや決して生きた人間ではないという事を作者はどんなによく理解していただろう。こんな男が人殺しをする為に、数時間の後再び目を醒《さ》まさなければならないのか。あわれな奴め、せめて美しい夢でもみたらどうだ。

美しい夢がラスコオリニコフを訪れる。凡そ彼の意識状態には似つかわしからぬ健康な麗《うる》わしい夢が訪れる。絶望的な作者の眠りに、これと寸分違《たが》わぬ夢が訪れた事があったのであろうか、僕にはそういう気がしてならぬ。この夢は何を象徴するのだろうか、或《あるい》は主人公のどんな無意識を語るのだろうか、そういう質問は僕には無用に思われる。そういう質問に確答するものはただこの夢だけだ、この夢のもつ一種言い難いリアリティだけである。この作者の諸人物は屢々夢をみる、而《しか》も彼等の心理的危機に際して夢があらわれる。どうやら作者は夢によって明らかに語り難い心理を象徴的に語っているとも受取れるが、僕は彼の夢の描写から一度もそういう技法めいた感じを受けた事がない。彼は無意識を夢によって解いているというより寧ろ見た夢に無意識というものの完全な姿を摑《つか》んでいるという風に感じられる。眼にあきらかに見えた夢だけが無意識の権化《ごんげ》であり、夢の解剖乃至《ないし》は構築は恐らく彼の興味を惹《ひ》いていない。ここら辺りはフロイトの影響以後の小説家の手法とは大変異っていて、殆ど子供らしいほどの素朴さだ。

　彼の眼力の赴く処、現実は一枚々々化けの皮をはがし、凡常の眼には殆ど夢の様な風景が展開する。この上作者は何を好んで夢をでっち上げるか。現実以上の夢を語る必要はない、夜眼前に現れる夢以上の夢を書く必要がどこにあると作者は言っている様に思われる。彼の描く夢は必ずある夜一遍彼を訪れたものである、と断じて差支えなさそうだ。スヴィドゥリガイロフがやって来る前に、ラスコオリニコフのみる群集の夢と同じ夢が「永遠の良人《おっと》」*で、ウェリチャーニノフ*を訪れる。スヴィドゥリガイロフの語る蜘蛛《くも》の夢は、「白痴」*のイポリット*に現れる。イポリットの読み上げる醜怪な爬虫類《はちゆうるい》の夢、あの長々しい描写に堪える根気は、作者があれを見たればこそだ。無意味醜悪のうちに漂う生ま生ましさも亦《また》夢みた当人だけが持っているものだ。

だが、ラスコオリニコフは眼を醒まさねばならぬ。「彼はどうかというと、その傍らを呟《つぶや》き流れている流れに口をつけて、絶えず水を飲んでいるのだ。非常に涼しい。そして、不思議な不思議な、空色した冷い水は、色さまざまな石と、金色に輝やく美しい砂の上をさらさらと音を立てて走っている……不意に彼は、時計の打つ音をはっきり聞いた。彼は身顫《みぶる》いしてわれに返り、頭を擡《もた》げて窓の方を見て時刻を考えると、すっかり正気づいて、急にさっとはね起きた、まるで誰かが長椅子から引っぺがしでもしたように。そして、爪先立ちで戸口に近づいて、扉をそっと開けて、下の階段の物音に耳をすました。彼の心臓は烈しく鼓動した。併《しか》し階段はしんとして、すべてのものが眠っているようであった……彼には、自分が昨日からこんなにうかうかと睡《ねむ》って了って、未だ何もせず、何んの準備もしないでいられたことが、不思議な、途方もない事のように思われた……だのに、今打ったのは、たしかに六時に違いない……こう思うと急に、極端に熱病的な、われを覚えないような慌《あわただ》しさが、睡気と朦朧《もうろう》とした気分に代って彼をとらえた。準備は、併し雑作《ぞうさ》はなかった」（第一篇、第六章）

　低迷していた作者の筆は突然躍り上って馳け出す。つづく殺しの場面は、この作者の見せてくれる数々の劇的場面のうち最も美しいものの一つである。計算は終った。答えを書けばいい。透明簡潔、ジイド*はレンブラント*の様に描くと彼を評したが、この場面の如きは、時に彼はダヴィッド*の様にも描く事を示す一例である。

「最早《もはや》一瞬の猶予も許されなかった。彼は斧《おの》を全部抜き出すと、それを両手で振りかぶって、辛《かろ》うじて自意識を保ちながら、殆ど力を入れずに、殆ど機械的に、背の方を下にして頭の上へおろした。そこには、彼の力は少しも加っていないようであった。が、一度斧を打ち下すや否や、彼の身内には忽ち力が生じた」（傍点小林。第一篇、第七章）

　これが答えである、ラスコオリニコフ年来の宿望の答えである。彼の行為の悲劇性はこの数行に圧縮されている。最後の斧の一撃さえも彼を裏切った。これが一体人間の行為なのであるか。

　ここに至ってはじめて読者は作者の質問に面と向って立つ。「君はこの男をどう思う」と。すなわち「罪と罰」という物語の発端に立つ。だが惟《おも》うにこの発端は又この小説の終局ではないのだろうか。作者は終りまで偏《ひと》えにこの斧の一撃の真意を解明しようと努めているのではなかろうか。

婆さん殺しはどういう事件か。何を置いても作者の言葉を聞かねばならぬ。検事ポルフィイリイはラスコオリニコフをなぶる。

「『いや先生、*ロヂオン・ロマアヌイチ、これは*ミコオルカじゃありませんよ！　これは空想的な事件ですよ、陰鬱な、現代的な事件ですよ、人心が混濁し、血で「清める」と言う文句がはびこり、あらゆる生活が安逸を貪ろうとするわが時代の産物なんです。そこには――机上の空想、論理的に刺戟され易い心があるだけです。そこには第一歩に対する決意が見られるが、併しそれは特殊な性質の決意です、――彼は山から転げ落ちるか、鐘楼《しょうろう》からとび下りるような事を決心したのだ。で、犯罪に対しては、まるで自分の足で動いていたのではないようです。彼は自分の後ろの扉を閉める事を忘れた、が、人は殺した、二人まで殺した、理論に依《よ》って。殺したには殺したが、金をとる事は出来なかった、そして手当り次第摑んだものは石の下へ隠して了った。その男には、自分が扉のかげに隠れて、人が無暗《むやみ》に扉を敲《たた》いたりベルを鳴らしたりするのを聞きながらなめる苦痛だけでは足りなかったのです、――いや、彼はその後になって、半ば夢中で、そのベルの音を思い出すために、背筋を走る悪寒《おかん》をもう一度経験するために、その空住居へ出掛けて行きます……併し、まあ仮りにそれは病気のせいとしましょう。が、まだこういう事がある――その男は人を殺して置き乍《なが》ら、自分を名誉ある人間だと思っている。人を軽蔑している、蒼白《あおじろ》い天使のような顔をして歩いている、――いや、どうしてこれがミコオルカなものですか』」（第六篇、第二章）

ラスコオリニコフの様な男に人を殺す事は出来ぬと皮肉った「ロシヤ文学の理想と現実」の作者*は、恐らくこのポルフィイリイの言葉を読み飛ばしたのであろう。ドストエフスキイの努めた処は、寧ろこの皮肉を踏躪《ふみにじ》る事にあったのだ。事件の空想性、其処《そこ》にこそこの小説の語る一番大きな観念乃至は思想の根柢があるのだ。寧ろスヴィドゥリガイロフにこの小説の真の主人公、この作者の真に新しい言葉を見付け出そうとかかったが、僕は意見を異にする。この小説に登場するすべての人物がラスコオリニコフ系の惑星である。スヴィドゥリガイロフの軌道半長径は最も短いにしろ彼はラスコオリニコフなしに生きる事は出来ぬ。作者がラスコオリニコフの創造に失敗しているなら、この小説全体に失敗しているのだ。

事件は空想的である、と。ラスコオリニコフの殺人の動機には何等《なんら》実際上の目的がない、現実の感情の動きもない。彼を動かしたものは殺人の空想である。精緻《せいち》な犯罪の理論である。空想が観念が理論が、人間の頭のなかでどれほど奇怪な情熱と化するか、この可能性を作者はラスコオリニコフで実験した。成る程「善悪の彼岸」*を説くラスコオリニコフの犯罪哲学は、シェストフの言う様に、全く独創的であり、ニイチェの発見に先立つ三十五年のものかも知れぬが、作者がラスコオリニコフの実験によってみせてくれる、主人公の正確な理論と、理論の結果である低脳児の様な行為との対照の妙にくらべれば言うに足りないのである。

重要なのは思想ではない。思想がある個性のうちでどういう具合に生きるかという事だ。作者が主人公を通じて彼の哲学を扱う手つきだ、その驚嘆すべき狡猾《こうかつ》だ。作者は主人公にその犯罪哲学を決してまともに語らせていない。ポルフィイリイに腹をさぐられて、ラスコオリニコフは厭々《いやいや》口をひらくのだ。彼はこの根本思想に深い信念をもっているというが、果してそうか。彼の長広舌に漂う皮肉な笑いを見逃す事は出来ぬ。すべての人間は凡人と非凡人との二つの種類に分けられ、前者はその精神の凡庸性の故に道徳律に屈従し、後者にはその良心に従って血を流す事が許されているという所謂《いわゆる》超人主義の思想が、ラスコオリニコフの口から語られる時、何等浪漫的な色彩を帯びていない。彼は己れの思想に退屈している。而も己れの思想の欠陥を見付け出す事が出来ないのである。退屈は彼の長広舌の最後に至って爆発する。「平凡人も非凡人も皆んな全く存在権を持っている。要するに僕の意見としてはみんな同等の権利を持っているんです。――*Vive la guerre éternelle. さ。勿論《もちろん》、*新しいエルサレムの来るまでね」「じゃあ矢張りあなたも、新しいエルサレムを信じておいでなんですね」「信じています」と、断乎《だんこ》とした調子でラスコオリニコフは答えた。

断乎とした調子とはどういう意味か。答えはただ一つあるだけだ。彼はこの道化なしには生きて行かれないのである。だが作者は主人公のこのような道化を、どんな苦しい想いで書いただろう。*懲役の終った年、作者はフォンヴィジン夫人に書いている。「僕は貴女に、自分のことを、現世の産物、無信仰と懐疑の子だ、そして恐らくは(その実僕ははっきり知っているのです)一生そうだろうと言いたいのです。どんなに僕は信仰に対する渇望に苦しめられたでしょう。(そして今も苦しめられています。)この渇望は、強くなればなるほど、益々《ますます》僕に反証を握らせるのです」

だが暫く「地下室」の男の叫びを聞こう。

「そうだ、十九世紀の人間は性格のない個性でなければならぬ、思うに性格のない個性である事を強いられているのだ。実行家というものは凡庸な精神の持主でなければならぬ。これが所謂齢《よわい》不惑に達した俺の確信だ。俺は四十だ。四十と言えば何も彼も生きて来たという事だ。四十以上生き長らえる事は、不作法である、下等である、卑猥《ひわい》である。誰が一体四十を越して生きているんだ。——嘘をつかずに正直に俺に答えてみろ。と俺がこの俺が諸君に言おうというんだぜ、馬鹿者どもめ、碌《ろく》でなしどもめ。悉《ことごと》くの老人ども、白髪頭に香水なんぞつけているすべての老人どもの面前で俺が言おうというのだ。全世界に向って言おうというのだ。俺には言う権利がある、何しろ俺は六十までも七十までも八十までも生きてやるんだからな。まてまて、ちょっと息をつかせてくれ」（「地下室の手記」、第一章）

この叫びの毒々しい皮肉のもつ複雑な哀調に思いを致さなければラスコオリニコフを理解する事は出来ぬ。何故かというとラスコオリニコフこそ「性格のない個性」の作者一世一代の具現だからである。

ラスコオリニコフは反逆児だ。だが、十九世紀文学の傑作がばら撒《ま》いたどの反逆児に似ているか。*チャイルド・ハロルドにか、*ジュリアン・ソレルにか、*ペチョオリンにか、*バザアロフにか。これらの光り輝やく名前はなんとこの貧しい大学生から遠いか。彼は飽くまでも見すぼらしい。どういう意味ででも彼を理想化する余地はないのだ。彼が好んでかぶる*ニヒリスト、乃至はマニヤックの仮面も、その効用を彼に説く力はない。むごたらしい自己解剖が彼を目茶々々にしている。

一般に精緻な理論の情熱は屢々愚劣な行為を生むが、注意して読むと、ラスコオリニコフにあっては事情は一段と道化ている。彼を馳って行為に赴かしめたものは、理論の情熱というよりも寧ろ自ら抱懐する理論に対する退屈なのだ、理論を弄《いじ》くりまわした末の疲労なのである。

殺人はラスコオリニコフの悪夢の一とかけらに過ぎぬ。殺人の空想と現実に行われた殺人との間に判然たるけじめをつけてみる力も興味も彼にはない。罪の意識も罰の意識も遂に彼には現れぬ。婆さんは終局に至るまで「一匹の虱《しらみ》」として彼の心にとどまる、いや若《も》しかしたら虱の実在性すら得る事は出来ずに終るのだ。

彼は自ら手を下した事件を殆ど思い出さぬ。作者の正確な言葉に従えば、彼は「あの事件に就いてはすっかり忘れて了っていた。その代り、何かしら忘れてはならない事を忘れているという事を、彼は絶えず思い出していた――思い出しては苦しみ、悩み、歎息して、狂暴な憤怒《ふんぬ》か、でなければ、恐ろしく堪え難い恐怖に陥った」。何んの為の憤怒か、何んの為の恐怖か、彼は考えてみようとはしない。一切の考えは自分を苛立《いらだ》てるばかりだと彼はよく知っている。作者は彼に事件を反省させるが、断り書きを忘れない。「《実際俺は虱だ》と彼は、意地の悪い喜びを以って、その想念にしがみつき、それを掘り返したり、玩具にしたり、慰んだりしながら続けた」と。そして彼の悲しくも道化た反省の行きつく処はどうだ。「若しかすると、俺自身の方が殺された虱より一層悪い、一層厭《いと》わしい奴かも知れないんだから、そして殺して了ったあとで、きっとこんな泣言を言うだろうと、前からちゃんと予感していたんだから！実際、この恐ろしさに比較し得るものが何かあるだろうか！おお、この卑劣！この陋劣《ろうれつ》！」。傍点を付したのは作者である。

一体これが人間の反省であるか。かかる反省の可能な人物にとって殺人とは、罪とは、罰とは、どういう意味だ。読者は「前からちゃんと予感していた一匹の虱」に就いて熟慮してみなければならぬ。ラスコオリニコフがここに感じた恐ろしさ即ち「罪と罰」一篇の恐ろしさである事を知り給え。

ラスコオリニコフは空想を試みる為に殺人した。そして彼の行為は彼がその空想を支持出来る様な強い男ではなかった事を証明してくれた。然《しか》し彼の真の悲劇は行為の失敗にはないのであって、彼が予《あらかじ》め己れの失敗を見抜いていた、自分という男は決して斧を振りかぶる柄ではないという事を知っていた、という処が彼自ら最もやりきれないと感ずる処なのである。予め見抜いていたればこそ、知っていたればこそ、この現実的な行為に、彼は何等の手答えも感じなかった。事件の真の架空性、その真の無意味さは夢を試みようとして行われた行為であったという処にはなく、寧ろ夢を試みようとした行為が、少しも夢を破壊してはくれなかったという処にあるのだ。ここに彼がシベリヤの獄舎で洩《もら》す言葉の真意がある。

「運命がせめて悔恨を、——心臓を打ち砕き夢を追いのけ、焼き尽さないでは置かないような悔恨を——その恐ろしい苦悶《くもん》の為に頸《くび》にかける縄や深淵を幻に見せるような悔恨を、寄越してくれたらどうだろう！　おお、彼はきっと喜んだに違いない！　苦痛と涙、——見よ、これも同じく生活ではないか。けれども彼は、自分の犯罪に対しては何んの悔恨も見出さなかった」（終篇、第二章）

「せめて悔恨を」と希《ねが》ったくらい、殺人はラスコオリニコフに何一つ実質ある心の動きを齎《もたら》さなかった。凡《すべ》ては悪夢のつながりであり、明らかなものはただ堪え難い苛立しさであった。ここに作者は主人公の一種の自覚、一種異様な孤独感を描いている。殺人の翌日、警察から喚《よ》び出しがあり、「滅亡のシニスム」*によって辛くも湧き上る恐怖を圧《おさ》え乍ら彼は出掛けて行く。用件が宿屋の女主人からまわった債務督促に過ぎぬとわかると、身顫《みぶる》いするほどの嬉しさに捕えられる。彼は打ちとけた愉快そうな調子で下宿屋の打ち明け話を長々と喋《しゃべ》る。喋り終った彼の心に突然変化が起る。左に引用する文章がこれに続く。少々長いが引用させてもらう。この小説に主人公の孤独感を描いた名文が二つある、これはその一つであり、もう一つは先きに引用する。僕にはこの二つの文章がラスコオリニコフ創造の核心を語るものの様に考えられる。作者が主人公に一番烈《はげ》しい愛情を燃しているのは惟《おも》うにここではあるまいか。

「ラスコオリニコフには、彼が打ち明け話をしてから、書記長が自分に対して、前よりも一層無関心に、軽蔑的になったような気がした、——けれども、不思議な事には、——彼は突然、他人の思わくなど全然気にかからなくなって了った。そしてこの変化は、実に一瞬の間に、一分の間に生じたのである。若し彼に少しでも考える気が起ったら、勿論彼は、一分前には、自分がどうして彼等とこんな話が出来たか、その上自分の感情まで披瀝《ひれき》するような事が出来たかと、驚いたに違いない。一体こんな感情は何処《どこ》から湧いて来たのだろうか？　ところが、今はこれに反して、若しこの室が急に警察官達ではなく、親密な友達で一杯になったとしても、彼等は彼から、一言の人間らしい言葉も聞く事は出来なかったに違いないと思われた、——それほど俄《にわ》かに、彼の心は空虚になって了ったのである。悩ましい、無限の孤独と遁世《とんせい》を思う暗い観念が、急に彼の心にはっきり頭を擡《もた》げた。彼の心をこんなに急に転換させたのは、イリヤ・ペトロヴィッチに聞かせた自分の打ち明け話の卑《いや》しさでも、またそれに対する警部の勝利感の卑しさでもない。ああ、今彼にとって、自分の卑しさや、他人の野心や、二等警部や、独逸女《ドイツ》や、告訴や、役所など、そんなものが何んであろう！　若しこの瞬間に、彼を火刑に処すと宣告したとしても、彼はびくともしなかったばかりか、恐らくその宣告を注意して聞きもしなかったに相違ない。彼の心の中には、何かしら彼にも全然馴染《なじ》みのない、新しい、思い掛けない、嘗《かつ》てあったことのない或るものが完成されたのである。そして彼は理解したわけではなかったけれども、どんなものを以ってしても、最早これ以上、警察の事務室に於いて、この人々に対して、こういう態度に出てはならないということ、仮りに一歩を譲って、これが皆自分の兄弟や姉妹であって、警察の警部達ではないにしても、今後は、生涯のどんな機会に於いても、こうした態度に出てはならないという事を、明らかに感じたのであった。彼はこの瞬間まで嘗て一度も、こうした奇怪な、恐ろしい感じを経験したことはなかった。そして彼にとって何より苦痛だったのは、——それが意識とか、理解とか言うよりは、寧ろより多く感覚であったこと、彼がこれまでの生涯に於いて経験したあらゆる感覚の中で、最も直接な、最も苦しい感覚だったことであった」（第二篇、第一章）

漠然とした孤独の想いは、事件をきっかけとして明らかに痛みを感ずる感覚と化して彼の心を貫いた。この暗い孤独感はラスコオリニコフにつき纏《まと》って決して離れない。

彼がこの已れの心の内奥の空虚を覗《のぞ》き込むのを怖れている様に、作者も亦《また》主人公の最も怖れているこの深淵を覆いつつみ、これを全編の一種無気味な主調低音と化そうと骨を折っている。だがこの音に聞き入る読者にとっては、音はあんまり高すぎる、鮮やかすぎる。殆ど全編のドラマはこの音に浮ぶ架空な現象に過ぎぬ。そんな奇怪な感じすら僕は抱くのである。

ラスコオリニコフの心を吹きまくる空虚な風に触れて、彼の言行は悉くその意味を失って了う概《おもむき》がある。母や妹に対する怒りも、ルウヂンに抱く嫌悪も、ポルフィイリイへの挑戦も、この寒風に吹きまくられる樹々の叫びに過ぎぬ。又、マルメラアドフ一家に対する彼の激しい同情に、読者は何かしらこの世のものならぬ苛立しさを見ないであろうか。一種悲痛な欺瞞《ぎまん》を読まないであろうか。ポオレチカに抱かれて、「今こそ理性と光明の世界」だと喚《わめ》いてみた処で何になろう。「ねえ、ラズウミヒン。僕は今、ある死人の家に行ってたんだよ、一人の官吏が死んだのさ……そればかりじゃない、そこで一人の可愛い奴が、僕に接吻《せっぷん》してくれたんだよ。そいつは、若し僕が誰かを殺したとしても矢張り……早い話がね、僕はそこで外《ほか》にもう一つ、可愛いものを見たんだよ……燃えるような羽根飾りをしたね、ああ、しかし何を出鱈目《でたらめ》言ってるんだ……」「どうしたんだ？　おい、どうしたんだ」「頭が少しぐらぐらするんだ、併し問題はそんな事じゃない、ただ僕が無暗《むやみ》に悲しい事なんだ。無暗に悲しいんだ！　まるで女のように……実際だよ！」

自分にも恐ろしい自分の空虚な心を、誰にわかち得ようか。この内奥の秘密に触れずに彼にまつわる彼へのすべての関心、愛情すらも彼には我慢がならない。彼が周囲の人々に語る真実の言葉は一つしか見付からぬ。「俺に構わないでくれ」。ラズウミヒンだけがラスコオリニコフの抱く深淵をチラリとみる。「廊下は暗かった。彼等はランプの傍に立っていた。一分間、彼等は黙って顔を見合わせた。ラズウミヒンは、生涯この一分間を忘れなかった。ラスコオリニコフの燃えるような据った眼眸《がんぼう》は、恰《あたか》も、一秒毎《ごと》に力を増して、彼の魂を、意識を刺し通すような気がした。不意にラズウミヒンはぶるッと顫《ふる》えた。何やら得体の知れぬものが、二人の間を掠《かす》め通ったかのようであった……ある考えが、暗示でもするように閃《ひらめ》き通った。何んとなく恐ろしい醜悪な、突如として双方に相通ずるようなあるものが、……ラズウミヒンは死人の様に真蒼《まっさお》になった。『分ったろう、今こそ？』と、だしぬけにラスコオリニコフが、病的に顔を歪《ゆが》めてこう言った……『帰ってくれ……』」（第四篇、第三章）

ではは何故ラスコオリニコフはソオニャに惹かれたのか。

彼は自分の孤独感を、どう表現していいか、どう始末していいかわからない。彼は明らかに意識して、明らかな力を感じながら、すべてのものを否定するが、最後にぶつかったある特殊な憂愁をどう取扱うべきか知らないのだ。而も彼の精神はこの最後のものに、この最後のもののみに集中されて、限りない疲労を感ずるのである。目前に切迫した現実の姿を彼ははっきり理解する事が出来るが、心を貫く感覚となって彼を刺すものは何か遥かに遠い処にある、彼には理解出来ないあるものだ、「何処にも行く先きのない人間の心を知っているか」というマルメラアドフの言葉に感じた悪寒は、今は既にラスコオリニコフのうちに充分に育っている、こういう心的状態が、彼のあらゆる言行の源に厳存し、この心理に無関心な凡その人々の関心を彼は限りなく憎むのだ。こういう時だ、ソオニャが現れるのは。何故に彼はソオニャに惹かれたか、殆どこれは説明を要しない。

彼はソオニャに出会ったというよりも寧ろソオニャという女が彼の創作なのである。彼に対して多少でも己れを主張しようとする悉くの個性が、彼に我慢が出来ない時、この貧弱な、無学な、卑屈とみえるまで謙譲な一人の人間に、彼は己れの本性を映すに最も好都合な鏡を見付け出したのだ。

「お前も俺の様に呪われた奴なんだ、お前もやっぱり踏み越えた人間なんだ、自分に手を下した人間なんだ、一つの生命を滅ぼした人間なんだ……」。ソオニャが果して そういう女だったか、果して救われる為にラスコオリニコフと同じ罪と罰を必要とした女だったか。恐らくそうではない。少くとも作者はこれを明らかに書いてはいない。これはラスコオリニコフの強いた解釈に過ぎぬ。恐らく彼女は、もっと尋常な愛と若干の物質によって幸福になり得た女だ、彼女こそいい面の皮だが、如上の解釈がラスコオリニコフには絶対に必要であったのなら、因果な女だというより仕方がない。

ソオニャの足下に俯伏《うつぶ》すラスコオリニコフは、全編中最も気の利かない見栄を切ったのであって、このソオニャとの出会いという劇的場面に於いて彼の道化乃至欺瞞はその頂点に達するのである。そこで多くの読者が、この場面に何か所謂良心の問題を或は所謂宗教の問題を容易に見つけたがる。天使の様な淫売婦《いんばい》は不自然だなどと書いている或る評家もこの例に洩れない。併し作者の筆はここでも同じ様に残酷なのだ。主人公を監視する眼は同じ様に厳しい。注意してこの場面を読んだものは、ここに払われた作者の細心な狡猾さに驚く筈《はず》である。世界は依然として愛忽《たちま》ち憎悪と変じ、涙と笑いとが同じ意味をもつが如《ごと》き、切迫した心理の世界、感覚の世界であって、概念の問題の顔を出す余地はないのである。この場面にも殺しの場面に見られた様な作者の代表的な心理描写をいくつも見付け出す事が出来る。

「と、不意に、ソオニャに対する、一種刺すような憎しみの、奇怪な、思い掛けない感じが、彼の心を走って通った。彼は自分でもこの感じにぎょっとした様子で、急に頭を振り上げると、彼女の顔をひたと見つめた。そしてそこで、自分の上に凝らされている不安げな、苦しいまでに悩ましげな彼女の視線にぱったり出会った。そこには愛があった。彼の憎しみの情は幻の様に消えて了った。が、それはそうではなかった。彼は一つの感情を他の感情と取り違えたのであった。それはただその瞬間の来た事を意味したに過ぎないのであった」。その瞬間とは彼女に自白する瞬間の意味だ。彼がどういう風に自白したかを見るがいい。僕はここを読み乍ら作者の異様な眼に慄然《りつぜん》とするのである。

何故その瞬間が来たか勿論彼は知らぬ。何故自白しなければならぬかも知らぬ。徒《いたず》らに彼の口は動くだけだ。だがソオニャには不吉な予感がある。彼は女の予感を見抜いている。そして殆どこれを楽しんでいる。ソオニャはまるで逃れられない彼の獲物の様だ。白状するのはラスコオリニコフではなく、ソオニャの方だ、という奇妙な印象が、読者を混乱させる。

「彼女の顔を見ているうちに、その顔が不意に、リザヴェエタの顔のように見えたのである。彼はあの時自分が斧を持って迫って行くと、リザヴェエタは、ちょうど小さい子供が急に何かに驚かされ、自分を驚かしたものの上へ、不安そうな眼をじっと投げて後ずさりしながら、小さい手を前へ突き出して、今にも泣き出しそうにする、あれとすっかり同じ様子で、その顔にまるで子供のような驚愕《きょうがく》の色を現しながら片手を前へ突き出して、彼から壁の方へ後ずさりした、その時の彼女の顔の表情をまざまざと思い浮べたのである。そして今は、それと殆ど同じ事が、ソオニャにも起ったのである――彼女は同じ力なげな様子をして、同じ様な驚愕の色を浮べて、暫くじっと彼を見ていたが、不意に、左手を前へ突き出して、軽く、微《かす》かに、指で彼の胸を支えるようにして、じりじりと彼から身をずらせながら、のろのろと寝台から立ち上り始めた。そして、その眼眸はますます凝然と彼の顔から動かなくなって行った。彼女の恐怖は見る見る彼にも伝わった――すっかり同じ驚愕が、彼の顔にも現れて、すっかり同じ様子をして、彼も彼女に見入り始めた。殆ど同じ子供らしい微笑まで浮べて」

（第五篇、第四章）

自白は終った。これが彼の無言の自白なのである。この短文に現れた人間心理をとくのには恐らく一冊のノオトを必要とするであろう。ここに明らかだが、ラスコオリニコフの心には自白する人の謙譲はいささかもない、ソオニャは彼の底知れない意地悪さを、ラズウミヒンがのぞいて見たあの同じ醜悪を直覚する。彼女に彼の顔が殺人者の顔に見えたればこそ、彼には彼女の顔がリザヴェエタに見えたのだ。彼女はリザヴェエタの動作を模倣せざるを得ないし、彼がこの時彼女を殺さなかったのはただ手に斧がなかったという一つの偶然に過ぎないのだ。だから彼は手を上げない、上げないでいる事がもう一つ妙な事を生ずる。即ち今度は彼が彼女を模倣するのだ。「殆ど同じ子供らしい微笑を浮べて」と作者は書いている。

こういう凡そ無意味な微笑まで人間をひっぱって来る作者の心に、僕達は極端な狡猾を読めばいいのか、それとも人間の心をほんとうに知っている人の愛情というものはそういうものなのか。作者が傍点を付した子供らしいという形容詞は恐ろしい皮肉なのだろうか。それとも現実で得た人間的性格を悉く紛失したラスコオリニコフは今まさしく子供の様にほほえむのだろうか。惟うにこれらは同じ事だ、こういう世界ではどんな言葉も同じ事を意味して了う。*ドゥニャとの会見を終ったスヴィドゥリガイロフは窓際に立って微笑する、「みじめな、悲し気な、弱々しい」微笑をする。作者はこれにも子供らしいという形容詞を冠《かぶ》せて差支えなかったのである。

「罪と罰」の真の物語はラスコオリニコフの微笑で終ったのである。作者はどんなにあそこで何も彼《か》も片づけて了いたかっただろう。これから先き、気狂い染みた自首を行わせ、シベリヤに行くまでこの罰当りのお守りをしなければならぬとは、なんという面倒な仕事だろう。第六篇と終章とは、半分は読者の為に書かれたのである。ラスコオリニコフの分身スヴィドゥリガイロフの頭にピストルを打《ぶ》っ放して、作者はせめても溜飲《りゅういん》を下げたであろう。

シベリヤに於ける主人公に関しては、作者の筆は簡潔を極めている。彼はシベリヤに来てはじめて己れの道化をはっきりと意識するが、この意識は依然として彼を救いはしない。彼に復活の希望が訪れる。二人は相擁して昂奮する。二人は幸福だった、だが二人の幸福を描く作者の最後の筆は若々しい。「そして彼は、この新生活が、彼に無償で得られるものではない事や、なお一層高い価を払ってそれを買い取らねばならぬ事や、その為には、未来の大きな偉業を支払わねばならぬ事さえ知らなかった程であった……」

作者はここで主人公に別れる。七年間の沈黙と七年間の歳月とが果してラスコオリニコフを復活させたかどうかよりも、そういう物語が果して芸術に適するかどうかが疑問である。「新しい現実を知る物語が始ろうとしている。それは新しい物語の主題を形成するに足るだろう」と作者はこの長編を結んでいる。次に来る「白痴」は果してこの新しい物語の主題を形成するに足りたであろうか。

「彼は二十コペイカ*(乞食と間違えられて彼がもらったもの――小林註) 銀貨を手に握りしめて、十歩ばかり歩いてから、顔をネヴァ河の方へ、宮殿のある方へと向けた。空には一片の雲もなく、水はネヴァ河には珍らしく、殆どコバルト色をしていた。寺院の円頂閣は、ここの橋上から、つまり礼拝堂まで二十歩ばかりの距離を置いた辺から見るほど、美しい輪郭を描いて見せるところはないのだが、それが鮮やかな輝やきを帯び、清澄な空気を透して、その装飾の一つ一つをまで、はっきりと見分けさせるのだった。鞭《むち》の痛みは薄らいで、ラスコオリニコフは打たれた事など忘れて了った。只《ただ》一つ不安な、何んとなくはっきりしない想念が、今では特に彼を占めていた。――彼はそこに立ったまま、長い間じっと、遠くの方を見つめていた。此処は、彼には格別馴染の深い場所であった。彼が大学に通っていた時分、いつも――といっても、おもに帰り道に――もう百遍位もこの同じ場所に立ち止って、全く壮麗なこのパノラマにじっと見入りながら、その度毎にある漠然とした、自分にも判断のつかない印象に打たれて、よく驚かされたものであった。この壮麗なパノラマからは、いつもきまって、何んとも言えぬ冷気が、彼の心へ吹き込んで来た。彼にとっては、この荘厳な光景は、唖*で聾なある精神に充たされていた。……その度に、彼はこの気むずかしく謎めいた自分の印象に驚いて、自分で自分を信ずる事が出来ないままに、その解決をば、遠い未来へ預けて置いたものである。ところが今彼は急に、是等《これ》の古い問題と疑惑とをはっきり想い起した。そして彼には自分が今それを思い出したのも、決して偶然でないような気がした。彼には、自分が今以前と同じ場所に立ち止って、尚《なお》以前と同じ事を考え、以前と同じ題目や光景に、つい近頃覚えたと同じ興味を見出し得るものと、実際にそう考えたのが、野蕃《やばん》で奇怪な事のように思われたのだった。彼は一寸《ちょっと》笑いたいような気もしたが、同時にまた痛い程胸を圧《お》しつけられた。何処か深い水底に、下の方に、やっと見える位の彼の足許《あしもと》に、今やすべての過去の俤《おもかげ》も、以前の思想も、以前の問題も、以前の題目も、以前の印象も、これ等のパノラマも、彼自身も、この他ありとあらゆる物が、見えつ隠れつしているように思われたのである。……彼は何んだか自分が何処か高い所へ飛び去って、すべてがその眼界から消えて了ったような気もした。……そして、われにもなく手を一と振り動かしたはずみに、ふと自分の掌の中に握りしめていた二十コペイカを感じた。彼は手を開いてじっと銀貨を見詰めていたが、また手を一と振りして、それを水の中へ投げ込んだ、そして徐《おもむ》ろに踵《きびす》を転じて、家路に向った。彼には、この瞬間に、鋏《はさみ》か何かで自分というものを、一切の人一切の物から、ぶつりと切り放したような気がした」（第二篇、第二章）

これがラスコオリニコフの歌である。この歌はいかにも美しい。僕はここに殆どボオドレエルの抒情詩の精髄を感ずるのだが、諸君はどう思うであろうか。ラスコオリニコフの肯定的な面は遂に道化に終っているが、その否定的な面は朗々たる歌となっている事は注意すべき事である。彼の復活物語をドストエフスキイは省略したばかりか、以後生涯この世界に踏み込んでみせてはくれなかった。併し橋の上のラスコオリニコフは、ただ「性格のない個性」の創造にとどまらず、以来作者の創造する悉くの人物が跳《おど》る確然たる場所となったのである。

3

「罪と罰」にスヴィドゥリガイロフという奇怪な人物が登場する。この作中の登場人物すべてがラスコオリニコフ系の惑星であるが、スヴィドゥリガイロフの軌道半長径は最も短いと前のノオト*で書いた。「罪と罰」を論じて、この謎めいた人物に触れぬわけには参らぬ。この人物の内奥は直ちにラスコオリニコフに通じているので、言わば彼は主人公の影だ、形のある処に影がなければならぬ意味で呪われた影である。ス*メルジャコフがイ*ヴァンの影である様に。

「罪と罰」構想中の作者の頭では、恐らくこの二人の人物は分離した存在ではなかったであろう、と思われる。作者のノオトをみると、両人物の不思議な混淆《こんこう》が感じられる。スヴィドゥリガイロフの名前は勿論《もちろん》出て来ないが、明らかに彼の創造を暗示する言葉がラスコオリニコフの性格規定のうちに語られている。かと思えば結末でラスコオリニコフは自殺する事になっている。惟《おも》うにスヴィドゥリガイロフなる人物は、ラスコオリニコフという驚くべき性格を夢みている作者の烈《はげ》しい夢のうちから極く自然に分離して独立した姿をとって来た存在だ。「罪と罰」を書いているうちに、丁度夢から醒《さ》めたラスコオリニコフが、戸口に立ったスヴィドゥリガイロフを不意に見附けて、夢の続きではあるまいかと疑う、ああいう具合に作者の夢のうちに姿を現したものであろうと考える。

スヴィドゥリガイロフを暗示する作者のノオトのなかの言葉とは次の様なものだ。「情熱的な荒々しい衝動。冷眼もない、絶望もない、バイロンによって表現された様なものは何一つない。享楽と飽満とに対する限りない満足する事を知らぬ渇望《かつぼう》。生きようとする止むに止まれない渇望。享楽と飽満との多様性。完全な自意識とあらゆる享楽の解剖。而《しか》もこの解剖は天性自らの要求、有機体の要求であるから、享楽の解剖によって衰弱を感ずるという事がない。芸術的な享楽は遂に繊巧《せんこう》極まるものとなるが、同時に獣的なものとなる。というのはまさに限界のない獣性は繊巧と結びつくという理由による（生首）。心理的な享楽、神秘的な享楽（夜）。僧院の懺悔《ざんげ》の享楽（厳格な断食と祈り）。乞食の享楽（施物を求める）。ラファエル*のマドンナ*の享楽。窃盗の、強奪の、自殺の享楽（卅五歳で財産を相続した。それまでは先輩を恐れる教師であり官吏であった――寡婦《かふ》）。教育の享楽（彼が勉強するのはそれ故だ）。善行の享楽」

以上の様な異様な言葉が、ラスコオリニコフの性格創造に関する図面のなかで、突然読者の眼を捕える。この言葉は読めば読むほど異様である。この様な言葉を骨格とした人物とは一体どの様な人間であるか。というよりどの様な怪物なのか。これを明瞭に想像することは誰にも出来ない。ドストエフスキイ自身この完全な実現を果さなかったとするならば、評家また何をか言わんやだ。だがここに暗示があるのだ。ラスコオリニコフという人物、特にスヴィドゥリガイロフという人物に関する明瞭な暗示があるのだ。

「それは、仮面に似た感じのする、何処《どこ》となく異様な顔であった。――紅い燃えるような色をした唇と、明るい亜麻《あま》色の顎鬚《あごひげ》と、まだ可なり多い亜麻色の髪とを持った、薔薇色をした色の白い顔であった。眼は何んだか余り碧《あお》すぎて、その眼眸《がんぼう》は何やら余り重苦しく、動かな過ぎた。この美しい、年の割に非常に若々しく見える顔には、何がなし恐ろしく不愉快なものがあった」。これがスヴィドゥリガイロフの顔である。顔が彼を一番よく語っている。ドストエフスキイの人間の顔の描写にはいつも人相見めいた丹念さがある。僕はこういう顔を出来るだけ明瞭に心に浮べてみる。出来るだけ明瞭なこの顔の直感像を作ってみるという事が大事なのだ。こんな顔が実際にあるかどうかなどという事は問題ではない。そうした後に、スヴィドゥリガイロフのあの空漠として捕え処のない謎の様な会話を読むのだ。何んの説明もなしに書かれた彼の無意味な会話は忽《たちま》ち生動して意味を帯びる。読者は人間よりももっと人間的な、現実よりももっと現実的な一種強力な世界に引摺《ひきず》り込まれるのである。

この仮面の様な美しい顔が、幽霊を談じ、淫蕩《いんとう》を語り、狡猾《こうかつ》になったり、誠実になったり、微笑したり、絶望したりする。気味の悪いことだがここにスヴィドゥリガイロフの一切があるのだ。妻を毒害したり、少女に暴行したりする無気味な悪漢が又マ*ルメラアドフの一家の殆《ほとん》ど不可解な同情者だ。彼の言動には人間理解の線を越えたものがあるのであって、人間性の複雑、矛盾という様な実際的解釈はこの人物の現実性を支えるに足りぬのである。この人物の背後には、前掲のノオトの暗示する作者の巨大なる著想が生きているのだ。

享楽家スヴィドゥリガイロフ、毒害を享楽し、暴行を享楽し、幽霊を、懺悔を、同情を、愛を、自殺を享楽する男。而も享楽に関する執拗な自意識が、享楽の陶酔を全く許さぬ男。限界のない獣性が繊巧にまで達した様な男、こういう男の顔が仮面に似ずしてどんな生き物に似ていようか。限界のない享楽は仮面と結ぶ、虚無と結ぶ。ドストエフスキイの著想中に於ける享楽という言葉は言わばこの世の意味を消失しているのである。

ラスコオリニコフとソオニャとの会見の場には、良心の声も懺悔の言葉も聞かれなかった。あるものはただ「僕はお前に頭を下げたのではない。人類全体の苦痛の前に頭を下げたのだ」というウルトラ・エゴイストの叫びの上に演じられる悲痛な欺瞞《ぎまん》であった。あの場面の真の意味は、二人の会話を窃《ぬす》み聞きするラスコオリニコフの分身スヴィドゥリガイロフの仮面の様な顔にあるのだ。その仮面の様な顔がその時どんな表情をしていただろうか。作者は一切書いていない。微笑していただろうか。若《も》し微笑していたなら、この悪魔の微笑は、ラスコオリニコフの振りあげた斧《おの》の下のリザヴエエタの微笑の様に悲しげだったに相違ない。「わたしが自分の家で、頼りない娘を追っかけ廻して、自分の卑《いや》しい要求でその娘を辱《はずか》しめた、という話、――こうでしたな、確か？ところでです、先ずあなたは、わたしも亦《また》人間である、つまりわたしも人なみに誘惑を感じる事も出来れば、惚《ほ》れる事も出来るのだという事を、（そしてこれは勿論わたしどもの自由に出来る事でない事を）考えて下さらなくちゃいけませんよ。そうすれば一切の事が、極めて自然な事として解釈がついて了《しま》います。そしてここにすべての問題、――わたしは悪人か、それとも犠牲者か？　という問題があるんです」というスヴィドゥリガイロフのとぼけた言葉は、「僕はただ無暗《むやみ》に悲しいんだ、女の様に悲しいんだ、実際だよ」というラスコオリニコフの言葉と同じ意味なのだ、同じ様に悲しい言葉なのだ。

スヴィドゥリガイロフに自分の仮面の真実を試してみる時が来る。彼はドゥニャを一室に監禁して愛を強請する。女はピストルを上げる。一発目は当らない、二発目は不発に終る。「まだ一つ雷管があるでしょう。よくお直しなさい、待っているから」。突然彼女はピストルを投げ捨てた。

「『捨てたな！』」と、吃驚《びっくり》したようにスヴィドゥリガイロフは言って、ほっと深い息を吐いた。と、どうしたのか、彼は何かが一度に心から取り去られたような気がした。そして若しかするとそれは、単なる死の恐怖の重苦しさばかりではなかったかも知れない――然《しか》り、この瞬間には彼がそれを感じていたかどうかすら疑問なくらいである。それは、もっと別の、それ以上に悲しく、陰惨な感情からのがれた思いであった。この感情は、恐らく彼自身にも、どう考えても何んとも決定のしようのないものであっ

た」（第六篇、第五章）

誰も立ち聞きしていたものはなかった。彼の深い溜息を聞いたのはドストエフスキイただ一人なのだ。スヴィドゥリガイロフが逃れたという死の恐怖よりも悲しい陰惨な感情とは何んであろうか。これを明らかに理解しているのはドストエフスキイただ一人なのである。この理解は読者のあらゆる論理的理解は無論のこと、心理的理解すら絶している。如上の描写はもはや心理描写、驚くべき心理描写とさえ言う事が出来ないのだ。読者は文学の常識から引っこ抜かれて、作者の人間に対する現実に対する燃える様な一つの逆説に面と向うのである。仮面は遂に真実であった、と。

スヴィドゥリガイロフは待った、「情熱に燃える重苦しげな眼眸で」女を見ながら待った。彼は何を待っていたか自ら知らなかった。併《しか》し作者がこの時の彼に待って欲しかったもの、正にこの時スヴィドゥリガイロフという人物が待つべきものは明瞭だ。彼は身の破滅を待ったのだ。ドゥニャの愛ではない、ピストルの丸《たま》である。而もドゥニャのピストルの丸ですらない。彼は何んでもいい、他人の手による身の破滅を待ったのだ。自分の手による身の破滅に関しては、彼は既にその秘密を極めつくしていた。自殺とはもはや正体は見当のついている彼に残された一つの享楽に過ぎぬのである。読者は彼がこの最期の享楽をどのくらい味も素っ気もなく遂行したかを読んだ筈《はず》だ。ただ霧の深い夜明けがあり、木偶坊《でくのぼう》の様な番兵がいただけであった筈だ。

彼の享楽の実行並びにそのアナトミイ*は既に行く処まで行っていた。「が、露骨に言うと――わたしは非常に退屈しているんですよ」、而もこの退屈は彼の理智や感性を少しも鈍らせてはくれなかった。あらゆるものが彼の興味を惹《ひ》かなかった。併しあらゆるものに興味をもつ振りをする能力は生き生きと彼のうちに生きている。言わば興味の対象は一切その意味を失い、興味だけが存するとでもいう様な精神の地獄こそ、スヴィドゥリガイロフが背負わされた作者の着想なのだ。

彼はピストルが自分の仮面を砕いてくれるのを待っていた。何故ならこれ以外に彼に待つものは待つ価値のあるものはなかったからである。ここに現れた観念はラスコオリニコフがソオニャにラザロ*の復活を読む事を強請する処に現れているものと全く同一である。教訓も道徳も感情も理論も、凡《およ》そ人間の言葉に飜訳し得るすべてのものは、ただ彼等にいよいよ仮面を強いるものだった、彼等をいよいよ孤独におとすものだった。かような時に彼等の精神に現れた奇蹟の強請という恐るべき道化なのである。奇蹟は現れなかった事は諸君がまさに読んだ通りである。

スヴィドゥリガイロフの感じた死の恐怖とは、作者のこの人物創造の理論上では、仮面が奇蹟によって壊れるかもしれぬという期待に他ならない。死の恐怖より「もっと別の、それ以上に悲しく、陰惨な感情」という感覚的な描写の暗示するものはここにあるのだ。仮面は肉にくっついていた。彼は深い息をついた。次の数行は彼の言い様のない孤独を描いて余蘊《*よ うん》のないものである。
「スヴィドゥリガイロフは、カアチャにも、手風琴《て ふうきん》弾きにも、ほかの唄うたい達にも、給仕にも、何処かの二人の書記にも、酒を飲ませた。この二人の書記と彼が特に関係を結んだのは、彼等の鼻が曲っていた事からであった——一人の鼻は右の方へ、一人の鼻は左の方へ曲っていた。これがスヴィドゥリガイロフを驚かしたのである。彼等は最後に、彼をある遊園地に連れて行った。そこでも彼は、彼等の為に入園料を払ってやった。この園の中には、一本の細い三年ばかりたった杉の木と、三本の灌木《かんぼく》とがあった」（第六篇、第六章）
何んという荒涼とした文章であろうか。これら殆ど何一つ人間的意味を担うに堪えないような言葉は、生活の根拠を見失い一切の衣裳の要らなくなった彼の裸な心を直《じ》かに語っている。この無気味さは、しばらくして彼の見る鼠《ねずみ》の夢や少女の夢を遥かに越えているのである。無気味だが又飽くまでも静かである、空気も季節も消えた様に静かである。若しここで彼が吐息したとすれば、それは直ちにネヴァ河橋上のラスコオリニコフの歌となるのだ。

「罪と罰」とは何処にも罪は犯されていない、誰にも罰は当っていない。罪と罰とは作者の取扱った問題というよりも、この長編の結末に提出されている大きな疑問である。罪とは何か、罰とは何か、と。この小説で作者が心を傾けて実現してみせてくれているものは、人間の孤独というものだ。「鋏《はさみ》か何かで自分というものを一切の人一切の物から、ぶつりと切りはなした」様な孤独、並びにその憂愁、「その中には格別人を刺す様なものや、人を腐蝕させるようなものはなかった。が、そこからは、或る不断にして悠久な気が吹いて来て、この冷い、死のような憂愁が、無限に渉《わた》る憂愁のように感ぜられ、一*アルシンの土地にも一種の永久が予感される」、その特殊な憂愁である。

ラスコオリニコフ、スヴィドゥリガイロフなる人物が体現した孤独は、決して孤高者の孤独ではない。ラスコオリニコフに反抗児の刻印を読み、スヴィドゥリガイロフに個人的意志の権化《ごんげ》を見るのは、浅薄な考えであると思う。彼等の孤独は意志的な反抗的なものが基調となってはいない。「バイロンによって表現されたものは、何一つない」という作者の言葉がラスコオリニコフ的孤独の精髄を暗に語っている。

ラスコオリニコフは生活上の失敗から孤独に逃げたのでもなければ、ある生活上の確信から孤独を得たのでもない。彼と現実との間には殆ど生れ乍《なが》らのと形容したい様な、いかにも自然な不協和があるのだ。彼にとって孤独はあらゆる意味で人生観ではない、人生にのぞむ或る態度たる意味はない。彼は孤独の化身《けしん》なのである。

「十九世紀の人間は性格のない個性でなければならぬ」という洞見は、ラスコオリニコフに於いて比類なく肉体化されて現れた。彼の性格を解剖する事くらい無意味なわざはない。彼の性格は自己解剖によってこの作の冒頭で既に紛失していた筈だ。併しラスコオリニコフ的孤独の問題は、ただ自意識の過剰が性格を紛失させるという命題に終ってはいない。この命題を深く体現した同時代の自己解剖家アミエル*の日記を、もしドストエフスキイが読んだなら、バイロンの表現したものは何一つない、という言葉につづけて、アミエルの表現したものは何一つないと言ったに相違ないと僕は思う。アミエルの終った処がラスコオリニコフの発端なのだ。アミエルは孤独を守ったが、ラスコオリニコフは孤独を曝《さら》したのだ。両人の孤独が殆ど非人間的な弱さという処で酷似していながら、全く別種であるのはこれに依《よ》る。ラスコオリニコフは自分を鋏でぶっつりと一切の人一切の物から切りはなしたが、切り離した自分にバイロン的自信を与えないのは無論の事だが、又、アミエル的衰弱を意識しもしないのである。あらゆる意味で、彼は自分の孤独を労《いた》わる術《すべ》を知らない。たしかに鋏でぶっつりとはやったが現実は彼を傷つけるのを依然として止めないのだ。

事件の空想性、ここにこの小説の最大の観念がある、と前に僕は書いた。ラスコオリニコフは事件に参加したのではない、ただ事件が彼に絡んだのだ。殺人の経験によって彼は理論の果敢《はか》なさを悟ったか。個人の意志の無力を悟ったか。併し、感情も意志も思想も彼を支えるに足りぬ、彼は人間というより寧《むし》ろ感受性の一つの場所と化している、そういうラスコオリニコフの殺人の前の姿を僕等は読んだ筈ではないか。殺人の経験は彼に何ものも教えてはくれなかった。彼はただ二十コ・ペイカの銀貨をネヴァ河に投げ込む事を学んだ。だが、この悲しい動作の象徴するものを誰が理解しようか。ただ作者だけが、この無垢《むく》な動作に罪もなければ罰もない事を理解しているのだ。

再び言う、ラスコオリニコフの孤独は孤高者の孤独ではない。彼は自分の孤独をどういう意味ででも観念的に限定してはいないのである。彼にとって孤独とは「唖で聾なある精神」だ。彼は孤独を抱いてうろつく。そして現実が傍若無人《ぼうじゃくぶじん》にこの中を横行するに委《まか》せるのだ。彼はただこれに堪え忍ぶ。「ある特殊な憂愁」は、彼の孤独の唯一つの正当な表現なのである。

ドストエフスキイは遂にラスコオリニコフ的憂愁を逃れ得ただろうか。来るべき

「白痴」はこの憂愁の一段と兇暴な純化であった。*ムイシュキンは*スイスから還ったのではない、シベリヤから還ったのである。

「罪と罰」について　Ⅱ

1

「一八六六年という年は、何処《どこ》へ行っても、『罪と罰』*事件で話は持切りという有様だった。ロシヤ中が『罪と罰』病にかかっていた」(Vogüé ; Roman Russe.)。恐らく、ヴォギュエ*の言うところに誇張はなかったであろう。この作の吾《わ》が国への最初の紹介者内田魯庵《ろあん》*も、明治廿二年の夏、はじめてこの小説を読み、「恰《あたか》も曠野《こうや》に落雷に会って眼眩《めくるめ》き耳聾《みみし》いたるが如《ごと》き、今までに曾《か》つて覚えない甚深《じんしん》な感動を与えられた」と言っている。読んだ人には皆覚えがある筈《はず》だ。いかにも、この作のもたらす感動は強い。残念な事には、誰も真面目《まじめ》に読返そうとはしないのである。

ドストエフスキイ*が、これを書いたのは、四十五歳の時であった。作の主人公は廿三歳の大学生である。四十五歳にもなった作者が、廿三歳の青年の言行を、何故《なぜ》あれほどの力を傾けて描き出さねばならなかったか。これは、青年達にとっては、難解な問題である。この作が青年達を目当てに書かれたものではない事は勿論《もちろん》なのだが、悪い事には、その異常な強烈な印象は、多感な青年の心をあんまり巧みに摑《つか》み過ぎた。「罪と罰」という作品は忘れられ、作品から与えられた感動だけが記憶に残る。四十五歳にもなれば、今更「罪と罰」でもあるまいという事になる。世間を小説風に見ることから始めて、小説を世間風に見る事に終る、どうもこれが大多数の小説読者が歩く道らしく思われるが、そういう読者の月並みな傾向の犠牲者として、ドストエフスキイくらい恰好《かっこう》な大作家はいない様である。彼くらい、少年や青年に傾倒し、作中、彼等に最も重要な役を振当て、その熱烈な演出に成功した作家はいない。と言うのは、彼の作品ほど、青年向読物という仮面がよく似合う作品はあるまいという意味だ。彼の素面《すめん》には、どんな深い仔細《しさい》が隠されていたか。これは、常識で武装した世の大人達には関係のない事柄だ、又、ドストエフスキイよりトルストイの方が大人びた小説家だと思い込んでいるわが国現代の作家達の小説常識にも。ドストエフスキイの飜訳《ほんやく》にかけては、吾が国は、恐らく世界一である。という事は、ドストエフスキイにからかわれている事にかけても世界一だという事になるかも知れない。

それはさて置き、ここにもう一つ、かなり厄介な問題が現れる。「罪と罰」事件――ヴォギュエは、別して深い意味もなく、événement* という言葉を使ったのであろうが、これは考えてみるとなかなか意味深長な言葉になる様である。ラスコオリニコフという人間の創造の由《よ》って来《きた》る所以《ゆえん》、罪とは何か罰とは何かというこの作の深い主題、そういうところに、この作が発表された当時の「ロシヤ通報」の読者の誰が、はっきりと想《おも》いを致したであろうか、これは疑わしい事だ。恐らく、「罪と罰」という一つの巨《おお》きな思想が理解されたわけではなかった。「罪と罰」という血腥《ちなまぐさ》い事件が、ペテルブルグに突発し、人々は何んとは知れぬ新しい恐怖に捕えられ、恐怖は忽《たちま》ち伝染した。では、大成功は、罹病者《りびようしや》等の心の迷いと誤解とに基いたか。そうかも知れぬ。然《しか》し、若《も》し、病人中一番重態だったのは、実は作者自身であったという事だったら、どういう事になるだろう。真の恐怖を知っていたのは作者自身であった、彼は自ら思い切って曝《さら》け出した思想が現実の人殺しの形をとって、眼前に生きている事を確め慄《りつ》然《ぜん》とした、若しそういう事だったら。これは難題であるが、こういう難題に出会わぬあらゆる思想問題は雲をつかむ。思想の世界で、本当の病人、思想の毒を呑《の》み、而《しか》も癒《いや》される事を欲しない病人は極めて少いが、夥《おびただ》しい藪医者《やぶいしや》達の論争は絶えないものだ。

評家は猟人に似ていて、なるたけ早く鮮やかに獲物を仕止めたいという欲望にかられるものである。ドストエフスキイも、夥しい評家の群れに取巻かれ、各種各様に仕止められた。その多様さは、殆《ほとん》ど類例がない。読んでみて、それぞれ興味もあり有益でもあったが、様々な解釈が累々《るいるい》と重なり合うところ、あたかも様々な色彩が重なり合い、それぞれの色彩が、互に他の色彩の余色となって色を消し合うが如く、遂《つい》に一条の白色光線が現れ、その中に原作が元のままの姿で浮び上って来る驚きをどう仕様もない。僕が、「ドストエフスキイの生活」を書き終えたのは、もう九年も前である。「今は、不安な途轍《とてつ》もない彼の作品にはいって行く時だ」という文句で、伝記を閉じたのであるが、今、浮び上って来る原作の姿は、依然として不安な途轍もないものであり、そういう疑い様がない驚きの念と一向まとまりの附かぬ疑わしい沢山の覚え書とが、あるばかりだ。僕が勤勉な研究家でない事は確かである。勤勉な研究家なら、こんな為体《ていたらく》にはならなかった筈である。けれども、怠惰な研究家には怠惰な研究家の特権というものも、あっていい様に思われる。一条の白色光線のうちに身を横たえ、あれこれの解釈を拒絶する事を、何故一つの特権として感じてはいけないのだろうか。僕には、原作の不安な途轍もない姿は、さながら作者の独創力の全緊張の象徴と見える。矛盾を意に介さぬ精神能力の極度の行使、精神の両極間の運動の途轍もない振幅を領する為に要した彼の不断の努力、それがどれほどのものであったかを僕は想う。彼を知る難かしさは、とどのつまり、己れを知る易しさを全く放棄して了《しま》う事に帰するのではあるまいか。彼が限度を踏み超える時、僕も限度を踏み超えてみねばならぬ。何故か。彼の作品が、そう要求しているからだ。彼の謎《なぞ》めいた作品は、あれこれの解き手を期待しているが故《ゆえ》に謎めいているとは見えず、それは、彼の全努力によって支えられた解いてはならぬ巨きな謎の力として現れ、僕にそういう風に要求するからである。僕は背後から押され、目当てもつかず歩き出す。眼の前には白い原稿用紙があり、僕を或る未知なものに関する冒険に誘う。そして、これは僕自身を実験してみる事以外の事であろうか。

ドストエフスキイは、「罪と罰」を書く前に、「地下室の手記」*という異様な作品を書いた。「罪と罰」について書こうとすれば、「罪と罰」のデッサンとも言うべきこの作に、どうしても触れざるを得ないのであるが、そうすると、この作の最も熱烈な解説者レオ・シェストフ*の前を素通りするわけにはいかない。この作品の重要さについて、僕に初めて眼を明けてくれたのはシェストフだったし、又この作品から啓示を得たとする彼のドストエフスキイ観は、吾が国でも早くから多くの人々を動かしているからである。無論、此処《ここ》は、彼の「悲劇の哲学」*や「ドストエフスキイの哲学」*を論ずる場所ではないので、彼が自分の哲学を語る為に、どんな風にドストエフスキイを読まねばならなかったか、どんな風な曲解、極言すれば一種の詐術《さじゅつ》さえ行う必要があったかについて一言するに止める。

ドストエフスキイの全作は、「貧しき人々」*に始り、「死人の家の記録」*に終る一系列と、「地下室の手記」に始り、「プウシキンに就いての講演」*に終る一系列とにはっきり分れるとシェストフは考える。何故かというと、或る兇暴《きょうぼう》な哲学的啓示が、突然、「地下室の手記」を書く作者を見舞い、一と度《たび》、理性も良識も信ずるに足らぬという醜悪なる信念が再生するのを覚えた作者は、以後これから離れる事が出来なかったからである、と彼は考える。シェストフは、これを、まことしやかな仮説に仕立て上げる為に、「悲劇の哲学」を、見え透いた嘘《うそ》で始めねばならなかった。——彼は言う、「『私の信念がどうして再生されたか、これを語るのは大変難かしい事に違いない、殊《こと》に、恐らく大して面白いものでないとしてみれば、一層難かしい事になる』とドストエフスキイは、一八七三年の『作家の日記』*の中で言っている。それは確かに難かしい事に違いない。しかし面白くない事だとは誰も言うまい。——信念というものは、人間がその魂の霊妙深遠な動きを着実に追求するに充分な経験と観察とを積んだ年になって、改めて彼の眼の前に生れて来るものである。この様な内心の作業に気が附かなければ、ドストエフスキイは心理家ではなかっただろう。こういう観察の結果を他人に語らなかったならば、彼は作家とは言えなかっただろう。して見ると、明らかに、上に引用した彼の言葉の終りの方は、作家というものは、礼儀上、自分自身に関して、少くとも外形的にでも、或る程度の無関心を装《よそお》うべきだという事を語っているのである」

あたかもドストエフスキイ自身が、シェストフが「地下室の手記」に発見した哲学的啓示を、自分の語り難い信念の再生として、後年回想している様である。成る程、引用の文は、「作家の日記」(一八七三年、――現代の詐欺《さぎ》の一つ)の中にあるのだが、そこで、ドストエフスキイが言いたかった信念の再生とは、彼が明記している通り、「民衆の最低の段階」まで自ら下ってみて悟るところがあった、彼の言葉で言えば、「国民的根元へ、ロシヤ魂の認識へ、国民精神の是認へ立帰る」についての「非常に非常に長い年月の間に、漸次に育って来た」信念である。シェストフの言うドストエフスキイの信念再生なるものとは何んの関係もない。何故、ドストエフスキイは、信念再生の物語を断念したか。単に、そんな仕事は面白くもないし、又シェストフは故意に引用を避けているが、「作家の日記」の様な「雑文的論文では殊に困難である」と考えたからだ。信念を抱いた作家の作品は、それを語ろうとしようがしまいが、自《おのずか》ら信念の色で染まる。この信念を誤らずに物語る唯一《ゆいいつ》の自らなる道をドストエフスキイも歩いたに過ぎない。楽屋話は、難かしいし面白くもなかったのである。故意に曲解でもしてみない限り、それ以上の理由は考えられぬ。シェストフは、ドストエフスキイの信念を、是が非でも不逞《ふてい》な醜悪な或る哲学的啓示と考えたかった。従って、ドストエフスキイは、礼儀上それを公言するのを憚《はばか》ったと考える必要が生じた。シェストフは、「罪と罰」以後のドストエフスキイの全作品に、X線の様な光をあて、「地下室の人物」の骨組と信ずるものを撮影する。半透明の肉なぞ無視してもよい実験上の誤差に過ぎぬ。この世に生きて行く為には、誰でも粉飾という誤差は必要ではないか、と。

僕は、シェストフを藪医者《やぶいしゃ》などという積りは毛頭ない。それどころか、彼はまるで医者でさえないかも知れぬ。恐らく、何も彼《か》も承知で、言わば、種を明かした上で不敵な手品をやってみせているのだとすれば、揚足取り《あげあし》も愚かであるという事になる。要するに、シェストフの場合は、ドストエフスキイの作品の熱烈な極端な観念的解釈の一例を提供しているに過ぎず、多くの人々をそういう熱烈な観念的解釈に誘い込む抗し難い力が、もともとドストエフスキイの作品のうちにあるという点が、ここでは大事なのである。凡《およ》そ近代の小説で、彼の小説ほど、哲学者達の好奇心を挑撥《ちょうはつ》したものはない。彼等の眼には、彼の小説が、作者が組織化するに失敗した興味ある哲学と映ったからである。

人間の観念化或《あるい》は概念化、これは未熟な小説家が、止《や》むを得ずいつも行っていることだし、或る特定の思想や問題の小説化は、凡庸な小説家が、凡庸な批評家の機嫌をとる為に、いつも書きたがっているものだ。哲学者達の「躓《つまず》きの石」となるドストエフスキイの作品の力は、勿論《もちろん》、そういうものとは関係がない。彼の世界には、二つの烈《はげ》しい運動が行われている。一つは、哲学精神によって追求される「観念」の運動で、その運動は秩序ある知識や教養の限界を超えて、殆ど論理の糸を見失うほど烈しいものとなり、名附け難い感覚や感情や心理として経験され、奇怪な行動となって爆発する。一つは残酷な観察家によって分析される「現実」の運動であって、常識との間に取結んでいた自明とみえるその現実性の組織は、見る見る崩壊し、分析の極まるところ、それは一つの疑わしい混沌《こんとん》たる観念を形成し、天使や悪魔を招く様に見える。心は血が流れるまで、思い案じねばならず、血は深い意味を生ずるまで流れねばならぬ。ドストエフスキイの哲学的教養は、恐らく言うに足らぬものであったが、彼の哲学的直覚は、驚くべき鋭敏に達していた。彼は、近代小説の実証科学的手法に関するはっきりした観念は持っていなかったが、彼の観察眼は、「残酷な才能*」と呼ばれるほど正確なものであった。彼の精神のうちには、プラトン嫡伝《ちゃくでん》の idéalisme* とゴオゴリ*直伝の réalisme とが同居していた。両者の間には何んの因果関係もなく、両者は、決して妥協し合おうとはしなかった。二人の同居人は、頑固に己れを守り、己れの道を突進するのだが、めいめいが己れの限度を踏み超えようとする時、あたかも、彼の小説に現れて来る男女が、愛し合いつつ憎み合う様な、一種の緊迫した力学的関係が、両者の間に生ずるのである。僕等は、あたかも一つの事件に出会うが如く、そういう彼の世界を受取らねばならぬ。彼の思想を真に理解しようと努めるものは、彼の思想という一事件の渦中にいなければならぬ。

ドストエフスキイが、小説の上に齎《もたら》した革命は非常なものであった。恐らく彼とバルザックとの隔《へだた》りは、シェクスピアとギリシア悲劇との隔りほどはあると極論した評家もある。ドストエフスキイは、バルザックを尊敬し愛読したらしいが、仕事は、バルザックの終ったところから、全く新たに始めたのである。社会的存在としての人間という明瞭《めいりよう》な徹底した考えは、バルザックによって、はじめて小説の世界に導入されたのであるが、以来近代小説は、バルザックの「人間劇」という舞台を離れる事が出来なかった。ドストエフスキイは、この社会環境の網の目のうちに隈《くま》なく織り込まれた人間の諸性格の絨毯《じゆうたん》を、惜し気もなく破り捨てた。一切の大道具小道具は捨てられて、「人間劇」の舞台の中心は、人間の内的世界に移された。これは近代小説史上の大珍事に相違なかったのであるが、全世界の小説家達が、バルザックの手法の改良修正に没頭していた期間は、ずい分長く、ドストエフスキイの影響が、小説の上に実際に現れたのは二十世紀になってからであった。心理学の発達に協力を惜しまなかった小説家の技術が、ニイチェの所謂《いわゆる》余りに人間的な心理の世界を、当《あ》て途《ど》もなく拡大し、フロイディスムの流行とともに、遂に極端な心理小説が現れるに至って、人々は、ドストエフスキイという未開な混沌たる辺境の世界を、思いも掛けず身近かに感じた。彼の影響は当然、psychologist*ドストエフスキイの名の濫用《らんよう》の下に起った。アンド*レ・ジイドの様な明敏な評家も、この濫用には抵抗する事が出来なかった。ジイドも亦《また》ドストエフスキイの全作品を解く鍵《かぎ》として「地下室の手記」に注目した人であるが、――尤《もっと》も、どういう理由からか、彼は、この作を「永遠の良人《おっと》」*の直前に書かれたものと誤解していた為に、言う処《ところ》が曖昧《あいまい》となり、例えば、「罪と罰」で未だ熟さぬものが、この作では熟しているという様な妙な説を成しているが、――いずれにせよ、彼がこの作から受取ったものは、先《ま》ず何を置いても心理学的啓示であった事に間違いはない。彼は、この異様な告白体の作品に、プルウストやジョイスの先駆を認めた、シェストフがニイチェの先駆を認めた丁度同じ場所に。という事は、丁度同じ程度に尤もらしい発見を語ったという事である。ドストエフスキイから、哲学者が「観念」を盗んだ様に、文学者は「心理」を盗んだとも言えようか。ともあれ、彼の大手腕によって明るみに出た人間心理のメカニスムの秘密は、その象徴的意味を看過しても猶《なお》充分に人々を驚かすに足りたのである。ドストエフスキイは、psychologist と呼ばれる事を嫌っていた。自分は psychologist ではない、単なる realist* だ、と抗弁するのを常とした。勿論、この realist という言葉によって、彼自身が独り合点しているところを定義する事は難かしいのだが、もし誤解されないならば、ベルヂアエフ*が言っている様に、彼は psychologist ではない、pneumatologist* である、と言っていいだろう。少くとも、僕には、この「単なる realist」の作品が、こんな風に言っている様に思われる、何故哲学と心理学とが、刀の両刃《もろは》となって諸君の胸を貫いてはいけないのか、と。

「地下室の手記」という鍵だけでは、ドストエフスキイの全作を開くことは出来まいが、彼の作家生活の道程で、形こそ小さいが大事な里程標が、此処に立てられたという事は争われない。だが、此処に、シェストフの言う様に、突如として作者を見舞った様なものは何物もないのである。作者は、やっと此処まで歩いて来た。「二重人格」*のゴリアドキン*が、この作の主人公まで育って来たのである。ただ、作者は、恐らく、今まで辿《たど》って来た道が、此処に極まるのを覚えたに違いないという処に注意すればよい。

彼が、処女作「貧しき人々」を一種の告白体の形式で書いたという事は、決して偶然ではなかった。それどころか、小説の世界に這入《はい》って行こうとして、彼には、人間の内部世界という入口しか見附からなかったという事が、彼の全制作を決定して了《しま》ったと言っても過言ではない。「貧しき人々」ばかりではなく、彼の初期の重要な作品は、凡《すべ》て一人称小説の形式で書かれた。（無論、これは、吾が国で所謂私小説という意味ではない。例えば「ウェルテル」*がゲエテの一人称小説だというそういう意味である。）何故《なぜ》、この冷静な人生観察家は、ある主観を透《とお》して眺められた世界をある主観を通じて語らせるという小説形式をあんなに固執したか。何故、「死人の家の記録」の様な客観的記録も、或る奇怪な人物の手記の形で書かれねばならず、而《しか》もこの人物に出会う「私」という人物さえ作中に現れねばならなかったか。何故、「虐《しいた》げられし人々」*は、見方によっては作中のどの人物より心理的に難解な「私」という人物の物語として統一される必要があったのか。理由はいろいろ考えられるだろうが、根本は、自分とは何かという難問が、絶えずこの作者を悩ましていたというところに帰する様に思われる。一人称小説の形式は、彼に、心理学的手法の驚くべき馳駆《ちく》を許したが、心理学は、飽くまでも手段であって、自分とは何かという難問に関し、彼が、自分自身に対してとった一つの態度に過ぎなかった、と僕は考えたいのである。

いったい一人称小説の形式には、次の様な小説技術上の問題は避け難いものである。もともとこの形式は主人公の個人的見解というものを限界としている。従って、この形式の作品のなかに、どんなに沢山な人物が現れようと、又そういう人物達が、どんなにめいめい異った見解を披瀝《ひれき》しようと、それは一向差支《さしつか》えないが、凡ては、主人公が生きている世界の遠近法を通じて現れて来なければならず、作中人物が本当に生きている世界が現れて、これが主人公の世界と作中で対立するという様な事は当然許されない。そういう事になれば、「二重人格」の主人公が、対立する二つの世界を抱いて発狂している様に、小説自体が発狂して了う。そんなものを読者は無論相手にしまい。ところが一方、人間の数だけ別々な世界があるとは読者の実生活上の常識であり、自分とは違った他人の世界に毎日衝突している事実が、読者の普通の生活感情を養っているのであるから、作品が確かに発狂していないとしても、作者にしてみればなかなか油断はならぬのである。作者の詐術《さじゅつ》を看破するのに、読者は大した想像力も必要としまいから。そこで、一人称小説の作家は、狭い告白の世界から、広い世間に出て行こうとすると非常に苦しい立場に置かれる事になる。「虐げられし人々」の「私」

を殆《ほとん》ど不可解なほど無私な人物にしたのも、「死人の家の記録」の筆者をどんな見解にも動かされぬ、これ亦殆ど不可解な厭人家《えんじんか》にしたのも、作者の小説技術上止むを得ぬ窮余の策であった。確かに止むを得ない事だったであろうが、こんな苦し気な工夫まで必要とした小説家は、少くとも大小説家には他に類例がないのである。すると、ドストエフスキイには、こういう苦しい工夫をしてまでも、一人称小説の形式に固執しなければならなかった理由があったに相違ないという事になる。所謂自然主義*小説家達は、この様なヂレンマを決して経験しなかった。自己というものを人生の客観的観察器具と化して了った彼等には、自己とは何かという様な呪《のろ》われた問題は起り得なかったからである。ドストエフスキイは、「罪と罰」で、はじめて一人称小説の形式を捨てたのであるが、その捨て方は、所謂自然主義小説家達が夢にも考えられなかった様な捨て方だったし、勿論捨てて得たものも亦彼等の想像を絶した小説形式であった。では、彼はどの様な捨て方をしたか。これが「地下室の手記」が語らねばならなかった処なのである。

「地下生活者」は、地上に栄えるあらゆるものに向って舌を出す。この病人には、正常な人間というものが我慢がならない。理想とは何んだ。人類の為に水晶*の宮殿が建てられた時、一人の汚《けが》らわしい紳士が何処《どこ》からともなく現れ、これを見て退屈のあまり舌を出す事を俺は知っている。建設とは何んだ。人間は、狂気の様に破壊を愛する事を俺は知っている。進歩とは何か。*大洪水から*シュレジッヒ・ホルスタインに至るまでの、人間のあの常住不断の*悖徳《はいとく》を見給《みたま》え。幸福とは何か。歯痛時に諸君が発する唸《うな》り声でもよく観察してみるがいい、人間は苦悩を愛する奇妙な動物だと合点するだろう。利益とは何んだ。自分は人間であり、*オルガンの発音板ではない事を証明する為には、生命も落し兼ねない人間に、何が真の利益か解《わか》っている筈《はず》はあるまい。自然の法則とは何んだ。俺が望もうと望むまいと二に二を掛ければ四になるというに過ぎないではないか。二二んが五であっても構わぬと思っている人間の手から、科学は勿論だが、どんな道徳も宗教も生れて来ない、生れてもこの世に存続出来ないとは、何んという馬鹿々々しい事だ。「地下生活者」の毒舌は切りがない。シェストフは、ここに、「二二んが四は死の端緒」だというこの作品の根本提説を読んだのだが、実は、そういう具合に読まれては迷惑だ、と作者は断っているのである。「俺は諸君に誓言するが、今、書き散らしている文章の一言半句も、俺は信じてはいないのである。いや、信じてはいるのだが、同時に大嘘《おおうそ》をついている事を感じているのだ」――この主人公は、人間の意識というものを、殆どベルグソンの先駆者の様に考える。意識とは観念と行為との算術的差であって、差が零になった時に本能的行為が現れ、差が極大になった時に、人は、可能的行為の林のなかで道を失う。安全な社会生活の保証人は、習慣的行為というものであり、言い代えれば、不徹底な自意識というものである。自意識を豊富にしたければ、何にもしなければよい。「地下室」にあって、*拱手傍観《きょうしゅ》するこの主人公には、地上には馬鹿者どもか悪党どもしかいない様に見える。奴等は皆同類だ、が、俺は一人だ。ところが、彼にしてみれば、自ら「地下室」に立て籠《こも》ったのか、「地下室」に叩《たた》き込まれたのか一向はっきりしないところがやり切れないのである。彼は、「地下室」の臭気にむせ返り、地上の住民達に対して出す舌が、自分自身に対して出す舌と同じ舌である事に苛立《いらだ》つ。否定と疑惑とに燃え上る彼の自意識も、例えば、自分の顔の下品さに悩む彼のささやかな虚栄心を如何《いかん》ともする力がない。「自意識の旺盛《おうせい》な人間が、多少なりとも自己を尊敬する事が出来るものだろうか。己れの卑《いや》しさのうちにさえ、敢《あ》えて快楽を求めようとする人間が、実際、多少なりとも自己を尊敬出来ようか」。ここに、この作品のシェストフ的主題の裏側が現れる。——処女作の*デヴシュキンの告白は、遂《つい》に行くところまで行った様である。それは、凡《およ》そ告白というものの限度を超えて、一種の叫喚の様なものとなり、又その事が、何が告白されているかという事よりも重要に思われる、そういう告白まで行って了ったのである。この烈《はげ》しい分析家は、分析の対象を見失い、分析力自体と化する。世界が、彼の抗議と疑いとによって崩れようとする時、彼は、自分自身も同時に崩壊に瀕《ひん》するのを覚える。彼の毒舌がばら撒《ま》く雑然たる諸表象は、彼の意識の当てどもない運動の*微分点以上の意味を持っていない。そういうところまで来ているが、彼は、意識の流れのうちに溺死《できし》する事は出来ない。何故か。この小さな問いが、この作品を、所謂*「意識の流れ」を信奉する心理主義小説から遠く隔てて了う。この男は、「意識の流れ」を味《あじわ》っているのではない。自分自身に扮《ふん》する俳優を沢山持っているのが自慢なのでもない。「地下室」は彼の頭の中にあるのではない。彼の頭が、「地下室」の汚い枕《まくら》の上で、眠られぬ夜を過すのである。彼は、性格を紛失して了うが、所謂「性格破産者」ではない。性格とは行為の仮面に過ぎず、行為とは意識の貧困の仮面に過ぎぬ、それが彼の確信であるが、何故、この確信は、彼に何んの元気も勇気も与えてはくれないのか。彼は、野獣の様な眼附で虚空《こくう》を睨《にら》む。疑おうと思えば、どんなに立派そうなものでも、疑わしく見える。もともと*悟性というものが否定的な力だからか。だが、この取るに足らぬ薄汚い「地下室」や、この不様な服装や、この卑屈な唸り声は、何か肯定的なものを語っていないか。凡《すべ》てのものが崩れ去ろうとする危険のうちに、この憐《あわ》れな男は、少くとも自分だけは掛替えなく生きている事を感じてゾッとする。この感覚は、歯痛の様に彼を貫く。すべての行為は愚劣であり、無為ほどましなものはないと信じたこの男は、ひょんな事から自分でも呆《あき》れ返るほどの愚行を演じねばならぬ。生きるという事は、そういう具合なものなのか。

然《しか》し、もう止《や》めにしよう。諸君は、既に納得されたであろう、これが、ドストエフスキイが一人称小説の形式を捨てた場所である事を。人間とは何かという問いは、自分とは何かという問いと離す事が出来ない。何故かというと、人間を一応は、事物の様に対象化して観察してみる事が出来るとしても、それは、人間に、あまり遠方から質問する事になるからである。人間は何かである事を絶えず拒絶して、何かになろうとしている。そういう人間に問いを掛けるには、もっと人間に近付かねばならぬ、近付き過ぎるほど近付いて問わねばならぬ。僕に一番近付き過ぎている人間は、僕自身に他ならない。自己に烈しく問う者が、何等《なんら》の明答も得られない様を、僕等は「地下室の手記」に見る。彼は疑いの煉獄《れんごく》から出る事が出来ず、出ようともしない様も、まさに僕等の読む通りである。彼は、ゴリアドキンの様に狂ってはいない。だが、小説自体は狂っている。始めもなければ終りもなく、筋もない、骨組もない。主人公は確かにいるのだろうか。本当はいないのかも知れぬ。手記を書いている当人がこんな事を言う、「全くくそ面白くもない長話だ。小説には主人公というものが要る。ところが、この中にわざと計画したように、主人公らしいものとは全く正反対の性質ばかりが、一々丹念に寄せ集められているではないか」。傍点を附したのはドストエフスキイ自身である。一人称小説の形式は、その最も烈しい純粋な形で坐礁《ざしょう》した。失敗したのではない。計画通り見事に暗礁《あんしょう》に乗り上げたのである。その事こそ、主人公には得られず、作者には与えられた、明答ではなかったか。曰《いわ》く、新たに自分自身を産め、と。

「罪と罰」の覚え書の中に、この作を告白体で書いたものがある処を見ると、作者は、この新しい世界へ這入《はい》るのに、余程逡巡《しゅんじゅん》したらしいが、彼は遂に踏み込んだ。「私」は消えた。という事は、作者の自己の疑わしさが、そのまま世界の疑わしさとして現れたという事であって、今更、公正な観察者などが代理人として、作者のうちに現れる余地はなかったという意味である。人と環境或《あるい》は性格と行為との間の因果関係に固執する、所謂《いわゆる》自然主義小説の世界は、もっと深い定かならぬ生成の運動に呑《の》まれ、人間の限定された諸属性が消えて、その本質の不安定や非決定が現れ、信仰や絶望の矛盾や循環が渦巻く。ここに現れた近代小説に於ける世界像の変革は、恰《あたか》も近代物理学に於ける実体的な「物」を基礎とした従来の世界像が、*電磁的な「場」の発見によって覆《くつがえ》ったにも比すべき変革であった。

2

夏のある夕方、何処《どこ》の何者だかわからぬ、見窶《みすぼ》らしい服装をした一人の青年が、街をうろつき乍《なが》ら、何んの事やらわからぬ事を呟《つぶや》く、「一体あれが俺に出来るのだろうか。そもそもあれが真面目《まじめ》な話なのだろうか」。作者は「罪と罰」という長篇の書出しに何んの前置きも必要としなかった。人間の心ほど、動き易《やす》い、動かされ易いものはない。読者は、此《こ》のほんのささやかな訝《いぶ》かしい心理の糸口を与えられただけで、既に、二日後には世にも奇怪な人殺しを行う何処の何者とも解らぬ青年の内部世界の住人となる。彼とともに犯罪心理の紆余《うよ》曲折を辿《たど》った揚句、斧《おの》が振り上げられ、血が流れる様を、読者は息を殺して眺め、吐息をつく。まさに何も彼《か》もこの通りでなければならなかった、仮りにあれが、自分だったとしても、他にどんな風に出来ただろうか、と。

ラスコオリニコフは、今夜のかっきり七時に婆《ばあ》さんを殺す筈《はず》である。凡《すべ》てが考え尽され、彼のカズイスティック*の剃刀《かみそり》の様な刃の前には、この行為に関して、もうどんな道徳上の駁論《ばくろん》も現れては来なかった。自分の下宿から婆さんの家まで、七百三十歩ある事まで計算されていた。ところが、彼には、自分の計画がはっきりした形を帯びて来れば来るほど、それはいよいよ愚劣な醜悪なものに思えて来る事をどうしようもなかった。彼には、自分が確かに決行するとはどうしても信じられなかった。最後まで、自分で自分が信じられなかったのである。彼は、屋根裏にごろごろしながら、迷いに迷う。人を殺そうとする考えが、まさしく次第に彼を殺して行くのだが、彼には、それは、ただ堪え難い疲労として感じられるばかりである。何故《なぜ》、今夜は、決行なのか。往来で、ふと耳に這入《はい》った、婆さんは今夜七時には一人でいる、という言葉故《ゆえ》だ。それは、彼が犯行の手段に関して、求めていた一解決でも一啓示でもなかった。彼は、まるでそんな風には、この言葉を受取らなかった。それは言葉というよりも、何か無意味な外的の衝撃であって、彼の惑乱した不安定な心は、その衝撃に堪えられなかった。彼は、一切が突如として、決定されて了《しま》ったと直感する。絶好の機会が到来した丁度その時、彼は自分には意志というものが、もはやないと感ずる。不注意な読者は、恐らく読み過して了うであろうが、犯行は遂に避けられぬと感じた数時間前、ラスコオリニコフは、犯行は遂に避けられたと感じているのである。彼は、一と月も、自分のなかで化膿《かのう》していた腫物《はれもの》が、突然潰《つぶ》れた様に思う。今こそ自由だ。祈りの言葉が彼の口から洩《も》れる。何故、腫物は潰れたか。それは、久し振りに引掛けたヲートカの酔いで、草の上にうたた寝した彼を見舞った、残酷な夢の影響だったかも知れぬし、ネ*ヴァ河に沈んで行く、赤い太陽がした業《わざ》だったかも知れぬ。作者は、疲労の極、失神した主人公を、無慙《むざん》な手つきで、寝台の上にころがす。暫《しばら》くの間不安な眠りを貪《むさぼ》ろうとするこの男が、もはや殆《ほとん》ど生きた人間ではない事を、作者は、どんなによく理解していたであろう。こんな男が、人殺しをする為に、数時間後再び目を醒《さ》まさなければならぬとは。あわれな奴め。せめて美しい夢でも見たらどうか。美しい夢が訪れる。凡《およ》そこの男の意識には似合わしからぬ麗《うる》わしい夢が。金色に輝やく砂の上を音を立てて流れる空色をした冷い水を、彼は口づけに飲む。ああ、この男は生きている、夢のなかで。遠い昔、自然が生物に与えた、自然への信頼は、この男には、はや夢のなかにしか見附からないのか。時計が鳴る、彼は、ハッとわれに還《かえ》り、自働人形の様に動き出す、婆さんの素頭に、斧が機械的に下りて来るまで。――再び言うが、読者はじっと息をこらしている、主人公の心理の動きの必然性のうちに閉じ込められて。読者は、兇行《きょうこう》の明らかな動機も目的も明かされてはいない。そんなものが一体必要か。そんな事はどうでもいい事ではないか。よくなくっても後の祭りだ。殺されて了ったのではないか。現に私はこの眼で見た。そうだ、見る事が必要なのである。だが、評家は考えてしまう。

ラスコオリニコフの思想を明らかにし、彼の行為を合理的に解釈しようとする、評家達の試みは成功しない。作者にしてみれば、若《も》し諸君が成功するなら、私の方が失敗していたわけだ、とさえ言いたいだろう。作者は、主人公の行為の明らかな思想的背景という様なものを信じてはいない。そういうものに就いて、殆ど真面目に語ってさえいない。凡そ「罪と罰」に言及する評家で、ラスコオリニコフの思想とニイチェの超人*の思想との親近を言わぬものはない。この半ば伝説化された意見に就いては、僕には、火のない処《ところ》に煙は立つまい、という以上の事が言えそうもない。成る程、主人公は、強者の権力とか、良心に従って平気で他人の血を流すナポレオンとか、そういう事を喋《しゃべ》る。喋るばかりではない、犯行の半年ほど前に、新聞に主人公が発表したという小論の論旨が当人の口を通じて語られる。自然のどういう気紛《きまぐ》れに依《よ》るのか明らかではないが、人類は、保守と服従とを事とする凡人と、反抗と破壊とを好む非凡人との二つの型に分れている。新しい価値を産もうとする後者の前には、法も道徳もない、前者は、この生れ乍らの犯罪人を罰しようとかかる。この世は、両者の永遠の戦場である、云々《うんぬん》。評家は（例えばシェストフの様に）ここに、ニイチェの発見に先立つ事三十五年の思想を読みとるのだが、当の主人公には、一向そんな思想を奉じている様子が見えず、彼の兇行は、金や恨みが元だとはどうしても思えぬと同様に、さような思想の確乎《かっこ》たる実践とも思えぬ、この青年はまさしくそういう風に描き出されている。併《しか》し、評家は見ない、考える、ラスコオリニコフの思想とは、性格とは、と。これは危険な道である。作者は、この作品の創作ノオトのなかで、「主人公が廿三歳の青年である事を補正の際忘れぬ事」と書いている。警告は、寧《むし》ろ評家に対してなさるべきであった。万人に同じ真理を明かす思想などというものは、この世にない。大小説を読むには、人生を渡るのと大変よく似た困難がある。

ラスコオリニコフとは何者か。聡明《そうめい》な頭と優しい心とを持ちながら、貧困と烈《はげ》しい疑惑とにより、何も彼も滅茶々々にして了った憐《あわ》れな肩書きだけの大学生であって、それ以外の何者でもない。無論、思想家でもなければ何主義者でもないが、何も彼も滅茶々々にして了った男だから、普通の意味で生活人とさえ呼べぬ。この奇妙に不安定な反抗児を、*バザアロフに比べても、*ペチョオリンに比べても無駄である。*浪漫派文学が創《つく》り出した、数々の輝やかしい反逆者達とは、凡そ遠い何処かの片隅で絶望している。異様な想念や心理や行動の擒《とりこ》となったこの徹頭徹尾疑わしい存在には、思想もなければ、性格さえない様に見える。まさしく、「地下室の手記」の結末に予告されていた事が、ここに生じたのである。だが、危険な道を歩いた評家達には、違った事が生じた。或る評家(例えばミハイロフスキイ*)は、人間精神のどんな深さが現したかったにせよ、こんな畸形児《きけいじ》を案出する癲癇《てんかん》病者は、幸い今のところ特殊な病理学的存在であると皮肉った。或る評家(例えばクロポトキン*)は、こんな男に、人殺しが出来るわけがない、架空の人物、架空の物語だと断じた。或る評家(例えばJ・M・マリィ*)は、この不徹底な曖昧《あいまい》な人物に飽き足りず、作の真の主人公は寧ろスヴィドゥリガイロフ*だと考えた。マクベス*に比べたらラスコオリニコフなぞは犯罪者とは呼べない、作者は、もし小説の筋に混乱を来《きた》さなければ、先《ま》ず老婆《ろうば》を病死させた上で、主人公に斧で殴らせる事にしただろう、とまでシェストフは極論している。

　人物の架空性、事件の架空性、——多くの評家等の非難は、期せずして同じこの点に集っている様に見えるのであるが、何も非難は彼等の口をまつまでもないのだ。作中には、既に、この憐れな空想家の犯行を看破したポルフィイリイ判事という辛辣《しんらつ》な批評家が登場していて、主人公は、完膚《かんぷ》なきまで解剖され愚弄《ぐろう》されているのである。

「いや、ロヂオン・ロマアヌイチ、これはミコオル*なんぞの仕業《しわざ》ではありませんよ。これは、陰気なファンタスティックな事件です。この犯罪には、現代の徴《しるし》がありますよ。いろいろな本の引用なぞして、血が何も彼も洗ってくれると主張する、その癖、安逸しか考えてはいない、そういう時代の特徴があるんですよ。理論に毒され、机上の空想に酔った頭脳の夢だ」——これは、ラスコオリニコフとポルフィイリイとの最後の対決の場面に出て来る言葉だが、作者は何も彼も承知の上で、恐らく、評家達の非難するところから出発したのである。彼等が非難する結果に、実は、作者の苦しい程意識した作の主要な動機があったとさえ思われるのである。ポルフィイリイは、実際的な動機を全く欠いた、この殆ど無意味と見える一事件の意味を看破する。事件は空想的であるが、起った事は、確かに起ったのであって、犯人は確かに空想的人物に相違ないが、そういう犯罪者が現れて来るという事は、少しも空想的な事ではない。彼は、ラスコオリニコフこそ正銘の犯人と直覚しているが、どう苦心してみても証拠が摑《つか》めぬ。いろいろ謎《なぞ》を掛けてみるが、相手は口を割らぬ。口は割らぬが、そのしどろもどろの言葉、顔面の痙攣《けいれん》、卒倒、あらゆるものが口をきく。いや、いかにも自然に平静に見える言動にも、その自然さ平静さの故《ゆえ》に、深く巧まれた何ものかの臭《にお》いがする。最初に直覚があるとは恐ろしい事である。先ず直覚しない聡明は、何事もなし得ぬものである。ポルフィイリイの直覚は、動かせぬ確信に育つ。だが証拠はない、物的証拠は何一つない。すべては夢だ。それにしても、何んと忌《いま》わしい鮮やかな夢だろう。いつまで見続けねばならぬのか。ああ、毛筋ほどの証拠さえあれば。——そこで、二人の最後の対決の場面に隠されたパラドックスは次の様な事になる。出会う毎《ごと》に二人とも同じたった一つの言葉を見詰めて来た、人殺し、という言葉を。一人は必死になってこの言葉を押し殺して来たが、ともすれば口から飛び出しそうであった。一人は喉元《のどもと》まで出かかるが口には出なかった。とうとうこれが、ポルフィイリイの口を飛び出す、しゃがれたささやく様な音を立てて――「あなたが殺したのです」――先きに白状したのは判事の方だ。犯人は蒼《あお》ざめる。だが何事も起らない、起り得ない。ただ奇妙なほど長い沈黙が来る。判事は、自分の扱う事件が、事件というより寧ろ「頭脳の夢」である事を、この時ほどよく信じた事はない。彼は、夢のなかに大胆に足を踏み込む。証拠とは何か。そちらの方が夢かも知れぬ。判事とは何か、これも夢かも知れぬ。彼は、突然、異様に率直な人間通に転身し、犯人は、「もの悲し気な滲《し》み入る様な眼で」敵手を眺める。「何故逮捕しないんです」「あなたを牢《ろう》に入れて落着かせる必要はありません」「若し逃亡したら」「したって又還って来る、あなたは私達なしではやって行けない。自首して減刑になった方が得ですよ」「ええ、馬鹿々々しい」「それがいけない、どうもあなたは堪《こら》え性《しょう》のない人だ。一体、あなたはこれ迄《まで》に充分生活をしましたか。充分物事がお分りですか。理論を考え出して、まんまとしくじっただけではないか。監獄が何んです、何もびくびくする事はない」「一体あなたは何者です、何んの権利があって――」「私はもうお了《しま》いになった人間です。そりゃまあ感じもあるし、同情もあり、何や彼やちっとは心得た人間かも知れませんが、しかしもうお了いになった人間です。だが、あなたは違う。生きなければいけない。問題は監獄にはない。あなた自身にある。あなたに信仰がないのは、私も承知している。しかし大丈夫、生活が導いてくれます。今のあなたには空気が足りない、空気、空気がね。ところで最後のお願いだが、万一、万が一ですよ、どうも馬鹿々々しい想像だが、お赦《ゆる》し願いたい、あなたが事件を別な方法で、突拍子もない方法で片附けよう、つまり自分に自分で手をかける様な事になったら、ほんの一二行、ただの一二行でよろしい、書き遺《のこ》して置いて下さい。その方が堂々としていますからな、へッ、へッ、へッ、いや、御機嫌よう」――空気が足りない、スヴィドゥリガイロフも、同じ事を、この青年に言う。空気とは何か。評家は急いではならない。主人公は、作中に於いて既に、評家達に事を欠いてはいない。ラスコオリニコフを知ろうと思うものは、先ずポルフィイリイに転身し、稀薄になった空気の中で、不思議な息苦しさを経験してみる必要がある。息苦しさのなかに、稀薄な空気の中に批評の極限の如《ごと》きものが漂うのを感知するであろう。ポルフィイリイは、世の評家等に警告する、「私はもうお了いになった人間です」。

――いつの間にか、ラスコオリニコフは、又、あのアパートの階段を登り、あの室に来ている。婆さんを殺してから三日目の夜の事である。何んとは知れぬ力に押されて、この部屋を訪れ、鈴の紐《ひも》を引き、あの時と同じブリキの様な音に耳をすまし、奇怪な快感を味《あじわ》ったのは、つい昨夜の事だ。しかしラスコオリニコフには、もはや時間の観念という様なものはない。読者にしてみても同じ事で、幾時何処《いつどこ》で昨夜が終り、今朝が来ていたか、誰も言う事が出来まい。この長篇には、主人公の殺人から自白まで、一週間の出来事が書かれていると聞かされて、驚かぬ読者はないだろう。それは兎《と》も角《かく》、今、ラスコオリニコフは、そっと爪先《つまさき》立ちで部屋に踏み込むのである。銅紅色の月が窓にかかり、部屋一面に月光が流れている。何も彼も元のままだ、長椅子《ながいす》も鏡も額入りの画も。「こんなに静かなのは月のせいだ」、彼はそんな事を考える、「きっと月は今謎をかけているんだ」。壁にかかった女外套《がいとう》が、ふと彼の眼にとまる。どうも誰やら蔭《かげ》にかくれている様な気配なので、用心深く外套をのけてみると、其処《そこ》に椅子があった。見ると椅子の上には老婆が腰をかけていた。彼は、静かに斧《おの》をとり出し、脳天目がけて打ちおろす。手ごたえはない。老婆は低く低く頭を垂れる。身をこごめ、覗《のぞ》き込むと、彼女は笑っている、相手に聞かれまいと笑いを噛《か》み殺し乍《なが》ら笑っている。彼は狂憤にかられて、又一撃する。老婆は、全身を揺ぶり高らかに笑う。

――目が覚める。見知らぬ男が戸口に立っている。一体これは夢の続きであろうか、とラスコオリニコフは訝《いぶか》る。確かに夢は続くのだ。この長篇は、主人公に関する限り、一つの恐ろしい夢物語なのである。

美しい夢も、やがては覚めねばならぬ、と人は言うが、何も彼も夢だと観じた頭脳の悪夢に、覚める期があるのであろうか。これが、極めて難解な全篇の主題を成す。何故夢は主人公に、老婆が未だ生きていると告げるのか。複雑な観念の世界で覚め切っていると信じているこの人間には、老婆の死という単純な事実が、どうしても腑《ふ》に落ちないからである。事件の渦中にあって、ラスコオリニコフが夢を見る場面が三つも出て来るが、そういう夢の場面を必要としたについては、作者に深い仔細《しさい》があったに相違ないのであって、どの夢にも、生が夢と化した人間の見る夢の極印がおされている。彼は、目覚めては又もう一つの一層深い夢を見ねばならぬ様子である。奇怪な倒錯が現れて来る様に見える。ポルフィイリイの言う様に、たしかに問題は監獄にはない、ラスコオリニコフ自身にある。ところで、生を悪夢と化したこの男は、何処で彼自身に出会えばよいか。睡眠という一種の死を通してであろうか。作者が、主人公の夢に与えた象徴的性格は、覚めた主人公の意識に這入《はい》って来る事は難かしい、主人公とともに覚め、主人公とともに一喜一憂する読者の意識にも亦《また》。作者の課題、言わば、自分の見る夢に愚弄《ぐろう》される覚めた男という課題の中に主人公はいる。そしてこの課題の難かしさ苦しさを、隈《くま》なく生き通す様に命じられている。事件直後の、主人公の錯乱状態を活写した後、作者は、まるで主人公に呪《のろ》いでも掛ける様に、「彼はあの事件をとんと忘れて了っていた。その代り、何かしら忘れてはならぬ事を忘れている、という事を絶えず思い起すのであった」と書いているが、この呪縛《じゅばく》は、落着きを取戻したラスコオリニコフの心底にも、主調低音の様に鳴り続けるのである。

老婆の殺害は、ラスコオリニコフの妄想《もうそう》の結論という、謎めいた事実であったが、彼は、同時にもう一人リザヴェエタ*という女を殺したのであり、この方はまことにはっきりしている。彼は、思いも掛けなかった邪魔物の出現に驚き、自己防衛の本能から、力一杯に斧を振りかぶるのである。老婆の頭上には、斧は、力なく機械的に下された、と書くのを作者は忘れてはいない。作者は、主人公が同時に行う全く性質の違った二種類の兇行《きょうこう》を鮮やかに描き分けているが、無論、これは主人公には、少しも鮮やかな事柄ではない。作者に呪いを掛けられた、ラスコオリニコフの事後の反省は、不思議な自然さでこの点を避けて通る。成るほどラスコオリニコフには、あの事件を決して忘れる事は出来ない。が、又、決して本当には思い出す事が出来ない。何故《なぜ》婆さんを殺してはいけないのか、という悩ましい事前の空想が、そのまま、何故婆さんを殺したのがいけなかったかという事後の苦しい反省に変り、事件そのものは、両者の間にはさまれて消えるのである。ラスコオリニコフが、又しても立ち還《かえ》るのは、いつも同じ犯罪という固定観念であって、そのなかに老婆の顔は現れるが、リザヴェエタの顔が現れる余地はない、少くとも彼の意識が緊張している間は。この固定観念は、窓ガラスの様に彼と外界とを隔て、彼は一匹の蠅《はえ》の様に、徒《いたず》らにこれに衝突する。そうだ、確かに彼は外に飛び出した。が、気が附いてみるとやはりこちら側にいた。ガラスは壊れなかった。斧の一撃は、完全に彼を裏切った。彼には、成功はおろか、失敗さえする事が出来なかったのである。凡《すべ》てが無意味だ。ラスコオリニコフの苛立《いらだた》しい反省は、一つの恐ろしい想念に突当る、自分は何も彼《か》も予感してはいなかったのか、と。自分は果して兇行が許される様な強者か。だが、自分は強者かと問う様な強者が何処にいるか。皆んな解《わか》っていた、知り抜いていたからこそ、あんな虱《しらみ》の様な婆さんをわざわざ相手に選んだのではないか。虱なのは、婆さんより寧《むし》ろ自分の方だ。ラスコオリニコフは、シェストフの非難を、そのまま自嘲《じちょう》の言葉に使ってもよかった筈《はず》だ。俺は、婆さんの病死を見すまして、殴り殺したかったのだ、と。シェストフの非難は、言わば原作からの剽窃《ひょうせつ》である。ところで、今は、確かに自分が虱である事が実証されたか。されたかも知れぬ。併《しか》し、何も彼も予感していた虱には、何んの手答えもない。

彼は、この手答えがないという事に慄然《りつぜん》とする。何んという俗悪、卑劣。——彼は歯ぎしりする。自虐《じぎゃく》の極まるところ、空《むな》しい憤怒《ふんぬ》が爆発する——生き返りでもしてみろ、又殺してやる——やがて、彼がどんな夢をみねばならなかったかは、既に読者が見られた通りだ。

断って置きたいが、予感という言葉に傍点を附したのは、原作者であって、僕ではない。惟《おも》うに、作者は、主人公の心理の特徴ある動きを、読者が看過するのをおそれたのである。事件の前々日、たまたま、ラスコオリニコフは、絶望をわずかに泥酔《でいすい》でまぎらしている酔漢から、気味の悪い言葉を聞く。*「分りますかな、書生さん、もうこの先きどこへも行き場がないという意味が。まだお分りにはなるまいな。だって人間は、誰にせよ、たとえどんな所にせよ、行くところがなくちゃ駄目ですからな」。翌日になって、ラスコオリニコフは、この言葉を思い出すとともに、又しても殺人の想念が不意に閃《ひらめ》いたのでぎくりとする。ところが、作者は、次の様に続けるのである。「彼がぎくりとしたのは、この想念が閃いたからではない。この想念が必ず『閃く』に相違ない事を、ちゃんと知っていたからである。予感していたからである。寧ろ、それを待ち設けていたほどである。——一と月前まで、いやつい昨日まで空想だったものが、今、何か新しい、凄味《すごみ》ある、まるで嘗《かつ》て覚えのない形で現れた」。作者が示し度《た》かったのは、明らかに、殺人とは、ラスコオリニコフの意志でもなく、願望とさえ呼べない一つの強迫観念であったという事だ。強迫観念は、彼を追い、屢々彼を追い、、、、、、、、抜くのである。

「地下室の手記」を忘れてはならない。ラスコオリニコフのデッサンは、既に其処に描かれているからである。ラスコオリニコフの「地下室」は、下宿屋の五階の屋根裏にあった。行為は精神の自由を限定する、馬鹿にならなければ、どんな行為も不可能だ、「地下室の手記」は、そういう奇妙な考えに悩む男の物語であったが、真の主題は、行為の必然性を侮蔑《ぶべつ》し、精神の可能性をいよいよ拡大してみると、行為の不可能性という壁に衝突するというパラドックスにあった。彼も亦、「何処でもいい、何処かに行く処《ところ》がなければならぬ」男なのである。ラスコオリニコフが、ソオニャ*に会う場面で、兇行の動機について、いろいろ尤《もっと》もらしい説明をした揚句、突然、自分の言葉に嫌悪《けんお》を感じ、「ただ、やっつけたくなったのだ、それが原因の全部だ」「理窟《りくつ》なく殺したくなったのだ、ただ自分の為に、自分だけの為に殺したのだ」と言い切るところがある。殺人は、ラスコオリニコフの「何処でもいい、何処かに行くところがなければならぬ」、そういう場所であった。尤もらしい動機なぞに意味がありようがない。

意識が、一と度《たび》、疑いと否定との運動を起し始めたら、止《とど》まるところを知らない。精神という可能性の世界には、現実の邪魔物はない筈だ。邪魔物がないという事は、どの様な考えも、ラスコオリニコフの意識のうちに固定する事が出来ないという事だ。意識と行為との算術的差は、彼の望むがままに大きくなり、或る可能な行為に関するあらゆる可能な動機が考えられる、という事は逆に、何んの動機もない行為が可能と考えられる。更に、あらゆる可能な物に対して自分自身が一つの可能性になり終ったという自覚が、烈《はげ》しく彼を苦しめる。何処かに行かねばならぬ。という意味は、何者かに現実にならねばならぬ、という事だ。だが、既に錯乱が彼を襲っている。彼は強迫されている。どういう方法で何処へ行くか。まさに作者が描写し、読者が息を殺して読んだ通りにである。「それはまるで、着物の端を機械の車輪にはさまれて、その中へじりじりと巻き込まれて行くのと同じであった」、それがラスコオリニコフにとって、決行という事であった。

この作を、作者自身「犯罪心理の計算報告」*と呼んでいる。成る程、主人公は、まるで奇怪な心理の俘囚《ふしゆう》の様に、作者に引摺《ひきず》り廻されているのだが、もしそれだけのものならば、ラスコオリニコフは単なる惨《みじ》めな男か道化者か或《あるい》は精神病学の一症例を出まい。ラスコオリニコフの物語が、紛《まが》う事のない悲劇として現れるのは、其処にもう一つ、大事な要素が加わるからである。それは、彼の不幸の原因は、深く彼自身の裡《うち》に隠れているという事だ。彼の破滅は、何等《なんら》外的な力によるのではなく、彼自ら身の破滅を望み、言わば、これを創り出すのに成功したからである。彼の裡には、他力を借りず自己たらんとする極端な渇望《かつぼう》があり、既に定められたもの、与えられたものを否定し、一切を自力で始めようとするその強い性向は、遂《つい》に外的存在のみならず自分自身の存在の必然性も拒絶して、精神の可能性の世界に閉じこもるに至る。彼はこの世界の主人となった時に、観念が観念を追うこの空しい世界には、凡《およ》そ主人と呼べる様なものは存しない事に愕然《がくぜん》とする。彼の自己紛失は、彼の自己たらんとする同じ力によって行われるのである。兇行はそういう危機に際して現れるのだが、彼自ら「実験」と呼ぶこの行為は、そう呼ばざるを得ないその事が示す通り彼の精神の鏡に映った可能的自己の姿に過ぎなかった。この奇妙なエゴティスト*は、どうしても他人にめぐり会えない事に苦しむ。烈しく純粋な自己反省というものの運動が、当然落入らざるを得ないディアレクティック*に苦しむ。そしてこの正当な苦しみが、彼の狂気の間に閃くのである。作者は、ラスコオリニコフに、こんな事を言わせる。「婆さんを殺したのは悪魔だ、俺ではない、俺は、一と思いに、永久に自身を殺して了《しま》ったんだ」。「犯罪心理の計算報告」を書いた人は、単なる心理学者ではなかった。ラスコオリニコフの様な、言わばその人格というものが危機に瀕《ひん》し、殆《ほと》ど一個の複雑な心理現象と化して了った様な人間でも、この世に生きている限り、全く魂を紛失して了うわけにはいかぬ。或る異様な生の統一が、彼を捕えて離さない。ラスコオリニコフの心理学的予感の背後には、自分の運命について、一種形而上学的《＊けいじじょうがく》予感ともいうべきものがある――そういう風に、彼は描かれているのである。

3

架空的行為から、併《しか》し、何事かが生じた――

兇行《きょうこう》の翌日、ラスコオリニコフは、ようやく贓品《＊ぞうひん》を石の下に隠しおおせ、茫然《ぼうぜん》としてさまよい歩いていると、危く馬車に衝突しかけて、背中を鞭《むち》でどやされる。見ていた女が、彼を乞食《こじき》と間違え、銀貨を握らせる。「彼は二十＊コペイカの銀貨を掌に握りしめて、十歩ほど歩いてから、宮殿の見えるネヴァ河の流れへ顔を向けた。空には一片の雲もなく、水はコバルト色をしていた。それはネヴァ河としては珍らしい事だった。寺院の円屋根はこの橋の上から眺めるほど、つまり礼拝堂まで二十歩ばかり距《へだ》てた辺から眺めるほど鮮やかな輪郭を見せる所はない。それが今燦爛《さんらん》たる輝やきを放ちながら、澄んだ空気を透かして、その装飾の一つ一つまではっきりと見せていた。鞭の痛みは薄らぎ、ラスコオリニコフは打たれた事などけろりと忘れて了《しま》った。ただ一つ不安な、まだよくはっきりしない想念が、今彼の心を完全に領したのである。彼はじっと立ったまま、長い間瞳《ひとみ》を据えて遥《はる》か彼方《かなた》を見つめていた。ここは彼にとって格別なじみの深い場所だった。彼が大学に通っている時分、大抵いつも——といって、おもに帰《かえ》り途《みち》だったが——かれこれ百度くらいは、丁度この場所に立ち止って、真に壮麗なこのパノラマをじっと見た。そして、その度にある一つの漠とした、解釈の出来ない印象に驚愕《きょうがく》を感じたものである。いつもこの壮麗なパノラマが、何んとも言えぬうそ寒さを吹きつけて来るのであった。彼にとっては、この華やかな画面が、口もなければ耳もないような、一種の鬼気に充《み》ちているのであった——彼はその都度《つど》われ乍《なが》ら、この執拗《しつよう》な謎《なぞ》めかしい印象に一驚を喫した。そして自分で自分が信じられぬままに、その解釈を将来に残して置いた。ところが、今彼は急にこうした古い疑問と怪訝《けげん》の念を、はっきり思い起した。そして、今それを思い出したのも、偶然ではない気がした。自分が以前と同じこの場所に立ち止ったという、ただその一事だけでも、奇怪なあり得べからざることに思われた。まるで、以前と同じ様に考えたり、つい先頃まで興味を持っていた同じ題目や光景に、今も興味を持つ事が出来るものと、心から考えたかのように……彼は殆《ほとん》ど可笑《おか》しいくらいな気もしたが、同時に痛いほど胸が締めつけられるのであった。どこか深いこの下の水底に、彼の足元に、こういう過去の一切が——以前の思想も、以前の問題も、以前の印象も、目の前にあるパノラマ全体も、彼自身も、何も彼《か》もが見え隠れに現れた様に感じられた……彼は自分が何処《どこ》か遠い処へ飛んで行って、凡百のものが見る見る中《うち》に消えて行くような気がした……彼は思わず無意識に手を動かしたはずみに、ふと掌の中に握りしめた二十コペイカの銀貨を感じ、掌を開いてそれを見詰めていたが、大きく手を一振りして、水の中に投げ込んで了った。彼は踵《きびす》を転じて帰途についた。彼は、この瞬間、剪刀《はさみ》か何かで、自分というものを、一切の人と物とから、ぷっつりと切り放したような思いがした」

——以上の様な事が生じたのである。その日の午前、ラスコオリニコフが、警察で卒倒する場面があるが、そこにも、彼を見舞った恐ろしい孤独感が描かれていて、若《も》し作者が重複を厭《いと》わなければ、ここでも、「彼にとって苦しかったのは、それが意識とか観念とかいうよりも、寧《むし》ろ感触だった一事である。それは、今まで生活で経験したあらゆる感触の中で最も端的な、最も悩ましいものであった」「嘗《かつ》て例《ため》しのない或るものが、彼のうちに成就《じょうじゅ》した」と書いたであろう。

ラスコオリニコフは世間との交渉を拒絶し、屋根裏の小部屋に閉じ籠《こも》り、孤独な想いに耽《ふけ》っていたのであるが、やがて殺人という固定観念に附纏《つきまと》われる様になると、今度はその中に閉じ籠り、自ら手を下すその実行に対してさえ孤独になる。犯行は、夢遊病者の様に行われ、事後、彼は聊《いささ》かの悔恨も感じなかった。悪魔が殺したのだ。いかにもそうだった。それほどこの孤独病者の孤独は、入念に防禦《ぼうぎょ》されていたのであるが、今は、悪魔の方にも言い分がある、殺したのは俺かも知れぬ、併し俺はお前に対して少しも孤独ではない、と。ラスコオリニコフが認めようと認めまいと、悪魔は、屋根裏から出て斧《おの》を振りかぶった。そして、何事かが悪魔の側から生じたのである。

犯罪心理学者は、こんな風に言うかも知れぬ。犯罪の企図《きと》が成就した時、犯罪者の孤独感が急に強くなるという事は、いかにも自然な心理過程である。人間は、どんなに社会を拒絶しようと、社会の連帯性に適応しようとする心理傾向は、常に彼の内奥《ないおう》に存すると仮定し、犯罪者に生ずる孤独感を、彼が保持しようとする犯罪の秘密性に対する、そういう無意識の心理傾向の復讐《ふくしゅう》と解するならば、秘密確保の必要が決定的なものとなった時、彼の孤独感は最大となる筈《はず》である、と。いかにもありそうな話であるが、いずれありそうな話に止まろう。少くとも、こういう説を、ラスコオリニコフが受取ったとしたら、二十コペイカ銀貨と一緒に橋の上から河の中に投げ込んだに相違ない事は確かである。何も、彼が犯罪心理学の対象として例外的人物だからではない。生きているとは生きていると意識する事である。意識の原因に関し、どんな合理的仮説が無意識の世界に求められようと、それは現に感じている意識の苦痛を必ずしも減らしはしないし、逆に増さないとも限らない。

犯罪行為が、彼自身の手にも余った或る力であった様に、そこに生じた犯罪の秘密性も、彼の意志通りには決してならぬ或る生き物の様に彼の心に棲《す》みついた。彼はこれを手なずけようとして、警察で卒倒したり、判事の罠《わな》にかかってじたばたする事しか出来ない。そうかと思えば、友人のラズウミヒン*に、全く何んの必要もなく、ふとした事から、秘密を明かして了う。ラズウミヒンの常識が、これを信用せずに避けて通ったのは、恰《あたか》も、事件の当日、喧嘩《けんか》したペンキ屋が、四階から降りて来るこの殺人者に道を開けてやった様な偶然に過ぎぬ。ラスコオリニコフ自身、この事をよく承知しているのである、自分が馬の耳を持った昔話の王様であると同時に、或る日それを見た床屋でもある事を。まことにそういうものである。鋭い意識家にとっては、意識とはすべて昔話に過ぎまい。自意識の過剰に苦しむとは、流れて止《や》まぬ意識の最先端に、自我という未来に向う「無」を常に感じている苦しみに外《ほか》なるまい。お望みなら、卒倒もしてやろう、友人に飛んでもない事を口走りもしてやろう、一体自分が何を承知していないと言うのか。絶望的な自嘲《じちょう》は、ラスコオリニコフには親しい逃げ道なのだが、逃げ道が袋小路である事も、彼はよく承知していた。注意深い読者は、全篇の終りに近いところで、ラスコオリニコフが妹と交す会話の一端から、ネヴァ河が、幾度となく彼の心中を往来した自殺の場所であった事を知るだろう。生きて行く理由は見附からぬが、何故《なぜ》死なないでいるのか解《わか》らない、そういう時に、生きる悲しみがラスコオリニコフの胸を締めつけるのである。

あの「壮麗なパノラマ」の謎は解けたのだろうか、それとも一層深まったのだろうか。彼は知らない。併し、あの「華やかな画面」の裏側に、凡《およ》そ人間の命には無関心な或る醜悪な怪物の存在を感じ、その謎めいた印象の解釈を、己れが信じられぬままに、将来の為に保留したという事は、恐らく彼が自分の運命を予感したという事に外ならなかったのである。哲学者は、答えられる様にしか問わぬものだが、この「地下室の手記」の嫡子《ちゃくし》には、凡そ答えなど期待しない様な兇暴《きょうぼう》な一つの哲学的問いが燃えている。何故、怪物は人間の発明品であってはならないか。何故、自然の法則とは人間にとって可能的必然性に過ぎぬと考えてはいけないか。何故、人間に必然な可能性という全く別な何ものかが勝利を得てはいけないか。――やがて、この自分の狂気をよく知った狂人にふさわしい痛ましい行為が行われた事は、読者が見られた通りである。彼は、自分の愚行に決定的に嘲笑されるのを感じた。だが、それは確かに、彼が怪物を解決せず、怪物の方が彼を解決した事であったか。まさしくそういう事であったか。彼は知らない。若し彼が知っているなら、僕はあんな長い引用を必要とはしなかっただろう。今、彼の裡《うち》に現れたものは、観念でも意識でもない、それは嘗て経験した事のない悩ましい触覚であった。恐らく、作者は、読者の思想の裡にも、同じ触覚が現れる事を期待しているのである。ラスコオリニコフは、自分の現在も過去も、勿論《もちろん》、防禦して来た自分の「孤独」も「秘密」も、足元の水の底に見え隠れするのを見る。彼は、果しない空に、徒《いたず》らに表現の術《すべ》を探す詩人の様に佇《たたず》む。ラスコオリニコフという主題は、ここで異様な転調を行うのであって、これを聞きのがす読者は、次の主題に這入《はい》る用意がないのである。不思議な事だが、大事にしていた彼の「孤独」が、世間の風に曝《さら》され、到《いた》る処に風穴が開いた時、彼の「孤独」は「成就」した。彼の「秘密」はどういう風に成就するか。作者は新しいキイを叩《たた》く――

ここに、ラスコオリニコフとソオニャとの交渉という第二の主題が現れるのであるが、この簡潔な、力強い場面を、そのあるがままの美しさで受取る事は、ちょっと考えると不思議な様だが、非常に難かしい事なのである。ラスコオリニコフを不徹底なニイチェ主義者と見る評家達は、この場面を、殆《ほとん》ど真面目《まじめ》には扱っていないが、そういう明らかな先入主のない小説読者達の間にも、自然主義小説以来養われた客観主義という一種のシニスム*が根を張っていて、こういう場面を創造する作者の真摯《しんし》と無私とを摑《つか》み損う。ここでも、読むよりも寧ろ見なくてはいけない。素直に、この作者の遠近法に従って眺めるなら、殺人者とか淫売婦《いんばいふ》とかいう仮称は消え去り、精神の二つの化身、生の二つの様式とでも言うより外はない様な男女の不思議な廻《めぐ》り逢《あ》いが織りなす、或る退引《のっぴ》きならぬ画面が現れて来るだろう。例えば、フロオベル*の遠近法を借用した現代の教養人の冷眼が、ここにどんな誇張や不自然を見ようとも、作家には何んの関係もない事だ。画面の色調は、飽くまで真率であり、深く静かなのである。

ソオニャの見窶《みすぼ》らしい部屋は、妄想《もうそう》する為にあるラスコオリニコフの屋根裏ではない。来る日も来る日も、生活と必死に戦わねばならぬ場所である。だが、ラスコオリニコフという意外な訪問者を、ソオニャは、一と目で見抜く。これは大事な事だが、恐らく読者より深く見抜くと附言しても差支《さしつか》えない。大小説には、屢々《しばしば》そういう事が起るのである。「お前もやっぱり踏み超えたんだよ、自分で自分に手を下した人間なんだ」とラスコオリニコフは、ソオニャに言う。勿論ソオニャには解らない。彼には、自身の事しか喋《しゃべ》れない。ソオニャとても同様である。二人とも絶体絶命の場所に追いつめられて生きている人間で、他人に解る様な言葉の持合せがない。そして、まさにその事が、二人を互に引寄せるのだが、それがどういう力であるかは、二人とも理解出来ない。ラスコオリニコフは、ソオニャとの出会いを予感していた。無論読者は覚えているだろうが、彼が、ソオニャの名を始めて聞いたのは、彼女の父親のマルメラアドフから、悲惨な身の上話を聞いた時だった。それ以来、何故この世には、自殺するか発狂するかどちらかを択《えら》ばねばならぬ様な不幸、而《しか》も無意味で愚劣で理由もわからぬ不幸が存するのか、という彼を何処《どこ》までも追いかけて苦しめる疑問に、ソオニャという名前が附いた。これに比べれば、この時以来の彼のマルメラアドフ一家との実際の交渉は偶然に過ぎない、彼が一家に示す同情は発作を出ない。観念追求の悪夢だけが、彼が、はっきり意識した一貫した生活をなしていたからである。

ラスコオリニコフは、ソオニャの生活を意地悪く批判し、発狂を言い、自殺について語るが、彼女を驚かす事は出来ない。ソオニャは、彼の言う理窟《りくつ》は理解しないが、発狂についても自殺についても、彼女の流儀で既に充分悩んで来たに相違ない。而も、彼の言葉を残酷だとも意地が悪いとも感じていない。ラスコオリニコフは苦しい想《おも》いで、それを直覚する。何故世の中には、こんな不幸があるのかという彼の疑問に応ずるもっと大きな疑問の如《ごと》く、ソオニャという女が眼前に立ちはだかり、彼はどうする事も出来ない。突然、ラスコオリニコフに奇怪な動作が起る。彼は全身をかがめて、ソオニャの足に接吻《せっぷん》する。驚く彼女に「お前に頭を下げたのではない、人類全体の苦痛の前にお辞儀をしたのだ」と彼は言う。彼は道化ているのか、それとも真面目なのか。口に出せば嘘《うそ》としかならない様な真実があるかも知れぬ、滑稽《こっけい》となって現れる他はない様な深い絶望もあるかも知れぬ。ともあれこの自分の狂気をよく知っている廿三歳の狂人には似合った言動であるか。併し、ソオニャには、そんな事はどうでもよい。そういう曖昧《あいまい》な問題は、一切彼女には存在しない。彼女は見抜いて了《しま》う。この人が何を言おうと何を為《し》ようと、神様は御存知だ、この人は限りなく不幸な人だ、と。これが、彼女の人間認識の全部である。ソオニャの眼は、根柢《こんてい》的には又作者の眼であったに相違ないと僕は信ずる。読者は、「地下室の手記」に於《お》いて、リイザ*が主人公を訪問する場面に、全く同じ事が起っていた事を思い出すであろう。

これに続く、ソオニャがラスコオリニコフに聖書を読んで聞かす有名な場面は、どうも有名になり過ぎて了った様である。と言うのは、読者の通俗なお人よしが、ここに作者の説教を読みとれば、評家の通俗な人の悪さは、作者の恐ろしい皮肉を読みとるという具合で、散々に弄《いじく》り廻されて了っているという意味だ。説教、皮肉、そんなものは幻である。「奇《く》しくもこの貧しい部屋のなかに落合って、永遠の書物を共に読んだ殺人者と淫売婦を、歪《ゆが》んだ燭台《しょくだい》に立った蠟燭《ろうそく》の燃えさしが、ぼんやり照らし出した」だけである。作者は見たものを見たと言っているだけである。――「その時マリヤと共に来《きた》りしユダヤ人、イエスの為《な》せしことを見て、多く彼を信ぜり」、ソオニャは熱病やみの様に慄《ふる》えて、もうその先きを読む事は出来なかった。ラスコオリニコフは、この「不幸な狂女」を黙って眺めた。蠟燭は消えかかり、「五分か、それ以上も経《た》った」と作者は書いているのに、読者は、ここで何故一分の沈黙さえ惜しむのであろうか。

ラスコオリニコフの敏感は、ソオニャの生活を支えているものが、何んであるかを感じている。この狂女には狂信がある、何にも与えて下さらぬ神様を信じている、それを彼は感じている。彼は、ふと眼にとまった簞笥《たんす》の上の聖書を取上げるが、それは、彼が手にかけたリザヴェエタの贈物だと聞かされる。リザヴェエタとは仲よしで、よく二人でこの本を読んだ事があると聞かされる。やっぱりそうだった。だが、作者は、ここで、「《リザヴェエタ！　奇妙だ！》と彼は考えた」としか書いていない。それが、ラスコオリニコフの「頭脳の悪夢」の限界だからである。よし、では一つその奇妙なものを聞かしてもらおうではないか。だが、作者は、『『ラザロのことは何処にあるんだろう？』と彼は出しぬけに訊《たず》ねた」としか書いてはいない。読んでくれと言われて、彼女はためらう。と、ラスコオリニコフの敏感は、こういう事に気附く、「彼女は、今、自分の持っているものを、何も彼も曝け出して了う事が、どんなに辛《つら》かっただろう。――彼女のそういう感情は、実際、昔から、事によったら未《ま》だほんの子供の時分から、不幸な父と悲歎《ひたん》のあまり気のふれた継母との傍で、饑餓《きが》に迫っている子供達や、聞くに堪えぬ叫声や叱責《しっせき》などに充《み》ちた家庭にいる時分から、彼女の真髄ともいうべき秘密をなしていたに相違ない」と。そして、それが彼の残酷な好奇心を刺戟《しげき》する。敏感なのはラスコオリニコフだが、傍点を附したのは作者である。読者は、暫《しばら》くの間でもいい、足をとめて、こういう傍点を附する時、作者はどういう想いであったろうかを想いみるがよい。この作者の様な、システムを拒絶した巨大な思想家の思想の中に這入って行くには、そういうやり方しかない。そういうやり方以外の一切のやり方は虚偽である。何故、ソオニャには、聖書を読んで聞かせる事が、そんなに辛い事なのか。お前にだけは打明けよう、人には話すな、と聖書は彼女に話し掛けていたに相違ない。世間は、決してそんな風には話し掛けてくれなかった。世間は、自分から何も彼も奪って了ったが、自分の持っている最後のものまで曝け出せと言うのだろうか。曝け出された秘密は、荒唐不稽《こうとうふけい》なものと化して、風の様に消えるだろう。公開しても生きている秘密、自分にそんなものを支えて立つ力はない。ある筈《はず》がない。ラスコオリニコフは、「お前もやっぱり踏み超えたのだ」と言うが、自分に何が踏み超えられただろう。追詰められて川に落ちただけなのだ。自分は死んでもよかったのだが、自分を当てにしている家族があったので、一本の藁《わら》を摑んだ。それが神様だったとは神様だけが御存知の事だ。ああ、リザヴェエタがいてくれたら。これがクリスティアンと呼べるであろうか——作者は慄える手で傍点を附する。

ソオニャは、聖書を読んでいるうちに、われ知らず昂奮《こうふん》して来る、奇蹟《きせき》はこの人にも起るかも知れぬ、「五分かそれ以上も経った」、だが、何事も起らなかった。ただ、ラスコオリニコフは、彼女に白状を強いたという事をはっきり感じ、今度は自分の番だとはっきり感ずる。ラスコオリニコフの自白は、翌日の訪問の折、まことに異様な形式で行われるのであるが、この場面の始めに、特色ある心理描写があって、これを省略するわけにはいかない。「誰が殺したのか、一体それを是非言わねばならないのだろうか」、ラスコオリニコフは、物思わし気な様子で、ソオニャの部屋の前に立つ。
「この疑問は、実に奇怪なものであった。何故なら、彼はそれと同時に、単に言わずにはいられないのみならず、たとえ一時にもせよこの瞬間を延ばす事は不可能なのを、はっきり感じていたからである。しかし、彼は何故不可能なのか解らなかった。ただそう感じただけである。そして、この必然に対して、自分が全く無力であるという悩ましい意識が、殆《ほとん》ど彼を圧倒するばかりであった。もうこの上考えて苦しみたくはなかったので、彼は急いで扉をあけ、ソオニャを見た」。この様に描かれたラスコオリニコフの意識の極限が、作者にどういう意味を持っていたかを推察するのは難かしい事ではなかろう。ラスコオリニコフが抱いている犯罪の秘密性は、ここで新しい暗《あん》礁《しょう》に乗り上げているのである。この日の午前、ポルフィイリイ判事と、息が詰まる様な対決を行って来たのも、ただこの「秘密」故《ゆえ》だった。併し、判事が挑まなかったら、どうして彼に防禦《ぼうぎょ》の必要があったろう。彼は、自分の行為に関して、心のうちに何一つ疾《やま》しいものを発見する事が出来ないのである。それなら「秘密」は世間が彼に強いたものに違いない。今は、世間が問題ではない筈だ。ソオニャという「不幸な狂女」は「世間」ではない。而も、彼は執拗《しつよう》に問うのである、何故是非とも打明けねばならぬのか、と。誰に対して秘密だというのか。彼が問うのは自分自身に問うのであろう。それなら「秘密」は、今や自分自身に対する「秘密」となって現れたわけである。彼が即《すなわ》ち「秘密」となったわけである。誰に対して？　誰に対してでもない。これは明らかにパラドックスである。

パラドックスの種はソオニャが播《ま》いた。どうしてソオニャという人間に惹《ひ》かれたのか、ラスコオリニコフには理解出来ない。恐らくそれは、彼の生きる悲しみが、もう一つの生きる悲しみを求めた、命が命を求めた、言わばそういう事だったに違いない。

そして、ネヴァ河の橋の上で、ラスコオリニコフとともに茫然《ぼうぜん》とした読者は、生きる悲しみがラスコオリニコフを訪れるのは、彼の兇暴《きょうぼう》な意識が眠りにつく時だった事を承知している筈だ。彼は、今、心を開くべき相手を感じながら、実は相手を感ぜず、感じ自体を感ずる。この感じが、異物の様に意識の裡《うち》に闖入《ちんにゅう》して来るのを感ずる。意識の自律を乱す、或る外的必然の闖入を感ずる。この時、彼の発する何故打明けねばならぬか、という問いに答えは無論ない。彼の問いの真意は、彼が正当な動機が何処《どこ》にも見附からぬ自白という新しい行為に迫られているという事に他ならない。事態は犯行の場合に酷似している。彼は再び犯罪を行わなければならないか。まさにその通りなのである。

幸い彼の手には斧《おの》がなかった。だが、斧とは何か。血とは何か――ソオニャに自分の心を分とうとして、自分の心の空《むな》しさが、ラスコオリニコフに現れる。打明けようとして、彼自身が「秘密」になるのである。こういうヂレンマの苦しみに堪えかねて、一歩を踏み出すという事、それが嘗《かっ》ての彼の犯行の型ではなかったか。人と心を分つとは、人から心を分たれる事に相違なく、人に心を与えるとは、人から心を貰《もら》う事に相違ないのである。ラスコオリニコフは、ソオニャから何物も貰おうとは思っていない。その故にこそ彼は空しく「秘密」なのであり、己れを人に与えようとして、己れを人に強いるのである。斧の代りに「秘密」は人の心を殺すに足りるであろう。僕は詭弁《きべん》を弄《ろう》しているのではない。作者の思想が、一見奇怪に見える様な深さに這入って行くのを追っているだけだ。この場面を精読する労を惜しまぬ読者には証拠は容易に見つかるだろう。

「と不意に、ソオニャに対する刺す様な怪しい憎悪《ぞうお》の念が、思い掛けなく彼の心を走った。彼はこの感情に我ながら驚き怯《おび》えたように、突然頭を上げて、彼女の顔に見入った。彼は、自分の上にそそがれた不安気な、悩ましいほど心づかいに充ちた彼女の視線に出会った。そこには愛があった。彼の憎悪は消えた。あれはそうではなかったのである。ある一つの感情をほかのものと取違えていたのだ。それはつまり、あの瞬間が来た事を意味したに過ぎなかったのだ」「この瞬間は、ラスコオリニコフの感覚のうちで、彼が老婆《ろうば》の後に立ち、斧を環《わ》から外しながら、もう《一刻の猶予《ゆうよ》は出来ぬ》と感じた瞬間に、恐ろしいほど似通っていた」「『ようく見て御覧』、彼がこう言うや否《いな》や、又先きほど覚えのある感覚が、不意に彼の心を凍らせた。彼はソオニャを見た。と、その顔に、リザヴェエタの顔を見た様な気がした。あの斧を持って近附いて行った時のリザヴェエタの顔の表情を、彼はまざまざと思い浮べた。小さな子供が急に何かに驚いた時、自分を驚かしたものをじっと不安そうに見詰め、ぐっと後へ身を引きながら、小さな手を前に差出して、今にも泣き出しそうにする、丁度そういう子供らしい驚きの色を顔に現し、リザヴェエタは片手を前にかざして、彼を避ける様に壁ぎわへ後ずさりした。殆どそれと同じ事が、今のソオニャに繰返されたのである。同じ様に力なげな風で、同じ様に驚きの表情を浮べ、彼女は暫く彼を見詰めていたが、不意に左手を前に突出し、ごく軽く指で彼の胸を押すようにして、だんだん彼から身を遠ざけ乍《なが》ら、じりじりと寝台から立ち上った。彼の上に注がれた視線は、いよいよ動かなくなった。彼女の恐怖は、突然、彼にも伝染した。全く同じ驚愕《きょうがく》が彼の顔にも現れた。全く同じ様子で彼も女の顔に見入った。そして、殆ど同じ様な子供らしい微笑さえ、その顔に浮んでいるのであった。『分ったね？』彼はとうとう囁《ささや》いた。『ああ！』彼女の胸から恐ろしい悲鳴が迸《ほとばし》り出た」

これがラスコオリニコフの自白である。ここにも亦《また》作者の奇妙な傍点が現れている、子供らしい微笑。――作者は全く真率であって、そこに何等《なんら》皮肉な意味合いを読むべきではないとすれば、これはどういう意味なのであろうか。というのは、ここでも亦読者に暫く立止ってほしいと希《ねが》うだけなのである。一体どんな説明が可能だというのだろう。心理学なぞがもはや問題ではあるまい。立止るより外《ほか》に術《すべ》がない様に思われる。或る深い人間性の象徴が現れ、逆に読者の方を読む様にさえ思われる。ラスコオリニコフが全く無意味だと嫌厭《けんえん》の念をもって考えた自白という行為から、彼自身にとって、又読者にとってもと言ってもいい様に思われるが、或る思いも掛けぬ意味が生じている様が見られる。リザヴェエタの幽霊が出たのである。（注意して置きたいが、ラスコオリニコフがリザヴェエタの事を本当に思い出すのはこの時が始めてであり、又この時限りである。）彼は彼女の恐怖を、まざまざと感ずる。ところで、つづいて第二の意味が生ずる様に見える。リザヴェエタの恐怖は、実はソオニャから貰ったものであり、ソオニャの恐怖は、彼自ら与えたものである。どうしても人と心を分ち得ないと考えている人間が、思いも掛けぬ形で人と心を分ち合う有様が見られる。彼は、ソオニャに或る秘密を打明けたのではない。彼自身が「秘密」だった筈だから。彼は、全心を曝《さら》し出さねばならぬ、誰の前に？　己れの前に。彼は、この行為の機縁となったソオニャを「刺す様な憎悪の念」をもって眺める。己れの空しさに直面しなければならぬ予感が彼にあるからである。だが、彼は間違った。己れの空しさのなかには、リザヴェエタの幽霊が立っていた。恐怖がラスコオリニコフとソオニャを一人にする。真実不思議な事ではあるのだが、恐怖が愛でないと誰に言い得ようか。場面は、一種の犯行に始り一種の自白に終る。ラスコオリニコフは、子供の様に微笑する。まるで、何かに憑《つ》かれた様に、女が男に自首を勧告する場面が、これに続くのであるが、気を取直した男は、もう受附けようとはしない。女は口を噤《つぐ》む。と、男にも力がなくなる。「二人は、さながら嵐《あらし》の後に、荒寥《こうりょう》たる岸に打上げられた様に、侘《わび》しげに悄然《しょうぜん》と並んで腰をかけていた」。作者は、子供の様に純潔で無力で、と附言しても差支えなかったであろう。

ラスコオリニコフという人物に到《いた》る道を、彼の子供らしさに求めた評家は、僕の読み得た限り一人もないのだが、これは少しも不思議な事ではない。評家達は、ラスコオリニコフの知的解釈という裏道を通るからである。併《しか》し、作者の通った道は、恐らく本道だったのであり、それは、言わば愛は観察より遥《はる》かに広く深く見るという道であった。ラスコオリニコフは、大人の様に考え、子供の様に行動するのではない。傲《ごう》岸《がん》な意識家であり、一面優しい無意識者であり、その故に不徹底な曖昧《あいまい》な人物、決してそんな人間ではない。観察の行き着くところは、せいぜいそんな処《ところ》かも知れないが、作者の愛は、もっと醇乎《じゅんこ》たる彼の魂を摑《つか》んで離しはしないのである。若《も》しマルメラアドフという意気地のない酔漢にも、ポルフィイリイという狡猾《こうかつ》な判事にも、スヴィドゥリガイロフという絶望した漁色家にも、凡《およ》そ常識を超えた、一種言い難い、恐ろしい様な無私を感得出来る眼があるなら、ラスコオリニコフの自意識も、殆ど無慙《むざん》とまで形容したい様な真率さに貫かれているのが見えるだろう。彼は、ニイチェアン*としては、単なる道化に過ぎまいが、ニイチェアンになるにはあんまり烈《はげ》しく無垢《むく》であり過ぎた、という処が、彼の悲劇を生んだのである。「ああ、五コペイカ*銀貨ほどの価もない中途半端な否定家や賢人ども！　俺の考えが果して奇妙なものであったか」とシベリヤに送られたラスコオリニコフは独語するのであるが、彼は何も風変りな思想を案出したわけではなく、誰の心にも潜んでいる疑いの種を、徹底して育てただけなのである。彼の疑いは、現実生活の制約なぞには一顧も与えず、自らの力で何処までも突進するのであり、又確かにその故に凡そ空虚な世界に突入して行くのであるが、その努力は、観念の世界で何んの代償も当てにしているわけではないのだから、その空虚な世界は、空虚なままに苦しく悩ましく、彼の不安な生存とともに烈しく鼓動しているのである。彼が体現したものは、精神の自由の気違い染《じ》みた無償性であり、これに気違いじみた行為の無償性が呼応するところに、彼の悲劇が完成する。自由の種は、誰の胸にも宿っている。これを中途半端に育て上げた世の五コペイカ銀貨自由主義者が、成心ある大人ならば、ラスコオリニコフは、見るも無慙な無心の子供ではないか。

　ラスコオリニコフの不思議な自白の一部始終を、スヴィドゥリガイロフが隣室で立聞きする。カチェリイナの発狂と死とをきっかけにして、やがて彼がその異様な正体を現す事も、読者の承知の通りであるが、これらは飽くまで作中の挿話《そうわ》であり、特にスヴィドゥリガイロフに現れた異様な観念は、後作「悪霊」に於いて発展成熟する種子でもあるし、僕は、これらの場面を避けて、ラスコオリニコフとともに歩いて行く事にしたいが、もう長い道ではない。

ラスコオリニコフはソオニャの沈黙の力の様な愛を痛切に感ずるのだが、これに答える術を知らぬ。ここで彼の孤独も亦新しい暗礁《あんしょう》に乗り上げるのである。何故《なぜ》俺は一人ぽっちではないのか。何故ソオニャも母親も妹も、俺の様な愛しても仕方のない奴を愛するのか。何んという俺は不幸な男だろう。「ああ、もし俺が一人ぽっちで、誰ひとり愛してくれるものもなく、俺も決して人を愛さなかったとしたら、こんな事は一切起らなかったかも知れぬ」と彼は考える――これは深い洞察である。この時この主人公は、作者の思想の核心をチラリと見る。だが彼には、この考えを持ち堪《こた》える事が出来ぬ。洞察は群がる疑いの雲のなかに星の様に消える。ラスコオリニコフという陰惨な空には、実に沢山の星が明滅する。それは彼を一番愛している作者が一番よく知っている――

「ラスコオリニコフは、自分の小部屋に這入《はい》り、その真ん中に立止った。《何んの為に俺はここへ帰って来たのだろう？》彼は例の黄ばんだ傷だらけの壁紙や、埃《ほこり》や、例の長椅子《ながいす》などを見廻した……内庭の方からは何かの鋭い物音が、絶え間なく聞えていた。どこかで何か釘《くぎ》でも打っているような風である……彼は窓際《まどぎわ》に行って爪立《つまだ》ちしながら、異常な注意集中の表情で、内庭の中を目で捜してみた。けれども、内庭はがらんとして、叩《たた》いている人の姿は見えなかった。左手の離れには、そこここに明け放した窓が見え、窓じきりの上には、貧弱な銭葵《ぜにあおい》の植わった鉢が置いてあった。窓の外には洗濯物が干してある……こんなものは皆そらで知っていた。彼はくるりと向き直って、長椅子に腰を下した。彼は、これまで嘗《かつ》てこんな恐ろしい孤独を感じた事はなかった！」――この優れた作家が繰返しをするわけがない。あの「寺院の壮麗なパノラマ」はもはやないのである。一片の情緒もなければ、詩情もない。彼は、「一切の人と物とから、剪刀《はさみ》かなにかでプッツリと切りはなされ」遠い処に飛んで行った筈《はず》だったが、実は住み慣れた小部屋の真ん中に立っていたのである。「口もなければ耳もない」＊或る物は、彼の思索の果てに現れる怪物でもなければ、あの遠い青い夢の様な空でもない。それは彼がそらで知っている銭葵の鉢や洗濯物の事であった。彼には、一番よく知っている物が、もはや一番わからぬ物となり了《おわ》った。もし彼が一人ぽっちで、誰も愛してくれるものもなく、彼も決して人を愛さなかったとしたら、こんなに奇妙な具合に一人ぽっちにはならなかったろう。

カチェリイナの葬式の時、ふとした事から、ラスコオリニコフは、スヴィドゥリガイロフに立聞きされた事を知って慄然《りつぜん》とする。つづいて、既に前に書いた通り、ポルフィイリイとの最後の会見で、相手に何も彼《か》も看破された事を悟る。もはや一刻の猶予も許されない。例えば、ポルフィイリイの欲しがっている証拠をスヴィドゥリガイロフが、提供しないと誰に言えるか、等々。ところが、「実に奇怪な話で、誰もそんな事を信じないかも知れないが、彼は現在目前に迫った自分の運命について、ほんのぼんやりした微《かす》かな注意しか払っていなかった。何かそれ以外にずっと重大な、並々ならぬものが彼を悩ましていたのである――それは彼自身の事で、ほかの誰の事でもないけれども、何か別の事で、何か重大な事なのである。それについて、彼は限りない精神の疲労を感ずるのであった」。作者の言葉は、ここでプツリと切れて了《しま》う。誰が信じないだろうか。信じなければ、ここまでラスコオリニコフと一緒に歩いて来た甲斐《かい》はないのである。監獄が問題ではない、問題は貴方自身にある、とポルフィイリイは言ったが、こんな苦しみより監獄の方が増しだと考えるラスコオリニコフにはわかり切った言葉である筈だ。けれども、彼は自分自身のうちに、一体どんな「並々ならぬ重大なもの」を発見する事が出来るのか。やくざなわかり切ったものばかりしかないではないか。作者は、プッツリと言を切ったまま、主人公をスヴィドゥリガイロフの許《もと》に急がせるのだが、そこで又ひょんな事からスヴィドゥリガイロフを殺すという事態が仮りに生じたとしても（新たな殺人の考えが、瞬間、ラスコオリニコフの頭に閃《ひらめ》く一行を読み落してはならぬ）、読者は驚かないであろう。事態は、まさにその通りであり、それ以外にはあり得なかったと読者に思い込ませる様に描くのは、作者には容易な業《わざ》だったであろう。心理の必然性、行為の必然性、何んというやくざな言葉だろう。ラスコオリニコフというこの極めて不安定な存在にとっては、一切が偶然である。従って作者はどの様な必然性を彼に附与しても差支えない。勿論《もちろん》、これは仮定というより、半ば戯言であろうが、言わばそういう不安状態のうちに、主人公を摑んで離さぬ為に、作者はどれほどの努力を必要としているかを想《おも》い見るがよい。もはやそれはあれこれの観察だとか分析だとかいうものの力ではない。言わば一つの絶対的批判の前で七転八倒する主人公に、面をそむけず見入る作者の愛の緊張である。読者は、それを想いみて信ずるがよい。若し読者が、主人公の精神が限りない疲労を感ずるという、あの主人公にはわからぬ「並々ならぬ重大な或る物」を信ずるならば。――それは何であるか。作者が答えなかった事を、僕が答えてはならないのである。

ラスコオリニコフは、皆んなに別れを告げる。彼は母親のところに行く。彼女はもう一切を悟っている。彼は泣く。彼女は、お前は子供の時そっくりだと言う。彼は妹にもソオニャにも別れを告げる。読者にもと言ってもよかろう、ずい分辛《つら》い道連れだったのだから。だが、彼の心は絶え間なく同じ問いを繰返す、一体こんな事すべてに何んの意味があるのか、と。自首が問題ではない、その無意味さと屈辱とが問題なのだ。監獄は、既に彼の心中にある、ああ俺に一片の悔悟の念がありさえしたら！　やがて俺は後悔して自ら罪人と思い込む様になるかも知れぬ、いや屹度《きっと》そうなる、二十年の苦役が、俺をそれほどの馬鹿者にして了わぬ筈がない、雨だれも石を穿《うが》つではないか。何んという無意味！　答えは見附からぬと始めからわかっているという単なる理由によって、彼の問いは絶え間なく繰返され、彼を悩ますのである。併《しか》し彼の足は歩きつづける。それは「並々ならぬ重大な或るもの」に向ってであるか。彼が、ソオニャの家から警察に向う場面は、まことに真率な簡潔な見事な文章である事を言い添えて置こう。作者は、嘗て*自分が囚人としてペテルブルグを去った若い日の思い出を、ここに織り込んだに相違ないのである。緊張の極、疲れ果てた彼の意識には、もう切れ切れな夢の様にしか、周囲のものは這入《はい》って来ない。俺は子供になって了った、と彼は思う。突然、彼の内部にある衝動が起り、一種の発作の様に彼を襲い、彼は地に倒れる。「彼は、新しい充実した渾然《こんぜん》たる感情の可能性のなかに飛び込んだ」「彼は、歓喜と幸福を感じ乍《なが》ら大地に接吻《せっぷん》した」。だが、通行人達の嘲笑《ちょうしょう》を耳にするや、口から出かかった懺悔《ざんげ》の言葉は消える。彼は、よろめく足どりで警察署の階段を上る。そこで、思い掛けなく、彼の秘密を確実に知っている唯一《ゆいいつ》の敵手スヴィドゥリガイロフの自殺を耳にする。未だ戦ってみる余地がある。彼は引返す。と出口のところで、彼の後を見え隠れにつけて来たソオニャの蒼白《そうはく》な絶望した顔に、パッタリと出会う。彼はニヤリと笑って再び階段を上る――

4

物語は以上で終った。作者は、短いエピロオグを書いているが、重要な事は、凡《すべ》て本文で語り尽した後、作者にはもはや語るべきものは残っていない筈なのである。恐らく作者は、自分の事よりも、寧《むし》ろ読者の心持ちの方を考えていたかとも思われる。其《その》後ラスコオリニコフはどうなったか、母親は、妹は。そういう大多数の読者達の無邪気な気がかりを、恐らく作者は無視出来なかったのではあるまいか。愛読してくれいたのは、そういう人達だ、批評家ではない、そんな想いが、作者にはなかったであろうか。彼は、この難解な「善悪の彼岸」物語を書き了《お》えた時、「善悪の彼岸」の著者と同じ事が言いたくはなかったであろうか。誤解されるより寧ろ正解されるのを恐れる、と。

妹は目出度《めでた》く結婚した。母親は可哀そうに狂死した。ところでラスコオリニコフは、――やっぱり駄目だった。作者は、主人公に関しては決定的な事を遂《つい》に書く事が出来なかった。ここで、或《ある》いは読者の為を思って書き始められたかも知れぬこのエピロオグは、作者自身に向き直り、言わば小説形式に関する極限意識と言うべき異様な終止符をうつに至ったのである。作者の「創作ノオト」のなかに、「一篇の終末、ラスコオリニコフは自殺する」という文句が書かれている。だが、これも無駄であった。理由は明らかだ。作者は、主人公を殺すに忍びなかったのである。ラスコオリニコフの問題は、作者自身の問題であり、作者が自殺し得ない同じ理由によって主人公は死ぬ事が出来ない。ラスコオリニコフの紆余《うよ》曲折する奇怪な苦痛を、身につまされる思いで追って来た読者は、恐らく作者が、主人公を自殺させて、何も彼も一挙に片附けて了《しま》いたい様な想いに、中途で幾度も駆られたかも知れぬとさえ感ずるであろう。同時に、自殺なぞでは到底片附けられぬ難問を、この呪《のろ》われた男は引摺《ひきず》っているという事をはっきり感じ取るであろう。若《も》し、創作後に「創作ノオト」が書かれたなら、言ってみれば、「一篇の冒頭、ラスコオリニコフは自殺する」とでも書かれたであろう。ただ、彼の呑《の》んだ毒薬は致死量を超えていた。物語は、死ぬ事もかなわぬほど深い絶望から始ったのであった。

スヴィドゥリガイロフは自殺することが出来た。彼には、ドゥニャ*という明らかな最後の希望があり、これを得ようとして、これに挑み、明らかに失敗したからである。ラスコオリニコフは、シベリヤで、何故自殺しなかったか、何故あの時河のほとりに立ちながら、自首の方を選んだか、と問う。生きようとする願望は、それほど強いものであったか、そうに違いなかったろうが、この目的もなければ対象もない盲目の本能が、自分に何んの関わりがあるだろう。そんなものに屈服するという事だけが問題だ。では、スヴィドゥリガイロフは征服者なのか。何んという馬鹿気た征服者だ。自殺には自首同様に彼を承服させるに足りる理由がない。と言うよりも寧ろ彼には死という最後の希望もないのである。彼が卑怯《ひきょう》なわけではない。死さえ向うからやって来てはくれないのである。この地獄の様な意識には、何に希望をつなぐ術《すべ》もないのだが、又あれこれの事柄に絶望しているわけでもない。彼は犯行を確かに希望し、その結果に確かに絶望したか。彼は犯行を回想し、「俺は俺自身を殺したのだ」と言ったのは、犯行が、彼の彼自身についての絶望をいよいよ痛切なものとしたという意味であった。

犯行はそのきっかけに過ぎなかったという事、己れ自身に絶望した人間にでなければ現れ得ない様な空《むな》しい行為であったという事、それは作者が恐ろしい程適確に描き出した処であった。ラスコオリニコフは、*ケルケゴオルとともに言えた筈だ、「意識の度は絶望という*冪《べき》の指数である」と。

これは犯罪小説でも心理小説でもない。如何《いか》に生くべきかを問うた或る「猛《たけ》り狂った良心」の記録なのである。ラスコオリニコフは、法廷で、犯行の原因は、自分の苦しい境遇と、又これによって苛立《いらだ》ち易《やす》くなった自分の性格の薄志狭量にあり、犯行の目的は、出世の為の金を得んとした処《ところ》にあった、と「思い切り乱暴な正確な語調」で陳述する。彼を弁護する為に、「一時的精神錯乱という最新流行の心理学が馳《は》せ参じた」と作者が苦が苦がし気に附言する。作者は、思い切り乱暴な正確な語調で、正解されるより寧ろ誤解されて貰《もら》いたいのだ、と言っているのである。恐らくは作者が予想していた通り、当時のロシヤの*ミルや*コントの生半可な弟子達、ロシヤの当時のリアリスト達は、この作品を、進歩的革新運動を愚弄《ぐろう》する懐疑派の宣伝となした。作者は、この奇妙な正解に対して、沈黙した。リアリストと自称する五コペイカ銀貨懐疑派が増えるのには宣伝を要しないと考えていた作者にとって、功利主義と実証主義に、個人的野心と社会的理想とを程よく調合したが如《ごと》き革新派が何者であったろう。

現代の知識人達は、もはや「善悪の彼岸」という様な思想には驚かぬ。何故かというと、道徳の歴史的社会的相対性という考えが、彼等の衰弱した懐疑が眠る柔らかい枕《まくら》となって了ったからである。「道徳の自殺が、唯一の最後の道徳的要求だ」とまで思い詰めたニイチェの疑いの力は、もう彼等とは何んの関係もない。「善悪の彼岸」の著者が、「今日までの、道徳に関する一切の学には、どんなに変に聞えようと、道徳性の問題そのものが欠けていた」*と書く時、彼には、恐らく、倫理学は如何に生くべきかという新しい問いをもたらすだけだ、という事が非常によく解《わか》っていたに相違ないのである。それにしても、彼の敵、近世の最大の倫理学者カントは、彼が思い込んだ様に、果して彼の本当の敵であったろうか。カントの探究が、動かし得ない道徳的公準という頂に達して、もうその先きがない事を明らかにした時、この問いの極限が、答えとして実人生に還《かえ》って来る場合、どんな事が生ずるかを、この明敏な思想家自身が知らなかった筈があろうか。「理性批判」*が、後世、新たな形而上学《けいじじょうがく》を生まぬ様に、彼は出来るだけの警戒をした。が、周知の様に、無駄骨であった。どうして、彼が、それを予感していなかった筈があろう。実践理性の王国が、見る見るうちに、教育家の曖昧《あいまい》な人格主義に俗化して行く様を、どうして予感していなかった筈があろうか。自分は、諸君に、便利な明答なぞ与えた覚えはない、人間の尊厳は、極限まで問う能力にあると言っただけだ、人倫というもののあれ程の抽象化に、自分が堪えねばならなかったというその事が、倫理学が孕《はら》むヂレンマを証して余りあるではないか。人格の問題は人格主義の問題より、自由の問題は自由主義の問題より、遥かに深く異様である事を証して余りあるではないか。ああ、五コペイカ銀貨合理主義者よ、そんな反語を、彼は内心用意していなかったであろうか。理性の徹底した自己批判という様な発想を生まざるを得なかった彼の精神は、驚くほど柔軟な感じ易いものだったに相違なく、その良心の奥底には、到底人には語り難い憧憬《どうけい》があったに相違ない。その事は、彼の思想のシステムが出来るだけ頑強な堅固なものでなければならなかったという事とは、自《おのずか》ら違った事柄である。「物自体」*は、彼の認識能力の彼方《かなた》にあったのではなく、実はこちら側にあったのかも知れないのだ。彼が、彼の思想のシステムから細心に取り除いた一切のものも亦《また》、彼以外の誰の思想であったか。哲学史家というものは、いつも人がよすぎるものである。

カントの大先輩にはソクラテスがあり、ニイチェは、ソクラテス的道徳を、攻撃して止《や》まなかったのは周知の事だが、恐らく彼は、これ亦殆《ほとん》ど同じ理由から、ソクラテス自身の前では立ち停まらなければならなかったであろう。ソクラテスは、デルフィ*

の神託を受けたと言う。そこには「汝自身《なんじ》を知れ」と書かれていたと言う。彼のア*イロニイの力は、そこから発したのであって、そこに達したのではない。この決して書かなかった聖者の魂は、プラトンが「ファイドン*」に書き遺《のこ》して置いた様なものだったに相違なく、徳の実践は、徳の認識に帰するという彼の教説は、その見取図に過ぎず、その限り、それは、人々の合理的思惟《しい》しか救いはしなかった。重要なのは、如何に生くべきかという問題を、彼が自己とは何かという奇怪な問題の中心に置いたという事であり、彼の自己には「デモン*」が棲《す》んでいた事であり、又、若し見ようと努めるなら、僕等は、めいめいの自己の裡《うち》に、彼の「デモン」の破片を見附けるという事である。

何故《なぜ》彼の教説が古くなり、彼の魂が新しくなるという不思議な事が起るのか。恐らく、僕等の現在は、僕等の未来と過去とが出会う単なる地点ではない。僕等はただ、誰も彼もを一様に押し流す歴史の流れに身を任せているのではないのである。ヘエゲル風に考えるにせよ、マルクス風に考えるにせよ、一元論的*歴史主義というものの裡には、如何に生くべきかという問題は、本当には決して現れ得ない様に思われる。何故かというと、この問いは、自分自身の歴史的社会的存在さえ、外から与えられた物件の様なよそよそしい姿と映ずる、そういう意識の深処から発する他はない様に思われるからである。言わば、歴史の流れの方向に垂直に下りて来て、僕等を宇宙線の様に貫く運動に、僕等は常に曝《さら》されているのであり、この運動が、僕等の内部で「デモン」の破片として検証されるのには、僕等の意識の裡に日常は隠されている極めて鋭敏な計器による他はない様に見える。社会生活にあって、個人が已れを失うとか見附けるとかいう事は、極めて瑣細《ささい》な、殆ど無用な事柄に属する。個人がそういう問題に出くわす危険を、社会はよく承知しているからだ。社会生活の惰性が作る定常軌道から離脱して、自己の中心に還るのには、苦しい努力が要る。

まことに、「人間は考える葦《あし》である」*、だが、この有名な言葉は、有名になり過ぎた。或る者は、人間は考えるが、自然の力の前では葦の様に弱い、という意味にとった。或る者は、人間は自然の力には一とたまりもないものだが、考える力はあるという意味にとった。どちらにせよ、気の利《き》いた洒落《しゃれ》と受取られたから、この言葉の裏に透けて見えるパスカル*という人間が逃げたのである。若しパスカルという人にとっては、考えるとはどういう事であったかにさえ思い到《いた》るなら、この有名になる事を拒絶した人の言葉から、これ又有名になる事は先《ま》ず覚束《おぼつか》ない意味が生じて来るだろう。人間に考えるという能力がある御蔭《おかげ》で、人間が葦でなくなる筈《はず》がない、従って、考えを進めて行くにつれて、人間がだんだん葦でなくなって来る様な気がして来る、そういう考え方は不正であり、愚劣である、人間は脆弱《ぜいじゃく》な葦が考える様に、まさしくその様に、考えなければならぬ。これが、パスカルの言葉の真意である。彼という人間像とともに現れて来る異様な意味である。彼にとって、考えるとは、如何に生くべきかを問う事に他ならず、それは、問い方を予《あらかじ》め吟味してから問うという様な事ではない、合理的思惟という精神の一能力の使用で事が足りる仕事ではない、要するに、あれこれの真理認識が問題である様な容易な事柄ではない。僕等は、先ず何を置いても個人としての存在であり、精神としての存在である事に注目しながら、パスカルが、どんな種類の*égotisme にも*idéalisme にも達しなかったのも、この考えるという行為に関する彼独特な方法によるのである。彼は、精神とは、人間の裡にあるもう一人の人間である事をよく知っていた。僕等の認識は、異質の対象には異質の能力を以《も》って応ずるという、心理学や認識論が看過する厄介な事実をよく知っていた。彼が*l'esprit de géométrie と*l'esprit de finesse という二つの精神秩序の相違を語っているところは、「*パンセ」の中でも有名な個処であるが、これらの相違を云々《うんぬん》する*l'esprit de Pascal については一言の説明もしていないという事の方が、余程肝腎《かんじん》なのだ。人間は考える葦であるとは、彼の肺腑《はいふ》の言である。

ただ「葦」であるには「考え」がありすぎ、ただ考えるには「葦」であり過ぎる。

僕という存在は、僕という観念を超え、又、その逆でもある。こういう人間が置かれた在るがままの状態を直視し、生活人として、その中に溺《おぼ》れる道もとらず、思想家として、そこから逃れようともしなかったところに、パスカルの驚くべき性格があるように思われる。「人間とは＊一体、何んという怪物であるか。何んという珍奇、妖怪《ようかい》、混沌《こんとん》、何んという矛盾の主、何んという驚異か。万物の審判者にして愚鈍なる蚯蚓《みみず》。真理の受託者で曖昧と誤謬《ごびゅう》の泥溝。宇宙の栄光でもあり廃物でもある。誰がこの縺《もつ》れを解くのか」。これが、「パンセ」を一貫する主題であるが、縺れがただ次第に解ける様に考えて行くやり方は、「シクロイドの問題＊」にはよいだろうが、怪物に対しては駄目であると悟った時、彼は寧《むし》ろ縺れの裡に止《とど》まるのをよしとした、いや、考えて行けば行くほど何も彼《か》もが、いよいよ縺れてくる、そういう考え方を進んで採用したとさえ僕には思われる。これは、一般真理認識に於《お》いて、邪魔物として否定し去らねばならぬものを、自己認識に於いては、悉《ことごと》く回復しなければならぬと覚悟する事ではあるまいか。何故、思想家という奇妙な異端者は、謎《なぞ》から解決に向う道をひたすら進み、還って来ようとはしないのか、と彼は強く訝《いぶか》っている様に見える。例えば、僕を知るのは僕であって、僕という心理学者ではない。僕という心理学者にとって、僕は、様々な心的要素に解体されて現れる、即《すなわ》ち、やがて心理学的システムとして解決しようが為の手段として現れる。だが、僕は、僕にとって、何かの手段である筈はない。僕は、僕にとって、いつも個性という形式の下に統一された謎、そのどの様な解決も、断片的解決と感ぜざるを得ない様な全体的謎として現れる。この様な自己の姿が、いつも生き生きとして眼前にあるが為には、或る種の知的努力が必要である。というより、謎の現実性をいよいよ痛切に経験する、という事が、少くとも人間に関しては真に知る事である。そういう知性の道を辿《たど》って、始めて知的努力という様な事が言えるのであろう。矛盾が知性の無罪を証明する完全なアリバイとなる様なそういう知性の道には、計算はあるだろうが努力はあるまい。パスカルが、「呻《*うめ》き乍《なが》ら求める人しか自分は認めない」と言う時、彼は、こういう言わば解決が謎への手段である様な知性の断乎《だんこ》たる逆用を言っているのであって、恐らく単なる文飾ではない。そこで、彼は、「汝自身を知れ」という古い命題の自然の法則によっても当為の法則によっても汲《く》み尽し難い泉を汲み、彼自身の「デモン」に出会う。

ドストエフスキイが、兄に宛《あ》てた手紙の一節――

「確かに僕は怠け者だ、非常に怠け者です。しかし、人生に対して、ひどく怠けた態度をとる他に、どうも僕には道がないとすれば、どうしたらよいか。幾時《いつ》になったら、この僕の暗い心持ちがなくなるか見当がつきません。思うに、こういう心の状態は、人間だけに振り向けられたものだ。天上のものと地上のものとが混り合って、人間の魂の雰囲気が出来上っている。人間とは、何んと不自然に創《つく》られた子供だろう。精神界の法則というものが、滅茶々々になっているからです。この世は、罪深い思想によって損われた天上の魂達の煉獄《れんごく》の様に、僕には思われます。この世は、途轍《とてつ》もない或る否定的なものと化し、高貴なもの、美しいもの、清らかなもの悉くが一つの当てこすりとなって了《しま》った様な気がします。ところで、こういう絵のなかに、一人の人間、絵全体の内容にも形式にも与《あずか》らぬ、一と口に言えば、全くの異邦人が現れたとしたら、どういう事になるでしょう。絵は台無しになり、無くなって了うでしょう。だが、全世界が、その下で呻いているお粗末な外皮は見えているのだし、この覆《おお》いを破り、永遠と一体となるには、意志を振い起せばよいとは解っている、解っていて、凡《およ》そ生き物のうちで一番のやくざ者の為体《ていたらく》で、こうしているのだ。これは堪《たま》らぬ事です。人間とはなんと意気地のないものか。ハムレット、ハムレット。彼の荒々しい、嵐《あらし》の様な話を思うと、足腰立たぬ全世界の歎《なげ》きが聞えて来る様で、もう僕の胸は、悲し気な不平にも非難にも騒がぬ。僕の心はいよいよ苦しくなり、僕は知らぬ振りをする。でないと心が毀《こわ》れて了いそうです。パスカルは言った。哲学に反抗するものは自身が哲学者だ、と。傷《いた》ましい考え方です。――僕には新しい計画が一つあります、発狂する事です。いずれ人間どもは、気が変になってみたり、正気に返ってみたりする、それで構わぬ。貴方《あなた》が、ホフマン*を皆読んだのなら、アルバン*という人間を憶《おぼ》えているでしょう。あれをどう思いますか。自分の力の裡に、或る不可解なものを持ち、これをどう扱っていいか知らず、神という玩具と戯《たわむ》れている男、そういう人間に眼を据えているのは恐ろしい事です」（一八三八年、八月九日、ミハイル宛）

一八三八年と言えば、ドストエフスキイの十七歳の時であるが、誰がこれを少年の日の気まぐれと読もうか。非凡な芸術家が、自己の仕事の本質的な方法を予感するのは、屢々《しばしば》驚くほど早いものである。これは殆ど全くパスカルの「パンセ」の発想法ではないだろうか。この「呻き乍ら求める」作家は、非常に早くから自分のどうにもならぬ流儀に気附き、それから逃れようとはしなかった。彼は彼の流儀で言うのだ、「発狂する計画がある」と。序《つい》で乍ら、手紙のうちに引用されたパスカルの言葉が、次の様な文句で始っている事を附言して置くのは無駄ではなかろう。「真*の雄弁は雄弁を否定する、真の道徳は道徳を否定する」と。

扨《さ》て、僕は、ドストエフスキイの大作のどれにでも、遂《つい》に現れずにはいない或るぎりぎりの難解さに出会っている様である。この一見覚え書めいた簡単な「エピロオグ」には、熟視すると意外に微妙な遠近法があって、作者の思想の奥行、或る根源的なものを見て了った人の思想の奥行を示している様に思われて来るのである。と言うのは、奥行は読む人によって深くも浅くもなるだろう、読む人めいめいの顔を平気で映し出すだろう、言い代えれば評家は失格を甘受せざるを得ないだろう、そんな風に僕には思われるという意味だ。僕は、自分の無力を感じている。

法律は、血が流された事実について、犯人の罪を認めた。血を流す事に賛成した当人の精神に関しては、情状を酌量した。ラスコオリニコフ自身は、「牢獄《ろうごく》にありながら自由になって了った今」（傍点を附したのは作者である。自由という獲物は、捕えようとする者には、奇妙な具合につかまってみせるものだ）、自分の過去の行為を冷静に吟味する事が出来たが、自負心を持ち堪《こた》えられなかったという一点だけにしか、自分の犯罪を認める事が出来なかった。彼は、この自負心を傷つけたという犯罪の為に病気になる。病院で、彼は、妙な夢を見る。アジアの奥地に発生して、ヨオロッパに向って進む、嘗《かつ》て聞いた事もない伝染病に、全世界の人々が犠牲になる。病源体は、理性と意志とを持った不思議な一種の新しい微生物、旋毛虫であって、これに取り附かれた人間は、忽《たちま》ち発狂するのだが、患者は、学問上の結論にせよ、道徳上の判断にせよ、何事につけ、自分の考えは絶対に正しいと頑強に主張して、少しも譲らぬというところが、この伝染病の特色である。人々は、互に理解し合う事が適《かな》わず、不安に襲われ、我とわが胸を叩《たた》いたり、泣いたりするのだが、駄目である。やがて、意味のない憎悪《ぞうお》に囚《とら》われて、互に殺し合う。騒ぎは大きくなり、軍隊が出動するという様な事になるが、軍隊は行軍の途中で罹病《りびょう》し、自己殺戮《さつりく》を始める。善後策を講じようと集会は到る処《ところ》に開かれるが、何一つまとまらぬ。人々は周章狼狽《ろうばい》し、誰かが警鐘を鳴らしても、はやその意味を知る人もない。村を挙げ、町を挙げ、遂に国全体を挙げて、発狂し、生業に手をつけるものもなく、火災は起り、饑饉《ききん》は始る、——「夢の印象は、もの淋しく、悩ましく、ラスコオリニコフの心の中に反響し、長い間消えようとしないのが、彼を苦しめた」と作者は書く。ラスコオリニコフには、決して夢でも譫言《うわごと》でもなかったからである。彼は、犯行前、屋根裏の小部屋でも、これに類する夢を見たかも知れぬ。何故なら、これは、彼の心の底に常にあった烈《はげ》しい倫理的問いだったからである。作者がラスコオリニコフを置いた「善悪の彼岸」は、ニイチェのものと同じく、決して傍観者によって観察されたそういう世界ではなかった。大きな倫理的飢《き》渇《かつ》によって創り出された、完了する事を知らぬ国であった。この飢渇は、当然、理性への反撃を含む。理性への全幅の信頼によって完了しなければ、凡そ倫理学とは無意味だろうから。処で、超越的理性という怪物さえ逃げて了えば、理性とは人間の持っている或る一つの機能以上のものではない。理性という機能だけが、他の様々な機能の様に危険に曝《さら》されず、安全でなければならぬ理由はない。誰に、新しい旋毛虫が笑えようか。理性がこの世に発生したのが、偶然アジアの奥地であったとしても、誰に文句の附けようがあろう。情熱が人を噛《か》む様に、理性も亦《また》人を傷つける。

ラスコオリニコフを駆り立てた「デモン」は、否定的な破壊的な意志ではなかった。充《み》たされる事のない真理への飢渇であった。彼の絶望は、其処《そこ》から来るからこそ、癒《いや》し難いのである。彼は、日常の瑣事《さじ》を侮蔑《ぶべつ》し、個々の事物の価値を知ろうともしないのだが、又、真理が一定の形を持ってやって来れば、もう彼には不満であり、それを乗り超えようとする。あらゆる所与は忽ち課題と変ずる。断って置きたいが、彼は決してそういう哲学者でもなし、彼の哲学的教養も言うに足りないのだが、作者が主人公をそういう哲学的気質として描いたという事は間違いない事である。序でに附記して置きたいが、遂に哲学者にならぬ哲学的素質、哲学者には無智と映る哲学的素質は世の中には無数にある筈《はず》だが、これらを哲学的システムによって真に凌駕《りょうが》する事は非常な難事であって、それは恐らく稀《ま》れにしか現れぬ最高級の哲学的システムだけに可能な仕事だ。その事に気が附きたがらぬ事、即ち大多数の哲学者等の凡庸さに他ならぬ。ラスコオリニコフの様な皮肉を知らぬ精神は、所謂《いわゆる》懐疑派にも厭世《えんせい》家にもなる事は出来ない。彼等の憂《うれ》い顔が、多くの人々に何を語ろうと、彼等は一種の充たされ、満足した人種である。彼等は、いつも課題に取巻かれている振りをしているが、実は、課題を狡猾《こうかつ》な冷静な微笑によって、所与に変ずるのが彼等のやり方である。彼等は、疑うというより寧《むし》ろ信じないのである。凡そ目的というものに無関心でいて、而《しか》も何を進んで疑う要があろうか。彼等に比べれば、ラスコオリニコフは、殆ど愚直と評してもいい。彼には、一切の確たる目的は疑わしいが、或る言い現し難い目的、言わば、自分が現にこうして生きているという事実の根源、或《あるい》は極限という謎は、あらゆる所与を突破し、課題に変じて前進する為に、どうしてもなくては適わぬ目的である。ラスコオリニコフは、認識が到《いた》るところで難破する事を確め、もはや航海の術《すべ》もなく、自己の誠実さという内部の孤島に辿りつく。彼は、この孤島の恐ろしく不安な無規定な純潔さに、一種の残忍性をもって堪えようとした。この青年には、十七歳の作者の言葉が吐けた筈だ。新しい計画、発狂する事。作者は、愛する主人公に、己れを分たざるを得ないものである。

ラスコオリニコフが夢を見る都度《つど》、夢は人物について多くの事を読者に語って来た筈だが、当人が夢から何かを明かされた事はない。この痛ましい意識は、あんまり多忙であった。病院で見たあの奇怪な夢が、今は彼の心の裡《うち》にもの淋しく、悩ましく反響して、消えないのである。これは、どうした事であろう。彼には訝《いぶか》る事しか出来ない。何もかも正しかったと彼は考える。何も彼も正しかった事が、どうしてこんなに悩ましく苦しい事なのだろうか。生きるとは確かに不正に甘んずる事であり、彼は生きる事を止《や》めたのであろうか。だが、彼には死ぬ事が出来ない。彼は叫ぶ、「運命が悔恨を送ってくれたら！」、何んと不思議な罪人であろう。良心に照して「善悪の彼岸」に住んだ人間が、「善悪の此岸《しがん》」を懐《なつか》しむとは、何んという不思議だろう。併《しか》し、悔恨は来ない、少くとも彼が求める魂を揺がす様な悔恨は。「善悪の此岸」には、それが見附かるのだろうか。それとも、そんなものは元々人間の世界にはないものであるまいか。兎《と》もあれ、作者は、それを主人公に送る事を最後まで拒んだ。

ラスコオリニコフは、労役の合い間、丸太の上に腰を下し、荒寥《こうりよう》とした大河を隔て、遥《はる》か彼方《かなた》に拡《ひろが》る草原を眺める。太陽は漲《みなぎ》り、遊牧民の天幕が点在していて、かすかな歌声が聞えて来る。「そこでは、時そのものが歩みを止めて、さながらアブラハムとその牧群の時代が、未だ過ぎ去っていない様であった」。併し、自然は、ラスコオリニコフの精神を静める様な神話を語ってはくれない。彼は苦しい黙想に沈む。彼の心に何が起ったか、作者は書いていない、もはや書く術がないところまで主人公を引張って来て了った。ラスコオリニコフの心の中で、彼の夢が反響する様に、今は、読者の心の中で、ラスコオリニコフという作者の夢が反響する時である。時が歩みを止め、ラスコオリニコフとその犯罪の時は未だ過ぎ去ってはいないのを、僕は確める。そこに一つの眼が現れて、僕の心を差し覗《のぞ》く。突如として、僕は、ラスコオリニコフという人生のあれこれの立場を悉《ことごと》く紛失した人間が、そういう一切の人間的な立場の不徹底、曖昧《あいまい》、不安を、とうの昔に見抜いて了ったあるもう一つの眼に見据えられている光景を見る。言わば光源と映像とを同時に見る様な一種の感覚を経験するのである。ラスコオリニコフは、独力で生きているのではない、作者の徹底的な人間批判の力によって生きている。単にラスコオリニコフという一人の風変りな青年が、選ばれたのではない。僕等を十重《とえ》廿重《はたえ》に取巻いている観念の諸形態を、原理的に否定しようとする或る危険な何ものかが僕等の奥深い内部に必ずあるのであり、その事がまさに僕等が生きている真の意味であり、状態である、そういう作者の洞察力に堪える為に、この憐《あわ》れな主人公は、異様な忍耐を必要としているのである。主人公の心理や行動、或は両者の連続や不連続、それは、それだけで、既に充分に異様に見えるが、才気ある作家達の模倣を許さぬものではない。併し、残酷な心理学が、到る処で心理学的可知性を乗り超える、この作者の思想を才気ある者が模倣するわけには行かぬ。丸太の上に腰を下して黙想するラスコオリニコフは、その心理を乗り超えたものの影である。

ラスコオリニコフは、監獄に入れられたから孤独でもなく、人を殺したから不安なのでもない。この影は、一切の人間的なものの孤立と不安を語る異様な（これこそ真に異様である）背光を背負っている。見える人には見えるであろう。そして、これを見て了った人は、もはや「罪と罰」という表題から逃れる事は出来ないであろう。作者は、この表題については、一と言も語りはしなかった。併し、聞えるものには聞えるであろう、「すべて信仰によらぬことは罪なり」（ロマ書）*と。

ドストエフスキイ七十五年祭に於《お》ける講演

1

今年は、*ドストエフスキイが死んでから、七十五年になります。七十五年にはなるが、何が七十五年祭なのか、実は、私はちっとも知りませんでした。聞いてみると、今年から、ソヴェトで、ドストエフスキイが解禁になったのだそうです。そのお祭りをやるのだそうだ。何んだか一向腑《ふ》に落ちぬ話だが、私は、米川正夫さんから御依頼を受けたので、ともかく少しばかり感想を述べます。

ドストエフスキイの著作は、ソヴェトでも*戦争中は出版されていた。それが、戦後禁止になった。尤《もっと》も、ソヴェトでは、政府という本屋が一軒しかないのだから、発売禁止じゃない、本屋が勝手に出すのを止《や》めただけの話だ。去年、「*ステパンチコヴォ村の住人」と「*罪と罰」が久しぶりで出版されたそうですが、あとがつづいて出たかどうかは知りませぬ。併《しか》し、ソヴェトで、ドストエフスキイの著作を集めて焚《や》いたという話も聞かないから、出た本は、どこかにちらばっていたわけで、従って沢山な人が、これを読んでいたに違いない。ドストエフスキイの小説は、外国人が読んでも非常に面白い小説であるから、ロシヤ人に面白くないわけがない。非常に多数の読者が、黙って、読んで、面白がっていたに違いない。ソヴェトには言論の自由はないであろうが、沈黙の自由ならある筈《はず》だ。言葉のしゃれではない。黙らされた人間は、必ず沈黙によって自己を現すものであり、この力は必ずしも言論の力に劣るものではありませぬ。ドストエフスキイの著作に関する、ソヴェト政府の出版政策が変ったという事が本当なら、これを変らせたものは、ドストエフスキイの愛読者達の沈黙の力である、そう私は簡単明瞭《めいりよう》に考えています。

ソヴェトの政策が、スターリンの死後、*いろいろ変化して来た、という事が、しきりに伝えられています。先日あるイギリスの雑誌を読んでいましたら、最近、ソヴェトでは、恋愛小説が、盛んに書かれる様になった、という記事がありました。ソヴェトの作家達は、今や性の解放の問題に逢着《ほうちゃく》し、慣れぬ仕事の為に、手こずっているのだそうである。こういう事は、私達の常識では、考え難い事であるが、ソヴェトの作家は、勿論《もちろん》、勝手な創作をやるわけにはいかない、みな組合の方針に基いて書くのであるから、ソシアリスト・リアリズムという、組合によって規定された従来の制作綱領が、ぐらついて来た事を示しているのである。言う迄《まで》もなく、ソシアリスト・リアリズムの方法は、先《ま》ず何を措《お》いても、社会組織の力なり、国家の目的なりを正確に描き出す事を、旨《むね》とするものであるから、恋愛という様な生活の私事に作家が制作上の重点を置くという様な事は許されない筈のものです。だから、ソヴェトには、恋愛小説が、久しい間現れなかった。

だが、そうなったからと言って、ロシヤ人が恋愛を止めたわけではあるまいし、又、国家的な集団的な恋愛が、彼等に出来る様になったわけでもあるまい。実際の事態が、そういうものであるなら、ソシアリスト・リアリズムなどという取決めも、そういつまでも利目《ききめ》があるわけのものではないでしょう。一体小説というものが、もともと公《おおやけ》の考え方や公の事件に対して、私人の考えや感情や行為をもって対抗しようとするところに発達したものであって、恋愛に限らず、人間生活の私事にわたらぬ小説が、読んで面白かろう筈がない。かくかくの小説は面白がってはならぬなどと言っても無理だ、やがて政策の方で妥協しなければならなくなる。恋愛小説が現れて来るのも当然でしょう。

前にお話ししたイギリスの雑誌の記事には、最近のソヴェトの恋愛小説について、いろいろ例があげられ、恋愛の、ことに性関係の描写は、何しろ初めての経験であるから、作家が固くなって、まことにぎごちない様子を見せているのも致し方がないと書いてあった。それについて筆者は次の様な事実に読者の注意を促している。西欧では、性の解放という事は、進歩的な政治思想と結びついて現れたものだが、ロシヤではそういう事は決してなかった。フランスの小説に於けるナチュラリスム*というのも、十九世紀のロシヤ文学には無縁のものであって、十九世紀のロシヤの恋愛小説のどれを取上げてみても、露骨な描写なぞはどこにも見当らない、というのです。たしかにそういう事は、ロシヤという国の歴史の特殊な性質から来ている。二十世紀になってから出たアルツィバーシェフ*の「サーニン」という様なデカダンスの文学は例外であって、この国外に追放された作家は、はじめから進歩的インテリゲンチャとは結び附いていない。どこの国にも、その国の特殊な事情がある。左翼の人達が、ロシヤについて語る時に、いつもイデオロギイが先きに立って、ロシヤという国の特別な事情を閑却するのは、まことによくない事だ。例えば、ドストエフスキイ解禁のお祭りが行われるという事も、わが国の特殊の事情によるものであって、例えばアメリカ人には容易に理解し難い事でしょう。

ドストエフスキイの作品が、ソヴェトで評判が悪いのは、彼の小説の反動的な或《あるい》は反革命的な思想によると言われています。私は、だいぶ以前、トルストイの事で、作家の思想と実生活との問題を、正宗白鳥氏と*論争した事があります。勿論、そんな事を、ここで繰返す積りはないが、何故《なぜ》論争がトルストイに関して起ったかという事を問題として、ここで取り上げてもいいでしょう。これは偶然の事ではない。作家に於《お》ける思想と実生活の問題を考えさせずにはおかぬものが、まさしく、トルストイという文学者にはある。そして、又、そういう性質、大思想家でもあり大実生活家でもあり、これら二つのものが、同一の作家のうちに対立しているという性質は、トルストイのみに限らず、ロシヤの十九世紀の文学者達の著しい特色と言えるからです。

*ツァアの独裁していたロシヤは、西欧のルネッサンスも宗教改革も経験しなかった。この大経験以後蓄積された西欧の教養は、十八世紀に至って、*リベラリズム、ナショナリズム、*ソシアリズムと言う様な政治思想として実を結んだのであるが、そういう革新的な思想が、ロシヤに入って来たのは、十九世紀半ばである。そして、これを受けとった、役人にも軍人にもなりたくなかった*インテリゲンチャは、旧態依然たる独裁国家に暮していたのです。政治行動は無論の事だが、政治思想の発表にも自由はなかった。政治思想ばかりではない、あらゆる新思想が、政府の監視の下にあった。哲学さえ国家にとっては危険な学問であった。ベルリン大学で、ヘエゲルを専攻したツルゲネフが、哲学者として身を立てる事が出来なかったのも、帰国してみれば、大学

の哲学科は禁止されていたが為だ、という風な有様で、外来の新思想に掻《か》き立てられたインテリゲンチャの燃え上る想《おも》いは、もっぱら文学或は文学批評のうちに集中されたのです。あらゆる思想問題が、文学のうちに渦巻いた。トルストイやドストエフスキイの文学が背負っている様な大きな思想の重荷は、他の何処《どこ》の国の文学にも見られぬものですが、これは、両作家の天才の力からだけでは説明がつかない。彼等は、十九世紀ロシヤ文学者達に共通の重荷を負った、力が強かったから背負う分量も大きかったという事なのです。ロシヤの近代思想史とは即《すなわ》ちロシヤ近代文学史の事である。更に、ロシヤの近代文学史とは、とりも直さずロシヤのインテリゲンチャ史なのである。インテリゲンチャという言葉は、ロシヤ語であります。

フランス文学に於けるナチュラリスムは、教養の飽満から来る作家の懐疑と傍観或はブルジョアジイに対する侮蔑《ぶべつ》の態度に照応したものであり、又、これは、創作上の最も優秀な本質的な技術として、文学の自律性に堅く結ばれたものでした。そんなものが、専制君主と農奴という民衆の間にはさまれて、自由を奪われ、止むなく文学のうちに憤懣《ふんまん》を吐露していたロシヤの作家達に理解出来た筈はなかったのです。研究による学問化も、実践による社会化もはばまれた思想の渦が文学の世界に巻いていたのであって、この場合、思想の文学化という事は、作家達めいめいが、人間いかに生くべきかという問題を、驚くほどの率直さで、文学制作の中心動機としたという事を意味するのです。彼等は文学者という専門家でもなかったし、文学という自由職業に従事していたのでもない。小説を書いていたのではない。小説に生きていた。そういう言い方は、彼等にとって少しも比喩《ひゆ》ではなかったのであって、彼等の生きる苦しみは、殆《ほとん》ど度《ど》外《はず》れの誠実さをもって、あらゆる処《ところ》で、文学という枠を乗り越えた。作家が、文学の蔭《かげ》に身をかくすという様な事は、夢にも考えられぬ事でした。これが、ロシヤの十九世紀文学の、他に比類のない、一種血腥《ちなまぐ》さい壮観の由来するところだったのです。ドストエフスキイは、フロオベルの手紙を読んで、何んという贅沢《ぜいたく》な暇人《ひまじん》、とあきれたかも知れないし、トルストイは、*アミエルの日記を読んで、悧巧《りこう》そうな事をいう馬鹿と腹を立てたかも知れないのです。

　ロシヤの近代文学は、*プウシキンからはじまった。この作家に於いては、嵐《あらし》は、未だ大きくはなかったが、十九世紀のロシヤ作家達の運命を告げるものは、既に明らかに現れていたのです。彼の教養は、フランス人やドイツ人の家庭教師により、母国語を話す機会は乳母とだけであった様な貴族の家庭で、先ず始められたのであり、彼の文学生活の出発は、*十二月党の革命に同情した詩作が、政府に忌避されて、南方ロシヤに追放される事から始ったのである。彼の有り余る才能は、卅《さんじゅう》八歳の若さで消えた。決闘で彼を倒したのは、*ダンテスの弾丸であったが、プウシキン夫人の真の誘惑者は、恐らく、*ニコライ一世であった、と言われています。つづいて、*レルモントフの文学生活は、プウシキンの死を悼《いた》む歌からはじまるのだが、レルモントフは、これが為に、*コーカサスに追放され、驚くべき早熟の天才を、やはり、決闘によって殺して了《しま》う。二人が創り出した*オネエギンと*ペチョオリンという人間のタイプは、既に、後年、ツルゲネフによって「余計者」と呼ばれた、現実の社会に根を下す事が出来ぬ教養と才能とを抱いて身を亡《ほろ》ぼす、ロシヤのインテリゲンチャの悲劇的なタイプだったのであります。ドストエフスキイの*シベリヤ流刑《るけい》は周知の事だが、温厚なツルゲネフも若い頃には、一度追放に会っています。彼の様に完備した形式の文学を一生書きつづけた作家は、ロシヤの近代作家では珍らしいのだが、これも、自らを「余計者」に仕立て、当時の暗澹《あんたん》たるロシヤ社会から自らを追放する事によって出来た事である。彼はパリの郊外に死ぬまで、その半生を外国生活に送ったし、彼の知己《ちき》は、ゾラやゴンクウルやフロオベルだったのです。ゴオゴリは、「検察官」という有名な芝居で、役人どもをこき下した。それでよく無事でいられたと思われるでしょうが、これは、憤激した検閲官を抑えたニコライ一世の気紛《きまぐ》れによったのです。ドストエフスキイが死刑をまぬかれたのも、同じ男の気紛れが原因だった。だが、ゴオゴリの文学生活は遂《つい》に無事ではなかった。人間いかに生くべきか、という問題が、文学を乗り越えた極端な実例が、晩年のゴオゴリに現れた事は、誰も知るところです。彼は「死せる魂」の第二部を焼きすて、断食と祈りのうちに死んだのである。ゴオゴリの悲劇が、トルストイに至って、更に大きなスケールで演じられたのも、周知の事である。

ロシヤの十九世紀のインテリゲンチャは、己れの教養や才能を発揮する社会的条件の欠除の故《ゆえ》に苦しんだばかりではない、やがて時が経《た》つにつれて、己れの教養が外来品である事、ロシヤの土地に育ったものではないという意識に苦しめられる様になった。プウシキンやレルモントフの悩みは、ドストエフスキイやトルストイの悩みに成長するのです。西欧から得た革新的な教養に照せば、独裁政府は、まさしく、愚劣と不正としか表現していないが、黙して語らぬ幾千万のロシヤの民衆は、何を表現しようとしているのか。これは、十九世紀も半ばになると、すべてのインテリゲンチャを襲った問題であり、当時の文学界に現れた国粋派と西欧派との大論争は、インテリゲンチャの教養の不安定を如実《にょじつ》に語っているのです。例えば、ヴォルテエルは、フランスの百姓より教養の度が高かっただけで、教養の根が百姓と異っていたわけではない。彼はエリット（社会の選良）だったのである。チェルヌイシェフスキイ*の教養は、農民《ムジツク》の教養とは質を異《こと》にしていた。彼は、革命的インテリゲンチャだったのである。同じ意味で、ドストエフスキイもトルストイも、外見にまどわされずにはっきり見るなら、無政府主義的インテリゲンチャだったのであります。トルストイの家出問題も、こういう事情に深い関係があります。

トルストイは、ドストエフスキイに比べれば、余程合理的な理想家の様に言われておりますが、それは見掛けに過ぎないのであって、彼の苦悩は、西欧の合理主義者とは何んの関係もないものであった。ドストエフスキイは、「私は、いつでも、何処でも、限度を踏み越えた」と言っているが、トルストイも亦《また》、そういう極端に走る野性的なロシヤ人の魂を持っていた。

トルストイの一生の最大の問題は、周知の様に、宗教問題であり、彼はこれを能《あた》う限り厳密に考え直そうとしたが、彼は遂にどの様な宗教哲学にも到達しなかった。*ソロヴィヨフは、トルストイにもし宗教哲学というものがあるとしたら、それはこの偉大な精神の現象学である、と言っています。同じ事が、ドストエフスキイにも言えるでしょう。文学も哲学も神学も教義も彼等の絶対探求の苦痛を覆《おお》い鎮《しず》める事は出来なかったのです。

しかし、トルストイの思想の否定的な面は、一貫して明瞭なのである。彼の回心は、若い頃から用意されていたもので、それは、文明というものに対する嫌悪《けんお》と不信との蓄積によるのであり、この蓄積は、「*コサック」以来、「戦争と平和」「アンナ・カレニナ」と絶え間なく継続しているのです。この否定の裏に、彼独特の理想化された自然の姿が現れている。彼も亦ルッソオの様に「自然に還《かえ》れ」と叫んでいるわけだが、ルッソオとはまるで違った、極端な叫びなのである。伝統的な教養に自信を持ったルッソオというエリットの「自然に還れ」とは一種のパラドックスであり、彼の否定したものは十八世紀のフランス文明であって、文明そのものではない。彼は「社会契約論」の著者である。*トルストイの「コンフェッション」は、たしかに宗教的な意味でのコンフェッションであったが、*ルッソオの「コンフェッション」は、自己主張、個性表現の為の口実であった。トルストイの思想の*発条《はつじょう》は、自己の教養の不安定に関する強烈な意識のうちにある。彼には、トルストイ伯という教養ある貴族がどうしても信じられなかった。彼は、この疑わしさから、一直線に、あらゆる教養の否定に飛躍したのである。彼の無抵抗主義とは、暴力にさからうなという様な不徹底な主義ではない。文化という小ざかしい人間のあらゆる活動の否定、人格や個性さえの否定が、この主義の核心になるのです。彼は果てまで突進したのである。この時、*ロシヤ正教とともに古い巡礼の亡霊が現れて、彼を連れ去った。血を流すものだけが革命ではない。トルストイの革命思想はソヴェト・ロシヤに無害であろうか。ドストエフスキイが有害な作家であるというのも同じ様に滑稽《こっけい》な事なのであります。

2

ソヴェトで評判が悪いドストエフスキイの作品のうちで、一番評判が悪い作品は、「悪霊《あくりょう》」*であるが、評判は、この作が発表された当時から既に悪かったのです。作者は、書き上げてからも、世人の誤解を解こうと試みましたが無駄だった。無論、ここで「悪霊」という複雑な謎《なぞ》めいた大作の根本思想はどういうものかという様な事は、ここでは問題ではない。そういうものは、よい評判にしろ悪い評判にしろ、凡《およ》そ評判というものになり難い性質のもので、その事も作者自身よく自覚していました。作中に扱われた革命運動の扱い方が、反動的であり否定的であるという非難が、発表当時から今日に至るまでなされているわけである。一八六九年の末、イヴァノフというモスクヴァの農科大学生が殺され、死体は石に縛られて学校裏の池から発見された、という事件があった。これが端緒となって、同じ学校の学生であるネチャアエフ*が宰領する政治秘密結社のある事が明らかになった。ネチャアエフは逃亡したが、多くの学生が検挙されました。イヴァノフは、最高委員会に属するネチャアエフの指令に基き、裏切者として、同志の手によって殺されたのである。イヴァノフの友人が、ドストエフスキイ夫人の弟の友人だったので、ドストエフスキイは、この学生運動の内情について多くの知識を得る便宜があったところから、この運動に非常に興味を持って、作中に採り上げたという事だったのです。

ドストエフスキイの事件の扱い方が、悪意に満ちている、事件を侮蔑《ぶべつ》的に戯化しているという非難が彼に集中された。技法の上で、作者の意識的な戯化が行われている事も考えられるが、又、故意に戯化しなくとも、事件そのものが、パロディイの姿をして、作者の眼前にあったという事も充分考えられる事なのです。ネチャアエフは、翌年の農奴解放九周年記念日に、プロパガンダ*による大衆の蜂起《ほうき》を期待するという空想を固く信じていた。革命の綱領や結社の組織に関する規定は、大変厳格なものであったが、実情は、作者が義弟から聞き、作中に描いたものとさして変らぬものだったかも知れない。少くとも、組織の最高委員会なるものの存在はネチャアエフの空想のうちにあったと見られています。当時、バクウニン*は、「インタアナショナル*」のメンバーとしてスイスにいた。ロシヤから逃げて来たネチャアエフを、スイスの警察の眼からかばったのも彼だったし、ネチャアエフの結社の革命綱領の起草に協力したのも彼であった。バクウニンが、「インタアナショナル」の運動で、マルクスやエンゲルスと激突した最も大きな存在であった事は、よく知られていますが、当時ロシヤの革命的勢力の代表者として、「インタアナショナル」を引きずろうとしていた彼には、ロシヤの学生運動の利用は絶対に必要なものだったのである。この生れながらのアナアキスト*には秘密結社の組織ほど興味ある仕事はなかったし、組織の為の綱領や規約や暗号の工夫に熱中していれば、組織の実際問題などは、彼の頭から消えた。彼は、そんな人だったので、事実、彼の空想から、幽霊結社が、いくつも生れたのです。彼とマルクスとの衝突は、普通の意味で、理論や思想体系を異《こと》にしていたから起ったのではなかった。革命の為に精緻《せいち》に工夫されたマルクスの経済学や唯物論《ゆいぶつろん》哲学の武装を考えれば、バクウニンの方は、「破壊のパッションは、即ち創造のパッションだ」という有名なモットーを虎の子にしていた裸の野人だったと言っていい。まるで性格が違い、而《しか》も誰にも一歩も譲らぬ二人の人間がぶつかり合ったのです。ロシヤの大衆の茫漠《ぼうばく》たる魂を信じて、自分の背後には四万の学生の組織があるなどと豪語するバクウニンは、マルクスの眼には、新型のステンカ・ラーヂン*に見えたし、バクウニンはバクウニンで、剰余価値だとかプロレタリアート*の意識だとか言っているドイツのジャコバン*党学者に、革命など思いもよらぬと思っていた。マルクスは、ロシヤ人が大嫌いであった。彼はバクウニンを軽蔑していたばかりではない、「インタアナショナル」

という合法的な組織を破壊する敵と見なしていた。国際主義の名の下に、西欧のプロレタリアートの組織をかき廻して、自ら指導者たらんとする狂人の背後には、彼を革命的天才だと信じ切っている、幾万のニヒリストと称する恐るべき子供がひかえている。是が非でもバクウニンを葬《ほうむ》り去らねばならぬ。確かにマルクスの考えは、理窟《りくつ》が通っていたし、彼は、実際、計画通り勝を制したのです。

ドストエフスキイの「悪霊」の主人公スタヴロオギン*のモデルは、バクウニンだったという説があります。無論、俗説ではあるが、決して根も葉もない説ではない。ドストエフスキイが描き出した、スタヴロオギンとピョオトル・ヴェルホーヴェンスキ*イとの関係に大変よく似たものを、恐らくマルクスは、バクウニンとネチャアエフとの関係に見ていたのであります。やがて、「悪霊」の中に現れても少しもおかしくはない様な事件が、バクウニンとネチャアエフとの間に起った。ネチャアエフがスイスに逃げて来た頃であるが、バクウニンは、ロシヤの或る出版屋と「資本論」の飜訳《ほんやく》の契約をしていた。もともと性分に合わぬ仕事だから、バクウニンは、前金を使い込んで、仕事は直ぐ放棄した。バクウニンの様な天才が、下らぬ飜訳仕事で苦労するとは、まことに愚かな話であるというのが、ネチャアエフの意見で、後は万事俺が引受けたという事になった。併《しか》し、ネチャアエフは下訳を引受けたわけではない。飜訳は都合によって取りやめであるが、少しばかりの前貸しなぞでぐずぐず言ったら、ただではおかぬ、と本屋を脅迫した。この噂《うわさ》を聞いたマルクスは、ひそかにロシャの一学生と連絡し、ネチャアエフの脅迫状を手に入れ、これを大事にしまって置いて、後年、バクウニンの「インタアナショナル」追放決議に於ける有力な証拠として利用したのである。

「悪霊」の革命家達の作者の描き方は、まことに辛辣《しんらつ》なものであるが、これは何もこの作に限った事ではない。ミハイロフスキイは、＊この作者を「残酷な天才」と呼んだが、この天才は彼の作品の到《いた》る処《ところ》に姿を現しているのであって、この天才は、自分自身に対して一番残酷だったかも知れませぬ。彼が、「悪霊」の世評に答えた文のなかに、自らを「年老いたるネチャアエフィアン」と呼んでいる。彼は、ネチャアエフに、自分の顔を見ていたのです。ネチャアエフは、世人が云う様な白痴でもなければ、英雄でもない。良心もあり教養もあるロシヤの一青年である。それが理想を抱いて、いや、何故《なぜ》、高級な理想を抱いたが故に、あの様な低級な行為に追いやられるか、これは人間の永遠の問題にもなるであろうが、特に現代ロシヤのインテリゲンチャの運命的な悲劇である。自分は、一個のネチャアエフを問題にしているのではない、複数のネチャアエフ即《すなわ》ち私達の事が書きたいのだ、と作者は言うのです。ドストエフスキイが「悪霊」を書き始めたのは、彼の四年間の*外国生活の終りであって、彼がロシヤについて、ロシヤ人について一番烈《はげ》しく考えていた時期である。彼は、「ニヒリストは国産である」と言うのです。彼がニヒリストを肯定しなかったのは、徹底的な自己理解の結果であり、彼に悪意なぞあった筈《はず》がない。マルクスは、ニヒリストを外国産と理解し、これを敵に廻した、これは大変な相違です。スタヴロオギンは、ドストエフスキイが創《つく》り出した悪魔であるが、この悪魔は、*メフィストフェレスではないのである。スタヴロオギンに限らず、他のニヒリスティックな人物、*ラスコオリニコフにも*イヴァンにも、陰険な、勘定高い、けち臭い、そういう性質は全然見当らない。率直で天真で、殆《ほとん》ど爽快なものさえ感じられる。バクウニンという人物にもそういう処がきっとあったに違いない。彼はマルクスには少しも似たところはなかったが、スタヴロオギンには、いろいろな点でよく似ていたでしょう。

ニヒリストという言葉は、「*父と子」のバザアロフ以来有名になったものだが、やがて、ドストエフスキイは、ラスコオリニコフという人物を描いて、ニヒリストという言葉が正銘のロシヤ語である事を証明した。ラスコオリニコフの考え（ドストエフスキイの考えではない）には、ニイチェの思想がある、という様な事が言われるが、そんな事は語呂合せ風のしゃれを出ない。「私は、ヨオロッパに於ける、最初の完全なニヒリストだ」とニイチェは言っているが、これははっきりした話だ。ニイチェの言うニヒリズムとは、哲学上のニヒリズムであって、哲学上の*アイディアリズムに対する*スチルネルの反撃は、ショオペンハウエルを経て、自分に至って完成したという自負を語るものです。ヘエゲルという完全なアイディアリストを生んだドイツに、ニイチェの様な完全なニヒリストが現れるのも当然な事だ。哲学とか教養とかいう言葉を、ニイチェがどんなに嫌おうとも、彼のニヒリズムは、哲学的教養の過剰の上に咲いた妖《あや》しい花であり、彼の呪《のろ》いは、詩となり、警句となった。ニイチェとラスコオリニコフとの違いは、大学教授と徒刑囚との隔《へだた》りです。ラスコオリニコフが持っていたのは、言葉ではない、*斧《おの》である。この何物も信じない不安定な精神を持った青年が、何者であろうとも、懐疑派からは一番遠い人間である。彼の精神にはニヒリズムの発想が充満していたかも知れないが、それがアイロニイやパラドックスとなって完成するという様な道は何処《どこ》にも開けてはいないのです。この狂った魂は飢えている。全体か無かに賭《か》けている。彼の斧は、やがて、*リサックの爆弾となって、*アレクサンドル二世の前で破裂すると考えても少しも差支《さしつか》えない。

ニヒリストはロシヤの国産である。ラスコオリニコフという、作者によって故意に選ばれた名前が、その伝統を示しているのです。ラスコオリニコフはラスコオルニキをもじったもので、ラスコオルとは正教の教会から分離した団体、セクトを言うのである。作者が、この名によって諷《ふう》したかったのは、主人公は懐疑派ではない、分離派であるという事だったのです。彼は苦行者なのである。

　ロシヤの正教の歴史くらい退屈なものはありませぬ。パウロ*もアウグスチヌス*もルーテルもいないキリスト教史は、歴代のツァアの信仰史に過ぎないのであった。この単調な保守的な信仰は、まことに強固なものであって、イヴァン*大帝以来、ボルシェ*ヴィキ革命に屈従したニコライ二世に至るまで、連綿として続いていたのです。それは、神のものはカイゼル*に返された、という信仰であり、東ロオマ帝国の滅亡により、ツァアは、モスクヴァこそ第三のロオマであるという信仰を植えつけられた。実際イヴァンは、カイゼルの後裔《こうえい》と信じていたし、神に選ばれた地上唯一の王である事を疑わなかった。この信仰は、ロシヤの国家の発展とともに発展し、ピョオトル*大帝に至って、ツァアの教会支配は、絶対的なものとなるのです。だから、西欧に、宗教改革の運動が起った頃、ロシヤは、国教建設運動に忙しかったと言っても、これは国粋主義の政治運動であったから、忙しかったわけである。教会聖者名簿からギリシア人を追放し、ロシヤ人の聖者を捜索する、と言った様な下らぬ事務で忙しかっただけだ。

　ラスコオルの発生にも、いかにもロシヤらしい特殊な事情がある。正教の歴史にはルーテルはいなかったが、強いてロシヤのルーテルを求めるなら、ロマノフ王朝*になってから出たニコン*という長老がいます。彼は、教権というものが政権の下風に立つとは、けしからぬ事だと、ツァアに宣言し、ツァアを手こずらせた、たった一人の学識ある坊さんだ。教会には、こういう進歩的な考えを受けつぎ成長させる様な条件は全くなかった。言わば、彼は、十七世紀のロシヤの教養ある「余計者」だったのであるが、この「余計者」が、教会の改革を断行した。当時の状態で可能な限りの改革、即ち、礼拝の形式に関する諸規定の改革を断行した。ところが、結果は飛んでもない事になりました。頭脳による、上部からの新改革は、忽《たちま》ち一般の古い宗教感情と正面衝突を惹《ひ》き起した。旧信者はことごとく破門され、ラスコオルとなった。ラスコオルは、先《ま》ず宗教上の反動的勢力として生れたのであり、その信仰は、古い異教の性質も交えた無智なものであったが、民衆の生活のなかでは、精神の糧《かて》としてははっきり生きていたものである。言うまでもなく、ツァアの圧政に苦しむ民衆にとって宗教だけが唯《ただ》一つの嘆きの排《は》け口であったし、又、礼拝の形式とは、彼等にとって、即ち信仰そのものであった。最後の望みが奪われて、彼等は反逆したのだが、軍隊警察の弾圧は徹底的であったし、彼等の反逆も徹底的だった。例えば或る地方のラスコオルには、次第に追いつめられて、「火による洗礼」と称する狂信が育ち、二万の農民が、妻子を連れて、村々の納屋《なや》にこもり、自ら火を放って焼死するという様な事も起った。ラスコオルは、山野か沙漠に逃げかくれたのだが、のたれ死も餓《う》え死も、殉教と信じられた。そういう人達が、どれほどいたか、恐らく莫大《ばくだい》な数だったでしょう。強い反抗には軍隊が要る。これを提供したのがコサック*である。コサックという国家辺境の警備隊は、負わされた義務の代償として、当時としては、全く例外な生活の自由を持っていた。有名なステンカ・ラーギンの反乱が起ったのは、ニコンの改革から間もなくの事である。無論、反乱には政治的な経済的な事情があるが、彼の革命精神はラスコオルのものであり、ステンカ・ラーギンの歌が、今日のロシヤ人に愛されている所以《ゆえん》も其処《そこ》にあるのです。十八世紀の末に起った、コサック、プガチョフ*の反乱も、その精神に於いて、ラーギンの反乱と全く同じ性質のものである。

ピョオトル大帝の改革というものは、あんまり有名で、彼は、教会の組織の上でも、ルーテルの考えを取入れて改革を行ったという様な事は言われるが、これはアレクサンドル二世による「農奴解放」より遥《はるか》に有名無実なものであった。聖シノッド*の組織は、前にも言った様に、ツァアの絶対権力の現れであり、正教は宗教として完全に死んだのであって、後は、内部からは、怪僧ラスプーチン*が現れるだけだ。外部に向っては、ラスコオルの運動をいよいよ挑発しただけだ。ロシヤ人の宗教思想や宗教感情が、実際に生きて来たのは、ラスコオルに於いてである。そういう事を言うと、極端な言葉の様にとられそうだが、決してそうではない。ラスコオルの運動は一種の地下運動である。革命でも起さなければ、正史にのりはしない。それが三百年の間、間断なく続いているのです。

勿論《もちろん》、一と口にラスコオルというが、そのセクトの数や種類は夥《おびただ》しいもので、その点では、ロシヤは世界一でしょう。併し、ラスコオルの根本の信条、これは非常に早く形成された様だが、それは一つなのです。ツァアの統治するロシヤの国家、即ち第三ロオマ帝国は、偽りの国家である、サタンの国家である、という事です。ニコン長老もピョオトル大帝も反キリストなのである。ツァアがいる限り、来るべき神の国については、全然妥協の余地はない。ツァア以前にあった真のロシヤは、ツァア以後に現れるであろう、現在のロシヤは信ずるに足りぬ、という信仰である。ニコンの改革は、一六六六年の事であるが、それ以来666という数は、ラスコオル間で、サタンの象徴になったのです。

無論、ラスコオルは、教会から破門された連中であるから、彼等の間には、僧侶《そうりょ》がいない。そこで、自分達の僧侶を作り、自分達の僧院を建てる運動が頑強につづけられる。これは一九〇五年*の革命で、教会として独立を得るまでつづくのである。ドストエフスキイが、「*カラマアゾフの兄弟」の中で、その宗教観上の重要な観念を託しているゾシマ長老は、*アンブロシウスがモデルだ、と言われているが、彼は、ラスコオルが、非常な困難の末、十九世紀の半ばに至って、やっと戦いとった長老です。この人はロシヤ人ではない、*ボスニヤの主教だったギリシア人である。ラスコオルは、近東の正教教会は、正教の最も古い伝統の護持者であると信じ込んでいたから、彼等の僧侶獲得運動は、*セルビアかギリシアの僧侶に向って集中されていた。アンブロシウスの僧院も、ツァアの眼をはばかって、国境近くのオオストリヤに建てられたという有様だった。もともと実力のない、聖職者を持つ一般信徒の運動であるから、年がたつに連れて、*清教徒風な精神の伝統を持ちながら、新思想にも鋭敏に応ずるという様な人々も現れてくるわけだ。彼等は何も僧院ばかり建てていたわけではない。例えば*モスクヴァ芸術座などは、彼等の手によって出来たものです。トルストイの宗教となると、ラスコオルと彼との関係には、もっとはっきりしたものが見られる。コーカサスの*ドホボールというラスコオルが、十九世紀の末、兵役義務を拒否する運動を起した。政府は、その首謀者を投獄し、ラスコオルの人々の居住権を奪った。トルストイは、この運動に共鳴し、彼等をカナダに移住させる運動を起した。「復活」は、この運動の資金を得る為に書かれたのである。この為にトルストイは、教会から破門されています。

僧を得たり、僧院を建てたりして、ツァアの教会に対して、忍耐強く組織化の運動を行ったラスコオルは、ラスコオルのうちでも最も穏健な一派に属するもので、其《そ》の他はどうせサタンの手先きであるから、坊主なぞは要らないという連中であり、これは、その性質上、非常に多数なセクトとなって、拡《ひろが》った。前に触れた「火の洗礼」一派の様な狂信と反逆との傾向が強い、言わばラスコオルのうちの左翼である。例えば、カソリックの巡礼は、定められた聖地を目指して歩けばいいが、左派のラスコオルの巡礼には聖地というものがない。サタンの国にそんなものがある筈もなし、第一そんな国に居を定めて、のん気に暮しを立てるという事が、許し難い罪悪である。だから、ただ、ぶらぶら歩いているより他はない。理窟上、「ぶらぶら派」という一派が出来る。ニコライ一世は、烈しい弾圧を加えたが、ぶらりぶらりと逃げるので、手がつけられない。この大秘密結社は大きくなるばかりであった。それというのも、この結社で、ぶらぶら歩くのは正会員であり、新入りは歩けない。新入りは、結社を経済的に援助する又別の秘密結社を作っているという念入りなものだったからである。極端な例だけをあげるのではない。極端な例ならまだいくらでもあるので、ロシヤの宗教思想史そのものが極端な形式でしか存在しないのです。教会は、宗教改革の経験をしなかったばかりではない、ギリシアの哲学もロオマの法律も中世の神学も、知らなかった。極端な保守主義にツァアの権勢が集中されていただけだ。これに対してラスコオルも極端な忍従と爆発とでしか答えなかった。

十九世紀の革命的インテリゲンチャの先駆者は、デ*カブリストだと言えるのだが、この教養ある将校達は、フ*リー・メーソンだったのです。成る程フリー・メーソンは世界最大の秘密結社かも知れないが、政府顚覆《てんぷく》の反乱を企てたのは、モスクヴァのフリー・メーソンだけでしょう。フリー・メーソンもロシヤに支部が出来れば、革命派になるのである。デカブリストの失敗は、インテリゲンチャの心に非常に大きな衝撃を与えた。その頃、西欧のロ*マンティシズムの文学の到来によって、ロシヤの近代文学は開かれるのであるが、花々しいロマンティシズムの文学も、彼等の暗澹《あんたん》たる心をどうする事も出来なかった。却《かえ》って、これが為に、彼等の傷はうずいたのである。彼等はロシヤに生れた不幸を、新しい眼で見たのである。影響というものは、みなそういうものです。三〇年代、四〇年代を過ぎて、反動期が来て、リアリズムの思想が現れるのだが、これは、彼等の憤懣《ふんまん》と絶望との産物であって、決して科学の発達や普及によって生れたのではないのです。リアリストが、ニヒリストが現れる。ラスコオリニコフというラスコオルニキが現れる。彼には、棲《す》みつく家はない。ロシヤの様な国に居を構えるのは罪悪である。

3

「ロシャのソシアリズムは、神と無神論との問題である」とドストエフスキイは言います。こういう言葉にしても、そういう発言の歴史的背景を考えなければ、まるで意味はわからないだろうし、ドストエフスキイの独断とも見えるでしょう。ところが、この歴史的背景というものが、なかなかむつかしいものである。ドストエフスキイには、歴史というものがてんで見えていない、彼は反動派である、という風に言われる。するとドストエフスキイは、答えるだろう。成る程、私は諸君の様には歴史なぞ見えていない。併《しか》し進歩派だとか反動派だとかいう言葉をロシャ人ほど愛用し濫用《らんよう》する国民はないという事は見えている、と。歴史に関して、最も饒舌《じょうぜつ》なのは、実は歴史に押流されている人々かも知れないのである。ドストエフスキイの創造した世界は、はっきり反歴史的な、永遠なものを指しているが、そういう世界の創造は並みはずれて鋭敏な歴史感覚から発したのであった。彼は眠って夢みたのではない。彼の理想は、現実の裏まで見抜ける人だけが抱《いだ》ける理想であった。この事は、彼の作品の成功にもかかわらず、彼が、生涯、世人に理解させる事は出来なかった事です。

周知の様に、彼の処女作「*貧しき人々」を認めたのは、*ベリンスキイであったが、この優れた評家も、次作「*二重人格」となると、もう作者のリアリズムに疑惑を抱いた。ラスコオリニコフという人物が現れるに及んで、評家達の疑惑はいよいよ大きくなり、この病的に歪《ゆが》められた人間像は、作者の病的な神経の産物であるとされました。彼の異常な心理描写が、正確な観察の結果である事が、承認される様になったのは、心理学の発達により、彼にフロイトの先駆者を見る様になってからである。だが、ドストエフスキイは、ラスコオリニコフという、実験心理学上の症例を示そうとしたのではない。ロシヤのインテリゲンチャの悲劇が語りたかったのである。作者の洞察は、主人公の無意識の世界に達していた。当時のインテリゲンチャの歴史意識の下にとどいていたのです。ドストエフスキイは、その手紙から推察出来るのだが、「*白痴」の執筆中から、「無神論」と題するロシヤの近代精神史ともいうべきテーマを考えつづけていて、この企図《きと》を半ば義理で書いていた「悪霊」の進行中にも抱き続けていた。この事について、ドストエフスキイは、「私は、現実とか現実主義とかいうものを、我が国のリアリストや批評家達とは、全く違って考えている」と言っています。彼の考えによれば、リアリズムという外来語を信じて、ロシヤの知識人はリアリストになっているが、それは、本質的な意味で、先ず言語学の問題なのである。リアリストとかリアリズムとかいう外来の言葉が現実のロシヤの人々の間で使われて、どんな意味が生じているかを何故《なぜ》知ろうとはしないのか。精神の歴史、彼の言葉で言えば、「近代ロシヤ人の知的発展」を観察の対象とする事が、何故アイディアリズムか。「君達のリアリズムは浅瀬をわたっている」、そう言うのです。もし、ドストエフスキイの心理描写を見て、フロイディズムを言うのなら、彼の歴史感覚のうちにも、それを見なければならない。

ロシヤに於けるソシアリズムは、ベリンスキイから始ると言われるが、そう言っただけでは、殆《ほとん》ど意味をなしませぬ。ベリンスキイは、文芸評論家からソシアリストに転じたのではない。ロシヤに於けるソシアリズムがテロリズムとしてではあるが、ともかく政治活動と結びついたのは、七〇年代も終りに近づいた時であって、それまではソシアリズムという一種の文学があっただけなのです。これは、*ユウトピアンのソシアリズムでも、次代の*ナロオドニキのソシアリズムでも同じ事であった。*フウリエにしても*オオエンにしても、ユウトピアンとは言われているが、彼等のユウトピアは、実業家としての、経験や観察による経済制度の批判に基いていた。*ペトラシェフスキイ会のフウリエリスト達の*ファランステエルは、彼等の夢想のうちにしか、土台石がなかった。ドストエフスキイが、ペトラシェフスキイ会の一員として、告発された理由は、彼が会合で、ゴオゴリ宛《あて》のベリンスキイの書簡を読んで聞かせたという詰らぬ事だった。長いから引用しないが、一九〇五年に至って初めて公表を許されたこの書簡の内容には、危険思想めいたものなど少しもありはしない。殆ど信じ難いほどのものである。ベリンスキイが、シベリヤに行かずにすんだのも、外国生活と肺患による早世との御蔭《おかげ》です。ベリンスキイが、ロマンティックな文学的夢想を抱いていたのは、青年期の短い期間に過ぎず、ソシアリズムの到来によって、彼はリアリストになったのだが、このリアリストは、ソシアリズムによって、彼自身の言葉で言えば、「ロシヤは社会ではない」という事を発見したのであった。ソシアリズムは、文学による啓《けい》蒙《もう》運動とならざるを得なかったのであるが、事実、それが後続の急進的なインテリゲンチャの為に、ベリンスキイによって開かれた唯一《ゆいいつ》の血路であったのです。血路というのは、誇張ではない。文学という仮面をかぶるのに苦心した彼等の言葉には、銃殺と流刑《るけい》とが賭《か》けられていたのである。従って、啓蒙家とか啓蒙運動とか言っても、西欧のものには、少しも似た所はない。第一、一体、誰の為に啓蒙するのか。「社会ではないロシヤ」では、「解放された民衆は、議会などには決して行きたがるまい。大急ぎで、酒屋に飛び込んで飲みだすだろう。窓を叩《たた》き毀《こわ》し、旦那どもの首を吊《つる》し上げるだろう」。ところで、インテリゲンチャだけのソシアリズムなどという奇妙なものが考えられるか。彼は、啓蒙主義を捨てて、民衆の幸福の為には、暴力も、血も剣も必要だ、という考えに追い込まれる。ベリンスキイの思想は、考えあぐんでいるうちに、遂《つい》にそういうところに到達した様に見えます。そう見える限り、彼に、ボルシェヴィキ革命の先駆者を見れば見る事も出来よう。併し、そういう歴史の見方は、「浅瀬をわたるリアリズム」に過ぎないのである。彼に、ソシアリズムの型という様なものを発見するのは間違っていると思います。彼は、そんなものを受取って、理解した人ではない。ソシアリズムという火が彼を焼いたのである。焼死するまで、焼かれる苦痛を意識していた人だ、そう言った方が真に近い様です。シルレルもヘエゲルもフォイエルバッハも、言わば彼の望んだ発火栓に過ぎず、彼の思想の発展の段階を指すものではない。それは寧《むし》ろ思想上の危機の連続であって、彼の様に全身を以《も》って、憑《つ》かれた様に思索したモラリストには、そういう危機なくしては、そもそも考えるという事が不可能であったと言った方がいい。ベリンスキイのヘエゲルに対する態度を見ればよくわかる。バクウニンは、どんな風にヘエゲルをベリンスキイに講義したかは解《わか》らない。が、ヘエゲルのディアレクティック*ほど、ベリンスキイの様な人に遠い考えはない。恐らく、理解したくなかったものはない。そうでも考えなければ、彼のへエゲルに対する突然の熱狂と突然の幻滅とを説明する事は出来ない。それは、まるで、ヘエゲルから「*合理的なものこそ現実的だ」と言われて開眼し、「現実的なものは合理的だ」と言われて首を振った様なものだ。だからと言って、どうして彼を非難出来ましょうか。彼の耳に這入《はい》るものと言っては、尤《もっと》もらしいサロンの美辞麗句ばかりだったし、眼に這入るものは、ただ愚劣極まる不合理なロシヤの現実ばかりだったのであります。

孤独なるソシアリスト、そんなものはないと言ってはならない。ロシヤにはあったのです。あったばかりではない。ロシヤのソシアリズムの流れの源泉にあったのであり、以来ロシヤのソシアリストは、この流れを汲《く》まずには生きる事は出来なかったのである。理論的にも実践的にも社会化をはばまれた思想が、内にこもって内攻する。その狂おしい苦痛を、ベリンスキイは、次の様に言います。「何か得体の知れぬ非合理性が、私の頭を見舞う。すると私は恐るべき人間になる」と。そういう辛《つら》い人だ。彼の書いたものの内容には、独創的なものは何もないのであるが、彼の文体は、独創的です。独創を強いられています。彼の様に苦しい叫びの様な文体で書いたソシアリストは、恐らく世界中、何処《どこ》にもないでしょう。まるで自分は理想によって生きているのではない、寧ろ絶望によって生きている、と彼の文体は叫んでいる様だ。彼は、ニヒリズムの開祖だったのである。

ベリンスキイの死後、急進的インテリゲンチャに、最も大きな影響を与えたのは、チェルヌイシェフスキイである。彼の「何を為《な》すべきか*」は、ニヒリスト達の聖書となった。聖書となったというのは、比喩《ひゆ》でも誇張でもない。ニヒリストという無神論者達には、彼等の神が必要だったのである。ソシアリズムは信仰告白であり、革命は必然の成行きではなく、意志の産物でなければならなかった。チェルヌイシェフスキイは、ベリンスキイに比べれば、比較にならぬ程博識な学者であり、彼の方で、マルクスの著書を読んでいたかどうかは明らかではないが、マルクスが、チェルヌイシェフスキイのミルの「政治経済学原理」の飜訳《ほんやく》と批判とを非常に高く評価していた事は、よく知られています。だが「何を為すべきか」は小説です。チェルヌイシェフスキイには、文学的才腕が欠けていたから、不手際《ふてぎわ》な作品ではあるが、研究には関係のない彼の真実な思想や人間性は、そちらの方に、はっきり現れざるを得なかったのであって、この方は、恐らくマルクスを戸惑わせたでしょう。これは一種のユウトピア小説であるが、誰もユウトピア小説として受取りはしなかった。理想と現実との懸絶《けんぜつ》に苦しむ当時のインテリゲンチャに、ユウトピアの型なぞが面白かったわけがない。この小説は、理想を抱いて、現実に「何を為すべきか」に答えた、人間生活の解放の為に戦う闘士の道徳について答えたのです。闘士ラフメトフ*の鉄の様な意志に、苦行僧の様な禁欲に、ニヒリスト達は共鳴した。これも単なる形容の言葉ではない。ラフメトフは、苦痛に堪える意志を鍛錬する為に、釘《くぎ》の上に寝るのです。物語は、ヴェラ・パーヴロヴナという新生活運動を夢みる新しい女性の恋愛を中心に展開するのであり、この自由の恋愛が、当時の保守派の人々の非難の的になったのであるが、作中で謳歌《おうか》されている恋愛の自由とか、女性の解放とかいう観念は近代恋愛小説から、普通に得られる通念とは凡《およ》そ違ったものなのである。パーヴロヴナは、両親に反対して医学生ロプホフと恋愛結婚をする。やがて、ロプホフの友人キルサアノフと恋愛関係に陥るが、三角関係は、悲劇にはならない。誰も不幸にはならない。却《かえ》って三人の善意と正義感と自制力とが発揮されるという事になる。逆にロプホフは、自殺とみせかけて、新しい恋人達の幸福の為に、米国に逃げる。彼は、数年後、帰国して、他の女性と家庭を持ち、二組の夫婦は仲よく新しい共同生活に踏み出す。作者は、通俗小説を書こうとしたのではない、信仰を告白したのである。男女の関係を正当化するものは、愛の絶対性だけであって、そこに妥協的な解釈の這入る余地はない。こういう主張を非難する尤もらしい理窟《りくつ》は、ことごとく古くさい道徳の所産であり、又、この真理の実現をはばむものは、不合理な旧制度である。例えば嫉妬《しっと》の情なども、私有財産という悪制度の育成した悪感情に過ぎない。そういうわけです。これが、*マテリアリストとか*ユティリテリアンとか言われた人の宗教なのでした。唯物論も*功利主義も、彼の信仰告白の為の口実だったに過ぎない。と言っても、彼が空想家だったわけでもないし、自分をごまかしていたわけでもない。彼は、*サラトフの僧侶《そうりょ》の家に生れ、神学校で教育された人であった。彼が早くから体得した宗教的心情は、ソシアリズムの思想によって、新しい表現を見出《みいだ》し、反宗教的な形式で強化されたに違いないのだし、恋愛の自由に関する彼の信念も、恐らく、彼と夫人との間の教会も法律も無視した献身的な愛の経験に基くものであった。政府は、この非常な影響力を持った思想家を、葬《ほうむ》り去ろうとして、ある反政府運動の主謀者たる偽証を作り上げた。彼は、その壮年期の殆ど二十年間をシベリヤに過したので、「何を為すべきか」も流刑中の作である。彼の生涯は、全く聖者の生涯であった。

　チェルヌイシェフスキイの後には、*ドブロリュウボフが現れる。彼は、文字通り、チェルヌイシェフスキイの衣鉢《いはつ》をついだ人です。彼も亦《また》牧師を父とした神学校出の革命家であって、そのソシアリズムが、当時のインテリゲンチャの合言葉であった「思索するリアリスト」の合理的な社会変革についてのどんな抱負を語っていようとも、烈《はげ》しい宗教性が、これを貫いているのです。彼は、少年時代から、狂的な禁欲主義者であった。彼の日記は、その日その日の懺悔録《ざんげろく》であり、この少年は、例えば、今日はジャムをなめ過ぎたという様な事で、罪の意識に苦しんでいた。宗教に対する突然の疑惑は、彼の熱愛していた母親の死に始った、と言われています。ピイサレフ*は、僧侶の子ではなかったが、彼が、ドブロリュウボフにつづいてニヒリスト達の指導者となったのも、極端から極端に飛躍する生活の転向によったのです。ピイサレフは、富裕な貴族の家に生れ、その教養も趣味も、全くフランス風に仕込まれ、学生時代は、優美な繊細な、風采《ふうさい》までが女の様な優等生であった。ソシアリズムは、学説として彼に受取られたのではない。自己否定の苦行の道が、これによって開かれたのです。彼は、自虐《じぎゃく》の喜びに慄《ふる》え、「思索するリアリスト」として、社会救済の為に、プウシキンを頭目《とうもく》とする審美《しんび》的芸術という無用の長物を、徹底的に攻撃した。前にも述べた様に、そんな文芸は、広い目で見ればロシヤには一つも存在しなかったのであるが、ニヒリストのプロパガンダの秘密出版に多忙な青年に、たとえ広い目があったとしても、これも無用な長物と思われたでしょう。彼の重要な評論の殆どすべては、ドストエフスキイも這入った事のあるペトロパヴロフスク要塞《ようさい》*の獄中で書かれた。彼もドブロリュウボフも二十代で死んでいる。長生きしたら、二人とも、いずれシベリヤ行だったでしょう。

ドブロリュウボフの夭折《ようせつ》を悲しんだネクラアソフ*は、彼の墓碑銘を書いています。「貧しき少年時代、半ば飢えたる教義、張りつめた四年間の労作、そして死」。ニヒリズムは、ネクラアソフの言う様に「飢えたる教義」であったが、この民衆詩人の詩学も飢えたる詩学だったのです。彼の詩の観念は、二つに裂けていた。どうしてこんな悲惨な民衆を歌って、美しい永遠の歌が可能か。そんな企ては正義が許さない。彼のミューズ*は、彼の言う「復讐《ふくしゅう》と悲哀のミューズ」だった。「思索するリアリスト」達は、ミューズを殺して教義を得たが、教義は孤立によって飢え、復讐と悲哀の教義となったというわけだ。彼等も亦、心底に於いては、ネクラアソフの様な追いつめられた民衆詩人だったのです。外来のドグマ*を抱き、やり場のない復讐と悲哀とを、彼等の意識には全く無関心だった民衆《ナロオド》の胸に託そうとしたのである。これが、所謂《いわゆる》ナロオドニキ革命運動の心理的な根拠です。良心ある学生達は、男も女も、学業を廃し家庭を捨てて、農村に赴き、宣伝し、説教し、或《あるい》は、医者となり、技師となり、看護婦となり、産婆《さんば》となって、農民の生活のうちで活動した。これは、農村巡礼、農村伝道とでも言うべきものだったのであり、農民は、この新興の宗教を、どう扱っていいかわからなかった。かつて、ペトラシェフスキイ*は、自分の田舎の領地内に、ファランステエルの模型を建てて、農民の焼打ちにあったが、ナロオドニキの運動でも、政府の弾圧が烈しくなるにつれて、農民達は、彼等の献身的な救助者達を政府に密告するという有様となったのです。青年達の行く道は、ツァアの暗殺の為に、結束する他にはなくなった。「人民の意志」党の、アレクサンドル二世暗殺の執行委員会の地下運動は、執拗《しつよう》につづけられ、遂に七回目の加害が成功するのである。ドストエフスキイが死んで間もない頃である。事件後、政府の警戒は、急に厳しくなり、反動期が来る。憂鬱《ゆううつ》な所謂チェホフ*時代が始るのであるが、革命精神の伝統は、決して跡絶《とだ》えたわけではない。大学は、毎年、次の皇帝アレクサンドル三世を狙《ねら》う革命家の群れを卒業させていました。チェホフとレエニンとは十ほどしか齢《とし》は違いはしないのです。レエニンの兄は、アレクサンドル三世暗殺の陰謀で、十九歳で処刑されている。チェホフにしても、ただ優しい憂鬱な人間ではない。謎《なぞ》の様なサガレン*行が彼の作品を開く鍵《かぎ》だ、と私は思っています。恐らく、ロシヤの大作家で、彼ほど強い自制力を持っていた人はない、彼とモオパッサンとを比べるなどとは、とんでもない事だ。モオパッサンは、絶望した懐疑派であったが、チェホフは、胸の火を遂に隠しおおせた聖者だったのです。

マルクスは、自分の考えていた革命が、ロシヤで起るなどとは、夢にも思っていなかった。晩年、彼は、アメリカに革命の起る事を期待していたと言われている。ロシヤの様な農業国家に、何故《なぜ》プロレタリアートの独裁国家が実現したか、という事は、史家の間で有名なパラドックスになっている様ですが、図式的に歴史を眺めれば、そんなパラドックスも現れるでしょうが、人間や歴史の側から見れば、どんな理論も一片の言葉に過ぎない。レエニンは、恐らく、パラドックスなど少しも感じてはいなかったでしょう。レエニンの革命の成功は、彼が、誰にも増して、マルキシズムという言葉を、ロシヤ風に読んだ事にあったのです。そういう言い方をすると誤解されそうだが、マルクスのテキストを鵜《う》呑《の》みにしたのは、ロシヤだけであった。ロシヤでも、ボルシェヴィキ党だけであった、という事に注意すればよい。恐らく、レエニンは、ロシヤのインテリゲンチャの伝統に従って、西欧の原本への信頼とその直訳から事を始めたのであるが、これを頑強に押通すのが、ロシヤに於いては最も有効である事を、革命家の本能から直覚したのである。火花を燃え上らせたのは、マルキシズムであったが、この火花は「イスクラ」*というデカブリストの火花だったのです。ロシヤの革命的政治思想家達は、彼等の意に反して、すべて文学者であった、文学を呪《のろ》う文学評論家であった。彼等の思想は、政治運動の現実の中で訓練された事はない。社会的実践上の必要から、改良された事も改悪された事もない。革命精神の火が、ロシヤほど、汚れを知らず、純粋に燃えつづけて来た国はどこにもないのです。レエニンは、そういうロシヤの純血種的革命家として、マルキシズムを、その生れたままの純粋な形、修正を受けぬ、烈しい形で、摑《つか》みとったのです。彼とナロオドニキ革命家達との反目は、表面の反目に過ぎない。ナロオドニキが、農民へ向ったのはツァアをとるか、農民をとるか、と追いつめられた結果であって、妥協でも空想でもなかったのである。だが、＊メンシェヴィキとの反目はレエニンにとっては、決定的な事であり、彼には、革命方法の民主主義的な漸進主義は、ロシヤの歴史に照して有害無益と見えたのであって、これが、彼の戦闘的プロパガンダとしては、マルクス主義の改悪、ブルジョアジイへの屈服という攻撃的表現で現れたのである。ボルシェヴィキという言葉は、多数《ボルシンストヴォ》から来た言葉であるが、これは、大衆に対する革命的スロオガンの意味しかなく、ボルシェヴィキが多数決による多数政党であった事は一度もない。それは大衆党でも多数党でもなく、国民指導党として生れ育ち、無論、今日もその性質を変えてはいないのです。ロシヤの新興プロレタリアートは、放って置けば、為す処《ところ》を知らない事をレエニンはよく知っていた。彼は自ら言っている様に、職業的革命家たらんとし、そうなった人だ。ボルシェヴィキは、職業的革命家の結社として発足したのです。レエニンの有名な言葉がある。「活動の必要から、各人が、十人の仲間の九人に対して、自分の正体を隠していなければならない時に、革命家達が集って、仲間の一人を選挙によって要職に選ぶなどという事が出来るか」、これは、バクウニン、ネチャアエフの伝統であります。

レエニンの「何を為すべきか」*は、ベリンスキイ以来の、ロシヤの革命的インテリゲンチャの「何を為すべきか」の問題に終止符を打った。これは、ツァア政府の顚覆《てんぷく》という彼等の夢を実現したという点で、決定的な終止符であったが、それは、革命は神であり、人間は、その手段に過ぎないという確信を強行する事によって成就《じょうじゅ》されたのである。ネチャアエフの失敗は、レエニンの成功に比べれば言うに足りないが、この確信は同じだったのです。それはネチャアエフの「革命綱領」がはっきり語っている。彼は、革命家には、名前さえ無用だ、と言っています。レエニンは、インテリゲンチャを侮蔑《ぶべつ》し、否定したが、これは、この職業的革命家の戦術であった。又、彼には戦術とは即《すなわ》ち彼の目覚めた全意識に他ならなかったかも知れないが、それにも係らず、彼はロシヤの革命的インテリゲンチャの最も鋭いタイプとして終始した事に変りはない。ドストエフスキイは、ネチャアエフの子供らしい失敗を笑いはしなかったし、レエニンの堂々たる成功にも驚きはしなかったであろう。彼の関心の集中されたのは、革命の成功でも失敗でもなかった。その理論や戦術の巧拙でもなかった。革命が語る人間的な意味であった。革命家には、無用の長物である哲学的智慧《ちえ》であった。ネチャアエフが国産であると言った時、彼ほどロシヤのインテリゲンチャの運命的な精神構造をよく見抜いた人はいなかったのです。この極端から極端に走る構造は、中産階級という中間地帯のないロシヤの歴史の構造に密着していた。そこから、思想や行動上のあらゆるパラドックスが露《あら》わになる。聖者の様な自己放棄が、そのまま悪魔の様な自己主張となる。中間地帯はない。合理主義も、ヒュウマニズムも、見掛け倒しの取りつくろいに過ぎない。妥協策に過ぎない。ドストエフスキイはこのロシヤのパラドックスを抱いて、やはり、いかにもロシヤ人らしく突進した。単に、それがロシヤのパラドックスに止《とど》まらず、凡《およ》そ人間の存在の根元にあるパラドックスと化する地点まで。彼も亦、内的な強行突破を行った人です。彼の芸術の創造は、この全く混り気のない人間の危機意識の上に成り立っているのです。宗教も哲学もこれを鎮《しず》め得ない、救い得ない。寧《むし》ろ逆に、この危機意識から眼をそむけない事が、宗教や哲学を再生させるものだ、という考えを彼は一と筋に極めようとしたのです。ドストエフスキイをロシヤ革命の予言者というのは誇張である。ロシヤのソシアリスト達は、皆、革命の予感の下にあったのです。伝統的に法的秩序の感覚を欠いていた彼等は、全く革命の予感の下に生きていたと言ってもいいのです。彼等の「飢えたる教義」は、空《むな》しく対象を求めては、常に自己に還《かえ》って来ていたのである。彼等は、性急な啓蒙《けいもう》運動の情熱のうちに、個人の善意は、真っすぐに社会の幸福に通ずるという軽信を忘れていたが、既にベリンスキイに現れていた、個人の運命と社会の調和との矛盾に関する不安の流れは跡絶えはしなかった。マテリアリズムの風潮が、高まるにつれて、個性や人格の擁護も熱を帯びて来るという有様であった。そして、最後に、そういう十字路に立ったミハイロフスキイが現れる。彼は、一九〇五年の革命の前年に死んでいるが、次の様な言葉を遺《のこ》しています。「私の家には、私には貴重なベリンスキイの胸像を乗せたテエブルと私が毎夜読み耽《ふけ》った本の詰った食器棚がある。ロシヤ人の全生活が、その特殊な生活の流儀をあげて、私の部屋に殺到し、ベリンスキイの胸像を破壊し、本を焼く様になろうとも、又、それが農民達の手でなされようとも、私は、おとなしく見てはいまい。手を縛《ばく》されては仕方がないが、手が自由な限りは、抵抗するだろう」と。文学批評の名を借りた十九世紀のソシアリズムの流れは、ここで断絶し、*プレハアノフの出現とともに一変するのである。

レエニンの*クー・デタは、精神の世界にまで有効だった様な外観を呈しています。何故なら、それは、新しい精神原理の名の下になされたからです。ツァアの文学弾圧には、方針が全くなかったが、ソヴェト共産党は厳格な方針の下に、*文学指導の組織を作ったからです。恐らく文学は、軍隊の様に秩序整然と行進し始めたでしょう。だが、ソヴェト文学に関する私の知識も興味も薄弱であるから、はっきりした事を言う事は出来ない。ただ、私は、時々、空想してみるだけだ。もしドストエフスキイの「地下室の男」*の様な、うろんな変り者が出て来て、諸君、こんな秩序はいかにも退屈ではないか、一つぶちこわして了《しま》ったらどうだろうと言い出す事を空想する。そして、これが一片の空想に過ぎないなら、ドストエフスキイの全作品も、一片の空想に過ぎないだろうと思っている。ソヴェトには自由は全くないと言う人もあるし、程々の自由があるのだそうで、その点では日本には自由があり過ぎるという説もある。併《しか》し、人間の自由の問題は、料理の塩加減とは違うでしょう。ドストエフスキイは、自由の問題は、人間の精神にだけ属する問題であり、これに近附く道は内的な道しかない事を、はっきりと考えていた。自由は、人間の最大の憲章であるが、又、最大の重荷でもあり、これに関する意識の苦痛とは、精神という剣の両刃《もろは》の様なものだ、と考えていた。もし、そういう考えが過ぎ去った人の過ぎ去った観念論に過ぎないなら、ソヴェトで、ドストエフスキイが解禁になっても、昔は、そんな寝言を言っていた作家もあった、でけりがつくでしょう。だが、そんな事はない。この問題は、外部から政治的に解決出来る様な性質のものではない。

精神というものは、まことに柔軟で不安定なものであるから、環境の変化を非常に鋭敏に反映する。そういう受身な精神の反映と、精神の自発的な表現とは、全く性質が違うものなのであるが、両者はいつも混同され勝ちです。わが国でも、戦後社会の模様が急変して、戦後の物の考え方だとか、戦後の人間のタイプだとか、文学だとかという言葉が濫用《らんよう》されるが、そういうものは、確かに戦前には見られなかった姿ではあろうが、その大部分は、周囲の色に芸もなく染った精神の色合に過ぎず、精神の自発的な努力による新しい表現は恐らく極めて少いのである。そういう事に注意する人も亦《また》極めて少い。ソヴェトの文学も、同じ理窟《りくつ》で、社会反映の文学であって、精神表現の文学ではありますまい。精神は物質の反映に過ぎぬという世界観が勝利を得たわけで、文句はないわけであるが、イデオロギイという擬似精神が、精神の力を模し得るのも、イデオロギイが飢えている時だけだ。そして「飢えたる教義」はロシヤ・インテリゲンチャの伝統である。

革命前の文学と革命後の文学とを、体得し得た大作家と言えばゴオリキイ一人でしょう。又、それ故《ゆえ》に、マキシム・ゴオリキイというペンネームが言う様に、「最大の苦痛」を味った唯《ただ》一人の作家かも知れない。伝えられる彼の最後の不幸について、正確な知識のない私には何も言えないが、「母」の時期が過ぎて、回想風な自伝的作品に閉じこもって了った彼の晩年が幸福だったとは思われない。小学校に上がる代りに、屑拾《くずひろ》いになったのを手はじめに、彼ほどあらゆる種類の労働の経験を持った作家は恐らくあるまい。この労働者に関して博大《はくだい》な知識を持った人間が、作家の組織や、作品の方法論にきおい立っている新興のプロレタリヤ文学に取巻かれて、大先輩となっている事は、辛《つら》い事だったであろう。ゴオリキイが死んでから、もう二十年にもなります。革命があってから、四十年にもなろうとしている。ボルシェヴィキは、ブルジョアジイもインテリゲンチャも否定して来たが、国家産業の近代化につれて、ソヴェトには、労働者と農民との二階級しかないなどとは言っていられなくなって来た。国力の充実とともに、新しい型のブルジョアジイが生れて来るのも、又、その一部として、新しい型のインテリゲンチャが生れて来るのも当然な事です。この中産階級の実力は、急速に増大するでしょう。現在のソヴェトの文学者達は、前世紀の自国の不幸な文学者達に比べれば、殆《ほとん》ど特権階級だと言っていい様な集団を形成しているでしょう。

併し、革命による社会制度の一変も、人間を一変する事は出来ない。昔の賢人は言った。君の美徳は、他人の美徳によりも、君自身の悪徳の方に、よほどよく似ているものだ、と。レエニンもスターリンも、マルクスにもエンゲルスにも似てはいまい。十九世紀のロシヤの大作家達が、あれほど深く観察し表現した、豊富なロシヤ人のタイプの、どれかに、余程よく似ているでしょう。人間の個性にせよ、民族性にせよ、そういうものだと思います。そういう認識は、文学に於ける伝統の問題に、作家達を誘わずにはいない。社会的イデオロギイに満腹すれば、作家達は、個性とか人間とかの問題に、自ら逢着《ほうちゃく》するものだ。文学の歴史は、ただ事の成行きではない。新しいものが現れるとともに古くなって行く習慣の歴史ではない。過ぎ去ったものは古典となって、新しく生き返る人間の自発的な力一杯の表現の歴史です。文学に於ける伝統の問題を、イデオロギイによってどんなに否定しようと侮蔑しようと無駄である。それは正常な文学活動自体のディアレクティックだからです。作家の誠実な自発的な表現のあるところには、必ず顔を出す問題だからです。強権は、こういう問題には、いつも鈍感なものであるが、「飢えたる教義」の時期を脱したソヴェトの文学は、そういう問題を自ら孕《はら》んでいると考えてはいけないのであろうか。新しい声は、作家のうちから、やがて、あげられるであろう。私はそういう作家の声を聞きたいので、近頃評判のフルシチョフ*の声明には大した興味を持たない。私は、このスターリン伝説の修正に、ロシヤ伝来のメシアニズム*の傲岸《ごうがん》な顔を見ただけです。

注　解

ドストエフスキイの生活

九《ページ》　＊自然常数　「常数」は定数。自然科学で、状態変化に関係なく一定の値で変わらない量。原子量やアボガドロ定数など。

一〇　＊湮滅　跡形もなくなること。

一三　＊歴史常数　歴史における一定不変の法則、くらいの意か。前項「自然常数」参照。

＊ウィリアム・ウィルソン　William Wilson　ポーの短篇小説。「グロテスクな物語とアラベスクな物語」（一八三九年刊）に収録。希代の蕩児《とうじ》ウィリアムには、学童時代から同姓同名、生年月日も同じで容貌も生き写しという男がつきまとっていた……。

＊ポオ　Edgar Allan Poe　アメリカの詩人、小説家。一八〇九～一八四九年。

一四　＊ソクラテス　Sokrates　古代ギリシャの哲学者。前四六九～前三九九年。ペロポネソス戦時下の祖国アテナイの危機を救うため、市民の自覚を促す対話の活動を開始したが、敗戦後、反対派の告発により裁判で死刑判決を受け、獄中で毒杯を仰いで死んだ。

一六　＊唯物史観　歴史や社会の発展の原動力を、人間の生産労働がもたらす物質的・経済的生活の諸関係に置く立場。「史的唯物論」ともいう。

一八　＊空間の三次元「次元」は、位置を示すための座標の数のこと。一次元の数直線上では一つの数で、二次元の平面上では縦と横の二つの数の組合せで位置を表す。空間は、平面での縦と横に加え、さらに高さといった独立した方向による三つの数の組合せによって位置を表す、したがって「三次元」となる。

＊第四次元の時間　自然科学の世界では、三次元の空間に対して、四次元目は時間であるとする考えが一般的。

一九　＊カルディヤの天文学者　「カルディヤ」は、前六一二年のアッシリア帝国滅亡後、バビロニアに王国を建てた民族。カルデア。天体観測にすぐれていた。

＊形而上学的質問　「形而上学」は、哲学の一部門。事物や現象の本質あるいは存在の根本原理を、思惟や直観によって探求しようとする学問。

二〇　＊歴史哲学　歴史の本質・意味についての哲学的考察。歴史を何らかの超歴史的な原理（絶対精神など）の展開過程と考える歴史形而上学や、歴史学の認識論的・方法論的基礎づけを試みる立場などがある。

＊ミネルヴァ　ローマ神話の知恵・芸術・武勇の女神。ギリシャ神話のアテナと同一視される。

＊ミュウズ　ギリシャ神話で、人間の知的活動をつかさどる女神（ムーサ）たち。詩や音楽など、芸術の守り手。

二一　＊ドストエフスキイ　Fyodor Mikhailovich Dostoevskii　一八二一～一八八一年。

二二　＊十月卅日　以下、本文中の日付はすべてロシア暦。

＊ナポレオン　Napoléon Bonaparte　フランスの皇帝。一七六九〜一八二一年。一八〇四年に即位、ヨーロッパに覇権を確立するかに見えたがロシア遠征に失敗して失脚、配《はい》流《る》先のエルバ島を脱出して皇帝に復活するがワーテルローで敗戦、イギリス領のセント・ヘレナ島に流された。

＊フランス大革命　一七八九〜九九年、フランスに起った市民革命。

二三　＊ウクライナ　東ヨーロッパ平原南西部の地。

＊一八一二年の戦役　ナポレオンのモスクワ攻撃とそれに続くフランス対ロシア・プロシャ・オーストリアなどの連合軍との戦争。

＊ブルジョア中産階級　貴族と農民・労働者の中間に位置する社会階級。

＊ダロオヴォエ　モスクワの南、約一五〇キロメートルにあるトゥーラ県の小村。

二四　＊プウシキン　Aleksandr Sergeevich Pushkin　ロシアの詩人、小説家、劇作家。一七九九〜一八三七年。作品に韻文小説「エヴゲーニィ・オネーギン」、詩劇「ボリス・ゴドゥノフ」、小説「大尉の娘」など。一八三七年一月、決闘で致命傷を負って死去した。

＊ペテルブルグ　現在のサンクト・ペテルブルグ。ロシアの北西部、ネヴァ川河口の港湾都市。当時はロシア最大の都会で、一七一二年から一九一八年までロシア帝国の首都。

＊ピョオトル大帝　Pyotr I　帝政ロシアの皇帝。一六七二〜一七二五年。一六八二年即位。ロシア絶対主義の確立者とされる。

*ナポレオンの大陸封鎖　一八〇六年、ナポレオンがヨーロッパ諸国に対し、イギリスとの通商を禁じた政策。
*近衛士官　君主の近辺に仕え、警護する士官。

二五
*匇々　「早々」に同じ。
*レヴァル　レーヴェル。現在のエストニアの首都タリンの旧名。
*浪漫派運動　「浪漫派」は、一八世紀末から一九世紀初めまでヨーロッパで展開された文学・芸術上の思潮・運動。古典主義・合理主義に反抗し、自然・感情・空想・個性・自由の価値を主張した。
*シドロフスキイ　Ivan Nikolaevich Shidlovskii　一八一六〜一八七二年。ドストエフスキー父子と知りあった当時は大蔵省の役人。退職後は教会史を研究する。
*スコット　Walter Scott　イギリスの詩人、小説家。一七七一〜一八三二年。叙事詩「湖上の美人」、小説「アイヴァンホー」など。
*シルレル　Friedrich von Schiller　ドイツの劇作家、詩人。一七五九〜一八〇五年。シラー。戯曲「群盗」「ドン・カルロス」など。
*ホフマン　Ernst Theodor Amadeus Hoffmann　ドイツの小説家、作曲家、音楽批評家。一七七六〜一八二二年。小説「悪魔の霊液」、オペラ「ウンディーネ」など。

二六
*エーメ　Aimée Fyodorovna Dostoevskaya　ドストエフスキーの次女リュボフィのこと。一八六九〜一九二六年。著作に「娘の描いたドストエフスキー」がある。「エー

メ」は本名の「リュボフィ」(愛)をフランス語風に読み替えた筆名。
＊十二月党員　デカブリスト。一八二五年一二月(デカブリ)、農奴制廃止と立憲政治の確立を目指し武装蜂起した自由主義者。貴族出身の青年将校が主体だった。
＊ニコライ　Nikolai　ロシアの皇帝、ニコライ一世。一七九六〜一八五五年。一八二五年即位。徹底的な専制政治を敢行した。
＊ヘルツェン　Aleksandr Ivanovich Gertsen　ロシアの小説家、思想家。一八一二〜一八七〇年。ゲルツェン。革命的民主主義者。小説に「誰の罪か」、論文集に「向う岸から」など。

二七

＊ヴァルヴァアラ　ドストエフスキーの妹。一八二二〜一八九三年。ワルワーラ。
＊ラスコオリニコフ　ドストエフスキーの小説「罪と罰」の主人公。ペテルブルグに住む元大学生で、選ばれた者は人類の幸せのために殺人すらも許されるという想念に捉えられ、金貸しの老婆を殺す。
＊一カペイカ　「カペイカ」はロシアの通貨単位。一ルーブルの一〇〇分の一。因《ちな》みに後年、ドストエフスキーの小説「悪霊」や「白痴」の価格が三ルーブル五〇カペイカ、平均的なフランス産ワイン一本が三ルーブルであった。
＊五千留　「留《ルーブル》」はロシアの通貨単位。因みに、ドストエフスキーは晩年、ようやく生活が安定し、その年収は週刊誌『市民』編集長の年俸三千ルーブルと、その他の稿料などで合計約五千ルーブルだった。

二八　＊ドミトリイ・カラマアゾフ　ドストエフスキーの小説「カラマーゾフの兄弟」の登場人物。四人兄弟の長男。買物の場面は〈第八篇五〉にある。

＊ルウレット狂　「ルウレット」は賭博《とばく》の一つ。赤と黒に色分けし、〇から三六までの数字の目に区分されたすり鉢状の回転盤に球を投げ入れ、止まる目を当てる。ドストエフスキーは一八六二年の西欧旅行中、ヴィースバーデンにおいて五〇〇〇フランを儲《もう》け、以後八年間、賭博に憑《つ》かれた。

二九　＊ヴァルヴァアラの連合い　P・A・カレーピン。一八四〇年四月に結婚した。

＊貧しき人々　Bednye lyudi　ドストエフスキーの処女小説。一八四六年、『ペテルブルグ文集』に発表。ペテルブルグの裏町に住む五〇歳に近い小官吏ジェーヴシキンと、薄倖《はっこう》の娘ワルワーラのはかない恋を描く。

＊ネヴァ河　ペテルブルグを貫流する川。川幅は最大で六〇〇メートル、フィンランド湾に注ぐ。

三〇　＊ギリシア正教　キリスト教の一派。ビザンティン帝国で成立し、一〇五四年、西方教会と分離。神秘主義の傾向やイコンの崇拝に特徴がある。ここはギリシャ正教から派生したロシア正教のこと。

＊バイロン　George Gordon Byron　イギリスの詩人。一七八八～一八二四年。作品に物語詩「チャイルド・ハロルドの遍歴」など。

＊レルモントフ　Mikhail Yur'evich Lermontov　ロシアの詩人、小説家。一八一四～

一八四一年。二七歳の年、決闘で死去した。作品に「現代の英雄」など。

三一

*ユウジェニイ・グランデ Eugénie Grandet バルザックの小説。一八三三年刊。田舎の資産家の娘ユージェニーは、従兄《いとこ》でパリの青年シャルルに恋をする。莫大《ばくだい》な遺産を相続するが、待ち続けたシャルルには裏切られる。

*ベリンスキイ Vissarion Grigor’evich Belinskii ロシアの文芸批評家。一八一一〜一八四八年。プーシキンやゴーゴリを評価し、ツルゲーネフらを育成した。

*ツルゲネフ Ivan Sergeevich Turgenev ロシアの小説家。一八一八〜一八八三年。作品に「猟人日記」「ルージン」「父と子」など。

三二

*グリゴロヴィッチ Dmitrii Vasil’evich Grigorovich ロシアの小説家。一八二二〜一九〇〇年。作品に「農村」「不幸なアントン」など。

*ネクラアソフ Nikolai Alekseevich Nekrasov ロシアの詩人。一八二一〜一八七八年。詩集に「サーシャ」、長篇叙事詩「ロシアの婦人」など。

*作家の日記 Dnevnik pisatelya ドストエフスキーが、一八七三年から編集人として参加した雑誌『市民』で、自ら執筆を担当した欄。一八七六年からは独立した個人雑誌として毎月刊行し、回想、随想、小説等、あらゆるジャンルにわたって筆をふるった。本文二〇六頁〜参照。

三三

*レッシング Gotthold Ephraim Lessing ドイツの劇作家、批評家。一七二九〜一七八一年。ドイツ近代文学の基礎を築いた。

*ラオコオン　Laokoon　レッシングの芸術論。一七六六年発表。本来、ラオコーンはギリシャ神話でトロイアのアポロン神殿の神官。トロイア戦争の時、女神アテナの怒りをかい、二匹の大海蛇に二人の子とともに絞め殺された。これを題材にした前一世紀ギリシャの群像彫刻が有名で、レッシングはこの彫刻を手がかりにギリシャ彫刻とローマ詩の相違と本質を比較検討した。

*フォイエルバッハ　Ludwig Andreas Feuerbach　ドイツの哲学者。一八〇四〜一八七二年。著作に「キリスト教の本質」など。

三四　*アカデミックな評家　学者批評家のこと。モスクワ大学教授で批評家のシェヴィリョーフ（一八〇六〜一八六四年）に代表される。

*スタンケヴィッチ　Nikolai Vladimirovich Stankevich　ロシアの詩人、思想家。一八一三〜一八四〇年。モスクワ大学を中心に活動した思想運動の指導者。詩劇「ワシリー・シュイスキー」など。

*ドイツ観念派哲学　カント以後、シェリング、フィヒテ、ヘーゲルらによって展開されたドイツ哲学の潮流。

*ヘエゲル　Georg Wilhelm Friedrich Hegel　ドイツの哲学者。一七七〇〜一八三一年。ヘーゲル。

三五　*ストラアホフ　Nikolai Nikolaevich Strakhov　ロシアの哲学者、批評家。一八二八〜一八九六年。一八五九年末にドストエフスキーと知り合い、以後、愛憎相半ばする交際が続く。一八八三年、「ドストエフスキーの回想」を含む「ドストエフスキー伝」をミルレルとの共著で出版した。

三九　＊ペトラシェフスキイ事件　一八四九年四月、ペトラシェフスキー（五三六頁参照）を中心としたロシアの社会主義思想研究サークルが検挙された事件。本文四六頁〜参照。

＊パナエフ　Ivan Ivanovich Panaev　ロシアの小説家、ジャーナリスト。一八一二〜一八六二年。ネクラーソフと『現代人』を発行。著作に「文学的回想」など。夫人パナエヴァ（後にネクラーソフの妻）も小説家。「（文学の）思い出」は一八八九年発表。

＊マイコフ夫人　エヴゲーニヤ・ペトローヴナ・マイコワ。ドストエフスキーの友人である詩人アポロン・マイコフ（五三七頁参照）の母。夫の画家ニコライ・マイコフとともに、ペテルブルグの自宅で文学サロンを主催していた。

四〇　＊罪と罰　Prestuplenie i nakazanie　ドストエフスキーの長篇小説。一八六六年発表。五二九頁「ラスコオリニコフ」参照。

＊マルメラアドフ　「罪と罰」の登場人物。酒浸りの退職官吏。ラスコーリニコフの苦悩を受けとめる少女ソーニャの父親。

四一　＊二重人格　Dvoinik　ドストエフスキーの中篇小説。一八四六年発表。ペテルブルグの九等文官ゴリャートキンは、自分そっくりの新しいゴリャートキンと出会い、その策略で出世や結婚の夢を破られ、精神病院に入れられてしまう。「分身」とも訳される。

＊ゴオゴリ　Nikolai Vasil'evich Gogol　ロシアの小説家、劇作家。一八〇九〜一八五

二年。小説に「鼻」「外套《がいとう》」、喜劇に「検察官」など。

四二　＊死せる魂　Myortvye dushi　ゴーゴリの小説。第一部は、詐欺師《さぎし》チーチコフが、銀行から金をだまし取るため、死んだ農奴の名前を買い集める旅の途中に出会う地主たちの姿を描く。第二部は、ダンテの「神曲」〈煉獄篇〉にならい、チーチコフの贖罪《しょくざい》物語として構想されたが、精神不安定となったゴーゴリは執筆、焼却を繰り返し、衰弱して死んだ。

＊ゴリアドキン　「二重人格」の主人公。ゴリャートキン。ここは「二重人格」の作品を指している。

四三　＊シベリヤ流刑　一八四九年四月、ドストエフスキーはペトラシェフスキー事件に連座、同志三三人とともに逮捕され、シベリアのオムスク監獄へ送られた。

＊ゴンチャロフ　Ivan Aleksandrovich Goncharov　ロシアの小説家。一八一二〜一八九一年。作品に「オブローモフ」「断崖《だんがい》」など。

四四　＊クラエフスキイ　Andrei Aleksandrovich Kraevskii　ジャーナリスト。一八一〇〜一八八九年。『祖国雑誌』の発行人兼編集者。

四六　＊露土戦争　一八五三〜五六年のクリミア戦争のこと。デカブリストの反乱を鎮圧したニコライ一世（五二九頁参照）は、地中海進出を企図してオスマン帝国（トルコ）と戦ったが、戦争半ばで形勢不利となり服毒自殺した。

四七　＊軍服　帝政ロシアの秘密政治警察、いわゆる「第三部」の制服のこと。空色だった。

*笞刑　むちで罪人の身体を叩《たた》く刑罰。
*ツァア　帝政ロシアの皇帝の称号。
四八 *憲兵団　デカブリストの蜂起後、ニコライ一世が創設した秘密政治警察「第三部」（皇帝直属官房第三部）に属する実行部隊。反政府運動の監視、取締り、逮捕を担当。第三部長官は憲兵隊長を兼ねた。
*インテリゲンチャ　帝政時代のロシアにおける批判的知識人。単に学歴や教養のある人々ではなく、高い理想に献身する知識人のことをいう。
*レルモントフ　ロシアの詩人、小説家。五三〇頁参照。引用は「さらば穢れたロシアよ」で始まる無題詩（一八三七）から。
四九 *ルッソオ　Jean-Jacques Rousseau　フランスの思想家。一七一二〜一七七八年。ルソー。
*ユウトピスト　フーリエなど、空想的社会主義者のこと。
*カベ　Étienne Cabet　フランスの空想的社会主義者。一七八八〜一八五六年。
*イカリイ　Voyage en Icarie　「イカリア旅行記」のこと。共産主義の理想郷を描く。一八四〇年刊。
*フウリエ　François Marie Charles Fourier　フランスの空想的社会主義者。一七七二〜一八三七年。
*ファランステエル　フーリエが著作「四個運動および一般的運命の理論」の中で説いた

理想的な共同体。
*ジョルジュ・サンド　George Sand　フランスの女性作家。一八〇四〜一八七六年。
*最も強い創造力も…　ベリンスキー「批評論」から。
五〇　*パリの二月革命　一八四八年二月の革命。第二共和制を成立させた。
*ジュネエヴの市民　ルソーが著書「人間不平等起源論」(一七五五)を捧《ささ》げた故郷ジュネーヴ共和国の〈市民〉。
*マニフェスト　Manifest　マルクスとエンゲルスの共著「共産党宣言」のこと。共産主義者同盟の綱領として、パリ二月革命の直前に発表した宣言。
*六月恐怖の日　一八四八年六月二三日、二月革命後のパリで起った労働者の反乱。
*ドイツ形而上学　ドイツ観念派哲学。五三二頁参照。
五一　*ペトラシェフスキイ　Mikhail Vasil'evich Petrashevskii　ロシアの社会主義思想家。一八二一〜一八六六年。
*フウリエリスト　フーリエ(前頁参照)が提唱した、農業を主とする協同組合社会の建設を目指す人々。
五二　*ラムネエ　Félicité Robert de Lamennais　フランスの思想家。一七八二〜一八五四年。キリスト教的社会主義を主張。著書に「宗教的無関心」など。
*信者の言葉　Paroles d'un croyant　ラムネーの著作。一八三四年刊。
*オオエン　Robert Owen　イギリスの空想的社会主義者。一七七一〜一八五八年。オ

ーウェン。

＊ニュウ・ラナアク　オーウェンはスコットランド、グラスゴー近郊のニュー・ラナーク に所有する紡績工場で社会主義的実践を試み、「ニュー・ラナーク工場についての声明」（一八一二）などを出版した。

五三

＊ヴィルヘルム・テル　Wilhelm Tell　一四世紀のスイス独立運動の伝説的英雄。イタリアの作曲家ロッシーニが彼を主人公にした歌劇「ギョーム・テル」（仏語台本）を作曲（一八二九年初演）、その序曲は特に知られた。

＊アポロン・マイコフ　Apollon Nikolaevich Maikov　ロシアの詩人。一八二一〜一八九七年。作品に「マーシェンカ」「二つの世界」など。

＊ペトロパヴロフスク要塞　ネヴァ川河口の兎島に建設された要塞。のち監獄として使用され、ドストエフスキーもここに収容された。五三八頁「死刑宣告」参照。

＊第三部　帝政ロシアの秘密政治警察のこと。五三五頁「憲兵団」参照。

五四

＊グリゴリエフ　Nikolai Petrovich Grigor'ev　近衛兵。一八二二〜一八八六年。ペトラシェフスキー会の同志。ドストエフスキーを含む三三人とともに逮捕された。

＊青服　当時の憲兵隊の制服。五三四頁「軍服」参照。

五五

＊五銭玉　ここは一五カペイカ硬貨のこと。五二九頁「一カペイカ」参照。

＊ミリュウコフ　Aleksandr Petrovich Milyukov　ロシアの文学史家、批評家。一八一六〜一八九七年。ペトラシェフスキー・グループの一員であったが逮捕を免れる。

*死刑宣告 一八四九年四月、逮捕されたドストエフスキーは、ペトロパヴロフスク要塞《ようさい》監獄に収容された後、銃殺刑の判決を受ける。しかし執行直前に特赦され、シベリアのオムスク監獄へと送られた。出獄は一八五四年二月。

五七 *セミョオノフ練兵場 ドストエフスキーが、銃殺刑に処されようとした場所。

*検察官 Revizor ゴーゴリの喜劇。検察官に間違えられた主人公フレスタコフが、ロシアの田舎町で引き起す騒動を描く。

五八 *キエフ ドニエプル川中流の都市。現在はウクライナの首都。ゴーゴリはウクライナ出身。土地の民間伝承に基づく幻想的作品集「ディカーニカ近郷夜話」がある。

五九 *シェリング Friedrich Wilhelm Schelling ドイツの哲学者。一七七五～一八五四年。ドイツ観念論の系列の一人。著作に「人間的自由の本質」など。

*チチコフの遍歴「死せる魂」は、検閲を考慮して、霊魂の不滅を否定するかのような題を和らげるため、当初は「チーチコフの遍歴または死せる魂」として第一部が発表された。

*スラヴォフィル批評家 「スラヴォフィル」はスラヴ派。ロシア思想史上の一思潮。一八三〇～四〇年代、西欧派（五四九頁参照）に対してロシア正教中心の伝統的な共同体意識に基づく民族発展の道を主張した。

六〇 *書簡集 Vybrannye mesta iz perepiski s druz'yami 「友人との往復書簡抄」のこと。

*正教 ロシア正教のこと。五三〇頁「ギリシア正教」参照。

*ザルツブリュン 当時のプロイセン王国内の温泉保養地。現在のオーストリア国境近く

のポーランドの町シチャヴノ・ズドルイの旧称。

六一　＊刑鞭の布告者　「刑鞭」は罪人を打つためのむち。ここはロシアの専制君主政体、ツァーリズムの圧政の象徴。「布告者」は擁護者、宣伝家。

＊ヴォルテエル　Voltaire　フランスの小説家、思想家。一六九四〜一七七八年。封建制や宗教による制約を批判した。著作に「哲学書簡」、風刺小説「カンディード」など。

六二　＊エルサレムの旅　神秘主義に没入し、「死せる魂」第二部の執筆に辛苦していたゴーゴリは、一八四八年、パレスチナへの巡礼を行うが、ついに心の安らぎを得られなかった。

＊ポルフィイリイ　「罪と罰」の登場人物。予審判事。ポルフィーリー。

六三　＊ミリュウコフ　ロシアの文学史家、批評家。五三七頁参照。「回想」は「文学者との邂《かい》逅《こう》と交友」（一八九〇年刊）。

六五　＊ドゥロフ　Sergei Fyodorovich Durov　ロシアの詩人。一八一六〜一八六九年。ペトラシェフスキー会に所属、ドストエフスキーとともにシベリア流《る》刑《けい》に処された。

＊スペシュネフ　Nikolai Aleksandrovich Speshnev　ロシアの革命家。一八二一〜一八八二年。ペトラシェフスキー会に所属、シベリア流刑に処された。

＊フィリッポフ　Pavel Nikolaevich Filippov　ロシアの革命家。一八二五〜一八五五年。スペシュネフとともにペトラシェフスキー会の過激派の一人。同じく流刑に処された。

六六　＊ムイシュキン　ドストエフスキーの小説「白痴」（一八六八）の主人公。白痴とみなされるほど純粋な心をもつ青年公爵《こうしゃく》。

六七 ＊モンベリ Nikolai Aleksandrovich Mombelli モスクワ近衛連隊中尉。一八二三〜一九〇二年。ペトラシェフスキー会員。

六九 ＊ヤストルジェンプスキイ Ivan L'vovich Yastrzhembskii 工芸専門学校教師。一八一四〜一八八六年。ペトラシェフスキー会に所属。シベリアの醸造工場で労役についた。

七〇 ＊十ポンド「ポンド」は原文では「フント」(funt)。一〇フントは約四キログラム。なお「フント」にはイギリスの重さの単位、ポンドの意味もある。

＊エミリヤ・フョオドロヴナ Emiliya Fyodorovna Dostoevskaya ドストエフスキーの兄ミハイルの妻。

七一 ＊六十露里 約六四キロメートル。「露里」(ヴェルスター)はロシアの道程の単位。一露里は一〇六七メートル。

＊羅紗 毛織物の一種。羊毛で地が厚い。

＊ペルム ウラル山脈西方の町。ペルミ。

＊ウラル越え「ウラル」はロシアのヨーロッパとアジアの境界を南北に走る山脈。長さは二〇〇〇キロメートル、最高峰は一八九四メートル。その東方に広がるタイガ地帯がシベリア。

七二 ＊クズマ・プロコフィエヴィッチ Kuz'ma Prokof'evich Prokof'ev ドストエフスキーたちの監獄護送に同行していた政府の公文書配達人。

＊十五留「留《ルーブル》」はロシアの通貨単位。ちなみに当時の工場労働者の月収は三〇〜四〇

ルーブルだった。

七三

*トボリスク　ロシアの西シベリアにある河港都市。ペテルブルグからは直線距離にして約二二〇〇キロメートル。

*妻達　一八二五年一二月、ロシア最初の組織的革命運動に失敗した十二月党員（デカブリスト）がシベリアに流され、それを追って移住した妻や恋人たち。

*オムスク　ロシアの西シベリア南部の都市。ペテルブルグからは直線距離にして約二七〇〇キロメートル。

*聖書　一八五〇年一月、トボリスク中継獄舎でドストエフスキーに面会したフォンヴィジン夫人（五七五頁参照）たちは、一〇ルーブル紙幣を忍ばせた「聖書」を贈った。

七四

*水銀　ここは温度計の水銀。水銀は常温で液体である唯一《ゆいいつ》の金属で、摂氏マイナス三八・八四度で固化する。

*廠舎　兵舎。兵舎のような粗末な建物。

*一寸　「寸」は尺貫法の長さの単位。約三・〇三センチメートル。原文では「一ヴェルショーク」（約四・五センチメートル）。

七五

*トンビ　ケープの付いた袖無《そでな》しの外套《がいとう》。鳶《とんび》の羽に似ていることからこの名が付く。原文では「ポルシューボク」で、半外套の意。

*四半斤　「斤」は尺貫法の重さの単位。一斤は普通六〇〇グラム、四半斤はその四分の一。原文では「四分の一フント」。一フントは約四〇〇グラム。

七六　＊四旬節　キリスト教で、キリストの受難を偲《しの》んで修養するための、復活祭前の四〇日。キリストの四〇日間の断食修行に因《ちな》んだもの。四旬祭。大斎節。レント。

七八　＊ルバシカ　ロシアの男子が着るブラウス風の上衣。

＊マルトヤノフ　Pyotr Kuz'mich Mart'yanov　ロシアの小説家。一八二七〜一八九九年。マルチヤーノフ。オムスク監獄に勤務していた兵卒たちから、入獄中のドストエフスキーの様子を聞いて書き留めた。「記録」は回想録「世紀の事件と人々」（全三巻、一八九三〜九六年刊）のこと。

七九　＊クロポトキン　Pyotr Alekseevich Kropotkin　ロシアの無政府主義者。一八四二〜一九二一年。著作に「革命家の思い出」「ロシア文学の理想と現実」など。

＊ダンテスク　ダンテ風、の意。ダンテはイタリアの詩人（一二六五〜一三二一）。その作品「神曲」の印象から、壮大な、崇高な、などの意でも用いられる。

八〇　＊ストウ夫人　Harriet Beecher Stowe　アメリカの女性作家。一八一一〜一八九六年。

＊アンクル・トムズ・ケビン　Uncle Tom's Cabin　「トムじいやの小屋」。信仰心の厚い黒人奴隷《どれい》トムが、白人の地主間を売買され非業の死を遂げるまでを描く。奴隷制度への警鐘となった作品。一八五二年刊。

八一　＊ヴァレリイ　Paul Valéry　フランスの詩人、思想家。一八七一〜一九四五年。引用は「レオナルド・ダ・ヴィンチの方法への序説」〈覚書と余談〉から。

八二　＊黄金の心を持った罪人　シラーは、戯曲「オルレアンの乙女」（一八〇一）や「ヴィルヘルム・テル」（一八〇四）などで、純粋な魂と高い理想を持つため権力者から忌避され、罪人とされる英雄的人物を描いた。

八三 ＊ミハイロフスキイ　Nikolai Konstantinovich Mikhailovskii　ロシアの評論家、社会学者。一八四二〜一九〇四年。著作に「文学と生活」「批判的習作」など。

八四 ＊スメルジャコフ　ドストエフスキーの長篇小説「カラマーゾフの兄弟」の登場人物。兄弟の父フョードルが乞食の女性に生ませた私生児。

＊ペトロオフ　ドストエフスキーの長篇小説「死の家の記録」の登場人物。主人公の囚人時代の友人。

＊善悪の彼岸　Jenseits von Gut und Böse　ドイツの哲学者ニーチェの著作。引用の言葉は〈第四章一四六〉にある。

＊病者の光学　ニーチェは自伝「この人を見よ」（五五四頁参照）の中で、自分は見えない所を見る心理学を病苦の時期に習得した、と語っている。

八五 ＊アレクサンドル・ペトロヴィッチ　「死の家の記録」の主人公。ロシアの地主貴族。妻殺しの罪で徒刑囚となり、一〇年の刑期を務め上げてシベリアの小さな町で死ぬ。

＊セミパラチンスク　ロシア（現在はカザフスタン共和国内）のイルトゥイシ川河畔の町。一八五四年三月、ドストエフスキーはこの地のシベリア第七守備大隊に編入された。

＊キルギス　中央アジアの北東部、天山山脈の北側（現キルギス共和国）の地名。

＊蒙古　中国の北、シベリアの南、カザフスタンの東に位置する高原地帯。

八六 ＊スパルタ ギリシャのペロポネソス半島に、前九〜八世紀頃、ドーリス人が建設したとされる都市国家。多数を占める被支配民族を制圧するため、国民に徹底した軍事訓練を行い、子供は七歳で国の養育所に入って共同生活をした。

＊ヴランゲリ Aleksandr Egorovich Vrangel ロシアの法律家、外交官。一八三三〜一九一五年。一八五四年一一月、州検事としてセミパラチンスクに赴任、ドストエフスキーと親交を結ぶ。後に「シベリアのドストエフスキーの思い出」を書いた。

＊ミハイル Mikhail Mikhailovich Dostoevskii ドストエフスキーの兄。一八二〇〜一八六四年。当時は煙草《たばこ》工場を経営していた。

＊マリヤ・ドミトリエヴナ・イサアエヴァ Mariya Dmitrievna Isaeva ドストエフスキーの最初の妻。一八二五〜一八六四年。セミパラチンスクの一二等文官、アレクサンドル・イサーエフの妻だったが、夫の死後、一八五七年二月、ドストエフスキーと再婚した。

八七 ＊クヅネツク 現在のノヴォクズネツクの旧名。

＊七百露里 一露里は一〇六七メートル。実際には両町間の距離は六〇〇露里で、約六四〇キロメートル。

八八 ＊ヅミエフ セミパラチンスクの北東約一六〇キロメートルにあるズメイノゴルスクのこと。

八九 ＊ヴィルナ 現在のリトアニアの首都ヴィリニュスの旧名。

九〇　＊アレクサンドル・エゴロヴィッチ　ヴランゲリの名と父称。
九四　＊卅五歳だが…　一八五六年三月二三日付の手紙の一節。ただし「十歳の子供だ」は錯誤。ここは兄ミハイルを安心させるようヴランゲリに頼んでいる箇所で、原文では「僕は三五歳だし、分別は十人分持ち合わせている」の意。
九五　＊わが友…　一八五六年七月二一日、セミパラチンスクからヴランゲリ宛。
九六　＊何故黙っていたか…　一八五六年一一月九日、セミパラチンスクからヴランゲリ宛。
＊ヴェルグノフ　Nikolai Borisovich Vergunov　教師。一八三二〜一八七〇年。マリヤの前夫イサーエフの友人で、その息子の家庭教師でもあった。
＊訓導　小学校教師の旧称。
＊虐げられた人々　Unizhennye i oskorblyonnye　ドストエフスキーの小説。ワルコフスキー公爵《こうしゃく》の息子アリョーシャと地主の娘ナターシャとの悲恋を中心に、運命に翻弄《ほんろう》される孤児ネリー（エレーナ）の悲劇を描く。
九七　＊永遠の良人　Vechnyi muzh　ドストエフスキーの中篇小説。一八七〇年発表。万年寝取られ亭主と情夫との奇妙な関係を描く。
九九　＊クリミヤ戦争　一八五三年、オスマン・トルコ領地内のエルサレムの管理権をめぐり、トルコとロシアとの間に起った戦争。ロシアの敗北に終り、帝政ロシアの専制政治への批判が噴出した。
＊アレクサンドル二世　Aleksandr II　ロシアの皇帝。一八一八〜一八八一年。一八五五

年即位。農奴解放をはじめとする大改革を行った。
＊マニフェスト「農奴制が下から打倒されるのを待つより、改革が上からなされた方がよい」という有名な演説を含むアレクサンドル二世の宣言。
＊セヴァストポオル　セヴァストポリ。現在のウクライナ共和国のクリム半島南部にある港湾都市。黒海に臨み、クリミア戦争の激戦地。
＊トオトレエベン将軍　Eduard Ivanovich Totleben　ロシアの軍人。一八一八〜一八八四年。クリミア戦争のセヴァストポリ戦で勲功があった。
一〇一　＊コオラン　イスラム教の聖典。アラーの神からムハンマド（マホメット）が受けた啓示を弟子が編集したもの。
一〇四　＊ジョゼフ・ド・メイストル　Joseph de Maistre　フランスの政治家、思想家。一七五四〜一八二一年。カトリシズムに基づく反革命の政治家として活動。一八〇二年から駐露大使。著作に「教皇論」など。
＊ハクスタウゼン　August von Haxthausen　プロシアの学者。一七九二〜一八六六年。ニコライ一世に招かれロシアの農村を調査。帰国後「ロシアの内情、民衆の生活、土地制度についての研究」を著した。
＊トルコに於ける市場の獲得　ニコライ一世治下のロシアの資本主義化は国内市場未発達のまま展開し、政府はそれを国外市場の獲得で補うことを図った。それがトルコ、中央アジア、東欧への南下政策の目的であった。

＊大精進の前週　復活祭の七週間前に行われる謝肉祭のこと。ロシアではマースレニツァ（バター週間）と呼ばれる。

一〇五
＊ガリラヤ人は勝てり　異教世界に傾倒し、キリスト教を捨てたローマ皇帝ユリアヌス（在位三六一〜三六三年）が死に臨んで叫んだとされる言葉。ガリラヤ人とはキリストのこと。ゲルツェンは、「ガリラヤ人よ、汝《なんじ》は勝てり！」で始まる論文「三年後」（一八五八）で、農奴制廃止の意思表明をしたアレクサンドル二世に賛辞を呈した。
＊ジェズイット　「イエズス会」の修道士。イエズス会は一六世紀スペインのデ・ロヨラが創立した修道会。戦闘的な布教活動で知られる。
＊グレコフィル　ギリシャ正教会親愛主義のこと。東方正教会各派はコンスタンチノープル総主教下のギリシャ正教会を名目的に首長とするため、一般に「グレコ（ギリシャ）正教会」と総称される。

一〇六
＊ルッソフィル　ロシア親愛主義のこと。また、その人。
＊ホミヤコフ　Aleksei Stepanovich Khomyakov　ロシアの小説家、詩人。一八〇四〜一八六〇年。ロシア正教を唯一の神の啓示とした。詩集に「ロシア」など。
＊ジュスト・ミリュウ　フランス語で、juste milieu。黄金の中庸、の意。また中庸主義者や一八三〇年代フランスの七月王政のような中道政治体制をも指す。
＊ヘロドトゥス　Herodotos　古代ギリシャの歴史家。ヘロドトス。
＊チュウトン人　紀元前二世紀、北イタリアに侵入、ローマに敗れたゲルマン系の一部族。

一〇七　＊ナロオドニキ的世界観　「ナロオドニキ」は、一九世紀ロシアで社会主義的農業共同体の実現を試みた人民主義者のこと。
一〇八　＊ヴレエミャ　「時代」の意。一八六一年一月創刊。
＊チェルヌィシェフスキイ　Nikolai Gavrilovich Chernyshevskii　ロシアの革命家、批評家、小説家。一八二八〜一八八九年。一八五七年以降、農奴解放をめぐる論争に参加し、革命結社を組織化するが投獄される。獄中で長篇小説「何をなすべきか」を執筆した。
＊現代人　プーシキンによって創刊され、一八三六〜六六年にペテルブルグで刊行された月刊誌。一八五〇年代後半から急進派の牙城《がじょう》となる。
＊鐘　一八五七年、ロンドンで創刊されたゲルツェンとオガリョフ（五六四頁参照）共同編集の新聞。六五年以降はジュネーヴで刊行され、七〇年に廃刊。
一〇九　＊ニヒリスト　虚無主義者。ロシアの小説家ツルゲーネフが、その作品「父と子」（次頁参照）の中で、唯物論者《ゆいぶつろん》で伝統的権威を否定する主人公をニヒリストと呼んだ。後に一般化し、普遍的真理、慣習的道徳などのすべてを否定する者をいう。
＊ルスコエ・スロオヴォ　一八五九〜六六年にペテルブルグで刊行された月刊誌。「ロシアの言葉」の意。
＊ルスキイ・ヴェストニック　カトコフ（五五三頁参照）編集の月刊誌。一八五六年創刊。
一一〇　＊グリゴリエフ　Apollon Aleksandrovich Grigor'ev　ロシアの詩人、批評家。一八二

二〜一八六四年。著作に「わが文学的精神的遍歴」など。

*西欧派　ロシア思想史上の一思潮。一九世紀の半ば、ロシアの後進性を西欧を規範として打開しようとし、対するスラヴ派（五三八頁「スラヴォフィル批評家」参照）はこれを西欧崇拝として批難した。

*オストロフスキイ　Aleksandr Nikolaevich Ostrovskii　ロシアの劇作家。一八二三〜一八八六年。モスクワの下町を題材とした戯曲を書いた。作品に「内輪同士は後払い」「貧は罪ならず」「雷雨」など。

*アクサアコフ　Ivan Sergeevich Aksakov　ロシアの思想家。一八二三〜一八八六年。スラヴ主義の若手指導者として、多くの刊行物を手がけた。

一一一

*欧洲人はロシヤ人を…　この引用は『ヴレーミャ』に連載された評論「ロシア文学論」（一八六一）から。

*諸君は民衆と語るには…　この引用は『ヴレーミャ』一八六三年度予約募集広告から。

一一二

*鳥の言葉　ロシア語の慣用句。隠語あるいはわけの分からぬ言葉を表す。

*父と子　Ottsy i deti　ツルゲーネフの長篇小説。一八六二年発表。農奴解放前後のロシアを舞台に、進歩的な知識階級を代表する青年バザーロフと、その父世代との相克を通じて新旧の時代の対立を描く。

*バザアロフ　「父と子」の主人公。

一一三

*ポオチヴェンニキ　土地主義者。本文一一〇頁参照。

＊ドブロリュウボフ　Nikolai Aleksandrovich Dobrolyubov　ロシアの文芸評論家、社会評論家。一八三六～一八六一年。芸術至上主義に反対し、文学による改革の役割を訴えた。著作に「オブローモフ主義とは何か」など。
＊ピイサレフ　Dmitrii Ivanovich Pisarev　ロシアの思想家、文芸評論家。一八四〇～一八六八年。自然科学的唯物論者。著作に「リアリスト」など。

一一四　＊私の小説は…　この弁明はツルゲーネフのスルチェフスキー宛の手紙（一八六二年四月一四日付）から。ただし正確な引用ではない。
＊バクウニン　Mikhail Aleksandrovich Bakunin　ロシアの革命家。一八一四～一八七六年。無政府主義運動を指導し、第一インターナショナルに参加したが、マルクスと主導権を争って敗れた。著作に「神と国家」など。

一一五　＊若きロシヤ　一八六二年五月、ペテルブルグ市内に撒《ま》かれた政治ビラ。起草者はザイチネフスキー。

一一六　＊或る朝…　この回想は一八七三年の「作家の日記」の一章。ドストエフスキーの記憶違いが散見され、チェルヌィシェフスキーとの出会いは一八六二年のこと。
＊若き人々へ　正しくは「若きロシア」（前項参照）。「若き人々へ」は前年に撒かれた檄《げき》文《ぶん》（本文一一八頁参照）。

一一七　＊ニコライ・ガヴリロヴィッチ　チェルヌィシェフスキーの名と父称。

一一八　＊一つ腹　仲間、ぐる。

一一九

＊セルグノフ　Nikolai Vasil'evich Shelgunov　評論家。一八二四〜一八九一年。革命的民主主義陣営の活動家。シェルグーノフ。

＊マテリアリスト　物質のみを真の実在とし、精神や意識はその派生物と考える哲学上の立場、すなわちマテリアリズム（唯物論）を奉じる人々。

＊コント　Auguste Comte　フランスの哲学者。一七九八〜一八五七年。実証主義を最初に哲学的・体系的にまとめあげた。著作に「実証哲学講義」「実証政治体系」など。

＊ポジティヴィスト　実証主義者。観念や想像ではなく客観的事実に基づいて物事を証明しようとする考え方の人。

＊ミル　John Stuart Mill　イギリスの哲学者、経済学者。一八〇六〜一八七三年。ベンサムの功利主義を受け継ぎ、経験主義の論理学的基礎づけを試みた。著作に「経済学原理」など。

＊ユティリテリアン　功利主義者。功利主義は「最大多数の最大幸福」を基本原理とする倫理・政治思想。ミルはその幸福の基準を、良心の持つ自然感情、人間の同胞意識に置いた。

一二〇

＊農民に告ぐ　檄文「地主農民へ、同情者からの挨拶《あいさつ》」（一八六一）のこと。

一二一

＊何を為すべきか　Chto delat'?　チェルヌィシェフスキーが一八六二〜六三年に獄中で書いた長篇小説。

＊ラメトフ　「何をなすべきか」の登場人物。革命を目ざして自己を鍛練する姿が、ナロ

ードニキ（五四八頁参照）の理想像となった。正しくはラフメートフ。

一二一　＊コロオニュ　ドイツの都市ケルンの、フランス語での呼称。

＊第二帝政時代　フランスにおけるナポレオン三世治下の一八五二〜七〇年のこと。

一二二　＊ウフィッチの画廊　イタリアのフィレンツェにある国立美術館。ウフィーツィ美術館。メディチ家代々の蒐集品を基本とする。

＊メディシのヴィナス　ギリシャ神話の愛と美と豊饒の女神、アフロディーテーの像。ギリシャ・ヘレニズム時代の作がローマ時代に模刻された大理石像で、古くからメディチ家に伝わっていたためこの名がある。

一二三　＊ハイマアケット　ロンドンのピカデリー・サーカス近くの繁華街。ヘイマーケット。

一二四　＊ポオランドに革命が…　一八六三年一月、当時ロシア領だったポーランドで独立闘争が起った。翌六四年鎮圧。

＊コサック兵「コサック」（カザーク）は、一五世紀以降、新天地を求めてロシア南方へ移住した農民集団。のちに中央政府の指令で騎兵として辺境地区の警護を担当した。

＊パルチザン隊「パルチザン」は、侵入者に対して、労働者や農民などで組織した人民部隊。非正規軍。

＊十二箇国　ナポレオンの大陸封鎖（五二八頁参照）を、ロシアが守らなかったため、ナポレオンは「大陸軍」を率いてロシアに遠征、その際、「大陸軍」に加わったフランス・ワルシャワ大公国（ポーランド）・オランダ・スペイン・プロイセン・オーストリ

ア等のヨーロッパ諸国をいう。

一二五 *カトコフ Mikhail Nikiforovich Katkov ロシアのジャーナリスト、哲学者。一八一八〜一八八七年。『モスクワ報知』『ロシア通報』の編集を通して専制政治擁護派の文柱となった。

*デニ アクサーコフ（五四九頁参照）編集のスラヴ派陣営の新聞。「日」（英語の day）の意。

一二六 *マリヤ・ドミトリエヴナ ドストエフスキーの最初の妻。一八五七年結婚。五四四頁参照。

一二八 *地下室の手記 Zapiski iz podpol'ya ドストエフスキーの中篇小説。一八六四年発表。四〇歳の退職官吏が、ペテルブルグ郊外の部屋に引きこもり、世の中への毒念を書き綴《つづ》る。

一二九 *ヴィスコヴァトフ Pavel Aleksandrovich Viskovatov ロシアの文芸史家。一八四二〜一九〇五年。ドストエフスキーの知人。デルプト大学教授。一八七一年三月、「悪霊」を讃える手紙をドストエフスキーに送っている。

*スヴィドゥリガイロフ 「罪と罰」の登場人物。主人公ラスコーリニコフの妹ドゥーニャのかつての雇い主。好色漢の地主。

*悪霊 Besy ドストエフスキーの長篇小説。一八七二年発表。無神論的革命思想を、「新約聖書」〈ルカによる福音書〉第八章にある、イエスの力によって人から豚の中に移

り、さらに崖から湖に落ちて死んだ悪霊どもに見立て、それに憑かれた人々の破滅を描いた。

一三〇　*スタヴロオギン　「悪霊」の主人公。高い教養と悪行への嗜好《しこう》を持つ二〇代半ばの美青年。少女マトリョーシャを誘惑する。

*フョオドル・ミハイロヴィッチ　ドストエフスキーの名と父称。

一三一　*この人を見よ　Ecce homo　ニーチェの自伝。死後、草稿を編集して一九〇八年に出版された。引用の言葉は〈なぜ私はかくも賢明なのか―〉から。

一三二　*アポリナリヤ・プロコフィエヴナ・ススロヴァ　Apollinariya Prokof'evna Suslova　ドストエフスキーの恋人となった大学生。一八三九〜一九一八年。五五八頁参照。

一三三　*マルセイユの歌　「ラ・マルセイエーズ」のこと。一七九二年、フランスの革命軍ストラスブール隊の将校ルージェ・ド・リール(一七六〇〜一八三六)が作詞・作曲。マルセイユからパリに向う義勇兵が歌い続けて広まった。一七九五年、フランス国歌に制定された。

*ツァアリズム　帝政ロシアの専制政治形態。ツァーリ(皇帝)が強大な権力で支配していた。

*ポジティヴィズム　実証主義。

*フェミニズム　女性の社会的権利を拡張する主張。女権拡張論。女性尊重論。

*ウラジイミル　ヨーロッパ・ロシア中央部にある都市。モスクワから北東へ約一九〇キ

ロメートル。

一三四　＊ウィイスバアデン　ドイツ西部、ヘッセン州の州都。ヴィースバーデン。ライン川とマイン川の合流点に近く、風光明媚《めいび》、気候温和な有数の温泉保養地。
＊五千法　「法《フラン》」はスイスの通貨単位。当時、一〇フランが約三ルーブル、したがって五〇〇〇フランは約一五〇〇ルーブルに相当した。五二九頁「五千留」参照。
＊義妹　ドストエフスキーの最初の妻マリヤ・ドミートリエヴナ・イサーエヴァの妹ワルワーラ・ドミートリエヴナ・コンスタントのこと。
＊倉皇　あわてるさま。うろたえるさま。

一三七　＊バアデン・バアデン　ドイツ南西部、シュヴァルツヴァルト山地北部の西麓《せいろく》にある有数の温泉保養地。ローマ時代から知られる。
＊五十タアレル　「タアレル」は旧ドイツの通貨単位、一ターレルは三マルクに相当し、銀貨で流通していた。妻アンナの日記によれば、当時一ターレルは三・七五フラン（約一・一ルーブル）であった。
＊トリノ　イタリア北西部の商工業都市。ローマ時代からの交通の要衝。

一三八　＊一万フロリン　「フロリン」はオランダの通貨単位「グルデン」の旧称。ただし、ドストエフスキーの原文では「フラン」。

一三九　＊プロレタリヤ文士　「プロレタリヤ」は労働者階級の意。貴族階級の文筆家だったツルゲーネフらとは違い、ドストエフスキーの父親は医師で肩書は貴族だったが裕福ではなく、ドストエフスキー本人も陸軍工兵局に勤務していた。

*賭博者　Igrok　中篇小説。一八六六年完成。間もなく転がりこむはずの遺産をめぐる各人各様の欲と思惑を、家庭教師の青年アレクセイの手記の形で描く。

一四〇　*ハンブルグ　ドイツ北部、エルベ川下流の河港都市。

一四二　*桟　戸に取り付ける金具や木片で、戸締りの仕掛け。

*ロオザノフ　Vasilii Vasil'evich Rosanov　ロシアの思想家、批評家。一八五六～一九一九年。著作に「ドストエフスキーの大審問官伝説」など。

*カテリィヌ・ド・メディシ　Catherine de Médicis　仏王アンリ二世の妃。一五一九～一五八九年。熱心なカトリック教徒で、夫の死後プロテスタント、カトリック両教徒の勢力均衡に基づく王権の安定を図ったが失敗。ギーズ公アンリと結んで聖バルテルミーの虐殺を行い宗教内乱（ユグノー戦争）を助長した。

一四四　*クマニン　Aleksandr Alekseevich Kumanin　ドストエフスキーの母方の義理の伯父。一七九二～一八六三年。モスクワの大商人。

*パアシャ　ドストエフスキーの最初の妻マリヤ・ドミートリエヴナの連れ子、パーヴェル・イサーエフのこと。「パアシャ」はパーヴェルの愛称。

一四八　*アレクサンドル・パヴロヴィッチ　Aleksandr Pavlovich　ドストエフスキーの妹ヴェーラの夫イワーノフのこと。一八一三～一八六八年。医師。

一四九　*ヴァレンカ　ドストエフスキーの妹、ワルワーラの愛称。「ヴァアリャ」に同じ。ロシア人の名の愛称形は数種類ある。

一五〇　＊三十五葉　「葉」は印刷全紙のこと。一全紙は一六頁。したがってここは五六〇頁。

＊猫の活力　より原文に近い訳語としては「猫の生命力」。ドストエフスキーが彼の支援者ヴランゲリに出した借金の申込みの手紙（一八六五年四月一四日付）に見え、そこでは最愛の兄を失った悲しみと借金苦に打ちひしがれながらも新たな生活を始めようとする絶望的なエネルギー（同じ書簡中の言葉）が自嘲気味に表現されている。

一五二　＊マルタ・ブラウン　Martha Brown　別名マルファ。同棲《どうせい》していたジャーナリストの名前は、正しくはピョートル・N・ゴールスキー。

＊プロシャ　プロイセン。バルト海南岸の地域。一七〇一年、公国から王国に昇格し、一八七一年、ドイツ帝国の統一の中心となった。

＊ジブラルタル　イベリア半島南端にある港町。

＊ボルドオ　フランス南西部、ガロンヌ川下流に位置する河港都市。

一五三　＊メソジスト　プロテスタントの一派。一七二九年、オックスフォードで起されたイギリス国教会改革運動が始まり。

＊バルチモア　ボルティモア。アメリカ東部の都市。かつては港町として栄えた。

＊ヴィエンナ　ウィーン。オーストリアの首都。

一五四　＊ソオニャ　ソーフィア・コヴァレフスカヤ　Sof'ya Vasil'evna Kovalevskaya　のこと。ロシアの数学者。一八五〇〜一八九一年。偏微分方程式論の基本定理を発見した。「ソオニャ」は愛称。

＊自叙伝　自伝的中篇小説「ラエフスキー家の姉妹」をさす。一八九〇年刊。「ソオニャ・コヴァレフスカヤ自伝」はその邦訳版（岩波文庫、野上弥生子訳）。

一五五　＊白痴　Idiot　ドストエフスキーの長篇小説。一八六八年発表。色と欲とが渦巻くロシアの現実社会に降り立った〈美しい人間〉すなわち白痴ムイシュキンと、彼を取り巻く男女の愛憎を描く。

＊アグラアヤ　「白痴」の登場人物。エパンチン夫妻（次項参照）の三女。主人公ムイシュキンに恋する誇り高い令嬢。

＊エパンチン夫妻　「白痴」の登場人物の将軍夫妻。将軍は精力的な事業家でもある。

＊エパンチン家の夜会　「白痴」の〈第四篇七〉で描かれる夜会。この夜会でムイシュキンは高価な花瓶をこわしてしまう。

＊ザフレエビニン　「永遠の良人」第一二章で描かれる別荘の主人。

＊トゥルソツキイ　「永遠の良人」の登場人物。妻を亡《な》くし、ザフレビーニンの一五歳の娘に結婚の申込みをする。

一五六　＊ステルロフスキイ　Fyodor Timofeevich Stellovskii　ペテルブルグの出版業者。一八二六〜一八七五年。

一五七　＊ポオリナ・ススロヴァ　アポリナーリヤ・スースロヴァ。ドストエフスキーの恋人。「ポオリナ」は愛称。五五四頁参照。死後、その日記「ドストエフスキーとの親交の歳月」が出版された。

一五九　＊マルメラアドフ一家　主人公ラスコーリニコフの苦悩を受けとめる少女ソーニャの一家。酔いどれの退職官吏である父セミョン・ザハールイチ、病弱な継母カテリーナ・イワーノヴナとその三人の連れ子。

一六二　＊未成年　Podrostok　ドストエフスキーの長篇小説。一八七五年発表。不幸な生い立ちを背負う私生児アルカージーの自分探しの物語。大富豪になることを夢見る未成年が、首都の社交界で錯綜した事件に巻き込まれてゆく。

＊カラマアゾフの兄弟　Brat'ya Karamazovy　ドストエフスキーの長篇小説。一八七九〜八〇年発表。父親殺しの事件と裁判の過程で、作者の終生のテーマである神の問題が議論される。

＊メレジコフスキイ　Dmitrii Sergeevich Merezhkovskii　ロシアの詩人、小説家、批評家。一八六六〜一九四一年。評論に「トルストイとドストエフスキー」など。

一六三　＊ゴンクウル兄弟　フランスの小説家。エドモン・ド・ゴンクール Edmond de Goncourt（一八二二〜一八九六）とジュール・ド・ゴンクール Jules de Goncourt（一八三〇〜一八七〇）の兄弟。常に一体となって創作した。作品に「尼僧フィロメーヌ」「ジェルヴェゼ夫人」など。

＊ドオデエ　Alphonse Daudet　フランスの小説家、劇作家。一八四〇〜一八九七年。作品に「風車小屋だより」「タルタラン」三部作など。

*アナトオル・フランス　Anatole France　フランスの小説家、批評家。一八四四〜一九二四年。小説に「タイス」、感想集に「エピキュールの園」など。

一六四　*象牙の塔　俗世間から離れたところで芸術や学問に耽《ふけ》る境地や環境。フランスの批評家サント・ブーヴの言葉による。

一六五　*問題小説　社会問題や倫理問題についての作者の主張を伝えることを目的として書かれた小説。

一六六　*ドストエフスキイ論　メレジコフスキーの評論「トルストイとドストエフスキー」（一九〇三）のこと。言及の箇所はその一章〈秘かなるものの始まるとき〉の一節。

一六七　*カラコオゾフ　Dmitrii Vladimirovich Karakozov　ロシアの政治活動家。一八四〇〜一八六六年。アレクサンドル二世の狙撃《そげき》に失敗、犯行現場で逮捕され、死刑となる。

*聖週　復活祭前の、四〇日にわたる大斎期最後の一週間。イエス・キリストの受難を記念して祈る期間。

*パアヴェル　Pavel　ドストエフスキーの最初の妻の連れ子、パーヴェル・イサーエフ。

*ニコライ　Nikolai Mikhailovich Dostoevskii　ドストエフスキー家の四男。一八三一〜一八八三年。アルコール中毒が高じて失職していた。

一七一　*オルヒン　Pavel Matveevich Ol'khin　ペテルブルグの速記者養成専門学校長。一八三〇〜一九一五年。

*アンナ・グリゴリエヴナ・スニトキナ　Anna Grigor'evna Snitkina　一八四六〜一九

一八年。一八六七年二月、ドストエフスキーと結婚、その晩年を支える。

一七二 *アトロピン　植物に含まれる成分でアルカロイドの一種。散瞳剤、止汗剤に用いられる。

*ルウレッテンブルグ　小説「賭博者」の舞台となる架空の保養地。ルーレットの町、の意。

一七五 *ヴィルナ　現在のリトアニアの首都ヴィリニュスの旧名。

*バビコフ　Konstantin Ivanovich Babikov　ロシアの小説家、詩人。一八四一〜一八七三年。作品に「淋しい通り」など。

一七七 *フェディヤ　ドストエフスキーの名、フョードルの愛称形。

一七八 *ワイズマン　Weismann　バーデン滞在中、ドストエフスキー夫妻が出入りしていた質屋の主人。

一七九 *モッペルト　Moppert　バーデンの女高利貸。モペール。

一八一 *まぼろし　Prizraki　ツルゲーネフの短篇小説。一八六四年発表。まぼろしのような女性に導かれてヨーロッパの上空を飛ぶ主人公が、過去の歴史を振り返り、人類には幸福への道が閉ざされていると悟る。

*世紀　『ヴレーミャ』の発行停止後、ドストエフスキーの兄ミハイルが、誌名を変更した上で再刊許可を得て発刊した雑誌。本文一四五頁参照。

一八二 *煙　Dym　ツルゲーネフの長篇小説。一八六七年発表。女主人公イリーナをめぐる恋物語に社会風刺的要素を織り交ぜながら、ドイツの保養地バーデン・バーデンのロシア人上流社会を描く。
一八五　＊地獄の七週間　本文一八二～四頁のマイコフ宛の手紙にある一句。常軌を逸してルーレット賭博を続けたバーデンでの七週間をいう。
一八七　＊サクソン・レ・ベン　ジュネーブから汽車で数時間の保養地。カジノがあった。
一八八　＊モンテ・カルロ　モナコ公国の北部地区。歓楽街。
＊普仏戦争　一八七〇～七一年、ドイツ統一をめざすプロイセンと、これを阻《はば》もうとするフランスとの間で行われた戦争。プロイセンが圧勝、統一を完成してドイツ帝国の成立を宣言した。
一八九　＊インタアナショナル　社会主義者の国際組織。
＊ガリバルヂ　Giuseppe Garibaldi　イタリアの革命家。一八〇七～一八八二年。ガリバルディ。イタリア統一運動の指導者。
一九一　＊ヴヴェイ　モントルーにほど近いレマン湖畔の小都市。
一九二　＊曲げて　「曲げる」はここでは質に入れること。「質」と同音の「七」の第二画が曲っていることからいう。
＊エミリヤ・フォオドロヴナ　ドストエフスキーの兄ミハイルの妻。
一九三　＊フォオドル　この「フォオドル」は作家のフョードル・ドストエフスキー。
一九四　＊シンプロン　アルプス山脈のスイス南部とイタリア国境近くに位置する峠。
＊ミラン　ミラノ。イタリア北部の都市で、古くからアルプス越えの交通の要衝だった。

一九五　＊トリエスト　アドリア海北部で、イタリアにあり、スロベニアとの国境近くに位置する都市。トリエステ。
＊プラアグ　プラハ。現在のチェコの首都。
＊リュボフ　エーメのこと。五二八頁参照。
一九八　＊ナロオドニチェストヴォ　人民主義。
一九九　＊モレショット　Jacob Moleschott　オランダの生理学者。一八二二〜一八九三年。モレスコット。
＊スチルネル　Max Stirner　ドイツの哲学者。一八〇六〜一八五六年。シュティルナー。
＊ナチュラリズム　自然主義（五八三頁参照）。西欧の自然主義とは一線を画するロシア文学における自然派は、一八四〇年代に隆盛をみた。都市下層民の生態の細密な描写を特徴とし、代表的作家にグリゴローヴィチ、ネクラーソフ、ゲルツェン、初期のドストエフスキーなど。
＊イデアリズム　理想主義。
＊アンピリスム　経験主義。
二〇〇　＊デモクラット　民主主義者。
＊トルストイの教団　トルストイの人道主義の信奉者たち。
＊パリ・コンミュン　一八七一年、普仏戦争後のパリで樹立された世界初の革命的自治政権。

＊プロレタリヤ運動　一九世紀の半ばにマルクスとエンゲルスによって創始されたマルクス主義に立脚し、現実をプロレタリアすなわち賃金労働者の階級的自覚に基づいて捉《とら》えようとする運動。

二〇一　＊ネチャアエフ　Sergei Gennadievich Nechaev　ロシアの革命家。一八四七〜一八八二年。一八六九年一一月、同志を殺して亡命、のちに捕らえられ獄死。小説「悪霊」はこの事件が契機となった。

＊イヴァノフ殺害事件　本文二〇三頁参照。「イヴァノフ」は、ペトロフスキー農業専門学校生、イワン・イワーノヴィチ・イワノフ。

二〇二　＊ペレヴェルゼフ　Valer'yan Fyodorovich Pereverzev　ソ連の文芸学者。一八八二〜一九六八年。モスクワ大学教授。以下の引用は論文「ドストエフスキーの創造」（一九一二）から。

二〇三　＊オガリョフ　Nikolai Platonovich Ogaryov　ロシアの革命家、詩人、評論家。一八一三〜一八七七年。ゲルツェンと雑誌『北極星』、新聞『鐘』などを創刊し、編集に携わった。

＊プロパガンダ　宣伝。特に、ある政治的意図のもとに主義や思想を強調するもの。

二〇四　＊アンナの弟　「アンナ」はドストエフスキーの妻。弟は、ペトロフスキー農業専門学校生のイワン・グリゴーリエヴィチ・スニートキン。

二〇七　＊ノヴゴロド　ペテルブルグの南東一八〇キロメートルに位置する都市。九世紀から共和制都市国家として中世ロシアの政治・経済・文化の中心であった。

二〇八　＊メシチェルスキイ　Vladimir Petrovich Meshcherskii　ロシアの小説家、ジャーナリスト。一八三九〜一九一四年。

＊錆で腐った一致　本文二〇二頁参照。

＊スラヴォフィリズム　一八三〇年代以降のロシアの国粋的思潮。五三八頁「スラヴォフィル批評家」参照。

二〇九　＊エムス　ドイツの北西部、エムス川に沿った温泉保養都市。

二一〇　＊ダニレフスキイ　Nikolai Yakovlevich Danilevskii　ロシアの社会学者、汎《はん》スラヴ主義者。一八二二〜一八八五年。

二一一　＊シュペングラア　Oswald Spengler　ドイツの哲学者。一八八〇〜一九三六年。第一次大戦直後に公刊された「西洋の没落」で、世界史上の文化を形態的に捉《とら》え、ヨーロッパのキリスト教文化の没落を断言した。

二一二　＊コンスタンチノオプル　トルコ北西部の都市。現在のイスタンブール。三九五〜一四五三年の間、東ローマ帝国（ビザンティン帝国）の首都。この帝国でギリシャ正教（五三〇頁参照）が成立した。

＊オオソドックス　ギリシャ正教会に代表される、東方の正教会系キリスト教のこと。

＊マジャアル　現在のハンガリー人のこと。九世紀末、南ロシアから移住した。

二一三　＊無政府主義　政治的権力を一切否定し、個人の完全な自由と独立を望む考え方。プルードン、クロポトキン、バクーニンなどが代表的な思想家。アナーキズム。

二一四 *正教 ここはギリシャ正教から派生したロシア正教のこと。

*ヘルツェゴヴィナ バルカン半島中西部の地域。一五世紀からオスマン・トルコの支配下にあった。

*モンテ・ネグロ バルカン半島中西部、ヘルツェゴヴィナに隣接。

*トルキスタン 中央アジアのパミール高原をはさんだ地域。現在は中国領ウイグル地区とウズベキスタン、タジキスタンなどに分れている。

*ポクロフスキイ Mikhail Nikolaevich Pokrovskii ロシアの歴史家。一八六八〜一九三二年。著作に「古代からのロシア史」「ロシア文化史概観」など。

二一五 *十月革命 一九一七年一一月七日(ロシア暦で一〇月二五日)、レーニンが主導するボリシェヴィキがペトログラード(現在のサンクト・ペテルブルグ)に武装蜂起《ほうき》し、ソヴィエト政権を樹立した革命。

*ピョオトル大帝 帝政ロシアの皇帝。五二七頁参照。政治・文化などの分野で西欧をモデルとした改革を断行した。ロシア絶対主義の確立者とされる。

二一六 *おかしな男の夢 Son smeshnogo cheloveka 「作家の日記」に収録されている小説。SF仕立てのアンチ・ユートピア小説。

二一七 *チュウチェフ Fyodor Ivanovich Tyutchev ロシアの詩人。一八〇三〜一八七三年。チュッチェフ。詩集に「ドイツから送られた詩」など。

二一八　＊ネフスキイ通り　ペテルブルグの目抜通り。ネヴァ河畔の旧海軍省からアレクサンドル・ネフスキー大修道院まで、ほぼ真直ぐに延びる全長約四・五キロメートルの大通り。

＊クリスティイヌ・ダニロヴナ　Khristina Danilovna Alchevskaya　ドストエフスキーの熱心な読者であったアルチェフスカヤの名と父称。正しくは「クリスティーナ」。社会活動家、教育者。一八四一～一九二〇年。

二一九　＊コンスタンチノオプル占領論　ドストエフスキーは、「作家の日記」一八七七年一一月の第三章で、コンスタンティノープルを巡るロシアとトルコの確執を論じた。

二二〇　＊バルザックが…　「バルザック」Honoré de Balzac はフランスの小説家。一七九九～一八五〇年。一八五〇年夏、臨終の床にあったバルザックは、「人間喜劇」で自ら創作した名医オラース・ビアンションを呼びたてたと伝えられている。

＊東方問題　オスマン・トルコ帝国の衰退に伴い、その領土内で尖鋭《せんえい》化した政治や外交上の諸問題をさす。ロシアにとっては、特に対トルコ政策やバルカン半島の民族問題が重要課題であった。

二二二　＊ラヴロオフ　Pyotr Lavrovich Lavrov　ロシアの批評家、哲学者。一八二三～一九〇〇年。ナロードニキ運動の首脳として知られる。著作に「歴史的書簡」など。

二二三　＊ヒュウマニティ　人間性。カントはその著書「実践理性批判」などで、善の実現のみを目的とした道徳命法を、無条件に自律的に実践するところに人間性の尊厳があると説いた。

＊ナショナリスト　民族主義者、国家主義者。

＊ポピュリスト　人民主義者。「ナロードニキ」の英訳では、一般にこの語が用いられる。

二二五　＊必死の弁証法　「弁証法」は本来は学問の方法に関する用語。相互に対立する意見や事柄の双方を媒介にしてより高い水準の真理に迫ろうとする態度、あるいは手続きをいう。ここでは、民衆の自立の原理としてのナロードニキの思想と、国家による民衆支配の原理として機能してきたロシア正教を、総合統一しようとするドストエフスキーの思想をいう。

二三一　＊ビザンチン　東ローマ帝国のこと。ビザンティウム（現イスタンブール）を首都としたため、ビザンティン帝国とも呼んだ。

＊シェストフ　Lev Shestov　ロシアの哲学者。一八六六〜一九三八年。著書に「ドストエフスキーとニーチェ（悲劇の哲学）」など。

二三二　＊クロワッセ　フローベルの故郷ルーアンの近郊にある村。一八四六年以降、フローベルはこの村に住んだ。

二三三　＊「鉄の意志の時代」の宣伝家　現代は「鉄の観念の時代、ポジティヴな意見の時代であり、是が非でも生きねばならぬ時代である」と主張する人々。一八七六年一〇月、一二月の「作家の日記」（「二つの自殺」「遅れてやって来た教訓」「自殺について、そして尊大について」など）に出る。

＊交霊術を嘲笑う倨傲な学者　科学的真理を盲信する学者たち。科学の発達が人間を幸福

にするどころか、その精神的自由を奪いかねないと考えていたドストエフスキーは彼らに警告を発し続けた。一八七六年一月の「作家の日記」(「降神術、悪魔について一言……」など)に出る。

二三九 *環境の哲学　人が罪を犯すのは劣悪な環境のせいであり、当人には罪がないと考える環境決定論のこと。一八七三年の「作家の日記」(「環境」)に出る。

*ソロヴィヨフ　Vsevolod Sergeevich Solov'yov　ロシアの歴史小説家。一八四九〜一九〇三年。ウラジミール・ソロヴィヨフ(後項参照)の兄。

二四〇 *メメント　「覚書」の意。ラテン語の動詞「memini」(思い出す、記憶する)の命令法の形に由来する語。

*カンディイド　Candide　ヴォルテールが一七五九年に発表した風刺小説「カンディードまたは楽天主義」のこと。楽天的な世界観を嘲笑《ちようしよう》し、当時の社会的不正を告発する。

*死者を葬う叙事詩　原文では「叙事詩『ソロコヴィーヌィ』」。「ソロコヴィーヌィ」は、死後四〇日目に行う追善供養《くよう》のこと。

*リザヴェエタ　「カラマーゾフの兄弟」の登場人物。スメルジャコフの母。

二四一 *ソロヴィヨフ　Vladimir Sergeevich Solov'yov　ロシアの宗教哲学者。一八五三〜一九〇〇年。著作に「神人論講義」など。

*オプチナ・プスチンの僧院　モスクワの南西約二〇〇キロメートルにあった一四世紀創建の僧院。

＊ゾシマ　「カラマーゾフの兄弟」の登場人物。修道院の長老。

＊アリョオシャ　「カラマーゾフの兄弟」の主人公の一人。フョードル・カラマーゾフの三男、アレクセイ。

二四二　＊ヴェラ・フィグネル　Vera Nikolaevna Figner　ロシアの女性革命家。一八五二〜一九四二年。皇帝アレクサンドル二世の暗殺に参加したため投獄される。

＊ポベドノチェフ　Konstantin Petrovich Pobedonostsev　ロシアの保守政治家。一八二七〜一九〇七年。宗務院総長として専制政治強化策を押し進めた。ポベドノスツェフ。

＊ヴォギュエ　Eugène Melchior de Vogüé　フランスの外交官、著述家。一八四八〜一九一〇年。「ロシアの小説」は一八八六年刊。

二四四　＊アンネンコフ　Pavel Vasil'evich Annenkov　ロシアの批評家。一八一二〜一八八七年。熱心な西欧主義者として知られる。

二四五　＊ペチョオリン　レールモントフの小説「現代の英雄」の主人公。ロシア文学における「余計者」の一典型。

二四六　＊チチコフ　ゴーゴリの小説「死せる魂」（五三四頁参照）の登場人物。

＊ルウヂン　ツルゲーネフの同名小説の主人公。ペチョーリンらと同じ「余計者」の系譜に属する。

＊ラヴレツキイ　ツルゲーネフの小説「貴族の巣」の主人公。同じく「余計者」の一典型。

＊ボルコンスキイ　トルストイの小説「戦争と平和」の登場人物。

二四七

＊オネエギン　プーシキンの小説「エヴゲーニィ・オネーギン」の主人公。現実を肯定できない一方、理想のために闘う意志もない「余計者」の最初の典型。
＊タチヤナ　プーシキンの小説「エヴゲーニィ・オネーギン」の女主人公。
＊リザ　ツルゲーネフの小説「貴族の巣」の女主人公。リーザ。
＊汎人類主義　ドストエフスキー流のメシア思想。ロシア人の使命は、全民族をキリストの掟《おきて》に従って和合させ、世界全体の調和をもたらすことにあるとする。
＊ユハンチェフ　Konstantin Nikolaevich Yukhantsev　一八七八年、公金横領の罪で裁判にかけられた大蔵省官吏。
＊O・F・ミラア　Orest Fyodorovich Miller　ロシアの文学史家。一八二三〜一八八九年。ミルレル。

二四八

＊リュビイモフ　Nikolai Alekseevich Lyubimov　カトコフが主宰する『ロシア通報』の共同編集者。一八三〇〜一八九七年。
＊マタイ伝　「新約聖書」冒頭の〈マタイによる福音書〉のこと。
＊ヨハネ之を止めんとして…　〈マタイによる福音書〉第三章第一四〜一五節。「ヨハネは、それを思いとどまらせようとして言った、『わたしこそあなたからバプテスマを受けるはずですのに、あなたがわたしのところにおいでになるのですか』。しかし、イエスは答えて言われた、『今は受けさせてもらいたい。このように、すべての正しいことを成就するのは、われわれにふさわしいことである』」。

＊ネフスキイ寺院　ペテルブルグにあるアレクサンドル・ネフスキー大修道院のこと。
＊ジムナアズ　帝政ロシアの中等教育施設ギムナージヤのこと。多くは七年制の中等学校であった。
二五〇　＊パウロ　一世紀のキリスト教の使徒・聖人。初め、熱心なユダヤ教徒としてキリスト教徒を迫害していたが、ダマスカスへの途上、天からのイエスの呼び掛けを聴いて回心し、以後、原始キリスト教団の最大の伝道者となった。
＊我等若し…　「もしわたしたちが、気が狂っているのなら、それは神のためであり、気が確かであるのなら、それはあなたがたのためである」。「新約聖書」〈コリント人への第二の手紙〉第五章第一三節。
二五一　＊E. H. Carr　Edward Hallett Carr　イギリスの歴史学者、国際政治学者。一八九二〜一九八二年。著書に「ソビエト・ロシアの歴史」など。
「カラマアゾフの兄弟」
二八四　＊カラマアゾフの兄弟　Brat'ya Karamazovy　ドストエフスキーの長篇小説。一八七九〜八〇年発表。
＊ドストエフスキイ　Fyodor Mikhailovich Dostoevskii　一八二一〜一八八一年。
＊悪霊　Besy　ドストエフスキーの長篇小説。一八七二年発表。無神論的革命思想を、「新約聖書」〈ルカによる福音書〉第八章にある、イエスの力によって人から豚の中に移

り、さらに崖《がけ》から湖に落ちて死んだ悪霊どもに見立て、それに憑《つ》かれた人々の破滅を実在の事件をもとに描いた。
＊無神論　一八六八〜六九年のアポロン・マイコフや姪《めい》ソフィア宛《あて》の手紙に「無神論」に関する記述がある。
＊戦争と平和　Voina i mir　ロシアの小説家トルストイの長篇小説。一八六八〜六九年刊。

二八五
＊コマロヴィッチ　Vasilii Leonidovich Komarovich　ロシアの文芸批評家。一八九四〜一九四二年。著書に「ドストエフスキーの青春」など。
＊未成年　Podrostok　ドストエフスキーの長篇小説。一八七五年発表。不幸な生い立ちを背負う私生児アルカージーの自分探しの物語。大富豪になることを夢見る未成年が、首都ペテルブルグの社交界で錯綜《さくそう》した事件に巻き込まれてゆく。

二八六
＊ドストエフスキイの生活　著者が昭和一〇年一月から一二年三月まで、『文學界』に連載した長篇評伝。本文七頁〜参照。
＊マリィ　John Middleton Murry　イギリスの批評家。一八八九〜一九五七年。一九一六年、「ドストエフスキー」を発表した。

二八七
＊猫の生活力　ドストエフスキーが、彼の支援者ヴランゲリに出した借金の申込みの手紙（一八六五年四月一四日付）にある言葉。最愛の兄を失った悲しみと借金苦に打ちひしがれながらも新たな生活を始めようとする絶望的なエネルギー（同じ書簡中の言葉）を

二八八　＊要するに…　一八七〇年三月二五日付のアポロン・マイコフ宛《あて》の手紙に記されている。自嘲《じちょう》気味にこう表現した。より原文に近い訳語としては「猫の生命力」。

二八九　＊罪と罰　Prestuplenie i nakazanie　ドストエフスキーの長篇小説。一八六六年発表。ペテルブルグに住む元大学生のラスコーリニコフが、選ばれた者は人類の幸せのために殺人すらも許されるという想念に捉《とら》えられ、金貸しの老婆《ろうば》を殺す。

＊サント・ヴィクトアールの山　フランス南東部、エクス・アン・プロヴァンスの東に位置する山。

＊セザンヌ　Paul Cézanne　フランスの画家。一八三九〜一九〇六年。サント・ヴィクトアール山は生地にも近く、中期から晩年にかけて十数点描いている。

二九〇　＊N・ホフマン　Nina Hoffmann　ウィーン生れのドストエフスキー研究家。一八四四〜一九一四年。

＊ドストエフスキイ伝　近親者への取材に基づく著作。原題は「テオドール・ドストエフスキー」(一八九九年刊。「テオドール」は「フョードル」のドイツ語読み)。邦訳は大正一四年(一九二五)、安井源雄の訳で「回想のドストエフスキイ」として成光館から刊行された。

＊アリョオシャ　「カラマーゾフの兄弟」の主人公の一人。フョードル・カラマーゾフの三男、アレクセイ。

＊リザ　「カラマーゾフの兄弟」の登場人物。リーザ・ホフラコワ。アリョーシャの幼な

じみ。

*グルウシェンカ　「カラマーゾフの兄弟」の登場人物。「天使と悪魔の心を持つ」女性。長男ドミートリイと父フョードルが彼女を求めて争う。

二九一　*匿名の一女性　エカテリーナ・ユンゲ Ekaterina Fyodorovna Yunge（一八四三〜一九一三）のこと。以下の一節は、彼女への一八八〇年四月一一日付の手紙から。

*ウラジイミル・ソロヴィヨフ　Vladimir Sergeevich Solov'yov　ロシアの宗教哲学者。一八五三〜一九〇〇年。著書に「神人論講義」など。

*シベリヤ流刑　社会主義思想を奉じるペトラシェフスキー会の一員であったドストエフスキーは、一八四九年四月、同志とともに逮捕され、銃殺刑の宣告を受けるが特赦で減刑、シベリアでの四年の懲役と約五年の兵役に服した。

*フォンヴィジン夫人　Nataliya Dmitrievna Fonvizina　ナターリヤ・フォンヴィージナ。一八〇五〜一八六九年。一八二五年のデカブリスト（十二月党員）の乱に加わって流《る》刑《けい》された夫や恋人を追い、シベリアに移住した女性たちの一人。手紙は一八五四年二月下旬のもの。デカブリストについては五二九頁「十二月党員」参照。

二九二　*「悪霊」中の一人物の…　「悪霊」第二部第一章七で、シャートフがスタヴローギンに向って叫ぶ場面を指す。「しかし、ぼくにこう言ったのはあなただったではないですか。真理はキリストの外にあると、たとえ数学的に証明されたとしても、あなたは真理とともにあるよりは、むしろキリストとともにあるほうを選ぶって」。

二九三　＊ヴェルシイロフ「未成年」の登場人物。私生児である主人公アルカージーの実父。
＊巴里コンミュン　一八七一年、普仏戦争後のパリで樹立された世界初のプロレタリア自治政権。

二九四　＊アルカディイ「未成年」の主人公、アルカージー・マカーロヴィチ・ドルゴルーキー。
＊フョオドル・カラマアゾフ「カラマーゾフの兄弟」の登場人物。カラマーゾフ兄弟の父親。金を増やすことが得意で、居候《いそうろう》から小地主にまで成り上がった男。あくことを知らぬ好色漢。
＊イヴァン「カラマーゾフの兄弟」の主人公の一人。フョードル・カラマーゾフの次男。
＊白痴　Idiot　ドストエフスキーの長篇小説。一八六八年発表。ロシアの現実社会に降り立った〈美しい人間〉すなわち白痴ムイシュキンと、彼を取り巻く男女の愛憎を描く。
＊永遠の良人　Vechnyi muzh　ドストエフスキーの中篇小説。一八七〇年発表。万年寝取られ亭主と情夫との奇妙な関係を描く。

二九六　＊カチェリイナ「カラマーゾフの兄弟」の登場人物。許婚のドミートリーに複雑な復讐《ふくしゅう》心《しん》を抱きながら、次男のイヴァンを愛するようになる。
＊ゾシマ「カラマーゾフの兄弟」の登場人物。年老いた修道僧。アリョーシャのいる僧院で愛の教えを説き、多くの少年に慕われている。

二九七　＊地下室の手記　Zapiski iz podpol'ya　ドストエフスキーの中篇小説。一八六四年発表。四〇歳の退職官吏が、ペテルブルグ郊外の部屋に引きこもり、世の中への毒念を書き綴《つづ》る。

＊ラスコオリニコフ　「罪と罰」の主人公。

＊スタヴロオギン　「悪霊」の主人公。二〇代半ばの美青年。高い教養と悪行への嗜好《しこう》を持ち、周囲の人々に大きな影響を及ぼす。

＊ツァラトストラ　ドイツの哲学者ニーチェの「ツァラトゥストラかく語りき」に登場する超人。人間を克服し尽くした理想的人間として、神の亡《な》き後、善悪の彼岸に立ち、民衆に命令を下す。ここに引用の言葉は、第三部〈第二の舞踏歌〉から。なお本来の「ツァラトゥストラ」はゾロアスター教の開祖で、古代ペルシャの預言者ゾロアスターのドイツ語名。

二九九　＊当時の手紙　『ロシア通報』の編集者ニコライ・リュビーモフ（一八三〇～一八九七）に宛てた一八七九年五月一〇日付の手紙。

三〇〇　＊イポリット　「白痴」の登場人物。一八歳。重い肺病で余命二週間と宣告され、抗《あらが》いようもない自然の冷酷さを嘆じて、万人の幸福のためにだけ生きようとした自分がかちえたのはただ侮蔑《ぶべつ》ばかりだったと憤《いきどお》る。

＊ユウクリッドの智慧　「ユウクリッド」は古代ギリシャの数学者。エウクレイデス。汎《はん》神論的世界観を有し、自然科学的世界観に懐疑的であったドストエフスキーは、〈ユークリッド的知性〉あるいは〈ユークリッドの幾何学〉という言葉を、多くは否定的文脈で用いる。

三〇三　＊伝説によれば……　イエスに対する悪魔の誘惑については、「新約聖書」のマタイ、マルコ、ルカの各福音書が伝えている。

三〇四　＊人の生くるは……　人はパンだけで生きるものではない。イエスが「旧約聖書」〈申命記〉第八章第三節の記述に基づいて言った言葉。神の口から出る一つ一つの言葉によって生きるものである、と続く。「新約聖書」〈マタイによる福音書〉第四章第四節に出る。

三〇七　＊バベルの塔　「旧約聖書」の〈創世記〉第一一章に書かれた塔。神は、堕落した人類を滅ぼすため大洪水を起すが、義人ノアと家族だけは方舟によって救われ、その大洪水の後、人々は天に届くような高い塔を築き始めた。神はこの人間のおごりを怒り、人々の言語を混乱させて建設を中止させた。

三〇九　＊ロオマとシイザアの剣　「ロオマ」は教権（教皇権）の、「シイザアの剣」は俗権（皇帝権）の象徴。ここに「八百年」とあるのは、俗権に対する教権の優位を主張して教会改革を断行したローマ教皇グレゴリウス七世（在位一〇七三〜八五）の事績を踏まえてのこと。グレゴリウス七世の名は第一部第二篇第五章にみえる。なお「シイザア（シーザー）」は武将、政治家として知られるカエサル（前一〇〇頃〜前四四）の英語読みで、「カエサル」は彼の死後、アウグストゥス帝からハドリアヌス帝まで皇帝の称号として用いられた。

三一二　＊Dixi　ラテン語で、私は言った、の意。「以上」のような結語句。

＊囚人　イヴァンが語る劇中詩の囚人、すなわち一六世紀のセビリヤに現れたキリストの

こと。

三一三

*老人　イヴァンが語る劇中詩の老人、すなわち大審問官。

*ヴェルホーヴェンスキイ　「悪霊」の登場人物。急進的革命家で、転向者を惨殺《ざんさつ》したネチャーエフ（一八四七〜一八八二）がモデルとされる。

*シガリョフ　「悪霊」の登場人物。リプチン、リャムシンらとともにヴェルホーヴェンスキーのあやつる秘密結社「五人組」のメンバー。

*デモクラット　民主主義者。

*ソシアリスト　社会主義者。

三一四

*メメント　ラテン語で、ここは「覚書」の意。ドストエフスキーは手帳（一八七七年一二月二四日付）に四つのプランのメモを残し、その一つに〈イエス・キリストに関する一書を書くこと〉があった。

*ルナン　Ernest Renan　フランスの宗教史家、文献学者。一八二三〜一八九二年。

*キリスト伝　一八六三年発表の「イエス伝」。今日ではドストエフスキーはルナンの「イエス伝」をキリストの神性を否定する不信の書とみなしたことが明らかとなっている。

三一五

*イザヤ　ユダ王国の預言者。紀元前八世紀後半に活動。神によるユダヤ民族の裁きと、救世主による救いを説いた。「旧約聖書」の〈イザヤ書〉一〜三九章がイザヤの預言の集成。

＊きよき避所　聖所の意。文語訳の「旧約聖書」〈イザヤ書〉第八章一四節に「然《しか》らばエホバはきよき避所となりたまはん」とある。
＊躓く石、妨ぐる磐　つまずきの石、さまたげの岩、の意。文語訳の「旧約聖書」〈イザヤ書〉第八章一四節、前項での引用箇所の後に「然《され》どイスラエルの両《ふたつ》の家には躓く石となり妨ぐる磐《いわ》とならん」と続く。

三一六　＊形而上学的証明　「形而上学」は、哲学の一部門。事物や現象の本質あるいは存在の根本原理を、思惟《しい》や直観によって探求しようとする学問。
＊隠れています神　「旧約聖書」〈イザヤ書〉第四五章一五節の言葉。パスカルの「パンセ」ブランシュヴィック版一九四、二四二、五一八、五八五、七五一で言及されている。
＊アポロジイ　弁明。ここでは「護教」の意で、「パンセ」自体がその草稿であるとされるキリスト教擁護論のこと。

三一七　＊思考する様な…　「パンセ」ブランシュヴィック版四七三。この言葉は「新約聖書」〈コリント人への第一の手紙〉一二章にある、「からだのすべての肢体が多くあっても、からだは一つである…」をふまえている。
＊自分は呻き乍ら…　「パンセ」ブランシュヴィック版四二一。

三一九　＊ホフマン　Ernst Theodor Amadeus Hoffmann　ドイツの小説家、作曲家、音楽批評家、風刺漫画家。一七七六～一八二二年。小説に「黄金の壺」「悪魔の霊液」、オペラに「ウンディーネ」など。

＊アルバン　ホフマンの短篇小説集「カロ風の幻想作品集」に収められた「磁気催眠術師」の登場人物。

三二〇　＊ディアレクティック　弁証法。本来は学問の方法に関する用語。相互に対立する意見や事柄の双方を媒介にしてより高い水準の真理に迫ろうとする態度、あるいは手続きをいう。

三二一　＊イエスは世の終りまで…　「新約聖書」マタイ、マルコ、ルカの福音書で語られる、イエスが捕縛の直前、ゲッセマネで苦悶《くもん》しながら祈っていたとき、弟子たちは眠りこんでしまったことを踏まえた表現。「パンセ」ブランシュヴィック版五五三。

＊バーゼル　スイス北部、ライン川上流の河港都市。ドストエフスキー夫妻は一八六七年八月、この地を訪れ、美術館でホルバインの「死せるキリスト」を見た。

＊ホルバイン　Hans Holbein der Jüngere　ドイツの画家。一四九七年頃〜一五四三年。他に「ロッテルダムのエラスムス」「死の舞踏」など。

三二二　＊ラゴオジン　「白痴」の登場人物。たくましい商人で、主人公ムイシュキンとナスターシャを奪い合い、彼女を殺してしまう。

＊イポリット　「白痴」の登場人物。五七七頁参照。ホルバインの絵について語る場面は第三篇六。

＊作家の日記　Dnevnik pisatelya　ドストエフスキーが、一八七三年から編集人として参加した雑誌『市民』で、自ら執筆を担当した欄。回想、随想、小説等、あらゆるジャ

ンルにわたって筆をふるった。五三一頁参照。

三二三 ＊ミスティック　神秘主義者。

＊正教擁護者　「正教」はロシア正教のこと。東ローマ帝国に始まった東方正教が一〇世紀末にロシアに広まり、ロシア帝国時代も国の保護下にあった。

三二四 ＊バルト風の神学　「バルト」Karl Barth は、スイスの神学者。一八八六～一九六八年。二〇世紀初頭、一九世紀デンマークの思想家キルケゴールの弁証法的思惟《しい》方法に影響を受け、絶対的他者である神からの語りかけとその応答としての人間の信仰という矛盾と緊張に満ちた関係を説いて弁証法神学派と呼ばれる一潮流を形成した。

＊ツウルナイゼン　Eduard Thurneysen　スイスの神学者。一八八八～一九七四年。トゥルナイゼン。一九二二年創刊の雑誌『時の間』で弁証法神学派の指導的立場にあった。著作に「ドストエフスキイ研究」（一九二一年刊）がある。

＊ベルヂアエフ　Nikolai Aleksandrovich Berdyaev　ロシアの哲学者。一八七四～一九四八年。宗教的実存主義の立場をとった。著作に「ドストエフスキーの世界観」（一九二二年刊）がある。

三二七 ＊ミイチャ　「カラマーゾフの兄弟」の主人公の一人。フョードル・カラマーゾフの長男ドミートリー。「ミイチャ」は愛称。

三二八 ＊浪漫主義文学　「浪漫主義」は、一八世紀後半から一九世紀初頭にかけて、ヨーロッパで展開された文学・美術上の思潮・運動。古典主義・合理主義に反抗し、自然・感情・

空想・個性・自由の価値を主張した。

*オネエギン　Evgenii Onegin　ロシアの詩人プーシキンの韻文小説。一八二三〜三〇年に執筆。主人公の青年貴族オネーギンと、近郊の地主の娘タチヤーナとの悲恋を描く。

*タチヤナ　娘時代にオネーギンを愛し、人妻となった今も彼を愛しながら、その遅すぎた求愛を凛《りん》として拒絶する。

*貴族の家　Dvoryanskoe gnezdo　ツルゲーネフ（一八一八〜一八八三）の小説。「貴族の巣」。一八五九年発表。主人公リーザは、悲恋を自らの罪として修道院に入る。

*ナタアシャ　トルストイ（一八二八〜一九一〇）の小説「戦争と平和」の登場人物。天真爛漫《てんしんらんまん》な伯爵《はくしゃく》令嬢。

*アンナ　トルストイの小説「アンナ・カレーニナ」の主人公。出世だけが大事な夫を捨て、青年将校との愛に生きようとする。

三二九

*自然主義文学　一九世紀後半にフランスを中心として興った文学思想・運動。自然科学と実証主義に基づき、自然的・社会的環境の中の人間の現実を客観的に描こうとした。ゾラやモーパッサンらがその代表。

*書割り　芝居の背景をつくる大道具。転じて物事の背景一般にもいう。

*カチェリイナ　ここは「未成年」の登場人物。主人公アルカージーが崇拝している未亡人。

三三四

*オセロ　シェイクスピアの悲劇の主人公。ヴェネツィア共和国のムーア人の将軍。部下

のイヤゴーの策略にかかり、妻デズデモーナの貞節を疑って殺す。

＊プウシキン　Aleksandr Sergeevich Pushkin　ロシアの詩人、小説家、劇作家。一七九九〜一八三七年。史劇に「ボリス・ゴドゥノフ」、小説に「大尉の娘」など。

三三五　＊イヤゴー　「オセロ」の登場人物。将軍であるオセロの旗手で、オセロが妻を疑うように陥れる。

三三七　＊方図のない　際限のない、とんでもない。「方図」は物事のかぎり、制限。

＊シルレル　Friedrich von Schiller　ドイツの詩人、劇作家。一七五九〜一八〇五年。シラー。ミーチャは、この懺悔をシラーの「エレウシスの祭」と「歓喜の歌」を唱えることから始める。

三三八　＊スメルヂャコフ　「カラマーゾフの兄弟」の登場人物。フョードル・カラマーゾフの息子だが、父フョードルが乞食の女性に生ませた私生児のため下男としてしか認められていない。イヴァンの意識下の願望を実現しようとして父を撲殺し、罪をミーチャに負わせて自殺する。

＊三千留　「留《ルーブル》」はロシアの通貨単位。グルーシェンカを連れ出す資金にするつもりの金。単純な比較は難しいが、一〇〇〇ルーブルが現在の日本の約一〇〇〇万円に相当する。

三三九　＊対位法　複数の旋律を同時に組合せて進行させる作曲上の技法。

＊サムソノフ　「カラマーゾフの兄弟」の登場人物。老いた商人。グルーシェンカのパトロン。

三四〇　＊レガアヴィ　「カラマーゾフの兄弟」の登場人物。農民出の商人ゴルストキンのあだ名。猟犬の意。

三四一　＊ホフラアコヴァ夫人　「カラマーゾフの兄弟」の登場人物。裕福な地主の未亡人。アリョーシャと相愛の関係にあるリーザの母親。少し頭の調子のおかしな女として描かれる。

三四四　＊モオクロエ　村の名前。ミーチャが父と争った女グルーシェンカが、元愛人とともにこの村にいた。

「罪と罰」について　I

三四六　＊罪と罰　Prestuplenie i nakazanie　ドストエフスキーの長篇小説。作者四五歳の作品。

＊ドストエフスキイ　Fyodor Mikhailovich Dostoevskii　一八二一～一八八一年。

＊レオ・シェストフ　Lev Shestov　ロシアの哲学者。一八六六～一九三八年。著書に「ドストエフスキーとニーチェ（悲劇の哲学）」など。

三四七　＊地下室の手記　Zapiski iz podpol'ya　ドストエフスキーの小説。一八六四年発表。四〇歳の退職官吏が、ペテルブルグ郊外の部屋に引きこもり、世の中への毒念を書き綴《つづ》る。

＊出獄　ドストエフスキーは空想社会主義に関わってペトラシェフスキー事件（五三三頁参照）に連座し、一八四九年、逮捕されて銃殺刑を申し渡される。刑は中止されたが四年の懲役刑と兵役義務の判決を受け、シベリアのオムスクで刑に服し一八五四年に出獄した。

三四八 ＊終身入獄　真理への希望や信仰を失い、新しい「心理」主義の牢獄に一生捕らわれることになったことをいっている。

＊手紙　この手紙では、若いドストエフスキーを捉えていた「憂鬱な観念」のこと、また「将来発狂する計画」のことが伝えられる。

＊ラスコオリニコフの日記　作者の創作ノートの一部。「罪と罰」の主人公ラスコーリニコフの一人称物語形式になっているため、通常こう呼ばれる。

三四九 ＊リザヴェエタ　ラスコーリニコフに殺される金貸しの老婆の腹違いの妹。巻き添えとなって殺される。

三五〇 ＊ラスコオリニコフ　「罪と罰」の主人公。ペテルブルグに住む貧しい元大学生。選ばれた者は人類の幸せのために殺人すらも許されるという想念に捉えられ、金貸しの老婆を殺す。

三五一 ＊未成年　Podrostok　ドストエフスキーの長篇小説。一八七五年発表。不幸な生い立ちを背負う私生児アルカージーの自分探しの物語。大富豪になることを夢見る未成年が、ペテルブルグの社交界で錯綜《さくそう》した事件に巻き込まれてゆく。

＊マルメラアドフ　ソーニャ(後項参照)の父親。酒浸りの退職官吏。高級軽馬車にひかれて横死する。

＊スヴィドゥリガイロフ　ラスコーリニコフの妹ドゥーニャのかつての雇い主。好色漢の地主。最後はピストルで自殺する。

三五二　＊ソオニャ　ソーフィヤ・セミョーノヴナ・マルメラードワの愛称。一八歳くらい。家族を養うために娼婦になっている。父マルメラードフの事故死の折、ラスコーリニコフと出会い、彼の苦悩を至純の心で受け止める。

＊ポルフィイリイ　予審判事。三五歳。ポルフィーリー。

＊プリヘエリヤ・ラスコオリニコワ　ラスコーリニコフの母。

三五四　＊まげに　「まげる」はここでは質に入れること。「質」と同音の「七」の第二画がまがっていることからいう。

三五五　＊モスリン　片縒りの梳毛糸を平織りにした薄地の毛織物で、主に女性の衣服に用いる。日本ではメリンスともいう。

三五六　＊ビスケット　いわゆる乾パンのこと。原文では「スハーリ」。

三五八　＊ネヴァ河　「罪と罰」の事件が起る、当時のロシア最大の都市ペテルブルグを貫流する川。川幅は最大で六〇〇メートルあり、フィンランド湾に注ぐ。「罪と罰」ではネヴァ河、運河、それらにかかる橋が、それぞれ重要な意味をもつ場面の舞台となる。

＊シベリヤ　ロシアのウラル山脈から太平洋岸にかけての広大な地域。ロシアには古くからシベリアへの政治的流刑制度があり、ラスコーリニコフもシベリアで懲役刑に服する。

三五九　＊超人主義　「超人」はドイツの哲学者ニーチェが、その著作「ツァラトゥストラかく語りき」の中で説いた、人間にとっての新たな指針となる真に主体的な人間。ラスコーリニコフの思想のうちには、ニーチェに先んじてこれと似た考えが見られる。

三六二 *永遠の良人 Vechnyi muzh ドストエフスキーの小説。一八七〇年発表。万年寝取られ亭主と情夫との奇妙な関係を描く。

*ウェリチャーニノフ 「永遠の良人」の登場人物。四〇歳前で独身の地主。

*白痴 Idiot ドストエフスキーの長篇小説。一八六八年発表。色と欲とがぶつかりあうロシアの現実社会に降り立った〈美しい人間〉すなわち白痴ムイシュキンと、彼を取り巻く男女の愛憎を描く。

*イポリット 「白痴」の登場人物。一八歳の末期肺病患者。

三六三 *ジイド André Gide フランスの小説家、評論家。一八六九〜一九五一年。言及されている評言は「ドストエフスキー生誕百年祭に際して、ヴィユー・コロンビエ座で朗読した小講演」にある。

*レンブラント Rembrandt Harmenszoon van Rijn オランダの画家、版画家。一六〇六〜一六六九年。光と影の対比、特に光線の効果的表現で知られる。作品に「トゥルプ博士の解剖学講義」「夜警」など。

*ダヴィッド Jacques Louis David フランスの画家。一七四八〜一八二五年。英雄的主題を明確な造形と落着いた色彩で描き、新古典主義の代表とされる。作品に「ホラティウス三兄弟の誓い」「ナポレオンの戴冠」など。

三六四 *ロヂオン・ロマアヌイチ ラスコーリニコフの名と父称。「ラスコーリニコフ」は姓。ロシア語では、名と父称で呼びかけることが丁寧な表現になる。

三六五　＊ミコオルカ　ペンキ職人ミコライ・デメンチェフの愛称。ラスコーリニコフに代って殺人犯の疑いをかけられる。

＊作者　クロポトキン Pyotr Alekseevich Kropotkin をさす。ロシアの地理学者で、アナーキスト。一八四二〜一九二一年。「ロシア文学の理想と現実」は一九〇五年刊。言及の指摘はその〈第五章　ゴンチャローフ、ドストエフスキー、ネクラーソフ〉から。

＊J・M・マリィ John Middleton Murry　イギリスの批評家。一八八九〜一九五七年。一九一六年、「ドストエフスキー」で批評界に登場した。

三六六　＊善悪の彼岸　ニーチェの著書をふまえた表現。ニーチェはその著「善悪の彼岸」（一八八六年刊）で、自由で高貴な精神をもつ者は、既成の道徳に服従することが善であると考える凡俗な人々とは別個の価値基準に立つと述べている。

三六七　＊Vive la guerre éternelle.　フランス語で「永遠の戦い万歳」の意。

＊新しいエルサレム　「エルサレム」はパレスチナの中心都市。ユダヤ教、キリスト教、イスラム教の聖地。「新しいエルサレム」は「新約聖書」〈ヨハネの黙示録〉にある言葉。ここでは未来の地上の楽園というユートピア的意味を帯びている。

＊懲役の終った年　ペトラシェフスキー事件に連座して懲役刑を受けたドストエフスキーは、一八五四年出獄し、セミパラチンスクで兵役に就いた。五八五頁「出獄」参照。

三六八　＊チャイルド・ハロルド　イギリスの詩人バイロンの「チャイルド・ハロルドの遍歴」の主人公。人生の快楽に飽き、いやされぬ心の傷を抱いて地中海諸国を放浪する貴公子。

*ジュリアン・ソレル　フランスの小説家スタンダールの「赤と黒」の主人公。田舎の下層階級出身ながら、才知と美貌を武器に、偽善によって立身の道を切り開いてゆく野心的青年。

*ペチョオリン　ロシアの詩人、小説家レールモントフの「現代の英雄」の主人公。ありあまる才知と行動力を持ちながらその目的を知らず、はけ口を冒険に求める破滅型の青年将校。

*バザアロフ　ロシアの小説家ツルゲーネフの「父と子」の主人公。過去の権威の一切を否定し、神を科学におきかえた唯物論者でニヒリストの青年インテリゲンチャ。

*ニヒリスト　虚無主義者。ツルゲーネフが「父と子」で主人公バザーロフ（前項参照）に与えた呼称。後に広く、普遍的真理や慣習的道徳のすべてを否定する者を意味するようになった。

三七一　*シニスム　犬儒主義、冷笑主義、シニシズム。社会規範や伝統的慣習を、意図的に軽蔑し無視する態度、主義。

三七二　*イリヤ・ペトロヴィッチ　警察署の副署長。

三七四　*主調低音　「主調」は「交響曲第五番　ハ短調」のように、楽曲の全体を通して根本となる調性のこと。著者は、ここでは、ヨーロッパ音楽で一七、一八世紀頃に行われた、オルガン、チェンバロ、低音弦楽器などが楽曲の低音部を持続的に奏する「通奏低音」の意で用いている。

＊ルウヂン　ラスコーリニコフの妹ドゥーニャとの結婚を企む七等文官（弁護士）。四五歳。

＊ポオレチカ　ソーニャの義理の妹。一〇歳。ポーリャ、ポーレンカとも呼ばれる。

＊ラズウミヒン　ラスコーリニコフの大学時代以来の友人。

三八〇　＊ドゥニャ　ラスコーリニコフの妹アヴドーチャ・ロマーノヴナ・ラスコーリニコワの愛称。二二歳。

三八二　＊二十コペイカ　「コペイカ」はロシアの通貨単位。一ルーブルの一〇〇分の一。

＊唖で聾なある精神　「新約聖書」〈マルコによる福音書〉第九章に見える「唖と聾の霊」による表現。

三八四　＊前のノオト　この作品論の〈2〉をさす。〈1〉は『行動』昭和九年二月号、〈2〉は『文藝』同五月号、〈3〉は『行動』同七月号に発表された。

＊スメルジャコフ　ドストエフスキーの小説「カラマーゾフの兄弟」の登場人物。フョードル・カラマーゾフの四男だが下男としてしか認められていない。兄イヴァンの意識下の願望を実現しようとして父を撲殺する。

＊イヴァン　「カラマーゾフの兄弟」の主人公の一人。フョードル・カラマーゾフの次男。

三八六　＊ラファエル　Raffaello Santi　イタリア・ルネサンス期の画家。一四八三〜一五二〇年。ラファエロ。

＊マドンナ　絵画や彫刻に表現された聖母マリア像。ドストエフスキーはラファエロの

三八七　「サン・シストの聖母」を最高傑作と呼んだ。

三九一　＊マルメラアドフの一家　ソーニャの一家。

　＊アナトミイ　「解剖」の意。

　＊ラザロの復活　「ラザロ」は「新約聖書」中の人物。〈ヨハネによる福音書〉の第一一章において、病死したがキリストによって四日後に蘇生したと伝えられる。

三九二　＊余薀　「余蘊」に同じ。余すところ。

三九三　＊一アルシン　「アルシン」はロシアの古い計測単位。一アルシンは約〇・七一メートル。

三九四　＊アミエル　Henri Frédéric Amiel　フランス系スイスの哲学者、文学者。一八二一〜一八八一年。死後出版された、三〇余年にわたる「日記」は繊細な自己分析と厭世的な不安にみちている。

三九六　＊ムイシュキン　ドストエフスキーの小説「白痴」の主人公。

　＊スイスから…　小説「白痴」は、ムイシュキンが療養先のスイスからロシアに戻る場面で始まる。

「罪と罰」について　Ⅱ

三九七　＊罪と罰　Prestuplenie i nakazanie　ドストエフスキーの長篇小説。一八六六年発表。ペテルブルグに住む元大学生のラスコーリニコフが、選ばれた者は人類の幸せのために殺人すらも許されるという想念に捉《とら》えられ、金貸しの老婆《ろうば》を殺す。

*ヴォギュエ Eugène Melchior de Vogüé フランスの外交官、著述家。一八四八〜一九一〇年。外交官としてペテルブルグなどに在勤、ドストエフスキーら、同時代のロシア文学をフランスに紹介した。著書「ロシアの小説」は一八八六年刊。

*内田魯庵 文芸評論家、小説家、翻訳家。慶応四〜昭和四年（一八六八〜一九二九）。ドストエフスキーの死後約一〇年の明治二五〜二六年、「罪と罰」の最初の日本語訳（英訳版からの重訳）を刊行した。

*ドストエフスキイ Fyodor Mikhailovich Dostoevskii 一八二一〜一八八一年。

三九八 *événement 事件、一大事。フランス語。

三九九 *ラスコオリニコフ 「罪と罰」の主人公。

*ロシヤ通報 一八五六年、保守派のカトコフによってモスクワで創刊された月刊誌。ドストエフスキーの主な長篇はここに発表され、「罪と罰」も一八六六年一月から連載された。

*ペテルブルグ 現在のサンクト・ペテルブルグ。ロシア北西部のネヴァ川河口に位置し、当時はロシア最大の都市。一七一二年から一九一八年までロシア帝国の首都。

四〇一 *地下室の手記 Zapiski iz podpol'ya ドストエフスキーの中篇小説。一八六四年発表。四〇歳の退職官吏が、ペテルブルグ郊外の部屋に引きこもり、世の中への毒念を書き綴《つづ》る。

*レオ・シェストフ Lev Shestov ロシアの哲学者。一八六六〜一九三八年。

＊悲劇の哲学　シェストフの著書。一九〇三年刊。原題は「ドストエフスキーとニーチェ」。日本では昭和九年（一九三四）に阿部六郎、河上徹太郎訳で芝書店から刊行された。

＊ドストエフスキイの哲学　ドストエフスキー生誕百年を記念して発表されたシェストフの著書「自明の克服」のこと。阿部六郎が「自明の超剋―ドストエフスキーの哲学」として訳し、昭和九年、「シェストフ選集」（改造社）に収録した。

四〇二　＊貧しき人々　Bednye lyudi　ドストエフスキーの処女作。一八四六年発表。ペテルブルグの裏町に住む五〇歳に近い小官吏ジェーヴシキンと、彼の向かいに住む薄倖《はっこう》の娘ワルワーラのはかない恋を、彼らの往復書簡の形で描く。

＊死人の家の記録　Zapiski iz myortvogo doma　ドストエフスキーの小説。一八六一年から翌年にかけて発表。自らのシベリアでの獄中体験に基づき、主人公の流刑地《るけいち》での生活を記録文学風に記す。

＊プウシキンに就いての講演　ドストエフスキーが、一八八〇年六月八日にモスクワで行った講演。『作家の日記』（次項参照）一八八〇年八月号に掲載された。

＊作家の日記　Dnevnik pisatelya　ドストエフスキーが、一八七三年から編集人として参加した雑誌『市民』で、自ら執筆を担当した欄。一八七六年からは独立した個人雑誌として毎月刊行し、回想、随想、小説等、あらゆるジャンルにわたって筆をふるった。

四〇五　＊残酷な才能　ロシアの批評家ミハイロフスキー（五九八頁参照）が、ドストエフスキーを論じた書物（一八八二年刊）の書名としてこの言葉を用いている。

＊idéalisme　フランス語で、イデアリスム。「イデア」は元来、古代ギリシャ語で「見えているもの」という意味の語。これをプラトンは理性によってのみ見ることのできる現実世界の永遠の原型という意味に用いた。

＊ゴオゴリ　Nikolai Vasil'evich Gogol　ロシアの小説家。一八〇九～一八五二年。作品に「鼻」「外套《がいとう》」「死せる魂」など。

四〇六

＊réalisme　フランス語で、現実主義、写実主義などの意。ここでは、従来の古典主義的枠組みを打ち破り、ロシアの卑俗な日常生活や醜悪な現実を幻想的手法を交えて描写したゴーゴリ的リアリズム（ファンタスティック・リアリズムと呼ばれる）をいっている。

四〇七

＊psychologist　心理学者。

＊アンドレ・ジイド　André Gide　フランスの小説家。一八六九～一九五一年。一九二三年、「ドストエフスキー」を発表した。

＊永遠の良人　Vechnyi muzh　ドストエフスキーの小説。一八七〇年発表。万年寝取られ亭主と情夫との奇妙な関係を描く。

四〇八

＊realist　現実主義者。

＊ベルヂアエフ　Nikolai Aleksandrovich Berdyaev　ロシアの哲学者。一八七四～一九四八年。著書に「ドストエフスキーの世界観」など。

＊pneumatologist　英語で、霊的存在実在論者、の意。

＊二重人格　Dvoinik　ドストエフスキーの中篇小説。一八四六年発表。「分身」とも訳される。ペテルブルグの九等文官ゴリャートキンは、自分そっくりの新しいゴリャートキンと出会い、その策略で出世や結婚の夢を破られ、精神病院に入れられてしまう。

＊ゴリアドキン　「二重人格」の主人公。ゴリャートキン。

四〇九　＊ウェルテル　ゲーテの小説「若きヴェルテルの悩み」。一七七四年刊。

＊虐げられし人々　Unizhennye i oskorblyonnye　ドストエフスキーの長篇小説。一八六一年発表。ワルコフスキー公爵《こうしゃく》の息子アリョーシャと地主の娘ナターシャとの悲恋を中心に、運命に翻弄《ほんろう》される孤児ネリー（エレーナ）の悲劇を描く。

四一一　＊自然主義小説家達　「自然主義」は一九世紀後半にフランスを中心として興った文学思想・運動。自然科学と実証主義に基づき、自然や社会、人間の現実を客観的に描こうとした。ゾラやモーパッサンなどがその代表。

＊水晶の宮殿　未来の理想社会の象徴。ロシアの革命家チェルヌィシェフスキー（六〇七頁参照）の小説「何をなすべきか」のヒロインの夢に現れる。

四一二　＊大洪水　「旧約聖書」〈創世記〉にある洪水。神は、堕落した人類を滅ぼすため、大洪水を起こす。

＊シュレジッヒ・ホルスタイン　ドイツ北端部の二つの公国。ドストエフスキーが「地下室の手記」を書いた時期と重なる一八六三〜六四年、ドイツ（プロシア）とデンマークとの間で帰属が争われた。地下生活者は、開闢《かいびゃく》以来今日まで（大洪水からシュレジッ

ヒ・ホルスタインに至るまで)、人類はつねに戦争と殺戮《さつりく》にあけくれてきた、それが進歩とか文明の発達とかいう美名で呼ばれているものの実相であると喝破する。

*悖徳　道徳にそむくこと。

*オルガンの発音板　「地下室の手記」で、自然の法則に従属させられた状態の人間を例えた言葉。

四一三　*拱手傍観　腕を組んで見ているだけで何もしないこと。

*デヴシュキン　「貧しき人々」(五九四頁参照)の主人公。ジェーヴシキン。

四一四　*微分点　流動的な変化量を特徴的に捉《とら》えることのできる瞬間点、の意。本来は数学用語で、「微分」は、二つのものの相互関係について、極端に短い区間ないし時間における変化の状態を分析することをいう。

*意識の流れ　人間の意識は静的、断片的なものではなく、川の流れのように連続的な動きをもったものであるとする心理学上の立場を象徴する語。一九世紀末から心理主義小説の手法としても用いられ、代表的作家はジェイムズ・ジョイス、ヴァージニア・ウルフなど。

*悟性　人間の認識能力の区分の一つ。感性と結合して人間にとっての現実世界を構成する思考の能力の意味で多く用いられるが、ここでは、より広義に、明確な事実に基づいて思考し、不確実な要素を排除しようとする人間の合理的知性を意味している。

四一六　*電磁的な「場」　「場」はfield(英)の訳語。電気と磁気によって作られる、力と作用

四一七　の伝達の領域「電場」と「磁場」の総称。イギリスの物理学者ジェイムズ・クラーク・マクスウェル（一八三一〜一八七九）によって方程式化された。
＊カズイスティック　フランス語で、決疑論、の意。普遍的道徳律や教会・律法の教えに照らして個々の道徳の問題を解決しようとする議論。さらには、各自の良心の問題解決のための煩瑣《はんさ》な自己弁護、詭弁《きべん》、屁理屈《へりくつ》。

四一九　＊ネヴァ河　ペテルブルグを貫流してフィンランド湾に注ぐ川。全長七四キロメートル、川幅は最大で六〇〇メートル。

四二〇　＊超人の思想　「超人」はドイツの哲学者ニーチェが、その著作「ツァラトゥストラかく語りき」の中で説いた、人間にとっての新たな指針となる真に主体的な人間。ラスコーリニコフの思想のうちには、ニーチェに先んじてこれと似た考えが見られる。

四二一　＊バザアロフ　ロシアの小説家ツルゲーネフの長篇小説「父と子」の主人公。過去の権威の一切を否定し、科学のみを信じる唯物論者でニヒリストの青年知識人。
＊ペチョオリン　ロシアの小説家レールモントフの小説「現代の英雄」の主人公。才知と行動力に恵まれながらその目的を知らず、はけ口を冒険に求める破滅型の青年将校。
＊浪漫派文学　「浪漫派」は一八世紀末から一九世紀初頭にかけて、ヨーロッパで展開された思潮・運動。自然・感情・空想・主観・個性・形式の自由を重んじた。

四二二　＊ミハイロフスキイ　Nikolai Konstantinovich Mikhailovskii　ロシアの社会学者、批評家。一八四二〜一九〇四年。著書に「残酷なる才能」など。

＊クロポトキン　Pyotr Alekseevich Kropotkin　ロシアの無政府主義者。一八四二〜一九二一年。著作に「革命家の思い出」「ロシア文学の理想と現実」など。

＊J・M・マリィ　John Middleton Murry　イギリスの批評家。一八八九〜一九五七年。著作に「ドストエフスキー」等。

四二三　＊スヴィドゥリガイロフ　「罪と罰」の登場人物。ラスコーリニコフの妹ドゥーニャに言い寄るが拒絶され、ピストル自殺する好色漢の地主。

＊マクベス　シェイクスピアの悲劇「マクベス」の主人公。三人の妖婆《ようば》の予言によって野心を抱き、王を殺害する。

＊ミコオル　犯行現場に居合わせたペンキ職人。ラスコーリニコフに代って殺人犯の疑いをかけられる。

＊ポルフィイリイ　「罪と罰」の登場人物。予審判事。三五歳。ポルフィーリー。

四二八　＊リザヴェエタ　「罪と罰」の登場人物。ラスコーリニコフに殺される老婆の腹違いの妹。三五歳。

四三〇　＊分りますかな…　第一篇第二章に出る、マルメラードフ（次項「ソオニャ」参照）の言葉。

四三一　＊ソオニャ　「罪と罰」の登場人物。一八歳ぐらい。家族を養うために娼婦《しょうふ》になっている。父マルメラードフの事故死の折、ラスコーリニコフと出会い、彼の苦悩を至純の心で受け止める。

四三二　＊犯罪心理の計算報告　ドストエフスキーが一八六五年九月に、雑誌『ロシア通報』の編集者カトコフに宛《あ》てて出した手紙の中に出る言葉。

四三三　＊エゴティスト　自己中心主義者。

＊ディアレクティック　弁証法。本来は学問の方法に関する用語。相互に対立する意見や事柄の双方を媒介にしてより高い水準の真理に迫ろうとする態度、あるいは手続きをいう。

四三四　＊形而上学的　「形而上学」は哲学の一部門。事物や現象の本質あるいは存在の根本原理を、思惟や直観によって探求しようとする学問。

＊贓品　盗んだ品。

＊二十コペイカ　「コペイカ」はロシアの通貨単位。一ルーブルの一〇〇分の一。

四三八　＊ラズウミヒン　ラスコーリニコフの大学時代の友人。予審判事ポルフィーリーの遠縁にあたる。

四四一　＊シニスム　皮肉主義。社会一般の道徳や慣習を意図的に無視したり冷笑したりする態度、主義。ここでは、小説中の場面や状況を、怜悧《れいり》、冷静に読む態度をいう。

＊フロオベル　Gustave Flaubert　フランスの小説家。一八二一〜一八八〇年。作品に「ボヴァリー夫人」「感情教育」など。近代小説における写実主義を確立した。

四四三　＊リイザ　「地下室の手記」の登場人物。主人公が、二四歳の頃に出会った娼婦《しょうふ》。二〇歳、と本人は言っている。

四四四　＊その時マリヤと共に…　「新約聖書」〈ヨハネによる福音書〉第一一章第四五節。この章ではラザロの復活が語られている。

＊ラザロ　「新約聖書」〈ヨハネによる福音書〉第一一章に出る人物。エルサレムの東にあるベタニア村の住人。その病死の報を聞いたイエスは村に行き、死後四日の彼を生き返らせたとある。

四五三　＊ニイチェアン　ニーチェ哲学の共鳴者。ここでは、ニーチェと同様な思想を持つ者の意。

＊五コペイカ銀貨ほどの…　「五コペイカ」は小銭で、功利主義や実証主義を奉じる当時の進歩的知識人を揶揄《やゆ》した表現。本文四六二頁に出る「五コペイカ銀貨懐疑派」も同じ。

四五四　＊カチェリイナ　「罪と罰」の登場人物。ソーニャの父マルメラードフの後妻。

＊悪霊　Besy　ドストエフスキーの長篇小説。一八七一～七二年、『ロシア通報』に連載。無神論的革命思想を、「新約聖書」〈ルカによる福音書〉第八章にある、イエスの力によって人から豚の中に移り、さらに崖《がけ》から湖に落ちて死んだ悪霊どもに見立て、それに憑《つ》かれた人々の破滅を実在の事件をもとに描いた。

四五五　＊口もなければ…　「新約聖書」〈マルコによる福音書〉第九章の「唖と聾の霊」による表現。

四五八　＊嘗て自分が囚人として…　一八四七年、ドストエフスキーは社会主義思想研究サークルのペトラシェフスキー会に参加したが、四九年四月、同志三三人とともに逮捕され、銃殺刑の執行寸前に特赦されて、シベリアのオムスク監獄に送られた。

四六〇　＊「善悪の彼岸」物語「善悪の彼岸」は、伝統的な倫理観を克服・超越した立場の意。「罪と罰」は、主人公ラスコーリニコフの、この境地への挑戦と挫折《ざせつ》の物語。

＊「善悪の彼岸」の著者　ドイツの哲学者、ニーチェのこと。「善悪の彼岸」は一八八六年刊。ニーチェはこの書で、道徳を人間の生への衝動、力への意志の見地から捉え、神の戒律への服従を説くキリスト教の道徳を批判した。ここで言及の言葉は第九章〈高貴とは何か?〉二九〇に出る「すべての深い思想家は、誤解されることよりも理解されることを恐れる」に基づく。

四六一　＊ドゥニャ　ラスコーリニコフの妹アヴドーチャ・ロマーノヴナ・ラスコーリニコワの愛称。二二歳。

四六二　＊ケルケゴオル　Sören Kierkegaard　デンマークの哲学者、宗教思想家。一八一三〜一八五五年。キルケゴール。著作に「恐れとおののき」「不安の概念」など。引用の言葉は「死にいたる病」(一八四九)〈第一篇C―B〉から。

＊冪の指数　「冪」は数学用語で「累乗《るいじょう》」に同じ。同一の数を次々に掛合せること。それを表記する際、掛合せた数字の右肩に付記して掛合せた回数を示す文字が「指数」。

＊ミル　John Stuart Mill　イギリスの哲学者、経済学者。一八〇六〜一八七三年。著作に「経済学原理」「自由論」など。

＊コント　Auguste Comte　フランスの哲学者。一七九八〜一八五七年。実証主義、社会学の創始者。著作に「実証哲学講義」「実証政治体系」など。

四六三　＊今日までの…　「善悪の彼岸」第五章〈道徳の博物学に向けて〉一八六から。

四六四　＊理性批判　カントは自らの哲学体系を「批判」と呼び、理性の自己批判を通じて、認識の領域を経験的世界に限定し、超経験的なものは倫理的行為の指標とすることで、伝統的形而上学を解体した。

＊物自体　カントは、人間の認識能力の形式に応じて現れる対象を「現象」と呼び、その現象を生み出す元となる、人間には不可知の真実在を「物自体」と呼んだ。

＊デルフィの神託　「デルフィ」（デルポイ）はギリシャ中部、パルナソス山の南麓《なんろく》の町。古代にはアポロンの神殿があり神託（神のおつげ）が行われた。

四六五　＊アイロニイ　反語。ソクラテスの問答の特徴を示す語。ソクラテス自身は無知の立場に立って相手と対し、対話を通じて相手の無知をあばいた。

＊ファイドン　Phaidon　「パイドン」。プラトンの対話篇（対話形式の著作物）の一つ。ソクラテスの刑死の日に、「魂の不死」についての対話が行われる。

＊デモン　霊。古代ギリシャ語の「ダイモーン」に由来する言葉。古代ギリシャでは、人間にとりついて、その人本来の性格にない善い、あるいは悪い行動をさせる霊的存在をいう。ソクラテスは年少の頃から、自分にとって不適切な物事への関与を制止する霊的なものの声を聞いたという。

＊一元論的歴史主義　「一元論」は一つの原理で一切を説明しようとする考え方。

四六六　＊人間は考える葦である　パスカルの「パンセ」（ブランシュヴィック版）三四七、三四八にある言葉。

四六七　＊パスカル　Blaise Pascal フランスの哲学者、科学者。一六二三～一六六二年。

＊égotisme　エゴティスム。自己中心主義。

＊idéalisme　観念論。

＊l'esprit de géométrie　「幾何学の精神」という意味のフランス語。

＊l'esprit de finesse　「繊細の精神」という意味のフランス語。

＊パンセ　Pensées　パスカルの遺稿集。「思考」「思想」の意。

＊l'esprit de Pascal　「パスカルの精神」という意味のフランス語。

四六八　＊人間とは一体…　「パンセ」（ブランシュヴィック版）四三四から。

＊シクロイドの問題　「シクロイド」は、幾何学で、円が直線または曲線に沿って滑らずに回転するとき、円周上の一点が描く平面曲線のこと。サイクロイド。パスカルは晩年にサイクロイドの求積問題を解決し、微積分学の先駆的業績をあげた。

四六九　＊呻き乍ら…　「パンセ」（ブランシュヴィック版）四二一から。

四七一　＊ホフマン　Ernst Theodor Amadeus Hoffmann　ドイツの小説家、作曲家。一七七六～一八二二年。作品に「黄金の壺」「悪魔の霊液」など。

＊アルバン　ホフマンの短篇小説集「カロ風の幻想作品集」に収められた「磁気催眠術師」の登場人物。

＊真の雄弁は…　「パンセ」（ブランシュヴィック版）四から。

四七六　＊善悪の此岸　その時代の社会が受け入れている伝統的な倫理的価値観の世界。これに対する「善悪の彼岸」は、そうした価値観を批判・超越した境位。

＊アブラハム　「旧約聖書」〈創世記〉に登場するイスラエルの民の祖。神に対する絶対的信頼と服従によって「信仰の父」と呼ばれる。

四七八　＊ロマ書　「新約聖書」にあるパウロによる〈ローマ人への手紙〉。引用の言葉は、その第一四章第二三節から。

ドストエフスキイ七十五年祭に於ける講演

四七九　＊ドストエフスキイ　Fyodor Mikhailovich Dostoevskii　一八二一〜一八八一年。

＊戦争中　「戦争」は第二次世界大戦。ソ連では大祖国戦争と呼ばれた。一九四一年六月二二日、ドイツ軍の奇襲を受けて始まり、四五年五月、ドイツの降伏文書調印によって終結、その後も八月まで対日戦争が続いた。

＊ステパンチコヴォ村の住人　Selo Stepanchikovo i ego obitateli　ドストエフスキーが一八五九年に発表した小説。

＊罪と罰　Prestuplenie i nakazanie　ドストエフスキーの長篇小説。一八六六年発表。ペテルブルグに住む元大学生のラスコーリニコフが、選ばれた者は人類の幸せのために殺人すらも許されるという想念に捉《とら》えられ、金貸しの老婆《ろうば》を殺す。

四八〇　＊スターリン　Iosif Vissarionovich Stalin　ソ連の政治家。一八七九〜一九五三年。一九二二年から共産党書記長。三六年以降、大量粛清を強行して独裁体制を確立した。

四八二　＊ナチュラリスム　自然主義。一九世紀後半、フランスを中心に興った文芸思想・運動。自然科学と実証主義に基づき、自然的・社会的環境の中の人間の現実を客観的に描こうとした。ゾラやモーパッサンなどがその代表。

＊アルツィバーシェフ　Mikhail Petrovich Artsybashev　ロシアの小説家。一八七八〜一九二七年。一九〇七年、「サーニン」Sanin で自由恋愛と肉欲の解放を説いて世界的なセンセーションとなる。一九二三年、ポーランドに亡命。

四八三　＊論争　昭和一一年（一九三六）一月、著者が『読売新聞』に発表した「作家の顔」が契機となった。

＊ツァア　帝政ロシアの皇帝の称号。

＊リベラリズム　自由主義。

＊ソシアリズム　社会主義。

＊インテリゲンチャ　帝政時代のロシアにおける批判的知識人。単に学歴や教養のある人々ではなく、高い理想に献身する知識人のことをいう。

四八四　＊ブルジョアジイ　ブルジョア階級のこと。近代社会における市民階級、有産階級をいう。

四八五　＊アミエル　Henri Frédéric Amiel　フランス系スイスの哲学者、文学者。一八二一〜一八八一年。三〇余年にわたる「日記」は繊細な自己分析と厭世《えんせい》的な不安にみちている。

＊プウシキン　Aleksandr Sergeevich Pushkin　ロシアの詩人、小説家、劇作家。一七

九九〜一八三七年。作品に韻文小説「エヴゲーニィ・オネーギン」、詩劇「ボリス・ゴドゥノフ」、小説「大尉の娘」など。

四八六　＊十二月党　デカブリスト。農奴制廃止と立憲政治の確立を目指した自由主義者の貴族の青年将校たち。一八二五年一二月（デカブリ）、武装蜂起《ほうき》した。

＊ダンテス　Georges d'Anthès　フランスの近衛士官。一八一二〜一八九五年。一八三七年、プーシキンは妻ナターリヤとダンテスとのスキャンダルに巻き込まれダンテスと決闘、致命傷を負い死亡した。

＊ニコライ一世　Nikolai I　ロシアの皇帝。一七九六〜一八五五年。一八二五年に即位、専制政治を行った。

＊レルモントフ　Mikhail Yurievich Lermontov　ロシアの詩人、小説家。一八一四〜一八四一年。二七歳の年、決闘で死去した。

＊コーカサス　ヨーロッパ南東部、カフカス山脈の南北にわたる地方。

＊オネエギン　プーシキンの小説「エヴゲーニィ・オネーギン」の主人公。

＊ペチョオリン　レールモントフの小説「現代の英雄」の主人公。

＊シベリヤ流刑　一八四七年、ドストエフスキーは社会主義者ペトラシェフスキーの会に参加、四九年四月、同志三三人とともに逮捕され、シベリアのオムスク監獄へ送られた。

四八七　＊チェルヌイシェフスキイ　Nikolai Gavrilovich Chernyshevskii　ロシアの革命家、批評家、小説家。一八二八〜一八八九年。一八五七年以降、農奴解放をめぐる論争に参加し、革命結社を組織化するが投獄される。

四八八　＊ソロヴィョフ　Vladimir Sergeevich Solov'yov　ロシアの宗教哲学者。一八五三～一九〇〇年。

四八九　＊コサック　Kazaki　トルストイの小説。一八六三年発表。士官候補生としてカフカスの戦地へ赴いた青年貴族オレーニンが、山の自然とコサックたちとの交流を通して精神的に変貌《へんぼう》してゆくさまを描く。

＊トルストイの…　トルストイの自省録「懺悔《ざんげ》」Ispoved'。一八七九～八二年執筆、一八八四年刊。過去の生活と文学を欺瞞《ぎまん》として断罪した回心の表明の書。

＊ルッソオの…　ルソーの自伝的著作「告白」Les Confessions。誕生から一七六五年までの生涯を赤裸々に語る。一七六五～七〇年頃執筆。刊行は死後。

＊発条　ぜんまい、ばね。ここでは、飛躍、展開の原動力となるもの、の意。

＊ロシヤ正教　五三〇頁「ギリシア正教」参照。

四九〇　＊悪霊　Besy　長篇小説。一八七一～七二年、『ロシア通報』に連載。無神論的革命思想を、「新約聖書」にある、イエスの力によって人から豚の中に移り、さらに崖《がけ》から湖に落ちて死んだ悪霊どもに見立て、それに憑《つ》かれた人々の破滅を実在の事件をもとに描いた。

＊ネチャアエフ　Sergei Gennadievich Nechaev　ロシアの革命家。一八四七～一八八二年。一八六九年一一月、同志を殺害して亡命、のちに捕えられ獄死。

四九一　＊プロパガンダ　宣伝。特に、政治的意図を持つ宣伝。
＊バクウニン　Mikhail Aleksandrovich Bakunin　ロシアの革命家。一八一四〜一八七六年。無政府主義運動を指導し、第一インターナショナルに参加したがマルクスと主導権を争い敗れた。著作に「神と国家」など。
＊インタアナショナル　社会主義者の国際組織。

四九二　＊アナアキスト　無政府主義者。
＊ステンカ・ラージン　Stepan Timofeevich Razin　ロシアの農民運動の指導者。一六三〇〜一六七一年。一六六七年、中央政府の農奴制的圧制に対して大規模の農民反乱を起す。彼の名はその後も長く民衆の間で語りつがれた。
＊プロレタリアート　資本主義社会における賃金労働者の階級。
＊ジャコバン党学者　「ジャコバン党」は、本来はフランス革命当時の共和派の政治団体。

四九三　＊スタヴロオギン　二〇代半ばの美青年。高い教養と悪行への嗜好《しこう》を持つ。
＊ピョオトル・ヴェルホーヴェンスキイ　「悪霊」の登場人物。革命を目的とした秘密結社「五人組」を組織する。

四九四　＊ミハイロフスキイ　Nikolai Konstantinovich Mikhailovskii　ロシアの社会学者、評論家。一八四二〜一九〇四年。著書に「トルストイ伯の右手と左手」「残酷なる才能」など。

四九五　＊外国生活　「罪と罰」発表の翌年の一八六七年、ドストエフスキーはアンナ・スニートキナと結婚、以後四年間、ヨーロッパ各地を転々としながら「白痴」「永遠の夫」「悪霊」などを書いた。
＊メフィストフェレス　ゲーテの戯曲「ファウスト」に登場する悪魔。中世ドイツの伝説的な錬金術師ファウスト博士を悪へと誘惑する皮肉屋。
＊ラスコオリニコフ「罪と罰」の主人公。
＊イヴァン「カラマーゾフの兄弟」の主人公の一人。
＊父と子　Ottsy i deti　ツルゲーネフの長篇小説。五四九頁参照。

四九六
＊アイディアリズム　観念論。
＊スチルネル　Max Stirner　ドイツの哲学者。一八〇六〜一八五六年。シュティルナー。
＊斧　老婆殺しに用いた凶器。
＊リサック　Rysakov　アレクサンドル二世を暗殺した人民主義者グループの一人。ルィサコフ。
＊アレクサンドル二世　Aleksandr II　ロシアの皇帝。一八一八〜一八八一年。一八五五年即位。

四九七
＊パウロ　初期キリスト教伝道者。一〇年頃〜六五年頃。
＊アウグスチヌス　Aurelius Augustinus　ローマのキリスト教会最大の教父。三五四〜四三〇年。
＊イヴァン大帝　Ivan III Vasil'evich　ロシアの皇帝。一四四〇〜一五〇五年。

＊ボルシェヴィキ革命　一九一七年のロシア革命のこと。「ボルシェヴィキ」は一九〇三年、ロシア社会民主労働党内に生れたレーニンの一派。多数派、の意。十月革命後、「ロシア共産党」に改称した。

＊カイゼル　ローマ皇帝の称号である「カエサル」のドイツ語形。「神のものはカイゼルに」とは「新約聖書」〈マタイによる福音書〉二二章にあるイエスの言葉「カエサルの物はカエサルに」のもじり。

＊ピョオトル大帝　Pyotr I　ロシアの皇帝。一六七二～一七二五年。一六八二年即位。

四九八

＊ロマノフ王朝　ロシアの王朝。一六一三年に始まり、一九一七年まで続いた。

＊ニコン　Nikon　モスクワ総主教。一六〇五～一六八一年。総主教在位は一六五二～六六年。「ニコンの改革」と呼ばれる典礼改革を断行した。

四九九

＊コサック　一五世紀以降、新天地を求めてロシア南方へ移住した農民集団。のちに中央政府の指令で騎兵として辺境地区の警護を担当した。

＊プガチョフの反乱　一七七三～七五年、ロシアに起った反乱。下層コサック出身のプガチョフのもとでコサック、農民らが蜂起《ほうき》、絶対王政への不満を燃え上がらせた。

＊聖シノッド　ピョートル大帝が教会改革の一環として創設した教会内の最高統治機関。実態は国家の教会管理機関として機能し、皇帝の教会支配に寄与した。

＊ラスプーチン　Grigorii Efimovich Rasputin　ロシアの宗教家。一八七二年頃～一九一六年。皇太子の病気治療によってニコライ二世と皇后の信任を得、第一次世界大戦中、

政治に関与し権力を振るったが反対派貴族に暗殺された。

五〇〇　＊一九〇五年の革命　一九〇五年一月九日、ニコライ二世への請願行動を起した労働者たちに軍隊が一斉射撃を浴びせた「血の日曜日」事件。一九一七年まで続くロシア革命の発端となった。

五〇一　＊カラマアゾフの兄弟　Brat'ya Karamazovy　長篇小説。一八七九〜八〇年。父親殺しの事件と裁判の過程で神の問題が議論される。

＊アンブロシウス　Amvrosius　一八七八年、ドストエフスキーがソロヴィョフ（六〇八頁参照）とともに訪れたオプチナ修道院の長老。一八一二〜一八九一年。

＊ボスニヤ　バルカン半島中部の地方。

＊セルビア　バルカン半島中部の旧王国。

＊清教徒風　「清教徒」は一六世紀後半、英国国教会を離れて信仰と生活の清純を保とうとした人々。後にはその流れをくむ人々をもいうようになった。

＊モスクヴァ芸術座　モスクワにあるロシア国立劇場とその附属の劇団。

＊ドホボール　「霊魂のために闘う者」を意味するキリスト教異端の一派。私有財産を否定、絶対平和を主張し、納税や兵役を拒否したため政府から激しい弾圧を受ける。一部はロシアに残ったが、大半はカナダに移住し、今もその子孫がそこに暮らす。

五〇三　＊デカブリスト　十二月党員。六〇七頁参照。

＊フリー・メーソン　中世の自由石工組合に端を発し、友愛・慈善・相互扶助的な倫理綱

領を実践する超政治・超宗教の国際的秘密結社。

*ロマンティシズム　ロマン主義。一八世紀末から一九世紀初頭にかけて、ヨーロッパで展開された芸術上の思潮・運動。自然・感情・空想・個性・自由の価値を重視した。

五〇五 *貧しき人々　Bednye lyudi　ドストエフスキーの処女作。一八四六年発表。五〇歳に近い小官吏と薄倖《はっこう》の娘のはかない恋を描く。

*ベリンスキイ　Vissarion Grigor'evich Belinskii　ロシアの文芸批評家。一八一一～一八四八年。

*二重人格　Dvoinik　ドストエフスキーの中篇小説。一八四六年発表。「分身」とも訳される。ペテルブルグの九等文官ゴリャートキンは、自分そっくりの新しいゴリャートキンと出会い、その策略で出世や結婚の夢を破られ、精神病院に入れられてしまう。

*白痴　Idiot　ドストエフスキーの長篇小説。一八六八年発表。ロシアの現実社会に降り立った〈美しい人間〉すなわち白痴ムイシュキンと、彼を取り巻く男女の愛憎を描く。

五〇六 *ユウトピアン　空想的な、夢想的な人、というほどの意。エンゲルスはマルクスと彼の創始した科学的社会主義に対して、サン・シモン、フーリエ、オーウェンらの社会主義を空想的社会主義と呼んだ。

*ナロオドニキ　「ヴ・ナロード」(人民の中へ)を標語に、学生・知識人階級が農民・労働者階級に急進的革命思想を吹き込もうとした運動。

*フウリエ　Charles Fourier　フランスの哲学者、社会思想家。一七七二～一八三七年。

＊オオエン Robert Owen イギリスの社会主義者。一七七一～一八五八年。オーウェン。

＊ペトラシェフスキイ会 ペトラシェフスキー（六一六頁参照）を中心としたロシアの社会主義思想研究サークル。

＊ファランステエル フーリエが著書「四個運動および一般的運命の理論」で説いた理想的共同体。

五〇七 ＊解放された民衆は…… 友人イヴァノフに宛てたベリンスキーの手紙（一八三七年八月七日付）から。

五〇八 ＊ディアレクティック 弁証法。本来は学問の方法に関する用語。相互に対立する意見や事柄の双方を媒介にしてより高い水準の真理に迫ろうとする態度、あるいは手続きをいう。ヘーゲルでは、有限的諸事物の持つ内在的自己矛盾が、対立物への必然的移行を生み、それが世界の運動・変化の原理であると考えられている。

五〇九 ＊合理的なものこそ… ヘーゲルの「法の哲学」（一八二一）の〈序文〉に出る言葉。「理性的であるものこそ現実的であり、現実的であるものこそ理性的である」。

五一〇 ＊何を為すべきか Chto delat'? チェルヌィシェフスキーの長篇小説。シベリア流刑《るけい》前の一八六二～六三年、未決囚としてペトロパヴロフスク要塞《ようさい》監獄（後項参照）にあった時に書かれた。

五一一 ＊ラフメトフ 「何をなすべきか」の登場人物。質素な生活をし、精神と肉体を鍛錬して拷問《ごうもん》にも耐えられるようにするという、徹底した生き方をする職業革命家の青年。

五一二　＊マテリアリスト　唯物論者。

＊ユティリテリアン　功利主義者。

＊功利主義　「最大多数の最大幸福」を基本原理とする倫理・政治思想。ミルはその幸福の基準を、良心の持つ自然感情、人間の同胞意識に置いた。

＊サラトフ　ロシア西部の州と州都の名。ヴォルガ河の右岸に位置する。

＊ドブロリュウボフ　Nikolai Aleksandrovich Dobrolyubov　ロシアの文芸評論家、社会評論家。一八三六〜一八六一年。芸術至上主義に反対し、文学による改革の役割を訴えた。

五一三　＊ピイサレフ　Dmitrii Ivanovich Pisarev　ロシアの批評家。一八四〇〜一八六八年。自然科学的唯物論者。専制政治に反対して投獄された。

＊ペトロパヴロフスク要塞　ペテルブルグ、ネヴァ川河口の兎島に建設された要塞。のち監獄として使用される。

五一四　＊ネクラアソフ　Nikolai Alekseevich Nekrasov　ロシアの詩人。一八二一〜一八七八年。雑誌『現代人』『祖国雑報』を編集発行、農奴解放の闘いを説き続けた。

＊ミューズ　ギリシャ神話で、人間の知的活動をつかさどる女神（ムーサ）たち。現在は詩や音楽の神とされる。

＊ドグマ　ここでは、個人の信条のこと。

五一五 ＊ペトラシェフスキイ Mikhail Vasil'evich Petrashevskii ロシアの社会主義思想家。一八二一～一八六六年。

＊チェホフ時代 ロシア文学史のいわゆる「たそがれの時代」のこと。アレクサンドル二世暗殺後の極端な反動政治は文学界にも沈滞的気分をもたらした。

五一六 ＊サガレン行 「サガレン」はサハリンの欧米での古称。チェーホフは一八九〇年、八四年以来の結核をも顧みず単身サハリン島に旅行、流刑囚の実情などを詳しく調査した。この旅行は「サハリン島」(一八九五年刊)を生み、新境地が開拓された。

五一七 ＊イスクラ ロシア社会民主労働党の機関紙。「火花」の意。

＊メンシェヴィキ 少数派、の意。ロシア社会民主労働党の右派。

五一八 ＊何を為すべきか Chto delat'? レーニンが一九〇二年に刊行した論文。標題は彼の愛読書、チェルヌィシェフスキーの同名小説から借用したもの。

五二〇 ＊プレハアノフ Georgii Valentinovich Plekhanov ロシアのマルクス主義の理論家。一八五六～一九一八年。著書に「マルクス主義の根本問題」など。

＊クー・デタ 政府への襲撃の意。支配階級にいる者が、最高権力者を武力を用いて急襲し、支配権を奪取する闘争形態。被支配者層の者による革命と区別する。

＊文学指導の組織 一九三四年に発足したソヴェト作家同盟のこと。社会主義リアリズム《ソシアリスト》を唯一の「基本的創作方法」と規定し、文学者に対する思想統制機関となった。本文四八〇頁に出る「組合」もこの作家同盟をさす。

五二一　＊地下室の男　ドストエフスキーの中篇小説「地下室の手記」Zapiski iz podpol'ya（一八六四年発表）の主人公。四〇歳の退職官吏で、ペテルブルグ郊外の部屋に引きこもり、世の中への毒念を書き綴る。

五二二　＊最大の苦痛　マキシム・ゴーリキーの「マキシム」はロシア語で最大限の、「ゴーリキー」はにがい、苦しい、つらい、悲痛な、などの意。

＊母　Mat'　ゴーリキーが一九〇七年に発表した長篇小説。工場側と対立して逮捕された工員の母親は、息子たちの正しさを法廷で訴え、そのため彼女までが捕えられるが、「真実の火は消えぬ」と叫ぶ。社会主義リアリズムあるいはプロレタリア文学の典型的作品とされる。

五二四　＊フルシチョフの声明　一九五六年二月、党大会の秘密報告でフルシチョフが行ったスターリン批判のこと。この報告はアメリカ国務省によって公表され、全世界に衝撃を与えた。フルシチョフ Nikita Sergeevich Khrushchev（一八九四～一九七一）はソ連の政治家。一九五三年のスターリン没後、共産党中央委員会第一書記となっていた。

＊メシアニズム　メシア信仰。救世主の存在を信ずる信仰。転じて、ある指導者や理念などを救い主として信じ込むこと。

＊この注解は、新潮社版「小林秀雄全作品」（全二八集別巻四）の脚注に基づいて作成した。　編集部

解説

江藤淳

昭和十年（一九三五）一月号を期して、小林秀雄は雑誌『文学界』の編集責任者になった。『文学界』は、昭和八年十月号から創刊された雑誌で、最初は、豊島与志雄《とよしまよしお》、宇野浩二、広津和郎《かずお》、川端康成《やすなり》、深田久弥《きゅうや》、林房雄、武田麟太郎《りんたろう》、小林秀雄の八人を同人とし、主として林房雄が編集の実際にあたったが、一年余にして治安維持法違反の政治犯第一号だった林の保釈期限が切れたために、小林があとを引受けたのである。『文学界』と小林秀雄という、昭和文学史上特筆すべき結びつきは、実にこのときに完成された。

『ドストエフスキイの生活』は、こうして『文学界』の編集者になった小林秀雄が、自分の雑誌に連載した、最初の長編評論である。連載は、断続的に昭和十年一月号から昭和十二年（一九三七）三月号に及び、昭和十四年（一九三九）五月には、加筆改稿された単行本が創元社から出版された。菊判函入《はこい》りの美本である。執筆の動機について、小林は、昭和十一年二月号の第二回「文学界座談会」で次のように述べている。

《……僕は批評文を書いているうちに、小説家とか作家とかいうものがだんだん僕の主観を離れて独立して生きて来たことを近頃感じたのだ。だから、なるほど、小説家がほんとに人生を見てるように俺は作品を見てる――そういうところまでやって来た、という自信が出来て来たんだよ――どういう訳だか知らないけれどね。それが、僕があれをやる動機なんだ。つまり僕はドストエフスキイという奴《やつ》をどういうふうに評論しようかというよりも、どんなふうに描こうかという事が僕の評論になる。そういう自信が出来たんだよ。だからまあどんなものが出来るか、結論なんというものは僕には全くわからない。僕は昔は結論を知らなきゃ評論が書けなかったものだ。この頃は結論を知らなくて書けるんだ。……そして非常に楽しいんだ。ドストエフスキイがどういうふうに現われるか、どういうふうに生きるか、それだけが僕には問題なんだ……》

さらに、彼は、つけ加えて、

《俺のドストエフスキイ論なんて、世界の一流知識人の書いた評論と同じレベルにまで行かそうと思っているよ》

ともその抱負を語っている。

この前半は、要するに、自己の投影としてではなく、他者として作家を描きたいということであり、後半は、その結果をもって「世界の一流知識人」と競争したいということである。ここで小林のいう「世界の一流知識人」に、英国の政治学者ですぐれた評伝作者でもあるE・H・カーが含まれていることはいうまでもない。小林の『ドストエフスキイの生活』そのものが、大部分の史料をカーの名著『ドストエフスキー』にあおいでいるからである。小林は、新潮社版『小林秀雄全集』第五巻の付記で、自らこのことを明らかにし、併《あわ》せてイエルモリンスキーの『ドストエフスキー』にも依拠した旨《むね》を記している。

このような作者の意図は、『ドストエフスキイの生活』で、半ば達成されているといってよい。小林は、ほとんど同じ史料に拠《よ》りながら、E・H・カーの描いたそれとは対照的なドストエフスキーの像を発掘し、それを見事に活《い》かしているからである。この対照が、単に小林秀雄とE・H・カーという二つの強い個性の対照の域を超《こ》えて、日本の教養人と英国の教養人との人間認識の方法の対照にまで及んでいるのは、小林がいかに高い達成に到達し得たかの証拠である。しかし、皮肉なことに、こうしてその意図の後半を実現した作者は、ほかならぬそのことによって、意図の前半、つまり、自己の投影としてではなく、他者としてドストエフスキーを描く、という可能性を放《ほう》擲《てき》しなければならなくなったのである。

それは、結局、小林の執筆態度が、先に引用した抱負にもかかわらず、《彼（ドストエフスキー）は、国民とインテリゲンチャとの間の深い溝《みぞ》を、単に観察したり解釈したりしたのではない。又、この溝に架橋する為に実際的な政策を案出したのでもない。彼は溝の中に大胆に身を横たえ、自ら橋となる事が出来るかどうかを試したのだ。彼の理想はそうしなければ語る事が出来ない理想だった》（「作家の日記」）

というようなところに端的にあらわれているようなものだったからにほかならない。つまり、小林は、一八六、七〇年代のロシアのインテリゲンチャの問題を、一九三〇年代の日本の知識人の問題に重ね合せることによって、『ドストエフスキイの生活』を書いた。彼は対象を他者として描くのではなく、対象を自己と同一化させることによって、この評伝の文学的完成を保持したのである。

しかし、最近の小林秀雄のドストエフスキー観は、このような自己同一化の姿勢から異質な他人の発見をめざす姿勢に文字通り百八十度の転換をとげている。これはかならずしも彼のドストエフスキー像が変ったということではない。それが日本のそれとは全く異質なロシアの歴史と社会の遠近法のなかに置かれるようになったということである。私は、滞米中にたまたま送られて来た『文芸春秋』で小林の紀行文『ソヴェトの旅』を一読して瞠目《どうもく》した。このような断絶の意識によって外国文学を語った日本の批評家の文章をかつて見たことがなかったからである。たとえば、

《日本に国民文学と呼んでいいものが生れたのは、何時《いつ》ですか。言うまでもなく八世紀に現れた「万葉集」である。そして、これは、今日になっても、国語による及び難い詩的表現のお手本です。八世紀と言えば、ロシヤには未だ国家もありません。やがて、キエフに、ロシヤと呼ばれる最初の国家が出来たのだが、これは、スカンヂナヴィアの隊商、隊商と言っても、その頃は無論軍隊であるが、この風俗も言語もまるで違う異国の軍隊の占領によって成立するので、ロシヤ国民のなかから生れた国家ではありません。御承知のように、「万葉集」には、天皇の歌から農民の歌まであるのです。この基本的には共通な教養の地盤から、私達の文学史は生れ、今日まで発達して来たものだが、ロシヤには、そういう地盤は建国以来ないのです。と言うよりも、この地盤の否定によって、ロシヤは建国された。その国家権力を代弁する少数の一団と国民とが、それぞれその教養の質を異にしているという事が、以来ロシヤの歴史の最大の悩みとなったと言ってよい。それでなければ、二十世紀の大革命まで、専制政治が千年もつづいたというような不思議な事は考えられません。》

《ロシャの十九世紀文学というものは、この悩みの自覚、自覚という言葉は弱い、むしろ爆発とも言うべきものであって、これを近代文学とかブルジョア文学とか呼んでみたところで、何が言えた事にもならない、ロシヤ独特の烈《はげ》しい性質を持ったものです。この烈しさに、私達は勿論《もちろん》、世界中が驚いたのであります。》（『ソヴェトの旅』――「考えるヒント」所収）

この転換の背後に、『ドストエフスキイの生活』執筆当時には、まだ予感としてしか小林に訪れていなかった各々の文化に固有な伝統の認識がかくされていることは、確実である。もちろん昭和十年代初期の『ドストエフスキイの生活』と、昭和三十八年の『ソヴェトの旅』とのあいだには、『無常という事』以下の一連の日本古典に取材した名文があり、本居宣長《もとおりのりなが》、荻生徂徠《おぎゆうそらい》らの江戸中期の碩学《せきがく》たちの研究がある。そして、これらの日本文化の伝統をたどる仕事が小林の上にもたらした過去の影は、ドストエフスキーをはじめとするロシアの作家たちや彼らの描き出している人物たちが背負っている過去の影をも、連鎖的に浮き上がらせる結果となったのである。

『ドストエフスキイ七十五年祭に於ける講演』は、小林秀雄のドストエフスキーに対する姿勢の変化が、はじめて明瞭《めいりよう》にあらわれた文章である。この講演は、また、ラスコーリニキというロシア史上はなはだ重要な役割を占めるロシア正教の「旧信徒《オールド・ビリーヴァーズ》」

に、『罪と罰』の主人公ラスコーリニコフの背後にひそんでいることを最初に指摘した日本の批評家の文章としても注目に価《あたい》する。推測するところ、小林の指摘を裏付けているのは、おそらくD・S・ミルスキーの『ロシア社会史』などから得た知識であろう。ミルスキーは、E・H・カーの『ドストエフスキー』に序文を寄せているカーの友人で、一旦英国に亡命しながら思うところがあって一九三〇年代前半にソビエト・ロシアに帰り、スターリンに処刑された不幸な貴族出身の歴史家であるが、その『ロシア社会史』の叙述は、奇妙に癖のある英文で書かれているにもかかわらず、ほとんど古典的なものといってよい。しかし、ここでも問題は、小林が何をミルスキーに得たかということではなく、彼がミルスキーの古典的叙述を自らのドストエフスキー観の客観化に役立てているその批評眼の成熟にあるといわなければならない。

あらゆる外来の文化を呪《のろ》うラスコールたちにとっては、改革者ピョートル大帝は反キリストであった。小林は、「レエニンは、ロシヤの現実に即して事を行ったロシヤ人である。レエニンという人物は、恐らく、マルクスやエンゲルスには遠いが、バクウニンやピョオトル大帝には近いのである」というが、先頃のフルシチョフ解任の影の立て役者と目される理論家のスースロフは、ラスコールの名門の家に生れた知識人である。モスクワ芸術座を建てたのがラスコールなら、現代の西欧化主義者フルシチョフを失脚させたのもラスコールであった。政治も文化も、未来をめざすかのような幻影をあたえて動いて行くが、その実過去の影に繰られている。そのことがわからぬうちは、政治も文化も論ずるに足らぬ、と、小林はいうのである。

（昭和三十九年十一月、文芸評論家）

本書は新潮社版第五次『小林秀雄全集』および
『小林秀雄全作品』(第六次全集)を底本とした。

表記について

新潮文庫の文字表記については、原文を尊重するという見地に立ち、次のように方針を定めました。

一、旧仮名づかいで書かれた口語文の作品は、新仮名づかいに改める。
二、文語文の作品は旧仮名づかいのままとする。
三、旧字体で書かれているものは、原則として新字体に改める。
四、難読と思われる語には振仮名をつける。

小林秀雄著

Xへの手紙・私小説論

批評家としての最初の揺るぎない立場を確立した「様々なる意匠」、人生観、現代芸術論などを鋭く捉えた「Xへの手紙」など多彩な一巻。

小林秀雄著

作家の顔

書かれたものの内側に必ず作者の人間があるという信念のもとに、鋭い直感を働かせて到達した作家の秘密、文学者の相貌を伝える。

小林秀雄著

モオツァルト・無常という事

批評という形式に潜むあらゆる可能性を提示する「モオツァルト」、自らの宿命のかなしい主調音を奏でる連作「無常という事」等14編。

小林秀雄著

本居宣長

日本文学大賞受賞（上・下）

古典作者との対話を通して宣長が究めた人生の意味、人間の道。「本居宣長補記」を併録する著者畢生の大業、待望の文庫版！

白洲正子著

日本のたくみ

歴史と伝統に培われ、真に美しいものを目指して打ち込む人々。扇、染織、陶器から現代彫刻まで、様々な日本のたくみを紹介する。

江藤淳著

決定版夏目漱石

処女作「夏目漱石」以来二十余年。著者の漱石論考のすべてを収めた本書は、その豊かな洞察力によって最良の漱石文学案内となろう。

有島武郎著

小さき者へ・生れ出づる悩み

病死した最愛の妻が残した小さき子らに、歴史の未来をたくそうとする慈愛に満ちた「小さき者へ」に「生れ出づる悩み」を併録する。

芥川龍之介著

侏儒《しゆじゆ》の言葉《ことば》・西方《さいほう》の人

著者の厭世的な精神と懐疑の表情を鮮やかに伝える「侏儒の言葉」、芥川文学の生涯の総決算ともいえる「西方の人」「続西方の人」の3編。

泉鏡花著

歌行燈・高野聖

淫心を抱いて近づく男を畜生に変えてしまう美女に出会った、高野の旅僧の幻想的な物語「高野聖」等、独特な旋律が奏でる鏡花の世界。

泉鏡花著

婦系図

『湯島の白梅』で有名なお蔦と早瀬主税の悲恋物語と、それに端を発する主税の復讐譚を軸に、細やかに描かれる女性たちの深き情け。

尾崎紅葉著

金色夜叉

熱海の海岸で、許婚者の宮の心が金持ちの他の男に傾いたことを知った貫一は、絶望の余り金銭の鬼と化し高利貸しの手代となる……。

亀井勝一郎著

大和古寺風物誌

輝かしい古代文化が生れた日本のふるさと大和、飛鳥、歓びや苦悩の祈りに満ちた斑鳩の里、いにしえの仏教文化の跡をたどる名著。

菊池寛著
藤十郎の恋・恩讐の彼方に
元禄期の名優坂田藤十郎の偽りの恋を描いた「藤十郎の恋」、仇討ちの非人間性をテーマとした「恩讐の彼方に」など初期作品10編を収録。

佐藤春夫著
田園の憂鬱
都会の喧噪から逃れ、草深い武蔵野に移り住んだ青年を絶間なく襲う幻覚、予感、焦躁、模索……青春と芸術の危機を語った不朽の名作。

志賀直哉著
和解
長年の父子の相剋のあとに、主人公順吉がようやく父と和解するまでの複雑な感情の動きをたどり、人間にとっての愛を探る傑作中編。

志賀直哉著
暗夜行路
母の不義の子として生れ、今また妻の過ちにも苦しめられる時任謙作の苦悩を通して、運命を越えた意志で幸福を模索する姿を描く。

島崎藤村著
春
明治という新時代によって解放された若い魂が、様々な問題に直面しながら、新たな生き方を希求する姿を浮彫りにする最初の自伝小説。

島崎藤村著
夜明け前
(第一部上・下、第二部上・下)
明治維新の理想に燃えた若き日から失意の中に狂死する晩年まで——著者の父をモデルに木曽・馬籠の本陣当主、青山半蔵の生涯を描く。

田山花袋著

蒲団・重右衛門の最後

蒲団に残るあの人の匂いが恋しい――赤裸々な内面を大胆に告白して自然主義文学の先駆をなした「蒲団」に「重右衛門の最後」を併録。

田山花袋著

田舎教師

文学への野心に燃えながらも、田舎の教師のままで短い生涯を終えた青年の出世主義とその挫折を描いた、自然主義文学の代表的作品。

谷崎潤一郎著

痴人の愛

主人公が見出し育てた美少女ナオミは、成熟するにつれて妖艶さを増し、ついに彼はその愛欲の虜となって、生活も荒廃していく……。

谷崎潤一郎著

細雪（ささめゆき）

毎日出版文化賞受賞（上・中・下）

大阪・船場の旧家を舞台に、四人姉妹がそれぞれに織りなすドラマと、さまざまな人間模様を関西独特の風俗の中に香り高く描く名作。

三島由紀夫著

仮面の告白

女を愛することのできない青年が、幼年時代からの自己の宿命を凝視しつつ述べる告白体小説。三島文学の出発点をなす代表的名作。

三島由紀夫著

金閣寺

読売文学賞受賞

どもりの悩み、身も心も奪われた金閣の美しさ――昭和25年の金閣寺焼失に材をとり、放火犯である若い学僧の破滅に至る過程を抉る。

ドストエフスキー
木村浩訳
白痴（上・下）

白痴と呼ばれる純真なムイシュキン公爵を襲う悲しい破局……作者の〝無条件に美しい人間〟を創造しようとした意図が結実した傑作。

ドストエフスキー
木村浩訳
貧しき人びと

世間から侮蔑の目で見られている小心で善良な小役人マカール・ジェーヴシキンと薄幸の乙女ワーレンカの不幸な恋を描いた処女作。

ドストエフスキー
千種堅訳
永遠の夫

妻は次々と愛人を替えていくのに、その妻にしがみついているしか能のない〝永遠の夫〟トルソーツキイの深層心理を鮮やかに照射する。

ドストエフスキー
原卓也訳
賭博者

賭博の魔力にとりつかれ身を滅ぼしていく青年を通して、ロシア人に特有の病的性格を浮彫りにする。著者の体験にもとづく異色作品。

ドストエフスキー
江川卓訳
地下室の手記

極端な自意識過剰から地下に閉じこもった男の独白を通して、理性による社会改造を否定し、人間の非合理的な本性を主張する異色作。

ドストエフスキー
江川卓訳
悪霊（上・下）

無神論的革命思想を悪霊に見立て、それに憑かれた人々の破滅を実在の事件をもとに描く。文豪の、文学的思想的探究の頂点に立つ大作。

トルストイ
木村浩訳
アンナ・カレーニナ
(上・中・下)
文豪トルストイが全力を注いで完成させた不朽の名作。美貌のアンナが真実の愛を求めるがゆえに破局への道をたどる壮大なロマン。

トルストイ
原卓也訳
クロイツェル・ソナタ
悪魔
性的欲望こそ人間生活のさまざまな悪や不幸の源であるとして、性に関する極めてストイックな考えと絶対的な純潔の理想を示す2編。

トルストイ
原久一郎訳
光あるうち光の中を歩め
古代キリスト教世界に生きるパンフィリウスと俗世間にどっぷり漬った豪商ユリウス。二人の人物に著者晩年の思想を吐露した名作。

トルストイ
工藤精一郎訳
戦争と平和
(一〜四)
ナポレオンのロシア侵攻を歴史背景に、十九世紀初頭の貴族社会と民衆のありさまを生き生きと写して世界文学の最高峰をなす名作。

トルストイ
原卓也訳
人生論
人間はいかに生きるべきか？　人間を導く真理とは？　トルストイの永遠の問いをみごとに結実させた、人生についての内面的考察。

トルストイ
木村浩訳
復活
(上・下)
青年貴族ネフリュードフと薄幸の少女カチューシャの数奇な運命の中に人間精神の復活を描き出し、当時の社会を痛烈に批判した大作。

シェイクスピア
福田恆存訳
ハムレット
シェイクスピア悲劇の最高傑作。父王の亡霊からその死の真相を聞いたハムレットが、深い懐疑に囚われながら遂に復讐をとげる物語。

シェイクスピア
福田恆存訳
ジュリアス・シーザー
政治の理想に忠実であろうと、ローマの君主シーザーを刺したブルータス。それを弾劾するアントニーの演説は、ローマを動揺させた。

シェイクスピア
福田恆存訳
マクベス
三人の魔女の奇妙な予言と妻の教唆によってダンカン王を殺し即位したマクベスの非業の死！　緊迫感にみちたシェイクスピア悲劇。

ジッド
山内義雄訳
狭き門
地上の恋を捨て天上の愛に生きるアリサ。死後、残された日記には、従弟ジェロームへの想いと神の道への苦悩が記されていた……。

ジッド
神西清訳
田園交響楽
彼女はなぜ自殺したのか？　待ち望んでいた手術が成功して眼が見えるようになったのに。盲目の少女と牧師一家の精神の葛藤を描く。

フローベール
芳川泰久訳
ボヴァリー夫人
恋に恋する美しい人妻エンマ。退屈な夫の目を盗み重ねた情事の行末は？　村の不倫話を芸術に変えた仏文学の金字塔、待望の新訳！

ニーチェ
竹山道雄訳

ツァラトストラかく語りき（上・下）

ついに神は死んだ――ツァラトストラが超人へと高まりゆく内的過程を追いながら、永劫回帰の思想を語った律動感にあふれる名著。

ニーチェ
竹山道雄訳

善悪の彼岸

「世界は不条理であり、生命は自立した倫理をもつべきだ」と説く著者が既成の道徳観念と十九世紀後半の西欧精神を批判した代表作。

ニーチェ
西尾幹二訳

この人を見よ

ニーチェ発狂の前年に著わされた破天荒な自伝で、〝この人〟とは彼自身を示す。迫りくる暗い運命を予感しつつ率直に語ったその生涯。

ルソー
青柳瑞穂訳

孤独な散歩者の夢想

十八世紀以降の文学と哲学に多大な影響を与えたルソーが、自由な想念の世界で、自らの生涯を省みながら綴った10の哲学的な夢想。

ラディゲ
生島遼一訳

ドルジェル伯の舞踏会

貞淑の誉れ高いドルジェル伯夫人とある青年の間に通い合う慕情――虚偽で固められた社交界の中で苦悶する二人の心理を映し出す。

ラディゲ
新庄嘉章訳

肉体の悪魔

第一次大戦中、戦争のため放縦と無力におちいった青年と人妻との恋愛悲劇を描いて、青春の心理に仮借ない解剖を加えた天才の名作。

新潮文庫最新刊

あさのあつこ著
ハリネズミは月を見上げる
高校二年生の鈴美は痴漢から守ってくれた比呂と打ち解ける。だが比呂には、誰にも言えない悩みがあって……。まぶしい青春小説！

恒川光太郎著
真夜中のたずねびと
震災孤児のアキは、占い師の老婆と出会い、星降る夜のバス停で、死者の声を聞く。闇夜の怪異に翻弄される者たちの、現代奇譚五篇。

前川裕著
号泣
女三人の共同生活、忌まわしい過去、不吉な訪問者の影、戦慄の贈り物。恐ろしいのに途中でやめられない、魔的な魅力に満ちた傑作。

坂本龍一著
音楽は自由にする
世界的音楽家は静かに語り始めた……。華やかさと裏腹の激動の半生、そして音楽への想いを自らの言葉で克明に語った初の自伝。

石井光太著
こどもホスピスの奇跡
新潮ドキュメント賞受賞
必要なのは子供に苦しい治療を強いることではなく、残された命を充実させてあげること。日本初、民間子供ホスピスを描く感動の記録。

石川直樹著
地上に星座をつくる
山形、ヒマラヤ、パリ、知床、宮古島、アラスカ……もう二度と経験できないこの瞬間。写真家である著者が紡いだ、7年の旅の軌跡。

ドストエフスキイの生活《せいかつ》

新潮文庫　こ－6－3

昭和三十九年十二月二十日 発行
平成十七年四月十五日 三十三刷改版
令和五年四月三十日 三十八刷

著者 小《こ》林《ばやし》秀《ひで》雄《お》

発行者 佐藤隆信
発行所 株式会社 新潮社
郵便番号 一六二―八七一一
東京都新宿区矢来町七一
電話 編集部(〇三)三二六六―五四四〇
読者係(〇三)三二六六―五一一一
https://www.shinchosha.co.jp

価格はカバーに表示してあります。

乱丁・落丁本は、ご面倒ですが小社読者係宛ご送付ください。送料小社負担にてお取替えいたします。

印刷・株式会社精興社　製本・株式会社大進堂

ISBN978-4-10-100703-8 C0198